BASTEI
LÜBBE

JERRY COTTON
JUBILÄUM

Die Republik der Mafia

Der Tod der weißen Dame

Richter Thompsons letzter Fall

Jet-Set-Killer

Vier Kriminalromane

BASTEI LÜBBE

BASTEI LÜBBE TASCHENBUCH
Band 31 922

Erste Auflage: August 1999

Lektorat: Rainer Delfs
Titelbild: Bastei-Archiv
Umschlaggestaltung: QuadroGrafik, Bensberg
Satz: Fotosatz Steckstor, Rösrath
Druck und Verarbeitung: 47223
Groupe Hérissey, Évreux, Frankreich
Printed in France
ISBN 3-404-31922-2

Der Preis dieses Bandes versteht sich einschließlich der gesetzlichen Mehrwertsteuer

Die Republik der Mafia

New York, ein Abend im September.

Der UN-Botschafter der Inselrepublik Tarrena verließ das Restaurant Franco's Taverne, in dem er mit zwei Geschäftsleuten gegessen hatte, die geneigt schienen, Geld in wirtschaftliche Unternehmen auf Tarrena zu investieren. Der Botschafter hatte sich bemüht, die Neigung durch ein vorzügliches Essen und reichliche Getränke zu verstärken. Jetzt strebten die Gentlemen gutgelaunt ihren Wagen zu. Der Botschafter sprach noch einmal von den besonders niedrigen Steuersätzen auf Tarrena.

Unmittelbar vor den Wagen kreuzte ein Mann ihren Weg so dicht, daß sie stehenbleiben mußten.

Der Mann starrte dem Botschafter ins Gesicht, ging aber weiter. Nach zwei Schritten drehte er sich um, zog einen Revolver aus der Manteltasche und feuerte auf den Botschafter.

Der Botschafter fiel nach vorn gegen die Karosserie seines Autos. Er verlor den Hut, und sein Körper rutschte an dem Wagen nach unten.

New York, ein Nachmittag im Oktober.

Der Journalist Ralph Forrest verließ die Maschine der Eastern Airlines, die ihn von Miami nach New York, La Guardia Airport, gebracht hatte.

Der Himmel war grau und regnerisch. Forrest hatte so viele Wochen im milden Klima des Südens verbracht, daß er fröstelte. Er bat den Taxifahrer, die Heizung einzuschalten.

Als sie Michael's Cemetery passierten, steuerte der Fahrer sein Taxi vom Astoria Expressway. Er murmelte: »Um diese Stunde ist die Brücke immer verstopft. Ich versuche es durch den Tunnel.«

Wenig später hielt er neben einem geparkten Auto. Drei Männer wechselten aus dem Auto in das Taxi. Sie nahmen Forrest in die Mitte. Der dritte Mann setzte sich neben den Fahrer und fragte: »Hast du auch sein Gepäck?«

Der Fahrer nickte.

Forrest rief: »Was wollt ihr von mir?«

Der Mann rechts neben ihm schlug mit der Faust auf Forrest ein.

Forrest verlor für Minuten das Bewußtsein.

Der Mann, der ihn geschlagen hatte, legte Forrest den Hut aufs Gesicht. Unter dem Hut rann das Blut über Hemd und Jacke.

Ralph Forrest erlangte noch einmal das Bewußtsein wieder, als er aus dem Taxi in ein Haus geschleift wurde.

New York, ein Vormittag Anfang November.

Cate Hergan schrie den Beamten des Homicide Department an: »Warum suchen Sie nicht endlich in der richtigen Gegend nach Ralphs Mördern? Wollen Sie am Ende die Täter gar nicht finden?«

Der Beamte reagierte gekränkt. »Hüten Sie Ihre Zunge, Miss Hergan!« warnte er. »Die Untersuchung wurde mit aller Sorgfalt durchgeführt. Es gibt keinen Zweifel daran, daß Ralph Forrest einem Raubüberfall zum Opfer gefallen ist. Aller Wahrscheinlichkeit nach waren die Täter Rauschgiftsüchtige, die Geld für ihren Stoff brauchten.«

»Und wie hoch schätzen Sie die Wahrscheinlichkeit ein, daß Sie die Täter fassen?«

»Gering! Das wissen Sie so gut wie ich, Miss Hergan! Jeden Tag werden auf New Yorks Straßen einige hundert Raubüberfälle verübt. Achtzig Prozent der Täter sind süchtig. Die Sucht bringt sie um den Verstand. Wer sich wehrt, riskiert sein Leben. Forrest muß sich gewehrt haben, oder er hatte einfach Pech.«

»Es war kein Raubüberfall. Ralph wurde aus anderen Gründen ermordet.«

»Wie nennen Sie es, wenn einem Mann Brieftasche, Uhr, Schuhe und der Anzug weggenommen werden?«

»Sie haben einen Teil des Kofferinhalts bei Ralphs ...« Cate brachte es nicht fertig, das Wort ›Leiche‹ auszusprechen, »... bei ihm gefunden.«

»Ja, das stimmt. Es gibt Sachen, die auch für Süchtige ohne Wert sind, weil sie sich nicht verkaufen lassen. Für schmutzige Hemden und getragene Strümpfe gibt es keine Käufer. Der Koffer allerdings bringt ein paar Dollar.«

Er wechselte den Tonfall. Er versuchte, Cate Hergan gut zuzureden. »Ich war am Tatort. Es sah ganz so aus, als hätten sie den Koffer ausgekippt und den Inhalt durchwühlt. Vielleicht haben sie ein paar Dinge, die ihnen wertvoll schienen, in den Koffer zurückgeworfen, zum Beispiel den Anzug, den er trug, und die Schuhe.«

»Hätten sie Papier für wertvoll gehalten?«

»Papier?« Der Homicide-Mann war verwirrt. »Gewöhnliches Papier?«

»Beschriebenes Papier! Mit einer Schreibmaschine beschrieben, von Hand verbessert. Ein Manuskript!«

»O nein! Ich verstehe, was Sie meinen. Das hätte sie nicht interessiert. Wer so weit runtergerutscht ist, daß er wegen seiner Sucht Überfälle begeht und Menschen tötet, hat das Leben längst aufgegeben.«

»Dann sollten Sie sich fragen, warum Sie nicht ein einziges Blatt von Ralphs Manuskripten neben seiner Leiche gefunden haben!« Jetzt kam ihr das Wort »Leiche« glatt über die Lippen – das machte die Wut. Sie stand auf und fauchte den Beamten an: »Ralph wurde nicht wegen seiner Schuhe, seines Anzugs, seiner Kreditkarte oder der vierzig Dollar Bargeld in seinen Taschen ermordet. Sie brachten ihn wegen seiner Manuskripte um. Wann werden Sie das endlich begreifen?«

Am selben Tag traf Cate Hergan den Chefredakteur einer großen New Yorker Zeitung. Sie nahmen einen Drink an der Lounge-Bar des Hilton Hotels.

Cate war noch immer über ihren ergebnislosen Besuch beim Homicide Department wütend.

»Sie beharren darauf, daß Ralph von ein paar Junkies totgeschlagen wurde. Der Commissioner läßt sich von mir nicht sprechen. Ich werde von einem untergeordneten Sergeant abgespeist. Paul, du hast doch Einfluß! Jeder kennt deinen Namen. Bitte, ruf den Commissioner an und bitte ihn, daß er mich empfängt, oder sage ihm, was hinter Ralphs Ermordung steckt!«

»Und was steckt hinter Ralphs Ermordung?« fragte der Chefredakteur und saugte an dem Strohhalm seines Orangewhiskys.

Cates Augen weiteten sich. »Das fragst du, Paul? Ralph hat dir bis ins einzelne erzählt, auf welche heiße Fährte er gestoßen ist.«

»Er hat ein paar Andeutungen gemacht. Es konnte sich auch um Hirngespinste handeln.«

»Wegen der Hirngespinste hast du ihn nach Tarrena geschickt.«

»Ralph war freier Journalist. Ich habe ihn nicht geschickt. Er ist aus eigenem Entschluß gefahren.«

»Du hast ihm Spesen und einen Vorschuß bewilligt.«

»Das machen wir immer so. Auch wenn wir von der Sache, die recherchiert werden soll, nicht überzeugt sind.«

»Du warst überzeugt. Ich sprach mit Ralph vor dem Abflug. Er sagte, du seiest Feuer und Flamme.«

»Ich fürchte, er überschätzte meine Begeisterung. Ich wollte ihn nicht enttäuschen. Immerhin arbeitete er seit zehn Jahren für uns, und er hat zweifellos einige Knüller gebracht.«

Sie versuchte, seinen Blick einzufangen. Aber der Chefredakteur konzentrierte sein Interesse auf den Drink, in dem er intensiv rührte.

»Paul, du hast Zwischenberichte von Ralph erhalten. Was steht darin?«

»Er hat keine Zwischenberichte geschickt.«

»Das würde seiner Arbeitsweise widersprechen. Ralph war drei Monate im Süden. Niemals ließ er einen Auftraggeber so lange im ungewissen.«

»In diesem Fall tat er es.«

Cate schwieg eine Minute lang.

Dann sagte sie: »Ich werde nach Tarrena gehen und Ralphs Arbeit fortsetzen. Bewilligst du mir einen Vorschuß auf das Honorar?«

Er zog den Strohhalm aus dem Drink und zerknickte ihn zwischen den Fingern. »Ich glaube nicht, daß Berichte über Tarrena die Leser interessieren. Es weiß ja kaum einer, wo Tarrena liegt. Wenn wir es den Leuten erklären, werden sie denken: Was kümmert mich eine Inselrepublik in der Karibischen See? Sie werden weiterblättern, ohne mehr als die Überschrift zu lesen. Nein, Cate, ich investiere kein Geld in ein Thema, das die Leser abschreckt. Tut mir leid.«

»Vor drei Monaten dachtest du anders darüber, Paul.«

Er zuckte mit den Schultern. »Jeder hat das Recht, seine Meinung zu ändern.«

Sie beugte sich so nahe zu ihm, daß sie flüstern konnte. »Setzen sie dich unter Druck, Paul?«

»Unsinn!« antwortete er grob.

Sie glitt vom Hocker.

»Ich werde auf eigene Kosten nach Tarrena gehen«, sagte sie eisig. »Ich werde Ralphs Recherchen aufnehmen und eine Zeitung finden, deren Chefredakteur den Mut hat, meinen Bericht zu veröffentlichen. Danke für den Drink, Paul!«

Sie ging. Den Drink hatte sie nicht angerührt.

Fünf Tage vor Weihnachten schnellten unsere Aussichten, Nico Vassaris endlich zu fassen, sprunghaft in die Höhe. Die City Police überspielte uns die Tonbandaufzeichnung des Anrufs einer unverkennbar wütenden Lady, die den Beamten in der Notrufzentrale angekreischt hatte: »Wenn ihr Nico, den Griechen, sucht, könnt ihr ihn in Mammy's Club finden. Ich hoffe, ihr erschießt den Bastard auf der Stelle!«

Bevor der Beamte ihr eine Frage stellen konnte, hatte sie die Verbindung unterbrochen.

Wir suchten Nico Vassaris als wahrscheinlichen Mörder eines UN-Diplomaten, der Anfang September auf dem Weg zwischen einem Restaurant und seinem Wagen erschossen worden war.

Zwar vertrat er einen der kleinsten Staaten, die Inselrepublik Tarrena. Aber als Botschafter war er der ranghöchste UN-Vertreter, den es jemals auf New Yorker Pflaster erwischt hatte.

Nach wie vor betrachtet sich die Regierung der USA als Gastgeber der Weltorganisation. Ihr ist es äußerst peinlich, wenn den Vertretern anderer Nationen von unseren eingeborenen Ganoven die Brieftaschen geklaut, die Autos aufgebrochen oder gar ein Haar ihres diplomatisch immunen Körpers gekrümmt wird. Auch Sie würden sich schämen, wenn Leute, die Sie zum Dinner eingeladen haben, in Ihrem Vorgarten überfallen würden.

In unserem Fall war etwas wirklich Böses passiert: ein Mord. Der Mann, an dem er verübt worden war, hieß James Cranch.

Er vertrat sein Land bei der UN, seit die Tarrena-Inseln vor vier Jahren von Großbritannien in die Unabhängigkeit entlassen worden waren.

Natürlich wurde zunächst ein politisch motiviertes Attentat vermutet. Dann stellte sich heraus, daß Botschafter Cranch mit Kugeln aus einem kurzläufigen Revolver erschossen worden war, mit dem im Juni dieses Jahres ein Killer den Gangster und Zuhälter Wesley Quart umgelegt hatte. Daß Nico Vassaris jener Killer gewesen war, stand nahezu zweifelsfrei fest. Als Motiv kam Konkurrenzneid in Frage, denn Vassaris betrieb das gleiche schmutzige Geschäft wie sein Opfer.

Wer immer die Mikroaufnahmen der Riefenbildung sah, hielt es für einwandfrei bewiesen, daß die Waffe in beiden Fällen identisch war.

Aber dann faßte er sich an den Kopf und stellte die Frage, welche Brücke zwischen dem Mord an einem Zuhälter und dem Mord an einem UN-Botschafter bestehen konnte.

Als erste Antwort fiel selbstverständlich allen ein, daß die Waffe in einer anderen Hand gelegen hatte. Aber auch in der Methode ihrer Anwendung, sozusagen im Stil, bestand kein Unterschied. Fünf Kugeln in den Rücken und die sechste in den Kopf.

Außerdem gab es Zeugen.

Als wir ihnen Fotos zeigten, identifizierten sie Nico Vassaris als den Mann, der den UN-Diplomaten erschossen hatte. Verbrechen gegen UN-Angehörige fallen in die Zuständigkeit des FBI.

In allen Städten und Staaten New Yorks suchten G-men nach Nico Vassaris.

In New York suchten Phil und ich.

Von Manhattan zu Mammy's Club war es ein weiter Weg. Die Adresse lautete: Mermaid Avenue, Coney Island.

Coney Island, ein begehrtes Ziel in New Yorks glühenden Sommertagen, wenn Millionen New Yorker die Strände überfluten. Als Phil und ich vorfuhren, fiel dünner Schnee, und die Straßen waren menschenleer wie eine verlassene Siedlung in der Arktis. Immerhin parkten vor Mammy's Club ein knappes Dutzend Autos und nicht die ärmsten Schlitten. Auch die Neonreklame über dem Eingang flimmerte.

Wer in den Club wollte, mußte läuten und wurde durch ein Guckloch begutachtet. Uns öffnete kein breitschultriger Portier mit eingebeulten Schlägern, sondern ein rothaariges, großartig gewachsenes und wenig verpacktes Mädchen.

»Wir sind ein privater Club, Sir«, erklärte sie. »Wenn Sie unsere Räume betreten wollen, müssen Sie sich in die Mitgliederliste eintragen. Die Aufnahmegebühr beträgt fünfzig Dollar.«

»Und die Gegenleistung?« fragte Phil.

»Verbilligte Drinks von fünf Dollar an aufwärts.«

Die Club-Masche ist ein Trick, um die Polizei herauszuhalten, denn eine Menge Sachen, die in der Öffentlichkeit nicht erlaubt sind, gehen niemand mehr etwas an, wenn sie im privaten Bereich betrieben werden.

Wir trugen uns in die Liste ein und blätterten je 50 Spesendollar hin.

Das rothaarige Mädchen geleitete uns zu einer Doppeltür. Sie betätigte einen Knopf. Die Türflügel schwangen auf.

Eine Wolke angenehm warmer, mit Parfümdüften, Rauch von Zigaretten und den Tönen eines Slow angereicherter Luft schlug uns entgegen. Gemessen an dem schneidenden Ostwind draußen, eine ausgesprochen erfreuliche Atmosphäre.

Der Clubraum war nicht sehr groß. Ein knappes Dutzend Tische gruppierten sich um eine runde Tanzfläche aus Glas, die von unten beleuchtet wurde. Eine verborgene Stereoanlage lieferte die Musik. Eine schmale Bartheke, ebenfalls von unten beleuchtet, riegelte den Raum ab. Die Tanzfläche und die Theke waren die einzigen Lichtquellen, abgesehen von flackernden Kerzen auf den Tischen.

Drei Paare bewegten sich auf der Tanzfläche. Zwei Paare saßen gemeinsam an einem Tisch. Vier einsame Mädchen standen an der Bar.

Aus der Tiefe des Raumes kam Mammy. Ihr Auftritt war imponierend und einschüchternd zugleich. Sie tauchte aus der Dreiviertel-Dunkelheit auf wie eine riesige Fledermaus. Aber was an ihr flatterte, waren nicht Flügel, sondern wehende Schleier ihres schwarzen Abendkleides.

Für eine Frau war sie ziemlich groß, und außerdem war sie dick. In der breiten Fläche ihres Gesichtes zeichneten sich die grellgeschminkten, wulstigen Lippen wie mit Blut gemalt ab. Ihre Augen lagen so tief in den Höhlen, daß ihre Farbe nicht zu erkennen war, auch nicht, als Mammy nah vor uns stand. Ein vielfach verschnörkelter, mächtiger Haaraufbau krönte ihre Erscheinung. Der Aufbau war so golden wie Engelhaar an einem Weihnachtsbaum und genausowenig echt.

»Ich bin Mammy«, sagte sie mit einer Stimme so rauh

und tief, daß ein von ihr gesungenes Wiegenlied jedes Baby in Panik gestürzt hätte. »Über neue Gäste freue ich mich besonders. Wer hat euch empfohlen, Jungens?«

»Ein Partner aus Texas«, antwortete Phil mit Südstaatenslang. »Er war entzückt von Ihrem Club, Mammy.«

»Freut mich!« Sie gab uns die Hand – eine harte, grobknochige Hand. »Sucht euch ein Mädchen aus! Nur die Drinks werden vom Club berechnet. Eure privaten Abmachungen mit den Girls gehen mich nichts an.«

Sie klatschte in die Hände. Die vier Mädchen lösten sich von der Bar.

Es waren hübsche junge Mädchen. Das ließ sich trotz der Dunkelheit erkennen. Mammy stellte sie vor: »Elizah, Cynthia, Eve und Suzy.«

»Cynthia und ich sind mit den beiden Textilbossen von Sonntag verabredet. Sie versprachen, heute zu kommen«, sagte Elizah und machte damit die Wahl überflüssig.

Eve war eine große, schlanke Blondine, Suzy war zierlich, schwarzhaarig, mit schrägstehenden dunklen Augen. Sie führten uns an einen Tisch und holten Drinks für sich und uns.

Später tanzten wir mit ihnen. Sie klebten an uns, und natürlich versuchten sie, uns aufzuheizen. Es war ihr Job. Sie erhielten Prozente von den Drinks, die sie uns abschmeichelten. Also setzten sie ihre Anatomie ein, um uns den Kopf zu verdrehen, damit wir die Dollars schneller aus den Brieftaschen zögen.

Wir hüteten uns, sie sofort nach Nico Vassaris zu fragen. Sie hätten Verdacht geschöpft, und das Mißtrauen hätte ihnen den hübschen Mund zugeschweißt. Wenn wir erfahren wollten, ob Vassaris tatsächlich in den Club kam, mußten wir behutsam vorgehen. Natürlich hätten wir auch ein paar Nächte lang den Eingang beobachten können. Aber ich sagte schon, daß ein eisiger Ostwind durch die Straßen pfiff. Wir zogen es vor, im Warmen zu sitzen und Steuerdollars in Drinks für zwei attraktive Girls zu investieren.

Es geschah nicht viel in Mammy's Club. Keine Show, kein Strip. Phil flüsterte mir zu: »Draußen stehen mehr Autos, als hier Gäste sitzen. Mammy's Club scheint über ein Hinterzimmer zu verfügen.«

Beim nächsten Slow versuchte ich, der blonden Eve das Geheimnis von Mammy's Club zu entlocken. »Welche Attraktion hat der Club zu bieten?«

Sie hatte die Arme hinter meinem Nacken verschränkt. Ihre Augen irrlichterten dicht vor meinem Gesicht. Sie hatte wirklich schöne tiefblaue Augen. »Die Attraktion bin ich«, hauchte sie. »Du brauchst nur drei Zoll Reißverschluß nach unten zu ziehen.«

»Hier und jetzt?«

»Nicht hier, Dummkopf! Was hättest du davon?«

Sie ging noch dichter an mich heran und flüsterte mir Mammy's Geheimnis ins Ohr.

Ich begriff. Im Sommer ist Coney Island berühmt für das Strandleben an seinen Küsten. Manche Leute wollen auch im Winter nicht darauf verzichten. Mammy's Club deckte den Bedarf, allerdings nur für einen sehr kleinen Kreis.

Eves heißer Atem flüsterte mir unterdessen die Eintrittspreise ins Ohr. Ich rückte sie ein wenig auf Abstand. »Ich habe keine Badehose bei mir«, sagte ich.

Sie schüttelte sich vor Lachen. »Eine Badehose ist das letzte, was du brauchst.«

Als die Mädchen in der nächsten Tanzpause sich und uns neue Drinks holten, verständigte ich mich mit Phil. Es war zwecklos, hier herumzusitzen, wenn der Club andere Räume hatte, die wir nicht ohne weiteres überprüfen konnten.

Wir zahlten die Drinks und versprachen den Mädchen, bald wiederzukommen. Die Trinkgelder, die wir ihnen gaben, würde die Spesenabteilung als ruchlose Verschwendung ansehen und uns nie zurückerstatten.

Die Kälte der Winternacht blieb uns nicht erspart. Drei lange Stunden saßen wir im Jaguar und hielten den Eingang zu Mammy's Club im Auge. Von ein Uhr morgens ab verließen die ersten Gäste den Laden. Die Neonreklame über der Tür war hell genug, um jedes Gesicht zu erkennen.

Um drei Uhr morgens waren alle Autos bis auf einen alten dunkelroten Cadillac verschwunden. Vier Taxis erschienen auf der Bildfläche und holten die Mädchen ab. Wir hatten 18 Gäste gezählt. Ein gutes Dutzend mehr, als wir im Club gesehen hatten. In jedes Taxi stiegen vier Mädchen. Mammy's Turnriege bestand also aus 16 Girls.

Die Neonreklame erlosch. Wenig später verließ Mammy das Haus, verriegelte die Tür und packte ihre Pfunde hinter das Steuer des Cadillac. Der Wagen rauschte davon.

Phil gähnte. »Jetzt können auch wir uns ins Bett legen.«

Um neun Uhr abends bezogen wir unseren Beobachtungsposten in der Mermaid Avenue. Das Wetter hatte sich noch verschlechtert. Der Ostwind peitschte eiskalten Regen durch die Straße. Die Weihnachtsdekorationen über den Geschäften schaukelten wild. Auf der Verkehrsinsel an der Kreuzung schwankte ein großer Weihnachtsbaum unter den heftigen Windstößen.

Mammy war schon da. Ihr Cadillac parkte vor dem Eingang. Die Lichtreklame war eingeschaltet.

Die ersten Gäste kamen kurz vor zehn Uhr. Zwei Männer, die in einem blauen Buick Riviera vorfuhren. Danach lief das Geschäft an. Bis elf Uhr zählten wir 14 Männer in acht Fahrzeugen.

Damit schien Schluß zu sein. Kein Auto steuerte in der nächsten halben Stunde den Club an.

Ich löste die Verriegelung der Rückenlehne und reichte das Fernglas an Phil weiter. »Unnötig, daß wir beide aufpassen!« Ich zog mir den Hut über die Augen und versuchte, den versäumten Schlaf der letzten Nacht nachzuholen. Aber es war zu verdammt kalt im Wagen. Wir ließen nämlich, um keinen Verdacht zu erregen, den Motor nicht laufen.

Ich fiel schließlich in eine Art Halbschlaf, aus dem ein Tritt Phils mich aufscheuchte.

Phil hielt das Glas an die Augen. »Vassaris«, sagte er lakonisch.

Ich richtete mich auf und sah noch den Rücken eines Mannes, dem die Clubtür geöffnet wurde. Er trug einen blauen Mantel und einen Hut, von dessen Krempe das Wasser tropfte. Er trat in die Helligkeit des Clubraums. Bevor die Tür wieder geschlossen wurde, wandte er den Kopf und zeigte für eine Sekunde sein Profil.

Kein Zweifel! Nico Vassaris!

»Er kam in dem roten Thunderbird«, erklärte Phil. »Wo holen wir ihn uns?«

»Es kann vier oder fünf Stunden dauern, bevor er wieder rauskommt. Willst du so lange warten?«

»Um keinen Preis! Er kennt uns nicht. Wir haben eine gute Chance, dicht genug an ihn heranzukommen und ihn zu überrumpeln.«

Ich startete den Jaguar, steuerte ihn auf die andere Straßenseite und zwängte ihn in eine Lücke zwischen Vassaris' Thunderbird und einen Mercury.

Die hübsche Rothaarige, die uns beim ersten Mal eingelassen hatte, öffnete. Sie erkannte uns.

»Nett, Sie wiederzusehen! Bitte, tragen Sie sich in die Mitgliederliste ein, und zahlen Sie den Beitrag!«

Sie kassierte und begleitete uns zur Doppeltür.

Der Club war nicht stärker bevölkert als gestern. Drei Paare auf der Tanzfläche. Drei Mädchen an der Bar. Unbekannte Mädchen. Weder Eve noch Suzy unter ihnen. Auch Nico Vassaris sahen wir nicht.

Mammys groteske Fledermausgestalt flatterte uns entgegen. »Habt ihr Blut geleckt, Boys?« fragte sie triumphierend. »Falls ihr Eve und Suzy wiedersehen wollt, müßt ihr ...«

»An uns werden Sie heute kein Geld verdienen, Mammy«, sagte ich ernst. »Vor fünf Minuten hat Nico Vassaris Ihr hübsches Unternehmen betreten, und Sie werden uns zeigen, wo wir ihn finden.«

Sie hielt die Luft an. Ihr gewaltiger Busen hörte auf zu wogen. »Bullen?« fragte sie und zischte dabei wie ein undichter Dampfkessel.

»FBI!«

Das war ein schwerer Schlag für sie. Unter der Schminke wurde ihr Gesicht fahl. Der Turmbau ihrer Superperücke geriet ins Wanken.

Schließlich faßte sie sich. »Ich kenne keinen Nico Vassaris«, behauptete sie.

»Dafür sprechen Sie seinen Namen aber sehr fließend aus«, sagte Phil lächelnd. »Niemand verlangt, daß Sie ihn kennen. Zeigen Sie uns, wo sich der letzte Gast befindet, der unmittelbar vor uns hereinkam! Das genügt.«

Sie rollte die Augen und schaltete ihr Gehirn auf der Suche nach einem Ausweg auf Schnellgang.

»Mammy, wenn Sie auf unsere Wünsche nicht eingehen, rufen wir drei Dutzend Cops und veranstalten eine Razzia«, warnte ich. »Für Ihren Club können Sie im Anschluß daran Konkurs anmelden. Sie selbst bekommen ein Verfahren wegen Behinderung der Behörden an den Hals. Und falls es nicht ohne Feuerwerk abgeht, wird es noch übler für Sie.«

Sie schluckte schwer an dem Brocken. »Er ist unten«, flüsterte sie schließlich.

»Bringen Sie uns hin! Wir möchten nicht, daß Sie auf einen Alarmknopf drücken. Ich wette, daß es solche Spielereien bei Ihnen gibt.«

Wir nahmen sie in die Mitte.

Sie führte uns in den Vorraum zurück. Vorbei an dem rothaarigen Empfangsmädchen stampfte sie zur Stirnwand und zog einen roten Samtvorhang zur Seite. Dahinter wurde die Tür eines Fahrstuhls sichtbar.

Mammy drückte eigenhändig den Rufknopf. Die Kabine kam nach oben. Die Tür rollte zurück.

»Er ist unten«, wiederholte Mammy.

»Das sagten Sie schon! Gehen Sie hinein!«

Sie gehorchte, und wir zwängten uns zu ihr in die kleine Kabine.

Die Skala wies nur eine Taste für den Keller auf. Ich hob die Hand.

Mammy berührte meinen Arm. »Er ist bewaffnet«, sagte sie leise. »Ich habe Angst. Er wird rücksichtslos schießen.«

»Sie scheinen seine Gewohnheiten gut zu kennen.«

»Einige Mädchen gehören ihm.«

Ich drückte den Schalter. Die Tür schloß sich. Die Kabine glitt nach unten und blieb stehen. Als sich die Kabinentür öffnete, sahen wir einen gekachelten, von roten Neonröhren in erdbeerfarbenes Licht getauchten Gang vor uns. Wir hörten eine Art Hula-Hula-Musik. Hawai-Stimmung in New York und mitten im kalten Winter! Die Luft war warm und feucht.

Mammy mußten wir hart anfassen, damit sie mitkam.

Sie wollte zurückbleiben. Nach zehn Schritten knickte der Gang scharf nach rechts, und Mammy sperrte sich endgültig.

»Ich habe Angst. Wenn er mich sieht, schöpft er Verdacht.«

»Rühren Sie sich nicht vom Fleck!«

Wir ließen sie zurück und gingen weiter.

Die Musik wurde lauter, die Luft feuchter. Wir hörten Gelächter, spitze kleine Frauenschreie und Gläserklirren.

Der Gang erweiterte sich zu einer Art Garderobe. Sie beherbergte nicht nur Mäntel, sondern alles, was der Mensch zur Bekleidung braucht, von den Schuhen bis zur Krawatte.

Ein Vorhang aus Perlenschnüren trennte die Garderobe vom Duschraum. Ein Mittelgang und drei Duschnischen auf jeder Seite. Am Ende des Gangs wieder ein Perlenvorhang. Ich schlug ihn zurück. Wir sahen die Attraktion von Mammy's Club vor uns.

Bei uns nennt man ein Unternehmen, wie Mammy es betrieb, einen Frog-pond, einen Froschteich. Man braucht dazu einen Swimming-pool, gutgewachsene Mädchen, bequeme Liegen, eine fahrbare Bar und für die empfindlicheren Gemüter unter den Gästen ein paar Kabinen, in die sie sich zurückziehen können, selbstverständlich nicht allein.

Was man nicht braucht, sind Badehosen, Bikinis, nicht einmal Tangas. Aber das hatte die blonde Eve mir schon gestern klargemacht. Übrigens saß sie am Rand des Swimming-pools, die Beine bis zu den Knien im Wasser, und ein Kerl, der vor ihr im Wasser paddelte, hielt sich für einen Hai und biß ihr in die Waden. Es herrschte ein fröhlicher Betrieb, fast wie in einem Kinderplanschbecken, nur nicht ganz so harmlos.

Spaß beiseite! Zwei Männer in voller Bekleidung wirkten in dieser Umgebung befremdlich wie Astronauten auf einem Sommerfest. Und trotzdem waren wir nicht die einzigen. Auf der anderen Seite des Pools stand Nico Vassaris und unterhielt sich mit einer jungen Schwarzen. Er trug sogar seinen Mantel. Sie trug nichts außer einem Paar Badesandalen und einer goldenen Kette um die Hüften.

Eve sah uns. Sie hob einen Arm, winkte und rief: »He! Hallo!«

Einige Männer und ein paar Mädchen stimmten einen Chor an: »Ausziehen! Duschen!«

Klar, daß Vassaris aufmerksam wurde und sich umdrehte. Er war ein großer Kerl mit einem finsteren Seeräubergesicht, das von der langen gekrümmten Nase und von schwarzen Augen beherrscht wurde. Er kniff die Augen zusammen. Die rechte Hand verschwand in der Manteltasche.

An Überrumplung war nicht länger zu denken. Ich zog den 38er. Phil flitzte an mir vorbei nach rechts.

»Keine Bewegung, Nico!« rief ich.

Sein Gesicht verzerrte sich. Er riß die Hand aus der Tasche. Die kurzläufige Kanone in seinen Fingern spuckte Feuer. Mit der freien Hand griff er nach dem nackten Mädchen, um sie als Geisel und Schutzschild zu benutzen.

Ich hatte nur die Wahl, auf seinen Kopf oder seine Knie zu schießen. In jedem anderen Bereich hätte die Kugel das Mädchen gefährdet.

Ich wollte ihn nicht töten. Ich feuerte auf sein linkes Knie. Als meine zweite Kugel traf, knickte sein Bein weg. Er stand so dicht am Beckenrand, daß er nach vorn fiel und mit dem Gesicht voran ins Wasser klatschte.

Jetzt, da alles vorbei war, brach die Panik erst aus. Ich weiß nicht, wer lauter schrie, die Mädchen oder die Männer. Alles, was sich im Pool aufgehalten hatte, strampelte sich wie besessen ab, um aus dem Wasser rauszukommen, als wäre Vassaris eine Bombe, die jeden Augenblick explodieren könnte.

Der Grieche schlug mit den Armen und wälzte sich schwerfällig herum wie ein torpedierter Wal. Die nassen Kleider und der schwere Mantel behinderten ihn. Aber die Kanone hielt er noch in der Hand! Revolver funktionieren nicht selten auch dann noch, wenn sie naß geworden sind.

Phil und ich standen am Rand, die 38er im Beidhandanschlag.

»Weg mit der Kanone, Nico!« befahl Phil scharf. »Du hast keine Chance.«

Dunkle Blutschlieren breiteten sich um Vassaris im von unten beleuchteten grünblauen Wasser aus.

Er begriff. Wahrscheinlich fühlte er erst in dieser Sekunde den Schmerz. »Okay, okay«, sagte er heiser. »Schießt nicht!«

Er öffnete die Finger. Der kurzläufige Revolver trudelte abwärts und blieb auf den Fliesen des Poolbodens liegen.

Das Dinner, das die vier Männer eingenommen hatten, dauerte drei Stunden. Erst um Mitternacht wurde der Mokka serviert. Der Oberkellner fragte nach den Wünschen für die Zigarren.

»Für mich eine Paraguera«, verlangte Carlo Verronese.

Vito Calo, der älteste, schüttelte den Kopf. »Der Arzt hat mir das Rauchen verboten. Bring mir einen Grappa zum Kaffee!«

Sid Strass bevorzugte Zigaretten, und Larry Rake ließ sich eine Brasil bringen.

Die vier Männer waren auf neutralem Boden

zusammengekommen, in einem separaten Raum des Waldorf Astoria Hotels. Noch vor drei Monaten hatte eine Truppe Carlo Verroneses einen Nachtclub, der von Strass und seiner Organisation »beschützt« wurde, verwüstet, und Vito Calo war überzeugt, daß das Feuer, dem zwei seiner Lagerschuppen im Hafen zum Opfer fielen, auf Larry Rakes Befehl gelegt worden war.

Trotz unbeglichener Rechnungen hatten sie sich zu einem Friedensabkommen entschlossen, weil mehr auf dem Spiel stand als die Herrschaft über ein paar Straßenzüge oder Hafenpiers.

Als die Zigarren brannten und der Oberkellner die schalldichte Doppeltür hinter sich geschlossen hatte, blies Carlo Verronese genüßlich Rauchringe gegen die Decke.

»In wenigen Wochen werden wir eine ganze Insel besitzen. Nicht ein kahles Korallenriff im pazifischen Ozean, sondern eine Insel direkt vor der Haustür der USA, bewohnt von 35 000 Männern, Frauen und Kindern. Eine Insel mit Straßen, Häusern und einer Hauptstadt. Mit Bananenplantagen, Kakaofeldern, Palmenwäldern. Mit einer Polizei, die auf unser Kommando hört. Was denkt ihr? Sollen wir uns eine eigene Armee zulegen?«

»Soviel ich weiß, existiert eine Armee«, sagte Larry Rake. »Sie steht aber nicht auf unserer Seite.«

»Gerade aus diesem Grund habe ich dich aufgefordert mitzumachen. Zwar sind neunzig Prozent der Armee auf der Hauptinsel stationiert. Aber gegen die rund dreihundert Soldaten, mit denen es auf unserer Insel Ärger geben könnte, brauchen wir mehr und größere Waffen als ein Dutzend Maschinenpistolen. Wir brauchen Panzerfäuste, Abschußgeräte für tragbare Raketen, Sprengstoff und Handgranaten. Vielleicht auch Wasserminen zur Blokkade des Hafens, falls von der Hauptinsel Soldaten per Schiff geschickt werden. Larry, du bist der Mann, der solche Dinge besorgen und verladen kann.«

»Ein Schiff und Waffen, wie du sie verlangst, bedeuten einen Einsatz von mindestens drei Millionen Dollar.«

Verronese wies mit einer Handbewegung auf sich, dann auf den grauhaarigen Vito Calo.

»Vito und ich haben fünf Millionen in das Unternehmen investiert. Wir wissen, daß wir den zehnfachen, den hundertfachen Gewinn herausholen werden. Die Insel ist ein Geschäft auf lange Sicht.«

Er beugte sich vor, streckte die linke Hand aus und ballte sie zur Faust. »Bedenkt, was wir in die Hand bekommen! Nicht nur eine Insel, sondern einen Staat, in dem wir die Herren sind. Alle Einrichtungen und Organisationen, die zu einem Staat gehören, und sei er noch so klein, werden uns zur Verfügung stehen. Du, Sid«, er wandte sich Sidney Strass, »wirst über eine eigene Bank verfügen. Keine Bankenaufsicht wird prüfen, woher die Gelder kommen, mit denen deine Bank internationale Geschäft abwickelt. Alle Dollars, die wir illegal in den Staaten verdienen, können wir über unsere eigene Staatsbank weißwaschen und für unsere Rechnung in den Wirtschaftskreislauf einfließen lassen. Wenn sich diese Möglichkeit erst einmal herumgesprochen hat, Sid, werden unserer Bank Gelder aus aller Welt zuströmen. Die Ragazzi aus der alten Heimat werden Milliarden Lire, verdient durch Erpressung und Entführung, bei uns anlegen. Südamerikanische und afrikanische Diktatoren werden uns ihre zwischen zwei Putschen geplünderten Staatsschätze anvertrauen. Steuerflüchtlinge aus der ganzen Welt werden bei uns Konten eröffnen.«

Verronese lehnte sich zurück und lachte schallend. »Wir werden die Schweizer Bankiers das Fürchten lehren. Nicht mehr ihre Nummernkonten, sondern unsere Bank wird die erste Adresse für heißes Geld in Milliardenhöhe sein.«

Sidney Strass, mager, glatzköpfig, mit schwarzen Augenbrauen über einer schmalrückigen, dünnhäutigen Hakennase zerdrückte die Zigarette, die vielleicht 50. oder 60. des Tages, zwischen den nikotinverfärbten Fingern. »Eine eigene Bank würde eine Menge Möglichkeiten eröffnen, Geld zu scheffeln«, stieß er in seiner hastigen, sich überschlagenden Sprechweise hervor. »Man kann Fonds gründen und sie ausplündern. Robert Vescos hat damit vor Jahren einige hundert Millionen Dollar gemacht. Sogar Blüten fremder Währungen lassen sich auf dem Weg durch eine Bank legalisieren.«

Er wischte mit dem Handrücken über die nassen Lippen. Die Strass-Organisation betrieb in großem Stil Schwindelgeschäfte jeder Art, angefangen von Grundstücksbetrügereien bis zum Handel mit faulen Aktien. Sidney Strass lief bei dem Gedanken an die Bank das Wasser im Mund zusammen.

Carlo Verronese stand auf. »Ich hätte euch eine Landkarte mitbringen sollen, damit ihr seht, wo unsere Insel liegt«, sagte er in fast feierlichem Tonfall. »Eine gute Flugstunde von Miami, knapp vier Flugstunden von New York. Der größte Rauschgiftmarkt der Welt liegt vor unserer Insel. Wir können die Rohware aus Südamerika und aus dem Orient beziehen und in den modernsten Laboratorien verarbeiten lassen, die wir auf der Insel bauen werden. Auf jede Tarnung können wir verzichten. Kein Schnüffler wird auftauchen und fragen, was wir in unseren Küchen zusammenbrauen.«

Calo sagte: »Vergiß die anderen Möglichkeiten nicht, über die wir gesprochen haben.« Als einziger sprach er Englisch mit dem harten Akzent des Sizilianers.

»Du denkst wie immer zuerst an die Girls, alter Lüstling«, antwortete Verronese lachend. »Die Insel hat wunderbare Strände. Der Tourismus steckt noch in den Anfängen. Von den beiden Hotels, die es gibt, gehört das einzig moderne Haus mir. Sobald wir die Insel vereinnahmt haben, werden wir ein Dutzend Hotels bauen. Wir werden eine ganz neue Art von Tourismus aufbauen. Zimmer mit Frühstück und Mädchen inklusive. Wir verwandeln die Insel in ein großes Bordell und fliegen die Kunden aus allen Großstädten in Jumboladungen ein. Nicht einmal um den Nachschub an Girls brauchen wir uns Gedanken zu machen. Unter den Bewohnern unserer Insel sind mindestens viertausend Mädchen, die wir für uns arbeiten lassen können. Für den verwöhnten Geschmack beschaffen wir Mädchen aus der ganzen Welt. Sobald wir fest im Sattel sitzen, führen wir auch das Glücksspiel ein. Aber damit werden wir behutsam verfahren, um die Leute nicht zu verärgern, die Las Vegas und Atlantic City betreiben.«

Er wandte sich an Larry Rake. »Bist du nun überzeugt, daß sich der Einsatz von zwei oder drei Millionen lohnt?«

Rake war der Jüngste im Kreis der Gangsterbosse, ein sehniger Mittdreißiger, groß, mit einem kantigen Gesicht, kurzgeschnittenem Haar und mißtrauischen grauen Augen.

»Was du sagst, hört sich gut an. Trotzdem will ich alle Einzelheiten kennen, bevor ich mich entscheide.«

»Selbstverständlich«, antwortete Verronese mit großer Geste. »Die Insel wird uns allen zusammen gehören. Eine Republik der Mafia!«

Zwei Tage vor Weihnachten erlaubten uns die Ärzte des Mount Sinai Hospitals, mit Nico Vassaris zu sprechen.

Die Flure und Gänge des Hospitals waren schon für Weihnachten geschmückt.

Über den Türen hingen Girlanden mit Lametta und bunten Kugeln. Überall standen Tannenbäume aus Kunststoff mit elektrischen Kerzen.

Die Ärzte hatten in einer langen Operation in Vassaris Knie Metall und Knochen auseinandersortiert und versucht, die Knochenstückchen zu einer Kniescheibe und was da sonst noch gebraucht wird, zusammenzupuzzeln. Ob Vassaris jemals wieder normal würde gehen können, stand noch lange nicht fest.

Als Phil und ich in Begleitung eines Arztes das Zimmer betraten, knirschte Vassaris hörbar mit den Zähnen.

»Ich will nicht mit den Schnüfflern sprechen, Doc!« brüllte er. »Sie können nicht zulassen, daß die Bastarde einen kranken Mann, den sie brutal zusammengeballert haben, auch noch durch die Mangel drehen.«

»Sie sind vernehmungsfähig, Mr. Vassaris«, antwortete der Arzt kühl und ließ uns mit dem Gangster allein.

Wir zogen zwei Stühle ans Bett. Phil führte das Gespräch. »Paß auf, Nico!« sagte er. »Das ist ein Gespräch, kein Verhör. Wir lassen die Formel weg und sagen dir, wo deine Chancen liegen. Am vierzehnten September hast du den Botschafter bei der UN, James Cranch, auf der Straße von Franco's Taverne erschossen ...«

»Hab' ich nicht!« schrie Vassaris.

»Mach dir keine Illusionen, Nico! Wir haben deine Kanone vom Grund des Froschteichs heraufgeholt. Es ist die Waffe, mit der James Cranch ermordet wurde.«

»Das beweist noch nicht, daß ich den Mann umgelegt habe. Ich habe die Kanone nach dem vierzehnten September gekauft oder gefunden. Sucht euch aus, was euch besser gefällt!«

»Nico, mit derselben Kanone hast du im Juni Wesley Quart getötet. Außerdem gibt es für beide Morde Augenzeugen. Das Motiv für den Mord an Wesley Quart ist klar: Konkurrenzneid. Aber warum hast du den UN-Diplomaten getötet? Wer hat dich dafür bezahlt?«

»Wie kann ich für einen Mord bezahlt worden sein, den ich nicht begangen habe?« brüllte er.

»Du hast ihn begangen«, beharrte Phil gelassen. »Deine Waffe und die Zeugen werden dich so nahtlos überführen, daß der Richter die Höchststrafe aussprechen wird, falls du dir nicht als Kronzeuge mildernde Umstände verdienst. Ich frage dich noch einmal: Wer hat den Mord an James Cranch bestellt?«

Vassaris nagte lange an seiner Unterlippe. Wir ließen ihm Zeit zum Nachdenken. Schließlich schüttelte er den Kopf. »Mit meiner Aussage könnt ihr nichts anfangen. Ich bin dem Mann nur einmal begegnet.«

»Wo?«

Er grinste. »Da, wo wir uns auch begegnet sind: in Mammy's Club.«

»Ich nehme an, daß du seinen Namen weißt oder dich erinnerst, wie er sich nannte.«

»Ich weiß nicht einmal, welchen Anzug er trug. Er war splitternackt, und ich war's auch. Er war ein Kunde im Froschteich. Wir nahmen ein paar Drinks zusammen und einigten uns über den Auftrag. Er gab mir einen Umschlag aus Plastik wegen der Nässe. Darin waren das Geld und das Foto. Wir schüttelten uns die Hände. Als ich den Froschteich verließ, lag er auf einer Massagebank und ließ sich von zwei Mädchen bearbeiten. Er winkte mir zu. Wiedergesehen habe ich ihn nicht.«

»Beschreib uns, wie er aussah!«

»Ungefähr vierzig Jahre alt, so groß wie ich, dunkelblondes Haar, muskulös, behaarte Brust und eine große Kreuznarbe an der rechten Hüfte. Irgendwer muß mit einem Messer mal in ihm rumgestochert haben.«

»Wieviel hat er für den Mord gezahlt?«

»Fünftausend Dollar!«

»Ein niedriger Preis für einen Mord!«

Vassaris verzog das Gesicht. »Geh zur Hölle, G-man! Ich weiß nicht, warum ich überhaupt auspacke. Bringt mir ja doch nichts ein.«

Phil ließ sich nicht beirren. »Zahlte er bar?«

»Das Geld war mit dem Foto im Plastikumschlag.«

»Ein niedriger Preis und Vorausbezahlung. Vertrauen gegen Vertrauen! Bei einem Mann, dessen Namen du nicht weißt und den du niemals vorher gesehen hattest? Die Story ist nicht vollständig, Nico.«

Er drehte den Kopf zur Seite. »Leck mich ...«, knurrte er.

»Dein Auftraggeber besaß eine Empfehlung, oder?«

»Ich habe Schmerzen! Ruft den Arzt!«

»Nico, du bist nicht eigentlich ein Berufskiller, sondern ein Mädchenschinder. Du verdienst die dreckigen Dollars eines Zuhälters. Aber die Prostitution ist ein Mafia-Geschäft. Wer da mitmischen will, braucht eine Lizenz, oder er lebt nicht lange. Die Lizenz kostet einiges, im Normalfall einen saftigen Anteil an den Einnahmen. Gelegentlich werden auch statt Dollars gewisse Dienstleistungen verlangt, zum Beispiel ein Mord. Besaß dein Kunde im Froschteich eine Empfehlung der Mafia, Nico?«

»Fuck yourself!« brüllte der Grieche.

Über der großen Wandkarte der Stadt New York im Büro unseres Chefs hing eine andere Landkarte: viel Wasser und eine Kette von Inseln.

»Die Inselrepublik Tarrena«, sagte John D. High. »Vor fünf Jahren noch englisches Kolonialterritorium. Seit der Unabhängigkeit Mitglied der UN. Ungefähr hundertfünfzigtausend Einwohner. Davon leben etwa zwei Drittel auf der Hauptinsel Tarrena und gut dreißigtausend auf der zweitgrößten Insel Cochillo. Die Bevölkerung setzt sich aus den Nachkommen der Negersklaven, aus Europäern, Indern und Asiaten zusammen, die während der britischen Kolonialepoche ins Land kamen. Nach der Unabhängigkeit sind britische Verwaltungsbeamte und Geschäftsleute geblieben und haben die Nationalität der Republik angenommen. Der ermordete UN-Botschafter Cranch war einer dieser Ex-Engländer. Er stammte von der Insel Cochillo.«

Mr. High kehrte von der Landkarte zu seinem Schreibtisch zurück.

»Es steht fest, daß Vassaris den Botschafter ermordet hat und zwar im Auftrag eines Unbekannten, der Beziehungen zur Mafia unterhält. Für die Ermordung sind zwei Motive denkbar. Entweder war Cranch in Geschäfte mit der Mafia verwickelt, was trotz seines hohen Diplomatenrangs nicht auszuschließen ist. Wir wissen längst, daß manche Diplomaten ihre besonderen Rechte mißbrauchen. In erster Linie zum Einschmuggeln von Rauschgiften oder zu krummen Devisengeschäften. Der zweite Grund für den Mord könnte darin zu suchen sein, daß Cranch irgendwelchen Politikern in seiner Heimat im Wege stand. Er war einer der führenden Männer auf der Insel Cochillo, und die Zentralregierung auf Tarrena mußte mit ihm rechnen.«

Der Chef hob den Kopf, lächelte und stellte eine überraschende Frage: »Haben Sie Vorbereitungen für Ihre Weihnachtsfeier getroffen?«

Phil und ich sahen uns an.

»Nein, nichts Besonderes«, antwortete ich zögernd, weil ich es nicht für richtig hielt, die österreichische Skilehrerin zu erwähnen, bei der ich im vorigen Jahr in Snow Yalley einen Wedelkurs absolviert hatte, manchmal 24 Stunden am Tag. Sie würde auch in diesem Jahr mit richtigem Hüftschwung den Jungens die große Abfahrt beibringen. Ich hatte mit dem Gedanken gespielt, zwischen Weihnachten und Neujahr für ein paar Tage und Nächte hinzufliegen. Aber das brauchte Mr. High nicht zu wissen.

Auch Phil verneinte die Frage und verschwieg damit eine bestimmte, äußerst attraktive Modejournalistin, die auf seine Begleitung bei einem Drei-Tage-Trip durch Paris bei Nacht rechnete.

»Sehr schön«, sagte Mr. High. »Das Außenministerium hat die Zustimmung der Regierung von Tarrena erwirkt, daß US-Beamte im Mordfall James Cranch Nachforschungen auf dem Gebiet der Inselrepublik vornehmen dürfen. Sie haben volle Handlungsfreiheit und sind nicht verpflichtet, sich als FBI-Agenten erkennen zu geben. Selbstverständlich müssen Sie Ihre Waffen zu Hause lassen. Falls Cranch aus politischen Gründen ermordet wurde, hat es keinen Sinn, mit der Polizei am Ort zusammenzuarbeiten. Bei einem anderen Motiv vermutlich auch nicht. Aber natürlich dürfen Sie nicht selber Gewalt anwenden.«

Er legte einen Notizzettel zu den vorbereiteten Unterlagen. »In einem Notfall können Sie sich an Lee Kakamura wenden. Sie finden die Adresse auf diesem Zettel. Kakamura ist ein Juwelenhändler japanischer Herkunft und gleichzeitig Informationslieferant des CIA.«

»Wann sollen wir reisen, Sir?«

»Morgen früh, Jerry! Sie benutzen einen Charterflug. Vierzehn Tage Urlaub im Strandhotel Las Roccas.« Er übergab uns zwei Mappen. »Sie sind Angestellte der New Yorker Hafenbehörde. Ihre Namen wurden nicht geändert.«

»In Ordnung, Sir.« Wir standen auf.

Der Chef sagte: »Ich hoffe, ich verderbe Ihnen nicht die Weihnachtstage. Man hat mir gesagt, die Tarrena-Inseln seien ein beliebtes Fluchtziel vor dem Winter, und um Weihnachten sei dort viel los.«

Als die Maschine abhob, tobte der erste, noch bescheidene Schneesturm des Winters über New York. Die DC 10 war mit 300 fröhlichen Rentnern und Pensionären beiderlei Geschlechts randvoll besetzt. Sobald die Maschine ihre Reiseflughöhe erreicht hatte, begannen sie, Weihnachtslieder zu singen, ließen sich Drinks servieren oder entkorkten die mitgebrachten Flaschen aus den Duty-free Shops. Es dauerte nicht lange und die Stewardessen hatten alle Hände voll zu tun, sich der Zudringlichkeit lebenslustiger Greise zu erwehren.

Vier Stunden dauerte der Flug. Um ein Uhr Ortszeit landete die Maschine auf dem Flughafen von Tarrena in strahlender Sonne. Eine Palme, geschmückt mit Lametta und bunten Kugeln, geriet in unser Blickfeld. Ein Schild hing daran mit der Aufschrift: Happy Christmas. Die Temperatur lag bei 30 Grad Celsius.

Das Abfertigungsgebäude stammte noch aus der Kolonialzeit und war dem Ansturm des modernen Massentourismus nicht gewachsen. Die Koffer wurden von einer Kolonne dunkelhäutiger Träger Stück für Stück aus der Maschine geholt. Es dauerte Stunden, bis jeder sein

Gepäck hatte. Den ältlichen Ladys verrutschten bei der Suche die Perücken, und sie stießen spitze Schreie der Verzweiflung aus.

Draußen warteten Busse mit den Namen der Hotels an der Windschutzscheibe. Der Bus für das Hotel Las Roccas war der letzte in der Reihe. Er brachte uns und ein knappes Dutzend jüngerer Leute, die in der Menge der Rentner nicht aufgefallen waren, zum Hafen. Wir wurden auf eine Fähre verladen.

20 Seemeilen Wasser trennen die Inseln Tarrena und Cochillo. Nach zwei Stunden legte die Fähre im Hafen von Cochillo City an.

Die Las-Roccas-Gäste wurden von vier Taxis abgeholt. Eine kurze Fahrt entlang der Küste auf einer Straße ohne Seitenbegrenzung und voller Schlaglöcher. Dann eine Abzweigung mit einer makellosen Asphaltdecke und die letzten 300 Yards durch einen tropisch üppigen Park bis vor ein großes weißes Gebäude.

Die Halle des Hotels war riesig. Sitzgruppen umrahmten Marmortische. Eine Bartheke von 30 Yards Länge beanspruchte die rechte Seitenwand. Mädchen in Bikinis kreuzten unser Blickfeld. Fette Männer in Bermuda-Shorts steuerten die Bar an. Ein paar Muskelprotze bewegten sich mit angehaltener Luft und geschwollenen Muskeln wie balzende Hähne.

In der Hallenmitte ragte ein Weihnachtsbaum mit Engelhaaren und elektrischen Kerzen auf.

Ein großer Mann in einer weißen Jacke trat auf uns zu. »Ich bin Mike Bondy, der Hotelmanager. Willkommen und fröhliche Weihnachten!«

Der Mann tauchte wie ein Schemen aus der Dunkelheit auf. Cate sah das weiße Hemd, die weißen Jeans und das Weiß in seinen Augen. Die dunkle Haut des Gesichts, der Arme und Hände verschmolz mit der Dunkelheit der Nacht. Die Turnschuhe machten seinen Gang lautlos.

»He, Ma'am, möchtest du Koks?« flüsterte er scharf. »Ich habe feine Ware! Sehr sauber! Sehr billig!«

Cate Hergan zwang sich, nicht schneller zu gehen. Cochillo City galt nicht als gefährliche Stadt, auch nicht bei Nacht, aber Cate hatte sich in die Gassen des Hafenviertels vorgewagt. Für eine Frau ohne Begleitung auf jeden Fall ein gewagtes Unternehmen.

»Stehst du nicht auf Koks, Ma'am?« Der Farbige blieb an ihrer Seite. Er roch scharf, aber nicht unangenehm – wie nach einem beißenden exotischen Gewürz. »Willst du Heroin? Hab' ich auch. Reiner Stoff mit feinstem Milchzucker gestreckt. Kein Risiko!«

Sie sah seine Zähne in einem lautlosen Lachen aufblitzen.

»Nimm nicht Heroin, Ma'am! Nimm Koks! H macht dich schlapp! Mag sein, deine Seele segelt davon, aber dein Körper liegt herum, als wärst du schon tot.«

Er legte die Hand auf Cates nackten Oberarm. Die Hand war groß, warm und trocken. Als er die Finger schloß, hatte Cate das Gefühl, ihr Arm stecke in einer Schraubzwinge.

»Oder willst du Liebe, Ma'am? Ich bin gut! Ich gebe dir Liebe die ganze Nacht.«

Sie gerieten in den Lichtschein einer primitiven Neonreklame über einer weit offenstehenden Haustür. Die Leuchtröhren formten die Buchstaben *Caribbean Disco.* Ein Drittel der Röhren brannte nicht. Die Musik, eine Mischung aus Reggae und Limbo, hallte aus dem Eingang wie aus einem Schalltrichter. Der Mann blieb stehen, aber er gab Cate nicht frei. »Wir gehen tanzen, Ma'am! Ich bin ein großer Tänzer. Habe Wettbewerbe gewonnen. Du tanzt dich heiß, Ma'am! Dann gebe ich dir Koks und dann ...« Wieder das lautlose Lachen. »... dann Liebe, soviel Liebe, daß du vor Freude schreist.«

Im rötlichen Schein der bruchstückhaften Neonreklame sah sie ihn zum ersten Mal. Er sah fremd aus, aber nicht häßlich. Das Haar trug er in zahllosen dünnen Zöpfen geflochten, die bis zu den Schultern reichten.

Ralph hatte ihr erzählt, daß diese seltsame Zopffrisur ein Kennzeichen war für eine kleine Gruppe der einheimischen farbigen Bevölkerung. Eine Art geheimer Orden, dem ausschließlich Männer zwischen 20 und 40 Jahren angehörten. Sie duldeten nicht, daß sich jemand, der nicht zu ihrer Gruppe gehörte, das Haar flocht. Sie zwangen ihn, darauf zu verzichten, oder sie schoren ihm den Kopf kahl.

Die Bevölkerung schien sie zu fürchten, etwa so wie die Bewohner einer Großstadt eine Rockergang fürchtet. Ralph hatte herausgefunden, daß sie den Dialekt der Inselbewohner sprachen, jene Mischung aus Spanisch, Englisch und afrikanischen Stammessprachen. Sie wurden Sauvages genannt, was soviel wie die ›Wilden‹ bedeutet. Sie beherrschten den Rauschgifthandel auf der Insel und die Kleinkriminalität im Hafen. Außerdem hatten sie erfahren, daß manche Touristinnen von ihrem Aussehen und dem Ruf ihrer Wildheit eher angezogen als verschreckt wurden. Auch daraus machten sie ein Geschäft.

Das alles war nichts Besonderes. Ausgefallene Frisuren zählen rund um den Globus zu den verzweifelten Versuchen des Menschen, seine Identität zu finden und Aufmerksamkeit zu erregen. Und überall in exotischen

Urlaubsgebieten versuchen Millionen arbeitsloser junger Männer, ein bißchen Geld an den Sehnsüchten der Touristen zu verdienen.

Das Besondere an den Sauvages war der Mann, der als ihr Anführer galt. Der Mann, den sie The Great Waandoo nannten, wobei Waandoo soviel wie Zauberer oder Hexenmeister bedeutete. Niemals hatte irgend jemand, der nicht zu den Sauvages zählte, The Great Waandoo zu Gesicht bekommen. Ja, es war nicht einmal sicher, ob sich hinter der Bezeichnung ein lebender Mensch verbarg, oder ob es sich um eine Kultfigur, eine Art Götzen handelte, den die Sauvages verehrten und zum Mittelpunkt ihrer pseudoreligiösen Zusammenkünfte gemacht hatten.

»Ich will nicht tanzen«, sagte Cate.

»Nicht tanzen? Sofort Liebe?«

Mit einer geschickten Bewegung, die ihn überraschte, befreite sie ihren Arm. »Du bist ein Sauvage, oder?« fragte sie. »Wann hast du zum letzten Mal deinen großen Waandoo gesehen?«

Sein Gesicht verfinsterte sich. Das breite Lächeln verschwand.

»Was weißt du von Sauvages und Great Waandoo? Wer hat dir davon erzählt?«

»Ein Mann in New York! Ein Journalist! Er war drei Monate auf eurer Insel, und er hat eure Sekte genau studiert. Er hat mich neugierig gemacht. Gibt es eine Chance, Mr. Waandoo zu sehen? Ich würde es mich ein paar Dollar kosten lassen.«

Eine halbe Minute lang starrte er sie stumm an. »Warten!« sagte er dann und ging in die Disco. Nach wenigen Minuten kam er mit zwei Farbigen zurück, deren Zöpfe sie als Sauvages auswiesen. Einer von ihnen hatte ein pockennarbiges Gesicht. Der andere war ein magerer, sehr junger Mann, ein knapp 20jähriger, in einem blutroten T-Shirt.

»Komm!« befahl der Pockennarbige.

Er ging voraus. Als er in eine schmale, finstere Gasse einbog, zögerte Cate.

Die beiden anderen faßten ihre Arme und zogen sie mit. Sie sträubte sich, und der Gedanke, daß sie zuviel riskiert hatte, schoß ihr durch den Kopf. Trotzdem schrie sie nicht.

Die Finsternis in der Gasse war so vollkommen, daß sie den Wagen erst erkannte, als sie unmittelbar davorstand.

»Steig ein!« Der Pockennarbige öffnete die Tür.

»Wohin wollt ihr mich bringen?«

»Du hast gesagt, Waandoo sehen! Okay! Waandoo vielleicht will dich sehen!«

Sein Englisch war schlechter als das des Mannes, der sie angesprochen hatte.

Cate Hergan stieg ein. Die Männer nahmen sie in die Mitte. Der Junge im roten T-Shirt fuhr den Wagen. Als er den Motor startete und das Licht einschaltete, flammte nur ein Scheinwerfer auf.

Der Wagen war ein großer, alter Buick mit zerfetzten Polstern. In zwei Fenstern fehlte die Verglasung. Der Motor ballerte die Abgase wie Explosionen durch die Rostlöcher im Auspuff.

Die Männer wechselten Sätze in Caribbean-Englisch, von denen Cate nur einzelne Worte, nie den Inhalt erfaßte. Die Fahrt dauerte nicht länger als 20 Minuten. Sie endete vor einer großen Wellblechbaracke. Im Licht des einäugigen Scheinwerfers sah Cate Hergan fünf Sauvages, die auf dem Boden hockten, rauchten und die Oberkörper im Rhythmus der Handtrommeln bewegten, die zwei von ihnen bearbeiteten.

Der Pockennarbige stieg als erster aus, winkte Cate

und führte sie zur Baracke. Er stieß eine Tür auf. »Geh rein!« befahl er.

Hinter Cate schmetterte die Tür ins Schloß wie ein blecherner Gong.

Bis auf einige Kerzen, die vor einer großen Holzfigur brannten, lag der Raum im Dunkel. Die Figur, die bis zur Decke reichte, war ein Götzenbild, grob geschnitzt, mit roter Farbe gestrichen, mit Muschelketten und Plastikschmuck behängt. Die Figur wirkte auf Cate nicht furchterregend, sondern billig und lächerlich wie aus einem schlechten Film.

Bis auf die Trommeln draußen blieb es still.

Cate ging näher an die Holzfigur heran. »Guten Abend«, sagte sie spöttisch. »Sind Sie Mr. Waandoo?«

Wie als Reaktion auf ihre Frage flammte ein weißer Spotscheinwerfer auf. Cate erschrak heftig und fuhr herum. Niemand war zu sehen. Der Lichtkegel wanderte über den schmutzigen Fußboden beharrlich auf Cate zu und erfaßte sie.

»Was willst du?« fragte eine Männerstimme, und für eine Sekunde wurde Cate von dem wahnwitzigen Gedanken überfallen, die Holzfigur habe gesprochen. Sie holte tief Luft und bemühte sich, ihre Nerven unter Kontrolle zu halten.

»Ich möchte den großen Waandoo sehen«, antwortete sie.

»Pah, eine Weiße! Meine Geheimnisse sind nicht für weiße Weiber bestimmt. Geh und laß dich von einem Sauvage bumsen! Das ist alles, was du über uns erfahren kannst!«

Sein Englisch wies einen starken Akzent auf, war aber im übrigen korrekt. In Cate keimte der Verdacht, daß er den Akzent absichtlich anwendete.

»Ich bin nicht neugierig auf eure Geheimnisse, denn

ich kenne sie. Ich weiß alles über die Organisation und ihre Absichten.«

Sie erhielt keine Antwort und setzte nach: »Anscheinend glauben Sie mir nicht! Also hören Sie gut zu! Vor einigen Monaten hielt sich der Journalist Ralph Forrest auf Cochillo auf. Was er herausfand, war so explosiv, daß er am Tage seiner Ankunft in New York ermordet wurde. Sein Manuskript und alle Beweise wurden geraubt und wahrscheinlich vernichtet. Aber Ralph hat gewußt, daß er mit seinen Nachforschungen in ein Hornissennest gestochen hatte. Also fertigte er von allen Dokumenten und seinem Manuskript Kopien an und sorgte dafür, daß sie in die Hände des einzigen Menschen gelangten, dem er ganz vertraute.«

»Wer ist das?« fragte die Stimme hinter dem Licht.

»Ich.«

Wieder folgte eine lange Schweigepause, bevor er seine erste Frage wiederholte.

»Was, willst du?«

»Fünfzigtausend Dollar«, antwortete sie. »Für euch ist die Summe nicht mehr als ein Trinkgeld.«

Cate wußte, daß ihr Bluff platzen konnte, wenn er weitere Fragen stellte. Sie besaß weder eine Kopie des Manuskriptes noch irgendwelche Dokumente. Alles, was sie von Ralph Forrest vor seiner Abreise erfahren hatte, war ein Name, eine Bezeichnung gewesen. Ein Wort, das Angst, Gewalt und Tod bedeutete.

Der Spotscheinwerfer erlosch. Die wenigen Kerzen vor dem roten Götzenbild blieben als einzige schwache Lichtquelle.

»He, Mr. Waandoo!« rief Cate. »Hören Sie mich?«

Die Blechtür wurde geöffnet, und der pockennarbige Sauvage kam herein. Er packte Cates Arm und zog sie aus der Wellblechbaracke zum Buick. Der Junge im

T-Shirt saß schon wieder oder noch immer hinter dem Steuer.

»Einsteigen!« befahl der Pockennarbige.

Wieder sprachen sie während der Fahrt kein Wort mit Cate. Der T-Shirt-Junge jagte den einäugigen, scheppernden Wagen mit solcher Geschwindigkeit durch Schlaglöcher und Bodenwellen, daß Cate sich wie auf einer Schüttelrutsche vorkam.

Die Fahrt war kurz, kaum länger als zehn Minuten. Als der Wagen stoppte, sah Cate die Umrisse hoher Palmen gegen den Nachthimmel.

Der Pockennarbige öffnete die Tür. »Raus!«

Sie weigerte sich nicht. Sobald sie ausgestiegen war, wurde die Tür ins Schloß gezerrt, und der Buick donnerte im Geknatter seiner Auspuffexplosionen in die Nacht davon.

Cate atmete tief ein. Nach dem strengen Geruch der Männer empfand sie die Luft befreiend frisch. Ihre Augen gewöhnten sich an die Dunkelheit. Sie erkannte, daß sie auf einer schmalen Straße stand. Hinter ihr ragten Palmen hoch. Vor ihr spiegelten sich die Sterne als glitzernde Reflexe in der unruhig bewegten Fläche des Meeres, und sie hörte das auf- und abschnellende Rauschen der Brandung.

Sie vermutete, daß sie sich auf der Küstenstraße befand. In der Hoffnung, irgendwie das Hotel zu erreichen, wandte sie sich nach rechts.

Für einen echten Urlaub wäre es ein schäumender Start gewesen. Am Nachmittag hatten wir die Mädchen am Swimming-pool des Hotels kennengelernt: Grace aus Miami und Birdy aus Chicago. Graces Vater lieferte der US Army Elektronik. Birdy verfügte über ein eigenes ererbtes Aktienpaket. Sie hatten gemeinsam ein College besucht, und sie amüsierten sich drei- oder viermal im Jahr gemeinsam bei Skilaufen, Wellenreiten und Männerfang. Sie hatten uns ihre Netze übergeworfen und sie zugezogen. Wir konnten nur noch zappeln.

Vom Swimming-pool an die Bar, von der Bar in den Dining-room, von dort mit einem Umweg über die Bar in die Cocoa Disco des Hotels. Dann hatten sie uns in Graces Auto, einem offenen Suzuki-Geländewagen, gezerrt und waren mit uns landeinwärts zu einem geheimnisvollen Ziel gefahren.

Das Ziel hatte sich als ein großes weißes Ranchgebäude inmitten einer Bananenplantage entpuppt. Irgendein geschäftstüchtiger Bursche hatte das Haus zu einem Nightclub ausgebaut, in dem sich die Bewohner der Insel und die Touristen trafen. Alles stand zur Verfügung. Hübsche dunkelhäutige Mädchen ebenso wie verwegen aussehende Farbige mit geflochtenen Zöpfen als Haarschmuck. Im Innenhof wurden in einem kleinen Ring aus Strohballen Hahnenkämpfe veranstaltet, eine Tierquälerei, bei der in hitzigen Wetten große Summen den Besitzer wechselten.

Die Ranch war eine echte Lasterhöhle. Hasch und Kokain wurden ohne Vorsicht gehandelt. Ein Mann wollte mir miserabel gefälschte Zehn-Dollar-Noten für zwei Dollar das Stück verkaufen. Die Farbigen mit der Zöpfchenfrisur versuchten, uns die Mädchen auszuspannen. Als Ausgleich boten sie uns ihre jüngere Schwester an.

Grace und Birdy fühlten sich von den Verlockungen dieser Hexenküche angetörnt. Wir hatten Mühe, sie bei ehrlichen Drinks zu halten. Sie hätten gern am Kokain geschnuppert oder an einem Joint gezogen, obwohl schon die Drinks explosiv waren.

Als wir nach Mitternacht zurückfuhren, ließ ich Grace nicht ans Steuer, denn ich wollte nicht an einer Kokospalme sterben, nachdem ich ein Jahrzehnt lang die Hölle des New Yorker Straßenverkehrs überlebt hatte.

Ich fuhr schnell. Um diese Stunde war die Küstenstraße leer. Grace hing so dicht an mir, daß es schwierig war, zwischen ihren Knien den Schalthebel zu finden. Was zwischen Phil und Birdy geschah, ging mich nichts an. Ich blickte nicht in den Rückspiegel.

Hinter einer Kurve sah ich die Gestalt einer Frau im Scheinwerferlicht und trat auf die Bremse.

Die Frau winkte nicht. Ich ließ den Suzuki neben ihr ausrollen.

»Wollen Sie mitfahren, Miss?«

Grace schlug mir die Faust in die Rippen. »Findest du nicht, daß wir vollzählig sind?« fragte sie empört.

Die Frau trug eine weiße Bluse und blaue Jeans. Sie hatte langes, dunkelblondes Haar, ein großflächiges Gesicht mit einem starken, ausgeprägten Mund.

»Ich möchte zum Hotel Las Roccas«, sagte sie. Ihre Stimme gefiel mir.

»Dahin fahren wir. Steigen Sie ein!«

»Vielen Dank!«

Sie zwängte sich neben Grace auf den Vordersitz.

»Ich heiße Cate Hergan.« Sie hielt sich am Überrollbügel fest. »Wie weit hätte ich noch laufen müssen?«

»Das wissen Sie nicht?« fragte Grace. »Wie kommen Sie auf die Straße? Zu Fuß wären Sie länger als eine Stunde unterwegs gewesen.«

»Ich bin aus einem anderen Wagen ausgestiegen.«

Hinter uns kicherte Birdy. »Sind Sie an einen Typ geraten, der Sie nicht vorher heiraten wollte?«

In diesem Augenblick wurden wir von den starken Scheinwerfern eines Wagens erfaßt, der uns entgegenkam. Ich blendete die Lichter unseres Fahrzeuges auf, aber der andere schaltete seine Scheinwerfer nicht auf normales Fahrlicht zurück.

Die Küstenstraße war knapp breit genug für zwei Wagen. Da das Auto, das uns langsam entgegenkam, die Mitte beanspruchte, nahm ich das Gas weg und bremste.

Fünf Schritte vor uns blieb der fremde Wagen stehen. Ich sprang aus dem Suzuki und rief: »Verdammt, macht euch nicht so breit!«

Eine Wagentür wurde geöffnet.

Ein Mann stieg aus und kam durch die grelle Helligkeit der Scheinwerfer auf uns zu. Er war nicht kleiner als ich, aber 20 oder 30 Pfund schwerer. Der Kopf saß nahezu halslos auf den breiten Schultern. Dichtes, welliges Haar bedeckte den Schädel. Schwarze Knopfaugen starrten mich an.

Ohne ein Wort zu sagen, trat er an den Wagen und knurrte Cate Hergan an: »Kommen Sie mit!«

Er faßte ihren Arm und zerrte sie so grob vom Sitz, daß sie um ein Haar gefallen wäre.

Ich sprang hinzu und packte ihn an der Schulter. »So nicht, alter Junge! Laß los!«

Er drehte langsam den Kopf. »Halt dich raus!«

Er sprach Bronx-Slang. Es klang geradezu heimatlich.

»Wollen Sie mit ihm gehen, Miss?« fragte ich das Mädchen. Sie schüttelte den Kopf.

»Hast du gehört? Also laß los!«

Er ließ los, schwang den massiven Körper herum und schoß linke und rechte Haken ab. Er war ein schneller, entschlossener Schläger. Zwei Treffer, die mich gegen den Suzuki warfen, ließen sich nicht vermeiden. Unter dem Anprall dröhnte die Karosserie, und der hochbeinige Wagen schaukelte. Grace und Birdy kreischten. Phil sprang aus dem Fahrzeug, um sich einzumischen. Der

Schläger holte zu einem wuchtigen Schwinger als Fangschuß aus.

Ich zog das rechte Knie an, und fing ihn mit einem Tritt gegen die Brust ab. Er taumelte zurück, hielt aber das Gleichgewicht und nahm die Fäuste zu einem neuen Angriff hoch.

Ein scharfer Pfiff gellte durch die Nacht. Unser neuer Bekannter sah zu seinem Wagen hin. Er schien verwirrt und unsicher.

Noch einmal wurde gepfiffen. Wie ein Hund, der auf ein Signal seines Herrn den Angriff aufgibt, drehte der Mann ab, ließ die Fäuste sinken und stampfte zum Auto zurück. Er stieg ein und zog die Tür ins Schloß.

Der Motor heulte auf. Der Wagen schoß vorwärts und passierte uns so knapp, daß der linke Außenspiegel abgeknickt wurde. Ich glaubte, die Köpfe von mindestens drei Personen zu erkennen. Die nächste Kurve verschluckte die roten Schlußlichter.

Phil kümmerte sich um das Mädchen. »Sind Sie okay?«

»Ja, mir ist nichts geschehen. Vielen Dank!«

»Warum wollte der Kerl Sie abschleppen?« fragte Grace neugierig.

»Keine Ahnung!«

»Wollen Sie behaupten, Sie wüßten nicht, warum er Ihretwegen um sich geschlagen hat?« Grace schmiegte sich an mich. »Er hat dich getroffen. Bist du verletzt?«

»Unsinn! Steigt ein! Wir nehmen zusammen einen Drink im Hotel und vergessen den Zwischenfall.«

Das Las-Roccas-Hotel strahlte im vollen Glanz aller Lichter, einschließlich der großen Palme vor dem Eingang, die mit bunten Glaskugeln, Lametta und Kerzen zum Weihnachtsbaum umfunktioniert worden war.

Trotz der späten Stunde, zwei Uhr morgens, drängten sich die Hotelgäste an der 30-Meter-Theke der Hallenbar.

Niemand schien daran zu denken, ins Bett zu gehen, und schon gar nicht allein. Die Atmosphäre, die duftgeschwängerte Luft der Tropennacht, die milde Wärme putschten die Menschen auf wie Sekt. Zwischen den Tischen wurde getanzt.

Wir erkämpften uns Plätze an der Bar. Ich richtete es so ein, daß ich an Cate Hergans Seite blieb, bestellte für sie einen Daiquiri, für mich einen Sundowner und begann vorsichtig, sie auszuhorchen.

»New Yorkerin, Miss Hergan?«

»Nennen Sie mich Cate! Noch einmal vielen Dank für Ihr Eingreifen. Ich fürchte, es wäre unangenehm für mich geworden, wenn Sie nicht eingegriffen hätten.«

»Haben Sie schlechte Erfahrungen mit dem Mann gemacht?«

»Ich kannte ihn nicht. Ich sah ihn zum ersten Mal.«

»Das hört sich geheimnisvoll an.«

Sie nippte an ihrem Drink. »Es gibt viele Geheimnisse auf allen karibischen Inseln«, antwortete sie. »Sie aufklären zu wollen kann tödlich sein. Dafür gibt es Beispiele.«

Sie nahm den Strohhalm aus dem Daiquiri und leerte das Glas auf einen Zug. »Ich glaube, ich werde aufgeben und nach New York zurückfliegen. Gute Nacht!«

Ich hielt sie zurück. »Sind Sie in Gefahr?«

»Vielleicht.«

»Meine Zimmernummer ist zwei-zwei-null.«

»Soll ich in Ihrem Zimmer schlafen?«

»Die Telefon- und Zimmernummern sind identisch. Rufen Sie an, falls Sie Hilfe brauchen!«

»Zwei-zwei-null« wiederholte sie. »Ich werde mir die Zahl merken. Ich wohne eine Etage tiefer in Nummer eins-drei-vier.«

Sie gab mir die Hand und ging. Ich kehrte zu meinem

Sundowner zurück. Grace war mir abhanden gekommen. Ich sah sie im Kreis einer Gruppe braungebrannter Surfer. Phil tanzte mit Birdy. Ich sah keinen Grund, ihn zu stören.

Welches Geräusch mich geweckt hatte, wußte ich nicht. Die Leuchtziffern meiner Uhr standen auf 5.06 Uhr.

Ich richtete mich auf, sah das Telefon an und wartete darauf, daß die Klingel anschlüge.

Nichts geschah. Nur das Rauschen der Brandung war zu hören.

Ich sprang aus dem Bett. Es war so warm, daß ich nackt geschlafen hatte. Ich stieg in die Hose und ging auf die Terrasse hinaus.

Alle Zimmer des Las-Roccas-Hotels hatten große Fenstertüren zu gemeinsamen Terrassen auf jeder Etage. Das erleichterte den Verkehr von Zimmer zu Zimmer. Die Terrassen sprangen von oben nach unten vor und waren durch eine Freitreppe verbunden, die bis zum großen Swimming-pool weiterführte.

Ich trat an die Brüstung. Die Nacht war erstaunlich hell. Ein großer, rötlich verfärbter Mond hing dicht über dem Horizont.

Auf den letzten Stufen der Freitreppe bewegten sich drei Gestalten, zwei Männer und eine Frau. Irgend etwas an der Art und Weise, in der die Männer die Frau zwischen sich führten, verriet, daß sie Gewalt anwendeten, obwohl die Entfernung für Erkennen von Einzelheiten zu groß war.

Ich preschte über die Terrasse, erreichte die Freitreppe und raste die Stufen hinunter.

Sie kamen nicht schnell vorwärts, weil sich die Frau sträubte. Natürlich merkten sie, daß sie verfolgt wurden.

Einer ließ die Frau los und kam zurück, um mich abzufangen.

Dicht vor dem Swimming-pool gerieten wir aneinander.

»Verschwinde, Mann!« zischte er. »Steck deine Nase nicht in Dinge, die dich nichts angehen, oder ich schlitze sie auf!«

Er streckte die rechte Hand weit vor. Das rötliche Mondlicht spiegelte sich in der langen dünnen Klinge, als wäre schon Blut daran.

Wir drehten uns umeinander. Er war ein Weißer, schwarzhaarig, mit einem schmalen, bleichen Gesicht, sehr jung, höchstens 24 Jahre alt. Jedesmal, wenn ich an ihm vorbeizukommen versuchte, schnellte die Hand mit der Klinge vor wie der Kopf einer zustoßenden Schlange. Er zielte auf meine nackte Magengrube, unternahm aber selbst keinen Angriff.

Ich sah, daß der andere sein Opfer weitergeschleppt hatte bis zu der Stelle, an der eine Treppe zum hoteleigenen kleinen Hafen hinunterführte. Vermutlich wartete unten ein Boot.

Sollte ich schreien? Um Hilfe rufen? Ich fintierte rechts, zog gleichzeitig einen Handkantenschlag von unten nach oben, der sein Gelenk treffen sollte und ihn entwaffnet hätte. Ich mußte mich mit einem Seitwärtssprung in Sicherheit bringen. Dabei stolperte ich über einen niedrigen Tisch, auf dem die Kellner den Leuten in den Liegestühlen die Drinks servierten.

Der Tisch war genau das richtige Möbelstück. Ich packte ihn an zwei Beinen, riß ihn hoch und schlug ihn dem Messerheld um die Ohren.

Er versuchte, sich zu wehren. Als die Tischkante seine Schulter traf, heulte er auf, verlor das Messer und floh. Ich setzte ihm nach, holte ihn ein und schlug zu. Er hob ab wie ein schlecht gestartetes Flugzeug, und dem mißglückten Start folgte augenblicklich die Bruchlandung, bei der er einen Servierwagen umriß. Gläser und Flaschen zerschellten auf den Steinplatten, die Serviertabletts schepperten wie Autoblech.

Ich kümmerte mich nicht länger um ihn.

Der andere erkannte, daß er an der Reihe war. Er rief zwei Namen, die sich anhörten wie Paolo und Bruno oder so ähnlich.

Der Frau gelang es, sich aus seinem Griff, mit dem er ihr bis jetzt den Mund zugehalten hatte, zu befreien. Sie schrie um Hilfe.

Sofort schlug er zu. Er knockte sie kurzerhand aus. Als ihr Körper schlaff wurde, ließ er sie fallen.

Hinter vielen Fenstern der Hotelfront ging das Licht an. Stimmen wurden laut. Ich hörte Phils Ruf: »Jerry! He, Jerry!«

Zwischen Swimming-pool und der Treppe zum Hotel hafen lag ein flaches kleines Holzhaus. Er fing mich vor dem Haus ab. Ich sah einen alten Bekannten wieder. Es war derselbe Bursche, der versucht hatte, Cate Hergan auf der Küstenstraße zu vereinnahmen.

Er ging im Stil einer Dampfwalze auf mich los. Ich hatte zu spüren bekommen, daß er schnell und genau schlagen konnte. Also hielt ich ihn auf Distanz und blockte seinen ersten Haken ab. Seine Faust traf meinen nackten Oberarm. Der Schlag schmerzte höllisch. Die Haut platzte auf. Er kämpfte nicht fair, sondern benutzte Schlagringe an beiden Händen. Ein Volltreffer hätte meinen Kiefer in Bruchstücke zerlegt. Ich verwünschte mich, daß ich den Tisch zurückgelassen hatte.

Zwei Männer keuchten im Sprinttempo die Treppe vom Hafen hoch. Der Kerl, mit dem ich mich herumschlug, schrie ihnen zu, sie sollten das Mädchen nehmen.

Wenn ich die Entführung verhindern wollte, mußte ich voll ins Risiko steigen.

Ich nahm vor einem bösen Haken den Kopf knapp weg, langte hin und rettete mich vor der wütenden Antwort mit einem blitzschnellen Wegpendeln. Aus der Pendelbewegung heraus warf ich mich nach vorn und traf noch einmal. Gute und genaue Treffer, aber nicht wuchtig genug, ihn von den Füßen zu holen.

»Jerry!« Phil fegte um den Pool herum. »Aus dem Weg!«

Ich sprang zur Seite, Phil übernahm meinen Platz. Er war noch weniger bekleidet als ich. Aber bewaffnet war er besser. Er schwang ein massives, langes Stück Holz, das ein Baseballschläger zu sein schien. Der Gangster erkannte die Gefahr in letzter Sekunde, riß beide Arme zur Deckung hoch und zog den Kopf zwischen die Schultern.

Es krachte, als der Baseballschläger auf die Unterarmknochen knallte. Die Wucht und der Schmerz fegten den Mann von den Füßen. Er stürzte rücklings und riß einen der beiden Kumpane, die er zur Hilfe gerufen hatte, mit. Ein Dutzend Stufen rollten sie abwärts, bevor sie an einer Biegung der Treppe in den Sträuchern landeten.

Phil ging auf den letzten Gegner los. Der Bursche zögerte keine Sekunde, sondern wandte sich zur Flucht.

Bevor wir ihn verfolgen konnten, fielen Schüsse. Vor Phils Füßen schlug eine Kugel Funken aus den Platten der Treppe. Eine andere fetzte Holzsplitter aus dem Stamm einer Palme dicht neben mir.

Die Frau lag neben der Treppe. Ich sprang zu ihr. Sie war noch bewußtlos. Ich faßte sie unter den Armen und zog sie in die Deckung eines großen blühenden Hibiskusstrauches. Die Blüten verbreiteten starken Duft.

Noch immer fielen Schüsse. Der kurze trockene Knall

verriet, daß der Schütze keinen Revolver, sondern ein Gewehr benutzte. Er verballerte ein ganzes Magazin, um uns unten zu halten. Ich sah das Aufblitzen des Mündungsfeuers zwischen den Büschen.

Oben auf den Hotelterrassen rannten die Gäste wie ein Volk aufgescheuchter Hühner durcheinander. Irgendwer schrie nach der Polizei. Eine Frauenstimme kreischte um Hilfe. Ein Baß brüllte wieder und wieder: »Schaltet das Licht ein!«

Nach zwei Minuten war alles vorbei. Ein Motor röhrte auf. Aus der Reihe der Boote im Hotelhafen löste sich eins und raste mit hoher Geschwindigkeit aufs Meer hinaus. Der weiße Schaumstreifen der Heckwelle zeichnete sich, wie mit dem Lineal gezogen, auf der dunklen Meeresfläche ab.

Die Parkbeleuchtung wurde eingeschaltet.

Ich blickte der Frau ins Gesicht. Cate Hergan! Das hatte ich erwartet. Jetzt würde sie uns mehr erzählen müssen als vor ein paar Stunden an der Bar.

Ihr Gesicht war nicht verletzt. Offenbar hatte der Entführer den Schlagring noch nicht übergestreift, als er sie niederschlug.

Phil kam, mit nichts als einer Badehose bekleidet. »Ist sie okay?«

»Nur bewußtlos!«

Während wir sie aufrichteten, kam sie zu sich. Sie würgte ein bißchen, weil ihr Gleichgewichtssinn von dem brutalen Hieb gestört war. Wir stützten sie, und sie erholte sich schnell.

Am Swimming-pool brandete uns die halbe Hotelbesatzung in allen Stadien flüchtiger Bekleidung entgegen. Fragen prasselten auf uns ein.

Der Mann, den ich am Pool zusammengeschlagen hatte, war verschwunden. Hatte er geschossen? Das Boot konnte er nicht erreicht haben. War er zur Straße geflohen? Dann mußte er sich auf dem Gelände gut auskennen.

Auch die Unterwasserscheinwerfer des Swimmingpools waren eingeschaltet worden. Auf dem Grund blitzte ein Gegenstand. Ich schob zwei Leute zur Seite, sprang ins Wasser, tauchte und holte das blitzende Ding hoch. Es war das Messer, mit dem der Typ auf mich losgegangen war. Ich drückte die Klinge in den Griff und schwang mich aufs Trockene.

Mike Bondy, der Geschäftsführer, der uns bei der Ankunft begrüßt hatte, drängte sich durch die Menge. Er war der einzige einigermaßen vollständig bekleidete Mensch weit und breit, denn er steckte in einem dunkelroten Joggeranzug und trug Turnschuhe an den Füßen.

»Was ist geschehen? Sind Sie angegriffen worden?«

Ein dicker Kahlkopf brüllte Bondy an: »Wenn ich in eurem Laden meines Lebens nicht mehr sicher bin, reise ich sofort ab. Haltet uns gefälligst die verdammten Eingeborenen vom Leibe!«

»Die Leute, mit denen ich mich geprügelt habe, waren alle weiß!« sagte ich scharf. Er klappte das Maul zu und beschränkte sich auf unzufriedene Grunztöne.

Ich wandte mich an den Geschäftsführer. »Am besten, Sie schicken alle Leute ins Bett, und wir vergessen den kleinen Zwischenfall.«

»Das kann ich nicht«, sagte er. »Für die Sicherheit meiner Gäste bin ich verantwortlich.«

»Wie schön! Aber es ist nichts passiert, was nicht mit einem Schluck Whisky in Ordnung gebracht werden könnte. Lassen Sie eine Flasche und ein paar Gläser ins Zimmer eins-drei-vier bringen!«

Wir brachten Cate Hergan zu ihrem Zimmer. Die Terrassentür stand weit offen.

»Wir ziehen uns an und kommen in fünf Minuten zu Ihnen. Sind Sie einverstanden?«

Sie nickte und schloß die Tür hinter sich. Phil und ich stiegen über die Freitreppe eine Etage höher zu unseren Räumen. Auf der Terrasse kam uns Birdy entgegen. Was sie an Stoff auf dem Körper trug, war so unbedeutend, daß ich den Kopf in den Nacken legte und die Sterne betrachtete.

»Warum, zum Teufel, bist du aus dem Bett gesprungen und abgezischt wie ein Verrückter?« fragte sie vorwurfsvoll. »Ein verdammt beleidigendes Verhalten einem Mädchen gegenüber.«

»Tut mir leid, Darling«, hörte ich Phil antworten. »Aber wie die Dinge sich entwickelt haben, kehrst du am besten in dein eigenes Bett zurück.«

Cate Hergan öffnete uns. Sie trug einen weißen Bademantel und hatte ihr Haar zusammengebunden.

»Mr. Bondy war schon hier und brachte eigenhändig den Whisky«, sagte sie mit einer Handbewegung zu dem Tisch, auf dem eine Flasche, Gläser und ein Eisbehälter standen. »Er verlangte zu wissen, was sich abgespielt hatte.«

»Was hat sich abgespielt?«

»Ich wurde von einem Geräusch wach, griff zum Telefon und wählte Ihre Zimmernummer, Jerry! Bevor sie sich meldeten, waren die Männer schon über mir. Sie rissen mir den Hörer aus der Hand, zerrten mich hoch und schleiften mich zur Terrasse.«

»Dann war es doch Ihr Anruf, der mich geweckt hat, obwohl die Leitung tot war, als ich abhob.«

»Es ging alles sehr schnell.« Sie nahm ihr Glas und trank einen kräftigen Schluck. »Mein Kinn schmerzt«, sagte sie lächelnd. »Werde ich von dem Schlag ein schiefes Gesicht bekommen?«

»Höchstens einen blauen Fleck. Wenn Ihr Kiefer gebrochen wäre, würden Sie nicht sprechen können. Was geschah weiter?«

»Sie schleppten mich über die Freitreppe. Ich wehrte mich. Aber gegen deren Kräfte war ich machtlos.«

»Das Motiv, Cate?«

Sie zögerte. Ich spürte, daß sie nahe daran war, mit einer Ausrede oder einer Lüge zu antworten.

»Hören Sie, Cate! Ihretwegen haben wir uns zweimal mit verdammt unfreundlichen Typen herumgeschlagen. Es wäre nicht fair, uns jetzt mit einer Lüge abzuspeisen.«

Phil füllte die Gläser nach. »Sie waren so unfreundlich, daß sie uns als Zielscheiben benutzten«, ergänzte er. »Ich glaube, diesen Teil der Auseinandersetzung haben Sie nicht mitbekommen. Sie waren noch bewußtlos.«

Sie nahm ihr Glas entgegen und drehte es zwischen den Fingern. »Ich war mit Ralph Forrest befreundet«, sagte sie leise. »Vor einigen Wochen wurde er in New York umgebracht. Die Polizei glaubt, daß er einem gewöhnlichen Straßenraub zum Opfer fiel. Aber der Mord geschah an dem Tag, an dem Ralph aus Tarrena zurückkam. Er hat nicht einmal seine Wohnung erreicht. Sie überfielen ihn und töteten ihn auf dem Wege vom Flughafen. Sie raubten sein Manuskript und alle Dokumente.«

»War Ralph Forrest Journalist?«

Sie nickte. »Er hatte drei Monate auf den Tarrena-Inseln recherchiert. Zuletzt hielt er sich auf Cochillo auf.«

»Sie glauben, daß er wegen dieser Nachforschungen in New York ermordet wurde?«

»Ja, ich bin überzeugt davon.«

»Was hatte Mr. Forrest herausgefunden?«

»Ralph nannte mir einmal die Schlagzeile, die sein Bericht tragen sollte.« Sie holte tief Luft, bevor sie sagte: »Die Republik der Mafia.«

»Welche Anhaltspunkte besaß er?«

»Er wußte, daß die Mafia eine bestimmte Eingeborenengruppe für ihre Zwecke benutzte. Sie haben die Farbigen gesehen, die ihr Haar zu vielen dünnen Zöpfen flechten. Sie nennen sich Sauvages. Das Wort bedeutet soviel wie wild. Bei der Bevölkerung werden sie gefürchtet. Ihr Boß trägt die Bezeichnung Großer Wanndoo. Niemand, der nicht zu den Sauvages gehört, hat ihn je zu Gesicht bekommen. Vielleicht habe ich gestern mit ihm gesprochen.« Sie erzählte von der Begegnung in der Wellblechbaracke.

»Besitzen Sie wirklich Kopien des Forrest-Berichtes?«

Statt zu antworten, griff sie nach ihrem Glas.

»Oder haben Sie fünfzigtausend Dollar für einen Papierbeutel voll heißer Luft verlangt?«

»Sie stellen Fragen wie Polizeibeamte«, sagte sie aggressiv. »Ich glaube, Sie sind nicht nur der Ferien wegen nach Cochillo gekommen.«

»Zerbrechen Sie sich darüber nicht den Kopf! Versuchen Sie, sich von dem Schock zu erholen. Morgen werden wir Mr. Waandoos Wellblechtempel suchen. Gute Nacht, Cate!«

In der Tür wandte ich mich noch einmal um. »Hat Forrest jemals den Namen James Cranch erwähnt?«

»Ich erinnere mich nicht. Wer ist das?«

»Cranch war UN-Botschafter der Inselrepublik. Vor ungefähr drei Monaten wurde er in New York ermordet.«

Wir verließen das Zimmer über die Terrassentür und schlenderten zur Freitreppe. Die Aufregung hatte sich gelegt. Es war still und dunkel im Hotel und im Park.

»Ich gehe noch einmal hinunter«, sagte ich zu Phil.

»Soll ich mitkommen?«

»Bist du sicher, daß niemand in deinem Zimmer auf dich wartet?«

»Du überschätzt Birdys Hartnäckigkeit.«

»Ich will versuchen, ob ich die Stelle wiederfinden kann, von der auf uns geschossen wurde. Das Mündungsfeuer blitzte in einer Gruppe von drei Palmen auf. Ich denke, ich kann den Platz auch bei Dunkelheit finden. Es ist nicht nötig, daß du mitkommst. Wir sehen uns beim Frühstück.«

Die Bäume zeichneten sich deutlich gegen den Nachthimmel ab. Ich fand die drei Palmen, die dicht nebeneinander standen, ohne Schwierigkeit. Mit dem Licht einer kleinen Taschenlampe suchte ich den Boden ab.

Das dürftige Gras war niedergetreten. Am Fuß des mittleren Baumes brach sich der Lichtschein im matten Glanz von Metall. Ein Schnellfeuergewehr lag dort, als wäre es von einem flüchtenden Soldaten weggeworfen worden.

Ich roch an der Mündung. Der dünne Gestank von heißem Eisen und Kordit verriet, daß die Waffe vor kurzer Zeit benutzt worden war.

Hier hatte er also gestanden und versucht, uns abzuschießen. Die Entfernung war nicht besonders groß, knapp 300 Meter. Ein guter Schütze hätte getroffen. Oder wollte er nicht treffen? Sollte der Feuerzauber nur erreichen, daß wir die Finger von den Entführern ließen?

Die zweite Frage: Warum hatte er die Waffe zurückgelassen? Fürchtete er, damit gesehen zu werden?

Auch ich ließ das Gewehr zurück. Eine Möglichkeit, es auf Fingerabdrücke zu untersuchen, gab es nicht.

Ich ging zur Treppe. Bevor ich sie erreichte, hörte ich Schritte.

Ein Mann kam die Treppe herunter. Der Lichtkegel

einer Lampe in seiner Hand wischte durch die Dunkelheit. Mit zwei schnellen Schritten trat ich hinter ein großes Hibiskusgebüsch.

Der Mann ging dicht an mir vorbei. Er schlug die Richtung ein, aus der ich gekommen war.

Nur Minuten dauerte es, bis er auf dem Rückweg mein Versteck zum zweiten Mal passierte. Ich kauerte mich nieder, um ihn gegen den Himmel besser zu sehen.

Ich erkannte ihn. Es war Bondy, der Hotelmanager. In den Händen trug er das Gewehr. Er hatte offensichtlich nicht lange danach zu suchen brauchen.

Als Phil und ich am anderen Morgen den Frühstückssaal betraten, verstummten die Gespräche. Die Gäste starrten uns an, als erwarteten sie eine Erklärung für die Ereignisse der Nacht.

Wir kümmerten uns nicht darum, sondern packten unsere Teller am Buffet voll und ließen uns von der hübschen, dunkelhäutigen Serviererin Kaffee bringen.

»Irgend etwas gefunden?« fragte Phil.

Ich nickte. »Das Gewehr, aus dem wir beschossen worden sind.«

»Wo ist es jetzt?«

»Mr. Bondy, unserer Hotelmanager, holte es, während ich noch in der Nähe war.«

Phil zog die Augenbrauen hoch.

»Willst du damit sagen, daß er auf uns geschossen hat?«

»Hältst du es für ausgeschlossen, daß er für die Mafia arbeitet? Weil er einen englischen Namen trägt? Vielleicht hieß sein Vater noch Bondello oder so ähnlich.«

»Wir sprechen über eine Beteiligung der Mafia an den Zwischenfällen, als befänden wir uns nicht auf einer

Karibikinsel, sondern in New York. In Wahrheit wissen wir nur, daß ein Journalist seinem Bericht einen reißerischen Titel geben wollte: *Die Republik der Mafia.* Das klingt gut. Das bringt Leser.«

Ich zog das Messer, das ich in der Nacht vom Grund des Swimming-pools geholt hatte, aus der Tasche, ließ die Klinge herausschnellen und sagte trocken: »Lies die Widmung!«

»Onore e Omertá«, las Phil halblaut. »Ehre und Schweigen. Die Parole der Mafia.«

»Solche Messer sind Geschenke der Paten, wenn ein neues Mitglied in eine Mafiafamilie aufgenommen wird. Der Junge, der mir sein Patengeschenk zwischen die Rippen schieben wollte, heißt Sandro. Der Name ist auf der anderen Seite der Klinge eingraviert.«

Phil überzeugte sich davon, ließ die Klinge in den Griff zurückfallen und gab mir das Messer. »Wozu das alles? Wegen der paar Unzen Rauschgift, die von den Sauvages an Touristen und Einheimische verkauft werden? Drei Häuserblocks in Harlem sind ein größerer Markt als die ganze Insel.«

»Vielleicht liegt die Antwort in der Überschrift, die Forrest seinem Zeitungsbericht geben wollte: Die Republik der Mafia. Wenn die Mafia plant, diese Insel zu einem Stützpunkt auszubauen, wo sie unbeschränkt herrscht, dann ...«

Die Serviererin trat an unseren Tisch. »Mr. Bondy bittet Sie, nach dem Frühstück in sein Büro zu kommen.«

»Geht in Ordnung!«

Eine Viertelstunde später standen wir dem Hotelmanager in seinem Office gegenüber. Bondy trug den makellos weißen Anzug, der seine Standardkleidung zu sein schien.

Blond und groß sah er auf den ersten Blick wie ein Mitglied der englischen Königsfamilie aus. Hatte er wirklich heute nacht auf uns geschossen?

»Ich habe versucht, von Miss Hergan zu erfahren, was sich in der Nacht ereignete und aus welchem Grund sie entführt werden sollte«, sagte er unfreundlich. »Sie verweigert die Antwort. Kann ich von Ihnen eine Erklärung haben?«

»Wir sind nur zufällige Mitspieler. Wir sahen Cate Hergan in Schwierigkeiten und versuchten ihr zu helfen. Das ist alles.«

»Wenn wir in den Staaten wären, würde ich die Angelegenheit der Polizei übergeben«, erklärte Bondy. »Auf Cochillo handelt man sich mit der Einschaltung einer Behörde nur zusätzliche Schwierigkeiten ein. Die Jungens bevölkern tagelang das Hotel, beglotzen die Mädchen, saufen die Bar leer und verdrecken die Toiletten. Eine andere Lösung scheint mir einfacher. Die Hoteldirektion erstattet Miss Hergan alle Kosten und kauft ihr einen Flugschein für die Maschine, die morgen nach Miami fliegt.«

»Ist sie einverstanden?«

»Sie hat keine Wahl. Ich kündige ihr das Zimmer, weil ich nicht will, daß das Zimmermädchen sie eines Morgens als Leiche in der Badewanne findet.« Er begann zu brüllen: »Verdammt, ich weiß nicht, in welche schmutzigen Geschichten sie verwickelt ist. Aber ich werde verhindern, daß sich ein Vorfall wie in der Nacht wiederholt. Unsere Gäste sind hergekommen, um sich einen unbeschwerten Urlaub zu gönnen. Sie wollen schwimmen, faulenzen und je nach Geschlecht an einem Mädchen herumschnuppern oder sich einen Mann angeln. Was sie auf keinen Fall wollen, ist eine Gangstergeschichte unter ihrem Balkonfenster – und womöglich aus Versehen dabei eins verpaßt zu bekommen. Dafür hätten sie zu

Hause bleiben können. Das gibt es in New York an jeder Straßenecke.«

Als Schauspieler war Mike Bondy Spitzenklasse. Er brach sein Gebrüll ab, starrte uns böse an und sagte ruhig: »Sie haben vierzehn Tage gebucht. Der Abreisetag ist der 7. Januar. Ich hoffe, Sie nutzen die Zeit auf vernünftige Weise.«

Mit einer Handbewegung entließ er uns.

In der Halle stießen wir auf Cate Hergan.

»Mike Bondy wünscht, daß ich das Hotel verlasse. Er will keine Unruhe unter den Gästen.«

»Werden Sie sich weigern?«

Sie schüttelte den Kopf. »Nein, ich werde morgen nach New York zurückfliegen. Ich habe heute nacht lange darüber nachgedacht, welche Chancen ich habe, Ralphs Ermordung aufzuklären. Ich bin zu der Überzeugung gekommen, daß meine Aussichten gleich Null sind. Ralph wurde in New York umgebracht. Welche Beweise könnte ich hier in der Karibik finden, die ein US-Gericht anerkennen würde? Und was wäre schon gewonnen, wenn ich die Gewißheit erhielte, daß Ralph nicht wegen ein paar Dollars, sondern wegen seiner Arbeit ermordet wurde? Er würde davon nicht lebendig werden. Nein, ich gebe auf.«

»Wollen Sie uns trotzdem helfen, den Wellblechtempel zu finden?«

Nach kurzem Zögern erklärte sie sich einverstanden. Ich ließ mir an der Reception den Schlüssel eines Suzuki-Jeeps geben. Das Hotel hielt ein Dutzend Fahrzeuge für Ausflüge zur Verfügung der Gäste.

Unser erstes Ziel war Cochillo-City. Cate zeigte uns die Gasse, in der sie von dem Sauvage angesprochen worden war. Ohne große Schwierigkeit fand sie die Discothek wieder, aus der der Sauvage seine Freunde geholt hatte.

Auch am hellen Vormittag hallte Musik aus dem offenen Eingang.

»Warten Sie!«

Ich sprang vom Wagen und betrat das Haus. Ein unbeleuchteter kurzer Flur mündete in die Discothek. Die Lautsprecher brüllten. Über der Tanzfläche zuckten die Straboblitze. Scheinwerfer vergossen blaues, rotes und gelbes Licht, aber die Tanzfläche war menschenleer. Der übrige Raum lag in tiefer Dunkelheit. Ich stieß gegen Tische und warf Stühle um.

»Niemand hier?« rief ich. Meine Stimme ertrank im Donnern der Lautsprecher.

Ich ging auf die Straße zurück. Das helle Tageslicht blendete mich für Sekunden.

Phil wies mit einer Kopfbewegung nach links. »Cate glaubt, der Junge im roten Hemd, der an der Mauer lehnt, habe den Wagen gefahren.«

Der Mann, den Phil meinte, war ein magerer, sehr junger Farbiger. Die dünnen geflochtenen Zöpfe seiner Frisur hingen bis zu den Schultern. Als er merkte, daß wir ihn ansahen, stieß er sich von der Mauer ab und verschwand in einer kaum türbreiten Gasse.

Ich schwang mich hinter das Steuer und startete den Suzuki. »Versuchen Sie, sich an den Weg zu erinnern!«

Cate dirigierte uns aus dem Hafenviertel. Sie besaß ein ausgezeichnetes Ortsgedächtnis, denn sie fand auf Anhieb die unbefestigte Straße, die von der Küste weg ins Landesinnere führte. Wir passierten lange Reihen von Bananenstauden und Gruppen von Kokospalmen, unter denen sich weiße Hütten duckten.

»Ich erinnere mich, daß der Wagen, unmittelbar bevor wir die Baracke erreichten, scharf links einbog«, sagte Cate. »Wir müssen auf Nebenwege achten.«

Immer wieder zweigten kaum wagenbreite Wege nach

links und rechts in die tropische Üppigkeit des Pflanzenwuchses ab. Cate fiel ein, daß sie im Licht des einäugigen Scheinwerfers eine Säule aus aufgerichteten Steinen gesehen hatte. Wir kannten solche Säulen von der Insel Jamaica. Sie dienen als Kennzeichen für Plätze, an denen nach dem Glauben der Bewohner Geister hausen. An ihrem Fuß werden Opfer niedergelegt.

»Ich glaube, das ist sie!« rief Cate und wies auf ein knapp mannshohes Gebilde aus aufgeschichteten Steinen. Ich stoppte den Jeep.

Eine Menge Federn klebten an den Steinen, die rot von getrocknetem Blut waren. Zwischen Schüsseln mit halbverfaulten Früchten lag ein kopfloses Huhn.

Der Weg war so schmal, daß die harten Blätter der Bananenstauden uns streiften. Nach 100 Metern öffnete sich eine Lichtung, in deren Mitte eine große, fensterlose Wellblechbaracke stand.

Ich fuhr den Wagen dicht heran. Phil und ich stiegen aus. Ein massives, verrostetes Vorhängeschloß sicherte die Tür.

Phil rüttelte am Schloß. »Ohne Gewalt kommen wir nicht hinein«, stellte er lakonisch fest.

Ein Rascheln ließ uns herumfahren. Cate schrie leise auf.

Fünf Gestalten lösten sich aus dem grünen Dschungel der Bananenpflanzung.

»Sauvages!« sagte Phil.

Sie näherten sich dem Jeep, ohne ein Wort zu sprechen und ohne zu lächeln. Ihre dünnen Zöpfe pendelten. Zwei hielten schwere Macheten, Haumesser mit einer nach innen gekrümmten Spitze, in den Händen.

»Ich glaube, wir sollten mit Vollgas verschwinden«, flüsterte ich Phil zu.

Von der anderen Seite der Lichtung näherte sich eine

zweite Gruppe, die aus sieben Männern bestand. In Sekundenschnelle bildeten sie einen Ring um unseren Wagen.

Der Motor lief noch. Phil sprang auf. Ich legte den ersten Gang ein. »Gebt den Weg frei, Leute!«

Sie reagierten nicht.

»Ich weiß, daß ihr Englisch versteht. Zwingt mich nicht, einige von euch über den Haufen zu fahren!«

Eine knatternde Serie von Auspuffexplosionen erschütterte die Luft. Ein großer blauer Buick mit verbeulter Frontpartie tauchte im Zufahrtsweg auf und blieb stehen. Die Türen flogen auf. Drei Sauvages und der Junge im roten Hemd sprangen aus dem Buick, der den Weg von der Lichtung blockierte.

Ein stämmiger Mann mit einem breiten, pockennarbigen Gesicht teilte den Ring unserer Belagerer. »Kein Platz für Weiße!« fauchte er.

»Schon gut, Mann! Tut uns leid, wenn wir irgendein Tabu verletzt haben sollten. Sag deinen Leuten, sie sollen uns eine Lücke freimachen!«

Er zog die Lippen von den Zähnen. Er hatte ein Raubtiergebiß, in dem die schwarze Lücke eines verlorenen Schneidezahns klaffte.

»Gib Geld!« Seine dunkle Faust packte das Steuerrad. »Raus mit euren Brieftaschen!«

Ich trug etwa 50 Dollar bei mir und Phil sicherlich kaum mehr – Summen, die zu entbehren gewesen wären. Vielleicht hätten wir uns im Interesse einer friedlichen Beilegung des Zwischenfalls von unserem Geld getrennt, wenn der Pockennarbige sich nicht an Cate gewandt hätte.

»Steig aus, Frau! Du bleibst hier!«

Ich nahm den Oberkörper zurück, ließ die Faust sinken, warf mein ganzes Gewicht nach vorn und schlug hart zu. Ich tat mein Bestes, dem Mann eine zweite Zahnlücke zu verpassen. Er kippte nach hinten weg. Ich trat den Gashebel durch und ließ die Kupplung hochschnellen.

Der Jeep machte einen Satz nach vorn, aber die Sauvages wurden wir nicht los. Sie waren geschmeidig wie Katzen, hängten sich an den Jeep und ließen sich mitschleifen. Sie grapschten nach Cate und versuchten, Phil und mich von den Sitzen zu reißen.

Phil hielt sich am Überrollbügel fest, zog die Knie an und trat um sich. Ich rammte den Ellbogen in ein wütendes Gesicht. Dann bekamen sie Cate zu fassen und rissen sie aus dem Jeep. Ich stieg hart auf die Bremse. Der Wagen schleuderte, ruckte und blieb stehen.

Cate und der Kerl, der sie vom Wagen gerissen hatte, rollten noch über den Boden. Ich sprang aus dem Jeep und versuchte mir den Weg freizuschlagen. Links und rechts verteilte ich Haken, Uppercuts und feinste Karatehiebe. Zwei Männer holte ich von den Füßen, bevor der erste wuchtige Hieb zwischen meine Schulterblätter krachte und der Schmerz mich für Sekunden lähmte.

Ich warf mich herum und besorgte es dem Mann, der gerade neu ausholte, mit einem Schwinger, der das Triumphgrinsen aus seiner Visage wischte und ihn von den Füßen fegte.

Das war's dann! Danach gab es keinen Grund mehr zur Freude.

Wie eine Sturzwelle aus Menschenleibern warfen sich die Sauvages auf mich, rissen mich runter und begruben mich unter ihrem Gewicht.

Als sie mich unten hatten, ging es schnell. Zwei drückten meine Arme auf den Boden, einer warf sich über meine Beine, ein dritter rammte mir einen Fuß in den Rücken.

Eine heisere Stimme schrie mich an: »Mach keine Bewegung, oder ich köpf' dich!«

Ich lag auf dem Gesicht, wehrlos wie selten zuvor. Cate schrie nicht mehr, und von Phil hörte ich nichts. Für eine Handvoll Sekunden war das Hämmern des Blutes in meinen Adern das einzige Geräusch.

Das Heulen einer Autohupe zerriß die Stille und brach wieder ab. Eine Männerstimme rief Sätze in Caribbean-Englisch, gefolgt von wütendem Stakkato-Hupen. Dann rief dieselbe Stimme auf Englisch: »Was, zum Teufel, geht hier vor? Nehmt die Hände von den Leuten!«

Zögernd gaben die Sauvages meine Arme und Beine frei. Ich drehte mich auf den Rücken. Der Mann, der gedroht hatte, mich zu köpfen, stand dicht neben mir. Mit beiden Händen umklammerte er den Griff der Machete.

Ich richtete mich auf und sah einen Mann, einen Weißen, der vor dem verbeulten Buick der Sauvages stand. Er hielt eine Repetierflinte für Schrot in den Händen.

Zwischen ihm und dem pockennarbigen Anführer der Sauvages entbrannte eine hitzige Debatte in Caribbean-Englisch. Sie schrien sich gegenseitig an. Der Sauvage-Mann schüttelte wütend die Fäuste, fuchtelte mit weiten Gesten und wies immer wieder auf die Wellblechbaracke und unseren Jeep.

Niemand hinderte mich daran aufzustehen. Cate lag auf der Erde. Ich ging zu ihr und half ihr auf die Beine. Die Sauvages duldeten es. Unmittelbar neben unserem Suzuki-Jeep tauchte Phil aus der Gruppe der Farbigen auf, mit denen er sich geschlagen hatte. Er kam zu uns. Mit dem Handrücken wischte er das Blut von einer Platzwunde am Kinn.

»Wer ist das?« fragte er mit einer Kopfbewegung auf den Weißen.

»Keine Ahnung!«

»Ich weiß, daß ich ihn irgendwo schon gesehen habe.«

Der Mann schob den Pockennarbigen aus dem Weg und näherte sich uns. Die Schrotflinte hielt er nachlässig mit dem Lauf nach unten in der rechten Hand.

»Hallo!« rief er. »Ich heiße Marc Shew. Sieht so aus, als hätten sie eine unangenehme Viertelstunde hinter sich. Irgendwer ernsthaft verletzt?«

Er war ein großer, ungefähr 40jähriger Mann mit einem kantigen, leicht gedunsenem Gesicht. Das dunkelblonde Haar trug er lang in einer Art Beatlefrisur. Sein Körper schien muskulös, aber ein wenig verfettet. Im Ausschnitt des Seidenhemdes kräuselte sich dichtes Brusthaar. Eine goldene Kette mit einem Medaillon hing um seinen Hals. Am linken Armgelenk schimmerte das goldene Armband einer sündhaft teuren Uhr. Rechts klirrte ein massives Gliederband. Und auch der Gürtel, der die weiße Leinenhose hielt, hatte eine Goldschnalle von der Größe einer Kinderfaust.

»Warum trampeln Sie hier herum?« fragte Shew. »Die Sauvages sind empört, weil Sie an ihrem Versammlungsplatz herumschnüffeln. Es mag Ihnen merkwürdig vorkommen. Aber für die Leute sind dieses Gelände und die Baracke eine Art heiliger Ort, mindestens so verehrungswürdig wie Ihr Weißes Haus in Washington. Sie haben eine Menge Tabus verletzt.«

»Ich hatte den Eindruck, daß sie versuchten, uns auszurauben.«

Marc Shew lachte herzhaft. »Na und? Darin sehe ich keinen Widerspruch.« Er legte mir die freie Hand auf die Schulter. »Nehmen Sie den Zwischenfall nicht tragisch! Trotz ihrer Zöpfe und ihres wilden Gebarens sind die Jungens arm wie die Kirchenmäuse. Natürlich wissen sie, daß Touristen mehr Dollars an einem Tag ausgeben, als ein Mann auf dieser Insel mit harter Plantagenarbeit in einem Monat verdienen kann. Also können sie von Zeit zu Zeit dem Griff in fremde Taschen nicht widerstehen. Würden Sie einen offenen Tresor voller Dollars unausgenommen lassen, wenn Sie zufällig daran vorbeikämen und kein Polizist in der Nähe wäre? Für die armen Bewohner von Cochillo sind amerikanische Touristen zweibeinige wandelnde Tresore. Hätten Sie ein paar Dollars herausgerückt, wäre Ihnen trotz der Verletzung der Tabuzone nichts geschehen.«

»Die Dollars hätten ihre Freunde haben können, aber sie wollten Cate festhalten.«

»Wirklich?« Er musterte Cate Hergan mit einem schnellen, abschätzenden Blick. »Vergewaltigungen sind selten auf Cochillo. Bei manchen Touristinnen aus den Staaten stehen die Sauvages im Rufe, erstklassige Liebhaber zu sein – und nicht teuer. Vielleicht wollten sie der Miss ungestört ihre Angebote zur Auswahl unterbreiten.«

Er wandte sich an den Pockennarbigen und wechselte einige Sätze in Caribbean mit ihm. Plötzlich begannen beide zu lachen und schüttelten sich die Hände. Der junge Sauvage im roten T-Shirt kletterte in den Buick und fuhr den Wagen zur Seite, um den Weg zur Straße freizumachen. Auf dem Weg stand der große Landrover, mit dem Marc Shew gekommen war.

»Ich lade sie zu einem Drink auf die Ranch ein. Waren sie nicht gestern nacht bei mir? Ich glaube, Sie gesehen zu haben.« Wieder ging ein schnelles Grinsen über sein Gesicht. »Allerdings mit anderen Mädchen.«

»Jetzt weiß ich, woher ich Ihr Gesicht kenne«, sagte Phil. »Gehört Ihnen der Nachtclub in dem alten Ranchgebäude?«

»Richtig! Hat es Ihnen bei uns gefallen? Fahren Sie mir

nach! Vormittags ist noch nicht viel los. Sie können einen Lunch nehmen und sich in unserem Swimming-pool abkühlen.«

Die Sauvages benahmen sich, als wären sie nie mit uns aneinandergeraten. Sie standen in Gruppen zusammen und beachteten uns nicht.

Ich half Cate in den Suzuki. Phil übernahm das Steuer. Unser neuer Bekannter fuhr seinen Landrover im Rückwärtsgang bis zur Straße, wendete und gab uns ein Zeichen, ihm zu folgen.

Nach kaum zehn Minuten endete die Fahrt auf dem Parkplatz der Nachtclub-Ranch, die wir in der Nacht auf einer Abzweigung von der Küstenstraße erreicht hatten.

Die weißen Gebäude umschlossen zwei Innenhöfe. Im vorderen hatten wir in der vergangenen Nacht getanzt. Den größten Teil des zweiten Hofes nahm der Swimming-pool ein. Es blieb Platz genug für ein Dutzend Liegestühle und eine kleine Bar.

Shew übernahm die Rolle des Barkeepers. »Ich mixe euch meinen Spezialdrink«, sagte er. »Nennt mich Marc und sagt mir eure Vornamen!«

Ein halbes Dutzend junger Mädchen kam in den Innenhof. Sie trugen dünne, einfache Kleider in leuchtenden Farben.

»Dürfen wir in den Pool, Marc?« riefen sie.

»Selbstverständlich!«

Sie streiften die Kleider ab. Der Stoff aller Tangas an ihren schlanken Körpern hätte nicht für eine einzige Krawatte ausgereicht. Die Hautfarbe lag zwischen heller Bronze und tiefem Braun.

Marc Shew schob uns die Drinks zu. »Girls von der Insel«, sagte er. »Wenn eure Landsleute aus dem mittleren Westen sie sehen, schießt der Blutdruck in die

Höhe.« Er zeigte sein schnelles Grinsen. »Und nicht nur der Blutdruck!«

»Sind Sie ein Einheimischer, Marc?« fragte Phil.

»Einheimischer und Bürger der Republik Tarrena!« antwortete er mit gespieltem Stolz. »Irgendwann vor rund dreihundert Jahren scheint ein Galgenvogel mit Namen Shew aus England nach Cochillo gekommen zu sein. Er muß eine Frau mitgebracht haben, seine Söhne, Enkel und Urenkel haben fast immer weiße Frauen geheiratet. Auf diese Weise habe ich höchstens einige Promille farbiges Blut abbekommen.« Er streckte die Hände aus. »An den Fingernägeln können Sie es erkennen. Spielt aber keine Rolle. Mit Rassenproblemen halten wir uns auf den Tarrena-Inseln nicht auf. Wir sind eine gute Mischung, die mal dunkler, mal heller ausfällt.« Er hob sein Glas. »Cheerio!«

Der Drink gab eine Menge Feuer ab.

»Kannten Sie James Cranch?« fragte ich.

»Natürlich!« antwortete er. »Kannten Sie ihn?«

»Wir sind New Yorker, Marc. Als er ermordet wurde, brachten alle Medien Berichte darüber.«

»Ja, ich kannte ihn gut. Jimmy war ein weißer Eingeborener wie ich. Er besaß einen großen Ruf in der Bevölkerung. Besonders die armen Leute liebten ihn. Er versuchte, für sie bessere Lebensbedingungen zu schaffen. Darum ging er als UN-Botschafter nach New York. Er hatte sich vorgenommen, eure Bosse zu Investitionen auf unseren Inseln zu überreden.«

»Warum wurde er dann umgebracht?«

»Fragt eure Ganoven, nicht mich!«

»Manche Kommentatoren hielten die Tat für einen politischen Mord.«

»Mag sein, daß irgendwelche Leute in der Regierung Jimmy Cranch für einen ernsten Konkurrenten bei der nächsten Präsidentenwahl hielten. Ich weiß es nicht. Politik ist nicht mein Geschäft. Ich versuche, den Touristen Spaß und Folklore mit Hautkontakt zu bieten. Damit mache ich ein paar Dollars. Ich lebe von den Ausflügen der Las-Roccas-Gäste. Sie wissen, daß sie bei mir braune Mädchen und wilde Männer finden.«

»Und Kokain und Marihuana«, ergänzte Phil.

Shew lachte.

»Ein kleines Nebengeschäft für die Sauvages. Soll ich Ihnen verbieten, das Zeug an meine Gäste zu verkaufen? Ich bin nicht die Polizei. Die Leute sind alle erwachsen und müssen selber wissen, wieviel sie riskieren wollen.«

»Erinnern Sie sich, ob vor einigen Wochen ein gewisser Ralph Forrest unter ihren Gästen war?« fragte Cate.

»Vor einigen Wochen? Die meisten Gäste bleiben vierzehn Tage, und während dieser vierzehn Tage erkenne ich sie wieder, wenn sie zum zweiten und hoffentlich auch zum zehnten Mal in meinen Laden kommen. Aber sobald sie abgereist sind, vergesse ich sie schnell. Ralph Forrest? Nein, ich erinnere mich nicht an den Namen. Außerdem erfahre ich ohnedies nur die Vornamen. Durchaus möglich, daß ein Ralph unter meinen Gästen war. Haben Sie ein Foto?«

»Nein.«

»Ich fürchte, dann kann ich Ihnen nicht helfen.« Er lachte und drohte Cate mit dem Finger. »Haben Sie ihn im Verdacht, daß er sich auf Cochillo während des Urlaubs eine kleine Freundin zugelegt hat? Sind Sie mit ihm verheiratet? In diesem Fall erfahren Sie nichts von mir. Ich verrate meine Gäste nicht an eifersüchtige Ehefrauen.«

Er wies auf den Swimming-pool. »Warum schwimmt ihr nicht mit den Mädchen? Das Wasser ist angenehm frisch. Vor zwei Monaten habe ich eine Kühlanlage investiert.«

Er kam hinter der Bar hervor, trat an den Rand des Pools und schnellte sich mit einem Hechtsprung ins Wasser. Er tauchte zu den Mädchen, griff sich eins und zog es an sich. Die Mädchen kreischten, schlugen nach Shew, der die Partnerin wechselte, ein anderes Mädchen bis auf den Grund zog und die Zappelnde küßte.

»Ein fröhliches Leben«, sagte Phil und leerte seinen Drink. »Wollen wir Shew nach den Leuten mit italienischen Vornamen und Mafia-Messern fragen?«

»Ich weiß nicht, ob Marc Shew ehrliche Antworten gibt.« Nachdenklich blickte ich auf das muntere Treiben im Wasser.

Shew tauchte auf, reckte sich hoch, trommelte mit den Fäusten auf die Brust und stieß Tarzans Urwaldschrei aus. Mit einigen schnellen Kraulzügen schwamm er zum Beckenrand und schwang sich aufs Trockene.

»Es ist herrlich!« rief er. »Warum versucht ihr es nicht?«

Er war in voller Kleidung in den Pool gesprungen. Jetzt zog er das Seidenhemd über den Kopf und wrang das Wasser raus. Er hatte kräftige Schultern, einen gewölbten Brustkasten, und noch konnte er den Bauchansatz mühelos einziehen und verschwinden lassen.

Er klatschte das Hemd auf einen Liegestuhl, drehte sich um und griff nach seinem Glas.

An der rechten Hüfte, dicht über dem Gürtel, sah ich eine tiefe, kreuzförmige Narbe, untilgbare Spur eines Messers, das Shew einmal dicht an den Rand des großen schwarzen Absturzes gebracht haben mußte.

Über die Narbe dachte ich noch nach, als wir im Jeep zur Küstenstraße zurückfuhren. Wir überholten die Mädchen aus dem Swimming-pool. Untergehakt und singend auf dem Weg nach Hause, wo immer das sein mochte, sperrten sie die Fahrbahn. Auf Hupen reagierten sie mit Gelächter und fröhlichem Kreischen. Sie hatten nach dem Bad die Kleider über die nassen Körper gezogen. Ihre Kurven zeichneten sich aufreizend unter dem nassen Stoff ab, und sie schienen die Wirkung zu kennen. Schließlich gaben sie die Fahrbahn frei, warfen uns Kußhände zu und liefen neben dem langsam fahrenden Jeep her.

Ein Mädchen sprang auf und hielt sich an meinem Arm fest. »Amerikaner?« fragte sie.

»Natürlich.«

»Bist du aus New York?«

»Genau!«

Sie war ein erstklassiges Exemplar des weiblichen Teils der Menschheit. Nachtschwarze Augen unter dichten Wimpern, ein großer roter Mund, makellose, blitzende Zähne, eine samtbraune Haut.

»Wann fliegst du zurück?«

»Am siebten Januar.«

»Nimmst du einen Brief für mich mit?«

»Mit Vergnügen!«

»Okay, ich bringe den Brief in dein Hotel. Du wohnst im Las-Roccas-Hotel?« Ich nickte, und sie fragte: »Du heißt Jerry. Ich habe gehört, daß Marc dich so nannte. Welche Zimmernummer?«

»Nummer zwei-zwei-null.«

»Vielleicht bringe ich den Brief in dein Zimmer.« Sie kicherte wie ein Schulkind. »Würde es dir Spaß machen? Würdest du auch ein wenig Geld für meinen Besuch bezahlen?«

Ohne eine Antwort abzuwarten, ließ sie meinen Arm los und sprang ab.

Auf der Fahrt zum Hotel passierten wir die Stelle, an der wir gestern Cate aufgenommen hatten. Ein paar Meilen weiter waren wir von den Gangstern gestoppt worden. Zweifellos hatten sie gewußt, daß Cate auf der Straße unterwegs war. Aber sie hatten nicht damit gerechnet, daß ein anderer Wagen sie vorher aufnehmen könnte.

Ich fragte mich nach dem Startplatz der merkwürdigen Crew. Wenn ich berücksichtigte, daß sie den zweiten Versuch zu Cates Entführung mit einem Boot unternommen hatten, konnte es sich um ein Haus handeln, das an der Küste lag.

Außer Cochillo City gab es keine zweite Stadt auf der Insel, und ich hielt es für wenig wahrscheinlich, daß die Gangster eins der heruntergekommenen Häuser in Hafennähe als Hauptquartier gewählt hatten. Wir würden uns nach einem alleinstehenden Haus irgendwo längs der Küste umsehen müssen.

Wir erreichten das Hotel. Der Ferienbetrieb lief längst wieder auf vollen Touren. Die Girls plantschten im Swimming-pool. Die Surfer zeigten ihre Künste vor dem schmalen Badestrand zwischen den Klippen. Blackgammon-Spieler beugten sich unter Sonnenschirmen über ihre Bretter. Der dicke Kahlkopf, der gestern nacht Schutz für sein kostbares Leben verlangt hatte, rieb hingebungsvoll den nackten Rücken eines Mädchens mit Sonnenöl ein.

»Business as usual«, sagte Phil lächelnd.

Cate Hergan sah uns an. »Eigentlich bin ich froh, daß ich morgen abreise. Es war verrückt von mir, Ralphs Tod aufklären zu wollen. Ich begreife nicht, warum ich mir den Gedanken in den Kopf gesetzt hatte.«

Sie machte eine Geste der Hilflosigkeit. »Ich war nicht einmal seine Geliebte. Wir waren nur befreundet.«

»Morgen werden wir Sie zum Flugzeug begleiten, Cate«, erklärte ich. »Sicherlich wünschen Sie sich keine Begegnung mit Ihren speziellen Verehrern in letzter Minute.«

Sie lächelte.

»Wollen Sie noch immer behaupten, Sie wären gewöhnliche Touristen?«

»Und ob«, antwortete Phil. »Wir werden alles nachholen, sobald Sie abgereist sind.«

Am Morgen des nächsten Tages brachten wir Cate Hergan mit dem Suzuki-Jeep zur Fähre, die uns und den Jeep über 20 Meilen Wasser zur Hauptinsel Tarrena transportierte.

Wir fuhren weiter zum Flughafen.

Die Maschine, für die Cates Ticket gebucht war, flog im Liniendienst. Im Gegensatz zu den Charter Jets war sie nicht ausgebucht.

Wir sahen uns die Mitflieger so genau wie möglich an. Einen Verdächtigen konnten wir unter ihnen nicht entdecken. Trotzdem blieb ein ungutes Gefühl, denn von den Typen, die Cate Hergan zu entführen versucht hatten, kannten wir nur den Schläger mit dem Kraushaar und den mageren Jungen, dem das Mafia-Messer gehörte, gut genug zum Wiedererkennen.

Sobald sich die Türen geschlossen hatten und die Maschine zum Start gerollt war, gingen wir ins Postamt des Flughafens und verlangten eine Verbindung mit New York.

30 Minuten dauerte es, bis wir das Hauptquartier und Steve Dillaggio am anderen Ende der Leitung hatten. Die

Verständigung war schwierig. Phil, der das Gespräch führte, mußte schreien.

»Im Flug PA 355, der in etwa 30 Minuten in Miami landen wird, sitzt ein Mädchen mit Namen Cate Hergan. Sie wird in Miami die Maschine wechseln und nach New York weiterfliegen. Jerry und ich halten ihr Leben für gefährdet. Sie muß in Miami und auf dem Flug nach New York bewacht werden. Auch in New York dürft ihr sie nicht aus den Augen lassen. Okay, Steve! Wie ist das Wetter in New York?«

Er trennte die Verbindung. »Steve wird alles organisieren.«

»Und wie ist das Wetter in New York?«

»Es schneit, sagt Steve.« Wir traten in die glühende Sonne hinaus.

»Wie soll's weitergehen?« Phil sah mich fragend an.

»Wir kaufen eine Kamera. Ich will Fotos von den wichtigsten Leuten, die uns hier über den Weg gelaufen sind, nach New York mitbringen. Einige davon werden wir bestimmt im Archiv wiederfinden.«

»Glaubst du, daß Marc Shew der Mann ist, den Nico Vassaris in Mammys Froschteich traf und von dem er den Auftrag zur Ermordung des UN-Botschafters erhielt? Vassaris beschrieb ihn als einen großen dunkelblonden Burschen mit Haaren auf der Brust und einer Narbe an der Hüfte. Alles trifft auf Marc Shew zu.«

»Auch die Vorliebe, sich mit nackten Mädchen in einem Swimming-pool herumzutreiben. Ich hoffe, wenn wir Vassaris ein Foto von Shew unter die Nase halten, wird er Ja oder Nein dazu sagen. Außerdem müssen wir uns nach einem Haus umsehen, das vermutlich dicht an der Küste steht und von der Entführungsmannschaft bewohnt wird.«

Die Nachmittagsfähre brachte uns nach Cochillo. Am

Abend holten wir uns Grace und Birdy zurück, und Phil schoß die ersten Aufnahmen von uns allen mit der neugekauften Kamera.

Cate Hergan verließ die Insel am 27. Dezember. Die Tage nach ihrer Abreise – auch die Nächte benutzten wir dazu, uns wie ganz normale entspannungs- und vergnügungshungrige New Yorker zu benehmen. Wir durchstreiften im Jeep die Insel, mal mit Birdy und Grace, mal allein. Wir schwammen in einsamen Buchten. Wir surften und spielten Tennis.

Die Nächte schlugen wir uns in der Hotelbar, in den Eingeborenen-Discos von Cochillo City, besonders aber auf Marc Shews Ranch um die Ohren.

Die Ranch war die heißeste Adresse auf der Insel. Die Mischung aus braunen Mädchen, dollarschweren Touristen, weißen Frauen, dunkelhäutigen Sauvages, aus Reggae-Musik und Hardrock vom Tonband, aus Rum, Whisky, Marihuana und zweifellos auch mancher Prise Kokain war explosiv. Niemand kümmerte sich darum, daß Phil, wo immer er ging und stand, Aufnahmen mit und ohne Blitzlicht schoß.

Die weiße Villa, die ungefähr drei Meilen südlich des Las-Roccas-Hotels an der Küste lag, entdeckten wir am Morgen des 30. Dezember.

Ohne die Mädchen hatten wir eine schmale Abzweigung der Küstenstraße ausprobiert. Nach einigen Windungen endete der Weg vor einem Gitter, an das sich links und rechts eine massive Mauer anschloß. Von dem Haus sahen wir zwischen den dichten Hibiskus-Büschen nur ein paar Quadratfuß weißes Mauerwerk,

»Das könnte die richtige Hütte sein«, sagte Phil. »Gehen wir rein?«

»Wir sehen uns den Bau erst einmal von der Seeseite an.«

Am nächsten Morgen verluden wir unsere Millionärstöchter in eins der Boote, die den Gästen vom Hotel vermietet wurden, packten Wasserski, Tauchbrillen, Flossen und Harpunen dazu und steuerten das Boot südwärts an der Küste entlang.

Cochillos Küste ist felsig und steil. Aber an vielen Stellen haben die Winterhurrikans tiefe Buchten ausgehöhlt, in denen sich schmale Strandstreifen gebildet haben. Nur in solchen Buchten ist das Schwimmen einigermaßen risikolos. Vor der offenen Küste lauern die Haie.

Erhöht über einer solchen Bucht lag die weiße Villa, die Phil und ich ins Auge gefaßt hatten. Ein gewundener Weg führte durch die Klippen von der Villa zum Meer. An einem ins Wasser hinausgebauten Steg lagen zwei Boote, eine weiße Kabinenyacht und ein flacher, dunkelroter Wellenflitzer.

Wir ließen unseren Kahn vor der Bucht treiben. Phil schraubte das Teleobjektiv auf seine Kamera. Ich suchte mit dem Fernglas das Gelände ab, bis Grace mich mit dem nackten Fuß in die Rippen trat und fauchte: »Was suchst du, zum Teufel? Ein Mädchen, das sich auszieht? Das kannst du ohne Fernglas haben. Ich will schwimmen.«

»Nicht hier! Das wäre zu gefährlich.«

»Fahren wir in die Bucht!« schlug Birdy vor.

»Der Strand ist Privatbesitz.«

»Na und?« Gelassen nahm sie das Oberteil ihres Tangas ab. »Die meisten Leute freuen sich, wenn wir zu Besuch kommen.«

Ich warf den Motor an, ließ unser Boot in die Bucht und sanft auf den Strand gleiten. Die Mädchen sprangen ins Wasser. Phil und ich gingen an Land. Während Phil das Boot sicherte, schlenderte ich zum Steg und sah mir den weißen Kabinenkreuzer an. Am Heck trug er den schönen Namen *Agrigento,* und so heißt eine Stadt auf Sizilien, obwohl ich überzeugt war, daß der Besitzer das Boot in Dollars bezahlt hatte.

Grace und Birdy wateten aus dem Wasser und legten sich zum Trocknen auf die Steine.

»Kommt zu uns!« rief Grace. »Ich kann Einsamkeit nicht aushalten.«

»Bringt die Champagnerflasche mit!« ergänzte Birdy.

Es kam nicht zu dem feucht-fröhlichen Picknick, das die Mädchen erwarteten. Eine rauhe Männerstimme rief uns an: »He, ihr da unten! Verschwindet! Die Bucht ist Privatgelände.«

Ich blickte zur Villa hinauf. »Siehst du ihn?« fragte ich Phil.

»Er steht auf halbem Weg hinter einem vorspringenden Felsen. Anscheinend ist ein zweiter Mann bei ihm.«

Grace richtete sich auf und winkte. »Kommen Sie runter! Wir können Gesellschaft brauchen!«

»Haut ab!« brüllte der Mann zurück.

Grace stand auf. Sie wußte, was ihre Figur wert war. Wahrscheinlich hatte sie es noch nie erlebt, daß ein Mann davon nicht beeindruckt gewesen wäre.

»Seien Sie nicht so garstig, und kommen Sie herunter! Wir spendieren Ihnen einen Drink und ...«

Das Echo des Schusses hallte von den Klippen. Einen Yard vor Graces Füßen spritzte der Kies hoch.

Die Mädchen standen wie erstarrt.

Ich rannte zu Grace, faßte sie um die Hüfte und zog sie zum Boot.

Phil kümmerte sich um Birdy. Er schob sie vor sich her und versuchte, sie gegen die Felsen zu decken.

»Runter!« schrie ich den Mädchen zu.

Phil drückte das Boot vom Strand. Ich startete den Motor.

Den Spaß, noch einmal zu schießen, konnten sich die Bastarde nicht verkneifen. Sie feuerten auf Phil, der noch im Wasser war. Die Kugel warf dicht vor mir eine kleine Fontäne hoch. Den dritten Schuß jagten sie uns über die Köpfe, als das Boot drehte.

Phil zog sich über die Reling und ließ sich ins Heck zwischen die Mädchen fallen.

Ich gab Vollgas.

Das Boot nahm den Bug aus dem Wasser und preschte aus der Bucht aufs offene Meer hinaus. Als ich mich umdrehte, sah ich, daß Phil sich die Kamera geangelt hatte und mit dem Teleobjektiv knapp über der Bordkante Foto um Foto schoß.

Erst nachdem die Villa außer Sichtweite war, durften sich die Mädchen aufrichten.

»Haben die auf uns geschossen?« fragte Grace entgeistert.

»Wahrscheinlich nur mit Platzpatronen. Sie wollten uns nicht auf ihrem Gebiet haben.« Ich versuchte, ihren Schreck zu mildern. »Anscheinend ist der Besitzer der Villa ein Frauenfeind.«

Sie lachte nicht, sondern griff wortlos nach einer der Flaschen, die wir mitgenommen hatten, und erwischte eine Flasche mit weißem Rum.

Ein Hubschrauber tauchte von der Landseite her im Tiefflug auf, steuerte uns an und senkte seine Höhe.

Für einen Augenblick blieb mir der Atem weg. Ich starrte zu der Maschine hoch.

Wer immer in dem Hubschrauber sitzen mochte, er kümmerte sich nicht um uns. Der Helikopter zog über uns hinweg, beschrieb eine weite Kurve und schwenkte zurück auf die Küste ein. Im Tiefflug verschwand er hinter dem nächsten Vorgebirge. Wenig später erstarb sein Motorengeräusch.

Während der Rückfahrt bekämpften Grace und Birdy den Schreck mit Rum. Als wir am Landesteg des Las-Roccas-Hotels festmachten, schien es mir richtig, Grace an Land zu tragen.

Sie schmiegte sich an mich. »Mit uns beiden ist Schluß«, sagte sie mit schwerer Zunge. »Der Umgang mit dir ist zu gefährlich.«

Ich trug sie alle Treppen hoch. Phil hatte mit Birdy nicht weniger Mühe. Die Transportart gefiel ihnen.

»Trag mich in die Bar!« sagte Grace.

»Du hast genug!«

»Nur auf einen Drink oder zwei!«

Als wir das Hotel erreichten, sahen wir den Hubschrauber wieder. Er stand auf dem Parkplatz, der für die Landung von Autos geräumt worden war.

Die Hausdiener schleppten Koffer aus der Maschine in die Halle.

Der große Silvesterball begann um acht Uhr abends mit einem gewaltigen Buffet. Das Las Roccas erstrahlte im Glanz aller Lichter. In den Palmen schaukelte die sanfte Seebrise riesige Lampions. Eine Reggae-Combo spielte am Swimming-pool. Der große Speisesaal war in eine Tanzfläche umgewandelt worden. Die Champagnerkorken knallten. Schon um zehn Uhr sprangen die ersten vollbekleidet in den Pool.

Um elf Uhr kündigte Mike Bondy über die Lautsprecheranlage eine besondere Attraktion an und forderte alle Gäste auf, sich im Speisesaal zu versammeln.

»Okay, Freunde!« rief er, als sich der Saal gefüllt hatte. »Ab sofort bis Mitternacht gehen alle Drinks auf Rechnung des Hauses. Und jetzt tanzen für euch die zwölf schönsten Mädchen von Cochillo. Empfangt sie mit Beifall!«

Unter dem Gedröhn der Reggae-Trommeln schwärmten schlanke, braune Gestalten in den Saal, bekleidet mit langen, geschlitzten Röcken, klirrenden Armreifen und schaukelnden Blumengirlanden. Im Rhythmus der Trommeln stampften die nackten Füße, kreisten die Hüften. In dunklen Augen glühte Sinnlichkeit. Rote Lippen und weiße Zähne! Arme, die sich nach jedem Mann austreckten. Körper, die vor Erwartung bebten.

Die Las-Roccas-Gäste begannen zu toben, auch die Frauen.

Eine Atmosphäre exotischer Erotik, ein Duft schwüler Tropennacht ging von den Mädchen aus, der die Leute um den Verstand zu bringen schien. Außerdem hatten die meisten mehr als genug getrunken.

Grace und Birdy gehörten zu den ersten Weißen, die in den Kreis der Cochillo-Girls sprangen und mittanzten. Ich muß zugeben, für Upper-Class-Mädchen bewiesen sie erstaunliche Anpassungsfähigkeit an karibische Tänze. Andere folgten, und sehr schnell verwandelte sich der Saal in eine Art Hexensabbat.

Phil und ich zogen uns in die zweite Linie zurück. Phil hatte die Kamera bei sich und fotografierte. Ich erwischte ein Glas mit Whisky und brachte mich hinter einer Säule in Sicherheit.

Die Reaggae-Trommeln peitschten die Leute in immer größere Hektik, in stärkere Erregung, in wilderes Tanzen. Ich fragte mich, wie der Zauber enden würde.

Phil kam zu mir. »Wirf einen Blick auf die Empore!« sagte er. Er war ganz blaß.

An der Stirnwand des Saales gab es eine Empore, zu der eine Treppe hinaufführte. Sie bot Platz für ein halbes

Dutzend Tische. Natürlich hatte man von dort einen guten Überblick über den Saal.

Am Geländer standen acht Männer, unter ihnen ganz vorn ein munterer Greis, der heftig in die Hände klatschte und mit dem harten Geierschädel zum Takt der Trommel wackelte. Sein magerer, faltiger Hals, die knochigen Klauenhände, das gesträubte Grauhaar bildeten einen grotesken Gegensatz zum weißen Tropensmoking, den Perlenknöpfen am Hemd und den Brillanten am Finger. Er wirkte komisch, aber er war alles andere als eine komische Figur.

Er hieß Vito Calo, der große, alte Boß der Mafia, und er war nicht allein. Links neben ihm stand, untersetzt, mit breiter Brust und dem kantigen und gleichzeitig fleischigem Kopf eines römischen Cäsaren Carlo Verronese, eine schwarze Zigarre zwischen den Zähnen. Auf der anderen Seite des Alten zwei Männer, deren Vorfahren nicht aus Sizilien stammten, die trotzdem nicht weniger gefährlich waren. Mager, glatzköpfig, mit schwarzen Augenbrauen wie Tuschpinselstriche im käsigen Gesicht – Sidney Strass, wie immer in kurzen Abständen an einer Zigarette saugend.

Und Larry Rake, der Karrieremacher von New Yorks Westside, in zehn Jahren vom namenlosen Mitmischer in einer Schlägertruppe zum Hafengangster Nr. 1 aufgestiegen. Und das nicht nur im Hafen von New York, sondern längs der Ostküste bis hinunter nach Miami. Er war 30 Jahre jünger als Calo und nach Meinung der FBI-Zentrale mit den Bossen der alten Mafia bis aufs Blut verfeindet. Hier stand er, Seite an Seite mit den beiden bedeutendsten Repräsentanten der Cosa Nostra, und von Feindschaft war nicht die Spur zu erkennen.

Die Reggaetrommeln hämmerten. Spitze Frauenschreie schrillten. Männer rissen sich die Jacken von den Schultern. Ein bunter Mädchenrock flog wie ein großer, ungeschickter Falter über die Köpfe, wurde von vielen Händen aufgefangen und zerrissen. Die Szene raste auf eine Orgie zu.

Es war klar, daß der letzte Rest unserer Tarnung zum Teufel ging, wenn einer der großen Bosse uns sah. Allen waren wir in New York begegnet. Verronese hatten wir in einem Mordfall, der sich nicht beweisen ließ, auf den Füßen gestanden.

Den alten Calo hatte der FBI dreimal verhaftet, ohne ihn jemals vor den Richter bringen zu können. Von Sidney Strass hieß es, daß er einen Computer besitze, in dem er Daten über FBI-Agenten, City-Cops und Steuerfahnder speichere. Und mit Larry Rake hatte es vor zwei Jahren eine handfeste Auseinandersetzung gegeben, als er die Verhaftung eines Kassierers seiner Gang verhindern wollte.

Die Leute auf der Tanzfläche waren nahe daran, sich in eine Horde Tobsüchtiger zu verwandeln. Von einer Sekunde auf die andere brach das Dröhnen der Reggaetrommeln ab. Das abrupte Ende der hämmernden Rhythmen wirkte wie ein gewaltiger Guß eiskalten Wassers. Die Tänzer erstarrten. Sie blickten sich verwirrt an und begannen verlegen zu lächeln. Irgendwer klatschte. Das löste den Bann. Beifall brandete auf.

Auch New Yorks Spitzengangster patschten die Handflächen gegeneinander. Der alte Calo beugte sich weit über die Brüstung, um den Mädchen in die Blusenausschnitte zu glotzen. Während die ganze Gesellschaft in einen Begeisterungstaumel verfiel, begegneten sich meine und Carlo Verroneses Blicke. Ganz langsam erlosch das breite Lachen auf seinem Gesicht. Er hörte zu klatschen auf, nahm die Zigarre aus den Zähnen, beugte sich zu Larry Rake und sagte ihm ein paar Worte. Auch

Rake knipste sein Lächeln aus und richtete den Blick auf Phil und mich.

Über die Lautsprecheranlage hallte Bondys Stimme: »Freunde, in wenigen Minuten beginnt das überwältigende Feuerwerk, mit dem wir das neue Jahr begrüßen wollen! Sichert euch die besten Plätze auf den Terrassen! Vorwärts, Freunde! Der Countdown läuft! Noch zehn Minuten bis zum neuen Jahr!«

Alle fluteten von der Tanzfläche zu den Ausgängen. Phil und ich wurden mitgerissen.

Um vier Uhr morgens, vier Stunden nach dem großen Augenblick des Jahreswechsels, nach krachendem Feuerwerk, Böllerschüssen, Begrüßungsgeschrei und endlosem Gläserklirren beherrschte die große Ermattung die Szene. Die Reggaetrommler waren verschwunden. Aus den Lautsprechern rieselte leise Bluesmusik vom Band. Wer zuviel getrunken hatte, schnarchte in seinem Bett oder am Fuß einer Palme.

Um den Swimming-pool lagen und saßen Paare in Hollywoodschaukeln und Longchairs und warteten auf den Sonnenaufgang. Ich kauerte am Fuß eines Polsters, auf dem Grace mit aufgelöstem Haar und weit zurückgeworfenen Armen lag. Sie schlief, und es war nicht zu leugnen, daß sie sanft, aber deutlich vernehmbar schnarchte.

Die Stimmung hatte mich angesteckt. Ich blickte auf den weißen Schaumkamm ferner Wellenbrecher und wartete auf die Verfärbung des Horizonts.

Zwei Gestalten schoben sich in mein Blickfeld und verstellten die Aussicht. »Du bist Cotton?«

»Stimmt.«

»Verronese will dich sprechen!«

Ich stand auf. Einer der beiden griff nach meinem Arm.

»Laß los!« sagte ich. »Du willst doch nicht, daß dein Geschrei das Mädchen aufweckt, oder?«

Zögernd nahm er die Hand zurück. »Wo ist der andere Schnüffler?«

Phil löste sich aus dem Schatten einer Palme. »Hier bin ich! Mit euch fängt das neue Jahr gut an.«

Sie brachten uns über die große Freitreppe zum Hotelgebäude. Wir mußten über Schläfer und Paare hinwegsteigen.

Das Las-Roccas-Hotel verfügte über sieben Bar- und Nightclubräume, von denen der Coral Club der kleinste und intimste war.

Nur eine Handvoll Männer und sieben Mädchen aus der Tanzgruppe hielten sich in dem halbdunklen Raum auf.

Verronese kam uns entgegen. »Hallo, G-men! Eine große Überraschung, New Yorker Freunde von der anderen Seite auf Cochillo zu treffen.«

Er schnippte mit den Fingern. Ein Tablett mit Champagner wurde gebracht. Verronese nahm ein Glas. »Auf ein glückliches neues Jahr für uns alle!«

Larry Rake trat zu uns, griff sich ein Glas und sagte laut: »Und darauf, daß wir alle auch den letzten Tag des Jahres erleben! Darauf solltet ihr mittrinken, G-men!«

»Warum nicht?« Wir leerten die Gläser. Rake schleuderte sein Glas gegen die Wand.

Wie eine Gestalt aus einem Horrorfilm schob sich Sidney Strass heran. Nur der alte Calo kümmerte sich nicht um uns. Er hatte sich in zwei braune Mädchen vertieft.

»Warum schnüffelt ihr auf Cochillo herum?« Verronese kam zur Sache.

»Wir machen Urlaub.«

Er wischte die Antwort weg. »Wozu Lügen? Der

Hotelmanager hat mir gesagt, daß ihr euch wegen einer Frau mit einer Menge Leute geprügelt habt.«

»Waren es deine Leute?« fragte ich.

»Ich habe keine ständige Mannschaft auf der Insel.« Er machte eine Kopfbewegung zu Rake und Strass. »Larry, Sid, Vito und ich sind zusammengekommen, um in Ruhe geschäftliche Probleme zu besprechen und unsere Interessen abzugrenzen.«

»Eine schlechte Nachricht«, sagte Phil. »Bisher wart ihr darauf aus, euch gegenseitig den Hals abzuschneiden.«

Verronese überhörte die Bemerkung. »Ich möchte euch einen guten Rat geben«, erklärte er. »Diese Insel gehört nicht zum Territorium der Vereinigten Staaten. Die Zivilisation steckt hier noch in den Kinderschuhen. Zum Beispiel ist die Polizei nicht annähernd so gut organisiert wie der FBI. Wenn hier jemand verschwindet, findet man sich meistens mit der Feststellung ab, daß er von einem Hai angefallen wurde. Das gilt auch für G-men. Denn auf Chochillo kann er sich nicht auf den Schutz der Kollegen und auf den mächtigen Fahndungsapparat seiner Organisation verlassen.«

Wieder schnippte er mit den Fingern. Einer seiner Knechte stürzte herbei, fragte: »Pronto! Chè desiderai, padrone?«

»Sigaro!« schnarrte Verronese. Mit der Vorbereitung der Zigarre ließ er sich Zeit. Erst mit dem ersten ausgestoßenen Rauch fuhr er fort: »In New York, in allen Städten der USA ist es schwierig, einen Killer zu finden, der bereit wäre, einen G-man umzunieten. Der Kopfpreis ist enorm hoch im Vergleich zum Risiko, weil jeder fürchtet, erwischt zu werden.«

Er drehte die Zigarre zwischen den Zähnen. »Auf Cochillo wäre das Risiko viel geringer. Keine Kollegen, keine zentrale Fahndung, eine unwirksame, weitgehend bestechliche Polizei! Also hört auf meinen guten Rat! Gebt mir keine Veranlassung, mich nach dem Preis zu erkundigen!«

»Sonst noch gute Wünsche fürs neue Jahr, Carlo?« fragte ich.

Statt einer Antwort begnügte er sich, Rauchwolken auszustoßen.

»Gehen wir, Phil!«

Wir verließen die Coral Bar. Das Quietschen der Mädchen, an denen Vito Calo herumknetete, begleitete uns.

Zwei Tage später um acht Uhr morgens hob der Hubschrauber vom Parkplatz ab und trug das Quartett New Yorker Spitzengangster samt Begleitung nach Tarrena zum Rückflug nach New York.

Abreisetag! 7. Januar.

Phil und ich standen in der Gruppe Pauschaltouristen und warteten auf den Bus, der uns zur Fähre bringen sollte. Der Abschied von Grace und Birdy lag 48 Stunden hinter uns. Die beiden Mädchen blieben noch zwei Wochen und hatten sich rechtzeitig auf neue Begleiter umgestellt.

»Wenn ich es mir genau überlege«, sagte Phil, »besteht unsere Ausbeute in den Fotos von vier Dutzend Leuten.«

»Und in einer Begegnung mit vier Topbossen der New Yorker Unterwelt. Seit ich Verronese, Calo, Rake und Strass auf dieser Insel gesehen habe, glaube ich, daß hinter Ralph Forrests Ermordung mehr steckt als ein gewöhnlicher Straßenraub.«

Der Bus rollte an, und die Koffer wurden verladen. Ich war im Begriff einzusteigen, als ich angerufen wurde: »He, Mister!«

Ein braunhäutiges Cochillo-Mädchen schoß auf mich zu. »Du hast versprochen, einen Brief für mich nach New York mitzunehmen.«

Sie war das Mädchen aus Marc Shews Swimmingpool, das auf den Jeep gesprungen war. Danach hatte ich sie drei- oder viermal auf der Ranch gesehen, ohne jemals mit ihr zu sprechen. Sie war immer mit irgendwelchen Touristen beschäftigt gewesen.

»Hier ist der Brief! Kleb eine Marke drauf!«

Ich schob den Brief in die Jackentasche.

»Danke, Mister!«

Ihre Traumaugen strahlten mich an. Der rote Mund leuchtete. Ihre weißen Zähne blitzten. Zweifellos war sie ein käufliches Mädchen, aber das machte sie nicht weniger hübsch.

»Bitte, einsteigen!« drängte der Fahrer.

Sie winkte noch einmal. Der Bus rollte an, und ein paar bescheuerte Landsleute begannen zu singen: »Home, sweet home!«

Drei Stunden später, in 14 000 Fuß Höhe und im Anflug auf das amerikanische Festland, fiel mir der Brief ein. Ich zog ihn aus der Tasche, um zu sehen, an wen das Cochillo-Mädchen in New York schrieb.

Die Anschrift traf mich mit der Wucht eines Hammerschlages. In sorgfältig gemalten Druckbuchstaben stand auf dem Umschlag: *Mr. Ralph Forrest, Apt. C 45, 220 West 94th Street, New York.*

»Bitte, schnallen Sie sich an!« forderte uns die Stimme des Chefpiloten auf. »Wir sind gezwungen, in einem Schneesturm zu landen. Machen Sie sich keine Sorgen! Ich bedaure, daß New York seine Heimkehrer nicht freundlicher empfängt.«

Aus blauem Himmel tauchte die Maschine in graue Wolkensuppe ein und weiter hinunter in dickes Schneetreiben, durch das die Landebefeuerung trübe wie Tranfunzeln schimmerte.

Der Kapitän brachte die Maschine glatt runter. Vom Flughafen bis nach Manhattan brauchten wir drei Stunden. Der Schnee erstickte den Straßenverkehr.

Um neun Uhr abends saßen wir unserem Chef, Mr. High, in seinem Büro gegenüber. Das Labor hatte Phils Filme entwickelt und Abzüge hergestellt. Marc Shews Foto lag obenauf.

»Dieser Mann könnte den Mord an James Cranch bestellt haben«, erläuterte Phil. »Wir werden das Foto dem Mörder vorlegen.«

»Vassaris befindet sich noch im Hospital«, sagte Mr. High. »Welche Rolle spielt Cate Hergan? Warum mußte sie unter Bewachung gestellt werden?«

»Cate Hergan war mit dem Journalisten Ralph Forrest befreundet, der drei Monate lang Recherchen auf den Tarrena-Inseln durchführte. Die Ergebnisse sollten in einer Zeitungsserie unter dem Titel *Republik der Mafia* erscheinen. Forrest wurde am Tag seiner Rückkehr Opfer eines Mordes, den die City Police als Folge eines Raubüberfalls einstufte. Cate Hergan glaubte nicht an diese Version und flog nach Cochillo, um auf eigene Faust Nachforschungen anzustellen. Sie behauptete, Kopien der Arbeit Forrests zu besitzen. Tatsächlich wurde zweimal versucht, sie zu entführen. Der Hotelmanager warf sie raus. Sie resignierte und verließ die Inseln.«

»In New York blieb alles ruhig um sie. Niemand machte sich an sie heran!«

Ich legte den Brief zu den Fotos. »Wir erhielten ihn von einem Inselmädchen zur Weiterbeförderung. Erst im Flugzeug stellten wir fest, daß er an Ralph Forrest gerichtet ist. Die Adresse ist korrekt. Das heißt, sie wäre korrekt, wenn er noch lebte.«

High drehte den Brief zwischen den Händen. »Öffnen wir ihn!« entschied er.

Er schlitzte den Umschlag auf, entfaltete den Brief und las: »Ralph, Darling, my Honey-boy, ich hoffe, du hast deine süße Jacanda und unsere heißen Nächte nicht vergessen! Wenn du mich nach New York holst, werde ich dich genau so wild lieben wie in meiner Hütte. Wann kommst du? Mein Blut kocht, wenn ich an dich denke. Alle Stellen, die du so gern an mir geküßt hast, brennen vor Sehnsucht ...«

Es war ein Liebesbrief von der überdeutlichen Sorte. Während Mr. High ihn bis zum Schluß der »eine Million Küsse« vorlas, zuckten seine Mundwinkel vom unterdrückten Lächeln. Daß solche Worte über die Lippen unseres Chefs kamen, war absolut einmalig.

»... dein heißgeliebtes Schätzchen Jacanda«, sagte er und ließ den Brief sinken. »Es tut mir leid, daß wir in Ralph Forrests Intimsphäre eingedrungen sind. Sachlich bringt uns der Brief nichts. Zustellen können wir ihn auch nicht!« Er schob Brief und Umschlag über den Schreibtisch.

»Wollen Sie ihn an Miss Jacanda zurückschicken?«

Ich nahm den Brief. »Sie hat nicht einmal eine Adresse angegeben.«

Mr. High kehrte zum harten Alltag des Berufes zurück. »Legen Sie morgen Shews Foto dem Griechen vor! Sprechen Sie mit Cate Hergan! Lassen Sie sich von der City Police alle Unterlagen über die Ermordung Ralph Forrests geben, und rollen Sie den Fall wieder auf! Wir müssen herausfinden, ob auch bei diesem Mord die Mafia die Hand im Spiel hatte.«

Über Nacht wechselte das Wetter. Der Schnee verwandelte sich in Matsch. Auf den Straßen bildeten sich riesige Pfützen kalten Wassers, durch das die Autos wie Schlachtschiffe pflügten und die Leute mit dreckigen Fontänen bespritzten.

Bei unserem Anblick verzerrte sich Vassaris' Gesicht vor Wut. »Der Doc sagt, mein Knie bleibe steif!« schrie er. »Das verdanke ich euch.«

»Das verdankst du nur dir selbst«, antwortete ich ungerührt. Ich legte das Foto Marc Shews auf die Bettdecke. »Ist das der Mann, der den Mord an dem Botschafter bei dir bestellte?«

Er warf einen Blick auf das Bild. »Nein!« schrie er viel zu schnell.

Phil hatte an die 20 Fotos von Marc Shew geschossen. Sie zeigten Shew an der Bar, Shew mit einem Glas in der Hand, Shew mit Mädchen im Arm und so weiter. Ich legte ein Foto nach dem anderen auf die Bettdecke.

»Du mußt wissen, Nico, der Mann besitzt einen prächtigen Nachtclub auf einer Trauminsel. Immer warmes Wetter, jede Menge Drinks, jede Menge Mädchen, kein Ärger mit der Polizei. Der Club bringt einen satten Reingewinn. Das alles verdankt der Mann dir, Nico. Du hast ihm den Konkurrenten oder Aufpasser weggeschossen. Jetzt sitzt er ungestört in einem Fettopf und mästet sich, während du ...« Ich sah ihn an und zuckte mit den Schultern. »Niemand würde deine Lage großartig nennen. Ganze fünftausend Dollar hast du bekommen. Eingehandelt hast du dir ein steifes Knie und Knast bis ans Lebensende. Ein verdammt schlechtes Geschäft, Nico. Ist der Mann dein Auftraggeber?«

Vassaris knirschte hörbar mit den Zähnen. »Verdammter Bastard!« schrie er.

»Er oder ich?« fragte ich trocken.

»Du natürlich, Schnüffler!« brüllte Nico. »Aber er auch!«

Eine eindeutige Bestätigung.

»Er war es also. Jetzt brauche ich noch den Namen des Mannes, der ihn an dich empfohlen hat.«

»Geht zur Hölle!«

Den Namen seines Verbindungsmannes zur Mafia ließ sich Vassaris nicht entlocken. Die Angst vor der übermächtigen Gesellschaft saß so tief, daß nichts ihn zum Sprechen bringen konnte. Viele Geschichten, manche erfunden, manche auf Tatsachen beruhend, berichteten davon, wie der lange Arm der Mafia Verräter in Gefängnissen erreicht und auf grausame Art ermordet hat.

Mit Cate Hergan waren wir in ihrer Wohnung verabredet. Sie freute sich, uns wiederzusehen.

»In New York hat sich niemand um mich gekümmert«, sagte sie lächelnd. »Niemand versuchte, mich zu entführen. Niemand schoß auf mich. Nur Paul rief an und sagte, er habe sich entschlossen, Ralphs Bericht über die Republik der Mafia zu veröffentlichen, wenn er genügend Unterlagen und Dokumente zusammenbekommen könne.«

»Wer ist Paul?«

»Paul Wescone, Chefredakteur des New York Evening Star, der Zeitung, in der Ralphs Reportage erscheinen sollte. Paul bot mir zwanzigtausend Dollar für alle Papiere aus Ralphs Besitz. Ich mußte passen.« Sie machte eine verlegene Geste. »Sie wissen, daß ich auf Cochillo nur bluffte.«

»Wir möchten mit Mr. Wescone sprechen. Kennen Sie seine Telefonnummer?«

»Selbstverständlich.«

Sie nannte die Ziffern.

Phil rief den Chefredakteur an. »Ich bin FBI-Agent, Mr.

Wescone«, sagte er. »Wir möchten Ihnen einige Fragen im Zusammenhang mit der Ermordung des Journalisten Forrest stellen. Wann können wir kommen?«

Der Zeitungsmann gab uns einen Termin am selben Vormittag. Auf dem Weg sagte Phil: »Ich konnte der Stimme anhören, daß er sich unwohl in seiner Haut fühlt.«

Paul Wescone, ein 50jähriger, nervös wirkender Mann mit großer Hornbrille, empfing uns in seinem Office.

»Es ist also Cate gelungen, den FBI in Bewegung zu bringen«, sagte er. »Alle Achtung! Laut Statistik werden jeden Tag elf Straßenüberfälle mit tödlichem Ausgang verübt, und beinahe nie geschieht mehr, als daß die City Police die Tatumstände festhält und die Angehörigen benachrichtigt. Aber Cate schafft es, daß sich der FBI einschaltet.« Er wiederholte: »Alle Achtung!«

»Forrest arbeitete an einem Artikel über die Mafia?«

»Richtig! Er glaubte, daß sich eine Verbrecherorganisation auf den Tarrena-Inseln ausbreitete. Er sah Parallelen zu den Verhältnissen auf Kuba vor Castro, als eine erhebliche Verfilzung zwischen dem Battista-Regime und nordamerikanischen Gangstersyndikaten bestand.«

Er zuckte mit den Schultern und breitete die Arme aus. »Einen Beweis für seine Theorie hat Ralph nicht geliefert. Das Manuskript gelangte nie in meine Hände. Es verschwand mit Ralphs übrigem Eigentum bei dem Raubüberfall.«

»Haben Sie keinen anderen Journalisten auf die Sache angesetzt?«

»Nein. Forrest war freier Mitarbeiter. Er erhielt zwar Spesen und einen Vorschuß, arbeitete aber auf eigenes Risiko.«

»Wollen Sie den Fall wieder aufgreifen?«

»Ich habe kein Material. Vielleicht hätte ich einen Versuch unternommen, wenn Cate Material aus Ralphs Besitz herausgegeben hätte.«

Phil stellte die entscheidende Frage. Er beugte sich vor und betonte jedes Wort. »Mr. Wescone, in wessen Auftrag haben sie Cate Hergan zwanzigtausend Dollar für alle Unterlagen geboten, die Forrest ihr vielleicht hinterlassen haben könnte?«

Wescones Augenlider hinter der großen Hornbrille flatterten. »Ich verstehe nicht ...«

»Sie verstehen sehr gut. Sie hatten nie die Absicht, Forrests Arbeit wieder aufzunehmen. Ihr Angebot bezweckte lediglich festzustellen, ob Cate Hergan Material besitzt oder nicht. Da Cate Ihnen vertraut und sich außerdem kaum erlauben kann, zwanzigtausend Dollar auszuschlagen, konnten sie Ihre Auftraggeber beruhigen. Es gibt kein Material. Alles, was Forrest über die Mafia-Aktivität auf den Tarrena-Inseln herausfand, fiel bei dem Raubmord in die Hände der richtigen Leute.«

»Ich verbitte mir Ihre Beschuldigungen!« schrie Wescone. »Ich bin kein Gangsterkomplize, sondern der Chefredakteur einer angesehenen Zeitung. Ich bin ...«

»Okay, Mr. Wescone, wahrscheinlich sind Sie ein ehrenwerter Mann«, unterbrach Phil ungerührt. »Vermutlich sind Sie auch ein Familienvater, lieben ihre Kinder und ihre Frau und haben Angst. Nicht jeder kann ein Held sein. Aber denken Sie darüber nach, ob Ihre Furcht nicht dazu beiträgt, daß eine unabsehbare Anzahl Menschen in den erbarmungslosen Griff eines Gangstersyndikats gerät! Rufen Sie uns an, wenn Sie uns einen Namen zu nennen haben! Wir werden Ihre Frau, Ihre Kinder und Sie selbst schützen. Aber wir werden auch nicht zögern, Sie vor ein Gericht zu bringen, wenn wir Ihnen eine Mitschuld nachweisen können.«

Wescones Gesicht war blaß geworden.

Grußlos verließen wir sein Büro.

»Die verdammte Angst«, sagte Phil. »Manchmal denke ich, daß unsere ganze Zukunft von der Überwindung der Angst abhängt.«

Wir fuhren zum Hauptquartier der City Police und ließen uns bei Captain McCullen, dem Chef des Homicide Department melden.

»Der FBI bittet um die Akte des Mordfalls Ralph Forrest. Er wurde am siebzehnten Oktober ermordet. Man fand seine Leiche auf einem Ruinengelände in Queens.«

McCullen beugte sich zur Sprechanlage. »Ich lasse die Akte holen. Wollen Sie in dem Fall herumstochern? Haben wir irgend etwas übersehen?«

»Nein, so können Sie es nicht nennen. Ihre Leute stuften das Verbrechen als einen Überfallmord ein, der wahrscheinlich von Süchtigen begangen worden sei. Aufklärungschance weniger als zehn Prozent. Wir halten es für durchaus möglich, daß es tatsächlich etwas dieser Art war.«

Die Akte wurde gebracht. McCullen blätterte sie durch, überflog Tatortbeschreibung, Obduktionsbericht, und die mageren Protokolle der Zeugenvernehmungen.

»Ja, das sieht wirklich wie ein Süchtigenmord aus«, sagte er und reichte uns den Schnellhefter. »Der Sachbearbeiter hat vermerkt, daß eine Cathleen Hergan zweimal bei ihm war und behauptete, der Mord habe ein anderes Motiv als einfachen Raub. Sie sprach von verschwundenen Papieren.«

»Wir kennen Miss Hergan«, antwortete ich und nahm den Schnellhefter, der dünn war, als enthielte er so gut wie nichts.

Der Anruf erreichte Jo Parr im Bett. Er knurrte unwillig und drehte sich auf die andere Seite.

Seine Freundin stieß ihn an.

»Telefon, Jo!«

Er grunzte: »Leck mich . . .« Es war neun Uhr morgens. Er hatte die Bar bis drei Uhr aufgehalten und bis fünf Uhr mit den Texanern gepokert. Dann war da noch die Sache mit Norma gewesen, und die hatte auch noch einmal eine Stunde gedauert, weil Norma nie genug kriegen konnte. Verdammt, er war müde. Sie konnten ihn alle.

Das Telefon schrillte mit unerbittlicher Hartnäckigkeit.

Norma schälte sich aus der Decke. Der Apparat stand auf Parrs Seite. In ihrer ganzen blonden Üppigkeit reckte sich Norma über Parr und angelte den Hörer aus der Gabel.

»Passami Giovanni!« sagte eine Stimme in der Sprache, von der Norma keine Silbe verstand und von der sie doch wußte, daß Parr einen Anruf nie ignorierte.

Sie rüttelte ihn und schrie ihm ins Ohr. »Einer von deinen Bla-Bla-Freunden!«

Parr begriff. Mit einer Armbewegung schob er Norma von sich herunter und übernahm den Hörer. »Pronto!«

»Dormi ancora?« (Schläfst du noch?)

»È divenuto tardi stanotte, padrone.« (Es ist heute nacht spät geworden, Herr!)

Er deckte den Hörer ab, scheuchte Norma mit einer herrischen Geste aus dem Bett und zischte: »Kaffee!«

»Du erinnerst dich an die Sache im Oktober? An den Mann, den du am Flughafen in Empfang nahmst?«

»Selbstverständlich.«

»Wer war beteiligt?«

»Das Taxi fuhr Eddy Hampton. Die eigentliche Arbeit taten Golone und Sam Redstine. Und natürlich ich.«

»Der FBI wird in der Sache herumstochern.«

»Warum? Wir hatten alles perfekt gemacht. Padrone, ich glaube nicht, daß ich einen Fehler ...«

»Es ist nicht deine Schuld, Giovanni. Sie werden ihre ganz Maschinerie anwerfen. Bist du völlig sicher, daß alle deine Leute den Mund halten werden?«

»Padrone, wie soll es den Schnüfflern gelingen, uns zu finden? Niemand sah uns.«

»Ich hoffe, daß du recht behältst. Aber für den Fall, daß es ihnen doch gelingt, mußt du einhundertprozentig davon überzeugt sein, daß alle schweigen. Von jedem Helfer führt der Weg zu dir. Und von dir, Giovanni, ist es nicht weit bis zu mir.«

»Du weißt, daß ich schweigen werde, Padrone. Ich habe geschworen. Onore e Omertá.«

»Sei un bravo ragazzo. (Du bist ein guter Junge.) Die anderen sind nur Läuse. Giovanni, wenn du den leisesten Zweifel hast, daß sie reden könnten, zerquetsch sie!«

»Ich werde darüber nachdenken, Padrone, aber es wird nicht nötig sein.«

»Um so besser. Ciao, Giovanni! Schlaf dich aus und laß das Mädchen in Ruhe!«

»Si, padrone!«

Parr wartete, daß der andere einhängte. Statt des Klickens hörte er ein leises Räuspern.

Dann sagte der Mann, den Parr nie gesehen hatte und den er dennoch mehr fürchtete als jedes andere Wesen auf dieser Erde: »Denk gründlich nach! Ich mag dich, Giovanni. Aber wenn du mir Schwierigkeiten machst, kann ich keine Rücksicht auf meine Gefühle für dich nehmen.«

Noch als er den heißen Kaffee schlürfte, dachte Parr über den Satz nach. Er beunruhigte ihn so sehr, daß die Müdigkeit verflog. Er duschte, zog sich an, ging hinunter in die Bar, in der die beiden dicken Negerschwestern, die er als Putzfrauen beschäftigte, den Boden schrubbten und die Bartheke abseiften.

Er rief Sam Redstine an. Niemand meldete sich. Das genügte, Parrs Unruhe zu verstärken.

Seine Bar lag in der Crescent Street, nur einige Häuserblocks vom Queens Broadway entfernt. Vor fünf Jahren hatte er sie mit geliehenem Geld ausgebaut. Das Geld hatte er auf eine Weise abgearbeitet, die ihm Ansehen und Respekt verschafft hatte. Er kontrollierte im Auftrag des großen Padrone die Nightclubs, die Buchmacher und die Dealer im Bezirk zwischen East Channel und Northern Boulevard. Mit dem eigentlichen Geschäft, mit Kassieren und Abrechnen, hatte er nichts zu tun. Seine Aufgabe war es, für Ordnung zu sorgen, Widerspenstige zu zähmen und Aufbegehren im Keim zu ersticken.

Gelegentlich wurden ihm Aufgaben gestellt, die darüber hinausgingen.

Man nannte ihm das Objekt und sagte ihm, welches Resultat man erwarte. Die Ausführung überließ man ihm.

Parr, der auf drei Jahre Dienstzeit in einem Sonderkommando der Marines zurückblicken konnte, entwickelte sich zu einem Spezialisten für schnelle, unauffällige Aktionen. Der große Padrone schätzte seine glatte Arbeit. Er zeigte sein Wohlgefallen durch großzügige Geschenke. Parr wußte, daß er ohne die Gunst des Mächtigen verloren war. Die Worte, die noch in seinen Ohren klangen, schürten seine geheime Angst.

Er verließ das Haus, winkte einem Taxi und ließ sich zur Newton Street fahren.

Er traf Paco Golone in dem Quick-Service-Restaurant, in dem er immer zu frühstücken pflegte, und bei Paco am Tisch saß Sam Redstine.

Parr setzte sich zu ihnen. »Habt ihr in den letzten

Wochen irgend etwas Ungewöhnliches bemerkt?« fragte er.

»Was meinst du?« fragte Golone zurück. Sein Vater stammte ebenso aus Sizilien wie Parrs Mutter. Aber Golone beherrschte die Sprache der Insel nur noch in Bruchstücken. Redstines Eltern waren aus einer ganz anderen Gegend des alten Europas, aus dem kalten Osten, in die Staaten gekommen.

»Ich will, daß ihr die Augen offenhaltet und mich sofort anruft, falls ihr das leiseste Anzeichen merkt.«

»Anzeichen? Wofür?«

»Daß euch nachgeschnüffelt wird.«

Redstine, der intelligenter war als Golone, fragte leise: »In der Sache, die wir im Oktober gemacht haben?«

Widerwillig bestätigte Parr.

Er beobachtete das häßliche, sommersprossige Gesicht des rothaarigen Mannes.

War Redstine zuverlässig? War er nicht zu schlau, um zuverlässig zu sein? Würde er nicht reden, wenn er sich davon einen Vorteil erhoffte?

Und Golone war zu dumm, zu schwerfällig, um zuverlässig zu sein. Ihn würden sie mit schnellen Fragen und scharfen Worten reinlegen.

»Wo finde ich Eddy?« fragte Parr und stand auf.

»Vermutlich in der Werkstatt der Genossenschaft.«

»Also meldet euch sofort!« wiederholte Parr »Lieber einmal zu oft als zu spät!«

»Soviel Vorsicht bei gewöhnlichen City-Schnüfflern?« Redstine sah ihn lauernd an. »Wer ist hinter uns her, Jo?«

Parr verlor die Geduld. »Wahrscheinlich ist niemand hinter uns her. Wahrscheinlich sind alle Akten längst geschlossen, alle Untersuchungen eingestellt, aber, verdammt, ich will, daß ihr so vorsichtig seid, als wäre der FBI hinter euch her.«

»Also ist der FBI hinter uns her«, sagte Redstine, und Parr mußte sich beherrschen, ihm nicht die Sommersprossen breitzuschlagen.

Zehn Minuten später traf er Eddy Hampton in der Werkstatt der Taxi-Genossenschaft. Hampton war ein echter Taxifahrer. Die Genossenschaft wurde vom großen Padrone kontrolliert.

Hampton lederte den Wagen ab, den er gerade durch die Waschanlage gefahren hatte.

Parr stellte sich zu ihm. »Alles in Ordnung?«

»Die Geschäfte gehen schlecht«, antwortete Hampton. Er war 45 Jahre alt, grauhaarig, ein Mann mit schiefen Schultern und einem schlurfenden Gang.

»Wann hast du zuletzt einen Schnüffler gesehen, Ed?«

Hampton kicherte. »Noch gestern habe ich einen gefahren. Rate, wohin er gebracht werden wollte! In 'nen Massagesalon mit dunklen Girls.«

Parr lachte nicht mit. »Eddy, falls sie dich nach Fahrgästen fragen, wirst du dich nicht daran erinnern, jemals am La Guardia Airport einen Gast aufgenommen zu haben!«

Hampton starrte ihn an. »Wer soll mich fragen?«

»Ich hoffe, niemand. Aber wenn es geschehen sollte, wirst du dich nicht daran erinnern!«

»Natürlich nicht, Jo! Du weißt, daß du dich auf mich verlassen kannst.«

Parr wußte es nicht. War Hampton nicht ein Schwächling? Würde er nicht einknicken, wenn sie ihn in die Mangel nahmen? Hampton hatte nur den Transport durchgeführt.

Er konnte behaupten, nicht gewußt zu haben, was später geschehen war. Es war leicht für ihn, verführerisch leicht, sich zu retten.

»Mach's gut, Eddy!« sagte Parr.

Als er aus dem Halbdunkel der Werkstatt ins Freie trat, war er nicht mehr sicher, ob er Hampton am Leben lassen konnte.

Wer mit einem Computer zu reden versteht, kann sich eine Menge eigener Denkarbeit ersparen. Du gibst ihm die Fakten. Mit Lichtgeschwindigkeit sieht er in seinem Chips- und Transistorgehirn nach, ob er dir irgend etwas mitzuteilen hat.

Doch damit nicht genug. Da in seinem Gehirn die Tatsachen, Umstände, Abläufe und vieles andere von einigen 1000 Verbrechen gespeichert sind, ist er fähig, den Hergang eines Verbrechens zu rekonstruieren. Er vergleicht einfach, wie andere Verbrechen gleicher Art abgelaufen sind, und nennt dir alle Möglichkeiten des Tathergangs jenes Verbrechens, in dem du gerade herumstocherst, und setzt noch eine Ziffer für den Grad der Wahrscheinlichkeit hinzu.

Wir ließen unseren Computer fragen: »Ein Mann wurde am La Guardia Airport abgefangen und am nächsten Tag acht Meilen entfernt ermordet aufgefunden. Welches Transportmittel benutzten die Täter?«

Er antwortete ohne Zögern.

Privates Auto, möglicherweise gestohlen oder gefälschtes Nummernschild WG (Wahrscheinlichkeitsgrad) 60 %

Taxi WG 27 %

Subway oder Bus WG 12 %

Andere Verkehrsmittel WG 1 %.

Da es keine Chance gab, nach drei Monaten einen Privatwagen, mit dem Forrest möglicherweise entführt worden war, zu identifizieren, konzentrierten wir uns auf das Taxi.

»Echtes oder gefälschtes Taxi?« ließen wir fragen.

Mit 56 zu 44 % fiel der Wahrscheinlichkeitsgrad für ein gefälschtes Taxi nur geringfügig höher aus als für ein echtes. Da ein gefälschtes Taxi ebensowenig zu identifizieren war wie ein Privatwagen, baten wir den Computer um Auskünfte für den Fall, daß ein echtes Taxi bei der Entführung eine Rolle gespielt hatte.

Die Antwort lautete: *Der Fahrer, möglicherweise auch die ganze Taxifirma steht unter der Kontrolle der Gang, die an dem Mord interessiert war.*

In einem zweiten Frage- und Antwortspiel entschied sich der Computer für die Version, daß das Verbrechen von Tätern begangen worden war, die sich in der Umgebung des Tatorts hervorragend auskannten, also wahrscheinlich in der Nähe wohnten.

Forrests Leiche war in Abbruchhäusern am Vernon Boulevard gefunden worden. In den Stadtteilen Astoria und Long Island City existierten 18 Taxifirmen, teils als Genossenschaften. Phil und ich machten uns getrennt auf den Weg, die Fahrer dieser Firmen auszufragen.

Wir begannen mit den Genossenschaften, die ihre Zentralen im Zentrum von Long Island City hatten. Der Tag, an dem wir starteten, war von ungewöhnlicher Scheußlichkeit. Nasser, mit Regen vermischter Schnee fiel schwer wie Zement senkrecht vom Himmel.

Meine Firma nannte sich Queen's Cab Association. Phil suchte die Central Cabowner Company auf, deren Werkstatt und Leitzentrale in einem Kellergeschoß der 34th Avenue lag.

Es war einer der seltenen Glücksfälle im Leben eines G-man. Noch ahnte Phil nichts davon.

»Ich möchte Ihren Einteilungsplan vom achtzehnten Oktober sehen«, sagte Phil und zeigte dem Manager den FBI-Ausweis.

»Achtzehnter Oktober? Das war im vorigen Jahr.«

»Das war vor nicht einmal drei Monaten.«

Taxigenossenschaften sind Unternehmen, die allen Fahrern gemeinsam gehören.

Ein Teil der Einnahmen fließt in eine gemeinsame Kasse. Daher achtet man streng auf eine gerechte Einteilung. Zeiten und Straßen, in denen mit vielen Kunden gerechnet werden kann, werden in einem Rotationssystem von allen Drivers der Genossenschaft abgefahren. Ebenso muß jeder abwechselnd unbeliebte Touren und Gebiete übernehmen.

Es dauerte einige Zeit, bis der Plan vom 18. Oktober aus den Unterlagen herausgesucht worden war und auf dem Tisch lag.

»Welche Fahrer waren nachmittags um fünf Uhr im Einsatz?« bohrte Phil weiter.

Ihm wurden 16 Namen genannt.

»Bedienen Sie La Guardia Airport?«

»Klar, wenn wir eine Fahrt dorthin bekommen.«

»Warten Ihre Fahrer am Flughafen auf Kunden?«

»Wer einmal dort ist, versucht, einen ankommenden Fluggast zu ergattern.«

»Wer war am Achtzehnten am Flughafen?«

»Läßt sich nicht feststellen. Wir rechnen nach Meilen ab, nicht nach Fahrzielen.«

Phil hatte die Namen der Cabdrivers vom 18. 10. notiert. »Wann kann ich diese Leute sprechen?«

Der Manager blickte durch das Fenster in die Werkstatt.

»Farsin, McCoin und Eddy Hampton können Sie sofort sprechen. Sie sind in der Werkstatt. Die anderen erreichen Sie am besten beim Schichtwechsel um acht Uhr abends.«

Die Männer in der Werkstatt waren mit ihren Cabs beschäftigt. Farsin war ein Farbiger, McCoin ein Mann irischer Abkunft, Hampton ein magerer 50jähriger.

Phil zeigte ein Foto von Ralph Forrest. »Versuchen Sie, sich zu erinnern, ob Sie diesen Mann gefahren haben!«

Farsin, der Farbige, grinste. »So fragen nur Schnüffler! Sie sind doch einer, oder? Also hören Sie zu, Mister! Wenn jemand in mein Taxi einsteigt, werfe ich einen kurzen Blick in sein Gesicht und frage mich, ob er genügend Zaster bei sich trägt, die Fahrt zu bezahlen. Sobald er beim Aussteigen bezahlt hat, vergesse ich ihn. Ich würde ihn nicht einmal wiedererkennen, wenn er an der nächsten Ecke zum zweiten Mal in mein Cab einstiege.«

»Der Mann benutzte ein Taxi für die Fahrt vom Flughafen zu seiner Wohnung. Er kam aus dem Süden und war braungebrannt. Er nannte als Adresse die West 94th Street in Manhattan.«

»Warum glauben Sie, daß er in einem Queens Cab fuhr?«

»Weil in Queens seine Leiche gefunden wurde. Nicht allzuweit von eurer Werkstatt.«

Farsins Grinsen verkümmerte. »Tut mir leid«, sagte er. »Ich kann Ihnen nicht weiterhelfen.«

Phil wandte sich dem Iren zu und stellte die gleichen Fragen. McCoin fuhr sich durch das krause Haar, das die Farbe von verrostetem Draht hatte.

»An einen Fahrgast erinnere ich mich nur, wenn irgend etwas Besonderes mit ihm passiert. Ich fuhr einmal eine Lady, die nach Williamsburg wollte. Kaum rollte mein Cab, sah ich im Rückspiegel, wie sie sich auszog. Nichts ließ sie auf der Haut. Nicht einmal ihren Slip. Dann öffnete sie ihren Koffer, schminkte und puderte sich, benutzte 'ne Deospraydose für alle wichtigen Stellen, nahm frische Wäsche aus dem Koffer, wählte ein anderes Kleid und zog sich an. Mann, ich bin noch nie so langsam gefahren! Viermal wäre ich um ein Haar über eine rote Ampel gerutscht, weil ich den Blick nicht vom Rückspiegel lösen konnte.« Er lachte. »Das Girl würde ich wiedererkennen, wenn Sie mir nur ein Foto von ihren Titten zeigten.«

McCoin besaß die Erzählfreudigkeit vieler Iren. Phil schüttelte ihn ab und wandte sich Hampton zu.

»Nein«, sagte Hampton, »ich erinnere mich nicht, den Mann gefahren zu haben.«

»Sie haben noch nicht einmal das Bild gesehen.«

»Ich hörte die Fragen, die Sie Farsin und McCoin stellten. Mehr als die beiden kann ich Ihnen auch nicht sagen.«

Phil sah das magere Gesicht, die hektischen roten Flecken auf den Backenknochen und das nervöse Flattern der Augenlider.

»Danke für die Auskünfte, Mr. Hampton«, sagte er und verließ die Werkstatt.

Zehn Minuten später sah er, wie Hamtpon aus der Werkstatt kam und eilig die Straße hinunterging. An der nächsten Kreuzung betrat er einen Drugstore, blieb knapp fünf Minuten, tauchte wieder auf und ging zur Werkstatt zurück.

Phil betrat den Drugstore, der keine Besucher hatte. Der Keeper stand mit aufgestützten Armen hinter der Theke und las in einer Wettzeitung.

»Was hat der Mann gekauft, der gerade Ihren Laden verließ?«

»Nichts«, antwortete der Keeper. »Er telefonierte.« Mit einer Kopfbewegung wies er auf den öffentlichen Fernsprecher an der Stirnwand des Drugstore.

An diesem Abend begann der Dienst für Eddy Hampton um acht Uhr abends.

Hampton fuhr das Skillman Hotel an. Eine lange Taxireihe wartete vor der Auffahrt. Er schloß sich an. Es war die Stunde, in der die Touristen nach Manhattan hinüberfuhren. Hampton bekam schnell eine Fuhre von vier Japanern, die er zur 42nd Street brachte. Er hätte ihnen in Queens heißere Clubs nennen können als die schäbigen Stripschuppen der 42nd, aber sie richteten sich nach den Angaben in ihrem Reiseführer, Sex in New York – das hieß immer Times Square und die West 42nd Street. Hampton verlangte seinen Gästen die dreifache Gebühr ab. Sie zahlten widerspruchslos und verneigten sich dankbar.

Bis Mitternacht lief das Geschäft gut. Als die Theater am Broadway ihre Vorstellungen beendeten, bestiegen ein Mann und eine Frau Hamptons Taxi und nannten eine Adresse in Queens, zu der sie gebracht werden wollten. Hampton freute sich über den Glücksfall, daß er mit einer bezahlten Fahrt in seinen Bezirk zurückkam. Er setzte die Leute vor der Tür ihres Hauses ab. Der Mann gab ihm ein gutes Trinkgeld.

Nur eine Straßenkreuzung weiter stand ein Mann mit erhobenem Arm. Hampton fuhr an den Straßenrand und beugte sich zum Seitenfenster.

»Wohin, Sir?«

»Laß mich rein, Eddy!« sagte Jo Parr. »Ich will mit dir sprechen.«

Hampton war überrascht. »Hallo, Jo! Hab' dich in der Dunkelheit nicht erkannt.«

Parr stieg hinten ein. »Fahr um den Block!«

Gewohnheitsmäßig löschte Hampton das Freizeichen.

»Berichte genau, was der G-man gefragt und was du geantwortet hast!«

»Er hatte ein Foto des Mannes, zuerst zeigte er es Farsin und McCoin. Dann kam er zu mir, und ich sagte, ich hätte den Mann nie gesehen.«

»Bist du ganz sicher, daß es ein Foto des Mannes war? Wieviel von ihm war darauf zu sehen? Nur sein Kopf oder die ganze Gestalt?«

»Weiß ich nicht, Jo! Er zeigte es nur Farsin und McCoin. Als er zu mir kam, sagte ich sofort, daß ich den Mann nicht kannte.«

»Du sagtest es, ohne das Foto gesehen zu haben?«

Hampton geriet ins Stottern. »Nun, er konnte annehmen, daß ich einen Blick darauf geworfen hatte, als er es den anderen zeigte. Wir standen dicht beieinander. Hör mal, Jo, es ist doch selbstverständlich, daß niemand sich an einen Fahrgast erinnert, den er vor drei Monaten im Taxi hatte. Auch die anderen sagten, daß . . .«

Parr nagte an der Unterlippe. Seit Hamptons Anruf hatte ihn ein Gefühl von Panik ergriffen, das er nur mühsam unter Kontrolle halten konnte. Saßen ihm die Schnüffler schon so dicht auf den Fersen, daß sie nicht nur die Taxi-Genossenschaft, sondern auch noch Hampton aus 10 000 Cabdrivers in New York herausgefischt hatten? Wenn es so war, würden sie nicht lockerlassen, gleichgültig, was Hampton auf ihre Fragen geantwortet hatte. Anscheinend hatte er geantwortet wie ein Idiot.

»Glaub mir, Jo! Ich ließ den Schnüffler glatt abfahren«, sagte Hampton.

Parr dachte an den Anruf des großen Bosses, der jetzt zehn Tage zurücklag. Der Boß hatte ihn gewarnt. Es wäre verrückt, die Warnung in den Wind zu schlagen. Verdammt, sollte er, Jo Parr, sein Schicksal von der Standfestigkeit einer Null vom Schlage Hamptons abhängig machen? Die G-men hatten Eddy aufgestöbert, und damit war Eddy eine Gefahr für ihn geworden. Gefahren mußte man ausräumen.

»Fahr zur Honeywell Street!« befahl er. »Dort steht mein Wagen!«

Er kannte Queens genau. Auf dem Weg mußte Hampton die Unterführung des Northern Boulevard durchfahren.

»Sofort, Jo!«

»Beeil dich nicht! Wir wollen noch über den G-man sprechen.«

Er stellte Fragen, ohne die Antworten zu beachten, denn er hatte sich entschieden. Er sprach in freundlichem Ton mit Hampton. Als das Taxi in die Unterführung fuhr, sagte er: »Gib mir Feuer, Eddy!« und erreichte damit, daß Hampton den Fuß vom Gas nahm, weil er sich umdrehen wollte.

Parr schlug den Lauf seines Revolvers gegen Hamptons Schläfe. Hampton kippte zur Seite. Parr ergriff das Steuerrad und hielt das Cab in der Spur, bis das Getriebe den Motor abgewürgt hatte. Er stieg aus und leerte Hamptons Taschen, denn die Tat sollte wie der Raubüberfall eines Passagiers aussehen. Mit einem kurzen Stemmeisen, das er vorsorglich mitgenommen hatte, versuchte er, die Stahlbox unter dem Armaturenbrett aufzubrechen, in die Cabdrivers ihre Einnahmen stecken. Er gab sich keine Mühe, die ziemlich widerstandsfähige Box wirklich zu knacken. Für seine Zwecke genügte es, wenn die Polizei an den Spuren feststellte, daß es versucht worden war.

Hampton atmete röchelnd.

Mit dem Stemmeisen schlug Parr auf den Wehrlosen ein, bis Hampton tot war.

Parr warf die Tür ins Schloß und ging mit schnellen Schritten tiefer in die Unterführung hinein. Nach 20

Yards ließ er das Stemmeisen fallen. Die Polizei sollte es finden. Das würde aussehen, als hätte der Täter es auf einer hastigen Flucht verloren.

Das kurze Stahlstück schlug mit einem Klirren auf.

Jenseits der Unterführung stand sein Wagen. Parr warf sich hinter das Steuer, startete, schaltete die Scheinwerfer ein.

»Fatto (erledigt)«, sagte er halblaut in der Sprache seiner Kindheit.

Raubmord an einem Taxifahrer! Das kam so oft vor, daß die Zeitungen kaum noch darüber berichteten. Jeder, selbst die G-men würde es glauben müssen.

Parr fühlte sich von einem Druck befreit.

Dann fiel ihm ein, daß zwei Männer keine Sekunde lang daran glauben würden, Hampton wäre Opfer eines Raubmordes geworden.

Paco und Sam, dachte er. Niemals.

In ihm dämmerte die Erkenntnis, daß ein Mord nicht genug war.

Ich traf Phil bei Mario, unserer Stamm-Cafeteria. Ein enttäuschender Tag lag hinter mir. 28 ergebnislose Befragungen, darunter vier wichtigtuerische Schwätzer, die beim Anblick von Ralph Forrests Foto den Kopf wiegten, »vielleicht« und »könnte sein«, sagten, bis die Seifenblasen ihrer Erinnerung platzten.

»Der Mann heißt Eddy Hampton«, sagte Phil. »Er war der dritte Cabdriver, mit dem ich sprach. Er war so nervös, daß er nicht einmal das Foto anschaute, bevor er nie gesehen schrie. Ein paar Minuten nach mir verließ er die Werkstatt und rief irgendwen an.«

»Aus einer Telefonzelle?«

»Aus einem Drugstore. Selbstverständlich gibt es ein

Telefon in der Werkstatt. Er benutzte es nicht. Ganz offensichtlich wollte er keine Zuhörer.«

Mario tischte eine dampfende Pizza auf, über die ich mit geballter Kraft herfiel.

»Ich habe mich mit Eddy Hamptons Lebenslauf beschäftigt«, fuhr Phil fort. »Er hat ein paar kleine Vorstrafen. Taxifahrer wurde er vor acht Jahren. Zwei Jahre später lief ein Verfahren gegen ihn. Die Lizenz sollte wegen Betrugs an Fahrgästen entzogen werden. Das Verfahren wurde niedergeschlagen, und es sieht ganz so aus, als hätten mächtige Leute dabei die Hand im Spiel gehabt.«

»Mächtige Leute rühren keinen Finger für einen armen Teufel von Cabdriver.«

»Nicht im Normalfall, aber auch mächtige Leute brauchen gelegentlich einen Taxifahrer für besondere Einsätze.«

»Wer kassiert Schutzgebühren bei der Driver Association, in der Hampton fährt?«

»Eine Gruppe von Mafiosi, die zur Verronese-Familie gerechnet werden. Der lokale Boß heißt Al Scozzi.«

»Wenn du glaubst, Hampton sei eine heiße Fährte, warum nehmen wir ihn uns nicht gründlich vor?«

Phil lächelte. »Genau das war meine Absicht. Ich warte nur darauf, daß du mit deiner Pizza fertig wirst.« Er blickte auf die Armbanduhr. »Hampton fährt heute im Nachtdienst. Die Fahrer kommen zwischen Mitternacht und zwei Uhr morgens in die Zentrale zurück.«

Eine Stunde vor Mitternacht parkten wir den Jaguar dicht bei der Einfahrt zum Garagenkeller der Central Cabowner Company. Die Einfahrt war gut beleuchtet, und Phil kannte die Nummer von Hamptons Taxi.

Wir ließen eine hochgeworfene Münze entscheiden, wer zuerst eine Stunde schlafen durfte. Phil gewann, kippte die Rückenlehne zurück, streckte sich lang und legte den Hut aufs Gesicht.

Ich starrte auf die Einfahrt und versuchte, wach zu bleiben. Es gibt Zeiten, da besteht unser aufregender Beruf darin, daß man irgendwo herumhängt und pausenlos auf eine Tür, ein Fenster oder wie in diesem Fall auf eine Einfahrt starrt.

Nichts passierte in der Stunde bis Mitternacht. Ich schenkte Phil keine Minute, sondern weckte ihn, als seine Zeit abgelaufen war, und tauchte in den Tiefschlaf ab.

Ich war gerade unten angekommen, als mich ein Rippenstoß ins Bewußtsein zurückholte. Ich fuhr hoch.

»Ein Streifenwagen der City Police ist in die Garage eingefahren.«

»Okay, laß uns die Warterei aufgeben!«

Ich startete den Jaguar, steuerte ihn quer über die Straße in die Garage und stoppte ihn neben dem Streifenwagen.

Die Polizeibeamten standen mit dem Nachtdienstmanager und ein paar Fahrern zusammen. Alle drehten sich zu uns um.

Ein Fahrer zeigte auf Phil. »Dieser Mann hat am Morgen mit Eddy gesprochen.«

»FBI«, sagte Phil zu dem älteren der Cops. »Handelt es sieh um Eddy Hampton?«

Der Polizist, ein stämmiger Farbiger, nickte. »Die Besatzung von Wagen 29 fand ihn vor zehn Minuten. Erschlagen und ausgeraubt.«

»Wo?«

»In der Unterführung des Northern Boulevard. Keine zwei Meilen von hier.«

»Ich begreife das nicht«, sagte ein Fahrer kopfschüttelnd. »Eddy war immer besonders vorsichtig. Er nahm nie jemand auf, von dem er fürchtete, er könne ihm eins über den Schädel geben. Hat nicht selten Ärger wegen seiner übertriebenen Vorsicht bekommen.«

Ich wendete den Jaguar, ließ ihn aus der Garage schießen und steuerte ihn zum Northern Boulevard.

Die Mordkommission war schon an der Arbeit. Standscheinwerfer erhellten ein kurzes Stück der Unterführung.

Die Wagen der Kommission und zwei Streifenfahrzeuge der City Police ließen nur eine knappe Autobreite für den allgemeinen Verkehr.

Die Gruppe des Homicide Department wurde von einem Lieutenant geleitet.

»FBI?« fragte er verwundert. »Das ist hier aber Sache der City Police. Mord an einem Taxifahrer. Sogar das Tatwerkzeug haben wir schon gefunden. Ein Stemmeisen, das der Täter bei der Flucht wegwarf.«

»Hat sich der Arzt schon über die Todeszeit geäußert?«

»Er untersucht ihn gerade. Die Todeszeit steht ohne Arzt fest. Der City Policeman, der ihn fand, sagt, der Mann sei noch warm gewesen, und die Wunden hätten stark geblutet.«

Die Besatzung von Streifenwagen 29 bestand aus einem Cop-Anfänger und einem grauhaarigen Policeman kurz vor der Pensionsgrenze.

»Sie haben ihn gefunden?« fragte Phil.

»Genau, Sir. Als ich den Körper berührte, spürte ich noch Wärme. Der Täter muß die Unterführung am anderen Ende verlassen haben, als wir hineinfuhren.«

Das Namensschild auf der Uniform lautete: Officer Grayfield.

»Schon lange im Revier, Officer?«

»Zwanzig Jahre.«

»Kennen Sie Al Scozzi?«

»Ein Großhändler für Obst und Gemüse. Büros im

Steinway Building, Lagerhäuser am Verschiebebahnhof, Privatvilla am Astoria Park.«

»Ein Mafiahäuptling?«

Officer Grayfield wiegte den Kopf. »Es gibt Gerüchte, Sir! Bestraft wurde Mr. Scozzi nie.«

»Wir wollen ihn sprechen«, entschied Phil. »Wo haben wir eine Chance, ihn zu finden?«

»Wahrscheinlich in seiner Villa! Scozzi ist ein angesehener Bürger des Bezirks, ein guter Familienvater und regelmäßiger Kirchenbesucher.«

»Spendet er auch für die Weihnachtsfeier des City-Police-Reviers?«

»Natürlich, Sir«, antwortete Grayfield ohne Wimpernzucken. »Wie alle Geschäftsleute, die uns dankbar sind, daß wir das Viertel sauberhalten.«

»Führen Sie uns trotzdem zu ihm! Fahren Sie voraus!«

Quer durch das nächtliche Queens brachte uns Grayfields Streifenwagen zum Astoria Park, einem der wenigen grünen Flecke im Häuserdschungel von Queens.

Die Villa war ein bescheidenes Haus. Ein Hund schlug an. Wir ließen Grayfield klingeln. Der Hund verfiel in rasendes Gebell. Es dauerte lange, bis sich ein Mann über die Sprechanlage meldete.

»Officer Grayfield, Mr. Scozzi«, sagte der Polizeibeamte. »Bei mir sind zwei G-men, die Sie unbedingt sprechen wollen.«

»Um ein Uhr morgens?«

»Sir, ich bedaure, aber die G-men bestehen darauf.«

»Okay, ich werde öffnen. Warten Sie drei Minuten! Ich muß etwas anziehen und den Hund beruhigen.«

Der Mann, der nach gut fünf Minuten die Tür öffnete, wog satte 220 Pfund. Obwohl er die 50 überschritten hatte, war sein Haar noch schwarz. Ein strammer Bauch wölbte den gestreiften Morgenrock. Im konturenlosen runden Gesicht verrieten zwei schwarze Augen mit Drillbohrerblick und ein lippenloser, breiter Mund, daß Al Scozzi nicht annähernd so gemütlich war, wie er auf den ersten Blick aussah.

Er ließ sich die Ausweise zeigen und beäugte sie genau.

Dann führte er uns in einen Wohnraum, in dem er die Deckenbeleuchtung einschaltete. Stühle bot er uns nicht an.

»Also?«

»Vor einer Stunde wurde der Taxifahrer Eddy Hampton ermordet«, sagte Phil. »Hampton war Mitwisser in einem anderen Mordfall, bei dem die Mafia die Hände im Spiel hatte. Sie, Scozzi, sind ein Untercapo der Verronese-Familie. Beide Verbrechen geschahen in Ihrem Distrikt. Wir betrachten Sie als verdächtig, an den Verbrechen mitgewirkt zu haben.«

»Da es sich um Mord handelt, werde ich Aussagen nur in Gegenwart eines Anwalts machen«, antwortete er lakonisch. »Kann ich telefonieren?«

»Das Gesetz erlaubt Ihnen, einen Anwalt zu verlangen.«

Er griff nach dem Telefonhörer und wählte eine Nummer. Es dauerte lange, bis sich jemand meldete. Im Augenblick, in dem Scozzi zu sprechen ansetzte, nahm Phil ihm den Hörer aus der Hand und fragte: »Wer sind Sie?«

Er erhielt eine Antwort, die ihn zufriedenstellte, und gab den Hörer an Scozzi zurück.

»Ich habe eine Menge Polizei in der Wohnung, Barry«, sagte Scozzi. »Darunter zwei wilde Jungens vom FBI. Sie wollen mich mit einem Mord an einem Taxifahrer in Verbindung bringen. Kannst du sofort kommen?« Er legte den Hörer auf. »Anwalt Barry Jamston wird in einer Viertelstunde hier sein. Bis dahin verweigere ich Antworten auf eure Fragen.«

Seine Mundwinkel, tief verborgen im Speck seiner Wangen, zuckten zwei-, dreimal. War das seine Art zu lächeln?

Er wies auf zwei Sessel. »Setzt euch!« sagte er.

Für Parr gab es kein Halten mehr. Während er seinen Wagen, einen Pontiac Firebird, durch die menschenleeren Straßen steuerte, dachte er: *Ich mache reinen Tisch. Natürlich werden drei Leichen in einer Nacht Aufsehen erregen, aber ich habe die Erlaubnis des großen Bosses. Wie sagte er? Sie sind Läuse. Zerquetsch sie!*

Er fuhr an der eigenen Bar in der Crescent Street vorbei. Die Lichtreklame war ausgeschaltet, das Eingangsgitter herabgelassen. Illegal gespielt wurde nur, wenn er, Parr, selbst die Erlaubnis gab. Wie die meisten Mitglieder einer Mafiafamilie bemühte er sich, sein offizielles Leben von Gesetzesverstößen freizuhalten.

Im Fahren öffnete er das Handschuhfach und tastete nach der Waffe, die dort lag. Wenn er schießen mußte, wollte er nicht den Colt benutzen, der registriert war, sondern eine »saubere« Kanone. Die Pistole im Handschuhfach stammte aus der Schweiz, war illegal eingeführt worden und durch zwei Dutzend Hände gegangen. Niemand konnte ihren Weg bis zu ihm verfolgen. Das Magazin faßte 13 Kugeln. Ein Reservemagazin lag dabei. Genügend Munition für zwei Männer.

Parr kannte die Lebensgewohnheiten von Paco Golone und Sam Redstine genau. Golone war das einfachere Problem. Deshalb beschloß er, es zuerst zu lösen. Offiziell verdiente Golone seinen Lebensunterhalt mit einer Schnelltransportfirma. Er besaß einen kleinen Lastwagen.

Seine Wohnung lag im Hof eines Häuserkomplexes über der Garage. Parr wußte, daß es eine Verbindungstreppe zwischen Garage und Wohnung gab.

Den Firebird stellte er an der Rückseite des Häuserkomplexes ab, ging um den gesamten Block herum und erreichte die lange Reihe der Garagen im Innenhof. Das einfache Schloß zu knacken, bedeutete keine ernsthafte Schwierigkeit. Er schob sich an dem eingestellten Schnellaster vorbei. Ihm fiel ein, daß Golone noch mit knapp 2000 Dollar bei ihm in der Kreide stand. Die Summe mußte er in den Schornstein schreiben.

Die Treppe zur Wohnung befand sich am Ende der Garage. Parr stellte sich an ihrem Fuß auf. Er holte tief Luft. Dann schlug er mit der Faust auf die Motorhaube des Wagens. Das Blech knallte. Sekunden später erkannte er an dem Licht, das unter der Tür am Ende der Treppe herfiel, daß der Lärm Paco aufgeweckt hatte.

Er schlug noch einmal, aber weniger heftig gegen das Blech. Oben wurde die Tür aufgerissen. Golones Gestalt zeichnete sich wie ein Schattenriß gegen die Zimmerbeleuchtung ab.

Parr schoß fünfmal. Paco Golone taumelte zurück, brach dann nach vorn zusammen und stürzte, sich überschlagend, die Treppe hinunter.

Mit drei Sprüngen erreichte Parr die Wohnung. Er löschte das Licht und öffnete ein Fenster, das auf die Garagendächer hinausging. Er sprang aus dem Fenster, lief über die Dächer, ließ sich in den Nachbarhof fallen und gelangte durch die Einfahrt auf die andere Seite des Blocks und zu seinem Wagen.

An Sam Redstine war schwieriger heranzukommen als an Paco Golone. Er wohnte in einem Hochhaus in der Nähe der Queensboro Bridge. Parr hätte mit Gewalt in das Zimmer eindringen müssen, und Redstines Wohnung lag in der 16. Etage. Es war unmöglich, das Haus nach der Tat unerkannt zu verlassen.

Er stoppte vor einer Telefonzelle, ging hinein und wählte Redstines Nummer. Der Hörer wurde sofort abgenommen.

»Ich bin's, Jo«, sagte Parr. »Es gibt Arbeit, Sam, Arbeit, die sofort gemacht werden muß. Kannst du mich in einer halben Stunde in der Main Inn treffen?«

»Was für Arbeit?« fragte Redstine mißtrauisch.

»Gutbezahlte Arbeit: Genügt dir die Antwort? Du wirst zehn große Scheine bekommen.«

»Wer macht noch mit?«

»Niemand. Es ist ein Zwei-Mann-Job.«

»Okay, ich komme.«

Main Inn war ein 24-Stunden-Restaurant in der Nähe des großen Queens-Verschiebebahnhofs. Auch während der Nachtstunden herrschte dort ein stetes Gedränge von Verladearbeitern, Angestellten der Bahn, Truckfahrern und Mädchen, die auf einen schnellen Dollar aus waren.

Als Treffpunkt würde Main Inn keinen Verdacht erwecken. Aber um hinzukommen, mußte Redstine seinen Wagen aus einem Parkhaus holen, das eine Straßenkreuzung jenseits des Hochhauses lag. Parr wußte, daß es bewacht wurde. Die beiden Wächter saßen in einer Kabine vor Fernsehmonitoren. Sie bedienten die Ein- und Ausfahrtschranken. Niemand konnte einen Wagen stehlen. Aber für einen Mann zu Fuß war es eine Kleinigkeit, unbemerkt in den Bau zu gelangen.

Parr stellte seinen Wagen an der Rückfront ab. Natürlich würde der Lärm seiner Abrechnung mit Redstine die Wächter aufscheuchen. Er wollte nicht riskieren, ihnen zu begegnen und sich mit den Männern herumschießen zu müssen. Er rechnete, daß er eins der Lichtfenster auf der ersten Parkebene öffnen oder zerschlagen konnte.

Der Sprung aus rund zehn Fuß Höhe ließ sich überstehen. Bis zum Firebird blieben nur noch ein paar Schritte.

Er benutzte die Ausfahrt für sein Eindringen ins Parkhaus, vermied den Lichtkreis der Lampe über der Fahrbahn, schob sich an den Eisenbalken der Sperre vorbei und ging die Windungen der Abfahrt hinauf.

Redstines Fahrzeug, ein brauner, erst vor wenigen Wochen gekaufter Thunderbird, stand auf Abstellplatz 355 in der 3. Etage. Parr besaß ein ausgezeichnetes Gedächtnis für solche Kleinigkeiten. Im dürftigen Licht der Nachtbeleuchtung fand er Redstines Wagen sofort. Gegenüber stand ein schwarzer Cadillac. Parr kauerte sich hinter das Heck des schweren Fahrzeugs.

Es war still in dem Bau. Das Geräusch der eigenen Atemzüge schien Parr sehr laut, und er versuchte, es zu unterdrücken. Als Geräusche durch das Gebäude hallten, schreckte er zusammen.

Der nackte Beton leitete die Stimmen aus dem Erdgeschoß bis zu Parr in der 3. Etage, verzerrte sie aber auch. Er konnte nicht verstehen, was gesprochen wurde. Dann hörte er das Surren des Fahrstuhls und wenig später das Zurückrollen der Kabinentür.

Die Pistole hielt er längst in der Hand. Mit angehaltenem Atem wartete er darauf, daß Redstine in seinem Blickfeld auftauchte. Der Fahrstuhl lag am Hauptgang. Parr konnte ihn von seiner Position nicht sehen.

Er lauschte auf das Geräusch der Schritte. Nichts geschah. Es blieb still auf der Etage.

Hatte ein anderer Wagenbesitzer das Parkhaus betreten? Parr biß die Zähne aufeinander.

Die laute Stimme traf ihn wie ein Keulenschlag. Ein Mann rief: »He, Mr. Krosky!«

Kein Zweifel! Die Stimme gehörte Sam Redstine.

Von unten wurde zurückgerufen. »Was gibt's?«

»Bitte, kommen Sie rauf, Mr. Krosky! Mein Wagen springt nicht an. Helfen Sie mir, ihn auf die Abfahrt zu schieben!«

Dieser verdammte, mißtrauische Bastard, dachte Parr. Er will einen zweiten Mann oben haben, den er vorschicken kann.

»Okay, ich komme!« rief Krosky, vermutlich einer der Wächter.

Parr mußte seine Entscheidung in Sekunden treffen. In weniger als einer halben Minute würde der Wächter oben sein.

Lautlos richtete Parr sich auf und hastete an den Autos vorbei zum Hauptgang.

Auch im Hauptgang war die Beleuchtung schlecht. Zwar sah er die Umrisse Redstines in der Nähe des Fahrstuhls.

Ein Wagen verdeckte zwei Drittel von Redstines Gestalt. Wenn Parr ungesehen hinter die Reihe der abgestellten Autos gelangte, konnte er sich so dicht an Redstine heranarbeiten, daß nur noch die Breite des Ganges sie trennte.

Er schob sich vorwärts. Als er den ersten Wagen fast erreicht hatte, leuchteten die großen Deckenlampen auf. Der Wächter hatte sie in der Absicht eingeschaltet, beim Hantieren an Redstines Wagen bessere Beleuchtung zu haben.

Redstine sah Parr sofort. Ohne Zögern feuerte Parr. Aufsprühender Mörtelstaub an der Wand verriet, daß er nicht getroffen hatte. Redstines Kopf verschwand. Die zweite Kugel, mit der Parr ihn zu erwischen versuchte, durchschlug die Windschutzscheibe eines Autos.

Parr stürmte vorwärts. Er sprang auf die Motorhaube, von da auf das Dach eines Wagens, um Redstine zwischen den Fahrzeugen zu sehen. Er handelte so unbeherrscht, das er hart mit dem Schädel gegen die niedrige Decke prallte.

Er erahnte Bewegung hinter den Autos und feuerte wie rasend. Sechs Kugeln hatte er für Golone verbraucht. Sieben feuerte er fast blindlings auf Redstine, ohne daß ein Schmerzensschrei den Beweis für einen Treffer geliefert hätte.

Der Hahn schlug leer auf. Mit fliegenden Fingern ließ Parr das Magazin aus dem Griff gleiten und setzte das Reservemagazin ein.

Eine Sirene gellte durch den Bau.

Parr sprang von Wagen zu Wagen. Blech verbog sich knallend unter seinem Gewicht. Er rutschte, und behielt nur mühsam die Balance, aber er trieb Redstine in die Enge. Dorthin, wo eine Stützmauer den Fluchtweg zwischen den Fahrzeugen versperrte.

Redstine erkannte die Situation und brach aus. Für ein paar Zehntelsekunden hatte Parr ihn deckungslos als Ziel auf dem Gang.

Er drückte auf den Abzug.

Nichts!

Er schrie vor Enttäuschung und drückte mit aller Kraft.

Nichts!

Redstine verschwand zwischen den Autos auf der anderen Gangseite.

Überall im Bau hallten Stimmen.

Jo Parr erkannte, daß er die Partie nicht mehr gewinnen konnte und die eigene Haut retten mußte. Er lief über die Abfahrt nach unten. Im Laufen versuchte er, die Pistole funktionsfähig zu machen. Es gelang ihm nicht. Die erste Kugel hatte sich verklemmt. Mit nackten Fingern war sie nicht zu entfernen.

Parr hatte Glück. Er begegnete den Wächtern nicht, deren aufgeregtes Geschrei durch den Bau hallte.

Auf der ersten Parkebene öffnete er ein Lichtfenster, schwang sich über die Brüstung und ließ sich fallen. Er schlug hart auf, rannte zum Firebird und warf sich hinter das Steuer.

Langsam beruhigte sich sein Atem. In seinem Gehirn jagten sich Pläne, Ideen, Gedanken, wie er nach dem Fehlschlag Redstine unter Kontrolle halten konnte. Er fand keine Lösung, die ihn selbst überzeugte.

Er erreichte die Crescent Street, parkte seinen Wagen dicht vor dem Eingang zur Bar, öffnete das Personentor im Gitter und die Tür dahinter.

Die Garderobe lag im Dunkel. Parr brauchte kein Licht. Er ging zum Vorhang, der Garderobe und Bar trennte, und schlug ihn zurück.

Der Lichtkegel einer Stablampe traf sein Gesicht. Harter Stahl rammte seine Rippen. Eine rauhe Stimme sagte:

»Stai zitto o te lo do!« (Sei still, oder ich besorge es dir!)

Eine Hand riß ihm den Revolver aus dem Holster.

Die Wandbeleuchtung wurde eingeschaltet.

Parr sah zwei Männer vor sich. Ein dritter Mann stand hinter der Theke, die Hand noch am Lichtschalter. Keinen hatte Parr je zuvor gesehen. Die Männer waren mit Maschinenpistolen bewaffnet.

»Geh zur ihr!« sagte der Mann hinter der Theke. Erst jetzt bemerkte Parr, daß auch Norma im Raum war. Sie saß auf einem Stuhl, bekleidet mit nichts als ihrem dünnen, durchsichtigen Nachthemd, das blonde Haar verwirrt, die blauen Augen ausdruckslos vor Angst.

Zögernd durchquerte Parr den Raum. Er begann zu sprechen, und während er sprach, hörte er die eigenen Worte wie die eines Fremden. Er sagte, daß er mit dem großen Padrone sprechen wolle und daß er nicht wisse, was man ihm vorwerfen könnte. Er sprach immer leiser. Schließlich verstummte er.

Norma griff nach seinem Arm. »Jo, was werden sie mit uns machen?« Ihr Englisch war in dieser Welt wie die Sprache eines Fremden.

»Hai sbagliato«, (Du hast Fehler gemacht), sagte der Mann hinter der Theke.

Nach der Ankunft des Anwalts dauerte das Verhör des dicken Al Scozzi eine gute Stunde. Wir zwangen ihn, uns die Namenslisten seiner Leute auszuhändigen. Für seine Firma arbeiteten 60 Menschen, angefangen vom Kistenstauer in den Lagerhallen bis zu den Buchhaltern im Büro. Wie viele davon zum engeren Clan gehörten, war nicht festzustellen. Er leugnete nicht, Carlo Verronese zu kennen. Er sagte, er treffe ihn regelmäßig am San-Genaro-Tag, dem großen Fest der Italoamerikaner. Geschäftsbeziehungen unterhielten sie nicht.

Der Anwalt machte uns klar, daß wir Scozzi entweder unter dringendem Verdacht festnehmen und ins Hauptquartier bringen müßten, oder wir würden uns von ihm eine Beschwerde wegen willkürlicher Belästigung eines unbescholtenen Bürgers einhandeln.

Es hatte keinen Zweck, sich Illusionen hinzugeben. Wir waren aufgelaufen. Scozzis Position blieb unangreifbar. Es war die übliche Geschichte, die im jahrzehntealten Kampf gegen organisiertes Verbrechen schon Hunderte von enttäuschten Polizisten, Detektiven und G-men erlebt hatten. Man kennt die Drahtzieher, aber ihre Beteiligung an der Tat bleibt unbeweisbar.

Zweifellos war Scozzi ein Mafia-Häuptling, aber er hatte weder den Taxifahrer noch vor Monaten Ralph Forrest eigenhändig umgebracht. Vielleicht hatte er ein Telefongespräch geführt, vielleicht anderen Mafiosi etwas Hilfestellung geleistet. Oder er war überhaupt nicht beteiligt, weil größere Interessen auf dem Spiel standen, für die von den Superbossen vom Schlage eines Carlo Verronese eigene Killer eingesetzt wurden.

Ungefähr um zwei Uhr morgens gaben wir auf. »Tut uns leid, Sie um Ihre Nachtruhe gebracht zu haben.«

Scozzi zuckte mit den Schultern. Barry Jamston, der Anwalt, erklärte laut: »Al, ich rate Ihnen zu einer Beschwerde. Diese Männer werden mit Sicherheit eine Rüge erhalten.«

»Sie versuchen nur, ihre Pflicht zu tun«, antwortete Scozzi ölig. »Wir wollen Mitleid zeigen. Weihnachten ist noch nicht lange vorüber, Barry!«

Unsere Stimmung sank auf den Nullpunkt. Langsam fuhren wir im Jaguar zum Hauptquartier.

»Glaubst du, daß Eddy Hampton tatsächlich ein Volltreffer war?« fragte Phil.

»Die Frage ist müßig. Sie ließen uns keine Chance, das Los einzulösen.«

Das Ruflicht am Armaturenbrett flackerte. Phil nahm den Hörer und schaltete den Lautsprecher ein.

In der Zentrale meldete sich Henry Loane vom Nachtdienst.

»Wir haben einen Anruf registriert«, sagte er. »Der Anrufer war ein Mann. Er nannte keinen Namen. Seine Stimme verriet Erregung, sogar Wut. Ich lese euch den aufgezeichneten Text vor: *»FBI? Hört mal zu, Leute! Ich habe euch was zu erzählen. Der Bastard, der die Sache am 18. Oktober gefingert hat, ihr wißt doch, wovon ich spreche, oder? Also, das Schwein heißt Jo Parr. Er hat eine Kneipe in der Crescent Street. Nennt sich Jo's Stop. Beeilt euch! Er hat Grund zu verschwinden. Und schießt ihn sofort über den Haufen, bevor er euch abknallt! Schickt ihn zur Hölle!«*

»Crescent Street«, wiederholte Phil. »Wir sind ganz in der Nähe.«

Kaum fünf Minuten später bremste ich den Jaguar vor einem vergitterten Eingang ab, über dem die Glasröhren abgeschalteter Neonreklame den Namen *Jo's Stop* zeichneten.

Es stellte sich heraus, daß die Personentür im Gitter nicht verschlossen war, auch nicht die gläserne Eingangstür.

Der Raum dahinter lag im Dunkel. Die Taschenlampen zeigten, daß wir uns in einer Garderobe befanden.

Phil entdeckte den Lichtspalt in einem Vorhang. Wir öffneten ihn und sahen vor uns die Bar, in der Leuchter an den Wänden brannten.

»Oh, Himmel«, murmelte Phil.

Eine blonde Frau im Nachthemd.

Ein kräftiger, dunkelhaariger Mann.

Ein umgestürzter Stuhl. Sonst keine Unordnung im Raum. Aber die Blutlache, die sich unter dem Mann und der Frau ausgebreitet hatte, reichte bis an den Fuß der Bartheke.

Die Morde dieser Nacht, schon fast ein Gemetzel, brachten den ganzen Apparat der Polizei und des FBI in Schwung. Nicht Scozzi, mit dem wir uns unnötig lange aufgehalten hatten, war also der Vollstrecker von besonderen Mafia-Wünschen, sondern Jo Parr, den wir neben seiner Freundin gefunden hatten, von einem Killerkommando des großen Padrone umgebracht.

Sehr schnell fanden wir die Zusammenhänge mit einer Schießerei in dem Parkhaus. Noch vor Morgengrauen wußten wir, daß Parr seinen Komplizen Paco Golone getötet hatte und daß der Anruf von dem zweiten Komplizen Sam Redstine gekommen war.

Alle Polizisten New Yorks hielten Ausschau nach Redstine. Das Hauptquartier veröffentlichte Aufrufe in Rundfunk und Fernsehen. Redstine sollte sich melden. Seine Sicherheit wurde garantiert.

Er meldete sich nicht. Zehn Tage lang blieb die Mordnacht in Queens heißes Thema für Zeitungen und die Lokalredaktionen der TV-Anstalten. Dann flaute das Interesse ab.

Am 19. Januar ging in der Nacht ein Wolkenbruch an Schnee über New York nieder. Die Autos blieben in den Schneewehen stecken. Erst am Morgen flaute der Sturm ab.

Der Fahrer eines Räumwagens, der die Third Avenue vom Schnee befreien sollte, entdeckte in den Schneemassen am Straßenrand einen festen Gegenstand.

Er stieg aus und fand einen toten Mann, den er für einen erfrorenen Stadtstreicher hielt.

Erst im Leichenschauhaus wurde der Tote als Sam Redstine identifiziert. Vier Einschußlöcher in seinem Rücken bewiesen, daß die Killer der Mafia ihr letztes Opfer gefunden hatten.

Durch das Fenster von Mr. Highs Büro sahen die Wolkenkratzer von Midtown Manhattan wie Bauten einer futuristischen Stadt auf einem eisigen Planeten im Weltall aus. Die bunten Farben der Neonreklamen brachen und vervielfältigten sich in den Schneekristallen. Autoscheinwerfer geisterten über weiße Wälle, mit denen die Straßen gesäumt waren.

Es sah schön aus, aber es war eine Katastrophe. Im eisigen Zugriff des Winters brach der Verkehr jeden Morgen und jeden Abend zusammen. In den Slumhäusern froren Wasser- und Abwasserleitungen ein. Müll türmte sich vor den Häusern, vom Schnee gnädig zugedeckt.

»Mit Redstines Tod ist die letzte Hoffnung dahin, die Hintergründe der Morde an James Cranch und Ralph Forrest in New York aufzuklären«, sagte Mr. High. »Zwar glaube ich nicht, daß Redstine, wenn er lebend in unsere Hände gefallen wäre, entscheidende Aussagen hätte machen können. Er war nur ein Handlanger. Aber mit ihm sind die letzten Illusionen gestorben. Auf New Yorker Pflaster werden wir nicht herausfinden, warum die Mafia so brennend an einem vergleichsweise kleinen Inselstaat interessiert ist, daß sie Morde in Serie begeht.«

Er legte die Fingerspitzen gegeneinander. »Auf Cochillo sind Sie vier Top-Gangstern begegnet. Ich habe unsere Freunde beschatten lassen. Vito Calo hält sich wie immer im Winter in Palm Beach auf. Carlo Verronese hat New York gestern verlassen und ist ebenfalls nach Florida geflogen, und zwar zusammen mit Sid Strass. Wenn Sie bedenken, wie spinnefeind sich beide noch vor einem halben Jahr waren, dann muß die neue Freundschaft als Alarmsignal wirken.«

»Und Larry Rake?«

»Rake kehrte nicht nach New York zurück. Soweit wir feststellen konnten, wechselte er in Miami in eine Maschine, die nach Honduras flog.«

Mr. High stand auf, ging zum Fenster und blickte in das Schneetreiben hinaus. »Wie wollte Forrest seinen Zeitungsartikel überschreiben? *Die Republik der Mafia.* Was immer der Journalist mit dieser Überschrift meinte, es muß sich auf die Tarrena-Inseln und besonders auf Cochillo bezogen haben. Ich möchte, daß Sie, Jerry und Phil, zum zweiten Mal hinfliegen. Nicht getarnt – das hätte auch keinen Sinn mehr –, sondern im offiziellen Auftrag und ohne zeitliche Begrenzung.«

Er kehrte zu seinem Schreibtisch zurück und wies auf einige Aktenordner. »Sie enthalten beglaubigte Kopien aller Untersuchungsberichte im Mordfall des UN-Botschafters James Cranch, das Geständnis Nico Vassaris', die waffentechnische Untersuchung und die Identifizierung Marc Shews aufgrund des Fotos, das Sie mitbrachten, mit der Aussage, daß er bei einer Begegnung in einer Sex-Sauna die Ermordung des Botschafters in Auftrag gab. Inzwischen hat das Außenministerium die Erlaubnis der Regierung von Tarrena eingeholt, daß FBI-Agenten bei der Vernehmung Shews anwesend sind und bei der Aufklärung mithelfen. Ihre Flugkarten gibt Ihnen Helen. Ihr Verbindungsmann, der Sie in Empfang nehmen wird, heißt Jerome Lance, ein Inspektor der Tarrena-Polizei mit Scotland Yard-Ausbildung.«

Wir nahmen die Akten an uns.

»Wie beim ersten Mal werden Sie unbewaffnet fahren«, sagte Mr. High. »Natürlich haben Sie keine polizeilichen Befugnisse. Vergessen Sie trotzdem nicht, daß Ihre Gegner Mitglieder der amerikanischen Mafia sind, die vor keiner Brutalität und keiner Gewalttat zurückschrecken! Sollten Sie, um sich oder andere zu verteidigen, zu aktivem Einsatz gezwungen sein, werde ich Sie gegen jede Instanz schützen.«

Das Wunder wiederholte sich. Beim Start in New York war das Wetter von arktischer Kälte. Die Zwischenlandung in Miami fand bei niederstürzendem Regen statt. Als die Türen nach dem Ausrollen auf dem kleinen Flughafen von Tarrena geöffnet wurden, strömten Wärme und so intensiver Blütenduft in die Maschine, daß sich der Kerosingestank verflüchtigte.

»Mr. Cotton? Decker?« fragte ein braunhäutiger, ungefähr 30jähriger Mann am Fuß der Gangway. »Ich bin Inspektor Lance.«

Wahrscheinlich hatten Vorfahren aus allen Teilen des britischen Imperiums beim Zustandekommen Jerome Lances mitgewirkt. Das hatte eine gute Mischung ergeben. Lances graue Augen bildeten einen effektvollen Gegensatz zur braunen Haut. Er hatte glattes, schwarzes Haar, war mittelgroß, schlank und bewegte sich mit der Leichtigkeit eines Mannes, der viel Sport treibt.

Er trug keine Uniform, sondern eine weiße Jacke und, wie es sich für einen Polizisten britischer Herkunft geziemt, trotz der Wärme eine Krawatte mit dem Wappen seiner Schule.

»Gehen wir auf einen Drink an die Bar!« schlug er vor. »Ihr Gepäck wird zu meinem Wagen gebracht.« Er wies auf den Aktenkoffer in Phils Hand. »Die Unterlagen über Shew?«

»Richtig«, bestätigte Phil.

Lance führte uns an die Bar des Flughafens, bestellte Drinks für alle und fragte: »Darf ich die Dokumente sehen?«

Phil reichte ihm den geöffneten Aktenkoffer. Lance vertiefte sich so in die Unterlagen, daß er seinen Drink vergaß. Schließlich hob er den Kopf. »Ich denke, das genügt für eine Verhaftung.« Er blickte auf die Armbanduhr. »Wenn wir uns beeilen, erreichen wir die Nachmittagsfähre.«

In seinem Wagen, einem alten Austin, brachte er uns an Bord der Fähre. Touristen fuhren nicht mit. Der Weihnachtsboom schien abgeflaut zu sein. Eingeborene Frauen mit großen Körben, Lastwagen und ihre Fahrer, auch eine kleine Gruppe Sauvages waren die Passagiere.

»Kennen Sie Marc Shew?« fragte ich.

»Ich sah ihn zwei- oder dreimal. Er hat keinen guten Ruf. Er gilt als Mann, der für alle krummen Geschäfte zu haben ist, auch für Schmuggel.« Er lachte.

»Schmuggel gilt auf den Tarrena-Inseln nicht als ehrenrührig. Im 18. Jahrhundert waren wir Piratenschlupfwinkel. Schmuggel hat bei uns Tradition. Ich vermute, daß Shew der Dealer für die Sauvages ist. Wahrscheinlich liefert er ihnen Kokain und Hasch, das sie in Kleinprisen und dazu noch gestreckt und verfälscht den Touristen andrehen.«

»Das hört sich harmlos an, ohne es wirklich zu sein. Wenn Shew nur ein kleiner Fisch ist, warum kommt er nach New York und kauft sich einen Killer, der für ihn den UN-Botschafter Ihrer Republik ermordet?«

»James Cranch war ein Saubermann. Er hat oft schärferes Vorgehen gegen Korruption, Schlendrian und zweideutige Geschäfte verlangt. Er nannte die Sauvages eine Bande arroganter Faulpelze und Schmarotzer. Wahrscheinlich fürchtete Shew, durch Cranchs Aktivität seine Einkommensquellen zu verlieren. James Cranch wurde von der Bevölkerung sehr verehrt. Er wäre vielleicht der nächste Präsident unserer Republik geworden.«

». . . und hätte mit den dunklen Geschäften Shews und anderer Ganoven aufgeräumt?« Phil schüttelte den Kopf. »Um das zu verhindern, kauft Shew sich einen Mörder in New York, glauben Sie? Dafür kam mir Shew eine Nummer zu klein vor. Vergessen Sie nicht, daß er den Killer durch eine Empfehlung der Mafia fand!«

»Ich nehme an, daß er Rauschgift und Hasch aus einer Mafia-Quelle erhält«, antwortete Lance.

»Wahrscheinlich. Aber ein Zwischenhändler von Shews Format bringt Mafiabosse noch nicht in Bewegung. Es muß mehr dahinterstecken. Haben Sie schon einmal die Bezeichnung *Republik der Mafia* gehört?«

»Nein!« Jerome Lance lachte. »Die offizielle Bezeichnung unseres Staates lautet immer noch: Republik der Inseln von Tarrena.«

Als die Fähre nach gemächlicher Überfahrt im Hafen von Cochillo City anlegte, stand die Sonne schon tief im Westen. Der Inspektor fuhr zu einem doppelstöckigen, weißen Flachbau, auf dessen Dach die Fahne von Tarrena wehte. Ein Posten in der khakifarbenen Uniform der Polizei stand vor dem Eingang.

»Ich werde Commissioner Pool verständigen, daß ich auf seinem Gebiet herumlaufe«, sagte Lance. »Es herrscht eine gewisse Eifersucht zwischen den Behörden der verschiedenen Inseln.« Er machte eine entschuldigende Geste. »Immerhin liegt eine Menge Wasser zwischen den sogenannten Landesteilen unserer Republik. Kommen Sie mit! Ich werde Sie mit Cassian Pool bekannt machen.«

Er führte uns in die Polizeipräfektur. Die Räume waren noch dürftiger eingerichtet als manche Polizeireviere in New York. Es herrschte nicht gerade Hochbetrieb. Zwei Dutzend Uniformierte beschäftigten sich mit dem Ausfüllen irgendwelcher Papiere oder standen rauchend und plaudernd beieinander.

Im Büro des Commissioners summten zwei Ventilatoren. Zum Schutz gegen die Sonne waren die Fensterläden geschlossen.

Commissionar Pool war ein Weißer mit fahlgelbem Haar, ungesunder Gesichtsfarbe, dick wie ein Faß. Er steckte in einer zerknautschten, schmuddligen Uniform.

Lance nannte unsere Namen. Der Commissioner musterte uns aus zusammengekniffenen Augen. »Seid ihr die Jungens, die vor ein paar Wochen soviel Ärger im Las-Roccas-Hotel verursachten?«

»Wer hat Sie informiert?«

»Niemand. Ich hörte beiläufig davon. Von Zeit zu Zeit nehme ich einen Schluck an der Bar im Las Roccas. Schade, daß wir uns nicht begegnet sind. Ihr seid noch nicht vergessen. Man sprach von euch.«

Er wandte sich an Lance. »Wem wollen Sie an den Kragen?«

Nur zögernd entschloß sich Lance zu einer Antwort. »Wir müssen uns um Marc Shew kümmern.«

Pool kratzte im gelben Haar. »Das kann Ärger mit den Sauvages geben.«

»Warum?«

»Marc versteht sich mit ihnen trotz des Unterschieds in der Hautfarbe.«

»Er beliefert sie mit Rauschgift zum Weiterverkauf.«

»Ich weiß nicht, worauf die Freundschaft beruht«, antwortete der Commissioner mit einem Schulterzucken, das seine Gleichgültigkeit zeigte. »Ich will ernsthaften Krach mit den Jungens vermeiden. Sie sind eine verschworene, verrückte Clique. Ich möchte sie nicht mit geschwungenen Macheten durch die Straßen toben sehen.« Er dachte zehn Sekunden lang nach.

»Ich werde Sie begleiten«, sagte er. Bevor Lance antworten konnte, änderte er seine Meinung. »Nein, ich werde Ihnen Lieutenant Gomez, einen Wagen und einen Fahrer mitgeben. Sie werden einen zweiten Wagen für den Transport Marc Shews brauchen.«

Er stand auf, trampelte zur Tür, die er aufriß, und brüllte: »Lieutenant Gomez zu mir!«

Der Lieutenant war ein schmaler, magerer Mann mit einem Gesicht, das ebenso spanisch wie sein Name war. Pool unterrichtete ihn. Gomez grüßte militärisch, schüttelte jedem von uns die Hand und sagte, er werde draußen warten.

»Alles geregelt«, trompetete Pool. »Falls Sie mit Marc die Abendfähre nicht mehr erreichen, stelle ich Ihnen gern eine unsere Gefängniszellen zur Verfügung.« Er stieß ein kurzes, fettes Gelächter aus. »Reiner Kolonialstil! Kein Wasser! Ein Loch im Boden als WC. Tagsüber zum Ersticken heiß, und nachts marschieren die Kakerlaken in Legionen über die Pritsche.« Er grinste. »Wir sind ein junger Staat und fanden noch nicht die Zeit, unsere Gefängnisse zu modernisieren.«

Der geschlossene Wagen mit Lieutenant Gomez und einem dunkelhäutigen Polizisten als Fahrer folgte Lances Austin. Er benutzte die Küstenstraße. Wir passierten die Einfahrt zum Las-Roccas-Hotel. An der langen Reihe der Masten wehten die Fahnen vieler Nationen.

»Wem gehört das Las Roccas?« fragte Phil.

»Amerikanischen Geschäftsleuten«, antwortete Lance. »Mehr weiß ich nicht.«

Einige Minuten später näherten wir uns den weißen Gebäuden der Ranch. Als wir auf dem Parkplatz ausstiegen, hallten uns Reggaemusik und fröhliches Gelächter entgegen. Im Innenhof bearbeiteten zwei Musiker ihre Trommeln. Ein halbes Dutzend Mädchen planschten im Swimming-pool und begrüßten uns mit Winken und Zurufen als willkommene Gäste.

Lance versuchte, sich verständlich zu machen. »Wo ist Marc Shew?«

Die Antworten waren ebenso vielstimmig wie vieldeutig. »Mit dem Auto weggefahren! Vor zehn Minuten! Nein, schon vor einer Stunde.«

»Ich habe ihn heute noch nicht gesehen! Vielleicht schläft er noch!«

»Wollt ihr Drinks? Legt hundert Dollar hin und bedient euch an der Bar.«

Ein Mädchen schwang sich aus dem Wasser. »Ich mixe euch Drinks! Daiquiri? Tequila? Sunriser? Manhattan?« Sie erkannte mich. »He, New Yorker!« rief sie. »Hast du meinen Brief besorgt? Bringst du Antwort mit?«

Das Mädchen, das mir einen Liebesbrief an Ralph Forrest mitgegeben hatte, an einen Mann, der längst tot war!

»Hallo, Jacanda! Deinen Brief habe ich aufgegeben, und gegen einen Daiquiri hätte ich nichts einzuwenden.«

Sie schlüpfte hinter die Bar. Wassertropfen glänzten auf ihrer braunen Haut. »Keine Antwort?« fragte sie und hantierte mit den Flaschen.

Ich schüttelte den Kopf.

»Wo ist Marc Shew?« wiederholte Jerome Lance.

»Er fuhr mit seinem Rover weg.«

»Wann?«

»Zum ersten Mal vor einer Stunde. Zwischendurch kam er kurz wieder, blieb ein paar Minuten und stieg wieder in den Wagen.«

Sie verteilte die Gläser an Lance, Lieutenant Gomez, Phil und mich.

»Kann Shew gewarnt worden sein?« fragte Phil den Inspektor.

»Von wem?« fragte Lance zurück und schüttelte den Kopf, machte aber ein nachdenkliches Gesicht.

Jacanda legte mir eine nasse Hand auf den Arm. »Wenn du wieder nach New York kommst, mußt du meinen Honey-boy anrufen. Erinnere ihn, daß er versprochen hat, mich nach New York zu holen!«

»Scheint eine heiße Liebe gewesen zu sein, oder?«

Ihre weißen Zähne blitzten mich an. »Versprich mir, daß du mich nach Amerika mitnimmst, und ich gebe dir heiße Liebe, wie du sie noch nie erlebt hast, New Yorker. Alle sagen, ein Mädchen wie ich würde in den Staaten sofort eine Showkarriere machen oder von einem Millionär geheiratet werden. Aber ich komme von der verdammten Insel nicht runter.« Sie beugte sich vor und brachte mir ihr Gesicht ganz nahe. »Nimmst du mich mit?«

»Dein Freund Ralph hat ältere Rechte.«

Sie nahm mein Glas und trank einen großen Schluck. »Ach, leere Versprechungen! Wie alle anderen! Rufe ihn an und sage ihm, ich würde seinen ganzen zurückgelassenen Kram verbrennen.«

Ich horchte auf. »Was hat er bei dir zurückgelassen?«

»Technisches Zeug! Ich verstehe nichts davon. Außerdem ein Koffer voll Papier: Und sogar eine Schreibmaschine.« Sie zeigte auf sich selbst, ungefähr dorthin, wo die Stoffflecke des Tangas knapp die Spitzen ihrer Brüste verdeckten. »Nichts habe ich bis jetzt verkauft! So treu bin ich.«

Phil, der mitgehört hatte, sah mich an. Ich begriff und wandte mich an Lance.

»Würden Sie uns Ihren Wagen leihen?«

»Selbstverständlich. Wohin wollen Sie fahren?«

»Zu diesem Mädchen in die Wohnung.«

Wie er es in England gelernt hatte, verzog Jerome Lance keine Miene. Nur seine Augenbrauen wanderten eine Spur nach oben. Lieutenant Gomez grinste offen.

»Bring uns zu deiner Wohnung!« bat ich Jacanda.

Sie lächelte geschmeichelt. »Warum in meine Wohnung? Es gibt Zimmer genug auf der Ranch.«

»Ich will mir Forrests Hinterlassenschaft ansehen.«

Jacanda verzog das Gesicht. »Wozu? Wir können hier unseren Spaß haben.«

»Zieh ein Kleid an und komm!«

Widerstrebend verließ sie die Bar, streifte ein einfaches, buntes Kleid über den nackten Körper und schlüpfte in flache Sandalen.

Schon auf dem Weg zum Auto kehrte ihre gute Laune zurück.

Sie hängte sich bei mir ein und sagte: »Trotz Liebe mußt du mir ein wenig Geld geben. Mammy ist arm.

Daddy ist tot. Jacanda muß für viele Geschwister sorgen. Du verstehst?«

Ich verfrachtete sie in den Austin. Es war nicht möglich, sie auf Abstand zu halten. Sie klebte an mir. Es gehörte zu ihrem Rollenverständnis.

»Beschreib mir den Weg!«

Wir fuhren zurück nach Cochillo City. Eine Meile vor dem Hafen dirigierte sie mich auf eine unbefestigte Straße, die in einer kleinen Siedlung aus weißen Häusern am Rande von Kopra-Plantagen endete. Eine Menge Kinder quirlten herum. Als wir ausstiegen, sammelten sie sich und gafften mich an.

»Sie gewöhnen sich, wenn du oft kommst«, sagte Jacanda. »Ralph haben sie überhaupt nicht mehr beachtet.«

Das Haus war winzig, die Tür niedrig. Ich mußte mich bücken. Das Innere bestand aus einem großen Raum. An den Wänden hingen Plakate von Hollywood-Schönheiten und ein großes Foto von Robert Redford.

»Einen Drink?« fragte Jacanda.

»Später.«

Sie legte mir die Arme um den Hals und sorgte für Vollkontakt zu ihrem Körper.

»Und was zuerst?«

»Laß mich die Sachen sehen, die Forrest zurückgelassen hat!«

Natürlich verstand sie nicht, daß ich irgendwelche tote Gegenstände ihrer höchst lebendigen Gegenwart vorzog. Es machte sie wütend. Sie löste sich von mir, ging zur Wand, riß eine bunte Decke von einem niedrigen Möbelstück, feuerte die Decke auf das Bett und schrie mich an: »Okay, aber ich verlange einen Dollar für jede Minute, die du in meinem Haus bleibst.«

Das Möbelstück war eine gewöhnliche Holzkiste mit einem Klappdeckel. Ich schlug den Deckel zurück.

Jacanda hatte von »technischem Kram« gesprochen. Der erste Gegenstand, der mir in die Hände fiel, war ein Richtmikrofon, ein japanisches Fabrikat der Spitzenklasse. Ich schätzte, daß sich damit Gespräche aus einigen 100 Yards Entfernung auffangen ließen. Es folgte eine Auswahl »Wanzen«, winzigen Abhörgeräten von tückischer Vielfältigkeit zum Einbauen, Ankleben, mit Magnethaftung. Nichts vom notwendigen Zubehör für eine großangelegte Lauschkampagne fehlte, weder Verstärker noch Aufzeichnungsgerät.

Ganz unten lag der Koffer. Ich nahm ihn heraus, trug ihn zum Bett, auf dem Jacanda sich ausgestreckt hatte und mich böse ansah. Ich setzte mich und öffnete den Koffer. Er war mit Papieren vollgestopft. Ich nahm das erste beste heraus und überflog den Text.

Zweifellos war es die Mitschrift eines Gespräches zwischen drei Männern, die jeweils mit den Anfangsbuchstaben ihrer Namen gekennzeichnet waren. Es handelte sich nicht um ein Protokoll, sondern um die Abschrift eines Tonbandmitschnittes, also um die Fixierung eines belauschten Gesprächs.

Ich suchte weiter. Ein dicker Aktenordner kam zum Vorschein. Als ich ihn öffnete, las ich auf dem Deckblatt:

Die Republik der Mafia. Enthüllungen über den größten Coup in der Geschichte des organisierten Verbrechens von Ralph Forrest.

Der Text auf der ersten Seite begann mit den Sätzen:

Die Informationen, die zu den Erkenntnissen dieses Berichtes führten, wurden mit illegalen und gesetzwidrigen Mitteln beschafft. Während eines Zeitraums von nahezu einem Jahr hat der Verfasser in New York, Detroit, Miami und auf den Tarrena-Inseln Bosse und Mitglieder einer Verbrechensorganisation abgehört. Die wichtigsten Männer der Organisation zählen zur sogenannten Mafia sizilianischer Herkunft. Es sind aber auch Syndikate ohne italo-amerikanischen Background beteiligt.

Ihr Ziel ist es, die Insel Cochillo aus dem Verband der Republik Tarrena zu lösen und als einen eigenen völkerrechtlich anerkannten, in der UN vertretenen Staat zu übernehmen, als eine Republik der Mafia.

Der Aktenordner in meinen Händen enthielt offensichtlich das Rohmanuskript von Forrests Artikelserie. Er hatte viel darin herumgestrichen, auch die ersten Sätze über die illegale Beschaffung seines Materials. Gestrichen oder nicht, was ich las, war brisant wie Nitroglyzerin.

Jacanda schob sich an mich heran. »Du läßt eine Menge Zeit nutzlos verstreichen, Darling«, flüsterte sie und begann, an meinem Ohr zu knabbern.

Ich drängte sie mit dem linken Arm ab. »Ein paar Minuten noch! Sei nett und mix mir einen Drink!«

Als sie mit dem Drink zurückkam, beachtete ich sie nicht.

Ich las.

Ich schloß den Aktenordner. Der Drink stand noch immer unberührt. Jacanda hatte mir beleidigt die Rückseite zugekehrt.

Mit einem leichten Schlag auf die richtige Stelle versuchte ich, die Versöhnung einzuleiten.

»Komm, Mädchen! Für diese Sache gibt dir die Regierung mehr als ein paar Dollars!« Ich zog sie vom Bett und zur Tür. Nur das Manuskript nahm ich mit.

»Mehr als Dollars? Was?«

»Zum Beispiel einen Orden.«

Sie verzog den Mund. »Einen Orden, pah! Was kann man schon für einen Orden kaufen?«

Die Tropennacht war hereingebrochen. Hinter den

Fenstern der kleinen Häuser brannte das weiße Licht von Karbidlampen. Ich schaukelte den Austin zurück zur Küstenstraße, holte alles aus ihm heraus und erreichte zum zweiten Mal den Parkplatz der Ranch. Lieutenant Gomez' Wagen stand unverändert auf demselben Fleck. War Shew noch nicht zurückgekehrt?

Im ersten Innenhof der Ranch, wo wir mit Birdy und Grace getanzt hatten, war es still und dunkel. Licht fiel aus dem zweiten Hof, in dem sich der Swimming-pool befand.

Es waren die Unterwasserscheinwerfer des Pools, die das Licht lieferten. Jacanda und ich durchschritten den Torbogen zwischen den Innenhöfen.

Die Oberfläche des Pools war eben und regungslos, als wäre das Wasser zu einem riesigen, blaustrahlenden Kristall erstarrt. Auch von dem Körper des Mannes, der mit dem Kopf nach unten und mit ausgebreiteten Gliedern im Pool trieb, ging keine Störung dieser Glätte aus.

Jacanda begriff nicht. »Wo sind die anderen? Wo ist dein Freund?«

Sie zeigte auf den Mann. »Was ist mit ihm los?«

Zwei kurze schrille Pfiffe, – ein Signal, das ich kannte. Ich packte ihr Handgelenk.

»Bleib dicht bei mir!«

Wir rannten zurück zum Parkplatz. Neben dem Austin kauerte eine Gestalt. Ich stockte.

Wieder die Pfiffe, jetzt leiser. Phils Signal!

Wir berührten uns. »Alter?« Alle Besorgnis lag in dem einen Wort.

»Ich bin okay!« sagte er. »Rein in den Wagen und weg! Sie können jeden Augenblick zurückkommen.«

Ich drängte Jacanda in den Fond. Phil sprang auf den Beifahrersitz. Die Innenbeleuchtung schaltete sich ein. Er hatte seine Jacke verloren. Das Hemd war zerfetzt. Eine

Schramme lief von der Stirn zum linken Backenknochen. In den Händen hielt er eine Maschinenpistole.

»Wohin?« fragte ich, denn er kannte die Situation besser als ich.

»Eine schwierige Frage. Überall können wir ihnen in die Finger fallen. Versuch's mit Cochillo City! Vielleicht finden wir ein Telefon und können den Polizeichef anrufen.«

»Den Commissioner in Cochillo City?«

»Den lieber nicht. Bei ihm habe ich den Eindruck, er spielt auf der anderen Seite mit. »Schalt das Licht aus, Jerry! Fahr langsamer, wenn es nicht anders geht, aber fahr ohne Licht! Sie haben genügend Maschinenpistolen, um diese Karre in einen durchlöcherten Sarg für uns drei zu verwandeln.«

»Was geschah?«

»Drei Autos! Acht Männer! Acht Maschinenpistolen!«

»Sauvages?«

»O nein! Nur Jungens aus der Bronx, Brooklyn oder irgendeinem anderen Stadtteil von New York. Alle unsere alten Freunde dabei. Auch der Krauskopf, der das Kidnappingteam anführte. Rate, wer sie kommandierte?«

»Der Hotelmanager Mike Bondy vermutlich.«

»Richtig, und er sprach so perfekt Italienisch mit seinen Leuten wie Caruso. Wir wurden angebrüllt, die Arme hochzunehmen. Die Mädchen kreischten. Lieutenant Gomez und Jerome Lance griffen nach ihren Revolvern. Die MPis spuckten Feuer.« Er schwieg ein paar Sekunden lang. »Ich fürchte, nur ich kam davon, abgesehen von den Mädchen, um die sie sich nicht kümmerten. Sie rannten nackt und schreiend wie gerupfte Hühner nach allen Seiten davon.«

»Wie hast du es geschafft?«

»Hechtsprung durch ein Fenster in ein Zimmer. Hechtsprung aus einem Fenster in die nächste Bananenstaude. Meine Jacke warf ich ihnen zum Fraß vor. Sie durchsiebten sie mit zwei langen Garben. Das verschaffte mir den Atemzug Vorsprung, den ich unbedingt brauchte.«

»Und weiter?«

»Sie verzichteten auf eine Verfolgung. Ich glaube, sie hatten keine Zeit. Sie luden den Inspektor ein und rauschten ab.«

»War Lance tot?«

»Dann hätten sie ihn zurückgelassen. Er war angeschossen. Aber ich sah, wie er sich bewegte.«

»Warst du so dicht dran?«

»Ich schlug einen Bogen bis zur Straße. Sie benutzten offene Jeeps, und es war noch nicht dunkel. Ich sah Lance zwischen ihnen auf den Hintersitzen. Ich schlich wieder zur Ranch und wäre um ein Haar auf einen Kerl aufgelaufen, der zurückgeblieben war, um dich abzufangen.« Er klopfte gegen den Schaft der Maschinenpistole. »Von ihm stammt die Kugelspritze. Ich hatte Glück. Er ging an die Bar, sich einen Drink zu holen. Als er aus dem hellen Pool-Hof ins Dunkle zurückkam, kriegte ich ihn zu fassen.«

»Wo ist er jetzt?«

»Ich weiß nicht, ob er noch zwischen den Bananenstauden schlummert oder schon versucht, seine Fesseln zu lösen. Wilde Tiere gibt es nicht auf der Insel. Er wird nicht gefressen werden.«

Es war schwierig, den Wagen auf der Straße zu halten. Zwar wölbte sich über uns ein prachtvoller Sternenhimmel, aber die Finsternis zwischen den hohen Bananenbüschen verschluckte alle Umrisse.

Jacanda meldete sich. Sie legte mir die Hände auf die Schultern und flüsterte mir in den Nacken: »Ich habe Angst. Sie werden uns töten.«

»Willst du aussteigen?«

»Nein. Allein fürchte ich mich noch mehr!«

»Auf eine Frage weiß ich keine Antwort«, sagte Phil. »Warum sind sie mit einer so großen Mannschaft angerückt? Warum wollten sie uns alle kassieren? Weil Shew verhaftet werden sollte? Ist er so wichtig?«

»Ich kenne die Antwort. Sie steht in Ralph Forrests Bericht. Sein nie veröffentlichtes Manuskript liegt neben Jacanda auf dem Sitz. Marc Shew ist für sie wichtig. Er sollte der erste Präsident ihrer Republik werden!«

Der Weg mündete in die Küstenstraße. Bäume und Stauden traten zurück. Das Meer warf einen schwach phosphoreszierenden Widerschein in die Nacht. Ich konnte eine Spur schneller fahren.

»Wir kommen dicht an Las Roccas vorbei«, sagte Phil. Es klang wie eine Warnung.

Die Küstenstraße verlief in Windungen. Von einer bestimmten Kurve aus konnte man das Hotel sehen, das tiefer lag als die Straße.

Das große Gebäude war voll beleuchtet. Die Flutlichtanlage der Tennisplätze war eingeschaltet, und der große Parkplatz vor dem Haus lag im weißen Strahl starker Scheinwerfer.

»Schalt den Motor ab, Jerry!« Phil drehte sein Seitenfenster nach unten. »Hörst du das Geräusch?«

Ein hartes Brummen erfüllte die Luft. Es gewann rasch an Stärke und ließ sich als das überdimensionale Nähmaschinengeratter eines Hubschraubers erkennen.

»Da ist er!« Phil zeigte auf zwei Lichtpunkte über dem Meer. Die Maschine schwenkte ein. Die Lichtpunkte näherten sich und wurden größer. Als der Helikopter über dem Parkplatz zur Landung ansetzte, änderte sich das Motorengeräusch. Wenig später erfaßten die Scheinwerfer die Maschine, die einem großen, gefährlichen Raubinsekt ähnelte, das sich auf seine Beute niederläßt.

»Es ist der Hubschrauber, den Verronese und seine Komplizen benutzten«, sagte Phil.

Der Helikopter setzte auf. Seine Rotorflügel drehten im Leerlauf. Die Türen wurden zurückgeschoben. Männer verließen die Maschine. Die Entfernung war zu groß, um sie zu erkennen.

»Die großen Bosse kommen als Zuschauer zum Staatsstreich.« Ich startete den Austin und fuhr weiter.

»Staatsstreich?« fragte Phil. »Will Verronese mit seinen Gorillas aus der Bronx die Regierung stürzen?«

»Die Mafia zieht die Drähte. Ihre Killer- und Schlägermannschaft sorgt dafür, daß die Bosse die Kontrolle behalten. Den Aufstand gegen die Zentralregierung machen die Sauvages unter Anführung ihres geheimnisvollen Chefs, des Großen Waandoo. Der große Waandoo ist niemand anders als Marc Shew.«

»Ein Barbesitzer und Rauschgifthändler als Oberpriester einer Eingeborenensekte?«

»Warum nicht, Phil? Viele Sauvages sind von Shew abhängig. Er versorgt sie mit Rauschgift. Er beteiligt sie an seinen schäbigen Geschäften mit Mädchen und Touristen. Seit die Mafia hinter ihm steht, verfügt er über genügend Geld, um aus den Sauvages eine Art Privatarmee zu machen.«

»Und er soll Präsident der Republik der Mafia werden?«

»Sie wird nicht so heißen, sondern vielleicht Demokratie von Cochillo oder so ähnlich. Er wird die Unabhängigkeit der Insel ausrufen, wird eine Volksabstimmung durchführen mit einem 95-Prozent-Resultat für die Loslösung von Tarrena, und in ein oder zwei Jahren wird sich die Welt an die Existenz eines weiteren Mini-Staates gewöhnt haben. Die Mafia hat dann ihr Ziel erreicht. Sie besitzt einen eigenen Staat, den sie uneingeschränkt kontrolliert. Die Möglichkeiten, die sich einer internationalen Verbrecherorganisation dadurch eröffnen, sind ungeheuerlich.«

»Woher weißt du das alles?«

»Forrest hat mehr als hundert Gespräche zwischen Mafiabossen abgehört. Organisator des Unternehmens ist Carlo Verronese. Aber er ist nur der Geschäftsführer eines Syndikats, zu dem sich die Mafiafamilien vieler Städte zusammengeschlossen haben. Auch andere Gangs wurden hinzugezogen, wie die von Sid Strass.«

»Die Regierung von Tarrena wird nicht stillhalten, Jerry. Sie verfügt über Soldaten, über eine ganze Armee.«

»Die Armee ist nicht groß. Auf Cochillo sind nur ein paar hundert Soldaten stationiert.«

»Wie viele Sauvages gibt es?«

»Forrest schätzt ihre Anzahl auf knapp dreihundert.«

»Dafür müßte die Polizei genügen.«

»Du hast Commissioner Pool gesehen. Wenn er vor die Wahl gestellt wird, eine Kugel in seinen fetten Bauch zu bekommen oder ein dickes Dollarpäckchen zu kassieren, wofür wird er sich entscheiden?«

Phil verzichtete auf eine Antwort.

»Und die Armee? Wird auch sie stillhalten?«

»Der Kommandeur der Truppen auf Cochillo wurde gekauft. Forrest hörte ein Gespräch zwischen ihm, Bondy und Mac Shew ab. Die Zentralregierung auf Tarrena wird zweifellos versuchen, Truppen nach Cochillo zu schicken und den Aufstand niederzuschlagen. Das ist nicht einfach, weil eine Menge Wasser dazwischenliegt. Trotzdem wäre ein solcher Angriff allein mit Maschinenpistolen und ein paar Handgranaten nicht abzuwehren: Aus diesem Grund wurde Larry Rake mit ins Geschäft genommen. Er gilt als einer der großen Waffenschmuggler an der Ostküste. Er hat mittelamerikanische Diktatoren ebenso beliefert wie aufständische Guerrilleros.«

»Wurden die Waffen schon geliefert?«

»Ich weiß es nicht. Forrest wurde ermordet, bevor die entscheidenden Gespräche zwischen Verronese und Larry Rake stattfanden. Rake flog von Miami nach Honduras, wo Waffen so leicht zu beschaffen sind wie Bananen auf einem Wochenmarkt. Natürlich wird zur Abwehr einer Invasion regulärer Truppen mehr gebraucht als ein paar bunte Knaller. Auf Verroneses Weihnachtswunschzettel standen so hübsche Sachen wie Panzerfäuste, Flugabwehrgeschütze, schwere Maschinengewehre, leichte Raketen und große Mengen Wasserminen, um eine Landung zu verhindern.«

»Das ist schweres Material, das kaum im Flugzeug transportiert werden kann.«

»Cochillo hat keine Landepiste.«

Phil drehte sich zu Jacanda um. »Erinnerst du dich an ein besonderes Schiff in eurem Hafen?«

»Die Fähre?«

»Nein, nicht die Fähre. Ein ungewöhnliches Schiff?«

»Nur die kleinen Dampfer, die Bananen und Kopra laden.«

Während Phil mit Jacanda sprach, passierten wir die Einfahrt zu Las Roccas. Noch immer war das Gelände voll beleuchtet. Der Hubschrauber stand dicht an der Straße im Scheinwerferlicht. Menschen waren nicht zu sehen.

Ich ließ den Austin an der Einfahrt vorbeischießen und zog ihn um die nächste Kurve. Schon glaubten wir, es geschafft zu haben, als Scheinwerfer hinter uns aufflammten und uns erfaßten.

»O verdammt«, knurrte Phil. Ich schaltete das Licht unseres Wagens ein und trat den Gashebel durch. Der Motor des Austin rasselte wie die Lungen eines Asthmatikers, der der Straßenbahn nachläuft.

Wir gewannen nicht einen Zoll Vorsprung. Ihr Fahrzeug hatte massenweise mehr Pferdestärken unter der Haube und litt nicht an Altersschwäche. Nur zwei Kurven verdankten wir es, daß sie noch nicht an unserer Stoßstange klebten.

»Laß sie rankommen!« sagte Phil. »Sie wissen nicht, daß wir bewaffnet sind.«

Er turnte nach hinten. Jacanda befahl er: »Runter mit dir, Mädchen!« Sie kauerte sich zwischen Vorder- und Rücksitze auf den Boden. Phil kniete auf dem Rücksitz.

»Jetzt!« sagte er.

Ich nahm den Fuß vom Gas. Das Gangsterauto lief so dicht auf, daß sein Scheinwerferlicht den Innenraum in grelle Helligkeit tauchte. Ein Stoß traf den Austin. Für einen Sekundenbruchteil drohte er sich querzustellen. In einer heftigen Schlingerbewegung fing ich ihn ab.

Den anderen machte das Spiel Spaß. Der Fahrer rammte seinen schweren Schlitten zum zweiten Mal gegen den Austin. Für sie war es eine Kleinigkeit, uns von der Straße zu stoßen, und genau darauf waren sie aus.

Phil versalzte ihnen das mörderische Spiel. Er zerschlug die Heckscheibe. Für drei Sekunden übertönte das harte Hämmern der Maschinenpistole jedes andere Geräusch, und die ausgeworfenen Kugelhülsen sausten im Auto herum wie Springfrösche.

Hinter uns kreischten Bremsen. Dann folgten ein lautes Krachen und das metallische Knallen von verbogenem Blech. Das grelle Scheinwerferlicht zerplatzte.

Phil sagte trocken: »Von dieser Palme braucht niemand

mehr die Kokosnüsse zu schütteln. Die sind schon alle unten.«

Vor uns tauchten die ersten Häuser von Cochillo City auf. Die schmalen Straßen waren menschenleer und merkwürdig still. Kein Stimmengewirr! Keine Reggaetrommeln! Kein Rockgedröhn aus voll aufgedrehten Transistoren!

Ich steuerte den Austin in Richtung zum Hafen. Die Scheinwerferkegel erfaßten drei Gestalten – Sauvages mit ihren charakteristischen Zöpfen. Einer sprang in die Straßenmitte und hob beide Arme zum Stoppsignal. In den Händen hielt er ein Gewehr.

Ich trat den Gashebel bis zum Anschlag. Im Scheinwerfer sah ich, wie der Sauvage entsetzt den Mund und die Augen aufriß, als der Austin statt zu stoppen eifrig auf ihn loswackelte. Mit einem Satz rettete er sich zur Seite.

Dann knallte es.

Die Kugeln zerschlugen das dünne Autoblech. Eine pfiff dicht an meinem Kopf vorbei und zerhämmerte die Windschutzscheibe.

Ich riß den Wagen in die nächste Quergasse hinein, die kaum breiter war als der Wagen selbst. Auf dem glitschigen Pflaster schlitterte der Austin gegen die Hauswand und zerknautschte sich die Flanke. Ich brachte ihn noch einmal unter Kontrolle. Dann platzte der linke Vorderreifen weg. Das Steuerrad wurde mir aus der Hand gerissen. An einer vorspringenden Hausecke war Endstation.

»Raus!« rief ich und sprang aus dem Wagen, der sich quergestellt hatte. Er sperrte die schmale Gasse. Phil stieß mir Jacanda in die Arme.

»Lauft! Ich halte sie auf!«

Ich faßte ihren Arm. Wir liefen über das holprige Pflaster.

Die Maschinenpistole spuckte eine kurze Serie aus. Ich

zog Jacanda um die nächste Straßenecke, drückte sie gegen die Mauer und preßte mich gegen sie.

Mit einem dumpfen Wummern explodierte der Tank des Austins. Feuer schoß hoch.

Phil kam um die Ecke geprescht. »Okay, das stoppt sie. Aber in wenigen Minuten werden wir eine ganze Meute auf dem Hals haben.«

Jacanda zitterte. Ich faßte unter ihr Kinn und hob ihr Gesicht an. »Hör zu, Mädchen! Wenn du irgendwo in der Nähe Freunde hast, wo du sicher bist, geh schnell hin!«

»Nein«, flüsterte sie. »Alle haben Angst. Wenn die Sauvages kommen, liefern sie mich aus.«

»Ich habe noch sechs oder sieben Kugeln im Magazin«, sagte Phil. »Nicht genug für einen langen Krieg!«

»Uns bleibt eine Anlaufadresse: Lee Kakamura, der CIA-Mann.«

»Kennst du das Geschäft von Mr Kakamura?«

Sie nickte. »Goldschmuck, Schiffsausrüstung, Andenken! Am Hafen.«

»Führ uns hin!«

Wir liefen durch die engen Straßen. Jacanda kannte Abkürzungen über Hinterhöfe und durch Hausflure. Nach ein paar Minuten lag der mit Palmen bepflanzte kleine Platz am Hafen vor uns.

»Sieh nur!« flüsterte Phil.

Mindestens ein Dutzend Lastwagen füllten den Platz. Zwischen ihnen bewegten sich etwa 40 Sauvages, die aufgeregt hin und her liefen, sich Befehle oder was immer zuschrien und auf irgendein großes Ereignis zu warten schienen.

Phil packte meinen Arm. »Links! Dicht an der Kaimauer!«

Dort, wo der Kai weit in die Hafenbucht hinausragte, stand ein schwerer amerikanischer Wagen, ein Cadillac.

An der Karosserie lehnten drei Weiße, jeder mit einer Maschinenpistole in den Händen. Ihre ganze Aufmerksamkeit war aufs Meer gerichtet. Ich folgte der Richtung ihrer Blicke. Mir stockte der Atem.

Die Silhouette eines großen Frachters schob sich langsam in das Hafenbecken.

»Mr. Kakamuras Haus ist das dritte Haus auf der rechten Seite«, flüsterte Jacanda. »Wir können nicht hin. Sie sehen uns.«

»Gibt es einen Weg zur Rückseite?«

»Vielleicht! Kommt!«

Sie fand sich in den verschachtelten Gassen zurecht wie eine Katze in ihrem Revier. Am Ende überkletterten wir eine brüchige Mauer und ließen uns in einen viereckigen, kleinen Hof fallen.

Ein Hund begann wie wahnsinnig zu kläffen. Dann wurde ein Fenster aufgestoßen. Eine hohe Männerstimme sagte ein paar Sätze in Caribbean-Englisch. Jacanda antwortete.

Der Mann wechselte in normales Englisch. »Kommen Sie näher! Machen Sie keine hastigen Bewegungen! Ich habe ein Gewehr!«

Wir bewegten uns bis ans Fenster.

»Das Mädchen sagte, Sie seien amerikanische Polizeibeamte. Können Sie es beweisen?«

Ich hielt den FBI-Ausweis in die Dunkelheit. Eine Hand nahm ihn mir aus den Fingern. Das Fenster wurde verschlossen.

Drei Minuten später öffnete ein dicklicher, kleiner Mann eine Stahltür. »Kommen Sie herein! Schnell!«

Im Raum brannte eine Deckenlampe. Er war vollgestopft mit Paketen, Kisten und allerlei Gerät. Lee Kakamura schloß die Tür und musterte uns aus den geschlitzten kleinen Augen.

Nach 20 Sekunden lächelte er und verneigte sich auf japanische Art.

»Erfreut, Sie zu sehen!« Er gab mir den Ausweis zurück. »Was kann ich für Sie tun?«

»Wissen Sie, was sich draußen abspielt, Lee?«

»Es sieht aus, als habe irgendwer die Sauvages aufgeputscht. Ich habe zur Vorsicht meine Schaufensterläden hinuntergelassen.«

»Es handelt sich um einen Aufstand, Lee.«

»Wirklich? Es ist unmöglich, daß sich die Sauvages durchsetzen. Die Regierung wird Truppen schicken.«

»Lee, dieser Aufstand wird von der amerikanischen Mafia finanziert und gesteuert.«

Das Lächeln verschwand und machte einem Ausdruck der Besorgnis Platz.

»Die Regierung in Tarrena muß benachrichtigt werden«, drängte Phil.

Er ging zu einem Telefon, hob den Hörer ab und machte eine bedauernde Handbewegung. »Die Leitung ist seit zwei Stunden tot.«

»Gibt es Funkgeräte auf der Insel?«

»Im Polizeigebäude und in der Hafenverwaltung. Ich selbst besitze Walkie-talkies, aber sie sind nicht stark genug.«

»Haben Sie gesehen, daß ein Schiff in den Hafen einläuft?«

»Ja, ich beobachtete es von meinem Laden aus.«

»Dieses Schiff ist vollgepackt mit Waffen. Vermutlich hat es Minen, Raketen, Luftabwehrgeschütze und massenhaft Munition an Bord. Ein ganzes Arsenal, das ausreicht, eine Invasion von Regierungstruppen zu verhindern.«

»Gehen wir in meinen Laden! Bewegen Sie sich vorsichtig! Ich muß das Licht löschen.«

Wir tasteten uns in das Ladengeschäft. Kakamura zog einen Vorhang zurück. Durch das Gitter vor seinem Schaufenster konnten wir auf den Hafen blicken.

Der Frachter hatte fast den Anlegekai erreicht. Die Umrisse ließen das Schiff groß erscheinen. Die Gerüste der Verladebäume auf Vorder- und Hinterdeck zeichneten sich scharf gegen den Tropenhimmel ab.

»Ein 5000-Tonnen-Schiff«, flüsterte Kakamura. »Wenn es wirklich den Bauch voll Waffen hat, wird es viel Blutvergießen geben.«

»Zum Teufel, Lee, es muß doch auf dieser Insel eine Funkanlage geben, über die man der Regierung sagen kann, was sich hier abspielt?«

»Es gibt nur zwei. Eine bei der Polizei, die andere in der Hafenverwaltung. Alle anderen Verbindungen laufen über das Telefonkabel und das Postamt.«

Die Bogenlampen der Kaibeleuchtung wurden eingeschaltet. Zu Dutzenden tanzten die Sauvages auf der Mauer. Männer der Schiffsbesatzung hantierten an der Reling. Der Frachter legte ohne Schlepperhilfe an. Das machte das Manöver schwierig und langwierig. »Natürlich gibt es eine Funkanlage an Bord des Schiffs«, sagte Kakamura.

Zwischen den Sauvages tauchte ein großer Weißer auf. Er brüllte die Zöpfchen-Boys an.

»Larry Rake!« Phil wandte den Kopf. Unsere Blicke trafen sich.

»Diese Waffen dürfen nicht ausgeladen werden«, sagte Phil.

»Ohne die Waffen wird keine Republik der Mafia entstehen.« Ich lächelte. »Phil, wir haben Banküberfälle und Mordserien aufgeklärt, Entführungen beendet, und was nicht noch alles – aber noch nie haben wir eine Staatsgründung verhindert. Laß es uns versuchen!«

»Ich bin Ihnen gern dabei behilflich.« Lee Kakamura verneigte sich. »Meine Vorräte stehen zu Ihrer Verfügung.«

Das Wasser war lauwarm und roch nach Öl. Wie verdreckt es war, konnten wir in der Dunkelheit zum Glück nicht sehen. Kläranlagen gab es in Cochillo City nicht.

Weit jenseits der Kaimauer, die den Hafen in weitem Bogen gegen das offene Meer schützte, waren wir ins Wasser geglitten. Kakamura, der nicht nur billigen Goldschmuck an Einheimische verkaufte, sondern auch mit den Touristen Geschäfte machte, hatte uns zwei Tauchanzüge gegeben und andere Hilfsmittel für Sporttaucher: Stablampen, Druckharpunen und schwere Haumesser. In einem wasserdichten Plastikbehälter zogen wir die Maschinenpistole und zwei 40er-Colts aus Kakamuras Besitz hinter uns her. Auf Atemgeräte hatten wir verzichtet. Tauchmasken gegen das Salzwasser und Schnorchel genügten.

Bei Nacht in schwarzem Wasser zu schwimmen, von dem man weiß, daß auch Haie sich darin wohl fühlen, ist eine nervenzerrende Beschäftigung. Zwar kommen Haie selten dicht an Küsten heran, aber von Häfen werden sie angezogen, weil sie aus Erfahrung wissen, daß es dort reichlich Abfälle zu fressen gibt.

Es war eine widerwärtige Vorstellung, ein Hai könne uns für Abfall halten.

Auf der Meerseite der Kaimauer herrschte Finsternis. An ihrer Spitze blinkte das übliche Signallicht. Wir umschwammen das Mauerende. Vor uns lag der Hafen, voll beleuchtet mit dem Frachter am Verladekai.

Der Frachter war ein modernes Schiff, beileibe kein Seelenverkäufer. Wie bei den großen Tankern befanden sich alle Brückenaufbauten am Heck, um große Ladeflächen für Containertransport zu schaffen. Von Kakamuras Laden aus hatten wir mit dem Fernglas den Namen entziffert. Der Frachter hieß *La Paloma,* die »Taube«, ein hübscher Name für einen Kahn voll Kriegsgerät.

Seit ungefähr einer Stunde lag *La Paloma* vertäut. Die Ladeluken waren geöffnet worden. Es hatte viel Geschrei und Gerenne gegeben, denn die Sauvages waren alles andere als geübte Stauer. Als wir quer durch das Hafenbecken auf das Schiff zuschwammen, schwebten die ersten Kisten am Kranseil aus dem Schiffsbauch hoch. Knapp 15 Minuten später berührten wir die Stahlwand.

La Paloma lag tief im Wasser. Lee Kakamura hatte uns mit einem Wurfseil ausgerüstet. Beim ersten Versuch verkeilten sich die Haken am Gestänge der Reling. Eine Minute warteten wir, ob der Wurf unbemerkt geblieben war. Dann turnte ich als erster nach oben, schwang mich über die Reling und duckte mich in den Schatten der Brücke. Ich zog den Plastiksack hoch. Während ich ihn öffnete und den Gürtel mit dem Colt umband, kam Phil.

An Bord der *La Paloma* herrschte Hochbetrieb. Die Ladeluken waren geöffnet. Das Flutlicht der Kaibeleuchtung lieferte Tageshelligkeit. Eifrig drehten sich die Verladekräne. Aber das alles spielte sich auf dem Vorder- und Mittelschiff ab. Das Heck im Bereich der Brückenaufbauten und Mannschaftskojen, wo wir an Bord gegangen waren, lag im Halbdunkel.

Wir schlichen zur Brückenleiter, enterten die kurze, steile Treppe hoch, erreichten den schmalen Gang zwischen dem Kommandostand auf der einen und der Kapitänskajüte auf der anderen Seite.

Es ging alles sehr schnell. Ich stieß die Tür zum Kommandostand auf, in dem eine schwache Deckenbeleuchtung brannte.

Nur ein Mann hielt sich im Raum auf. Er fuhr herum und starrte uns an, sprachlos vor Überraschung. Der Mann war mittelgroß und untersetzt. Ein kurzgeschnittener grauschwarz melierter Kinnbart kennzeichnete sein Gesicht. Auf dem Kopf trug er eine verdrückte weiße, goldverzierte Kapitänsmütze.

»Vorsicht bei jeder Bewegung!« sagte ich.

Er starrte auf die Harpune in meiner Hand. Entsetzen breitete sich auf seinem Gesicht aus. Sein Kinnbart zitterte. Mit einer heftigen Bewegung riß er die Arme über den Kopf hoch. Endlich fand er die Sprache wieder.

»Das können Sie nicht tun, Mann!« keuchte er. »Ich mache alles, was Sie sagen.«

Er sprach amerikanisches Englisch mit Texas-Akzent.

»Bist du der Kapitän?«

Er nickte. »Nelson Cooney aus Phönix. Sie werden das Ding nicht auf mich abfeuern, Sir! Ich bitte Sie!«

Die Harpune jagte ihm panische Angst ein, viel größere Angst, als ein Revolver es vermocht hätte. Er sah die Spitze und die Widerhaken, und die Vorstellung, das »Ding« könne in seinen Körper fahren, brachte ihn halb um den Verstand.

»Wer ist außer dir auf der Brücke?«

»Niemand! Alle helfen bei der Entladung!«

»Wo ist das Funkgerät?«

»Dort links!«

»Einschalten!«

Er mußte dicht an mir vorbei. Ich stoppte ihn und tastete ihn mit einer Hand ab. In der rechten Hosentasche trug er eine kurzläufige kleine Pistole. Ich nahm sie an mich. Als ich ihn berührte, spürte ich, daß er am ganzen Körper zitterte. Ich folgte ihm zum Funkgerät.

Nelson Cooney schaltete das Gerät ein. Lampen glühten auf. Die Frequenzanzeiger pendelten sich ein.

Ich nahm das Mikrofon aus der Halterung und sah ihn fragend an. »Ja, Sie können sprechen«, sagte er.

»Cochillo ruft Tarrena! Cochillo ruft Tarrena. Melden Sie sich!«

Ich ging auf Empfang. Es knatterte im Lautsprecher.

Dreimal wiederholte ich den Ruf, bevor durch das Knattern eine nur halb-verständliche Reaktion vernehmbar wurde. »Wer sind Sie? Over!«

»In Cochillo City werden schwere Waffen ausgeladen. Truppeneinsatz erforderlich, um eine Machtübernahme durch eine verbrecherische Gruppe zu verhindern. Over!«

Die Antwort bestand aus der wiederholten Frage: »Wer sind Sie?«

»FBI-Agenten Cotton und Decker! Wenn Ihre Regierung nicht sofort handelt, werden Sie die Insel bald abschreiben müssen.« Ich erfuhr nicht, ob er verstanden hatte. Die Antwort, wenn es denn eine Antwort gab, ging im Geknatter der Störungen unter.

Natürlich gab ich nicht auf. Ich erzählte die ganze Story noch einmal. Der Himmel mochte wissen, ob ich es nicht nur den Möven erzählte. Durch die Fenster der Kommandobrücke konnte ich das ganze Vor- und Mittelschiff bis zum Bug überblicken. Kistenstapel nach Kistenstapel wurde von den Kränen aus dem Schiffsbauch gehievt, zum Kai hinübergeschwenkt, wo die Lastwagen aufgefahren waren, abgesetzt und verladen. Die Sauvages hatten begriffen, was zu tun war, und arbeiteten wie besessen.

»Bevor du die Leute in Tarrena überzeugt und aufgeschreckt hast, ist das Schiff leer«, sagte Phil. Er hatte leider recht.

Ich drückte das Mikrofon in die Halterung und wandte mich an den Kapitän. »Wo ist dein Schiffsingenieur?«

»An Deck! Er beaufsichtigt die Entladung!«

»Hör gut zu! Ruf ihn und befiehl ihm, die Maschinisten an den Diesel zu schicken. Laß den Anker lichten und die Vertäuung lösen! Dann läßt du die Maschine anwerfen, und wir dampfen aus diesem Hafen wieder raus!«

»Wenn Gamper euch sieht, wird er sich weigern.«

»Er wird uns nicht sehen. Halt ihn am Fuß der Brücke und gib ihm eine Begründung für deine Befehle! Sag ihm, die Gangster hätten die Zahlung verweigert! Er weiß so gut wie du, daß ihr einen illegalen Transport fahrt und daß es dabei leicht Schwierigkeiten bei der Abrechnung gibt.«

Der Abstand zwischen seiner Brust und der Harpunenspitze betrug weniger als zwei Handspannen. Es machte mir keine Freude, den Angstschweiß in Nelson Cooneys Spitzbart rinnen zu sehen, aber viel Mitleid verdiente der Mann nicht.

Bei Licht betrachtet, war er ein skrupelloser Skipper, der nicht einmal darüber nachdachte, wie viele Menschen mit den Waffen, bei deren Schmuggel er mitwirkte, getötet wurden.

Er beugte sich über die Sprechanlage neben der Steueranlage. »Matt Gamper auf die Brücke!« sagte er. Der Befehl hallte aus allen Lautsprechern des Schiffes.

Ich sah einen mageren, blonden Mann in einem Overall, der sich von der ersten Verladeluke her in Bewegung setzte.

»Ist das Gamper?« Der Kapitän nickte. Ich drängte ihn aus dem Kommandostand in den schmalen, unbeleuchteten Gang bis an den Treppenrand.

»Sorg dafür, daß er unten bleibt!«

Ich setzte ihm die Harpunenspitze zwischen die Schulterblätter. Er erschauerte. Am unteren Ende der Treppe tauchte der Ingenieur auf.

Cooney sagte hastig: »Schick Fachal und No-Gan in den Maschinenraum, Matt!«

»Warum?«

»Stell keine Fragen!« schnauzte der Kapitän. »Laß die Anker lichten und stell zwei Mann an die Taue zum Abwerfen!«

»Die Ladung ist noch an Bord, Captain! Wir brauchen mindestens drei Stunden.«

»Die Ladung bleibt an Bord. Die Jungens sind darauf aus, uns reinzulegen. Keine Kiste verläßt das Schiff, bis sie die letzte Rate gezahlt haben. Zum Zeichen dafür, daß wir es ernst meinen, machen wir das Schiff klar zum Ablegen.« Die Angst verlieh Nelson Cooneys Worten Überzeugungskraft.

Der Ingenieur wagte nur noch einen Einwand. »Captain, hast du die Typen mit den Maschinenpistolen gesehen? Was machen wir, wenn sie auf die Brücke kommen und . . .«

»Geh!« schrie Cooney im Bewußtsein, daß alles, was sein Ingenieur befürchtete, für ihn längst geschehen war.

Gamper gehorchte.

Ich berührte Cooneys Arm. »Zurück in den Kommandostand!«

Wir sahen, wie der Ingenieur mit Männern der Schiffsbesatzung sprach. Ein Neger und ein kleiner Asiat, beide in Overalls, verschwanden unter Deck. Zwei andere, ebenfalls Asiaten, stellten sich bei den Trossen auf, mit denen das Schiff an Pollern vertäut war. Gamper und ein breitschultriger Kahlkopf gingen zur Ankerwinde.

Phil sagte: »Larry Rake kommt an Bord!«

Rake und ein Mann in einem weißen Tropenanzug

kamen über die Gangway. Dem Burschen in Tropenanzug hing eine Maschinenpistole über der Schulter.

Mir schoß der ziemlich nebensächliche Gedanke durch den Kopf, ob sein feiner Anzug Ölflecke davontragen werde.

Im Kreischen und Rattern der Verladekräne, im Röhren der Truckmotoren und dem Geschrei der Sauvages ging das Geräusch der Motorwinde für den Anker unter, aber die *La Paloma* war ein modernes Schiff. Auf der Kontrolltafel im Kommandostand leuchtete ein Anzeigenfeld für *Anker auf!*

»Laß die Maschine anwerfen!«

Der Kapitän drückte eine Ruftaste. Eine hohe Stimme meldete sich. »Maschine, Sir!«

»Anwerfen!«

»Aye, aye, Sir!«

Sekunden später erzitterte der Schiffskörper unter der Wucht der anspringenden Diesel. Die Sauvages nahmen es nicht zur Kenntnis. Aber Larry Rake, der mit seinem Begleiter am Rand der offenen Ladeluke 2 stand, hob den Kopf.

Ich beugte mich vor und suchte Conneys Blick. »Schick alle von Bord! Mach ihnen Beine! Sag ihnen, daß Gefahr bestünde! Explosionsgefahr! Los!« Eigenhändig schaltete ich die Lautsprecheranlage ein.

Nur eine Sekunde zögerte Conney. Dann packte er das Mikrofon mit beiden Händen und schrie: »Hier spricht der Kapitän! Alle Fremden haben sofort das Schiff zu verlassen. Explosionsgefahr! Alle von Bord! Explosionsgefahr!«

Es war, als erstarre für ein paar Sekunden alles Leben. Jeder verharrte in der Haltung, in der ihn der Alarmruf traf. Dann brach nackte Panik aus. Die Sauvages im Laderaum stürzten sich auf die Leitern, enterten hoch und rissen sich gegenseitig zurück. Wer sich an Deck befand, stürzte zur Gangway oder sprang über die Reling.

Selbst Rake und sein Body-guard wurden mitgerissen. Sie warfen sich herum und rannten zur Gangway. Der Leibwächter zerrte die Maschinenpistole von der Schulter und schlug mit dem Kolben auf die Männer ein, die ihm den Weg versperrten.

»Leinen los!« brüllte Cooney. »Kappt die Taue!«

Abrupt stoppte Larry Rake seine Flucht. Sein aufgerissener Mund verriet, daß er irgend etwas schrie, das dem Body-guard galt. Als der Mann nicht reagierte, sondern weiter um sich schlug und sich den Weg zur Gangway freikämpfte, sprang Rake ihn an, schlug ihm hart ins Gesicht und riß ihm die Maschinenpistole aus den Händen.

Rake warf sich herum. Gegen den Strom der flüchtenden Sauvages kam er aufs Schiff zurück. Die letzten tauchten aus den Luken auf und sprangen über die Reling. Auch die Truckfahrer und die Männer an den Verladekränen rannten wie die Hasen.

Rake starrte zur Brücke hoch. Dann blickte er zu dem Mann hin, der mit einem Haumesser die Bugtrosse bearbeitete. Die Vertäuung eines Schiffes an einem Poller kann im Normalfall nur an Land gelöst werden. Will man ohne eine Hilfskraft ablegen, muß man die Trosse kappen. Der kleine Asiat hieb wie besessen auf das armdicke Hanfseil ein.

Larry Rake verfeuerte zwei Kugeln aus der Maschinenpistole. Der Matrose ließ das Haumesser fallen, drehte sich um die eigene Achse und fiel über Bord.

»Bring deinen Kahn in Fahrt!« fauchte ich den Kapitän an.«

»Die Trosse hängt noch!«

»Eine Trosse hält das Schiff nicht fest! Gib Gas!«

In der modernen Schiffahrt sind die Zeiten vorbei, in der es langer Gespräche zwischen Brücke und Maschinenraum und vieler Klingelzeichen bedarf, um ein Schiff in Bewegung zu setzen. Die Männer im Maschinenraum werden zwar noch für das Anwerfen und die Überwachung der schweren Dieselmotore benötigt. Gefahren werden die Maschinen von der Brücke, auf der der Mann am Steuer oder an den Tastenarmaturen der Steuerhydraulik die Drehzahl ebenso stufenlos regeln kann wie ein Truckfahrer die Geschwindigkeit, mit der er seinen Koloß über den Highway donnern läßt.

Kapitän Cooney schob den Gashebel nach vorn. Tief unten im Schiff hämmerten die Kolben schneller. Unter dem Druck der Schraube erzitterte das Schiff. Plötzlich schwang das Heck herum, weil die hintere Trosse nicht mehr am Poller saß. Der Bug streifte die Quaimauer. *La Paloma* schrammte sich eine Menge Farbe von der Flanke. Dann kam auch der Bug frei. Die vordere Trosse spannte sich und brach mit dem scharfen Knall einer Explosion. Ein Ruck ging durch das Schiff. *La Paloma* nahm Fahrt auf und schwamm mit dem Heck voran in Richtung auf die Hafenausfahrt.

Der Ruck beim Brechen der Trosse hatte Rake aus dem Stand geworfen. Er richtete sich auf. Noch erreichte die Beleuchtung des Kais das Schiff. Er riß die Maschinenpistole hoch.

»Kopf weg!« rief ich und packte Cooney.

Die Salve durchschlug die Verglasung. An der Rückwand zersprang ein Instrument.

Schon lief *La Paloma* aus dem Ruder und begann, sich um die eigene Achse zu drehen.

»Los, Captain! Bringen Sie Ihren Kahn aus dem Hafen!«

Phil stand mit schußbereiter MPi neben dem Funkgerät. Die sechs Kugeln, über die er noch verfügte, degradierten seine Waffe zu einer Art Schnellschußrevolver. Er schob ein Segment der Brückenverglasung zurück.

»Rake ist hinter einer Lukenklappe in Deckung gegangen«, sagte er. »Ich werde versuchen, ihn unten zu halten.«

Cooney hantierte an der Steuerhydraulik und nahm das Gas weg. Die Rückwärtsbewegung kam zum Stillstand. In 200 Yards Abstand vom Kai begann *La Paloma* sich zu drehen und ihren Bug auf die Ausfahrt zu richten.

Phil zog durch. Seine MPi spuckte die sechs Kugeln aus. Ich hörte den harten metallischen Aufschlag.

»Nichts zu machen«, sagte Phil. »Der Lukendeckel ist aus Stahl.« Er legte die Maschinenpistole aus der Hand und griff zum Colt.

Kapitän Cooney schob den Hebel auf *volle Kraft*. Eine Art Dröhnen erschütterte das Schiff. Weiße Strudel quirlten am Heck, und das Rauschen der Bugwelle verstärkte sich von Sekunde zu Sekunde.

Wieder hämmerte Rakes Waffe. Cooney ließ sich zu Boden fallen. Phils Colt bellte. Querschläger jaulten durch den Kommandostand. Ungestört davon rauschte die *La Paloma* mit steigender Geschwindigkeit auf die Hafenausfahrt zu.

»Keine Chance«, sagte Phil. »Seine Deckung ist erstklassig. Ich werde versuchen, an ihn heranzukommen!«

»Warte, bis wir endgültig aus dem Hafen raus sind!«

Ich zog Cooney auf die Füße. »Halt dein Schiff auf Kurs, Kapitän!«

Cooneys Zähne klapperten. »Ich will nicht wie ein Kaninchen abgeschossen werden!«

Das Lichtsignal, ein kreisendes, weißes Leuchtfeuer auf der weit ins Meer vorspringenden Felszunge, die die natürliche Begrenzung des Hafenbeckens von Cochillo City bildete, kam schnell näher. Wir schienen pfeilgerade darauf zuzuhalten.

Cooney klammerte sich an die Steuersäule und tippte auf die Korrekturtasten.

Ich konnte nicht erkennen, daß irgend etwas geschah. Bug und Leuchtfeuer blieben in einer Linie. Plötzlich begann Kapitän Cooney wie ein Berseker auf eine Taste zu hämmern.

»O verdammt!« schrie er. »Verdammt!«

Phil feuerte zweimal und meldete nüchtern: »Fehlanzeige!«

Cooney ließ die Arme fallen. »Die Hydraulik ist im Eimer«, sagte er und stotterte dabei, als hätte er einen Sprachfehler.

»Stoppt den Kahn, oder ich schicke euch zur Hölle!« brüllte Rake. Mit einer besonders langen Salve verlieh er seiner Drohung Nachdruck. Wir mußten runter. Als wir die Köpfe wieder hochnahmen, war das kreisende Warnfeuer schon so nahe, daß sein Licht bei jeder Drehung wie eine Berührung über die *La Paloma* hinweghuschte.

Cooney riß den Geschwindigkeitshebel zurück. Es geschah nichts. Ein Schiff hat keine Bremsen. Es braucht Meilen, um seine Geschwindigkeit zu verlieren, und der *La Paloma* blieben nur ein paar 100 Yards.

Ich stieß Cooney die Faust in die Rippen. »Hol deine Leute an Deck!«

Er war wie gelähmt und reagierte nicht. Auf der Steuerarmatur leuchtete ein roter Warnknopf. Ich schlug zu. Überall im Schiff begannen Sirenen zu heulen. Aus dem Lautsprecher scholl das Kommando: »Alle Mann an Deck! Alle Mann an Deck!« Es war Cooneys Stimme, aber sie kam von einem automatisch abspulenden Tonband.

Rake fiel nichts Besseres ein, als auf den Abzug zu

drücken. Eine Kugel traf ins elektrische Schaltzentrum der Brücke. Kurzschlußfunken sprühten auf. Stinkend verschmorten Kabel, Cooneys Tonbandstimme vergurgelte. Nur die Sirenen setzten ihr monotones Stakkato-Geheul fort, und das Leuchtfeuer traf jetzt das Schiff aus solcher Nähe, daß wir geblendet die Augen schließen mußten.

Kapitän Cooney fiel auf die Knie. »O Gott!« stöhnte er.

Zerklüftete schwarze Felsen wuchsen vor uns auf. An ihrem Granit brachen die Wogen zu weißer Wassergischt.

»Festhalten!« schrie Phil.

Ich klammerte mich an die Stahlsäule, die das Radargerät trug. Ich spannte alle Muskeln und Sehnen, um den fürchterlichen Aufprall zu überstehen.

Ein ohrenzerfetzendes Kreischen, das aus dem Meer aufbrach, leitete das Ende ein. Getrieben von der Wucht ihrer Masse und Geschwindigkeit glitt die *La Paloma* über die Unterwasserfelsen und -klippen noch hinweg, als wären es unbedeutende Hindernisse, und doch wurde ihr schon in dieser Berührung der Leib aufgeschlitzt, Tonnen von Wasser ergossen sich in ihr Inneres.

Sekunden später schien die Welt in einem Inferno der Zerstörung zu zerbersten. Unsichtbare Kräfte rissen mich von der Radarsäule los und schmetterten mich gegen die Wandverkleidung. Hunderte Gegenstände wurden aus Angeln und Verschraubungen gerissen – und prasselten wie die Geschosse eines gewaltigen Schrapnells durch das Schiff.

Eine Staubwolke stieg aus den Felsen hoch. Minutenlang kochte das Wasser unter den Einschlägen von Steinen und Trümmern.

Ich weiß nicht, ob in meinem Hirn für ein paar Sekunden die Lichter ausgingen. Als ich meine Umwelt wieder wahrnahm, lag ich dicht neben der Türöffnung zum

Gang. Die Tür hatte keine Füllung mehr. Kapitän Cooney war auf geheimnisvolle Weise von der Brücke verschwunden, und Phil – das war die größte Überraschung – stand auf den Füßen. Er schrie mich an: »Komm! Die Ladung kann jede Sekunde hochgehen!«

Ich raffte mich auf. Der Boden war plötzlich abschüssig wie eine Rutschbahn. Die steile Treppe zum Deck führte nicht nach unten, sondern in die Waagerechte. Das Deck hatte sich in eine schräge Stahlfläche verwandelt, auf der bei jeder Bewegung der Absturz drohte.

Die *La Paloma* hing auf der Steuerbordseite zwischen den Klippen.

Nur das Heck und ein kleiner Teil des Mittelschiffs lagen noch im freien Wasser.

Wir arbeiteten uns zum Heck vor. Zwar war die Nacht finster, aber in kurzen Abständen strich der weiße Finger des Leuchtfeuers über die Szenerie.

Die zerschmetterten Flügel der Schraube ragten aus dem Wasser. Phil und ich überkletterten die verbogene Reling. Wir hörten Schreie und Rufe. Wir sahen Menschen, die wie wir versuchten, das Schiff zu verlassen, ohne beim Aufschlag auf die Felsen zerschmettert zu werden.

Ich ließ mich fallen und klatschte ins Wasser, das tief genug war, den Sturz zu dämpfen. Neben mir tauchte Phil ein und mit mir wieder auf. Wir schwammen aus Leibeskräften. Nur weg vom Schiff, dessen höllische Ladung jeden Augenblick explodieren mußte. Es war ein Wunder, daß diese Explosion nicht schon im Augenblick des Auflaufens erfolgt war.

Das Meer war kaum bewegt. Der kurze Aufruhr, den die Strandung der *La Paloma* verursacht hatte, legte sich schnell. Die Wogen glätteten sich.

Wir umschwammen das Kap, um einiges an solider

Felsmasse zwischen einen Schiffsbauch voll hochbrisanten Sprengstoffs und unsere nackte Haut zu bringen.

Plötzlich begann Phil zu lachen. »Ich glaube, das meiste von ihrem Feuerwerk ist jetzt schon ziemlich naß.«

In einer kleinen Bucht gingen wir an Land. Wir arbeiteten uns durch die Klippen aufwärts. Viel Lärm erfüllte die Luft, Motorengeräusch, Rufe aufgeregter Stimmen. Noch immer waren wir dicht an der Unglücksstelle und nicht weit von Cochillo City.

Ein gelber Lichtschein zog uns an. Er fiel aus der offenstehenden Tür einer niedrigen Hütte. Vor der Hütte standen ein Mann, eine Frau und etwa zehn Kinder zwischen zwei und zwölf Jahren, das Baby auf dem Arm der Frau nicht mitgezählt.

Bei unserem Anblick erschraken sie zu Tode. Die Kinder rannten in die Hütte. Sie verschwanden in und unter den Betten. Die Frau begann zu beten, das Baby zu schreien.

Wir redeten auf den Mann ein. Unsere friedlichen Gesten beruhigten ihn. Er verstand nicht viel Englisch. Das Wort Dollar verstand er. Er nickte, als wir den Namen Kakamura nannten. Schließlich nahm er uns mit in die Hütte und gab uns Kleider. Wir stiegen aus den Tauchanzügen.

Der Mann besaß einen alten Lastwagen. Er erklärte sich bereit, uns nach Cochillo City und zu Lee Kakamura zu bringen.

Die Ladung der *La Paloma* explodierte, als wir den Stadtrand von Cochillo erreicht hatten. Später ließ sich die Ursache rekonstruieren. Eine Gruppe von Sauvages hatte versucht, soviel von der Ladung zu bergen, wie noch möglich schien.

Es konnte nicht festgestellt werden, ob sie von den Mafiabossen ins Wrack geschickt worden waren oder ob sie aus eigenem Antrieb gehandelt hatten, weil sie sehr wohl wußten, daß Waffen und Munition einen erheblichen Wert besaßen und sich gut zu Geld machen ließen.

Auf jeden Fall ging einer von ihnen falsch mit einer Kiste voll Zünder um. Die Dinger explodierten und entzündeten ausgelaufenes Dieselöl. In Sekundenschnelle hüllte ein Flammenmeer das Wrack der *La Paloma* ein. Aus der Feuerwand fauchten explodierende Raketen. Maschinengewehrmunition zerbarst mit dem Geknatter von Feuerwerksfröschen. Am Ende zerrissen mit dumpfen Donnerschlägen schwere Minen das Schiff.

Wir erreichten Kakamuras Haus. Obwohl viele Sauvages durch die Straßen rannten, kümmerte sich keiner um den alten Lastwagen. Kakamura ließ uns ein. Jacanda starrte uns wie eine Geistererscheinung an.

»Faß uns an!« sagte ich. »Wir leben noch!«

Sie faßte uns an, und als sie sich überzeugt hatte, daß wir aus Fleisch und Blut bestanden, fiel sie uns abwechselnd um den Hals. »Ihr seid Supermänner!« rief sie und schien entschlossen, ihre Vermutung auszuprobieren.

»Konnten Sie die Regierung benachrichtigen?« fragte Lee.

»Ich weiß nicht, ob wir verstanden wurden«, antwortete Phil. »Aber auch wenn die Regierung weiterschläft, wird die Republik der Mafia nicht gegründet werden.«

Das Motorengeräusch eines leichten Flugzeugs erfüllte die Luft. Wir liefen in Kakumaras Hof. Im Tiefflug strich die Maschine dicht über die Dächer hinweg.

»Eine Regierungsmaschine!« rief Lee. »Ich sah die Hoheitszeichen.«

Gewehrgeknatter setzte ein. Die Sauvages beschossen das Flugzeug. Sofort erhöhte der Pilot die Tourenzahl und zog die Maschine hoch. In sicherer Höhe kreiste sie noch einige Male über der Stadt. Dann verlor sich das Geräusch.

Kakamura nickte zufrieden. »Okay, damit ist garantiert, daß Tarrena Militär schickt.«

Ich berührte Phils Arm. »Hör zu, Alter! Wenn Veronese und seine Freunde erkennen, daß ihre Mafia-Republik geplatzt ist, was werden sie unternehmen?«

»Sie werden in den Hubschrauber steigen und sich ausfliegen lassen. In Tarrena werden sie die harmlosen ausländischen Flüchtlinge von einer Insel im Aufstand spielen und sich in das nächste Flugzeug stürzen. Schon heute abend können Sie in New York den Ärger über ihren mißglückten Coup hinunterspülen.«

»Ich bin dagegen, daß sie mit heiler Haut davonkommen«, sagte ich.

»Ich auch«, antwortete Phil.

Mr. Kakamura hatte uns neu ausgerüstet, auch was die Kleidung betraf. Wir trugen frische Jeans, Tennisschuhe und T-shirts mit der Abbildung einer Bikini-Schönheit und der Aufschrift: *Triff mich auf Cochillo!*

Die Bewaffnung war bescheiden. Ein Colt und eine recht altmodisch wirkende japanische Pistole aus dem zweiten Weltkrieg. Außerdem hatten wir uns zwei Harpunen von dem Typ geben lassen, der auf den unglücklichen Kapitän Cooney so starken Eindruck gemacht hatte.

Wir benutzten Kakamuras Lieferwagen. In den Straßen von Cochillo herrschte das Chaos. Die Revolte war gescheitert. Die Drahtzieher hatten sich zurückgezogen und ihre Hilfstruppen sich selbst überlassen. Die Sauvages nutzten die kurze Spanne der Macht. Sie plünderten.

Jenseits der Stadt herrschte Stille. Das Feuer auf dem Wrack war erloschen. Zehn Meilen weiter lag das Las-Roccas-Hotel im Licht der Scheinwerfer und der Parkbeleuchtung wie ein Palast aus einer anderen Welt.

Der Hubschrauber stand auf dem großen Parkplatz.

Ein Mann mit einer Maschinenpistole unter dem Arm bewachte ihn.

Wir fuhren mit dem Wagen auf den Parkplatz. Der Wächter war dem Bluff nicht gewachsen und ließ uns zu dicht herankommen.

Phil donnerte ihm die Wagentür vor die Figur und erledigte ihn endgültig mit zwei knochentrockenen Haken, die ihn für lange Zeit ins Reich der Träume schickten.

Einen Hubschrauber auszuschalten ist einfach. Man geht hinein, setzt sich auf den Pilotensitz und reißt so viele Kabel wie möglich heraus. Das lähmt ihn wie einen Menschen, dem die Nervenstränge zerstört wurden. Zwar kann man einen Hubschrauber flicken. Doch das dauert Tage.

»Erledigt«, sagte ich und stieg aus der Maschine.

»Okay, aber sie haben noch das Boot, den großen Kajütenkreuzer bei der Villa«, gab Phil zu bedenken. »Der Kahn ist hochseetüchtig.«

Es war ein verrückter Gedanke. Schlimmer noch, wir faßten ihn gleichzeitig, so daß keiner den anderen bremste. Wir hatten schon ein paar Dinge in dieser Nacht gedeichselt. Nun wurden wir übermütig und wollten eine perfekte Arbeit abliefern.

Perfekt bedeutet für einen G-man, daß er die Handschellen um die Gelenke eines überführten Gangsters schließt. Wir hatten keine Handschellen, aber zweifellos würden wir ein Stück Gardinenkordel finden. Phil nahm die Maschinenpistole des Hubschrauberbewachers. So gingen wir auf den Eingang des Hotels zu.

Vielleicht wären wir zehn Schritte vorm Hotel noch zur Vernunft gekommen und umgekehrt. Doch dann spielte der Zufall mit, und wir konnten nicht mehr zurück.

Eine Gruppe Männer verließ das Hotel, voran der Hubschrauberpilot, dann Carlo Verronese und Sidney Strass, flankiert von zwei Body-guards. Den Schluß bildete Mike Bondy, der Hotelmanager.

Selten habe ich bei sechs Männern so einheitlich saure Gesichter gesehen.

Na ja, sie hatten alle hoch auf dasselbe Pferd gesetzt, und der Gaul war nicht nur nicht ins Ziel gekommen, sondern schon fünf Schritte nach dem Start zusammengebrochen. Sie waren so in ihre bitteren Gedanken vertieft, daß sie uns nicht rechtzeitig bemerkten. Mit einem Satz gingen wir hinter zwei großen Blumenkübeln in Deckung.

»Stehenbleiben!« brüllte ich. »Keine Bewegung!«

Phil setzte ihnen eine Garbe vor die Füße.

Zwar rissen die Body-guards ihre MPis an die Hüften, und der Pilot ließ sich fallen und rollte sich geschickt in Deckung. Aber Sid Strass warf die Arme in die Höhe und schrie: »Nicht schießen! Nicht schießen!«

Es ist eine alte Erfahrung, daß niemand gern stirbt, der dicke Bankkonten, schwere Autos und weiße Villen sein eigen nennt. Sid Strass besaß von alledem mehr als genug. Außerdem war er ein Gehirngangster, ein Betrüger und Reinleger, ein Mann, der Schmerzen zufügte, aber nie gelernt hatte, Schmerzen zu ertragen.

Bei Carlo Verronese lag die Sache nicht anders. Auch ihm mochte in diesen Sekunden durch den Kopf schießen, daß es vorbei sein würde mit dem Genuß an dicken Zigarren und dem Spaß mit willigen Mädchen, wenn er eine falsche Bewegung machte. Er hob die Arme. »Schießt nicht!« rief er. »Ich verhandle!« Er mußte seine Stimme an einem schweren Kloß in der Kehle vorbeipressen. So klang sie recht dünn.

»Alle Waffen auf den Boden! Eure Gorillas verschwinden! Strass, Verronese und Bondy bleiben!«

»Okay!« Verronese und Strass antworteten wie aus einem Mund. Bondy fluchte.

Die Gorillas ließen die Kugelspritzen fallen und trollten sich in Richtung zum Hubschrauber. Nach zehn Schritten begannen sie zu rennen. Vielleicht war ihnen eingefallen, daß sich der Hubschrauber auch ohne Bosse benutzen ließ.

Wir kamen aus der Deckung, Phil mit der MPi im Anschlag, ich mit der Harpune. Beim Anblick der Harpune begann Verronese zu keuchen.

»Umdrehen! Zurück ins Hotel! Hände an die Hinterköpfe!«

Ein paar Dutzend Gäste drängten sich an der großen Bar in der Hotelhalle. Ahnungslose Touristen, die nicht wußten, was gespielt wurde. Mit einer Menge Alkohol versuchten sie ihre Angst vor Aufstand und Plünderung zu unterdrücken. Mit offenen Mündern starrten sie auf die seltsame Prozession. Dann brachten sich die meisten eilig in Sicherheit. Sie hielten uns trotz unserer fröhlichen T-shirts für revolutionäre Plünderer und Verronese, Strass und Bondy für die Opfer.

Wir machten uns nicht die Mühe, den Irrtum aufzuklären, sondern dirigierten die beiden Mafiabosse und ihren Statthalter in das Luxusapartment, das Verronese bei seinem ersten Aufenthalt bewohnt hatte. Es zeigte noch Spuren des hastigen Aufbruchs.

»Setzt euch!« befahl ich. »Wir werden gemeinsam auf

die Regierungssoldaten warten. Es kann nicht lange dauern.«

Noch knapp drei Stunden währte die Tropennacht. In diesen drei Stunden erhielten Phil und ich viele verlockende Angebote. Es war wie bei einer Auktion. Strass und Verronese überboten sich gegenseitig. Strass steigerte sich schließlich bis zu einer Million Dollar, was bei Bondy einen Wutanfall auslöste.

Er brüllte Strass an: »Du Armleuchter hättest deine Million aufwenden sollen, um die Schnüffler von der Insel fernzuhalten. Aber dazu warst du zu geizig!«

Von diesem Ausbruch an gaben Verronese und Strass den Versuch auf, sich freizukaufen.

Ein paar Minuten nach sechs Uhr morgens ging die Sonne auf. Mit dem ersten Tageslicht brummten fünf schwerfällige Transportmaschinen über die Insel und entluden alles, was die Republik Tarrena an Elitetruppen besaß: 200 Fallschirmjäger. Eine halbe Stunde später liefen zwei Fähren in den Hafen von Cochillo City ein. Sie waren vollgestopft mit Soldaten, die zwar nicht so gut ausgebildet wie die Fallschirmjäger, aber ziemlich zuverlässig waren. Es fielen kaum Schüsse. Die Sauvages versteckten sich in den Bananenfeldern.

Um sieben Uhr kamen 30 Fallschirmjäger ins Hotel. Ihr Anführer war ein Lieutenant, der so britisch wirkte, daß er auch in Queen Elizabeths Leibgarde eine gute Figur gemacht hätte. Er begriff schnell. Seine Leute verluden Verronese, Strass und Bondy auf einen offenen Jeep und fuhren sie zur vorläufigen Verwahrung in das Gefängnis des Polizeihauptquartiers.

»Wie hat Commissioner Pool sein Gefängnis beschrieben?« fragte Phil, während wir dem Jeep nachsahen, und er beantwortete die Frage selbst: »Kein Wasser! Ein Loch im Boden für die Bedürfnisse! Am Tage heiß! Bei Nacht

Heerscharen von Kakerlaken! Reiner Kolonialstil. Eine neue Erfahrung für die großen Bosse der allmächtigen Mafia.«

Nicht nur Strass und Verronese machten Erfahrung mit tropischen Gefängnissen. Auch Commissioner Pool und einige höhere Offiziere und Beamte der Verwaltung von Chochillo wechselten aus ihren ventilatorgekühlten Büros in die Zellen. Von Verroneses Mafia-Mannschaft wurden neun Männer gefaßt. Einer kleinen Gruppe gelang es, mit dem Kajütkreuzer zu flüchten.

Marc Shew entdeckten die Soldaten erst nach acht Tagen in einem Versteck. Mit ihm wurden die Rädelsführer der Sauvages gefaßt. In der Villa fanden die Fallschirmjäger den angeschossenen Inspektor Lance. Er hatte noch einmal Glück gehabt.

Verluste an Menschenleben hatte in erster Linie die Explosion der *La Paloma* gefordert. Fünf Mitglieder der Mannschaft, darunter Kapitän Cooney selbst, wurden vermißt und mußten als tot betrachtet werden. Auch ein Boß galt als tot. Nichts wurde jemals von Larry Rake gefunden.

Mitte März besserte sich das Wetter in New York. Der Schneematsch des letzten Kälteeinbruchs verwandelte sich in schmutziges Wasser.

Phil und ich hatten alle Hände voll zu tun, denn der Nachfolgekrieg um Larry Rakes Erbe war entbrannt.

Natürlich saßen auch Verronese und Strass nicht mehr im Gefängnis von Cochillo City, sondern wieder in ihren Villen auf Long Island. Immerhin waren sie amerikanische Bürger, und unsere Regierung hatte die Regierung der Inselrepublik in einer scharfen Note darauf hingewiesen, daß die Verurteilung von US-Staatsangehörigen als unfreundlicher Akt betrachtet würde. Also hatte man uns die Bosse schleunigst zurückgeschickt.

An einem Abend traf ich Phil bei Mario. Ich war so spät nach Hause gekommen, daß ich die Post noch ungelesen in der Tasche trug. Ich sah sie während des Essens durch und entdeckte einen Brief aus Tarrena.

»Sie verleihen uns einen Orden«, sagte Phil.

Der Brief trug das Bild der Bikini-Schönheit, das auch unsere T-shirts geziert hatte.

»Dear Sir«, lautete der Text, »schon einmal waren Sie Gast auf unseren paradiesischen Inseln. Wir sind überzeugt, daß Sie sich sehr glücklich bei uns gefühlt haben. Versäumen Sie nicht, unsere Inseln bald wieder zu besuchen. Alle Reisebüros bieten günstige Pauschalarrangements.«

ENDE

Der Tod
der weißen Dame

Banksville, Virgina, 1973 …

Eine Nacht im Februar. Frost klirrte und ließ den Atem der drei dunklen Gestalten wie weiße Wolken vor ihren Gesichtern stehen. Das alte Auto hob sich kaum vom Schlagschatten des Brückenpfeilers ab.

Die drei dunklen Gestalten huschten über die Fahrbahn. Sie achteten nicht auf die graue Stahltür, die in den Brückenpfeiler eingelassen war. Und sie wußten nichts von dem Revisionsschacht, der zu Stromkabeln und Wasserleitungen der Brücke führte.

Als die Stahltür quietschte, war es zu spät.

Schüsse peitschten. Grell blitzte Mündungsfeuer auf. Die lange Salve einer Maschinenpistole ratterte. Sie schien kein Ende zu nehmen …

Und in den Nachhall mischte sich der gellende Schrei einer Frauenstimme.

Banksville, Februar 1973 …

Zehn Jahre später sollte die Vergangenheit den Mörder erbarmungslos einholen.

Der Geruch nach Staub, trockenem Papier und Druckerschwärze war mit nichts zu vergleichen.

Billy Trask grinste leicht, obwohl ihm Angstschweiß den Kragen des schönen neuen Sporthemds durchweichte und Spuren in sein kräftiges Jungengesicht zeichnete. Aber Billy Trask war kein Junge mehr. Er wußte, was er tat. Auch was er riskierte. Er schämte sich seiner Angst durchaus nicht. Nur Idioten hatten keine Angst. Vor allem, wenn sie gerade dabei waren, die Hölle mit einem Eimer Wasser anzugreifen.

Billy sog den charakteristischen Geruch des altmodischen Zeitungsarchivs ein und schlich auf Zehenspitzen weiter.

Ihm gefiel es, daß beim Lokalblatt dieses kleinen Nestes in den Appalachen die moderne Technik noch keinen Einzug gehalten hatte. Dafür hatte in Banksville, Virgina, etwas anderes Einzug gehalten. Etwas, auf das die Bürger gut verzichten konnten. Etwas, das dem 25jährigen Lokalreporter Billy Trask überhaupt nicht gefiel.

Der Zeitungsband, den er suchte, war in einem uralten Holzschrank mit ausziehbaren Spezialfächern untergebracht. Mühsam hievte Billy das schwere Ding auf einen Tisch. Zwischen den Deckeln des Einbands waren vergilbte, vor Trockenheit spröde Exemplare des ›Banksville Morning‹ abgeheftet. Intensiver als vorher stieg Billy Trask jener besondere, unverwechselbare Zeitungsgeruch in die Nase, den die Lesegeräte eines modernen Computer-Archivs nie im Leben ersetzen konnten.

Schon Billys Vater war mit Leib und Seele Journalist gewesen. Nach dem frühen Tod der Mutter wurde die Kindheit des Jungen vom Rattern der Setzmaschinen, den unvergleichlichen Flüchen schlechtgelaunter Metteure und dem Stampfen der Rotation begleitet. Das gehörte dazu. Deshalb hatte Billy auch nur mäßigen Ehrgeiz, Karriere bei einer Zeitung zu machen, wo die legendären »Bleiläuse« ausgestorben waren.

Hastig blätterte er den alten Band durch, um das richtige Datum zu finden.

Er hatte kein Licht gemacht. Nur der dünne Strahl seiner Taschenlampe geisterte über die vergilbten Seiten. Da! Jetzt hatte er es! Gespannt beugte er sich vor. Da hörte er ein leises Scharren in seinem Rücken.

Er wußte sofort, was es war. Die verzogene Tür des Archivs schleifte seit Unzeiten über den Boden. Billys Magen zog sich zusammen. Jäh sprang ihn die Angst wieder an. Er duckte sich und wollte herumfahren, doch er schaffte es nicht mehr.

Etwas traf seinen Hinterkopf.

Sein Schädel schien zu explodieren, und er hatte das Gefühl, als löse sich sein Bewußtsein in einem See aus glühender Lava auf.

In New York herrschte das Wetter, das ich bestimmt abschaffen werde, wenn mir mal die berühmte Fee mit den drei Wünschen begegnet.

Gegen die Frontscheibe meines Jaguar prasselte der Regen mit der Gleichmäßigkeit einer aufgedrehten Dusche. Auf den Highways schreckten die Fahrer vermutlich hoch, wenn ein Windstoß das einschläfernde Rauschen veränderte.

Ich, der G-man Jerry Cotton, konnte es mir nicht leisten, das Wetter einschläfernd zu finden. Ich war im Dienst. Die Wahrscheinlichkeit sprach sogar dafür, daß ich in dieser Nacht einem besonders unangenehmen Zeitgenossen begegnen würde. Aber das war leider nicht vorauszusehen gewesen. Sonst hätte ich mich nämlich nicht allein auf den Kriegspfad begeben, sondern Verstärkung abgewartet.

Idiot, dachte ich erbittert. Man sollte ihn einfach über den Jordan gehen lassen, da er doch anscheinend so wild darauf ist! Meinetwegen kann er als Aushilfsheizer in der Vorhölle enden ...

Der Mann, dem meine unchristlichen Wünsche galten, hieß Charles William Trask und arbeitete als Privatdetektiv.

Polizeibeamte lieben Privatdetektive nicht besonders. Das ist nun mal so. Aber es war nicht der Grund dafür, daß ich im Augenblick so unfreundliche Gefühle ausgerechnet gegen Charly Trask hegte.

Der eigentliche Grund hieß Aldo Kovac.

Dieser Kovac gehörte zu einer gutorganisierten, bisher völlig unangreifbaren Gang, die wie Fortuna aus dem Füllhorn gefälschte Wertpapiere über die USA verteilte und sich den Teufel darum scherte, daß dadurch der FBI auf den Plan gerufen wurde. Die Bundespolizei vertrat in diesem Fall die Interessen der rechtschaffenen amerikanischen Steuerzahler. Charly Trask vertrat die Interessen eines millionenschweren Klienten. Und Aldo Kovac vertrat seine höchst eigenen Interessen.

Angeblich wollte er auspacken. Nicht beim FBI, sondern bei Charly Trask, dem Privatdetektiv. Denn Trasks Klient bot eine Belohnung. Was Kovac wirklich brauchte, waren wasserdichter Schutz und später eine neue Existenz. Aber darauf pfiff er anscheinend. Mit der Betonung auf »anscheinend«, meiner Ansicht nach.

Ich war nicht an ihn herangekommen. Charly Trask, der ein fettes Honorar und eine Menge Werbung für seine Firma witterte, hielt sich bedeckt. Aber da ich die Sache mit den gefälschten Wertpapieren bearbeitete, hatte ich etwas läuten hören. Etwas, das mir schmeckte wie eine als Steak gebratene Schuhsohle.

Aldo Kovac benahm sich nicht wie ein Überläufer. Er riskierte zu viel. Ich glaubte nicht, daß er wirklich aussteigen wollte. Meiner bescheidenen Meinung nach versuchte er, einem Privatdetektiv, der zu gefährlich wurde, einen Freifahrtschein ins Jenseits zu verpassen. Und weil Charly Trask sonst ein netter Mensch ist, hatte ich mich an seine etwas unbedarfte blonde Sekretärin herangemacht und auf diese Art die nötigen Informationen ergattert.

Jetzt klebte ich an Charlys Fersen.

Vor mir verlangsamte der blaue Dodge das Tempo und verschwand durch ein offenes, schief in den Angeln hängendes Gittertor. Das Ziel der nächtlichen Fahrt lag offenbar auf den stillgelegten Piers der Westside. Ich wußte, daß sich der Privatdetektiv dort mit Aldo Kovak treffen wollte. Und ich ahnte, daß Charly das Treffen nach den Plänen seiner Gegner nicht überleben sollte.

Während der nächtlichen Verfolgung hatte ich immer mal wieder die Zentrale angefunkt und meinen Standort durchgegeben. Aber Charly war zunächst nur kreuz und quer durch Manhattan gekurvt. Ich nahm an, daß das zu seinen Grundsätzen gehörte, weil er immer mit ungebetenen Verfolgern rechnete.

Als ich die letzte Meldung absetzte, war mir klar, daß meine Kollegen noch eine Weile auf sich warten lassen würden.

Den Jaguar ließ ich im Schatten der Highway-Stelzen stehen. Ich hatte gesehen, zu welchem Pier der blaue Dodge rollte. Wohl fühlte ich mich nicht in meiner Haut. Aldo Kovac war als bedenkenloser Killertyp bekannt. Möglich, daß er sich die Sache allein zutraute. Möglich aber auch, daß da auf dem Pier eine perfekte Falle aufgebaut war. Dann stand ich als heroischer Einzelkämpfer natürlich auf verlorenem Posten. Aber warten durfte ich trotzdem nicht. Denn Charly Trask, sonst recht clever, marschierte in diese Falle, als halte er sich für James Bond persönlich.

Ich glitt durch das Tor und blieb dicht im Schatten einer verfallenen Lagerhalle.

Verfallen waren auch die Schuppen auf dem Pier. Links und rechts gab es jeweils eine lastwagenbreite Piste, am Kopf einen gepflasterten, quadratischen Platz. Sonst ringsum das ölig schillernde Wasser des Hudson. Immerhin hielt es auch Charly Trask für besser, seinen Wagen im eigentlichen Bereich des Kais zu parken, wo er halbwegs beweglich war.

Die Regentropfen auf dem blauen Dodge glänzten im

Streulicht einer einsamen Peitschenleuchte. Charly Trask stieg aus und zögerte einen Moment. Bekam er allmählich Angst vor der eigenen Courage? Er war nicht mehr der Jüngste. Unlängst hatte er seinen 50. Geburtstag gefeiert und seine Freunde von der Polizei angepflaumt, daß bestimmt nicht dringende Arbeit, sondern nur nackter Neid sie daran hindere, an der großen Fete teilzunehmen.

Zu seinen Freunden zählten auch mein Kollege Phil Decker und ich. Wir mochten Charly Trask. In New York bekommen ohnehin nur solche Privatdetektive eine Lizenz, die mindestens drei Jahre bei der Polizei gearbeitet haben. Oft handelt es sich dann um Leute, die gefeuert wurden und nicht besonders vertrauenswürdig sind.

Charly hatte seinen Abschied nach 15 Jahren Polizeidienst genommen, weil ihm ein texanischer Onkel ein paar Ölquellen vererbte. Aber da Charly ein Cop und kein Geschäftsmann ist, brauchte er nur drei Jahre für eine klassische Pleite. Die Detektei, die er dann in New York eröffnete, geriet ihm wesentlich erfolgreicher als das texanische Intermezzo.

Aus schmalen Augen beobachtete ich, wie er sich an dem langgestreckten Schuppen vorbeipirschte.

Sein Ziel war offenbar der Kopf des Piers. Hatte ich ihm vorhin gewünscht, als Heizer in der Hölle zu enden? Na ja, so was denkt man manchmal, wenn man wütend ist. In der Hölle würde Charly sowieso landen, schon weil er sich im Paradies zu Tode gelangweilt hätte. Aber das hatte noch Zeit. Charly William Trask war ein Schlitzohr, aber er verdiente es denn doch nicht, auf einem schmutzigen Pier wie ein Hund zusammengeschossen zu werden.

Als er aus meinem Blickfeld verschwand, huschte ich geduckt über das Kopfsteinpflaster des Kais.

Ein Blick zeigte mir, daß sämtliche Türen der Pierschuppen verschlossen waren. Ich schlich weiter, den 38er bereits in der Faust, und lauschte angespannt auf Geräusche aus dem Innern der Schuppen. Daß ich nichts hören konnte, besagte natürlich nicht viel. Ich wußte nicht, wo Aldo Kovac oder seine Komplizen steckten. Aber ein paar Sekunden später begriff ich immerhin, wo Charly ihn oder sie vermutete.

Sehr vorsichtig pirschte sich der Privatdetektiv an die Ecke des Piergebäudes heran.

Aus seinem Mundwinkel ragte eins der Streichhölzer, auf denen er ständig herumzukauen pflegte. Bisher hatte er nicht viel riskiert. Jetzt wurde es spannend. Ich nahm an, daß es am Kopfende des Schuppens eine weitere Tür gab. Wenn sich sein Mann nicht vorher meldete, würde Charly Trask sie wohl oder übel öffnen müssen.

In Gedanken stellte ich schon wieder finstere Mutmaßungen über den Geisteszustand des Privatdetektivs an. Daß man seiner Vorwärts-Strategie bisweilen Ähnlichkeit mit meiner eigenen bevorzugten Taktik nachsagt, überging ich großzügig. Gerade war Charly aus meinem Blickfeld verschwunden. Immerhin mit dem Monstrum von Langlauf-Luger in der Faust, für das er eine sonderbare Vorliebe hat. Ich knöpfte nur meine Parka auf. Sagte ich schon, daß es regnete? Moderne Revolver der Firma Smith and Wesson sind zwar ziemlich unempfindlich gegen Nässe, aber Vorsicht war trotzdem geboten. Daher verstaute ich den 38er zunächst wieder im Holster.

Dicht an die Schuppenwand gepreßt, schob ich mich auf den Kopf des Piers zu.

Das Rauschen des Regens mischte sich mit dem Plätschern und Schmatzen der Hudsonwellen. Ich dachte daran, daß bei diesem Wetter niemand, der innerhalb des Gebäudes lauerte, die Annäherung eines Menschen rechtzeitig hören konnte. Aber auch Charly Trask konnte nicht hören, was in seinem Rücken passierte.

Ich weiß nicht, wieso ich das erst jetzt begriff. Ich weiß nur, daß mich die Erkenntnis buchstäblich in letzter Sekunde durchzuckte. Ich hatte das Ende des langgestreckten Gebäudes erreicht. Statt um die Ecke zu spähen, ließ ich den Blick über das nasse Kopfsteinpflaster des Piers wandern, über die winzigen Fontänen zerplatzender Regentropfen, das aufgewühlte Hudsonwasser ...

Wie ein Schatten tauchte der Kerl aus dem Dunst.

Behandschuhte Fäuste umklammerten die Holme einer Eisenleiter. An der untersten Sprosse war vermutlich ein Boot festgemacht, in dem der Killer gelauert hatte. Ich sah das blasse Oval seines Gesichts, vom Regen an den schmalen Schädel geklatschtes tiefschwarzes Haar und strichgerade Brauen, die über der Nasenwurzel zusammenwuchsen.

Ich kannte ihn. Es war Aldo Kovac – und an seiner Schulter baumelte eine ausgewachsene Thompson-MPi.

Nein, er kam nicht, um auszupacken.

Er kam, um zu töten. Charly Trask war zu dicht an der Wahrheit. Er war für die Fälscherbande zu gefährlich geworden. Sie hatten ihm einen Köder serviert, von dem sie wußten, daß er ihn schlucken würde. Denn nicht nur die Polizei kannte Charles William Trask als ehrgeizigen Mann, der gern alles allein machte, um hinterher auch allein die Lorbeeren kassieren zu können.

Verdammt, war er mit Blindheit geschlagen?

Ich nahm an, daß er vor der Tür am Kopfende des Schuppens stand und überlegte, was er als nächstes tun sollte. Es würde das Falsche sein. Oder zu spät kommen.

Schon schwang sich Kovac über die Mauerkante auf den Pier. Ich zog den 38er aus dem Schulterholster und hielt ihn dicht am Körper, damit er nicht allzu naß wurde.

Der Killer verließ sich offenbar blind auf die bekannt robuste Bauart der Tommy Gun.

Locker ließ er den Riemen der Maschinenpistole von der Schulter gleiten. Charly Trask merkte immer noch nicht, was die Stunde geschlagen hatte. Ich durfte nicht länger zögern.

»FBI!« schrie ich, um das Rauschen des Regens zu übertönen. »Waffe weg, Kovac! Hände hoch und keine überflüssige ...«

Sein Kopf ruckte herum. Das Gesicht, dem die zusammengewachsenen Brauen einen düsteren Zug gaben, verzerrte sich vor Schrecken. Noch zielte der Lauf seiner MPi auf den Pier. Ich glaube, er hätte aufgegeben. Aber in dieser Sekunde machte Charly Trask den entscheidenden Fehler.

Der Privatdetektiv stand deckungslos wie auf dem Präsentierteller. Er merkte erst in diesem Augenblick, daß die Gefahr aus einer völlig unerwarteten Richtung auf ihn zukam. Instinktiv wirbelte er herum, die Luger in der Faust. Ich konnte es nicht sehen, aber mir reichte die Reaktion des Killers.

Aldo Kovac blieb keine Wahl.

Er stand vor der Mündung meines 38ers, doch das wußte Charly Trask nicht. Trask würde schießen. Jetzt! In dieser Sekunde! Für ihn war es Notwehr – und für den Killer genauso. Kovac streckte natürlich nicht die Hände hoch, um im nächsten Moment das Blei einer großkalibrigen Luger zu schlucken.

Aber ich konnte auch nicht zulassen, daß Kovac sein Opfer mit einer MPi-Garbe niedermähte.

»Nicht schießen, Charly!« brüllte ich.

Im selben Moment riß Aldo Kovac die MPi hoch. Er war herumgefahren und wandte mir jetzt das Profil zu. Ich wollte ihn nicht töten, schon weil ich wußte, daß er sich viel lieber ergeben hätte. Aber es hing nicht mehr von mir ab. Kovacs einzige Rettung wäre es gewesen, rückwärts ins Wasser zu hechten. Doch auf diese Idee kam er einfach nicht.

Meine Kugel traf die Tommy Gun und prellte sie dem aufschreienden Mann aus den Fingern.

Nur einen Sekundenbruchteil später brüllte Charly Trasks Luger auf. Aldo Kovac zuckte, wie von einem Stromstoß getroffen. Er krümmte sich und preßte beide Hände gegen die Brust. Trotz der Regenschleier sah ich den nassen roten Fleck, der sich unaufhaltsam auf seinem Pullover ausbreitete, während er zusammenbrach.

»Charly!« brüllte ich noch einmal. »Nicht schießen! FBI, verdammt noch mal!«

»O Scheiße!«

Trasks Stimme klang erstickt. Er hatte nur halb mitbekommen, was geschehen war. Und ich wußte, daß er es haßte zu töten, daß er sich in einer eindeutigen Notwehrsituation geglaubt hatte, in der er schießen mußte, um selbst am Leben zu bleiben.

Aldo Kovacs Augen waren bereits gebrochen, als ich neben ihm in die Hocke ging. Der Regen rann über sein verzerrtes Gesicht. Ich fuhr mir mit dem Handrücken über die Stirn. Kovac war ein Gangster gewesen, ein Mörder. Und vielleicht ein wichtiger Zeuge, ergänzte ich in Gedanken. Aber das war es nicht, was den dumpfen Zorn in mir weckte.

»Idiot«, knurrte ich, ohne Charly Trask anzusehen. »Das wäre nicht passiert ohne deine verdammte Sucht, ständig Lorbeeren für deine Firma einzusammeln.«

Eine Weile blieb es still.

Ich hob den Kopf. Charly Trask stand mit hängenden Armen da. Er war nicht groß, aber breitschultrig und kräftig, ein bißchen untersetzt. Einen Bauch hatte er sich auch schon zugelegt, das machte die Vorliebe für die typisch schottische Kombination von Bier und Whisky. Im Moment sah er blaß aus, und das kantige, sonst so energische Gesicht wirkte schlaff.

»Woher sollte ich das wissen?« krächzte er. »Ich konnte nicht hören, was du gerufen hast. Ich sah nur den Kerl mit der Maschinenpistole.«

»Er heißt Aldo Kovac, das weißt du verdammt genau. Und du warst hier mit ihm verabredet.«

Er fragte nicht, woher ich das wußte. »Na und? Er wollte auspacken. Konnte ich ahnen, daß das Spiel in Wahrheit ganz anders lief?«

Ich richtete mich auf. Kovac war tot, daran ließ sich nichts mehr ändern.

»Doch«, knurrte ich. »Das hättest du ahnen können. Kovac war kein Eierdieb. So einer packt nicht für eine mittelmäßige Belohnung aus. Was konntest du ihm denn bieten außer den paar lumpigen Dollars? Sicherheit? Eine neue Existenz? Du konntest ihm nicht einmal Straffreiheit als Kronzeuge bieten! Du hättest wissen müssen, daß es eine Falle ist.«

Mit einer hektischen Bewegung schob sich Charly Trask ein neues Streichholz zwischen die Zähne.

»Wieso bist du überhaupt hier? Wen hast du angezapft?« wollte er wissen.

»Sage ich nicht. Und wenn du es errätst und dem Betreffenden Schwierigkeiten machst, mache ich dir auch Schwierigkeiten, klar?«

»Klar«, sagte er. »Sind deine Kollegen im Anmarsch?«

»Natürlich. Trotzdem brauche ich mein Funkgerät.«

Trask folgte mir über den Pier zurück zum Kai, wo sein Wagen parkte. Ich wollte die Mordkommission alarmieren, die Zentrale benachrichtigen und dafür sorgen, daß ich hier möglichst schnell abgelöst wurde. Nicht aus

Bequemlichkeit – obwohl ich zugeben muß, daß Ermittlungen auf einem verregneten Pier nicht gerade zu meinen Lieblingsbeschäftigungen zählen.

Mir ging es um Charly Trask. Er war geschockt und hatte ein schlechtes Gewissen. Wenn überhaupt, dann würde er jetzt mit seinen Informationen herausrücken.

Mein Jaguar stand, wie gesagt, zwischen den Stelzen des Westside Express Highway. Wir marschierten auf den hohen Maschendrahtzaun zu – aber wir kamen nicht weit.

Mein eigener Fehler!

Die Sache hatte so verdammt klar ausgesehen, daß ich mit keiner Gefahr mehr rechnete. Der Fall war auch klar, wie sich später herausstellte. Trotzdem hätte ich zumindest einen Blick in das Piergebäude werfen müssen. Aber hinterher ist man ja immer klüger.

Daß Charly Trask genauso reagierte wie ich, war kein Trost. Wir ahnten beide nichts Böses. Das Quietschen der Tür hinter uns hörten wir zu spät. In einer fast synchronen Bewegung wirbelten wir herum – und begriffen im selben Moment, daß wir keine Chance hatten.

Die drei Kerle, die aus der Dunkelheit des Schuppens stürzten, waren jeder mit einer kleinen, bösartigen Maschinenpistole der Marke Scorpion bewaffnet.

Schwarze Strumpfmasken verbargen ihre Gesichter. Schwarze Jeans und gleichfarbige Trenchcoats wirkten wie Uniformen. Keiner der Burschen sagte etwas. Aber die Finger an den Abzügen und die dunklen Mündungen, die uns anglotzten, sprachen deutlicher als Worte.

Nur ein Selbstmörder hätte in dieser Situation auch nur eine Sekunde gezögert, die Arme zu heben.

In Banksville, Virgina, war der Himmel so klar, daß die Sterne wie verstreute Brillanten funkelten.

Wind rauschte in den Baumkronen der Wälder, die das Städtchen umgaben. Homer Willies lehnte an einem glatten, glänzenden Buchenstamm und betrachtete die übermannshohe Bruchsteinmauer, die ihm den Weg versperrte. Er wußte nicht recht, wie er hierhergekommen war. Nach dem Pegelstand der Flasche, deren Hals aus seiner Manteltasche ragte, hatte er wohl irgendwo eine Runde geschlafen. Warum er sich dazu einen Platz im Wald ausgesucht hatte, konnte er sich erst nach einigem Grübeln erklären. Wahrscheinlich waren die Bullen schuld. Der Sheriff und sein Deputy mochten es nicht, wenn jemand auf den Bänken der Grünanlage, in Telefonzellen oder der Bahnhofshalle pennte.

Homer Willies seufzte, nahm den letzten Schluck aus der Flasche und schleuderte sie ins Gebüsch.

Schon seit 20 Jahren lag er mit den jeweiligen Gesetzesvertretern des Städtchens in Fehde. Er war Banksvilles einziger Stadtstreicher, Tramp oder wie immer man es nennen wollte und somit eine Institution. Gegen die Bezeichnung Dorftrottel hätte er sich mit Recht gewehrt. Banksville war, jedenfalls offiziell, kein Dorf und Homer Willies kein Trottel.

Das bewies schon die Tatsache, daß er immer wieder irgendwie zu seinem Schnaps kam, nur in letzter Not ehrliche Arbeit anfaßte und nur die allerkältesten Winterwochen in einer der drei Zellen des Stadtgefängnisses verbrachte.

Leicht schwankend ging er an der Mauer entlang, bis er das hohe, schmiedeeiserne Tor des Anwesens erreichte.

Ein Privatweg führte zu der Straße jenseits des Hügels. Raintree Manor, durchzuckte es ihn. Verdammt, verdammt! Der einsame Herrensitz am Stadtrand wurde nicht nur von ihm gemieden.

Es spukte nämlich in Raintree Manor. Jeder wußte das – oder doch jeder, der etwas von den Dingen verstand. Da sollten sich die jungen Leute ruhig kranklachen und die sogenannten aufgeklärten Bürger an die Stirn tippen. Da konnte der Reverend noch so leidenschaftlich gegen den Aberglauben wettern! Es gab trotzdem mehr Dinge zwischen Himmel und Erde, als sich die Schulweisheit träumen ließ. Die Eingeweihten – zumeist jene, die in ihrem Leben mit der Schule nicht viel im Sinn gehabt hatten – wußten nun mal genau, daß auf Raintree Manor eine weiße Dame umging – punktum!

Homer Willies zog fröstelnd die Schultern zusammen.

Durch die verschnörkelten schmiedeeisernen Ornamente des Tors konnte er in den weitläufigen Park sehen. Ein schönes Anwesen, dafür hatte sogar er einen Blick. Früher, als diese alten Herrensitze entstanden, nannte man so einen Park »englisch«. Weite, hügelige Rasenflächen, locker verstreute Baumgruppen, dichte Rhododendron-Inseln ...

Homer Willies zuckte wie unter einem Hieb zusammen.

Sein Blick war auf eine Stelle gefallen, wo sich die herabhängenden Zweige einer Trauerweide bewegten. Oder nein: etwas bewegte sich dort. Ein heller Umriß, verschwommen zuerst, dann deutlich sichtbar im Mondlicht. Homer Willies erkannte die schlanke Gestalt in dem wehenden weißen Gewand und hatte das Gefühl, als sei das Blut in seinen Adern plötzlich zu Eis gefroren.

Die weiße Dame!

Sie kam, um ihn zu holen!

Homer Willies' Kenntnisse über die alten Legenden um weiße Frauen und weibliche Vampire waren sehr begrenzt. Aber die wirren Vorstellungen in seinem Kopf reichten auch so, um ihn in einen Taumel der Angst zu versetzen. Mit einem krächzenden Schrei warf er sich herum und begann zu rennen.

Panik krallte sich wie ein reißendes Tier in seine Magenwände. Jedesmal wenn die halb abgerissene Sohle seines rechten Schuhs hinter einem Stein hängenblieb, stieß er einen schluchzenden Laut aus. Stolpernd und taumelnd hetzte er über den unbefestigten Weg, brach quer durch die Büsche, um abzukürzen, jagte weiter und rannte der rettenden Straße zu.

Kein einziges Mal sah er zurück, um sich zu überzeugen, ob er tatsächlich verfolgt wurde.

Wahrscheinlich wäre er bis nach Banksville hineingerannt – aber so weit kam er nicht. Kurz vor der Einmündung in die Straße gab es ein Hindernis auf dem Weg. Vor Homer Willies' Augen lag bereits der flimmernde Schleier der Erschöpfung. Er stolperte, stürzte und kreischte auf, weil seine Hände etwas Weiches berührten.

Er wollte hochspringen und weiterlaufen, doch er hatte einfach keine Kraft mehr.

Schweratmend stützte er seinen Oberkörper hoch. Er war mit einem menschlichen Körper zusammengeprallt. Das hatte er instinktiv erfaßt. Genauso instinktiv nahm er jetzt die Kälte und Leblosigkeit der Gestalt wahr. Er sah, daß es sich durchaus nicht um den Spuk handelte, vor dem er flüchtete. Schwindelerregende Erleichterung überkam ihn. Eine Erleichterung, die allerdings nur wenige Sekunden währte.

Da nämlich erkannte er, daß er über eine Leiche gestolpert war!

Entsetzt stierte er das fahle Gesicht an, in dem die Augen wie gesprungene Glasmurmeln wirkten. Ein junges Gesicht! Ein Gesicht, dessen kräftige, gut geschnittene Züge Homer Willies vertraut waren.

Er hatte den jungen Lokalreporter Billy Trask schon als Kind gekannt.

Billy war hier aufgewachsen und nach seinem Studium in die kleine Stadt zurückgekehrt. Und jetzt war er tot! Homer Willies richtete sich mühsam auf und kämpfte gegen das Klappern seiner Zähne.

Er zweifelte keine Sekunde daran, daß es die weiße Dame gewesen sein mußte, die den Jungen getötet hatte.

Ich hatte ein Gefühl in der Magengrube, das sehr an nackte, ordinäre Angst erinnerte.

Charly Trask war in eine tödliche Falle gelaufen. Aldo Kovac lebte nicht mehr. Jetzt standen seine Komplizen vor uns, um zu vollenden, was er nicht geschafft hatte. Nach allen Regeln der Logik mußten im nächsten Moment die drei bösen kleinen Maschinenpistolen losrattern.

Das dachte ich. Das dachte auch Charly. Und während ich noch mit dem vertrackten Gefühl kämpfte, daß ein Fehler in der Rechnung steckte, handelte er.

»Jetzt, Jerry!« zischte er.

Gleichzeitig stieß er sich ab und schnellte mit einem langen Hechtsprung auf die drei Maskierten zu. Mir blieb keine Zeit, die erstaunliche Fitness dieses leicht verfetteten 50jährigen zu bewundern. Mir blieb auch keine Zeit, mir den Kopf darüber zu zerbrechen, warum unsere Gegner nicht sofort schossen. Ich mußte ebenfalls handeln, obwohl mir klar war, daß es keine Chance gab.

Charly war eine Kleinigkeit schneller als ich. Logisch ...

Ihm gelang es, einem der Maskierten den Kopf in den

Magen zu rammen. Ich vollführte eine klassische Bauchlandung, weil die beiden anderen Kerle blitzschnell zurückwichen. Aber ich war vorbereitet und verlängerte den Sturz zu einer Rolle. Im Hochspringen fegte ich die häßliche Scorpion mit dem linken Unterarm beiseite.

Mein Gegner schrie auf. Hart traf ich ihn mit der rechten Handkante zwischen Halsaufsatz und Schultermuskel. Ächzend brach er in die Knie. Aber ich wußte verzweifelt genau, daß da noch eine zweite Scorpion war, noch ein zweiter maskierter Gangster, der Zeit genug hatte, um zu reagieren.

Das tat er auch.

Schnell und präzise!

Die Scorpion ist handlich genug, um sie auch als Schlagwaffe zu verwenden. Ich wirbelte herum. Der Hieb, der auf meinen Hinterkopf gezielt war, traf mich seitlich an der Stirn, doch die Wirkung blieb sich gleich.

Als ich wieder zu mir kam, wurden mir gerade die Hände auf den Rücken gefesselt.

Ich lag bäuchlings auf dem Kopfsteinpflaster und konnte sehen, wie einer der Maskierten dem bereits gefesselten Charly Trask mit einem schmutzigen Schal die Augen verband. Immerhin lebten wir noch. Im Moment fand ich diese Tatsache höchst erstaunlich. Es gab keinen Zweifel daran, daß Aldo Kovac den Auftrag gehabt hatte, Charly Trask zu ermorden.

Mein Auftauchen hätte die Kerle eigentlich kaum von ihrem Vorhaben abbringen können. Im Gegenteil: ein G-man in Charlys Nähe mußte es ihnen doch dringlicher erscheinen lassen, den Privatdetektiv zum Schweigen zu bringen. Aber das war nicht das einzige, was mir am Verhalten der drei Maskierten rätselhaft erschien.

Warum, zum Teufel, hatten sie nicht eingegriffen, bevor Aldo Kovac erschossen wurde?

Kovac zog den Trick mit dem Boot durch, seine Komplizen spielten Eingreifreserve – so weit, so gut. Aber das Piergebäude hatte Fenster. Die drei Maskierten mußten mich rechtzeitig gesehen haben. Warum also hatten sie abgewartet, bis es für ihren Komplizen zu spät war?

Weil Kovac so oder so auf der Abschußliste stand? Blödsinn! Das wäre einfacher zu erledigen gewesen.

Weil unsere Gegner nicht zu den Schnelldenkern im Lande gehörten?

Oder weil sie – abenteuerlicher Gedanke! – vielleicht überhaupt nichts mit Kovac und Konsorten zu tun hatten?

Es war ausgerechnet diese abwegigste Möglichkeit, die sich in meinem Gehirn festsetzte. Ich weiß aus Erfahrung, daß es oft ein Fehler ist, sich auf den ersten Eindruck zu verlassen. Und in diesem Fall stand wohl ohnehin fest, daß der erste Eindruck täuschte.

Charly Trask hatte ermordet werden sollen. Mich hätte Aldo Kovac ebenfalls niedergemäht. Die drei Maskierten dagegen taten nichts dergleichen. Und das erklärte sich nicht dadurch, daß die Anwesenheit eines G-man ihre Pläne durcheinanderbrachte. Sie hatten mich ja nicht einmal durchsucht! Das merkte ich deutlich, als ich mich unauffällig halb auf die Seite wälzte und den vertrauten Druck der Brieftasche und des Etuis mit der Dienstmarke spürte.

Verdammt, es paßte!

Alles paßte zu der Version, daß wir es hier mit zwei völlig verschiedenen Fällen zu tun hatten. Erstens Aldo Kovac und die Fälscherbande, die Charly Trask umbringen wollten. Zweitens die drei Maskierten, die ebenfalls ein Hühnchen mit Charly zu rupfen hatten. Nicht etwa mit mir!

Daß ich mich an Charlys Fersen heften würde, hatten

nicht einmal meine Kollegen voraussehen können. Aber daß sich Charly hier mit Kovac treffen wollte, war kein gar so großes Geheimnis, wie ich aus eigener Erfahrung wußte. Und die Maskierten hatten in dem Schuppen gelauert, bevor Charly aufkreuzte.

Im Moment halfen mir diese Erkenntnisse allerdings wenig.

Genau wie Charly wurden mir die Augen verbunden. Mein Füße waren so gefesselt, daß ich nur kleine Trippelschritte machen konnte. Mit diesen Trippelschritten mußte ich, von der harten Mündung einer Scorpion getrieben, bis zu einer Stelle gehen, wo die Luft nach Benzin und erhitztem Blech roch.

Ich hörte das Quietschen einer Blechhaube.

Charly wurde als erster in den Kofferraum gestoßen. Ich landete auf ihm. Falls ich ihm weh tat, konnte ich es nicht ändern. Über uns knallte die Klappe zu. Ich hörte Schritte, das Zuschlagen von Türen, dann einen satt orgelnden Motor, der das Fahrzeug in Bewegung setzte.

Mistspiel, dachte ich erbittert.

Bis zu diesem Augenblick hatte ich noch auf das Eingreifen meiner Kollegen gehofft. Jetzt, als der Wagen nach rechts in Richtung Holland Tunnel abbog, begrub ich diese Hoffnung. Der ganze Film war zu schnell gelaufen. Wenn man mitten in einem heißen Tanz steckt, scheint sich die Zeit zu verlangsamen, daran ändern auch Jahre der Berufserfahrung nichts. Aber ich wußte, daß in Wahrheit nur wenige Minuten vergangen waren. Meine Kollegen hatten nicht die leiseste Chance gehabt, rechtzeitig einzugreifen.

»Charly?« stieß ich durch die Zähne.

»Hmm?« krächzte er.

»Hast du eine Ahnung, was diese Typen von dir wollen?«

Auch der Privatdetektiv hatte inzwischen begriffen, daß die drei Maskierten nichts mit Aldo Kovac zu tun haben konnten. Und daß sie es nicht auf mich, sondern auf ihn abgesehen hatten! Er schnaufte durch die Nase und schüttelte den Kopf, was ich im Dunkeln allerdings nicht sehen konnte.

»Tut mir leid, Jerry«, brummte er. »Tut mir wirklich leid. Aber ich habe keinen blassen Schimmer, in welche Scheiße wir da geraten sind.«

»Verdammt und zugenagelt!«

Phil Decker stieß den Fluch fast tonlos durch die Zähne. Neben ihm sog der G-man Steve Dillaggio scharf die Luft ein. Sie duckten sich hinter einen schrottreifen Chevrolet schräg neben dem Tor in dem Maschendrahtzaun, der sich an der West Street entlangzog.

Ein halbes Dutzend weiterer FBI-Agenten war im Gelände verteilt und versuchte, sich von links und rechts an den Pier heranzupirschen. Phil, der den Einsatz leitete, hatte auf Lautlosigkeit und Vorsicht gesetzt. Aber was er jetzt sah, ließ seine Taktik wie eine Seifenblase platzen.

Vorn am Kopf des Piers fand nämlich eine öffentliche Versammlung statt.

Was immer dort passiert war – es hatte einen Haufen Neugieriger auf den Plan gerufen: Typen in Blauleinen, die in der Nähe gearbeitet haben mochten, ein Taxidriver, ein paar Nachtschwärmer, sogar eine Bordsteinschwalbe, die hautenges Leder trug, weshalb ihr der Regen wohl nicht viel ausmachte.

Phil biß sich auf die Unterlippe. Zu spät, dachte er. Der Film war gelaufen. Und zwar ein verdammt lauter Film, bei dem mit Sicherheit Schüsse gefallen waren.

Jetzt lösten sich zwei Männer aus der Gruppe und strebten dem Kai zu. Vielleicht wollten sie die Polizei alarmieren. Phil richtete sich auf und gab Steve Dillaggio ein Zeichen.

Die Burschen in den blauen Overalls prallten zurück, als die beiden G-men auf sie zukamen.

»FBI«, sagte Phil rasch. Dabei ließ er das Etui mit der Dienstmarke aufklappen. »Was ist passiert?«

Die Overall-Boys schauten sich den blau-goldenen Stern an und wechselten einen Blick.

»Sieht echt aus«, meinte der Größere.

»Yeah«, sein Kumpel nickte. Und lauter: »Da liegt 'ne Leiche auf dem Pier. Und vorher haben wir Schüsse gehört. Wir arbeiten da oben.«

Mit dem Daumen wies er nach Norden. Die Piers waren zwar seit Jahren stillgelegt, doch ein Teil der Lagerhallen wurde noch benutzt. Aber das interessierte Phil im Moment überhaupt nicht.

Seine Magenmuskeln zogen sich zusammen, als er Steve einen Wink gab und an den beiden Overall-Boys vorbeistrebte. Ein Toter auf dem Pier! Phil weigerte sich, dabei an seinen Kollegen zu denken. Außerdem paßte es nicht. Jerry hatte Charly Trask verfolgt, und die Falle war für Trask bestimmt gewesen.

Also sprach die Wahrscheinlichkeit dafür, daß der Privatdetektiv dort tot im Regen lag, während Jerry die Mörder verfolgte.

Phil verachtete sich für die Erleichterung, die dieser Gedanke in ihm weckte, aber er konnte es nicht ändern. Er war auch nur ein Mensch. Besser Trask als Jerry – das war es, was er in diesen Sekunden empfand, und das ließ sich nicht verleugnen. Besser ein Fremder als der beste Freund! Phil wußte, daß jeder andere in seiner Situation genauso empfunden hätte.

Trotzdem atmete er auf, als er sich durch die Gruppe der Neugierigen schob und den Toten sah.

Nicht Charly Trask!

Phil kannte das düstere Gesicht mit den über der Nasenwurzel zusammengewachsenen schwarzen Brauen. Aldo Kovac lag auf der Seite, die Hände in den dicken blauen Rollkragenpullover verkrallt, der sich über der Brust voll Blut gesogen hatte. Er lag drei Schritte von der Thompson-MPi entfernt, deren brüniertes Metall vor Nässe glänzte.

Zwischen Schäftung und Lauf gab es eine kleine, scharf umgrenzte Delle und einen kurzen Kratzer. Eine Kugel hatte die Waffe getroffen und dem Gangster aus den Händen gerissen.

Die zweite Kugel war Aldo Kovac ins Herz gedrungen.

Kein Geschoß aus einem Smith & Wesson 38 Special, das erkannte Phil sofort. Dafür war die Einschußwunde zu groß. Außerdem mußte der Schütze an einer völlig anderen Stelle gestanden haben als derjenige, der die MPi getroffen hatte. Phil sah die Szene förmlich vor sich. Er hätte gar nicht zu der Eisenleiter am Ende des Piers gehen müssen, um zu wissen, daß dort unten ein Boot vertäut war.

Kovac hatte in dem Kahn gelauert. Er mußte versucht haben, Charly Trask von hinten niederzuschießen, als der vor dem Tor des halb verfallenen Schuppens stand. Jerry, der den Privatdetektiv verfolgte und vom Kai herüberkam, verhinderte den eiskalten Mord, indem er Kovac die Tommy Gun aus den Händen schoß. Und Trask erschoß den Gangster, fast im selben Moment vermutlich, weil er einfach nicht begriffen hatte, was gespielt wurde.

Nur – wo steckten Jerry und Trask?

Phil riß sich vom Anblick des Bootes los und wandte sich um. Steve Dillaggio hatte die Neugierigen zurückgescheucht. Jetzt sprach er in sein Walkie-talkie, um die

Kollegen zu informieren. Seine Stimme klang angespannt. Genau wie Phil hatte er Jerrys roten Jaguar zwischen den Highwaystelzen gesehen. Charly Trasks Dodge stand noch auf dem Kai. Also konnten die beiden Männer eigentlich nicht weit sein.

Eigentlich! Eine halbe Stunde später stand fest, daß sie verschwunden waren. Und dafür gab es – wiederum eigentlich – nur eine einzige Erklärung.

»Kovacs Komplizen«, murmelte Steve Dillaggio dumpf.

Phil schüttelte den Kopf. »Das paßt doch nicht! Alles spricht dafür, daß Kovac allein war. Und selbst wenn er Rückendeckung gehabt hätte – warum sollten die Kerle Jerry und Trask verschleppen? Trask wollten sie ohnehin umbringen. Jerry wäre ein gefährlicher Zeuge gewesen.«

»Und wenn sie sich dafür interessieren, wieso ein G-man in Charly Trasks Windschatten auftaucht?«

Phil antwortete nicht. Er wollte Steves Vermutung einfach nicht akzeptieren. Denn diese Vermutung bedeutete, daß das Leben seines Kollegen keinen Cent mehr wert war.

»Genausogut ist es möglich, daß Jerry und Trask Kovacs Komplizen verfolgt haben«, sagte Phil verbissen.

»Zu Fuß?« Steve hob die Brauen.

»Warum nicht, zum Teufel? Möglich ist alles. Und jetzt werden wir hier mit dem ganz feinen Kamm nach Spuren suchen. Falls es tatsächlich ein Kidnapping gegeben hat, können sich die Kerle gratulieren.«

Die Worte klangen wie eine Kriegserklärung. Und so waren sie auch gemeint.

Mart Stallone sah genauso aus, wie man sich einen altgedienten County Sheriff vorstellt.

Zwar trug er keinen Stetson und keine Stiefel wie seine Kollegen in heißeren, klapperschlangenreichen Gegenden. Aber seinen schwieligen Pranken sah man an, daß sie zupacken konnten. Sein schwerer, kantiger Körper strahlte Energie aus, und die eisengraue Haarbürste bedeckte einen bekannt harten Schädel. Aus der Ruhe bringen ließ sich Mart Stallone nicht so leicht. Schon gar nicht von einem mickrigen Tramp wie Homer Willies.

Was der Bursche da über einen Toten und die weiße Dame von Raintree Manor faselte, mußte dem Säuferwahn entspringen. Der Sheriff drohte dem aufgeregten Mann zunächst einmal sämtliche Höllenstrafen an für den Fall, daß er log. Als Willies daraufhin immer noch bei seiner wilden Geschichte blieb, sah sich Mart Stallone gezwungen, das gemütliche Office zu verlassen.

Sein dürrer, stets nervöser Deputy fuhr den Dienstwagen. Homer Willies war trotz lautstarken Protests auf den Rücksitz verfrachtet worden. Er glaubte tatsächlich, daß es auf Raintree Manor spukte. Damit stand er allerdings nicht allein. Die Dummen starben eben nicht aus – das war Mart Stallones Meinung zu der Angelegenheit.

»H-hier!« stotterte der Säufer. »G-g-gleich hinter der Einmündung! Aber ich steige nicht aus. G-ganz bestimmt nicht!«

»Und wenn die weiße Dame einsteigt, während wir weg sind?« fragte Stallone boshaft.

Das war ein Argument, das Homer Willies sofort dazu brachte, doch lieber in der beruhigenden Nähe der beiden anderen zu bleiben. Der nervöse Deputy zog seine Dienstwaffe. Sheriff Stallone verdrehte die Augen. Waren heute nacht denn alle verrückt? Mit grimmig vorgeschobenem Kiefer marschierte er über den Weg – und nach ein paar Schritten blieb er stehen wie festgenagelt.

Die Leiche lag genau an dem Platz, den Homer Willies beschrieben hatte.

»Mensch!« flüsterte der Deputy. »Das ist ... das ist wirklich Billy!«

Er war es. Billy Trask, 25 Jahre alt, Reporter des Banksville Morning. Getötet hatte ihn ein Genickschuß. Aber das zerfetzte, blutdurchtränkte Hemd und die Brandwunden an seinem Oberkörper verrieten, daß er vor seinem Tod brutal gefoltert worden war.

Mart Stallone schluckte schwer und kämpfte gegen die plötzliche Übelkeit in seinem Magen.

»Scheiße!« flüsterte er erstickt. »Von wegen weiße Dame! Das war kein Spuk. Das waren ein paar dreckige, niederträchtige Killer!«

Eine knappe Stunde lang hatten wir Zeit, in dem engen, rüttelnden Kofferraum gegen die Fesseln zu kämpfen.

Vergebliche Mühe! Zwischendurch redete ich Charly ins Gewissen. Aber er wußte wirklich nicht, was die Kerle von ihm wollten. Die Fahrt endete, was der Mangel an Verkehrsgeräuschen verriet, in einer einsamen Gegend. Immer noch mit verbundenen Augen wurden wir aus dem Kofferraum gezerrt, über einen ungepflasterten Hof getrieben, einen kahlen, hallenden Flur und schließlich eine Treppe, die offenbar in einen Keller führte.

Ich landete auf nacktem Betonboden und spürte eine Wand im Rücken.

Danach knirschte Holz. Ich nahm an, daß Charly Trask auf einen Stuhl gestoßen wurde. Er fluchte, daß der Himmel erröten konnte.

»Ihr hirnkastrierten Affen! Was wollt ihr von mir, zum Henker?«

»Den Brief«, sagte eine Stimme gelassen. »Du brauchst uns nur zu verraten, wo du den Brief versteckt hast. Dann lassen wir dich völlig unbeschädigt laufen, Junge.«

»Brief?« fragte Charly ehrlich verblüfft.

»Du sagst es. Den Brief deines Neffen. Der heißt William Trask, wird Billy genannt und arbeitet als Reporter in Banksville. Also, was ist? Willst du uns freiwillig erzählen, wo wir den Wisch finden?«

»Ach du liebe Zeit!« stöhnte Charly.

Ich wußte sofort, daß er keine Ahnung hatte, von welchem Brief die Rede war. Aber ich kenne ihn ja auch einigermaßen. Die Gangster kannten ihn nicht. Ich hörte ein klatschendes Geräusch und einen Laut, der mehr Wut als Schmerz verriet.

»Immer langsam«, knurrte eine zweite Stimme.

»Erst will ich mal wissen, wer der andere Typ ist. Filz ihn, Rocco!«

Der Kerl mit dem Namen Rocco kam der Aufforderung sofort nach. Ich konnte mich nicht wehren, als seine Hände über meinen Körper tasteten. Den 38er hatten die Burschen schon auf dem Pier einkassiert, ohne daß ihnen der Prägestempel des FBI am Lauf aufgefallen wäre. Aber jetzt erwischten sie meine Brieftasche, das Etui mit der Dienstmarke – und ihr langes Schweigen verriet, daß sie reichlich geschockt waren.

»Verdammt, ein G-man!« knirschte die erste Stimme.

»Bullshit!« ächzte Nummer zwei. »Der Plattfuß hat sich der Polizei an den Hals geworfen. Das heißt, daß der FBI Bescheid weiß.«

Wieder wurde es eine Weile still.

Ich überlegte fieberhaft. Charly wußte offenbar nichts von dem geheimnisvollen Brief, der den Gangstern so gefährlich erschien, daß sie ein Kidnapping dafür riskierten. Aber wenn die Kerle glaubten, der FBI sei bereits informiert, mußten sie eigentlich begreifen, daß es die einzig vernünftige Lösung war, uns laufenzulassen.

Leider glaubten sie es nicht. Der dritte Mann, der bisher geschwiegen hatte, konnte einigermaßen logisch denken.

»Quatsch!« knurrte er. »Der Plattfuß ist nicht der Typ, der sich den Bullen an den Hals wirft. Außerdem hatte er gar keine Ahnung davon, daß ihm der G-man im Genick saß. Dem Bullen ging es doch nur um den Kerl, der den Plattfuß umnieten wollte.«

Stimmt auffallend, dachte ich.

»Und was machen wir jetzt mit ihm?« fragte einer der Gangster. »Über den Jordan schicken?«

»Quatsch! Ich verbrenne mir doch nicht an einem G-man die Finger! Wir packen ihn wieder in den Wagen und laden ihn irgendwo ab. Du bleibst hier, Rocco. Du kannst inzwischen schon mal den Plattfuß ein bißchen weichklopfen.«

»Okay«, sagte Rocco. In einem Ton, der widerliche Vorfreude verriet. Ich biß die Zähne zusammen. Meine Gedanken jagten sich. Aber es gab einfach keine Möglichkeit, Charly aus der Patsche zu helfen. Den Namen seines Neffen hatte ich vor ein paar Minuten zum ersten Mal gehört. Ich wußte zu wenig, um einen Bluff zu versuchen. Denn ein schlechter Bluff würde die Sache nur noch schlimmer machen.

Zwei Gangster zerrten mich an den Ellenbogen hoch und schleppten mich wieder die Treppe hinauf.

Die Binde vor den Augen verhinderte, daß ich auch nur einen Schimmer von meiner Umgebung erkannte. Der Regen hatte aufgehört. Aber auch das Rauschen des Windes in den Baumkronen und das ständige Plätschern fallender Tropfen gaben mir keinen Hinweis auf meinen Aufenthaltsort. Im Kofferraum des Wagens landete ich reichlich unsanft. Ich konzentrierte mich und versuchte, mir den Weg einzuprägen, doch das erwies sich als aussichtslos.

Meine Gegner kurvten fast eine halbe Stunde lang kreuz und quer durch die Gegend, offenbar in der Absicht, mich zu verwirren.

Als sie endlich anhielten, war ihnen das denn auch gelungen. Ich hatte keine Ahnung, wo ich mich befand. Und es gab nicht den leisesten Anhaltspunkt für mich, als über mir die Kofferraumhaube aufschwang.

Die Gangster waren immer noch zu zweit. Für Charly Trask mochte das eine Chance bedeuten. Ich kannte ihn als hart und clever. Vielleicht gelang es ihm, den dritten Mann auszutricksen oder . . .

Ich kam nicht dazu, weiter darüber nachzudenken.

Die beiden Kerle hatten mich an den Ellbogen gepackt und vorwärts geschoben, wie gehabt. Jetzt verlor ich urplötzlich den Boden unter den Füßen. Sekundenlang überfiel mich Panik. Dann prallte ich auf und spürte das nasse Unkraut einer Böschung unter mir.

Reflexhaft spannte ich die Muskeln und zwang meinen Körper zu einer Drehung, damit ich nicht mit dem Kopf voran abrutschte. Undeutlich hörte ich den Motor des startenden Wagens aufheulen. Zwei-, dreimal prallte ich mit dem Schädel gegen Steine und Äste. Meine Ohren dröhnten. Für einen kurzen Moment muß ich das Bewußtsein verloren haben. Erst der Schock plötzlicher Kälte brachte mich wieder zu mir.

Ich begriff, daß ich der Länge nach in einem Bach gelandet war.

Charly Trask hätte sicher seine helle Freude gehabt, wären ihm meine saftigen Flüche zu Ohren gekommen.

Etwa um dieselbe Zeit wurde auch der Privatdetektiv von einem Kälteschock aus dem Zustand halber Bewußtlosigkeit gerissen.

Der Gangster mit dem Namen Rocco hatte ihm einen Eimer Wasser über den Kopf gegossen. Dabei verrutschte die Augenbinde seines Gefangenen, aber das schien ihn nicht zu stören. Trask schloß daraus, daß die Kerle so oder so nicht vorhatten, ihn wieder laufenzulassen.

»Der Brief!« zischte Rocco. »Nun komm schon, Opa, mach den Mund auf! Du spuckst es ja doch aus. Warum willst du dir vorher unbedingt die Knochen brechen lassen?«

Charly rang nach Luft. Aus halbgeschlossenen Augen starrte er den Kerl an, der sich erdreistete, ihn, Charles William Trask, Opa zu nennen. Rocco hatte seine Strumpfmaske abgelegt, weil es ihm offenbar zu warm darunter wurde. Er war nicht viel älter als 22 oder 23 Jahre. Ein schlanker Südländer mit hübschen, etwas zu weichen Zügen, der mit seinem Hang zur Grausamkeit vermutlich einen Minderwertigkeitskomplex überspielte.

Charly hätte ihm gern gesagt, was er von Milchbubis dachte, die sich nur stark fühlten, wenn sie ein wehrloses Opfer vor sich hatten. Aber im Augenblick hielt es der Privatdetektiv für geraten, lieber an seine Gesundheit zu denken.

»Verdammt«, stöhnte er. »Du mieses Schwein wirst ...«

Rocco holte aus und schlug zu.

Charly brüllte und bäumte sich in seinen Fesseln auf, Blut rann ihm aus der Nase.

»Nicht!« krächzte er. »Nicht mehr ...«

»Der Brief«, erinnerte Rocco.

Charly ließ den Kopf sinken – ein Bild der Resignation. »Schließfach«, brachte er mühsam heraus.

»Welches Schließfach?«

»Grand Central Station. Nummer achtzehn ... Schlüsselbund ...«

Rocco schnalzte mit der Zunge. Triumphierend wandte er sich den Besitztümern des Gefangenen zu, die auf einem wackligen Holztisch ausgebreitet waren. Tatsächlich fand er einen Schlüssel mit der Nummer 18 auf einer kleinen Plakette. Der Schlüssel sah haargenau so aus, als gehöre er zu einem Gepäckschließfach. Daß er in Wahrheit zu einem Spind im Clubhaus von Charly Trasks exklusivem Golfclub paßte, konnte Rocco nicht ahnen.

Der Gangster zögerte einen Moment. Er schaute auf die Uhr. Dann grinste er und schob den Schlüssel in die Tasche. Bevor er zur Tür ging, kontrollierte er nicht einmal die Fesseln des Gefangenen. Charly Trask ließ den Kopf auf die Brust hängen und gab sich den Anschein, mehr tot als lebendig zu sein.

Dabei jubelte er innerlich. Sein Plan stand auf zu schwachen Füßen, daß der Erfolg schon an ein Wunder grenzte. Offenbar gab es einen zweiten Wagen, was er nur hatte vermuten können. Und er hatte diesen Rocco richtig eingeschätzt. Der Bursche hatte Ehrgeiz. Er wollte es allein schaffen. Darauf war er so versessen, daß er nicht einmal daran dachte, seinen Komplizen eine Nachricht zurückzulassen.

Oder aber die Bande verfügte über Autotelefon!

Die letzte Möglichkeit erschien Charly Trask am wahrscheinlichsten. Mit angehaltenem Atem wartete er, bis er draußen, gedämpft durch die dicken Mauern, das Brummen eines startenden Motors hörte. Dann spannte er die Muskeln und probierte aus, wie weit sich die durchnäßten Stricke dehnen ließen.

Nicht weit genug, stellte er fest.

Die Fesselung war Profiarbeit. Nur von der Stabilität des Stuhls hatten sich die Gangster nicht überzeugt.

Trask stemmte mit einiger Mühe die Zehenspitzen gegen den Boden, umfaßte die Lehnen, an die seine Arme gebunden waren, und drückte mit aller Kraft den Rücken durch.

Das Möbelstück ächzte.

Trask machte weiter, verbissen und geduldig. Dabei beschäftigte sich ein Teil seines Verstandes mit dem Brief, hinter dem die Gangster herjagten. Rocco hatte gesagt, Billy habe ihn geschrieben, damit er der Polizei übergeben werde, falls ihm etwas zustieß. Nur – was, zum Teufel, sollte Billy zustoßen?

Okay, der Junge war Reporter. Also mochte er in ein Wespennest gestochen haben. Aber erstens hielt Charly Trask seinen Neffen nicht gerade für einen überragenden Journalisten. Und zweitens konnte er sich beim besten Willen nicht vorstellen, daß sich Banksville, Virginia, in den letzten Jahren zur Gangsterhochburg entwickelt hatte.

Trask beschloß, später darüber nachzudenken.

Zweimal war es ihm gelungen, dem Stuhl ein scharfes Knacken zu entlocken. Wieder und wieder warf er sich gegen die Rückenlehne. Schweiß lief über sein Gesicht und mischte sich mit dem Blut, das immer noch aus seiner Nase sickerte. An Hals und Schläfen traten die Adern hervor. Trask war ein kräftiger Mann, obwohl er mit der untersetzten Figur und dem gewölbten Bauch alles andere als durchtrainiert wirkte. Keuchend schöpfte er Atem, unternahm eine neue Anstrengung – und diesmal brach eine der Stuhllehnen knirschend aus ihren Verleimungen.

Eine halbe Minute später hatte Charly Trask den linken Arm frei.

Knapp fünf Minuten brauchte er, um die immer noch feuchten Knoten der restlichen Fesseln aufzuknüpfen.

Schwankend stemmte er sich hoch, wischte sich Blut und Schweiß aus dem Gesicht und stolperte zunächst einmal zu dem Waschbecken, das in einer Ecke des kahlen Kellerraums installiert war.

Die braune Brühe aus dem Kran wirkte höchst fragwürdig. Trask bezwang seinen Durst und hielt lediglich den Kopf unter den Wasserstrahl. Eilig sammelte er seine Besitztümer ein.

Nur die Langlauf-Luger fehlte. Und natürlich der Schlüssel zu seinem Spind im Golfclub. Charly lächelte, während er sich umwandte und der Tür zustrebte.

Die Beleuchtung funktionierte nicht. Charly nahm die Batterielampe, die sein Gefängnis erhellt hatte. Leicht verkrümmt stieg er eine ausgetretene Treppe hinauf, öffnete eine zweite Tür und sah sich um.

Die Diele eines Farmhauses – etwas Ähnliches hatte er erwartet. Spinnweben hingen in allen Ecken. Fußabdrücke zeichneten sich in einer fingerdicken Staubschicht ab.

Kein Zweifel, daß hier seit Jahren niemand mehr wohnte. Trask fluchte still und machte sich ohne große Hoffnung auf die Suche nach einem Telefon.

Zwar fand er einen altmodischen schwarzen Apparat, doch der muckste sich nicht. Es gab hier offenbar keinen Strom. Vorsichtshalber schaltete Trask die Batterielampe aus, bevor er die Fenster untersuchte. Draußen herrschte biblische Finsternis. Der verschlammte Feldweg, der vom Haus wegführte, ließ sich nur auf wenige Yards überblicken.

Erst jenseits des nächsten Hügels glaubte Trask, den schwachen Widerschein einer Highwaybeleuchtung zu erkennen. Ein ziemlich weiter Fußmarsch. Und dazu noch im Regen, der inzwischen wieder eingesetzt hatte. Aber der Mensch mußte sich eben bescheiden.

Ein paar Minuten später stampfte Charly Trask durch den Schlamm des aufgeweichten Weges, zog den Kopf zwischen die Schultern und strapazierte das ganze beachtliche Repertoire seiner Lieblingsflüche.

Mir war der Regen gleichgültig, weil ich ohnehin nicht noch nasser werden konnte.

Aus dem Bach kroch ich ziemlich mühsam heraus. Auch das Ufer auf der anderen Seite war steil, dazu noch von Brombeerranken überwuchert. Die Dornen zerkratzten mir das Gesicht. Aber sie boten immerhin die Möglichkeit, endlich das Tuch abzustreifen, mit dem mir die Gangster die Augen verbunden hatten.

Ich zerrte an den nassen Fesseln, doch ich schaffte es nicht, sie weit genug auszudehnen. Zweimal rutschte ich ab, als ich versuchte, den Hang hinaufzukriechen. Beim zweitenmal stieß ich mir schmerzhaft das Knie an einer scharfen Steinkante – und die kam mir gerade recht.

Ich brauchte eine geschlagene halbe Stunde, um die Stricke an meinen Gelenken durchzuscheuern. Die Haut ging in Fetzen ab. Ich beachtete es nicht weiter. Hastig befreite ich mich auch von den Fußfesseln. Jetzt hatte ich keine Schwierigkeiten mehr, die Böschung hochzuklettern.

Vor mir lag ein Kartoffelacker.

Die Straße jenseits des Bachs, nicht mehr als eine asphaltierte Piste, verlor sich in beiden Richtungen in undurchdringlicher Dunkelheit. Ringsum war nicht der kleinste Lichtschimmer zu entdecken. Wie die Gangster etwas mehr als eine Autostunde von Manhattan entfernt eine so einsame Gegend aufgetan hatten, war mir schleierhaft, aber ich mußte mich damit abfinden.

Immerhin wußte ich, daß sie von dem stillgelegten Pier

aus den Holland Tunnel benutzt hatten und nach New Jersey gefahren waren. Die beste Chance, auf eine belebtere Gegend zu stoßen, bestand also darin, mich nach Osten zu wenden. Und die östliche Richtung ließ sich trotz des wolkenverhangenen Himmels dank der Tatsache bestimmen, daß es ein Sturmtief vom Atlantik war, das New York zur Zeit das miese Wetter bescherte.

Zähneknirschend machte ich mich auf den Weg die schmale Straße entlang.

Mir war klar, daß ich kaum eine Chance hatte, den Ort wiederzufinden, an dem die drei Gangster Charly Trask gefangenhielten. Nicht einmal, wenn ich ein Telefon erreichte und meine Kollegen alarmierte. Andererseits war die Auswahl vielleicht gar nicht so groß. Es mußte ein leerstehendes Gebäude sein, eine stillgelegte Fabrik, eine verlassene Farm oder etwas Ähnliches. Und Zeit genug blieb auch.

Für mich stand fest, daß Charly tatsächlich keinen Brief von seinem Neffen erhalten hatte. Also konnte er die Fragen der Gangster gar nicht beantworten. Wenn sie ihm nicht glaubten, würden sie sich lange und ausgiebig mit ihm beschäftigen. Das bedeutete zwar die Hölle für ihn. Aber es bewahrte ihn immerhin davor, kurzerhand umgebracht zu werden.

Wer ins Feuer greift, verbrennt sich die Finger, dachte ich.

Charly hätte mit dem FBI zusammenarbeiten können, als Aldo Kovac das Treffen am Pier verlangte. Es wäre nicht nötig gewesen, daß ich mich erst in letzter Sekunde an seine Fersen heftete und im entscheidenden Moment allein war. Ohne Charlys Sturheit hätten die drei Gangster kaum die Chance gehabt, uns zu überrumpeln. Ganz davon abgesehen, daß Aldo Kovac noch leben und als Zeuge zur Verfügung stehen könnte.

Ich unternahm einen sinnlosen Versuch, den Kragen meines nassen Trenchcoats hochzuklappen, als ich die Kuppe des nächsten Hügels erreichte.

Die Aussicht beflügelte mich ein wenig. In einiger Entfernung erkannte ich den fahlen Lichttunnel einer Highwaybeleuchtung. Nach zehn Minuten weiteren Fußmarsches glaubte ich sogar, durch die Regenschleier etwas Rotes zu entdecken. Ich hoffte, daß es sich um eine Telefonzelle handelte. Wenig später wurde die Hoffnung zur Gewißheit.

Ich beschleunigte meine Schritte.

Die Zelle lag so einsam, daß der Apparat wahrscheinlich funktionierte, weil er als Zielobjekt zerstörungswütiger Rowdys nicht in Frage kam. Etwas mehr als eine Stunde war vergangen, seit man mich wieder in den Kofferraum des Wagen geladen hatte. Das Gebiet, in dem sich der Schlupfwinkel befinden mußte, ließ sich eingrenzen. Vielleicht gab es doch eine Chance, Charly Trask schnell zu finden. Vielleicht ...

Meine Gedanken stockten.

Die Telefonzelle lag jetzt unmittelbar vor mir, genau an der Einmündung der schmalen Piste in eine etwas breitere Straße. Ringsum dehnten sich Äcker, Wiesen und Waldstücke. Und über einen völlig aufgeweichten Schlammpfad, der steil zur Straße anstieg, keuchte eine kräftige, untersetzte Gestalt, die ich trotz der Dunkelheit erkannte.

»Mann, Charly«, murmelte ich.

Er blieb starr stehen. Schweiß, Dreck und verkrustetes Blut mischten sich auf seinem Gesicht. Gut sah er nicht aus. Aber er war hier. Er war den Gangstern entkommen. Und er grinste.

»Hi, Jerry! So ein Zufall!«

»Kann man nicht sagen. Scheint ja die einzige Telefonzelle in dieser glorreichen Gegend zu sein. Wie hast du es geschafft?«

Sein Grinsen vertiefte sich, als er mir die Sache mit dem Schlüssel zum Spind seines Golfclubs erklärte. Offenbar fand er sich sehr clever. Ich neigte eher dazu, Rocco sehr dämlich zu finden.

»Kannst du die genaue Lage dieser Farm beschreiben?« wollte ich wissen.

»Was denn sonst?« fragte er beleidigt.

»Na bestens! Dann wollen wir mal!«

Ich betrat die Telefonzelle. Der Apparat war tatsächlich intakt. Eine Minute später hatte ich die Zentrale und dann den Leiter des Bereitschaftsdienstes an der Strippe.

Die beiden Gangster, die den lästigen G-man in einer einsamen Gegend abgeladen hatten, erlebten einen Schock, als sie zu ihrem Schlupfwinkel zurückkehrten.

Das Nest war leer. Spuren zeigten deutlich, wie es dem entführten Privatdetektiv gelungen war, sich von den Fesseln zu befreien. Warum sein Bewacher ihn alleingelassen hatte, ließ sich ebenfalls leicht erraten.

»Nichts wie weg!« zischte der Anführer des Trios.

»Aber . . .«

»Bist du schwer von Begriff? Binnen kurzem wimmelt es hier von Bullen. Wir müssen abhauen. Und Rocco warnen!«

Letzteres war leicht zu bewerkstelligen, weil die Wagen der Bande tatsächlich über Autotelefone verfügten. Die beiden Gangster jagten in eiliger Flucht nach Norden davon. Rocco meldete sich sofort, als er angerufen wurde. Er war noch in Manhattan.

Gerade hatte er festgestellt, daß der Schlüssel mit der Nummer 18 auf dem Anhänger mitnichten zu dem

Schließfach 18 der Grand Central Station paßte. Rocco befand sich in einem Delirium der Wut, in dem er den Privatdetektiv am liebsten mit eigenen Händen erwürgt hätte. Es dauerte eine Weile, bis er begriff, daß daraus nichts werden würde, weil Charly Trask nicht mehr greifbar war.

»Und jetzt?« fragte er rauh.

»Was wohl, du Idiot?« knurrte der Anführer des Trios. »Jetzt gehen wir erst einmal in volle Deckung und warten ab, ob sich noch eine Chance ergibt.«

Die Falle auf der verlassenen Farm wurde bereits aufgebaut, während Charly Trask und ich noch frierend in der Telefonzelle standen, die uns wenigstens vor dem Regen schützte.

Viel Hoffnung machte ich mir nicht. Die Kerle, die mich in den Bach geworfen hatten, mußten ihren Schlupfwinkel schneller erreicht haben, als es mir gelungen war, mich von den Fesseln zu befreien. Sie wußten also von Charlys Flucht. Sie würden nicht auf das Erscheinen der Polizei warten. Wahrscheinlich hatten sie auch die Möglichkeit, Rocco rechtzeitig zu warnen.

»Raus mit der Sprache«, verlangte ich. »Worum geht es? Du mußt es ausspucken, Charly!«

»Ich müßte«, knurrte der dicke Privatdetektiv. »Nur habe ich leider keine Ahnung. Mein Neffe hat mir wirklich keinen Brief geschrieben, Jerry. Und aus Roccos Gefasel war kaum etwas zu entnehmen.«

»Wer ist dieser Neffe?«

»Billy Trask, fünfundzwanzig Jahre alt, Lokalreporter in Banksville, Virginia.«

Banksville ...

Der Name kam mir sofort bekannt vor, aber im

Moment wußte ich nicht, in welche Ecke ich ihn stecken sollte. Banksville, Banksville ... Da war etwas. Eine bestimmte Erinnerung. Es fiel mir nicht ein, verdammt.

»Und weiter?« fragte ich.

»Nichts weiter. Ich bin in Banksville geboren, genau wie mein Bruder, Billys Vater. Aber ich habe das Kaff als Halbwüchsiger verlassen. In den letzten dreißig Jahren war ich höchstens fünf- oder sechsmal dort. Das letzte Mal vor – ja vor ziemlich genau elf Jahren.«

»Also kennst du deinen Neffen gar nicht?«

»Doch. Er war damals vierzehn und betrachtete mich als eine Art Wundertier. Später hat er in New York studiert, und wir hatten einen recht guten Kontakt. Seine Eltern sind tot. Bei einem Flugzeugabsturz umgekommen. Vor drei Jahren ging Billy nach Banksville zurück. Es stimmt schon, ich kann mir gut vorstellen, daß er sich bei irgendwelchen Problemen an mich gewandt hätte. Einfach weil er sonst niemanden hat. Aber es gibt keinen Brief, Jerry. Ich schwöre dir, daß ich nicht die leiseste Ahnung habe, was diesen Gangstern dermaßen auf den Nägeln brannte.«

Ich glaubte ihm.

Inzwischen sah ich bereits zwei Dienstwagen mit rotierendem Rotlicht heranrollen. Mein Freund und Kollege Phil Decker schlug mir so begeistert auf die Schulter, daß ich fast in die Knie ging. Meinem Begleiter schoß er einen eher vernichtenden Blick zu. Ich beeilte mich zu versichern, daß Charly Trask zwar mal wieder den heroischen Einzelgänger gespielt, aber die Ereignisse nicht habe voraussehen können.

»Ich glaube nicht, daß diese verlassene Farm eine Chance bietet«, sagte Phil pessimistisch.

»Glaube ich auch nicht.« Ich zögerte, nagte an der Unterlippe und suchte in Gedanken zusammen, was ich wußte oder ahnte. »Als erstes müssen wir einen Blick auf Charlys Wohnung und sein Büro werfen«, folgerte ich. »Würdest du dich inzwischen in Banksville nach diesem Billy erkundigen?«

Ich paßte genau auf. Doch Phil schien der Name Banksville nichts zu sagen. Charly Trask wollte protestieren. Dann stieß er nur scharf die Luft durch die geschwollene Nase. Wahrscheinlich sah er ein, daß wir mit Recht sauer reagieren würden, wenn er schon wieder darauf bestand, seinen eigenen Kopf durchzusetzen. Also quetschte er sich widerspruchslos auf den Beifahrersitz meines roten Jaguar, den Phil freundlicherweise mitgebracht hatte.

»Gibt es eine Chance, Aldo Kovacs Hintermänner zu erwischen?« fragte er unterwegs.

Ich grinste freudlos. »Du weißt, daß es keine gibt«, sagte ich trocken. »Kovac war der erste und einzige Zeuge. Er wollte zwar nur zum Schein auspacken, aber er hätte uns trotzdem weiterhelfen können.«

Charly Trask schwieg dazu. Er wußte, daß ich recht hatte. Nach Aldo Kovacs Tod war die Bande der Wertpapierfälscher wieder so unangreifbar wie vorher. Erst Monate später sollte es uns dann doch noch gelingen, sie zu zerschlagen. Aber das ist eine andere Geschichte, und Charly Trask spielte keine Rolle darin.

Sein Büro war unser erstes Ziel.

Die blonde Sekretärin, der ich den entscheidenden Hinweis auf das Treffen mit Aldo Kovac verdankte, hatte jetzt in der Nacht natürlich keinen Dienst. Charlys Schlüsselbund war bei Rocco zurückgeblieben. Doch das spielte keine Rolle, weil wir ohnehin nicht aufschließen mußten.

Die Tür stand offen, und das Office sah aus, als habe ein Tornado darin gewütet.

Genauso verhielt es sich mit Charlys Apartment zwei Straßen weiter.

Daraus ließ sich zunächst eins schließen: unsere Gegner waren zahlreicher, als wir gedacht hatten. Am Ablauf der Ereignisse gab es keinen Zweifel. Ich hatte erst in letzter Sekunde die Information ergattert, die mich dazu brachte, auf Charly Trasks Spur zu bleiben. Unsere drei maskierten Gegner mußten, wie auch immer, etwas früher von dem Treffen auf dem Pier erfahren haben. Sie lauerten Charly in dem Schuppen auf. Und ihre Komplizen durchsuchten unterdessen seine Wohnung und dann sein Büro, nachdem die Sekretärin Feierabend gemacht hatte.

»Ganz schön viel Aufwand!« preßte Trask durch die Zähne.

Da hatte er recht. Ein Mann allein konnte die Verwüstungen in seiner Wohnung und seinem Büro nicht angerichtet haben. Also mußten wir von mindestens fünf oder sechs Gegnern ausgehen. Fünf oder sechs Profigangster! Und das alles wegen eines Briefes, den ein junger Reporter namens Billy Trask angeblich seinem Onkel geschrieben hatte?

Wir fuhren ins Federal Building. Und dort erwartete uns eine Überraschung, die uns beiden auf den Magen schlug.

Phil hatte sich mit dem Sheriff von Banksville, Virginia, in Verbindung gesetzt.

Billy Trask war ermordet worden. Heute nacht! Ein Tramp hatte seine Leiche in den Wäldern um das verschlafene Nest gefunden. Die Mordkommission der nächsten größeren Stadt war hinzugezogen worden. Konkrete Ergebnisse lagen noch nicht vor. Aber der Sheriff, Mart Stallone mit Namen, hatte berichtet, daß Billy Trask vor seinem Tod gefoltert worden war.

Gefoltert, um ihm Einzelheiten über den vermeintlichen Brief abzuringen?

Oder hatte er den Brief an den New Yorker Privatdetektiv nur erfunden, um sein Leben zu retten?

Beides war möglich. Obwohl der Sheriff von Banksville offenbar beides für unmöglich hielt, weil er sich so etwas in seiner »sauberen« Stadt nicht vorstellen konnte. Selbst das Tonbandprotokoll des Telefongesprächs vermittelte noch die Fassungslosigkeit in seiner Stimme. Nach Mart Stallones Meinung herrschten in Banksville, Virginia, seit Jahren Friede, Freude und überschaubare Verhältnisse. Nichts außer dem bißchen Nepp in zwei, drei Amüsierschuppen und den angeblich ›üblichen‹ Grundstücksmachenschaften gewisser Stadtvertreter.

Banksville war sauber, beharrte Mart Stallone. Ohne allerdings eine Erklärung dafür liefern zu können, daß in seiner »sauberen« Stadt ein junger Mensch nicht nur ermordet worden war, sondern auch noch eine Horde höchst rabiater und gar nicht kleinstädtischer Gangster auf den Plan gerufen hatte.

Charly Trask war kreideweiß geworden.

Mit hängenden Armen stand er da und mahlte mechanisch mit dem Kiefer, während er sich das Tonband anhörte. Mir gefiel sein Gesichtsausdruck gar nicht. Ich kenne Charly. Er fühlte sich ganz persönlich betroffen. Und ich weiß, wie er reagiert, wenn er sich persönlich herausgefordert fühlt.

»Du wirst dich gefälligst bremsen, Charly«, sagte ich hart. »Du hast als heroischer Einzelkämpfer schon genügend Unheil angerichtet.«

Er sah mich an.

»Okay«, sagte er gepreßt. »Aber wenn ich denke ...«

»Denk zunächst einmal an dich selbst!« schlug ich vor. Phil und Steve Dillaggio, die zuhörten, waren zweifellos der gleichen Meinung. »Die Kerle legen eine Menge Wert auf diesen angeblichen Brief. Sie könnten noch einmal versuchen, ihn in die Hände zu bekommen.«

»Du meinst ...«

»Wieso nicht? Sie haben ihre Meinung doch deutlich genug gesagt. Sie glauben nicht daran, daß du mit der Polizei zusammenarbeitest – womit sie dich ja auch nicht gerade falsch einschätzen. Also könnten sie durchaus versuchen, dich zum Beispiel morgen früh in deinem Apartment zu besuchen oder ...«

Charly überlegte einen Moment, dann nickte er. »Stimmt«, sagte er. »Nur pflege ich ohnehin nicht in meinem Apartment zu übernachten.«

»Sondern?« fragte ich mit hochgezogenen Brauen.

Charly grinste. »Ihr werdet lachen, aber ich habe eine Freundin. Fest! Seit mehr als einem Jahr! Sie heißt Shiralee Foster. Ich verbringe die meiste Zeit bei ihr. Auch die Nächte. Mein eigenes Apartment sehe ich selten, auch wenn ich immer noch daran festhalte. Der Freiheit letzter Hort – falls ihr versteht.«

Wir verstanden recht gut. Obwohl ich gestehen muß, daß Charlys heimliche Liebe eine echte Überraschung für mich war.

»Könntest du dich überwinden, uns in Anbetracht der besonderen Umstände die Adresse der Dame zu verraten?« fragte ich.

»Aber auch nur in Anbetracht der besonderen Umstände! Ich verlasse mich auf eure Diskretion, Freunde.«

Das konnte er getrost tun.

Ich notierte die Adresse Shiralee Fosters. Charly brütete vor sich hin. Ich wußte, daß sein Sarkasmus nur gespielt war. Inzwischen stand mit einiger Sicherheit fest, daß die Falle auf dem Gelände der verlassenen Farm ein Fehlschlag war. Die Gangster hatten Verdacht geschöpft und würden garantiert nicht dorthin zurückkehren. Unsere einzige Spur war der Bursche mit dem Namen Rocco, den Charly ohne Maske gesehen hatte. Wir zapften den Computer an und bemühten uns gemeinsam, den Kerl in der Kartei zu finden. Dort existierte er nicht. Deshalb schickten wir eine Anfrage an das Zentralarchiv in Washington. Doch die Antwort würde nicht vor morgen früh eintreffen.

Auf der verlassenen Farm wurde inzwischen das Unterste zuoberst gekehrt. Aber auch davon versprach ich mir nicht viel. Unsere Gegner hatten die ganze Zeit über Handschuhe getragen – sogar Rocco, während er Charly Trask bearbeitete.

Der Privatdetektiv wirkte schweigsam und in sich gekehrt. Der Tod seines Neffen ging ihm zweifellos an die Nieren.

»Die Sache ist ein FBI-Fall, nicht wahr?« vergewisserte er sich schließlich.

»Sicher. Banksville liegt in Virginia, und der Zusammenhang mit den Ereignissen hier in New York ist klar.«

»Und du und Phil werdet den Fall übernehmen?«

»Das entscheidet der Chef. Aber da wir schon mittendrin stecken, habe ich eigentlich keinen Zweifel daran.«

Trask nickte beherrscht.

Ein paar Minuten später verließen wir gemeinsam das Federal Building. Draußen dämmerte bereits der Morgen. Wir brauchten alle drei ein paar Stunden Schlaf, um morgen fit zu sein.

Schwere Fensterläden sorgten dafür, daß nur wenige dünne Lichtstreifen aus dem Haus in den Park drangen.

In der Halle von Raintree Manor brannten die Kronleuchter. Joffrey Ingram, der Besitzer des Anwesens, preßte den Telefonhörer ans Ohr. Der große, schlanke Mann mit dem vollen grauen Haar und den durchdringend blauen Augen paßte hierher. In der luxuriösen Halle, zwischen kostbaren Teppichen, schweren alten Möbeln und Antiquitäten strahlte er die lässige Eleganz des Grandseigneurs aus. Er entsprach ganz dem Typ, den man auf einem solchen Herrensitz erwartet. Im Moment allerdings wirkte seine Haltung gespannt, fast verkrampft. Mit zusammengekniffenen Augen lauschte er dem Wortschwall des Teilnehmers am anderen Ende der Leitung.

»Also ein Fehlschlag«, sagte er schließlich knapp.

Der Anrufer sprach weiter.

Im Hintergrund der Halle hatte ein zweiter Mann ruckartig den Kopf gehoben. Jetzt erhob er sich steif aus dem Sessel am Kamin. Ruben Ingram hatte wenig Ähnlichkeit mit seinem älteren Bruder. Das dunkle, kaum angegraute Haar des Jüngeren war genauso dicht. Die Augen zeigten das gleiche durchdringende Blau. Aber sonst wirkte alles an ihm straffer, hagerer, schärfer geschliffen.

Die Ausstrahlung lässiger Selbstsicherheit fehlte ihm völlig. Nicht zuletzt lag das an seinem verkürzten rechten Bein, das ihn seit einem Unfall in der Kindheit zwang, mühsam zu hinken.

An der reich geschnitzten eigenen Hausbar schenkte er sich einen Whisky ein, während er seinem Bruder zuhörte.

»Nein«, unterbrach Joffrey Ingram den Anrufer. »Noch gibt es keinen Grund, die Sache abzublasen, auch wenn ihr euch wie blutige Anfänger benommen habt. Versucht lieber, die Scharte auszuwetzen! Bleibt dran, beobachtet, wartet auf eine Chance! Ich muß diesen Brief haben.«

Ein paar Sekunden später legte er den Hörer auf. In

dürren Worten berichtete er, was sich in New York ereignet hatte.

Ruben Ingram leerte das Whiskyglas. Sein Mund verzerrte sich. »Ich wußte es«, knurrte er. »Ich wußte, daß es eines Tages Ärger geben mußte.«

Sein Bruder schüttelte ungeduldig den Kopf. »Niemand konnte voraussehen, daß dieser kleine Reporter seine Nase in unsere Angelegenheiten stecken würde.«

»Na und? Ohne deine verdammte Gefühlsduselei hätte es nichts gegeben, das ihn ...«

»Gefühlsduselei?« wiederholte Joffrey.

»Was sonst? Es gibt Dinge, denen man nicht ausweichen kann. Du hättest sie vor zehn Jahren bereinigen müssen. Statt dessen hast du uns in Teufels Küche gebracht und ...«

»Noch ist nichts entschieden, oder?«

»Noch geht es mir gut, sagte der Fensterputzer, als er an seinem Kollegen im zehnten Stock vorbeiflog«, fauchte Ruben. »Unsere Leute in New York haben doch kaum eine Chance. Wenn du nicht ein paar Spießbürger in diesem Kaff schmieren würdest, wären wir nicht mal gewarnt worden. Der junge Trask war verdammt dicht an der Wahrheit. Selbst wenn er sich die Sache mit dem Brief aus den Fingern gesogen hat, könnte es passieren, daß die Polizei zwei und zwei zusammenzählt. Du mußt etwas tun, Joffrey. Es hat keinen Sinn, die Augen davor zu verschließen. Und je länger du es vor dir herschiebst, desto größer wird die Gefahr, daß es zu spät ist.«

Joffrey Ingram schwieg.

Sein Blick wanderte zu der breiten Treppe im Hintergrund der Halle, zu der geschnitzten hölzernen Balustrade der Galerie. Die Muskeln an seinem Kiefer traten hervor.

Sie schienen dem Gesicht sekundenlang wieder etwas

von der brutalen Härte zu geben, die es früher gezeigt hatte.

»Nein«, sagte er gepreßt. »Ein für allemal: Nein! Ich will kein Wort mehr davon hören.«

Phil und ich waren pünktlich im Office und meldeten uns für den fälligen Bericht beim Chef.

John D. High hörte ruhig und beherrscht zu wie immer. Daß er uns den Fall offiziell übertrug, hatten wir nicht anders erwartet. Allerdings gab es kaum Hoffnung auf schnelle Ergebnisse. Die Antwort auf unsere Anfrage in Washington war negativ, genau wie das Ergebnis der Spurensicherung in dem verlassenen Farmhaus. Allein mit dem Namen Rocco und der Beschreibung eines recht durchschnittlichen jungen Mannes ließ sich wenig anfangen.

In meinem Kopf rumorte immer noch der Name Banksville.

Irgendwo in meinem Unterbewußtsein gab es eine Information, die mit der kleinen Stadt zusammenhing. Aber die Speicher des menschlichen Gedächtnisses lassen sich nun mal nicht so leicht anzapfen wie ein Computer.

Die Schwarze Lola, wie wir scherzhaft unser Elektronengehirn nennen, gab nichts her. Doch sie ist schließlich nicht allwissend. Ich verschob die Sache vorerst, hängte mich ans Telefon und wählte die Nummer von Shiralee Foster.

Ich wollte mich vergewissern, daß bei Charly Trask alles in Ordnung war, auch auf die Gefahr hin, ihn und seine Freundin aus dem Schlaf zu scheuchen. Die Frauenstimme, die sich mit einem knappen »Hallo« meldete, klang jedoch erstaunlich frisch.

»Special Agent Cotton, FBI Field Office New York. Miss Foster?«

»Am Apparat«, sagte die Frauenstimme gedehnt.

»Würden Sie bitte zurückrufen, Miss Foster? Ich weiß nicht, wie weit Mr. Trask Sie informiert hat, aber ...«

»Ich verstehe schon. Jemand könnte versuchen, Charly mit einem fingierten Telefongespräch in die Falle zu locken. Okay, Mr. Cotton, ich rufe zurück.«

Mit gerunzelter Stirn legte ich auf.

Shiralee Foster hatte nichts davon gesagt, daß sie Charly informieren wolle. Zwei Minuten später war sie wieder in der Leitung. Sie – nicht der Privatdetektiv.

»Kann ich Mr. Trask sprechen, Miss Foster?«

»Tut mir leid, er ist nicht da.«

Mein Magen zog sich zusammen. War dieser verdammte Dickschädel immer noch nicht klug geworden?

»Ist er in sein Office gefahren?« fragte ich.

»Das glaube ich nicht«, sagte Shiralee zögernd. »Er hat einen Koffer gepackt.«

Nein, dachte ich erschlagen. Das darf nicht wahr sein.

»Können wir kurz bei Ihnen vorbeikommen, Miss Foster?«

»Ja. Ja, sicher.«

Ich knallte den Hörer auf die Gabel. Phil hatte über die Zweitmuschel mitgehört. Ich sah ihm an, was er dachte. Genau wie mir hatte sich ihm die Sache wie ein Betonklotz in den Magen gelegt.

20 Minuten später klingelten wir an Shiralee Fosters Wohnungstür.

Phil hielt seinen Dienstausweis vor den Spion. Eine junge Frau öffnete, etwa 30 Jahre alt, schlank, sportlich, in Jeans und einem braunen Pulli, der in der Farbe genau zu ihren Augen paßte. Das glatte weizenblonde Haar bildete einen reizvollen Kontrast dazu. Überhaupt eine reizvolle

Person, die sich Charly Trask da geangelt hatte, von dem flächigen, ausdrucksvollen Gesicht bis zu den langen Beinen. Schon ihretwegen hätte er meiner Meinung nach etwas mehr Vernunft und Vorsicht walten lassen müssen.

Shiralee bat uns herein. Sie wirkte besorgt, versuchte aber, es zu verbergen.

»Charly hat nicht gesagt, wohin er fährt«, berichtete sie. »Nur daß es vermutlich ein paar Tage dauern würde. Ich nehme an, es hängt mit dem Brief zusammen.«

Brief! Also doch! Ich biß die Zähne zusammen, um den gelinden Schock zu verbergen.

»Wissen Sie, was für ein Brief das war?« fragte ich.

Shiralee zuckte mit den Schultern. Der Ausdruck der Konzentration ließ die feinen Fältchen in ihren Augenwinkeln stärker hervortreten.

»Ich weiß nur, daß er von Billy Trask aus Banksville stammte. Das ist ein Neffe von Charly.«

»Und er hat an Ihre Adresse geschrieben?«

»Darüber habe ich mich auch gewundert. Billy kennt mich. Er hat seinen Onkel letztes Jahr in New York besucht und weiß, daß Charly praktisch hier mit mir lebt. Trotzdem ist es merkwürdig.«

So merkwürdig fand ich es gar nicht.

Offenbar war es Billy Trask zu unsicher gewesen, an die Adresse einer Wohnung zu schreiben, die sein Onkel so gut wie nie benutzte. Blieb die Adresse der Detektei. Aber da hätte die Gefahr bestanden, daß der Brief selbst mit dem Vermerk »persönlich« oder etwas Ähnlichem versehentlich von der Sekretärin geöffnet worden wäre.

»Hat Charly irgendwelche Andeutungen über den Inhalt des Schreibens gemacht?« fragte ich.

»Überhaupt nicht. Er läßt sich nie in die Karten schauen. Weil er nicht will, daß ich mir Sorgen mache, sagt er. Daß ich mich viel mehr sorge, wenn ich nichts weiß und mir alles mögliche ausmale, begreift er einfach nicht.« Shiralee stockte und nahm sich zusammen. »Er ist in Gefahr, nicht wahr?«

»Möglicherweise. Aber er bringt ja zum Glück alle Voraussetzungen mit, um auf sich aufzupassen. Werden Sie uns informieren, falls er sich meldet, Miss Foster?«

»Ja, das werde ich.« Sie nickte entschlossen.

»Gut. Vielen Dank einstweilen.«

Ich glaube nicht, daß Shiralee Foster besonders beruhigt war, als wir uns verabschiedeten.

Wir ahnten natürlich, wohin Charly Trask so plötzlich aufgebrochen war.

Sicherheitshalber fuhren wir noch kurz bei seiner Wohnung und seinem Büro vorbei – vergeblich. Trask hatte den geheimnisvollen Brief erhalten, sofort den Koffer gepackt und sich in Richtung Banksville aufgemacht. Immer mit dem Kopf durch die Wand, genau wie es seine Art war.

»Dieser Idiot«, schimpfte ich, während ich mir in unserem Office das Telefon schnappte und eine Nummer eintippte, die Phil gestern notiert hatte. »Er will es wieder mal allein machen. Und wir können nicht Kindermädchen für ihn spielen.«

»Vielleicht doch«, meinte mein Freund nachdenklich. »Daß er sofort wie ein wilder Büffel losgestürmt ist, beweist ja wohl, daß in dem verdammten Brief Dynamit steckt, oder? Wir sollten . . .«

Ich winkte ab. Mart Stallone, der Sheriff von Banksville, war in der Leitung. Ich ließ mich zunächst über die Fortschritte der Ermittlungen informieren. Die waren enttäuschend.

»So gut wie gar nichts«, dröhnte Stallone mit seinem eindrucksvollen Baß. »Billy muß wohl auf eine heiße Sache gestoßen sein, aber kein Mensch hat eine Ahnung, um was es sich handelte. Er war nicht der Typ, der sich gern in die Karten schauen ließ.«

Das hatte er mit seinem Onkel gemeinsam.

»Gibt der Fundort der Leiche irgendwelche Aufschlüsse?« fragte ich.

»Nicht die Bohne. Unser Stadtsäufer ist in einem Waldstück über den Toten gestolpert, wo die Täter ihn vermutlich erwischt haben. Der Junge trieb sich da öfter herum. Er interessierte sich für lokale Spukgeschichten, wissen Sie? Sammelte Material über den heimischen Aberglauben. Und in der Gegend um Raintree Manor soll es spuken. Da geht angeblich eine weiße Dame um. Billy fotografierte unter anderem die Plätze, an denen abergläubische Idioten das Gespenst gesehen haben wollten. Vorher hatte er sich schon mal fast den Hals gebrochen, als er in einer sogenannten Vampirhöhle herumkroch. Seine Kollegen behaupten, er habe ein Buch oder eine Artikelserie über diese Themen schreiben wollen.«

Ich überging den Punkt. Daß Billy Trask bei der Beschäftigung mit dem Aberglauben seiner Heimatstadt ein heißes Eisen ausgegraben hatte, konnte ich mir nicht vorstellen.

»Ist Billys Onkel inzwischen bei Ihnen aufgetaucht?« fragte ich.

»Charley Trask? Nein. Sollte er?«

»Er ist auf dem Weg nach Banksville. Wahrscheinlich wird er Sie aufsuchen, Sheriff. Würden Sie ihm dann ans Herz legen, daß er sofort den New Yorker FBI anruft?«

»Okay, mache ich. Sonst noch was?«

»Im Moment nicht. Aber halten Sie uns bitte auf dem laufenden!«

Mart Stallone versprach es. Ich legte den Hörer auf.

»Und jetzt?« fragte Phil.

Ich zog die Unterlippe zwischen die Zähne. Vor mir

auf dem Schreibtisch dampfte ein Becher von dem Kaffee, den mein Freund aus der Kantine geholt hatte. Ich nippte daran.

»Banksville«, sagte ich langsam. »In irgendeinem Zusammenhang ist mir dieses Kaff schon untergekommen. Ich werde es herausfinden.«

Charly Trask war nicht mehr auf dem Weg nach Banksville, sondern bereits dort eingetroffen.

Aber er besuchte nicht das Sheriff's Office. Aus dem Brief in seiner Tasche wußte er inzwischen mehr, als der FBI auch nur ahnte. Deshalb führte sein erster Weg zur Redaktion des »Banksville Morning«, der einzigen und mithin bedeutendsten Zeitung der Stadt.

Vor dem altväterlichen Gebäude zwischen Schule und Kirche parkte er den Wagen, blieb noch eine Weile hinter dem Steuer sitzen und zerkaute Streichhölzer. Er wußte nicht, ob es richtig war, auf sein Ziel loszumarschieren wie der Stier auf das rote Tuch. Aber andererseits wußte er auch nicht, wie er auf diskretere Weise weiterkommen sollte. Mit dem letzten Streichholz zwischen den Zähnen stieg er aus, umrundete das Gebäude und nahm einen Nebeneingang, von dem er wußte, daß er direkt ins Büro des Chefredakteurs führte.

Der sprang zunächst wütend auf.

Aber als er den Namen Trask hörte, wurde er zugänglicher – vielleicht um zu demonstrieren, daß ihm der Tod seines jungen Reporters wichtiger war als noch so dringende Arbeit.

Er hieß Guy Gillespie und residierte in einem großen, behaglichen Raum, in dem große Unordnung herrschte. Durch seinen Bruder, Billys Vater, hatte auch Charly Trask früher ein wenig Zeitungsluft geschnuppert. Ihm gefiel diese Chefredaktion, in der die moderne Technik noch ein Fremdwort zu sein schien.

Nur der hagere, geiergesichtige Guy Gillespie gefiel ihm überhaupt nicht.

»Mr. Trask! Billys Onkel, nicht wahr? Der Privatdetektiv! Ich kann mir vorstellen, warum Sie hier sind. Nur werde ich Ihnen nicht helfen können. Ich weiß nicht, warum Billy ermordet wurde. Ich weiß es wirklich nicht.«

Angesichts verschiedener Papierschnitzel und Zigarettenkippen auf dem Boden spuckte Charly Trask das angekaute Streichholz aus und fischte ein neues aus der Tasche, das er mit seinen Zähnen bearbeitete.

»Aber Sie werden doch sicher wissen, woran Billy zuletzt arbeitete, oder?« fragte er.

Gillespie lehnte sich zurück. Sein Blick wirkte jetzt lauernd.

Der Privatdetektiv spürte jähe Erregung, weil er das sichere Gefühl hatte, auf Anhieb an die richtige Adresse geraten zu sein.

»Nun ja, da waren diese Spukgeschichten«, meinte der Chefredakteur gedehnt. »Aber ich fürchte, das bringt Sie nicht viel weiter.«

»Stimmt.« Charly nahm das Streichholz aus dem Mund und kniff die Augen zusammen. »Würden Sie mir erlauben, mich in Ihrem Archiv umzusehen?«

»Archiv?«

»Genau. Nur so eine Idee, verstehen Sie? Ich möchte ein wenig in alten Bänden blättern, mich über die Entwicklung der Stadt informieren …«

»Das tut mir leid, Mr. Trask«, sagte Gillespie ausdruckslos. »Gerade gestern hat es in unserem Archiv gebrannt. Die meisten alten Bände wurden dabei vernichtet. Tut mir wirklich leid.«

Charly Trask konnte sich vorstellen, um welche Bände es sich handelte. »Aber es stimmt, daß sich Billy für das Archiv interessierte?«

»Billy? O nein! Oder doch, warten Sie!« Guy Gillespies Augen hatten sich zu Schlitzen zusammengezogen. »Da war etwas, über das er sich möglicherweise im Archiv informieren wollte. Vor einer Woche oder so hat er mich gefragt, was ich über Raintree Manor wisse.«

»Raintree Manor?«

»Ein alter Herrensitz in der Nähe.« Guy Gillespie beschrieb bereitwillig die genaue Lage, die Charly ohnehin von früher kannte. »Jetzt, da Sie fragen, fällt mir auf, daß sich Billy in der Tat sehr für dieses Anwesen interessierte. Er wollte einen Besuch dort machen, soweit ich mich erinnere. Man könnte beinahe glauben, daß er im Zusammenhang mit Raintree Manor tatsächlich etwas Aufregendes entdeckt hatte.«

Charly ließ das zweite Streichholz fallen, fischte ein drittes aus der Tasche und begann, darauf herumzukauen.

»Sind Sie sicher?« fragte er gedehnt.

»Nein, sicher natürlich nicht. Aber ich bin schließlich kein Kriminalist. Ich nahm an, daß es Ihnen um Hinweise geht.«

»Richtig, Mr. Gillespie. Und sonst fällt Ihnen nichts ein?«

»Nein. Leider nicht.«

»Vielen Dank für Ihre Mühe. Ich melde mich wieder.«

Charly verließ die Redaktion, nicht ohne noch das dritte Streichholz auf den Teppich zu spucken.

Auch diesmal benutzte er die Hintertür, die ihm den Weg durch die Geschäftsstelle ersparte. Und er ahnte nicht, daß Guy Gillespie diese Tatsache sehr genau beobachtete.

Zwei Minuten später griff der hagere Chefredakteur zum Telefon und wählte eine Nummer, die er im Kopf hatte.

Banksville ...

Ich war sicher, daß ich den Namen schon gehört hatte. Wie gesagt: Der Computer gab nichts her. Aber im Zeitalter des Datenschutzes darf auch ein FBI-Computer längst nicht alles speichern, was er könnte. Die Information, um die es mir ging, mußte lange zurückliegen, sonst hätte ich sie noch im Gedächtnis gehabt. Und bestimmte Daten müssen zum Beispiel nach fünf oder zehn Jahren aus dem Computer gelöscht werden.

Andere dürfen überhaupt nicht gespeichert werden. Zum Beispiel Daten über »harmlose« Bürger. Selbst wenn sie in Wahrheit nicht im mindesten harmlos sind, sondern nur geschickt genug, um sich nichts beweisen zu lassen.

Ich überlegte, ob ich eine neue Anfrage an das Zentralarchiv in Washington loslassen sollte, und entschied mich vorerst dagegen, weil ich es eilig hatte. Ich war nie in Banksville gewesen. Also mußte die entscheidende Information einen Zusammenhang mit New York aufweisen. Wenn uns die schwarze Lola im Stich ließ, blieb nur das menschliche Gedächtnis. Und wenn das menschliche Gedächtnis gefragt ist, gibt es eine erstklassige Adresse: Neville.

Ich glaube, inzwischen ist er nicht nur beim FBI New York, sondern bei der gesamten Bundespolizei der dienstälteste G-man, ein paar Typen in Washington vielleicht ausgenommen. Seit er zu seiner Erbitterung in den Innendienst versetzt wurde, leitet er das Archiv. Das ist einer der Gründe dafür, daß bei uns die modernen Lesegeräte in den Büros seltener benutzt werden als anderswo. Nicht nur, weil es eine Gemeinheit wäre, ständig nur Direktkontakt zum Computer aufzunehmen und den alten Neville versauern zu lassen, sondern weil er in manchen Dingen ganz einfach besser ist als jeder Computer.

»Hi, Jerry«, begrüßte er mich in seiner rauhbeinigen Art. »Kommt ihr jungen Hüpfer mal wieder mit dem geistesschwachen Blechgehirn nicht klar?«

»Das Blechgehirn ist überfordert«, bestätigte ich bereitwillig. »Ich brauche eine Information, die Lola nicht gespeichert hat. Stichwort Banksville.«

Mein alter Kollege wiegte sein weißes Haupt. »Banksville? Ist das nicht ein Nest in Virginia?«

»Genau!« Ich spürte die jähe Spannung bis in die Fingerspitzen. Old Neville ist wirklich durch nichts zu ersetzen.

»Hmm, hmm! Also euer vielgerühmtes Blechgehirn muß passen, wie? Ist ja auch kein Wunder. Der Kunde, der sich Banksville als Ruhesitz auswählte, hat nach außen hin eine blütenweiße Weste.«

»Und deshalb genießt er die Segnungen des Datenschutzes?«

»Du sagst es, mein Junge. Nur kann mich der ganze Datenschutz nicht daran hindern zu wissen, was ich weiß. Und ich weiß, daß der Kerl ein dreimal verdammter Gangster ist, auch wenn er nie in seinem Leben angeklagt, geschweige denn verurteilt wurde.«

Die vage Erinnerung, die in meinem Kopf rumorte, nahm allmählich Gestalt an. Meine Haarwurzeln kribbelten vor Ungeduld.

»Neville . . .«

»Immer mit der Ruhe! Diese ungesunde Hast beeinträchtigt doch nur die Denkfähigkeit. Aber so ist das mit euch jungen Hüpfern. Ihr verlaßt euch auf Computer statt auf eure grauen Zellen und ...«

»Neville!«

»Ist ja schon gut. Also, der Betreffende heißt Joffrey Ingram, begann seine Karriere vor dreißig Jahren hier in New York ...«

Ingram! Jetzt hatte ich es.

»... und setzte sich vor etwa zwölf Jahren in Banksville zur Ruhe«, vollendete Neville. »Er hatte Familie: Frau, Sohn und einen Bruder. Ob die alle mitgezogen sind, kann ich nicht sagen. Aber jedenfalls gelang es Ingram hier in New York, seine Organisation aufzulösen, ohne Schwierigkeiten zu bekommen. Was bei seinem Beruf ja durchaus nicht selbstverständlich ist.«

»Und er lebt immer noch in Banksville?«

»Keine Ahnung. Ich weiß nur, daß damals alles für einen ernstgemeinten Rückzug vom harten Geschäft sprach.«

Das war inzwischen auch mir wieder eingefallen. Joffrey Ingram hatte, ohne je der Mafia anzugehören, eine ungewöhnlich erfolgreiche Gangsterkarriere gemacht. Als er sich damals mit seinen Millionen sozusagen ins Privatleben zurückzog, war das eine krasse Niederlage für die Polizei gewesen.

Selbst erfolgreiche Gangster scheitern am Ende meistens an ihrer unersättlichen Gier. Oder an der Tatsache, daß Komplizen und Konkurrenten ihnen nicht erlauben, die Fäden zu kappen. Ingram hatte es geschafft. Unter anderem dadurch, daß er scheinbar nur sein Betätigungsfeld verlegte, einen Teil seiner Leute mitnahm und ihnen ein luxuriöses Leben ermöglichte.

In New York war er vergessen worden, weil er für seine Zunftkollegen offenbar keine Gefahr darstellte. Und in Banksville mußte er sich als vorbildlicher Bürger verhalten haben. Auf jeden Fall nicht als Gangster, denn das hätten wir von Sheriff Stallone erfahren. Es sei denn, dieser Sheriff war bestechlich, was ich rein gefühlsmäßig nicht glaubte.

Ich bedankte mich bei Neville, ging in unser Office zurück und hängte mich noch einmal ans Telefon.

Etwas Neues konnte mir Mart Stallone nach so kurzer Zeit natürlich nicht berichten. Auch Charly Trask war noch nicht bei ihm aufgetaucht. Aber die Frage nach Joffrey Ingram beantwortete er wie aus der Pistole geschossen.

Der Exgangster lebte immer noch in Banksville.

Und zwar auf einem Landsitz namens Raintree Manor – jenem Anwesen, in dessen Nähe es angeblich spuken sollte.

Charly Trask kannte sich immer noch gut genug in Banksville aus, um den Weg nach Raintree Manor auf Anhieb zu finden.

Früher hatte der Landsitz einem Senator gehört, der ihn als ländliches Wochenend-Domizil benutze. Wer jetzt dort wohnte, wußte Charly Trask aus dem Brief, der in der Innentasche seines Jacketts knisterte. Er wußte auch, wo die Leiche seines Neffen gefunden worden war: An der Stelle, wo die Privatstraße nach Raintree Manor in die Verlängerung der Main Street nach Banksville mündete.

Trask nahm die Abzweigung und brachte den blauen Dodge ein paar Yards weiter zum Stehen. Gipsspuren und ein rot-weißer Wimpel, der von einer Absperrung stammte, verrieten noch die Arbeit der Mordkommission. Auf dem unbefestigten Weg hatte die Lage der Leiche wohl nicht markiert werden können. Falls doch, so war davon jedenfalls nichts mehr zu sehen. Charly stieg aus, ging ein paar Schritte und betrachtete den staubigen Boden.

Geregnet hatte es in Banksville offenbar seit Tagen nicht. Trask griff in die Tasche, schob sich mechanisch ein Streichholz zwischen die Zähne und kaute heftig darauf herum. Er fragte sich, ob er keinen Fehler gemacht, nicht zu übereilt reagiert hatte. Was sollte er tun? Nach Raintree Manor marschieren und den Brief auf den Tisch knallen? Es gab zwei Möglichkeiten. Entweder die Beweise, von denen Billy schrieb, existierten schon nicht mehr – dann würde man ihn, Charly Trask, schlichtweg auslachen. Oder aber Billy hatte richtig gelegen, und dann würde es äußerst schwierig sein, Raintree Manor mit heiler Haut wieder zu verlassen.

Du wirst leichtsinnig, alter Junge, sagte sich Charly Trask.

Vielleicht lag das einfach daran, daß er in die Jahre kam. Schmerz und Zorn über Billys Tod konnten nicht allein dafür verantwortlich sein.

Es war schon Leichtsinn – und zugegebenermaßen Dummheit – gewesen, auf dem Pier in Aldo Kovacs Falle zu laufen.

Trask fuhr sich mit der Hand durch das schüttere Haar. Nachträglich erschien ihm die Idee gar nicht mehr so gut, spornstreichs nach Banksville zu reisen. Und die Idee, Raintree Manor zu besuchen, war sogar ausgesprochen blödsinnig. Was hatte ihn eigentlich dazu gebracht? Das Gerede dieses hageren Chefredakteurs, ja. Aber der Kerl war ihm ohnehin auf den ersten Blick unsympathisch gewesen.

Charly Trask spuckte das angekaute Streichholz aus.

Seine Brauen zogen sich zusammen. Von einer Sekunde zur anderen wurde ihm bewußt, daß er sich in eine ziemlich einsame Gegend hatte locken lassen. Und daß er ausgerechnet hier anhalten und aussteigen würde, konnte sich jeder, der über den Fall Bescheid wußte, an den Fingern einer Hand abzählen.

Plötzliche Unruhe ließ Charlys Haarwurzeln kribbeln.

Wie einen kalten Hauch glaubte er die Gefahr zu spüren. In seinem Schulterholster steckte eine Ersatzwaffe, eine handliche Beretta. Mechanisch knöpfte er den Trenchcoat auf, während sein Blick in die Runde ging. Glänzende Buchenstämme, Gestrüpp und junge Schößlinge, ansteigendes Gelände, das immer wieder von Felsen unterbrochen wurde ...

Brüniertes Metall schimmerte.

Eine Schrecksekunde lang verharrte Trask wie gelähmt. Als er sich herumwarf und in die Deckung seines Wagens hechten wollte, war es zu spät.

Grell flammte der Mündungsblitz auf.

Charly Trask spürte nur noch den harten Schlag, der seine Brust traf und ihn wie eine unsichtbare Gigantenfaust zurückschleuderte.

Wir erhielten die Hiobsbotschaft am späten Nachmittag.

Bis dahin hatten wir alle möglichen Maßnahmen eingeleitet, deren Erfolg oder Mißerfolg sich erst später zeigen würde. Billy Trasks Tod war zunächst einmal Sache des Sheriffs und der zuständigen Mordkommission. Charly Trask konnten wir wegen des Verdachts der Unterschlagung von Beweismaterial auf die Zehen treten. Aber erst wenn er wieder auftauchte. Inzwischen hatten wir auch noch andere laufende Fälle zu bearbeiten. Zum Beispiel die Wertpapiersache, die allerdings ebenfalls in einer Sackgasse steckte.

Um 17.30 Uhr klingelte das Telefon.

Phil griff nach dem Hörer. Er wollte den Lautsprecher

einschalten, doch seine Linke blieb auf halbem Weg in der Schwebe. Ich sah, wie das Blut aus seinem Gesicht wich.

»O verdammt«, flüsterte er.

Immer noch dachte er nicht daran, den Lautsprecher einzuschalten. Nach ein paar Sekunden warf er den Hörer auf die Gabel. »Charly ist tot«, sagte er tonlos.

»Nein!«

»Er ist tot, Jerry. Erschossen an derselben Stelle, an der die Leiche seines Neffen gefunden wurde.«

»Also in der Nähe von Raintree Manor?«

Phil nickte bestätigend. Ich grub die Zähne so hart in die Unterlippe, daß es schmerzte. Ingram, dachte ich. Billy mußte etwas aus Ingrams Vergangenheit ausgegraben haben. Und Billy hatte die Gefahr erkannt – deshalb der Brief. Der Junge war gefoltert worden, bis er alles preisgab. Nur eine winzige Kleinigkeit hatte er verschwiegen, vielleicht nicht einmal absichtlich: daß der Brief zwar Charly Trasks Namen, aber die Adresse seiner Freundin trug. Ich nahm an, daß die Gangster einfach nicht an eine solche Möglichkeit gedacht und deshalb auch nicht danach gefragt hatten.

»Es gibt keine Beweise«, sagte Phil, als habe er meine Gedanken gelesen.

»Natürlich nicht«, knurrte ich. »Aber ich kann zwei und zwei zusammenzählen.«

»Trotzdem, Jerry! So glatt ist die Sache nicht. Kannst du mir zum Beispiel erklären, warum ein Mann wie Joffrey Ingram sein Opfer beinahe vor der eigenen Haustür abgeladen haben sollte?«

»Weil ihm die Zeit auf den Nägeln brannte! Weil er nicht ahnen konnte, daß die Post zwei Tage brauchen würde! Weil er sich zur Ruhe gesetzt und in seinem Dorf einfach nicht genug Leute zur Verfügung hat! Sein Problem war nicht die Leiche, sondern der Brief. Und den hat ihm Charly ja jetzt frei Haus geliefert.«

»Was ich ebenfalls nicht verstehe«, beharrte Phil. »Ein Mann wie Trask stürmt doch nicht los wie ein wütender Bisonbulle, um ...«

»Dann ist er eben nicht losgestürmt, sondern wollte sich den Platz anschauen, an dem Billys Leiche gefunden wurde.«

»Und woher wollten seine Mörder das wissen?«

»Genau das ist der Punkt, wo wir ansetzen werden«, sagte ich grimmig. Dabei griff ich bereits zum Telefonhörer und wählte die Nummer des Chefs. »Also beweg deine morschen Knochen und ... Entschuldigung, Sir, damit waren nicht Sie gemeint. Wir haben eben die Nachricht bekommen, daß Charly Trask ermordet wurde.«

Fünf Minuten später saßen wir Mr. High in seinem Office gegenüber.

Ich bemühte mich um einen sachlichen Bericht, der sich auf die Tatsachen beschränkte. Sie waren alles in allem dürftig. Auch mein Verdacht gegen Joffrey Ingram nahm sich in diesem Licht nicht so überzeugend aus, wie er mir erschien.

Trotzdem stimmte Mr. High mit mir darin überein, daß der Schlüssel zur Lösung des Rätsels in Banksville liegen mußte.

»Irgendwelche Vorschläge?« fragte er knapp.

»Wir sollten es zweigleisig versuchen. Phil ganz offiziell als FBI-Agent, ich inkognito in der Rolle – sagen wir eines neugierigen Handelsvertreters. Das gäbe mir eine unverfängliche Möglichkeit, an jeder beliebigen Tür zu klingeln, mich überall umzuhören ...«

»Gut, Jerry. Ich schlage vor, daß Phil sofort aufbricht, während Sie bis morgen früh warten. Es wäre nicht ratsam, wenn Sie beide zur selben Zeit dort eintreffen.«

»Einverstanden, Sir. Ich habe ohnehin noch etwas zu erledigen.«

Der Chef begriff sofort. »Miss Foster, nicht wahr?«

Ich nickte. Meine Kehle war wie zugeschnürt. Aber es gibt Dinge, vor denen man sich nicht drücken kann. Ich mußte zu Shiralee Foster gehen und ihr sagen, daß Charly nicht mehr lebte.

Als wir wenig später das Chefbüro verließen, fühlte ich mich so elend wie selten.

Die Gestalt glitt als blasser Schemen über die weite, von Mondlicht übergossene Rasenfläche.

Das Gesicht war starr und fahl, wie aus Elfenbein geschnitten. Aus dem lose aufgesteckten Haar hatten sich einzelne helle Strähnen gelöst und flossen um die schmalen Schultern. Das lange weiße Gewand bauschte sich im leichten Wind. Es wehte wie ein Schleier ...

Lautlos huschte die Frau zu den hohen alten Ahornbäumen hinüber, die den gewundenen Weg säumten. Hier war es dunkler. Nur vereinzelt drangen die dünnen silbernen Pfeile des Mondlichts durch die Baumkronen. Laub raschelte. Einmal knackte ein Zweig. Die Frau in Weiß erstarrte, blieb lauschend stehen und atmete erst nach Sekunden vorsichtig aus.

Zielstrebig huschte sie auf das schmiedeeiserne Tor zu.

Sie wußte, daß es verschlossen war. Immer war es verschlossen. Aber eines Tages würde sie es offen finden. Und dann ...

Sie schloß die Augen und blieb erneut stehen.

Bilder brannten hinter ihren Lidern. Schreckliche Bilder. In Gedanken erlebte sie von neuem, wie es geschah – damals. Sie sah die Gesichter, beide verzerrt, beide gezeichnet von dem gleichen Ausdruck ungläubigen Entsetzens. Sie spürte wieder die Umgebung verschwimmen, spürte alles versinken, bis nichts mehr existierte außer diesem einen, für immer aus der Zeit gemeißelten Augenblick, diesem grauenvollen Moment, als sie den Mörder und das Opfer erkannte ...

Ein Zittern durchlief die abgemagerte Gestalt der Frau.

Als sie die Lider hob, lag ein fremder, unnatürlicher Glanz in ihren Augen. Wie von unsichtbaren Fäden gezogen, ging sie auf das Tor zu. Jetzt hörte sie die Geräusche in dem nächtlichen Park nicht mehr und nahm die Bewegung nicht wahr, die links und rechts des Weges entstand. Erst als die beiden großen, breitschultrigen Männer aus dem Dunkel auf sie zutraten, fuhr sie zusammen.

»Kommen Sie, Lady!« murmelte der Ältere und griff sanft nach ihrem Arm.

»Nein ...«

»Aber Lady! Sie können doch nicht im – eh – Nachthemd spazierengehen.«

»Nein ...«

Sie wiederholte das Wort, monoton und sinnlos. Die beiden Männer wußten, daß sie nichts wahrnahm und nicht zuhörte. Als sie über den Weg zurück zum Haus geführt wurde, machte sie einen schwachen Versuch, sich zu wehren. Aber ihr Widerstand erlahmte schon nach Sekunden.

»Nein«, wiederholte sie nur immer wieder. »Nein ... Nein ...«

Die beiden Männer lächelten beruhigend und ließen sich nicht anmerken, was sie wirklich dachten.

Banksville in Virginia sah aus wie hundert andere amerikanische Kleinstädte auch.

An der Hauptstraße lagen die üblichen Geschäfte und

das, was man hier für Nachtleben hielt, an den Seitenstraßen die Häuser der alteingesessenen Bürger, jenseits des Bahndamms ein bißchen Industrie und ein tristes Wohnviertel, das allerdings in keiner Weise die Bezeichnung Slum verdiente. Schule, Rathaus, Lokalzeitung und Hotel gruppierten sich um die Kirche. Wer eins dieser Städtchen kennt, kennt alle. Und ich kenne zumindest eins besonders gut, weil ich dort aufgewachsen bin: Harpers Village in Connecticut.

Meinen Jaguar hatte ich gegen einen angejahrten Plymouth ausgetauscht. Auf dem Rücksitz lag ein schwarzer Musterkoffer, der mit Proben eines bestimmten Reinigungsmittels vollgestopft war. »Wish-wash«, hieß das Wunderpulver, was mich nicht störte, weil ich den Namen nicht erfunden hatte.

Aus den dazugehörigen Prospekten ging hervor, was man damit reinigen konnte: So ziemlich alles, von Fenstern bis zum Auto, vom Hund bis zu den Kühen im Stall, von der Zimmerpflanze bis zum Traktor. Als vermeintlicher Handelsvertreter hatte ich vor allem die Haut- und Umweltfreundlichkeit, die Ergiebigkeit und Preiswürdigkeit des Produktes anzupreisen. Dinge, die die »Wish-wash«-Leute in den Prospekten nicht erwähnten, weil sie sich wohl lieber nicht so genau darauf festlegen wollten.

Inzwischen hatte das atlantische Tief auch Banksville erreicht. Ich schnappte mir mein Köfferchen und die Reisetasche und hastete durch den Regen zum Hotel hinüber. Es hatte einen hölzernen Verandavorbau und als einzige Reklame ein schon leicht verblichenes Schild mit der Aufschrift *Banksville Palace and Grillroom*. Mühsam wühlte ich mich durch einen staubigen Filzvorhang.

Die Rezeption war winzig. Links führte ein offener Durchgang aus soliden Eichenbalken in die gemütliche

Gaststube. Rechts lag als modernste Errungenschaft des Hauses die Hotelbar hinter einer breiten Glastür. Der kurze Anflug von Neugier im Gesicht des Portiers erlosch, nachdem ich mich als Jerry Cattler, Handelsvertreter, eingetragen hatte. Handelsvertreter gehörten offenbar nicht zu den Kunden, die Aufmerksamkeit und guten Service erwarten durften.

Ich untersuchte zunächst mein Zimmer.

Ein paar Tage wolle ich bleiben, hatte ich gesagt. Erst mal auf besseres Wetter warten! Bei diesem Regen ließen einen die Leute ja doch nur vor der Haustür stehen, weil sie niemand mit nassen Schuhen auf ihren Teppichen haben wollten.

Dem Portier war das gleichgültig. Immerhin würde er sich nicht darüber wundem, daß ich mich eine Weile im Hotel herumdrückte, statt sofort mit dem Musterkoffer loszuziehen. Ich entschied mich für die Gaststube, wo auch jetzt am Nachmittag reger Betrieb herrschte. Das Geruchsgemisch nach Holz, Pfeifentabak und feuchten Mänteln wirkte anheimelnd – jene besondere Art von Männerbehaglichkeit, die man heutzutage fast nur noch auf dem Lande findet. Ich suchte mir eine ruhige Ecke, bestellte Kaffee und sah mich um.

Am Nebentisch wurde um Streichhölzer gepokert. Das versetzte mir einen Stich, weil es mich an Charly Trask und seine Gewohnheit erinnerte, ständig auf solchen Hölzchen herumzukauen.

An der Theke standen ein paar Arbeiter in ölverschmierten Overalls und eine Reihe knorriger, bodenständiger Typen, in denen ich Farmer aus der Umgebung vermutete. Die etwas grobknochige brünette Frau, die Bier zapfte und Whisky ausschenkte, trug ein Kleid, das noch aus der Pionierzeit zu stammen schien. Auch die hübsche Serviererin wirkte eher schulmädchenhaft als sexy. Die gemütliche, verräucherte Gaststube war offenbar ein Ort, an dem sich solide Familienväter trafen, denen man gewisse Anfechtungen des Lebens besser ersparte.

Das Gespräch drehte sich um die beiden Morde.

Das war zu erwarten gewesen, und deshalb saß ich hier. Jedermann hatte Billy Trask gekannt. An seinen Onkel erinnerten sich auch noch einige der Anwesenden. Ein Teil von ihnen, das hörte ich rasch heraus, war offenbar überzeugt, daß die Erklärung für die Ereignisse nicht in Banksville zu suchen sei, sondern im fernen Sündenbabel New York.

Aber es gab auch eine andere Version. Etwas, das Sheriff Stallone nur beiläufig erwähnt hatte, als Kuriosität, und das hier zumindest ein paar Gemüter erhitzte.

Die weiße Dame!

Die weiße Dame von Raintree Manor.

»Und ich sage euch, daß sie es war, die Billy geholt hat!« dröhnte einer der Farmer, offenbar schon angetrunken, und schlug mit der Faust auf die Theke.

Gelächter antwortete ihm. Mutmaßungen über »moderne« Gespenster wurden laut, die mit höchst echten Pistolen bewaffnet herumspukten. Aber als ich die Gesichter betrachtete, wurde mir klar, daß das Gelächter nicht in allen Fällen ganz echt war. Unter den Bewohnern von Banksville gab es zweifellos so manchen, der darauf geschworen hätte, daß die geheimnisvolle weiße Dame wirklich existierte.

»Homer hat sie gesehen«, beharrte jemand.

»Klar, im Säuferwahn«, erwiderte ein anderer grinsend.

»Das behauptest du! Und ich behaupte, daß Homer Willies gar nicht so viel Schnaps zusammenschnorren konnte, um weiße Mäuse oder weiße Damen zu sehen, die in Wirklichkeit nicht da waren. Mittags hatte er bei Olsens Witwe Holz gehackt. Als der Deputy ihn abends aus der Grünanlage verscheuchte, nuckelte er immer noch an ihrem Selbstgebrannten. Und sie rückt nie mehr als eine Flasche heraus, das wißt ihr genau.«

Für einen Moment kehrte Schweigen ein.

Ich schloß aus dem Gespräch, daß es sich bei Homer Willies um den Tramp handelte, der Billy Trasks Leiche gefunden hatte. Daß er dabei Banksvilles Dorfgespenst gesehen haben wollte, war mir neu. Wahrscheinlich hatte es Sheriff Stallone am Telefon nicht erwähnt, weil es ihm zu lächerlich erschien.

»Also nach einer Flasche von Olsens Selbstgebranntem ist Homer auf jeden Fall nicht so abgefüllt, daß er seine fünf Sinne nicht mehr beisammen hätte«, sagte einer der Männer an der Theke.

»Eben! Und was folgt daraus?«

Die Reaktion reichte von schallendem Gelächter über Bemerkungen zum Geisteszustand des Sprechers bis zu beklommenem Schweigen. Ich bestellte noch einen Kaffee und einen Cognac dazu. Natürlich nahm ich das Gerede über die spukende weiße Frau nicht ernst. Aber ich gewann den Eindruck, daß dieser Homer Willies möglicherweise mehr gesehen hatte als eine Leiche auf einem Waldweg.

Ich hörte noch eine Weile zu. Dann wechselte ich zur Theke hinüber. Ein Handelsvertreter, dem die Berufsaussichten verregnet waren, durfte neugierig sein. Außerdem hatte ich Glück. Die Ereignisse waren für Banksville so ungewöhnlich, daß sich die Einheimischen ausnahmsweise bereit fanden, sogar einen Fremden recht schnell in ihre Debatte einzubeziehen.

Behutsam lenkte ich das Gespräch auf die Themen, die mich interessierten. Aber es kam nicht viel dabei heraus.

Über Joffrey Ingram, den Besitzer von Raintree Manor, wußten die Leute fast nichts. Billy Trask, den sie seit seiner Kindheit kannten, hatte bisher in der Zeitung nie über etwas Aufregenderes berichtet als die Jahresversammlungen der Farmervereinigung, die Bürgermeisterwahl oder die Tätigkeit des Hausfrauenverbandes. In Banksville gab es nichts Aufregendes. Ich begriff allmählich besser, warum sich Mart Stallone und seine Kollegen mit der Aufklärung der beiden Morde so offensichtlich überfordert fühlten.

Als ich die Eingangstür des Hotels quietschen hörte, war ich gerade zu dem Schluß gelangt, daß ich hier meine Zeit vergeudete.

Mechanisch wandte ich den Kopf. Der offene Durchgang gab den Blick in die kleine Rezeption frei. Ich erkannte die schlanke Gestalt, die auf den Portier zusteuerte, und hatte Mühe, nicht sichtbar zusammenzuzucken.

Shiralee Foster!

Sie hielt einen kleinen Koffer in der Hand, trug einen hellen Regenmantel, und das blonde Haar hing ihr feucht auf die Schultern. Ich wußte nicht, was sie in Banksville wollte. Aber nun mußte ich etwas unternehmen, wenn mein Inkognito nicht wie eine Seifenblase platzen sollte.

Phil Decker hatte sich im zweiten, kleineren und mangels Tanzbar ruhigeren Hotel des Städtchens einquartiert.

Sheriff Mart Stallone entpuppte sich als Mann, der seine Sache verstand. Es war kein Zufall, daß er in seiner ganzen Art an gewisse altgediente Cops erinnerte. Tatsächlich hatte er 20 Jahre lang bei der City Police in Philadelphia gearbeitet, bevor er in seine Heimatstadt zurückkehrte.

Unter anderem überraschte er Phil damit, daß der Tatort so gut wie unverändert geblieben war, nachdem der G-man sein Kommen angekündigt hatte.

Charly Trasks Leichnam lag noch dort, wo er von zwei Waldarbeitern gefunden worden war. Phil stellte fest, daß auch die Mordkommission aus der Nachbarstadt gute Arbeit leistete. Spuren gab es nicht, weder Fußabdrücke noch Patronenhülsen. Charly Trask war mit einem Jagdgewehr erschossen worden – einer Waffe, wie sie in dieser Gegend zu jedem zweiten Haushalt gehörte. Und den Brief seines Neffen, diesen verhängnisvollen Brief, um den sich alles drehte, hatte er natürlich nicht mehr bei sich.

Den Morgen benutzte Phil dazu, mit den beiden Waldarbeitern zu sprechen, die bisherigen Ermittlungsergebnisse zu studieren und sich ganz allgemein einen Überblick über die Verhältnisse zu verschaffen.

Mart Stallone erwies sich dabei als erstklassige Hilfe. Der Sheriff mit der Holzhackerfigur und den Schaufelhänden hatte ein durchaus funktionsfähiges Gehirn unter seiner eisengrauen Haarbürste. Er lieferte auch eine einleuchtende Erklärung dafür, daß Charly Trask in keinem der beiden Hotels von Banksville abgestiegen war.

»Trask hatte den Brief und war stinkwütend«, meinte er. »Mal angenommen, in diesem Brief stand wirklich etwas über Raintree Manor und Joffrey Ingram. Da könnte Ihr Privatdetektiv doch gleich in die Höhle des Löwen marschiert sein, oder?«

»Aus zwei Gründen unwahrscheinlich«, wiedersprach Phil. »Erstens war Charly Trask ein intelligenter Mensch. Zweitens steht seine Todeszeit ziemlich genau fest, ebenso wie die Zeit, zu der er in New York gestartet ist. Wenn wir die Fahrt von New York nach Banksville und dem Tatort zusammenrechnen, bleibt eine knappe Stunde, über die wir nichts wissen.«

»Er kann in seinem Wagen gesessen und überlegt haben. Oder vielleicht ist er unterwegs an einer Baustelle hängengeblieben.«

»Überlegen konnte er während der Fahrt. Und das mit der Baustelle werden wir gleich haben.«

Phil rief die State Police an – genauer die Highway Patrol.

Ergebnis: Es gab keinen vernünftigen Grund anzunehmen, daß Charly Trask auf der Fahrt von New York nach Banksville eine Stunde lang aufgehalten worden war.

»Das heißt, er hat hier etwas unternommen, bevor er in Richtung Raintree Manor gefahren ist«, stellte Phil fest.

»Hmm! Sieht so aus. Ich nehme an, er hat jemand besucht, von dem er sich am ehesten Auskünfte versprach. Und das wäre ...«

»... Billys Arbeitgeber«, vollendete Phil. »Beziehungsweise sein direkter Vorgesetzter, nämlich der Chefredakteur der Zeitung. Wie heißt er, und wo kann ich ihn finden?«

Stallone grinste. »Er heißt Guy Gillespie. Und das Gebäude des Banksville Morning liegt genau gegenüber. Soll ich Sie begleiten?«

Phil verzichtete darauf, weil er es günstiger fand, daß sich der Sheriff von Banksville vorerst nicht zu sehr exponierte.

Eine Viertelstunde später marschierte der G-man mit hochgeschlagenem Mantelkragen durch den Regen, wies in der Geschäftsstelle der Zeitung seinen Ausweis vor und verlangte, den Chefredakteur zu sprechen.

Auch Phil fand Guy Gillespie auf Anhieb unsympathisch.

Mit der leicht geduckten Haltung und dem hageren Gesicht wirkte der Bursche verschlagen und lauernd.

Seine Stimme hatte einen metallischen Klang, der nicht zu dem eher salbungsvollen Tonfall paßte.

Natürlich habe er Zeit, versicherte Gillespie. Dieser schreckliche Mord müsse schließlich aufgeklärt werden. Billy Trask sei ein so netter Junge gewesen. Unfaßbar, das Ganze – wirklich!

»Wir werden den Mord an Billy aufklären«, versprach Phil grimmig. »Und auch den Mord an Charly Trask. Er war bei Ihnen, nicht wahr?«

»Wer? Billy?«

»Sein Onkel«, verbesserte Phil. »Charles William Trask, Privatdetektiv aus New York.«

Gillespie nickte. »Ich kenne ihn flüchtig. Natürlich habe ich auch gehört, daß er ermordet wurde. Aber ich verstehe nicht, was Sie auf die Idee bringt, daß er hier war.«

»Logik, Mr. Gillespie. Oder finden Sie es nicht logisch, daß sich Trask bei seinen Ermittlungen zunächst einmal an Billys Chef gewandt hat?«

Guy Gillespie schluckte. Er hatte schmale, scharf gezeichnete Brauen, die ab und zu blitzartig hochzuckten.

»Ich wünschte, er hätte es getan«, sagte er. »Dann wüßte ich jetzt sicher mehr – was für meine Zeitung sehr positiv wäre. Aber leider muß ich Sie enttäuschen. Ich habe Charles Trask seit mehr als zehn Jahren nicht mehr gesehen.«

Gillespie lächelte ausdruckslos. Phil spürte, daß er log. Oder doch nicht? Auf jeden Fall wäre er das Risiko einer Lüge sicher nicht eingegangen, wenn die Hälfte der Zeitungsbelegschaft Charly Trask bei seinem Besuch gesehen hätte.

Der G-man stellte noch eine Reihe von Fragen, die sich auf Billy Trasks Arbeit bezogen. Er erhielt nur ausweichende Antworten, mit denen er nichts anfangen konnte. Guy Gillespie war aalglatt. Er gab sich keine Blöße. Phil blieb nichts anderes übrig, als schließlich aufzugeben. Scheinbar gelassen verabschiedete er sich, wandte sich zur Tür – und dabei streifte sein Blick zufällig über den Teppich.

Fast hätte er durch die Zähne gepfiffen.

Deutlich sah er die drei Streichhölzer auf dem Boden. Verbogene, angekaute Streichhölzer! Und Phil kannte nur einen Menschen mit der Gewohnheit, ständig auf Streichhölzern herumzukauen: Charly Trask ...

Ich hatte Kaffee, Cognac und Bier bezahlt, um mich unauffällig zu verdrücken.

Wenn ich nicht schnell handelte, brachte Shiralee Fosters Auftauchen unseren ganzen Einsatz in Gefahr. Mit ihrem Köfferchen war sie nach oben verschwunden. Ich hoffte, sie in dem Zimmer zu erwischen, dessen Nummer mir ein kurzer Blick verriet. Welchen Schlüssel der Portier vom Brett nahm, hatte ich von der Gaststube aus sehen können. Jetzt wollte ich mit dem Aufzug nach oben fahren – zu spät.

Die Kabine kam schon wieder herunter.

Shiralee hatte nur ihren Koffer abgestellt, den Mantel ausgezogen und das regenfeuchte Haar im Nacken zusammengebunden. Ein schlichtes schokoladenbraunes Jerseykleid betonte locker ihre Figur und hob den Kontrast zwischen dem blonden Haar und den dunklen Augen hervor. Ihr Blick erfaßte mich sofort, als sie den Aufzug verließ. Die geschwungenen Brauen kletterten in die Höhe. Aber sie war nicht der Typ, der unüberlegt reagiert oder leicht Überraschung zeigt.

Ich biß mir auf die Lippen.

In die Gaststube konnte ich unmittelbar nach meinem Abgang schlecht zurückkehren. Ein vertrauliches Gespräch unter den Augen des Portiers verbot sich ebenfalls. Aber ich mußte mit Shiralee reden. Sie machte ein paar unsichere Schritte. Ich rang mir ein joviales Grinsen ab.

»Hallo, Lady! Wollten Sie etwa auch gerade einen Drink an der Bar nehmen?«

Der Portier verzog abfällig die Mundwinkel ob meines plumpen Annäherungsversuchs.

Im nächsten Moment zweifelte er an seinem Weltbild, weil die attraktive Blondine mein Vertreter-Lächeln erwiderte.

Shiralee begriff schnell. »Ja«, stimmte sie zu. »Genau das hatte ich vor.«

»Darf ich Sie einladen?«

»Ich lasse mich nicht einladen. Aber ich kann Sie natürlich nicht daran hindern, sich neben mich zu setzen.«

Der Portier sah uns verdattert nach und konnte offenbar nicht recht entscheiden, ob ich mir nun eine Abfuhr eingehandelt oder eine Eroberung gemacht hatte.

Ich hielt Shiralee die breite Glastür auf. In der Bar spielte ein Tonband. Trotz der frühen Stunde suchten vereinzelte jüngere Paare auf der Tanzfläche Tuchfühlung. Bunte Plastikfolie hielt das Tageslicht draußen. Es gab viel Chrom, Spiegelglas und schwarzen Kunststoff. Das Hotel leistete sich zwar keine Lichtorgel, bemühte sich jedoch redlich, einen Hauch von Disco-Flair für die Jugend zu erzeugen.

Shiralees Mundwinkel zitterten unmerklich, als sie auf den Barhocker glitt.

Ihre Beherrschung war nur ein dünner Firnis. Ich bestellte Whisky pur, weil ich das Gefühl hatte, daß sie ihn vertragen konnte.

»Mein Name ist Jerry Cattler«, sagte ich. »Handelsvertreter in Reinigungsmitteln.«

Sie nickte nur. Wie gesagt, sie begriff schnell. Von dem Whisky nahm sie einen tiefen Schluck. Ich wartete, bis der schläfrige Keeper außer Hörweite war.

»Warum sind Sie hier, Shiralee?« fragte ich leise.

Sie antwortete nicht. In ihren warmen braunen Augen lag plötzlich ein harter Glanz. Ich spürte einen unangenehmen Druck im Magen.

»Shiralee! Ich weiß, wie Ihnen zumute ist, aber ...«

»Wissen Sie das wirklich? Ich habe Charly geliebt, Mr. Co ...«

»Ich heiße Jerry.« Meinen fingierten Nachnamen würde sie sich in ihrem augenblicklichen Zustand ohnehin nicht merken können.

»Entschuldigung, ich vergaß ... Ich werde mich zusammennehmen.« Sie hob den Kopf und sah mich voll an, immer noch mit diesem harten Glanz in den Augen. »Ich habe ihn geliebt, Jerry. Er bedeutete alles für mich. Vielleicht verstehen Sie das nicht. Für Sie war er nur ein alternder Privatdetektiv, der ...«

»Er war mein Freund«, sagte ich leise.

»Wirklich? Aber Sie kennen ihn nicht so, wie ich ihn kenne. Wissen Sie, daß ich rauschgiftsüchtig war, als wir uns trafen? Er hat mich aus der Gosse geholt. Er hat dafür gesorgt, daß ich vom Heroin loskam. Er hat mir einen Job und die Wohnung verschafft. Und er wollte nichts dafür, gar nichts. Er wollte auch nicht, daß andere davon erfuhren. Ich liebte ihn vom ersten Moment an. Aber ich habe fast ein Jahr gebraucht, um ihn davon zu überzeugen, daß es wirklich Liebe war und nicht Dankbarkeit.«

Sie stockte abrupt und trank rasch noch einen Schluck Whisky. Ihre schmalen Finger umspannten das Glas so fest, daß die Knöchel hervortraten.

»Und jetzt, Shiralee?« fragte ich.

Sie preßte die Lippen zusammen. Ihre braunen Augen verschleierten sich, als senke sich ein Vorhang darüber.

»Nichts«, murmelte sie. »Ich möchte nur die Stadt sehen. Einfach so. Ich möchte die Stadt kennenlernen, in der Charly geboren wurde und in der er sterben mußte ...«

Mit einem Ruck leerte sie ihr Glas. Sagte sie die Wahrheit? Oder wollte sie versuchen, auf eigene Faust etwas herauszufinden? Ich war nicht sicher. Aber ich kam nicht dazu, noch eine Frage zu stellen.

»Darf ich bitten?« erklang eine Stimme hinter uns.

Das Tonband spielte Blues. Ein rothaariger, etwas schlaksiger junger Mann verbeugte sich höflich. Für mich wirkte seine Aufforderung zum Tanz in diesen Sekunden makaber. Shiralee jedoch atmete erleichtert auf, offenbar froh über die Unterbrechung.

Lächelnd nickte sie und rutschte vom Hocker.

Der Rothaarige strahlte. Kein Wunder, wenn ich den Rest der anwesenden Weiblichkeit betrachtete. Ein paar der kichernden Teenager waren recht niedlich, und im Alter paßten sie zweifellos zu dem Rotkopf, den ich auf knapp über zwanzig Jahre schätzte. Shiralee Foster dagegen hatte ein Format, das für grüne Jungen normalerweise unerreichbar bleibt.

Um so mehr überraschte es mich, daß sie den Rothaarigen nach zwei Tänzen mit an die Bar brachte. »Das ist Bob Shoon«, stellte sie vor. »Volontär beim Banksville Morning. Bob, das ist Jerry Cattler, ein Bekannter von mir.«

Meinen falschen Namen brachte sie glatt heraus. Dem Rotkopf schenkte sie ein freundliches Lächeln. Ich war sicher, daß sie sich nur aus einem einzigen Grund mit ihm befaßte: weil er an der Zeitung volontierte, bei der auch Billy Trask gearbeitet hatte. Mit gemischten Gefühlen sah ich auf die Uhr. Bis zur ersten Kontaktaufnahme mit Phil blieben noch zwei Stunden – Zeit genug, um herauszufinden, ob ich wirklich Grund hatte, mich um Shiralee zu sorgen. Außerdem interessierte mich der Volontär des Banksville Morning ebenfalls. Aber das beruhte mitnichten auf Gegenseitigkeit.

Er hatte nur Augen für Shiralee.

Ich störte ihn. Aber auch so hätte er sich wahrscheinlich auf kein Gespräch über die beiden Morde eingelassen. Journalisten lassen sich nicht gern in die Karten schauen. Und Bob Shoon war noch Volontär. Wenn er mit Absicht oder aus Versehen Informationen preisgab, die andere Zeitungen vielleicht noch nicht hatten, würde sein Chef ihm den Kopf abreißen.

Nur einmal wurde er gesprächiger: als Shiralee nach dem Verband an seinem Handgelenk fragte.

»Nichts weiter«, winkte er ab. »Bei uns ist das Archiv ausgebrannt. Ich wollte löschen helfen und war ein bißchen unvorsichtig.«

Ich hätte fast durch die Zähne gepfiffen. »Es hat gebrannt? Hier passiert ja eine Menge.«

»Kann man sagen. In unserem Archiv existiert fast nur noch verkohltes Papier.«

»Wann war das denn? Der Brand, meine ich.«

»In der Nacht, als Billy ermordet wurde. Merkwürdig, nicht? Man könnte meinen, all die Anschläge richteten sich gezielt auf ...«

Er stockte. Ich wußte, was er sagen wollte. Aus seiner Sicht war die Vermutung, daß es sich um Anschläge gegen die Zeitung handelte, nicht einmal so abwegig. Aber die Ereignisse in New York paßten nicht zu dieser Version.

Der rothaarige Volontär tanzte noch ein paarmal mit

Shiralee und trank zwischendurch ein paar Whisky zu viel. Schließlich entschuldigte sich Shiralee mit Kopfschmerzen und zog sich auf ihr Zimmer zurück. Bob Shoon sah ihr halb sehnsüchtig, halb selbstgefällig nach. Er konnte ja auch nicht ahnen, warum sie sich mit ihm abgegeben hatte.

Ich sah keinen Grund, ihn darüber aufzuklären.

Solange Shiralee bei ihm Informationen suchte, würde sie nicht in Gefahr geraten. Das dachte ich jedenfalls. Noch einmal versuchte ich, dem inzwischen leicht angesäuselten Volontär ein paar Einzelheiten zu entlocken. Aber er trank nur noch seinen Whisky aus, bevor er zahlte und die Hotelbar verließ. Verständlich, daß ihm Shiralees Gesellschaft besser gefallen hatte als meine.

Für mich wurde es außerdem Zeit. Ich war mit Phil in einem Drugstore verabredet: einem jener Urbilder amerikanischer Drugstores, die eine Mischung als Imbißbude und Kramladen darstellen. Dort versuchte ich – was sein muß, muß sein – zunächst einmal den Wirt von den unübertrefflichen Vorzügen des Allzweckreinigers Marke Wish-wash zu überzeugen. Phil verzehrte indessen einen Hamburger und verschwand nach einer Weile durch die Tür mit der Aufschrift Gents. Ich folgte ihm, nachdem der Wirt mir sehr deutlich gesagt hatte, was ich mit meinem Wish-wash tun könne.

Phil wartete in einem verwinkelten Hinterhof, in dem es nach Fritierfett und Heckenrosen roch.

Der Regen hatte aufgehört. Mein Freund bot mir eine Zigarette an. »Schweres Leben so als Vertreter, eh?«

»Du mich auch! Habt ihr den Brief gefunden?«

»Glaubst du an den Weihnachtsmann?«

»Reiz mich nicht! Es sind schon Handelsvertreter Amok gelaufen.« Ich wurde sofort wieder ernst. »Shiralee Foster ist in meinem Hotel aufgetaucht, Phil.«

»Charlys Freundin? Verdammt! Will sie etwa auf eigene Faust ...?«

»Sie behauptet, sich hier nur umsehen zu wollen. Hat sie sich mit Sheriff Stallone in Verbindung gesetzt?«

»Bisher nicht. Vielleicht traut sie ihm nicht – ihm oder der gesamten Polizei.«

»Kann man ihm trauen?«

»Stallone? Hundertprozentig!« Phil schnippte seine Zigarettenkippe in eine Pfütze. »Dafür habe ich jemanden entdeckt, dem ich für keine zwei Cent traue. Er heißt Guy Gillespie und ist Chefredakteur des Banksville Morning. Ich war bei ihm, weil ich annahm, daß Charly Trask ihn als ersten besucht hat. Der Kerl bestreitet das. Und ich glaube, er lügt. In seiner verlotterten Redaktion lagen nämlich ein paar angekaute Streichhölzer auf dem Teppich. Charly mag diese verrückte Angewohnheit des Streichhotzkauens zwar nicht für sich gepachtet haben, aber ...« Phil stockte.

Ich hatte spontan nach seinem Arm gegriffen. »Du meinst also, dieser Gillespie hat mit den Morden zu tun?«

»Ich meine zunächst einmal nur, daß er lügt, wenn er behauptet, Charly sei nicht bei ihm gewesen.«

»Und ich habe vorhin erfahren, daß in der Nacht von Billy Trasks Tod das Archiv des Banksville Morning ausgebrannt ist. Das Archiv, Phil! Dämmert es?«

Mein Freund kniff die Augen zusammen.

»Wir sind von der Theorie ausgegangen, daß Billy Trask auf einen dunklen Punkt in Joffrey Ingrams Vergangenheit gestoßen ist«, sagte er gedehnt. »Der Junge war nicht dumm, wie die Sache mit dem Brief beweist. Ingram gegenüber dürfte er vorsichtig gewesen sein. Gillespie hat er möglicherweise vertraut. Aber was ist, wenn Gillespie von Ingram geschmiert wird?«

Ich atmete tief durch. »So könnte es gewesen sein. Gillespie riecht Lunte und warnt Joffrey Ingram. Der läßt Billy foltern und umbringen, schickt Charly Trask die Gangster auf den Hals, schafft es jedoch nicht, den Brief zu erwischen. Und dann macht Charly den entscheidenden Fehler. Statt mit dem Brief zur Polizei zu gehen, fährt er nach Banksville, wendet sich dort ausgerechnet an Guy Gillespie als Billys Chef und wird prompt in die tödliche Falle geschickt.«

Phil nickte düster. »So muß es gewesen sein«, murmelte er. »Nur gibt es nicht den Schatten eines Beweises dafür. Und wie es aussieht, werden wir diesen Beweis auch nie erbringen können.«

»Abwarten! Du vergißt, daß auch unsere Gegner einen Fehler gemacht haben.«

»Und der wäre?«

»Der Brand im Zeitungsarchiv! Dadurch stoßen sie uns doch geradezu mit der Nase darauf, daß Billy Trask zumindest einen wichtigen Teil seiner Informationen in den alten Zeitungsbänden ausgegraben hat. Es kann nicht unmöglich sein herauszufinden, um was es sich handelte.«

»Richtig!« Phil schnalzte mit der Zunge. »Nach allem, was wir schon wissen, müßten wir es schaffen. Der Sheriff und ich, meine ich. Du kannst ja inzwischen Wishwash verkaufen.«

»Du sagst es. Aber hauptsächlich werde ich den Burschen auftreiben, der Billys Leiche gefunden hat.«

»Diesen Säufer?«

»Er heißt Homer Willies. Und er hat etwas gesehen.«

»Das Gespenst von Banksville, klar.« Phil grinste.

»Und wenn er hundertmal an Gespenster glaubt – irgend etwas hat er dort in den Wäldern gesehen. Ich will wissen, was es war. Dieser Frage ist Sheriff Stallone nämlich garantiert nicht nachgegangen.«

»Hmm. Da könntest du recht haben. Also dann viel Erfolg, Alter!«

Phil kehrte als erster wieder in das Drugstore zurück. Ich folgte ihm nach einer Weile. Zum Schein unternahm ich noch einen Versuch, dem Wirt wenigstens eine Probeflasche Wish-wash anzudrehen. Mit dem Erfolg, daß er drohte, gleich mit mir den Boden aufzuwischen, wenn ich nicht sofort verschwände.

Der Himmel weiß, daß Handelsvertreter kein leichtes Leben haben!

Shiralee Fosters Hotelzimmer ging nach vorn hinaus.

Sie konnte die Main Street überblicken. Noch war es hell genug, obwohl die Dämmerung an diesem trüben Tag früher als sonst hereinbrach. Der Regen hatte aufgehört. Vor der Schule mit den mächtigen Kastanien auf dem kiesbestreuten Hof sprangen ein paar Kinder unbekümmert in den Pfützen herum. Shiralee spürte Tränen in ihre Augen steigen. Sie wäre noch jung genug gewesen, um Kinder zu bekommen. Charly hatte nicht gewollt, weil er meinte, sein Beruf sei zu gefährlich, unzumutbar für eine Familie. Und jetzt ...

Shiralee schüttelte die Gedanken ab, als sie die Gestalt bemerkte, die aus dem Eingang des Hotels kam.

Bob Shoon winkte verstohlen zu ihr herauf, bevor er ein wenig schwankend zu seinem zerbeulten Kleinwagen ging. Der rothaarige Junge glaubte, eine Eroberung gemacht zu haben. Nur zu gern war er auf den Vorschlag eingegangen, den lästigen Handelsvertreter abzuschütteln.

Wenig später verließ auch der G-man das Hotel.

Shiralee biß sich auf die Lippen. Es war ihr schwergefallen, ihn zu belügen. Aber sie wollte freie Hand haben.

Sie wollte nicht als Zuschauerin abseits stehen. Charly hatte oft gesagt, daß es Fälle gab, in denen die Polizeimethoden nichts taugten. Er war immer ein Einzelgänger gewesen, der die Dinge allein und ohne Hilfe in die Hand nahm. Shiralee glaubte, es ihm schuldig zu sein, so zu handeln, wie er selbst es getan hätte.

Rasch öffnete sie ihren Koffer, stopfte Jeans, einen Pulli und bequemere Schuhe in einen handlichen Bastbeutel. Zuletzt legte sie die kleine spanische Astra-Pistole mit dem perlmuttverzierten Griff dazu, die Charly ihr einmal geschenkt hatte. Noch einmal warf sie einen prüfenden Blick auf die Straße. Dann zog sie den Mantel über, griff nach der Tasche und verließ das Zimmer.

Ihr Wagen, ein knallroter Rabbit, wartete auf dem Parkplatz hinter dem Hotel. Shiralee ließ den Motor an, rollte auf die Main Street und bog nach wenigen Minuten in eine Nebenstraße ein. Das kleine Lokal, das sie suchte, lockte mit einer roten Neonreklame, in deren Licht die Pfützen wie Blut glänzten. Shiralee schauerte, als sie den Wagen abstellte und die Stufen zum Eingang hinunterstieg.

Musik dröhnte ihr entgegen.

Eine Amateurband aus Banksville spielte alten New Orleans Jazz auf dem Podium. Sie spielte nicht besonders gut. Aber der Jazzkeller, den ein paar unternehmungslustige junge Leute hier in Eigenarbeit eingerichtet hatten, wirkte urgemütlich und bot mehr Atmosphäre als die sterile Hotelbar.

Bob Shoon hatte ein plüschiges altes Sofa freigehalten, das seine Vergangenheit in einer bürgerlichen Wohnstube nicht verleugnen konnte.

Der Volontär strahlte, als Shiralee neben ihn glitt. Er hatte inzwischen noch mehr getrunken. Kleine Schweißperlen glitzerten auf seiner Stirn. Die Geste, mit der er den Arm um die Schultern der jungen Frau legte, wirkte besitzergreifend und siegesgewiß.

Shiralee lächelte, lehnte sich zurück und verbarg die Entschlossenheit in ihren Augen.

Sheriff Stallone reagierte nur mit einem Stirnrunzeln, als Phil vorschlug, noch einmal Billy Trasks Zimmer zu durchsuchen.

Das war bereits unmittelbar nach dem Mord geschehen. Aber möglicherweise gab es Dinge, die man übersehen hatte, weil sie unwichtig erschienen. Für die Mordkommission war der Tod des jungen Reporters damals ein völliges Rätsel gewesen. Sogar die Mosaiksteinchen, die die beiden G-men getrennt ausgruben, hatten ja erst zusammengenommen ein klares Bild ergeben.

Während der kurzen Fahrt zum Ostende des Städtchens berichtete Phil, was er inzwischen wußte.

Mart Stallone pfiff leise durch die Zähne. Er war sehr schweigsam, als er Billys Dachzimmer im Haus einer älteren Witwe aufschloß, die allgemein nur Miss Essie genannt wurde. Das Fenster ging nach Norden. Phil zog das Schnapprollo herunter, bevor er Licht machte.

Systematisch begannen die beiden Männer mit der Arbeit.

Und schon eine Viertelstunde später wurden sie fündig.

»Hier«, brummte Mart Stallone und wies auf einen Notizblock. »Das oberste Blatt ist abgerissen, aber die Schrift hat sich durchgedrückt. Das ist zwar bei der ersten Durchsuchung schon gefunden worden, aber damals dachte sich niemand etwas dabei. Ist ja schließlich normal, wenn sich ein Reporter ein paar länger zurückliegende Daten notiert, nicht?«

Phil hielt den Notizblock schräg, damit das Licht die durchgedrückte Schrift hervorhob. »16. Februar 1973«, las er vor. »17. Februar 1973 ... 20. Februar 1973 ... 5. März 1973 ...«

Und dabei wunderte er sich über Stallones Bierruhe. Denn was sie hier in Händen hielten, war genau das, wonach sie gesucht hatten.

»Vier Daten aus der Zeit vor zehn Jahren«, meinte der Sheriff gedehnt. »Könnte sich um die Daten handeln, die Billy in den alten Zeitungsbänden suchte, oder? Aber das Archiv des Morning ist ja ausgebrannt.«

»Fahren wir eben in die nächste Stadt!« sagte Phil entschlossen. »Da gibt es auch Zeitungsarchive.«

»Hmm. Stimmt schon. Aber denen waren Bankvilles Sensationen vielleicht nur 'ne Drei-Zeilen-Meldung wert. Ich habe eine bessere Idee.«

»Und?« fragte Phil ungeduldig.

»Mein Vorgänger, Big John Ballard! Er wohnt in der Nähe, völlig zurückgezogen. Aber zu seiner Zeit hörte er das Gras wachsen.«

Zwei Minuten später waren sie schon wieder unterwegs.

Big John Ballard bewohnte ein einzeln stehendes Haus in einem verwilderten Garten. Der Exsheriff von Bankville entpuppte sich als knorriger Hüne mit schlohweißem Haar, der Mart Stallone vom Typ her recht ähnlich sah.

Die beiden Männer begrüßten sich mit Handschlag. Stallone stellte Phil vor. Dann folgten sie dem Weißhaarigen in ein behagliches großes Wohnzimmer, dessen oberflächliche Ordnung den Junggesellenhaushalt verriet.

Big John zündete sich umständlich eine Pfeife an, während Mart Stallone ihr Anliegen vorbrachte, ohne allzuviel zu verraten. Der weißhaarige Exsheriff furchte die Stirn.

»So«, brummte er. »Ihr wollt also wissen, ob sich im Februar vor zehn Jahren in Banksville etwas Besonderes ereignet hat.«

»Richtig«, bestätigte Stallone. »Und zwar muß mehrmals darüber in der Zeitung berichtet worden sein. Gibt es da etwas?«

Big John Ballard überlegte einen Moment, paffte Rauchwolken vor sich hin und nickte dann.

»Und ob es da etwas gibt«, sagte er bedächtig. »Im Februar vor zehn Jahren wurden drei junge Männer aus Banksville brutal ermordet. Und einer davon war Little Joe Ingram, der Sohn von Joffrey Ingram. Wenn euch damit gedient ist, kann ich euch sogar die alten Zeitungsausschnitte geben.«

Ich ließ den Plymouth bis in die Nähe des Bahndamms rollen, der das alte Banksville von seinen neueren, eher trostlosen Auswüchsen trennte.

»Vor dem Bahndamm« und »hinter dem Bahndamm« waren zwei verschiedene Welten, die sich jedoch nicht ohne weiteres nach den Begriffen arm und reich unterscheiden ließen. Auch hinter dem Bahndamm gab es viele Leute, die Geld machten und sich jede Menge Luxus leisten konnten Stripschuppen, Spielhallen, Dealer-Treffs und billige Schnapsbuden ließen den Dollar rollen.

Eigentlich konnte man einen Typ wie Homer Gillies am ehesten in dieser Umgebung erwarten. Aber da seine Vorfahren seit fünf Generationen in Banksville lebten und erst sein Vater die Farm versoffen hatte, gehörte er eben doch nicht hinter, sondern vor den Bahndamm.

Von Phil – oder besser von Mart Stallone auf dem Umweg über Phil – kannte ich den bevorzugten Aufenthaltsort des alten Säufers. Wenn es regnete, verkroch er sich mit der Beute des Tages in den Schutz der Unterführung, die den alten und neuen Teil Banksvilles verband. Jetzt regnete es zwar nicht mehr. Aber um diese Zeit pflegten Homer Willies für ein, zwei Stunden die Augen zuzufallen, bevor er zu neuen Taten erwachte.

Offenbar hatte er verblüffend regelmäßige Gewohnheiten. Jeden Tag leerte er eine Flasche Schnaps, jeden Nachmittag hielt er sein Nickerchen, jede Nacht mußte er von den Gesetzeshütern aus Grünanlage, Bahnhof oder Telefonzelle an einen ungemütlicheren Schlafplatz vertrieben werden. Echten Ärger machte er nur, wenn jemand den Fehler beging, ihm mehr als sein übliches Quantum Stoff zu spendieren.

Zu Fuß folgte ich den Windungen der Straße in Richtung auf die Unterführung.

Links und rechts zogen sich verwilderte Gärten mit leerstehenden, teilweise zusammengebrochenen Holzhäusern hin. Ich nahm an, daß sie unbewohnbar geworden waren, als der Bahndamm errichtet wurde, und daß wegen des Lärms niemand Lust verspürt hatte, dort neu zu bauen. Flüchtig fragte ich mich, warum Homer Willies statt unter einem zugigen Brückenbogen nicht lieber in einer der Ruinen campierte. Später erfuhr ich, daß das lebensgefährlich gewesen wäre. Die Vibration der vorbeifahrenden Züge ließ mit schöner Regelmäßigkeit Balken regnen und manchmal ein ganzes Gebäude zusammenstürzen.

Immerhin: Falls ich in dieser Gegend gesehen wurde, konnte ich behaupten, ich hätte den vermeintlichen Bewohnern mein Wish-wash andrehen wollen.

Das Musterköfferchen trug ich in der Hand, wie es sich

gehörte. Inzwischen überzog eine kühle, unangenehm feuchte Dämmerung das Land mit dunstigen Schatten. Die Unterführung wirkte wie ein gähnender schwarzer Rachen. Sie lag unmittelbar hinter einer Kurve, was verkehrstechnisch ein Witz war. Die Leute von Banksville schienen der schlichten Überzeugung anzuhängen, daß Einheimische die Falle kannten und Fremde auf ihren Nebenstraßen nichts zu suchen hatten.

Erst als ich fast heran war, erkannte ich die Gestalt im Schatten der Unterführung.

Homer Willies, schloß ich. Aber er schlief nicht, sondern wandte mir den Rücken zu und beugte sich über etwas, das am Boden lag, seine wenigen Habseligkeiten vermutlich. Er trug einen blauen Trenchcoat, dunkle Hosen, glänzende Schuhe …

Ich runzelte die Stirn.

Das war nicht Homer Willies! Der Bursche wirkte viel zu elegant für einen heruntergekommenen Säufer. Ich war weitergegangen, während mir das durch den Kopf schoß. Die Kreppsohlen meiner Schuhe verursachten kaum ein Geräusch auf dem glatten Asphalt. Jetzt sah ich auch, daß es eine menschliche Gestalt war, über die sich der Elegante beugte. Und noch etwas sah ich: den matten Schimmer von brüniertem Metall.

Mein Herzschlag setzte aus.

Reflexhaft griff ich zum Schulterholster, wo eine neutrale Automatic steckte. Ich wollte rennen und den Kerl anrufen, doch ich war nicht schnell genug.

Wie ein Stich ins Hirn traf mich das dumpfe Plopp der schallgedämpften Waffe. Die Gestalt am Boden zuckte, krümmte sich und lag dann still. Der Elegante richtete sich auf – und gleichzeitig hörte er meine Schritte.

Auf dem Absatz wirbelte er herum.

Sein Gesicht war nicht zu erkennen. Es schwamm als

blasses Oval über der klobigen Pistole mit dem Schalldämpfer. Alles war schnell gegangen, schwindelerregend schnell. »Halt!« schrie ich – aber ich hatte die Waffe erst halb aus dem Holster.

Mein Gegner feuerte sofort.

Das dumpfe Plopp klang nicht lauter als das Zuschlagen einer Autotür. Es stand in groteskem Mißverhältnis zu dem weißglühenden Mündungsblitz, der mich blendete. Im Reflex ließ ich mich fallen, rollte zwei-, dreimal herum.

Dort, wo ich eben noch gelegen hatte, schlugen Kugeln Funken aus dem Asphalt. Ich riß die Augen auf, blieb bäuchlings liegen und brachte die Automatic im Combat-Anschlag hoch. Aber jetzt befand sich der Killer für mich im toten Winkel der Unterführung.

Ich hörte seine Schritte, hohl und hallend unter dem Brückenbogen.

Federnd sprang ich auf und begann zu rennen.

Fünf lange Sprünge bis zu der Stelle in der Unterführung, wo eine verkrümmte Gestalt in einem löchrigen Mantel, viel zu weiten Hosen und abgelatschten Stiefeln lag.

Homer Willies' stoppelbärtige Wange berührte den schmutzigen Asphalt. Seine gebrochenen Augen ließen keinen Zweifel daran, daß er tot war – eiskalt im Schlaf erschossen, in der halben Bewußtlosigkeit eines schweren Rausches.

Zorn schoß wie eine Glutwelle durch meine Adern, während ich weiterlief. Immer noch hörte ich die hetzenden Schritte vor mir. Auch jenseits der Unterführung beschrieb die Straße eine unübersichtliche Kurve. Ich sah den Killer, als ich das Ende des Tunnels erreichte. Gleich würde er in die Deckung von Büschen und Bäumen tauchen. Keine Zeit mehr, ihn anzurufen oder einen Warnschuß abzugeben. Ich mußte seine Beine erwischen und ...

Jäh hackte die Tommy Gun los.

Was mir das Leben rettete, war allein die Tatsache, daß ich nicht aus der Bewegung schießen, nicht riskieren wollte, den Mann vor mir zu töten. Mitten im Lauf stemmte ich die Hacken in den Boden. Mit einem langen Seitwärtsschritt sicherte ich mein Gleichgewicht – und die ersten Kugeln jaulten fast hautnah an meiner rechten Schulter vorbei.

Maschinenpistolen streuen.

In der nächsten Sekunde hätte es mich erwischt. Aber das gnadenlos harte Training an der FBI-Akademie in Quantico vermittelt gewisse Reflexe, die ohne Schrecksekunde ablaufen. Ich hechtete in den Graben, als der Schütze die Straße bestrich. Mündungsfeuer flackerte zwischen den Büschen. Doch das sah ich nur kurz, weil ich den Kopf einziehen mußte.

In dem Straßengraben stand Wasser. Abfall schimmelte. Ich hatte es geschafft, die Automatic in Kopfhöhe und damit trocken zu halten. Aber das nützte mir nichts, weil mein Gegner die MPi jetzt auf Einzelfeuer stellte und meine Deckung mit schulmäßigem Sperrfeuer bestrich.

Der glutheiße Zorn in mir war zu kalter Entschlossenheit gefroren.

Wohl oder übel nahm ich die Automatic zwischen die Zähne, bevor ich begann, durch den Graben zu robben. Wenn ich es schaffte, an einer Stelle aufzutauchen, wo mich der MPi-Schütze nicht erwartete ...

Ich war nicht schnell genug.

Oder besser: mein Gegner war schlau genug, um sein Sperrfeuer wandern zu lassen, als ahne er meine Bewegungen. Schon nach Sekunden heulte ein Motor auf. Das

Geräusch verriet, daß den MPi-Schützen nur wenige Schritte von dem Wagen trennten, den der Killer gestartet hatte. Ich sprang in dem Moment auf, als die Schüsse verstummten. Im Gebüsch knackten Zweige, Laub raschelte. Ich legte alle Reserven in meinen Sprint, aber ich hatte nicht die Spur einer Chance.

Nicht einmal das Heck des Wagens bekam ich zu Gesicht, geschweige denn die Nummer.

Das Motorengeräusch verklang. Ich ließ die Waffe sinken. Erst der Blutgeschmack in meinem Mund machte mir bewußt, daß ich mir die Unterlippe zerbissen hatte. Langsam wandte ich mich ab, ging mit schleppenden Schritten zu der Unterführung zurück und blieb neben dem Toten stehen.

Der dritte Tote! Ein harmloser alter Mann ...

Warum hatte er sterben müssen? Was hatte er in jener Nacht in den Wäldern beobachtet?

Ich wußte es nicht. Er hatte es ja selber nicht gewußt. Für ihn war es ein Spuk gewesen. Etwas, das er mit der legendären weißen Dame von Raintree Manor verwechselte.

Oder?

Raintree Manor, summte es in meinem Schädel. Immer wieder Raintree Manor ...

Joffrey Ingram war ein Gangster. Er kämpfte, weil es etwas gab, das er unter allen Umständen verbergen mußte. Aber was? Was?

Ich riß mich zusammen.

Der Tote konnte hier nicht liegenbleiben. Ich mußte die Polizei verständigen. Und ich wußte jetzt schon, daß es nicht einfach sein würde, Sheriff Mart Stallone unter diesen Umständen meine Rolle des harmlosen Handelsvertreters vorzuspielen.

Der rothaarige Volontär des Banksville Morning trug nur ein hellblaues Sporthemd und fröstelte in der Abendkühle. Trotzdem hatte er nichts dagegen, auf Shiralee Fosters Wunsch ein wenig frische Luft zu schnappen. Ein paar Gläser Rum-Coke, die in dem Jazzkeller bevorzugt wurden, ließen ihn die junge Frau mit dem weizenblonden Haar und den braunen Augen noch begehrenswerter erscheinen. Sie lehnte mit dem Rücken an einer Mauer im Hinterhof des Lokals und duldete, daß Bob Shoon an den Knöpfen ihres Mantels fummelte.

Sein alkoholduftender Atem schlug ihr ins Gesicht. Er murmelte ungeschickte Zärtlichkeiten. Shiralee bog sich zur Seite und stupste ihm spielerisch den Zeigefinger in die Rippen.

»Erst mußt du weitererzählen«, forderte sie. »Ich finde die Geschichte unheimlich spannend.«

»Ach was! Komm, laß uns . . .«

»Erst die Geschichte!«

»Und dann?«

»Dann werden wir sehen.« Shiralees Lächeln versprach alles. »Du hast gerade von Raintree Manor gesprochen.«

»Ich hab' bloß gesagt, daß mein Chef den Namen Raintree Manor nicht in der Zeitung sehen will.« Bob Shoon zerrte an Shiralees Gürtel und sprach mechanisch weiter, damit sie ihm nicht auf die Finger klopfte. »Weil mein Chef und der alte Ingram von Raintree Manor nämlich dicke Freunde sind. Und irgendwo, ich weiß nicht mehr genau, hab' ich mal läuten hören, der alte Ingram soll Dreck am Stecken haben.«

Shiralee verbarg ihre Spannung. Sie verbarg auch ihren Widerwillen und die Überwindung, die es sie kostete, den angetrunkenen Jungen gewähren zu lassen.

»Dann war Billy vielleicht gar nicht hinter der weißen Dame her?« fragte sie harmlos.

»Ach, Billy. Der spinnt doch. Ich meine, der spann. Wollte ein Buch schreiben. Dauernd wühlte er in den alten Chroniken der Stadtbibliothek, um etwas über diesen Aberglauben mit der weißen Dame rauszufinden. Und dann flippte er plötzlich völlig aus und trieb sich dauernd sonstwo rum, statt seine Arbeit zu machen. Der Alte war schon drauf und dran, ihn zu feuern.«

»Und – hast du das auch der Polizei erzählt?«

»Der Polizei? Wieso? Was soll denen denn mit Billys Spinnereien gedient sein?«

Shiralee Foster atmete tief durch.

Sie wußte, was sie wissen wollte. Mit einem energischen Ruck machte sie sich los und zog ihren Gürtel zurecht.

»Mir ist plötzlich schlecht, Bob«, behauptete sie. »Ich muß gehen. Wir können uns ja morgen wieder treffen ...«

Ich hockte im Hinterzimmer des Sheriff's Office und trank heißen Kaffee mit einem Schuß Whisky.

Ein viel zu weiter Overall schlotterte um meinen Körper. Mart Stallone hatte ihn mir zur Verfügung gestellt, weil er trotz meiner nassen Kleider auf keinen Fall erlauben wollte, daß ich auf einen Sprung ins Hotel zurückkehrte.

Er roch förmlich, daß meine Geschichte nicht zu einem harmlosen Handelsvertreter paßte. Deshalb war er auch sehr davon angetan gewesen, daß sich Phil bereit erklärte, mich durch die Verhörmühle zu drehen, statt den Sheriff und seinen Deputy zum Tatort zu begleiten.

Mein Freund und ich blieben daher eine Weile ungestört.

Vor mir auf dem Tisch lagen ein paar vergilbte Zeitungsausschnitte. Fotos und Schlagzeilen, die mich fast vom Stuhl gerissen hatten.

Drei junge Menschen brutal ermordet, hieß es da. *Massaker mit Maschinenpistole ... Wer ist die Bestie von der Bluehorn Bridge? ... Blutbad noch immer nicht aufgeklärt ...*

»Schau dir die Daten an!« sagte Phil. »Anfang 1973, 16. und 17. Februar, 20. Februar und 5. März. Genau das, was Billy sich notiert und was sich auf dem Notizblock durchgedrückt hatte. Es war diese Geschichte, die er ausgegraben hatte.«

»Und derentwegen er sterben mußte. Aber wieso, Phil?«

»Vielleicht, weil er die Lösung des Rätsels hatte. Oder dieser Lösung gefährlich nahe gekommen war.« Phil starrte auf die Fotos. Sie zeigten den Tatort unter einer großen Straßenbrücke in der Nähe von Banksville, den alten Wagen, der einem der Opfer gehörte, die drei mit Gummilaken abgedeckten Toten. Andere Bilder zeigten die Opfer: drei Burschen mit netten, durchschnittlichen Jungengesichtern. »Ted Bondy, 17 Jahre alt, Schüler«, zählte Phil auf. »Archie Miller, 19 Jahre alt, Automechaniker. Und Joffrey Ingram junior ...«

Ich nickte und nippte gedankenverloren an meinem Kaffee.

Joffrey Ingram junior war Joe genannt worden und 20 Jahre alt gewesen. *Sohn eines der angesehensten Bürger unserer Stadt,* hieß es in dem Zeitungsartikel über ihn. Der Verfasser hatte entweder nicht gewußt oder verschwiegen, daß es sich bei dem ›angesehenen Bürger‹ um einen ehemaligen Gangster aus New York handelte.

In der Nacht ihres Todes waren die drei Freunde in einem alten Auto unterwegs gewesen, das sie am Arbeitsplatz des jungen Mechanikers in ihrer Freizeit gemeinsam zusammengebastelt hatten. Sie unternahmen oft ausgedehnte Spritztouren damit. Und von ihrem Ausflug in der Nacht zum 15. Februar waren sie nicht zurückgekommen.

Ihre Leichen wurden am nächsten Morgen von einem anderen Autofahrer gefunden.

Todeszeit: zwischen zwei und drei Uhr früh. Aus einem Grund, der nie geklärt wurde, hatten sie unter der Brücke gehalten, waren ausgestiegen, zur anderen Straßenseite gegangen – und aus der Richtung ihres Wagens von einer MPi-Garbe niedergemäht worden.

Ein Rätsel!

Eine brutale, unbegreifliche, scheinbar völlig sinnlose Tat!

Und doch mußte ein Sinn dahinterstecken. Denn inzwischen konnten wir fast sicher sein, daß es dieser dreifache Mord war, der heute, zehn Jahre später, zu den Ereignissen geführt hatte, die wir untersuchten.

Die Informationen, die mir Phil zusätzlich zu den Zeitungsausschnitten gab, waren spärlich.

Sheriff Stallones Vorgänger meinte, daß damals zumindest einige Leute in Banksville andeutungsweise über Joffrey Ingrams Vergangenheit Bescheid gewußt hätten. Die Ermittlungen befaßten sich auch mit der Möglichkeit, daß das Verbrechen ein Racheakt gewesen sein könne, der in Wahrheit Ingram selbst treffen sollte. Eine Theorie von vielen, mehr nicht. Aber vielleicht der Grund dafür, daß Elaine Ingram, Joes Mutter, ein paar Wochen später ihren Mann verließ.

»Merkwürdig«, murmelte ich.

»Daß er seine Frau hat gehen lassen?« Phil zuckte mit den Schultern. »Sie ist praktisch über Nacht verschwunden und hat offenbar dafür gesorgt, daß er sie nicht finden konnte.«

»Möglich. Aber ich finde noch mehr merkwürdig. Zum

Beispiel, daß der Sohn des millionenschweren Joffrey Ingram darauf angewiesen war, sich mit seinen Freunden ein Auto zusammenzubasteln.«

»Oh, das lag daran, daß er nicht zu Hause, sondern bei diesem Ted Bondy wohnte. Ein Familienzwist, der in den Zeitungsberichten pietätvoll verschwiegen wurde. Ted Bondys Vater ist außer Ingram und seinem Bruder übrigens der einzige von den Angehörigen der Opfer, der heute noch hier lebt.«

»Hast du die Adresse?«

Phil schob mir einen Zettel hin. Er runzelte die Stirn dabei. »Glaubst du, er wird dir etwas erzählen, wenn du versuchst, ihm dein Wish-wash zu verkaufen?«

»Ich behaupte, ich sei in Wahrheit Journalist«, entschied ich nach kurzem Überlegen. »Vielleicht erfahre ich dann sogar mehr, als er seinerzeit der Polizei gesagt hat. Vermutungen und Gerüchte zum Beispiel.«

»Okay, dann halt dich nicht länger auf! Stallone wird sich schon zufriedengeben, wenn ich beteuere, daß ich dich wie eine reife Zitrone ausgequetscht habe.«

»Und du?« fragte ich.

Phils Schultern spannten sich. Sein Kinn wirkte plötzlich kantiger als vorher. »Ich statte Joffrey Ingram und seinem Bruder einen Besuch ab«, sagte er. »Und wenn sie schlau sind, werden sie mich empfangen, weil alles andere verdächtig wäre.«

Es war nicht das erste Mal, daß Joffrey und Ruben Ingram in der Halle von Raintree Manor verbissen miteinander stritten. Aber es war das erste Mal, daß sich Ruben nicht auf Andeutungen beschränkte, sondern rücksichtslos aussprach, was er dachte.

»Und ich sage dir, sie ist eine Gefahr für uns!« fauchte

er. »Bist du blind? Siehst du nicht, was auf uns zukommt? Erst dieser kleine Zeitungsschmierer! Dann der Privatdetektiv! Jetzt ein G-man, der in Banksville ermittelt!«

Ruben hinkte erregt in der Halle auf und ab. Sein Bruder lehnte mit verschlossenem Gesicht und verschränkten Armen am Kamin.

»Der G-man wird nichts finden«, sagte er.

»Nichts? Bist du sicher?« Ruben stieß ein wütendes Hohngelächter aus. »Und was ist mit dem Kerl, der beinahe unsere Leute erwischt hätte, als sie den Tramp umlegten? Das war nicht der G-man, sondern jemand anders.«

»Wir werden es herausfinden«, sagte Joffrey kalt.

»Narr! Verdammter Narr! Jeden Moment kann es zu spät sein. Und alles wegen dieser verrückten ...«

»Ruben!«

Joffreys Stimme peitschte. Aber sein Bruder ließ sich jetzt nicht mehr bremsen. »Sie ist eine Gefahr! Sie wird uns alle lebenslänglich ins Zuchthaus bringen. Sie muß weg, Joffrey, sie ...«

»Was heißt das?« flüsterte Joffrey Ingram. »Was heißt das: sie muß weg? Was willst du damit sagen?«

Zwei Sekunden blieb es ganz still. Rubens Augen glühten. »Das heißt, daß du sie stumm machen mußt«, antwortete er ebenso leise. »Endgültig! Du mußt sie töten, Joffrey, du ...«

Er stockte abrupt.

Auch sein Bruder hatte das leise Geräusch an der Treppe gehört. Er fuhr herum – und zuckte wie unter einem Hieb zusammen.

Sie stand auf der untersten Stufe.

Bleich, reglos, in ein bodenlanges weißes Nachthemd gehüllt. In dem marmorbleichen Gesicht waren die Augen weit aufgerissen. Zwei Sekunden lang starrte sie die beiden Männer stumm an. Dann stieß sie einen schluchzenden Laut aus und rannte.

Mit wenigen Schritten durchquerte sie die Diele, erreichte die Haustür und schlüpfte in die Dunkelheit des Parks hinaus.

Ruben knirschte einen haßerfüllten Fluch. Joffreys Gesicht war ebenso weiß wie das der Frau. Seine Lippen zuckten.

Mit einer Bewegung voll unterdrückter Wildheit fuhr er herum und hieb mit der Faust auf eine Klingel.

Sofort erschienen zwei seiner Body-guards aus einem Nebenzimmer in der Halle.

»Sir?« fragte einer von ihnen respektvoll.

»Sie ist mal wieder entwischt«, sagte Ingram mühsam beherrscht. »Holt sie zurück! Aber seid vorsichtig! Es könnte sein, daß sie diesmal Ärger macht.«

»Jawohl, Sir.«

Die beiden Gorillas wollten sich der Tür zuwenden – aber sie kamen nicht mehr dazu.

Denn im selben Augenblick schlug schrill und unüberhörbar die Alarmanlage an.

Das Haus, in dem der Vater des vor zehn Jahren ermordeten Jungen wohnte, wirkte genauso heruntergekommen und verwahrlost wie der Garten.

Amos Bondy lebte allein. Allein und verbittert. Seine Frau war zwei Jahre nach dem schrecklichen Verbrechen an einem Herzleiden gestorben. Niemand zweifelte daran, daß es der Tod des Sohnes gewesen war, der sie das Leben kostete. Damals hatten Freunde und Nachbarn eine Zeitlang gefürchtet, ihr Mann werde sich etwas antun. Aber Amos Bondy gehörte nicht zu den Menschen, die auf diese Weise Schluß machen.

Als ich ihm in der Diele gegenüberstand, einem großen, schwerblütigen Mann mit gebeugten Schultern, grauem Haar und zerfurchtem, vor der Zeit gealtertem Gesicht, begriff ich sofort, daß ich ihm das Journalisten-Märchen nicht erzählen konnte. Er würde nicht mit einem Journalisten sprechen. Und schon gar nicht mit einem neugierigen Handelsvertreter. Seine tiefliegenden grauen Augen sahen mich abwartend an.

»Mein Name ist Jerry Cotton, Mr. Bondy«, sagte ich mit dem Gefühl, kopfüber in unbekanntes Gewässer zu springen.

Er räusperte sich. »Ja. Und?«

»Ich bin G-man, Special Agent des FBI New York.«

»So.«

»Ich arbeite inkognito, deshalb kann ich mich leider nicht ausweisen. Ursprünglich hatte ich vor, mich als Journalist auszugeben und Ihnen einige Fragen über den Tod Ihres Sohnes zu stellen. Fragen, die wichtig sind, Mr. Bondy. Aber ich glaube nicht, daß Sie einem Journalisten antworten würden. Also kann ich nur hoffen, daß Sie mir glauben. Und daß Sie später meine wahre Identität nicht preisgeben werden.«

Seine grauen Augen waren wie Sonden. Sie prüften meinen Blick, prüften ihn bis tief hinein in die Pupillenschächte. Ich war sicher, daß es keine Lüge gab, die dieser alte Mann nicht sofort durchschaut hätte.

»Kommen Sie herein, G-man!« sagte er nach einem schier endlosen Schweigen.

Aufatmend folgte ich ihm in den dämmrigen Wohnraum. Er wies auf einen zerschlissenen Sessel. Ich setzte mich. Bondy ging zu einem Fenster mit dichtgeschlossenen Vorhängen und wandte sich um.

»Was wollen Sie wissen?« fragte er ruhig.

Ich sagte es ihm.

Sein Gesicht lag im Schatten. Nur manchmal, wenn er den Kopf bewegte, sah ich die angespannten Kiefermuskeln, das krampfhaft unterdrückte Zucken der Lippen, wenn vom Tod seines einzigen Sohnes die Rede war.

»Ja«, sagte er schließlich wortkarg. »Das ist alles richtig so, wie Sie es erzählen.«

»Und es gibt nichts, das die Polizei damals nicht erfahren hat?« Ich sah, wie er ruckartig das Kinn vorschob, und hob beschwichtigend die Hand. »Ich will damit nicht andeuten, Sie hätten etwas verschwiegen, das zur Aufklärung des Mordes an Ihrem Sohn beitragen könnte, Mr. Bondy. Ich meine Mutmaßungen, Gerüchte – Dinge, die Ihnen vielleicht erst später zu Ohren gekommen sind.«

»Nein. Ich erinnere mich an nichts.«

»Sie kannten den jungen Joe Ingram recht gut, nicht wahr?«

Er nickte. »Sicher. Der Junge lebte ja hier unter unserem Dach. Volljährig war er. Also gab es keinen Grund, Teds besten Freund nicht bei uns aufzunehmen.«

»Und warum lebte er nicht zu Hause?«

»Seine Sache! Ich ...«

Der alte Mann stockte.

Seine Brauen zogen sich zusammen. Langsam ging er zum Kamin, nahm eine fertig gestopfte Pfeife vom Sims und zündete sie an. Ein paarmal sog er daran. Dann nickte er.

»Ja«, sagte er. »Das war so eine Sache, wie Sie sie meinen. Etwas, das man der Polizei nicht erzählt, weil man's für besser hält, nicht darauf herumzuhacken. Der junge Ingram lebte hier bei meinem Ted, weil er eben den Unabhängigkeitsdrang der Jugend hätte, hieß es damals. Das mag wohl sein. Aber die Wahrheit war, daß Joe Ingram seinen Vater haßte. Er sagte nicht, warum. Er sprach es überhaupt nie aus. Aber hier sind nun mal die

Wände dünn. Manchmal konnte ich hören, wie sie sich unterhielten, mein Ted und Little Joe. Er haßte seinen Vater.«

Ich war nicht überrascht. Die Söhne und Töchter von Gangsterbossen wachsen meist in eine Situation hinein, die ihnen nur die Wahl zwischen bedingungsloser Treue und offener Feindschaft läßt.

»Und umgekehrt?« fragte ich.

Amos Bondy zuckte mit den Schultern. »Das weiß ich nicht. Ich nehme an, daß der alte Ingram seinen Sohn liebte wie alle Väter. Jedenfalls versuchte er, ihn nach Hause zurückzuholen. Deshalb gab er ihm ja auch keinen lumpigen Cent.«

»Über Geld verfügte der Junge also nicht?«

»Nein. Und niemand gab ihm einen Job, weil es sich niemand mit dem alten Ingram verderben wollte. Nur seine Mutter steckte ihm manchmal etwas zu.«

Elaine Ingram hieß sie, erinnerte ich mich. Kurz nach dem Tod des Sohnes hatte sie ihren Mann verlassen.

»Zu seiner Mutter hatte Joe also noch Kontakt?«

Bondy nickte. »Eine schöne Frau ... Sie kam manchmal her, heimlich, ohne Wissen ihres Mannes. Little Joe hat sie geliebt. Auch mein Ted und der junge Archie mochten sie. Eine gute Frau ... Aber am Ende hatte ich den Eindruck, daß sie nicht mehr aus noch ein wußte.«

»Wieso?« Ich beugte mich gespannt vor.

»Nun ja – sie wollte wohl nicht, daß Joe nach Hause zurückkam, zu seinem Vater. Sie wollte aber auch nicht, daß er von Banksville wegging. Sie wollte ihn nicht verlieren. Eigenes Geld hatte sie auch nicht, denke ich. Sie konnte ihm nicht helfen.«

»Und der Junge blieb hier, weil er an ihr hing? Weil er ...« Ich zögerte. »... vielleicht auch noch recht unselbständig war für seine zwanzig Jahre?«

»So war's wohl. Ja, so war's.«

Der alte Mann nickte bekräftigend. Ich versuchte, mir die damalige Situation vorzustellen. Ein junger Mann ohne Geld und ohne Chance, der von den Eltern seines Freundes durchgezogen wurde. In einer anderen Stadt hätte er vermutlich einen Job bekommen. Aber er war geblieben.

Warum? Weil er das Gefühl hatte, seiner Mutter beistehen zu müssen? Oder weil dieser Haß auf seinen Vater ihn festhielt? Weil es seine Art von Rache gewesen war, aller Welt zu zeigen, daß er lieber die Hilfe von Fremden annahm, als unter Joffrey Ingrams Dach zu leben?

»Können Sie sich genau an den Abend vor dem Mord erinnern, Mr. Bondy?« fragte ich.

Der alte Mann sah ins Leere. Seine Pfeife war längst, ausgegangen. »Die jungen Leute hockten den ganzen Tag in Tods Zimmer zusammen und hörten Platten«, sagte er. »Abends fuhren sie dann mit diesem alten Auto weg, an dem sie dauern herumbastelten. Sie erzählten, sie wollten in die Nachbarstadt in eine – eine Discothek.« Er sprach es aus, als sei es selbst heute noch ein Fremdwort für ihn. »Tja, sonst war eigentlich nichts. Oder doch! Gegen Mitternacht kam Little Joes Mutter noch mal vorbei.«

»Gegen Mitternacht?«

»Sie kam manchmal spät. Immer an den Tagen, wenn der Chauffeur sie nach Richmond zum Einkaufen fuhr. Der Chauffeur schlief in einem Hotel, und sie übernachtete bei einer Freundin. Mit deren Wagen kam sie dann hierher zurück. Ihr Mann durfte ja nicht erfahren, daß sie Little Joe besuchte.«

»Und an jenem Abend war er nicht da?«

»Nein. Seine Mutter hat sich sehr aufgeregt. Ich meine, sie war sehr enttäuscht. Sie ist dann wieder gefahren.«

Ich kniff die Augen zusammen. Merkwürdig: so wortkarg und schwerfällig dieser Amos Bondy auch war, er brachte es doch fertig, die Situation von damals fast greifbar lebendig werden zu lassen. Ich konnte mich in diesen Jungen einfühlen, der seinen Vater haßte. Ich verstand auch seine Freunde, die zu ihm hielten und ihm halfen, mit ihm durch dick und dünn gingen. Ich glaubte sogar, Elaine Ingram vor mir zu sehen, obwohl ich kein Foto von ihr kannte.

Eine schöne Frau, hatte Amos Bondy gesagt. Eine Frau, die ihren Sohn nur heimlich besuchte, die nicht wagte, sich gegen ihren Mann zu stellen, die in der gleichen Falle gefangen war wie der Junge ...

Was hatte er tun können, um sich aus dieser Falle zu befreien? Um – vielleicht – seiner Mutter zu helfen? Um den Kampf gegen den verhaßten Vater zu gewinnen – diesen Vater, von dem er sicher wußte, daß er ein Gangster war?

»Mr. Bondy«, sagte ich leise.

»Ja?«

»Verstehen Sie mich nicht falsch! Ich weiß, daß man den Toten ihre Ruhe lassen soll, und ich will niemanden beschuldigen. Aber ich suche einen Mörder. Und wenn ich ihn finde, werde ich vielleicht auch das Verbrechen aufklären, dem Ihr Sohn zum Opfer fiel. Deshalb ist es wichtig, daß Sie mir ehrlich antworten.«

»Fragen Sie«, sagte er in seiner ruhigen, wortkargen Art.

»Mr. Bondy, halten Sie es für möglich, daß die drei jungen Leute damals eine Dummheit gemacht haben? Daß sie in Dinge verstrickt waren, die ihnen über den Kopf wuchsen? Vielleicht, weil sie auf irgendeine Art Joe Ingram helfen wollten und dabei den falschen Weg gingen?«

Lange blieb es still. Amos Bondys Kiefer mahlte. Wieder hatte ich das Gefühl, als dringe mir der Blick seiner unbestechlichen grauen Augen tief unter die Haut.

Schließlich ließ er mit einem rasselnden Atemzug die Schultern sinken.

»Ja«, sagte er. »Ja, das halte ich für möglich. Ich glaube, so ist es gewesen . . .«

Shiralee Foster preßte sich dicht an den Stamm des knarrenden alten Ahorns.

Ihr Herz hämmerte. Sie trug jetzt Jeans, Pullover und Turnschuhe – die Sachen, die sie vor ihrer Verabredung mit Bob Shoon in den Bastbeutel gepackt hatte. Den Weg nach Raintree Manor hatte sie telefonisch beim Hotelportier erfragt, um den rothaarigen Volontär nicht am Ende doch noch mißtrauisch zu machen. Es war ganz leicht gewesen, die Bruchsteinmauer mit den tiefen Fugen zu überklettern. Sie hatte nur ihren Mantel über die Glaszacken auf der Krone werfen müssen. Diese Glaszacken sollten offenbar Einbrecher abschrecken. Die junge Frau kam nicht auf den Gedanken, daß noch weitere Sicherheitsvorkehrungen existierten.

Shiralee ahnte nicht, daß sie längst die Alarmanlage ausgelöst hatte.

Die Wolkendecke war aufgerissen und das Mondlicht hell genug, um Stolperdrähte oder ähnliches zu erkennen. Trotzdem mußte Shiralee plötzlich gegen das Gefühl kämpfen, als ziehe sich ein unsichtbares Netz um sie zusammen. Da waren Geräusche gewesen. Raschelndes Laub. Das scharfe Knacken eines trockenen Astes. Shiralee rührte sich nicht. Sie lauschte mit angehaltenem Atem. Von einer Sekunde zu anderen fragte sie sich, was sie überhaupt hier wollte.

Vorhin war alles noch ganz klar gewesen.

Raintree Manor – der Name hatte sich tief in ihr Bewußtsein gebrannt. Auf Raintree Manor lag die Lösung des Rätsels. Sie glaubte nicht an Geister und daß hier wirklich ein Spuk umging. Aber sie hatte gehofft, irgend etwas zu finden, zu beobachten, zu belauschen.

Unsicher tastete sie nach der kleinen Pistole, die in der Tasche ihrer Jeans steckte.

Die Waffe war gesichert. *Kein Mensch, der bei Verstand ist, trägt einen ungesicherten Ballermann bei sich* – das pflegte Charly immer zu sagen. Er hatte auch dafür gesorgt, daß sie ein paarmal im Schießstand seines Clubs trainierte. *Wer eine Waffe besitzt und nicht ordnungsgemäß damit umgehen kann, gehört eingesperrt* – auch das waren seine Worte.

O Charly, Charly ...

Shiralee spürte Tränen in den Augen. Tränen, die von neuem den brennenden Schmerz weckten – und die Entschlossenheit. Sie wußte plötzlich wieder, warum sie hier mit der Pistole in der Tasche stand. Sie wußte es, obwohl sie es sich nicht eingestehen wollte.

Wenn sie Charlys Mörder fand, würde sie ...

Etwas in ihr weigerte sich, den Gedanken zu Ende zu führen. Ein paar Sekunden wartete sie noch. Dann löste sie sich von dem dicken Baumstamm. Leise schlich sie weiter in die Richtung, wo vorhin das kurze Aufleuchten einer Lichtbahn die Lage des Hauses verraten hatte. Shiralee machte sich keine Gedanken über die Bedeutung dieser Lichtbahn. Charly Trask war nicht der Typ gewesen, der von seinen Erlebnissen erzählte. Sonst hätte sie vielleicht gewußt, daß sich die Hintertür des alten Herrenhauses ganz kurz geöffnet und wieder geschlossen hatte.

Von einer Sekunde zur anderen erschien ihr der nächtliche Park unheimlich und voller Gefahren. Das Mondlicht schien Büsche und Koniferen in zusammengekauerte Gnomen zu verwandeln, die alten Bäume in finstere Wachtposten, deren Zweige und Blätter als schwarzes Filigran in den Himmel ragten, sich zu unheilvollen Hieroglyphen verflochten, die niemand enträtseln konnte. Das ungemähte Gras der Rasenflächen wogte, von Silberglanz übergossen, im Wind. Shiralee fuhr zusammen, als ihr Blick einen fahlweißen Umriß streifte.

Im nächsten Moment sah sie, daß es nur eine Statue war. Eine Putte. Aber der geisterhafte Marmorglanz der Figur, die schwerelos in der Dunkelheit zu schwimmen schien, war nicht geeignet, sie zu beruhigen.

Wieder glaubte sie, ein Geräusch zu hören.

Diesmal wagte sie es nicht, zu einem der dicken Baumstämme zu huschen, die halbwegs Schutz versprachen. Starr blieb sie stehen und sah sich um. Eine Spur von Licht, gelbem Lampenlicht, ließ sie die Augen zusammenkneifen. Kein undeutlicher Schimmer, sondern ein Viereck haarfeiner Linien. Shiralee begriff, daß da Licht durch die Ritzen heruntergelassener Rolläden sickerte. Endlich! Sie hatte die Mauer an der Rückseite des Anwesens überklettert und ahnte nicht, daß ihr nur diese Tatsache einen kurzen Aufschub verschafft hatte. Die Entfernung zwischen dem Gebäude und dem schmiedeeisernen Einfahrtstor war nicht groß, der hintere Teil des Parks dagegen riesig. Shiralee biß sich auf die Lippen und wollte weitergehen.

Da wuchsen plötzlich drei dunkle Gestalten vor ihr empor.

»He!« zischte jemand. »Das ist ja gar nicht ...«

»Die Alarmanlage!« fiel ihm ein anderer ins Wort. »Sie hat die Alarmanlage ausgelöst! Nicht die Lady!«

Shiralee hatte das Gefühl, einen Alptraum zu erleben.

Inzwischen sah sie die drei Männer deutlicher. Sie

starrten sie an – hart, lauernd, gefährlich. Shiralee kämpfte gegen das Gefühl des Unwirklichen, das sich wie ein Vorhang über ihr Gehirn senkte. Sie mußte etwas tun! Fahrig tastete sie nach der Waffe in der Tasche ihrer Jeans. Sie schaffte es sogar, die kleine Astra zu ziehen, weil die Gangster einfach nicht mit einer solchen Reaktion rechneten. Aber sie handelten in der Sekunde, in der sie brüniertes Metall schimmern sahen.

Ein blitzschneller Tritt fegte Shiralee die Pistole aus den Fingern.

Noch während sie den Schmerzensschrei zu unterdrücken suchte, sprangen die beiden anderen Kerle auf sie zu und packten ihre Arme. Jetzt brach ihre Beherrschung, weil der Schmerz in den Schultergelenken zu jäh, zu heftig kam. Sie wollte schreien. Aber ein kurzer, harter Schlag mit dem Handrücken erstickte ihre Stimme.

»Miststück!« fluchte einer der Gangster.

»Was jetzt?« fragte sein Komplize keuchend.

Sekunden verticken, in denen Shiralee zumute war, als sei sie unversehens in die fremde, irreale Welt eines Horrorfilms geschleudert worden. Aber der Schmerz in ihren Schultern war Wirklichkeit. Der Gangster, der ihr an den Haaren den Kopf hochzog, war Wirklichkeit. Und auch seine metallische, mitleidlose Stimme war Wirklichkeit.

»Bringt sie ins Haus!« befahl er knapp. »Der Boß wird sich dafür interessieren, was sie hier verloren hat. Wir müssen die Lady suchen.«

Tief in Gedanken versunken fuhr ich mit dem Plymouth von Amos Bondys Haus zu meinem Hotel zurück.

Ich war sicher, daß der alte Mann mein Inkognito nicht gefährden würde. Ich hätte es überhaupt nicht gelüftet, wäre ich nicht – was sehr selten geschieht – auf den ersten Blick davon überzeugt gewesen, daß man ihm hundertprozentig vertrauen konnte.

Bevor ich zum Parkplatz des *Banksville Palace and Grillroom* abbog, warf ich einen besorgten Blick zum Sheriffs Office hinüber. Mart Stallone war vom gleichen Schrot und Korn wie der alte Bondy. Er würde sich, was meine Rolle betraf, von Phil nicht lange bluffen lassen. Na bitte, meinetwegen! Ich hatte ohnehin das Gefühl, daß ich meinen Vorrat an Probeflaschen des unübertrefflichen Wishwash nicht mehr anbrechen würde.

An der Hotelbar nahm ich einen Whisky. Manchmal klärt der nämlich die Gedanken.

Zum zigsten Male überdachte ich, was mir der alte Bondy erzählt hatte. Oder besser die Schlüsse, die ich aus den Informationen zog. Da waren drei junge Burschen, von denen einer seinen millionenschweren Vater haßte, und da war ein brutaler dreifacher Mord. Die Klammer fehlte, die beides zusammenhielt. Ich glaubte sie zu kennen. Oder war die Vermutung zu abenteuerlich, daß Little Joe Ingram seinen Vater sozusagen den Krieg erklärt hatte?

Der Junge brauchte Geld, und seine Mutter brauchte Geld.

Joffrey Ingram besaß dieses Geld. Er hatte es in der Vergangenheit als skrupelloser Gangster zusammengerafft.

Ich zweifelte nicht daran, daß der junge Joe die Vergangenheit seines Vaters gekannt hatte. Nach allem, was ich wußte, war für Joe die Situation seiner Mutter unerträglich gewesen. Sie war ihres Sohnes wegen in Banksville geblieben und hatte kurz nach dessen Tod ihren Mann verlassen. Mit umgekehrten Vorzeichen mochte diese verzweifelte Gefühlslage auch auf den Jungen zugetroffen haben. Er wollte sich von seinem Vater lösen und seine Mutter mitnehmen. Dazu brauchte er Geld. Und Geld war nur bei seinem Vater zu holen.

Hatten die drei jungen Männer versucht, Joffrey Ingram zu erpressen?

Waren sie deshalb ermordet worden?

Verdammt, ich hätte gern mit Phil darüber gesprochen. Aber Phil war unterwegs, um – ja, um ausgerechnet mit Ingram zu reden. Ich spannte mich innerlich und versuchte abzuschätzen, ob da irgendeine Gefahr drohte. Nein ... Eigentlich nein ... Ingram konnte nichts von unseren Schlußfolgerungen ahnen. Und Phil, der nicht mit dem alten Bondy gesprochen hatte, war mit seinen Schlußfolgerungen ja auch noch gar nicht soweit.

Immer noch in Gedanken versunken stieg ich die Treppe hinauf.

Mein Instinkt rebellierte. Ich wußte, es brachte nichts, wenn ich mich jetzt hinsetzte und grübelte. Vielleicht war nur das der Grund dafür, daß ich an Shiralee Fosters Tür klopfte. Aber als ich ihr Zimmer leer fand, schlugen von einer Sekunde zur anderen alle meine Sinne Alarm.

Shiralee behauptete, nur die Stadt kennenlernen zu wollen, in der Charly Trask geboren und gestorben war.

Aber Shiralee hatte sich an Bob Shoon herangemacht, diesen rothaarigen Volontär des Banksville Morning. Shiralee suchte gezielt nach Informationen. Das hieß ...

Ich stieg die Treppe wieder hinunter.

Für den Portier war ich immer noch Jerry Cattler, der Handelsvertreter. Er zuckte hochmütig mit den Schultern, als ich nach Shiralee fragte. Ihm gegenüber nutzte es bestimmt nichts, mein Inkognito zu lüften, so viel stand fest. Also lüftete ich statt dessen meine Brieftasche – und das wirkte.

Eigentlich hätte sich der Bursche fragen müssen, wieso

ein kleiner Handelsvertreter Zehner für Zehner 50 Dollar auf den Tisch des Hauses blätterte nur für eine einfache Information. Aber das fragte er sich nicht. Gierig strich er die Scheine ein und spuckte aus, was er wußte.

Shiralee war kurz nach mir aus dem Hotel verschwunden.

Zwei Stunden später hatte sie dann noch einmal angerufen, um sich nach einem bestimmten Weg zu erkundigen. Dem Weg, wohin? fragte ich. Der Portier grinste. Am liebsten hätte ich ihm sein Grinsen zurück in die Zähne geschlagen. Statt dessen legte ich zwei weitere Zehner zu.

»Raintree Manor«, sagte er. »Sie ließ sich den Weg nach Raintree Manor erklären.«

Ich bedankte mich nicht.

Für ein paar Dollar hätte der Portier die Information auch einem potentiellen Killer gegeben. Wenn dies alles vorbei war, würde ich mit dem Kerl ein Hühnchen rupfen, dann ...

Ich muß Shiralee finden. Sie war unterwegs nach Raintree Manor. Möglich, daß sie etwas wußte, daß der Zufall ihr Informationen in die Hände gespielt hatte. Aber eins wußte sie bestimmt nicht: daß sie den Teufel besuchen wollte.

Joffrey Ingram atmete auf, als er das Geräusch der Haustür hörte.

Sein Bruder kauerte auf der äußersten Sesselkante, blaß vor Wut, die Fäuste auf die Knie gestemmt. Ein Nerv zuckte an seiner Schläfe. Es gelang ihm nur mühsam, den Haß in seinen Augen zu bändigen.

Beide Männer starrten auf den offenen Durchgang zur Diele.

Und beide fuhren zusammen, als einer der Body-guards brutal eine schlanke Gestalt mit langem Blondhaar in den Raum stieß.

Joffrey holte schon Luft, um den Gorilla scharf zurechtzuweisen. Erst mit Verzögerung begriff der Gangsterboß, daß es eine völlig Fremde war, die da ein paar Schritte über den Teppich stolperte und keuchend stehenblieb.

Shiralees Augen waren weit aufgerissen. Das Haar hing ihr wirr um die Schultern. Ihr Blick irrte hin und her, während der Bursche, der sie ins Haus geschleppt hatte, die kleine Astra mit dem perlmuttverzierten Lauf auf das Sideboard legte.

»Das hatte sie bei sich«, sagte er ein wenig atemlos.

Joffrey Ingram schluckte. Er wäre nicht der Mann gewesen, der er war, wenn er sich nicht rasch wieder gefaßt hätte.

»Daß das Spielzeug nicht dir gehört, kann ich mir denken«, knurrte er. »Aber wer, zum Teufel, ist sie?«

Der Body-guard hob die breiten Schlägerschultern. »Keine Ahnung. Sie hat die Alarmanlage ausgelöst, als sie über die Mauer kletterte. Wir haben ihren Mantel gefunden. Damit hat sie die Glasscherben abgedeckt.«

Joffreys Zähne knirschten.

Eine Reporterin, dachte er. Oder eine Kollegin des Privatdetektivs ... Für einen Moment liefen seine Gedanken durcheinander. Die Schwierigkeiten schienen sich vor ihm zum Gebirge aufzutürmen. Er zwang sich, kühl und folgerichtig zu überlegen.

»Was ist mit Elaine?« fragte er knapp.

»Wir haben sie noch nicht gefunden. Sie kennt ja jeden Winkel im Park. Aber sie kann nicht entkommen. Sie würde es nicht schaffen, über die Mauer zu klettern.«

»Nein, das würde sie nicht schaffen.«

Ingram atmete auf. Die Gebärde, mit der er sich das

volle graue Haar zurückstrich, war das einzige Zeichen von Nervosität. Wie Sonden stellten sich seine durchdringenden saphirblauen Augen auf die junge Frau ein, die immer noch mitten in der Halle verharrte.

»Wer sind Sie?« fragte er nicht einmal laut.

Shiralee preßte die Lippen zusammen. Ihr Herz hämmerte hart gegen die Rippen. Das Verhalten der Gorillas, die Reaktion der beiden Männer, die Brüder sein mußten – das alles bewies ihr, daß sie an der richtigen Adresse war. Angst schnürte ihr die Kehle zu. Sie wußte, sie durfte nicht reden.

Wenn die Kerle erfuhren, daß sie mit Charly Trask zusammengelebt hatte, würden sie sie umbringen, schon weil sie glauben mußten, daß der Privatdetektiv sie eingeweiht hatte. Aber sie wußte auch, was ihr bevorstand. Sie war rauschgiftsüchtig gewesen, und auf der Szene hatte sie Brutalität in jeder Form kennengelernt. Ein Schauer der Furcht überlief sie, als sie den kalten Blick des Gangsterbosses spürte.

»Ich heiße Shiralee Foster«, sagte sie mit belegter Stimme. Das würden die Kerle ohnehin herausfinden, weil ihr Ausweis in der Manteltasche steckte.

»Und weiter?«

Shiralee unterdrückte das Verlangen, ihre trockenen Lippen mit der Zunge zu befeuchten. Fieberhaft suchte sie nach einem Ausweg.

»Ich – bin Reporterin«, brachte sie schließlich heraus. »Ich berichte für meine Zeitung über die beiden Morde. Dabei – habe ich gehört, daß es hier spuken soll.« Sie lächelte kläglich – bewußt kläglich, was ihr allerdings nicht schwerfiel. »Tut mir leid, daß ich einfach in Ihren Park eingedrungen bin. Ich hätte meinen Lesern so gern einen Eindruck von ... von der Atmosphäre vermittelt.«

Der Body-guard hinter ihr schnaufte. Joffrey Ingrams

Haltung lockerte sich etwas. Nur Ruben kauerte immer noch vorgebeugt im Sessel, als spanne sich eine unsichtbare Stahlsaite in seinem Körper.

»Wenn sie von der Zeitung ist, muß sie einen Presseausweis haben«, sagte er schneidend.

Shiralees Kopf ruckte herum. Sie fuhr zusammen, als sie dem kalten, funkelnden Blick des jüngeren Mannes begegnete. Mühsam bezwang sie die aufsteigende Panik.

»Natürlich habe ich einen Presseausweis. In der Manteltasche.«

Der Body-guard hatte den Mantel in der Diele gelassen. Jetzt holte er ihn herein und begann, die Taschen zu durchwühlen.

Aber er fand nur Shiralees ID-Card.

»Ich ... ich muß den Presseausweis verloren haben«, stammelte sie. »Bei der Kletterei vermutlich. Ich ...«

»Welche Zeitung?«

»Manhattan Star.«

Shiralee nannte den erstbesten Namen, der ihr in den Kopf kam. Erst danach fiel ihr ein, daß es besser gewesen wäre, nicht gerade eine New Yorker Zeitung zu nehmen. Jetzt war es zu spät. Voller Angst beobachtete sie, wie Ruben Ingram ruckartig aufstand und zum Telefon hinkte.

Zuerst rief er die Auskunft an. Dann wählte er die Nummer des Manhattan Star und verlangte, die Reporterin Shiralee Foster zu sprechen.

Ein paar Minuten später warf er den Hörer auf die Gabel. Als er herumfuhr, glitzerten seine Augen kalt wie Gletschereis.

»Bei dem Blatt gibt es keine Shiralee Foster«, stieß er durch die Zähne. »Und jetzt zur Sache, Mädchen. Wer bist du? Was willst du hier?«

Shiralee schloß die Augen. »Ich bin Reporterin. Ich verstehe nicht, wieso man Ihnen beim Manhattan Star gesagt hat ...« Eine Hand klatschte in ihr Gesicht.

Auf dem dicken Teppich hatte sie Ruben nicht herankommen hören. Aufschreiend taumelte sie zurück. Ihre Lippe war geplatzt. Sie spürte den metallischen Geschmack ihres eigenen Blutes im Mund.

»Das war nur eine Warnung«, sagte Ruben gepreßt. »Ich rate dir, jetzt ganz schnell zu reden. Also?«

Shiralee wischte sich das Blut von den Lippen.

Ihr Kopf war seltsam dumpf. Ihre Gedanken arbeiteten mit Verzögerung. Aber es reichte immer noch, um zu erkennen, daß sich an den Tatsachen nichts geändert hatte. Wenn sie die Wahrheit sagte, würde man sie umbringen. Für nichts, da sie Charlys Geheimnis nicht einmal kannte.

»Ich bin Reporterin«, wiederholte sie undeutlich. »Ich arbeite für den Manhatfan Star. Ich ...«

Ein neuer Hieb erstickte ihre Stimme.

Diesmal wäre sie gestürzt, aber der Body-guard fing sie auf. Kraftlos hing sie zwischen den harten Fäusten. Ruben Ingram warf seinem Bruder einen fragenden Blick zu. Joffrey wies schweigend auf einen Sessel, und der Gorilla schleifte die junge Frau hinüber.

Ihr Kopf schlug gegen die Rückenlehne.

Wie durch eine Schicht Watte hörte sie die Stimme des Gangsterbosses, der etwas von »Elaine« und »gefälligst beeilen« knirschte. Wer war Elaine? Warum wurde sie draußen im Park gesucht? Fragen, die Shiralees Geist nur flüchtig streiften und versanken, als sich der Hinkende wieder in ihr Blickfeld schob.

»Na?« fragte er. »Hast du es dir überlegt? Willst du freiwillig den Mund aufmachen?«

Ein durchdringender Summton bewahrte Shiralee vor der Antwort.

Die Türklingel? Das Telefon? Ihr Blick hatte sich ein wenig geklärt. Sie sah Joffrey Ingram zusammenzucken. Auf einen Wink von ihm verschwand der Gorilla in der Diele. Also mußte es die Türklingel gewesen sein – oder vielmehr die Klingel des Tors in der Mauer, die das Grundstück umgab.

Shiralee konnte die Worte nicht verstehen, die durch die Gegensprechanlage gewechselt wurden.

Aber sie sah, daß der Body-guard plötzlich sehr blaß war, als er zurückkam. Er verhaspelte sich fast.

»Sir, d ... Der G-man, Sir! Er steht draußen und will Sie sprechen.«

Ruben wirbelte herum. »Ich wußte es! Ich wußte, daß sie uns in Teufels Küche ...«

Er verstummte, weil sein Bruder ungeduldig mit der Hand durch die Luft fuhr.

Joffreys Gedanken überstürzten sich. Der G-man aus New York! Wenn er hier auftauchte, mußte er das Ende eines Fadens gefunden haben. Aber wieso? Billy und Charly Trask waren tot. Auf Guy Gillespie, den Chefredakteur des Banksville Morning, konnte man sich verlassen. Wieso war der G-man hier? Es gab keine Spur, die zu ihm, Joffrey Ingram, führte.

Einen Moment lang erwog der Gangsterboß, Phil Decker einzulassen, um auf diese Weise wenigstens zu erfahren, wieviel die Gegenseite wußte.

Dann fiel Ingram siedendheiß ein, daß Elaine im Park herumgeisterte. Das blonde Girl hätte er aus dem Blickfeld schaffen können. Elaine nicht. Wenn der G-man auf Elaine stieß, würde es eine Katastrophe geben.

Und wenn er einen Durchsuchungsbefehl hatte?

Nein, dachte Ingram. Nein, bestimmt nicht! Das war unmöglich.

Mit einem tiefen Atemzug straffte er die Schultern.

»Greg!« knurrte er in Richtung auf den Body-guard. »Du gehst mit Rocco raus und wimmelst den G-man ab. Beeilt euch! Und sagt den anderen, sie sollen um Himmels willen aufpassen, daß Elaine nicht im falschen Moment in der Nähe des Tors auftaucht!«

Neben mir auf dem Beifahrersitz des Plymouth lag der auseinandergefaltete Stadtplan von Banksville.

Ich brauchte nicht mehr hinzusehen, weil ich mir längst jede Einzelheit eingeprägt hatte. Der Privatweg nach Raintree Manor zweigte von der Verlängerung der Main Street ab. Aber es gab noch eine andere Zufahrt. Wenn man vier Meilen weiter östlich abbog, geriet man auf eine Piste, die zu einem stillgelegten Steinbruch führte und den Landsitz fast berührte.

Ich wählte den Umweg.

Auch Phil war unterwegs nach Raintree Manor. Falls Shiralee die direkte Zufahrt nahm, weil sie mit Joffrey Ingram sprechen wollte, würde mein Freund an Ort und Stelle sein, um Unheil zu verhüten. Falls sie etwas anderes vorhatte, würde sie zusehen, daß ihr Wagen außer Sichtweite des Anwesens blieb. Die Straße zu dem Steinbruch bot sich geradezu an für jemand, der sich Raintree Manor unbemerkt nähern wollte.

Sagte ich Straße?

Das war sie vielleicht einmal gewesen. Jetzt bestand sie vorwiegend aus Schlaglöchern, in denen Unkraut wucherte. Der Plymouth rumpelte, ächzte und erzitterte alle paar Sekunden in seinen Grundfesten, obwohl ich vorsichtig fuhr. Nach fünf Minuten fühlte ich mich durchgerüttelt wie ein harter Cocktail. Aber das wurde mir kaum bewußt, weil meine Gedanken fieberhaft um die mutmaßliche Situation in Raintree Manor kreisten.

Ich hatte aus verschiedenen Gründen darauf verzichtet, mein Inkognito zu lüften und Mart Stallone zu alarmieren.

Erstens benutzte Phil einen Mietwagen ohne Funk, weil er bis Richmond geflogen war. Zweitens konnte ich mit einem Sheriff und seinem Deputy als Verstärkung ohnehin nicht viel anfangen. Drittens sah ich für Shiralee Foster keine unmittelbare Gefahr. Noch durfte sich Joffrey Ingram sicher fühlen. Er würde sich hüten, das Mädchen anzufassen.

Oder?

Was war, wenn Ingram auf seinem Landsitz im buchstäblichen Sinne des Wortes etwas zu verbergen hatte? Die Leichen von Billy Trask und Charly waren in der Nähe von Raintree Manor gefunden worden. Der Säufer Homer Willies hatte sterben müssen, weil er in der Nähe von Raintree Manor etwas gesehen hatte, das er nicht sehen durfte. Wenn Shiralee ebenfalls darauf stieß ...

Phil war da, versuchte ich mich zu beruhigen.

Trotzdem spürte ich die Unruhe bis in die Fingerspitzen. Du siehst Gespenster, sagte ich mir selbst. Aber auch das beruhigte mich nicht. Im Zusammenhang mit diesem vertrackten Fall war ein bißchen zu oft von Gespenstern die Rede gewesen.

Als ich um die nächste Kurve bog, hätte ich mit dem Plymouth beinahe das Heck von Shiralee Fosters rotem Rabbit gerammt.

Der Wagen war verrückt geparkt. Ich brachte meine angejahrte Vertreterkutsche gerade noch rechtzeitig zum Stehen, stellte den Motor ab und stieg aus. Inzwischen war es völlig dunkel geworden. Wolkenfetzen trieben am Himmel. Jedesmal, wenn sie den Mond verdeckten, schien sich ein schwarzer Mantel über die Landschaft zu breiten.

Sekundenlang lauschte ich. Dann ging ich zu dem Rabbit hinüber, um einen Blick ins Wageninnere zu werfen.

Der Anblick des schokoladenbraunen Jerseykleids und der hochhackigen Sandalen auf dem Rücksitz traf mich wie ein Schlag unter die Gürtellinie. Im nächsten Moment bremste ich meine davongaloppierende Phantasie. Das Kleid sah nicht so aus, als sei es der Trägerin mit Gewalt vom Körper gerissen worden. Außerdem entdeckte ich eine offenbar leere Basttasche auf dem Beifahrersitz. Wahrscheinlich hatte sie Kleidung und Schuhe enthalten, die einem nächtlichen Unternehmen im Gelände angemessener waren.

Daß sich Shiralee im Wagen umgezogen hatte, statt ins Hotel zurückzukehren und Gefahr zu laufen, von mir aufgehalten zu werden, wirkte einleuchtend. Warum sie das Hotel überhaupt erst im eleganten Kleid und auf hochhackigen Schuhen verlassen hatte, konnte ich nur erraten. Ich dachte an Bob Shoon, den jungen Volontär, der es nach Shiralees Abgang plötzlich so eilig gehabt hatte. Vielleicht war sie noch mit ihm verabredet gewesen. Einen guten Vorwand hatte sie ja gehabt, um das Lokal zu wechseln: den lästigen Handelsvertreter ...

Konnte Shoon etwas gewußt haben?

Natürlich konnte er. Alle Welt wußte, daß sich Billy Trask für den Spuk von Raintree Manor interessiert hatte. Billy war der Sache nachgegangen und ermordet worden. Jetzt ging Shiralee der Sache nach, und wenn sie erwischt wurde ...

Ein Krampf zog durch meinen Magen.

Mit zusammengebissenen Zähnen machte ich mich daran, den Straßenrand neben dem roten Rabbit zu untersuchen. Der Boden war noch feucht. Ich brauchte keine halbe Minute, um die Sohlenabdrücke leichter Turnschuhe zu finden.

So lautlos wie möglich bewegte ich mich durch das dichte Gestrüpp.

Hier waren die Spuren nicht mehr zu sehen, weil das Mondlicht nicht bis auf den Boden drang. Aber ich brauchte sie auch gar nicht. Shiralees Ziel war Raintree Manor gewesen. Ich arbeitete mich genau geradeaus weiter, und etwa zehn Minuten später wuchs die Mauer vor mir empor.

Eine übermannshohe Bruchsteinmauer.

Alter hatte den Mörtel benagt, Regen die Fugen ausgewaschen. Es war ein Kinderspiel, diese Mauer zu überklettern, trotz der Glaszacken auf der Krone. Aber ein Mann wie Joffrey Ingram verließ sich garantiert nicht auf Glaszacken. Der dümmste Einbrecher weiß, daß man nur einen Sack oder etwas Ähnliches darüber zu legen braucht. Das war wohl auch der Grund dafür, daß Shiralee Kleid und Schuhe, nicht jedoch ihren Mantel im Wagen zurückgelassen hatte.

Ich ließ den Blick schweifen, aber ich konnte diesen Mantel nirgends entdecken.

Verbissen begann ich, am Fuß der Mauer nach Spuren zu suchen. Gras wucherte hier, so daß keine Fußabdrücke zurückgeblieben waren. Aber ich fand ein paar Glasscherben. Und dann entdeckte ich auch die Stelle, wo Shiralee ihre Schuhspitzen in die Fugen der Bruchsteinmauer geschoben hatte.

Einfach so.

Denn daß sie die nötigen Kenntnisse hatte, um fachmännisch eine Alarmanlage lahmzulegen, bezweifelte ich entschieden.

Genau das war es, was ich jetzt tun mußte. Über Fragen der Legalität machte ich mir dabei keine Gedanken. Jeder Polizist ist berechtigt, notfalls mittels Gewalt ein fremdes Haus oder Grundstück zu betreten, wenn

Gefahr für einen Menschen besteht. Und daß für Shiralee Foster Gefahr bestand, lag klar auf der Hand.

Ich kletterte wieder in den Plymouth, öffnete mein Musterköfferchen und räumte Wish-wash-Flaschen aus, bis ich zum doppelten Boden vorgedrungen war.

Eine Menge verschiedener Werkzeuge und Geräte steckten darunter, alle mit Kunststoffklammern befestigt, damit sie nicht verräterisch klapperten. Ich fischte heraus, was ich brauchte, stieg wieder aus und machte mich auf die Suche nach einer Stelle, wo ich der Alarmanlage am günstigsten zuleibe rücken konnte.

Die Zeit brannte mir auf den Nägeln, obwohl ich nicht wissen konnte, daß es tatsächlich um Sekunden ging.

Phil Decker fand, daß die Stimme aus dem Lautsprecher der Gegensprechanlage ziemlich erschrocken klang.

»Augenblick, bitte«, sagte der Body-guard, um den es sich zweifellos handelte. Der Augenblick dehnte sich. Phil furchte leicht die Brauen. Wenn er und sein Kollege mit ihrer Theorie richtig lagen, dann hatte Joffrey Ingram – aus welchem Grund auch immer – binnen kurzer Zeit drei Menschen ermorden lassen. Kein Wunder, daß ihm der Besuch eines G-man an die Nieren ging. Aber andererseits konnte sich Ingram – noch – halbwegs sicher fühlen. Er hatte alle Fäden gekappt und alle Zeugen zum Schweigen gebracht. Die G-men ahnten nicht einmal, was es eigentlich war, das er so sorgfältig zu verbergen versuchte.

Und solange sie das nicht wußten, konnten sie gar nicht beurteilen, wie bedroht sich ihr Gegner fühlte.

Geduldig wartete der G-man vor dem schweren schmiedeeisernen Tor.

Mondlicht fiel auf den glitzernden Kiesweg und die

Rasenflächen des Parks. Zwischen Büschen und Bäumen ballte sich die Dunkelheit dicht und undurchdringlich wie schwarze Watte. Ein paarmal glaubte Phil, Geräusche zu hören: knackende Zweige, das Tappen von Schritten. Aber es war noch nicht lange her, daß es geregnet hatte. Nichts ist so sehr geeignet, das Ohr zu narren, wie das Platschen und Rieseln von Wassertropfen.

Ungeduldig blickte Phil zur Uhr.

Ein paar Minuten vergingen. Dann endlich erschienen zwei Gestalten auf dem gewundenen Fahrweg, der zum Haus führte. Der G-man runzelte die Stirn. Er fand es recht unpraktisch, daß die Burschen höchstpersönlich und zu Fuß erschienen, statt die Sprechanlage zu benutzen. Sie wollten ihn abwimmeln, klar. Aber das hätten sie auch haben können, ohne ihre Beine in Bewegung zu setzen.

Woraus folgte, daß sie ihn nicht nur abwimmeln, sondern auch feststellen wollten, ob er tatsächlich verschwand.

Warum? Was fürchteten sie?

Daß er die Alarmanlage lahmlegte und über die Mauer kletterte? Erstens wußten sie, daß er das nicht durfte. Zweitens hätten sie ihn, falls er auf die Dienstvorschriften pfiff, kaum daran hindern können. Es sei denn, sie hefteten sich an seine Fersen. Und das würde ihnen schwerfallen, weil sie zu diesem Zweck erst wieder zum Haus zurücklaufen und einen Wagen aus der Garage holen mußten.

Etwas stimmte nicht.

Irgend etwas ging hier vor, das die Gangster sorgsam abzuschirmen suchten.

Phil war gespannt bis in die Fingerspitzen, doch das ließ er sich nicht anmerken.

Statt dessen lächelte er harmlos.

»Hallo«, sagte er leutselig. »Das dauerte ja lange. Ist die Elektronik ausgefallen?«

Den Gangstern war anzusehen, daß sie sich unter einem G-man oder dem G-man – da sie zweifellos über seine Ankunft Bescheid wußten – etwas anderes vorgestellt hatten.

Beide waren dunkelhaarig, schlank und austrainiert. Auf den Jüngeren paßte die Beschreibung, die Charly Trask von dem Gangster mit dem Namen Rocco gegeben hatte. Das Wort führte sein Komplize, dessen knochiges Gesicht hart und gefährlich wirkte.

»Sir?« fragte er höflich.

»Special Agent Decker, das sagte ich ja schon. Ich möchte Mr. Ingram sprechen.«

»Mr. Ingram ist leider nicht zu Hause. Wenn Sie ein andermal wiederkommen würden?«

Der Kerl hatte sich echte Butlermanieren antrainiert. Nur die verschlagenen Augen verrieten, daß das Firnis war. Phil Decker lächelte. Wenn er will, kann er lächeln wie ein leicht vertrottelter Großvater.

»Ein andermal habe ich keine Zeit«, gab er bekannt.

Der Knochige wirkte unschlüssig. Sein Blick verriet, was er dachte: Geh zum Teufel, Bulle! Laut sagte er: »Das tut mir leid, Sir.«

»Mir auch. Kann ich jetzt also Mr. Ingram sprechen?«

»Ich sagte schon, er ist nicht zu Hause. Versuchen Sie es morgen früh wieder, Sir!«

Die Worte klangen immer noch höflich. Aber in der Stimme schwang ein Unterton von Ungeduld mit, von mühsam beherrschter Spannung. Den beiden Kerlen brannte die Zeit auf den Nägeln. Ganz offensichtlich wollten sie den Besucher so schnell wie möglich loswerden. Für Phil war das ein Grund, die Unterhaltung durch gespielte Begriffsstutzigkeit in die Länge zu ziehen.

»Tja, also ...«, sagte er. Dabei kratzte er sich am Kopf und imitierte die Gestik eines Fernsehdetektivs, der auch immer nur so tut, als sei er hoffnungslos schußlig. »Also das ist wirklich Pech! Ich muß Mr. Ingram nämlich sehr dringend sprechen. Was macht man da?«

Harmlos blinzelte er von einem zum anderen. Der junge Südländer furchte die Stirn, als frage er sich ernsthaft, ob er es wirklich mit einem G-man und nicht etwa mit einem entsprungenen Irren zu tun habe. Der Knochige bewahrte mühsam seine Fassung.

»Gar nichts macht man da.« Seine Stimme klang kehlig vor unterdrückter Wut. »Setzen Sie sich in Ihren Wagen, und fahren Sie nach Hause – Sir!«

»Das geht leider nicht. Ich habe in Banksville einen Fall zu klären. Zu Hause bin ich nämlich in New York.« Phil furchte die Stirn. Dann zauberte er ein Strahlen auf seine Züge. »Ah, jetzt verstehe ich! Ich habe es versäumt, mich auszuweisen.«

»Sie brauchen sich nicht auszuweisen, Sie ...«

»Aber natürlich muß ich mich ausweisen. Ein Versäumnis von mir, entschuldigen Sie bitte. Ist ja klar, daß Sie unter diesen Umständen zögern müssen, mir über den Weg zu trauen. Da! Bitte sehr! Mein Dienstausweis!«

Phil hatte das Papier umständlich in sämtlichen Taschen gesucht. Triumphierend wie nach einem gelungenen Zaubertrick hielt er es dem Knochigen unter die Nase.

Der knirschte mit den Zähnen. »Okay«, preßte er hervor. »Ich habe es gesehen. Und jetzt gehen Sie bitte!«

»Sie wollen mir also immer noch nicht sagen, wo ich Mr. Ingram finde?«

»Ich kann es Ihnen nicht sagen, weil ich es nicht weiß. Auf Wiedersehn!«

»Aber Moment mal! Sie werden doch wissen, wo ...«

»Heiliger Mississippi!« stöhnte der Südländer. »Greg, der Kerl ist entweder besoffen oder ...«

»Wie bitte?« fragte Phil scharf.

»Nichts, gar nichts!« Der Knochige hob beschwörend die Hände. »Ein Mißverständnis. Mein Kollege wollte nicht ...

»Ihr Kollege hat mich soeben der Trunkenheit im Dienst bezichtigt«, ereiferte sich Phil. »Das ist ein schwerwiegender Vorwurf, den ich nicht unwidersprochen ...«

»Mister!« der Knochige erstickte fast an seiner Wut. »Wollen Sie jetzt bitte verschwinden?«

»Eigentlich nicht«, sagte Phil lächelnd.

Zwei Sekunden blieb es sehr still.

Der G-man hatte das Gefühl, daß die beiden Gangster im nächsten Moment explodieren würden wie Nitroflaschen, die ein unvorsichtiger Mensch zu lange geschüttelt hat. Aber so weit kam es nicht.

Deutlich war in der kurzen Stille der Schrei zu hören, der im Haus erklang.

Der Schrei einer Frauenstimme, hell und verzweifelt. Die beiden Gangster zuckten zusammen. Der Knochige holte Luft. Er wollte schnell und laut zu reden beginnen. Doch jetzt streifte Phil das vertrottelte Gehabe ab wie einen alten Mantel.

Seine Gegner hatten den Fehler gemacht, das Tor zu öffnen, weil sie nicht unhöflicherweise durch die Eisenschnörkel mit ihm sprechen wollten.

Mit zwei Schritten stand der G-man innerhalb des Grundstücks. Der Südländer wich unwillkürlich ein Stück zurück. Der Knochige breitete mit einer lächerlich theatralisch anmutenden Gebärde die Arme aus.

»Halt, verdammt! Sie haben keinen Durchsuchungsbefehl! Sie können nicht einfach ...«

»Gefahr für Leib oder Leben Dritter«, zitierte Phil aus

dem entsprechenden Gesetz. »Im Haus hat jemand geschrien.«

»Blödsinn! Niemand hat ...«

»Ich habe es gehört. Und Sie werden mich nicht daran hindern, der Sache auf den Grund zu gehen.«

Phil stand so, daß er beide Gegner gleichzeitig im Auge behalten konnte. Seinen Trenchcoat hatte er schon aufgeknöpft, bevor er den Mietwagen verließ. Er wußte, er würde schneller sein, wenn die Gangster zu den Waffen griffen. Er zweifelte nicht daran, daß sie es tun würden. Den Gedanken an seine nächste Aktion schob er vorerst von sich. Natürlich war es Wahnsinn, hier einen Alleingang zu unternehmen. Aber er hatte immer noch den verzweifelten Schrei im Ohr. Er konnte nicht vorsichtig taktieren und sich nicht einfach zurückziehen.

Gespannt beobachtete er die beiden Gangster – und dabei achtete er sekundenlang zu wenig auf seine Umgebung.

Er hatte nicht damit gerechnet, daß da noch ein dritter Mann war, der die Vorgänge beobachtete. Der Bursche lauerte im Schatten des Torpfeilers. Die ganze Zeit über hatte er sich nicht gerührt. Jetzt sah er die Gelegenheit zum Eingreifen gekommen.

Als Phil das Geräusch hinter sich hörte, war es zu spät.

»Hands up!« raunzte eine unsympathische Stimme.

Hart und unmißverständlich bohrte sich etwas in seinen Rücken. Die beiden Gangster vor ihm glitten nach links und rechts auseinander, um nicht in der Schußlinie zu stehen. Phil spreizte mechanisch die Arme ab. Er hatte keine Wahl. Mit dem Burschen, der ihm die Pistole ins Kreuz drückte, wäre er notfalls fertig geworden. Aber nicht unter den Augen der beiden anderen, die sich jederzeit einschalten konnten.

Zwei Sekunden später war er den 38er los.

Ein Stoß in den Rücken wies ihm die Richtung. Phil Decker blieb nichts anderes übrig, als gehorsam zum Haus zu marschieren.

Geschafft!

Ich wischte mir den Schweiß von der Stirn und ließ das letzte Werkzeug zu Boden fallen. Joffrey Ingrams Alarmanlage lahmzulegen, war ein verdammt schwieriges Stück Arbeit gewesen. Eine Arbeit, deren Einzelheiten ich aus naheliegenden Gründen lieber verschweige.

Geräusche hatte es kaum gegeben. Auch die Mauer überkletterte ich so lautlos wie möglich. Genau wie Shiralee benutzte ich meinen Mantel, um die scharfen Glaszacken abzudecken. Hinterher verbarg ich ihn in einem Gebüsch. Zu gebrauchen war er ohnehin nicht mehr. Die Boys von der Spesenabteilung würden mal wieder Grund haben zu nörgeln, was ohnehin ihre Lieblingsbeschäftigung ist.

Im hohen Gras jenseits der Mauer war ich weich gelandet. Jetzt sah ich mich um. Der große Park wirkte gespenstisch im Mondlicht. Büsche und Koniferen, die sich wie bucklige Gnomen zusammenduckten. Tiefschwarze Schatteninseln zwischen den hohen alten Bäumen. Weite Rasenflächen, über denen ein silberner Schleier zu liegen schien. Das Haus konnte ich nicht sehen. Ich vermutete es weiter vorn, in der Nähe des Einfahrtstores. Trotzdem verharrte ich ein paar Sekunden und lauschte.

Ich hatte Geräusche gehört, während ich mich mit der Alarmanlage befaßte.

Schritte, Stimmen – alles recht fern, aber deutlich genug, um den Eindruck von Unruhe zu vermitteln. Gorillas, die einfach nur durch den Park auf Streife gingen, hätten sich anders verhalten. Etwas stimmte nicht.

Ich glaubte zu wissen, was es war. Es lag ja auf der Hand. Shiralee Foster hatte die Alarmanlage ausgelöst, als sie über die Mauer kletterte.

Jetzt wurde sie gesucht. Also hatte sie ihren Fehler rechtzeitig genug bemerkt, um sich unsichtbar zu machen. Ich biß die Zähne zusammen. Shiralee riskierte Kopf und Kragen!

Die Gangster konnten nicht wissen, wer in den Park eingedrungen war. Im Zweifelsfalle würden sie erst schießen und dann fragen.

Im Moment herrschte Stille.

Langsam bewegte ich mich von der Mauer weg auf eine Baumgruppe zu. Den rechten Arm hielt ich gewohnheitsmäßig angewinkelt, um im Notfall schneller an die Waffe zu kommen. Nach dem letzten Regen war das Gras so weit getrocknet, daß es weder raschelte noch unter meinen Schritten triefte. Fast lautlos ging ich weiter und lauschte dabei angespannt in die Dunkelheit.

Minuten später hörte ich ganz in der Nähe einen Zweig knacken.

Ich blieb stehen, hielt den Atem an. Vorhin, als ich eine der dichten Rhododendron-Inseln umrundete, war ich schon einmal schreckhaft zusammengezuckt, weil mich eine Marmorstatue auf ihrem Sockel narrte. Jetzt glaubte ich wieder, einen weißen Umriß zu sehen, diesmal im Schatten hoher alter Ahornbäume. Bewegte sich da etwas?

Ich kniff die Augen zusammen.

Das Spiel von Licht und Schatten wirkte verwirrend, weil sich die Baumkronen im Wind bewegten und der Mondschein nur stellenweise durchdrang. Fahle Flecken tanzten über den Boden. Ab und zu stachen Mondstrahlen wie silberne Speere durch das Blätterdach. Für kurze Zeit verdunkelte der Schatten einer Wolke das Gelände.

Er verschwand wieder, als werde ein Vorhang weggezogen – und jetzt konnte ich deutlicher sehen.

Eine weiße Gestalt ...

Bestimmt keine Statue!

Blondes Haar wehte. Das lange weiße Gewand bauschte sich im Wind. Lautlos wie ein Geist huschte die Frau durch das Dunkel und war im nächsten Moment hinter einem mächtigen Baumstamm verschwunden.

Schon Sekunden später tauchte sie wieder auf. Sie folgte jetzt einem der schmalen Pfade, deren Zweck vermutlich darin bestand, dem Gärtner das Schieben seines Gerätekarrens zu erleichtern. Ich stand wie angewurzelt, gebannt von dem Gefühl, daß mir die Wirklichkeit entglitt, daß ich einen Traum erlebte.

Die weiße Dame ...

Der Spuk von Raintree Manor ...

Und gleich erscheint Dracula mit dem Kopf unter dem Arm, dachte ich.

Meine grauen Zellen funktionierten wieder. Ich hatte eine Frau in einem langen weißen Kleidungsstück gesehen, nichts weiter. Ich sah sie immer noch. Sie bewegte sich lautlos, geschickt, fast schwerelos. Schlichte Gemüter, zumal unter Alkoholeinfluß, mochten sie durchaus für einen Spuk halten. Wenn sie öfter so herumgeisterte, lag darin vermutlich die Erklärung für den Aberglauben, der sich um die weiße Dame von Raintree Manor rankte.

Aber wer, zum Teufel, war sie?

Ich hatte mich mechanisch in Bewegung gesetzt, um der Gestalt zu folgen. Meine Gedanken wirbelten. Es gab nur eine Frau, die möglicherweise auf Raintree Manor lebte und ...

Sie verschwand aus meinem Blickfeld.

Eben hatte ich sie noch gesehen. Jetzt war sie verschwunden. Oder nein, nicht verschwunden! Der Pfad gabelte sich. Die Frau mußte sich nach rechts gewandt haben, wo ein langgestreckter Geräteschuppen sie meiner Sicht entzog. Ich wollte weitereilen. Doch im selben Moment hörte ich ein metallisches Geräusch aus dem Innern des stabilen Holzbaus.

Jemand hielt sich dort auf.

Wäre es die Frau gewesen, hätte ich vorher das Knarren der Tür hören müssen – das glaubte ich wenigstens. Lauschend blieb ich stehen. Schon meinte ich, mich geirrt zu haben – da schlug ein klatschendes Geräusch an mein Ohr, dem ein dumpfes Poltern folgte.

Dann Stille.

Oder doch nicht? Ich war nicht sicher, ob ich die leichten, huschenden Schritte und das Rascheln von Stoff wirklich wahrnahm oder mir nur einbildete. Verdammt, ich hatte keine Ahnung, was da gelaufen war! Vorsichtig pirschte ich mich an den Schuppen heran und spähte um die Ecke, doch von der Frau in Weiß war keine Spur mehr zu entdecken.

Dafür drang dumpfes Ächzen aus der Schuppentür. Ich zog die Automatik aus dem Schulterholster, bevor ich den Holzbau betrat. Das einfallende Mondlicht reichte aus, um den Mann am Boden zu erkennen. Er lag auf der Seite. Eine Beule wuchs an seinem Hinterkopf. Sein Jackett war so auseinandergezogen, daß es die Schulterholster freigab.

Ein, leeres Schulterholster!

Jemand, der nur die Frau in Weiß sein konnte, hatte den Burschen von hinten niedergeschlagen und ihm die Pistole abgenommen. Die Schlagwaffe entdeckte ich, als ich neben dem Bewußtlosen in die Hocke ging. Am Metall des etwa fußlangen Geräts, mit dem normalerweise Löcher für Blumenzwiebeln gestochen wurden, klebten Blut und ein paar Haare. Ich zog die Unterlippe zwischen die Zähne.

Was jetzt? Ich hatte gehofft, Shiralee zu finden. Statt dessen geisterte die Frau in Weiß durch den Park und schlug Ingrams Gorillas nieder ...

Ich begriff es nicht.

Und ich kam auch nicht dazu, meine Gedanken zu ordnen. In diesem verdammten Park verstand sich nicht nur die weiße Dame völlig lautlos zu bewegen. Ich hatte von Anfang an das Gefühl gehabt, daß Menschen in der Dunkelheit herumschlichen. Jetzt erhielt ich den schlagenden Beweis für die Richtigkeit dieses Verdachts.

Ich hörte noch das winzige Geräusch in meinem Rücken. Ich wollte herumwirbeln. Doch da löschte ein harter Schlag in den Nacken schon mein Bewußtsein aus.

Das Metall der Pistole schmiegte sich kühl in ihre Hand.

Ein Ausdruck fast schmerzhafter Konzentration flog über das bleiche Gesicht der Frau, während sie die Waffe betrachtete. Elaine wußte, wie man sie entsicherte, wie man den Finger über den Abzug schob, den Druckpunkt ertastete und mit ausgestrecktem Arm über Kimme und Korn zielte ...

Vor zwei Ewigkeiten war das ein Sport gewesen, ein Spiel. Und Sicherheit! Die bewaffneten Männer in ihrer Umgebung waren Garanten für ihre Sicherheit gewesen. Damals hatte sie noch nicht gewußt, was Waffen wirklich bedeuteten ...

Ihr kranker Geist wehrte sich gegen die Bilder, die sie bedrängten.

Die Schüsse ... So viel Blut ... Sie war zu spät gekommen. Sie hatte es nicht mehr verhindern können. Sie erinnerte sich daran, daß sie geschrien hatte. Und seit damals schien das Echo dieses Schreis in ihrem Gehirn nachzuhallen, wieder und wieder, noch nach Jahr und Tag, endlos, unentrinnbar ...

Elaine spürte nicht die Kälte, die durch das dünne Nachthemd drang.

Ihre schmale, fast durchsichtig blasse Hand schloß sich fester um die Waffe. Sie erschauerte in der Erinnerung an den schrecklichen Moment, als sie den Rücken des Mannes gesehen und nach dem nächstbesten Gegenstand gegriffen hatte. Er sollte sie nicht entdecken und wieder einfangen. Aber dann lag er da, und sie dachte daran, daß er eine Waffe bei sich hatte, daß eine Waffe Macht bedeutete ...

Ein fremder, harter Glanz belebte ihre leeren Augen.

Langsam ging sie weiter, glitt durch die Lücke zwischen zwei Rhododendren und schob die verschränkten Zweige von Blautannen beiseite, die einen Durchschlupf verbargen. Niemand würde sie finden, diesmal nicht. Niemand würde sie hindern zu gehen, wohin sie wollte, zu sagen, was sie sagen mußte allen sagen mußte ...

Wieder überfiel sie die Erinnerung.

Sie hörte sich schreien. Hilflos, wehrlos gegen das Verhängnis. Wenn sie nur damals eine Waffe gehabt hätte! Wenn sie es nur hätte verhindern können!

Jäh und schmerzhaft verkrampften sich ihre Finger am Griff der Pistole.

Sie beschleunigte ihre Schritte. Denn jetzt wußte sie plötzlich, was sie tun mußte.

Als ich wieder aufwachte, hatte ich das Gefühl, daß glühendes Blei an der Stelle schwappte, wo eigentlich mein Gehirn hingehörte.

Ich lag auf einem Teppich, mit dem Gesicht nach

unten. Ein Kaminfeuer knisterte im Hintergrund, und obwohl es still war, spürte ich die Anwesenheit von Menschen. Um dahinterzukommen, daß man mich in die Halle des Landhauses geschleppt hatte, bedurfte es keiner großen Gehirnakrobatik.

»Greg, Rocco!« hörte ich eine mühsam beherrschte Stimme. »Verschwindet nach draußen! Ich will endlich wissen, wo Elaine steckt.«

Elaine!

Ich hatte es geahnt.

Elaine Ingram lebte immer noch auf Raintree Manor. Seit zehn Jahren lebte sie hier, während alle glaubten, sie habe ihren Mann verlassen.

Warum hielt sie sich versteckt?

Oder hielt sie sich gar nicht versteckt, sondern wurde gefangengehalten? Hatte sie deshalb den Body-guard niedergeschlagen und sich seiner Pistole bemächtigt?

Heiß fiel mir ein, daß die Gangster vermutlich mich für die Beule ihres Komplizen – verantwortlich machten. Er selbst konnte Elaine nicht gesehen haben. Vielleicht suchte er in dem Geräteschuppen immer noch nach seiner Pistole. Wenn das zutraf, dann ahnte hier niemand, daß Elaine Ingram bewaffnet war.

Vorsichtig öffnete ich die Augen.

Und hatte Mühe, nicht heftig zusammenzuzucken.

Phil Decker stand vor einem wandhohen Bücherregal, die Arme leicht abgespreizt, das Gesicht blaß und kantig. Shiralee Foster hatten die Gangster in einen Sessel gestoßen. Ihre Lippen bluteten. Mit weit aufgerissenen Augen starrte sie über mich hinweg, dorthin, wo ich Joffrey Ingram und seine Killer vermutete.

Ich fror plötzlich, obwohl das Kaminfeuer behagliche Wärme ausstrahlte.

Überflüssig, sich zu fragen, wie die Kerle Phil überrumpelt hatten. Er war hier, das reichte. Und sie hatten Shiralee. Wir steckten in der Falle.

»Er ist wach«, knurrte jemand auf der anderen Seite der Halle.

»Los, hoch!« befahl eine zweite Stimme.

Ich quälte mich auf die Beine.

In meinem Kopf schienen immer noch sämtliche Höllenfeuer zu lodern. Aber der Schmerz wirkte seltsam fern und nebensächlich, als gehöre er nicht zu mir. Ich spürte Phils Blick – fragend, verständnislos. Was ihm passiert war, konnte ich mir halbwegs vorstellen, während ihm meine Anwesenheit völlig rätselhaft sein mußte. Aber das spielte im Moment nicht die geringste Rolle.

Mit zusammengebissenen Zähnen drehte ich mich um.

Da standen sie. Joffrey Ingram schlank, elegant, kultiviert – und sichtbar unter Hochspannung. Sein Bruder – Ruben hieß er, fiel mir ein – stützte sich auf den Kaminsims und strahlte einen Haß aus, den ich fast körperlich spürte. Zwei Body-guards hielten Pistolen in den Fäusten. Phils Dienstrevolver, meine Automatic und eine kleine Astra, die Shiralee gehören mochte, entdeckte ich auf den Sideboard – unerreichbar.

Das Schweigen erschien mir seltsam unwirklich.

Erregung, Ratlosigkeit, beginnende Panik – das alles knisterte fühlbar in der Luft. Über Joffrey Ingram war zu viel zu schnell hereingebrochen. Mit dem Mord an dem alten Tramp hatte er auch noch die letzte Spur von Gefahr beseitigen wollen. Jetzt stand er da mit einem gekidnappten G-man, einem Mädchen, das er in seinem Park aufgegabelt hatte, und einem Mann, nämlich mir, dessen Rolle ihm völlig rätselhaft sein mußte.

Es war Ruben Ingram, der als erster wieder Worte fand.

»Tu etwas, Joffrey!« stieß er durch die Zähne. »Du hast

es so weit kommen lassen, also sieh zu, wie du diesen Schlamassel wieder bereinigst!«

Sein Bruder preßte die Lippen zusammen.

Er hatte mich die ganze Zeit über angestarrt. Jetzt wandte er sich einem der Body-guards zu. »Ist das der Kerl, der euch bei Willies dazwischengefunkt hat?«

»Keine Ahnung, Sir.«

Der Gorilla zuckte mit den Schultern. Ich sah das glatte, harte Gesicht. Er also war es gewesen, der den wehrlosen alten Mann abgeknallt hatte.

»Wer bist du?«

Diesmal sprach mich Joffrey Ingram direkt an. Ich schwieg. Etwas anderes blieb mir gar nicht übrig. Wir mußten auf Zeitgewinn spielen. Ingram war schon zu weit gegangen, um uns wieder laufenzulassen. Wir würden noch genausolange leben, wie der Gangsterboß die Situation nicht durchschaute. Wenn ich das nicht ohnehin gewußt hätte, wäre es mir bei der Bemerkung über Homer Willies klargeworden, mit der Ingram den Mord praktisch zugegeben hatte.

»Narr!« knirschte er. »Du wirst so oder so reden. Es gibt Mittel und Wege genug.« Und nach einer Pause: »Du bist jedenfalls kein Handelsvertreter. Was also? Ein Bulle? Ein Zeitungsschmierer?«

Ich sah den Haß in seinen Augen. Allmählich fiel die Maske des kultivierten, eleganten Gentleman von ihm ab. Ich schwieg. Jede Minute Zeitgewinn zählte. Natürlich konnte ich ihm eine abenteuerliche Geschichte auftischen. Doch die wollte ich mir für später aufsparen.

»Ronnie! Bert! fauchte er. »Zeigt ihm ...«

»Nein, Joffrey. Das geht auch anders.«

Ruben Ingram hatte sich von dem Kaminsims abgestoßen und hinkte ein paar Schritte näher. War es die Verbitterung über sein Gebrechen, die ihm diese Ausstrahlung von Menschenverachtung und Grausamkeit verlieh? Seine Stimme klang sanft. Widerlich sanft. Ich sah seinen Blick zu Shiralee abgleiten und wußte, was er vorhatte.

Wenn sie sich an dem Mädchen vergriffen, würden Phil und ich keine Wahl haben.

Dann würden wir reden, auch wenn wir wußten, daß wir dadurch nur das Ende beschleunigten. So weit durfte es nicht kommen.

»Sollten Sie sich nicht besser erst einmal um Ihre Frau kümmern, Ingram?« fragte ich.

Er hatte sich seinem Bruder zugewandt. Jetzt fuhr er wie von einem Peitschenhieb getroffen herum. Seine Augen flackerten. »Was wissen Sie davon?« flüsterte er. Ich spürte, daß ich ihn getroffen hatte.

»Die weiße Dame«, zitierte ich gedehnt. »Die weiße Dame von Raintree Manor ... Sie ist krank, nicht wahr? Elaine ist geisteskrank, und Sie haben sie zehn Jahre lang hier gefangengehalten.«

Die Stille war so dicht, daß man ein Sandkorn fallen gehört hätte.

Joffrey Ingrams Atem beschleunigte sich. Er ballte die Hände zu Fäusten, bis die Knöchel weiß und spitz unter der Haut hervortraten. »Ich halte sie nicht gefangen«, brachte er heraus. »Ich ...«

»Joffrey!« fuhr Ruben dazwischen. »Joff! Merkst du nicht, daß er dich dumm und dämlich quasseln ...«

»Shut up! Er weiß es, Ruben! Er weiß es!«

»Natürlich weiß er es!« Der Jüngere schrie fast, unbeherrscht und voller Haß. »Jeder, der ein bißchen Verstand im Kopf hat, kann es sich zusammenreimen. Ich habe es dir gesagt, Joff! Hundertmal habe ich es dir gesagt!«

»Du Schwein«, flüsterte Joffrey Ingram. »Du kaltblütiges, gefühlloses ...«

»Sie ist verrückt! Irre, übergeschnappt, wahnsinnig! Sie bringt uns alle ins Zuchthaus! Du hättest sie vor zehn Jahren stumm machen müssen!«

Stumm machen, klang es in mir nach. Du hättest sie von zehn Jahren stumm machen müssen …

Vor zehn Jahren war Joffrey Ingrams einziger Sohn gestorben. Ich dachte an das, was mir der alte Amos Bondy erzählt hatte, der Vater des zweiten Opfers. Und da wußte ich plötzlich, was damals in jener Schreckensnacht vor zehn Jahren wirklich geschehen war.

Ich starrte Joffrey Ingram an.

Er schien seinen Bruder kaum zu beachten. Er achtete auch nicht mehr auf Phil oder Shiralee. Er dachte nicht mehr daran, daß er mir eben noch gewaltsam Informationen hatte abpressen wollen. In ihm war etwas aufgewühlt worden, das seit zehn Jahren schwelte und ihm keine Ruhe ließ. Der Blick der durchdringenden saphirblauen Augen sog sich an meinem Gesicht fest.

»Er hat recht, Ingram«, sagte ich leise. »Von seinem Standpunkt aus hat er recht. Vom Standpunkt des gefühllosen Ungeheuers …«

»Was wissen Sie? Was? Was?«

Ich zuckte mit den Schultern. »Alles, denke ich«, sagte ich gelassen. »Es ist nicht schwer herauszufinden. Oder war Ihnen das nicht klar? Es genügt nicht, Zeitungsarchive in Brand zu stecken und Reporter umzubringen. Es gibt mehr als ein Zeitungsarchiv und mehr als einen Reporter. Es gibt Menschen, die sich erinnern. Menschen, die zwei und zwei zusammenzählen. Es war nicht schwer, Ingram, wirklich nicht.«

Sein Gesicht glich einer Marmormaske, in der nur die Lippen zuckten. Selbst sein Bruder wagte nichts zu sagen, obwohl er vor Wut zitterte. Ich wußte, ich durfte jetzt nicht zu Phil hinübersehen. Aber ich verließ mich darauf, daß er auch so begriff. Er würde handeln, wenn unsere Chance kam.

»Nicht schwer?« krächzte Ingram ungläubig. »Nicht schwer?«

Wieder hob ich die Schultern. Mein Blick schätzte die Entfernung zu dem Sideboard, auf dem unsere Waffen lagen. »Hast du geglaubt, der Mord an deinem Sohn und seinen Freunden wäre vergessen?« fragte ich ruhig. »Hast du geglaubt, der Brand im Archiv der Lokalzeitung würde irgend etwas bewirken? Die Informationen sind für jeden zugänglich, der sie ernsthaft haben will. Und zehn Jahre sind keine allzulange Zeit, Ingram. Es gibt Leute genug, die sich an Elaine erinnern. Viele wissen, daß sie damals heimlich ihren Sohn unterstützte und dich nach seinem Tod angeblich verließ. Seit damals spukt es auf Raintree Manor, nicht wahr? Seit damals geht die Legende von der weißen Frau um.«

»Sie ist verrückt! Sie hat den Verstand verloren über Joes Tod, sie ...«

»Ja, sie hat den Verstand verloren. Aber nicht über Joes Tod, sondern weil sie die Mörder kannte ...«

Joffrey Ingram zitterte. Er krümmte sich fast. Sein Bruder keuchte und sah von einem zum anderen. Er begriff zumindest halb, was ich hier tat. Seine Finger streckten und krümmten sich rhythmisch. Ich hoffte, daß er nicht vorzeitig zur Waffe greifen würde, um das Spiel zu beenden.

»Nein!« stieß Joffrey hervor. »Nein! Nein! Das kannst du nicht wissen! Niemand kann es wissen!«

»Wer hat deinen Sohn ermordet, Ingram?« fragte ich hart.

Er stöhnte.

Jetzt, Phil, dachte ich. Jetzt!

Ich wußte, in diesen Sekunden war alle Aufmerksamkeit ausschließlich auf mich gerichtet. Wir hätten eine Chance gehabt. Wir glaubten es jedenfalls. Aber bevor einer von uns handeln konnte, nahmen die Ereignisse jäh eine überraschende Wende.

Ich glaube, Joffrey Ingram war der erste, der den Luftzug von der aufschwingenden Terrassentür spürte.

Er fuhr herum. Ich wandte ebenfalls den Kopf. Ein Schauer überlief mich, als ich die weiße Gestalt und die schwere Pistole in der schmalen Hand erkannte.

»Er!« sagte Elaine Ingram tonlos. »Er war es! Er hat seinen eigenen Sohn ermordet.«

Niemand rührte sich.

Die Stille, die sekundenlang herabsank, ließ sich nicht mit Worten beschreiben. Gibt es eine Stille, die tiefer ist als tief? Vollkommener als vollkommen? Nein, das alles gibt es nicht, genausowenig wie einen Schatten, der schwärzer als schwarz ist. Und doch habe ich selbst heute noch das Gefühl, daß die Stille damals tiefer als tief war, totaler als total – tödlich.

»Er«, wiederholte die weiße Gestalt. »Er hat seinen Sohn ermordet.«

»Elaine ...«, stöhnte Joffrey Ingram.

»Warum?« fragte ich.

Aus den Augenwinkeln hatte ich gesehen, wie sich Ruben Ingrams Gesicht zur Fratze verzerrte. Ich spürte, daß die Spannung jeden Augenblick explodieren konnte. Und deshalb fragte ich: »Warum hat er das getan? Weil Joe ihn erpressen wollte?«

Elaine sah mich nicht an. Ihr Blick ging ins Leere. Aber ihre Stimme klang ruhig und vollkommen klar.

»Weil Joe ihn erpressen wollte«, bestätigte sie. »Joe haßte ihn. Aber sein Vater wollte nicht einsehen, daß er ihn gehen lassen mußte. Sein Vater begriff nicht, daß er kein Recht hatte auf diesen Sohn – kein Recht auf seine Überzeugungen, seinen Glauben, seine Seele ...«

»Elaine!« flüsterte Joffrey Ingram. »Elaine, komm zu dir! Es war ...«

»Nein, es war kein Unglück. Es war vorherbestimmt.« Die Stimme der Frau klang leise, ruhig, erschreckend monoton. »Joe wollte frei sein, doch sein Vater gönnte ihm die Freiheit nicht. Sein Vater hatte Angst. Ja, Angst«, wiederholte sie, als sie Joffrey Ingrams beschwörende Handbewegung sah. »Angst vor den Folgen seiner Handlungen, seiner Verbrechen. Er wollte seinen Sohn bei sich behalten. Er versuchte alles. Joe hätte fortgehen müssen. Aber er wollte nicht fortgehen – nicht ohne mich ...«

Ihre Stimme zerfaserte. Aber die Pistole in ihrer Hand zielte immer noch auf die beiden schreckensstarren Gorillas. Sicher wäre es ihnen leichtgefallen, der Bedrohung zu begegnen. Aber sie wagten ohne Joffrey Ingrams ausdrücklichen Befehl nichts zu tun, und Joffrey Ingram war in diesen Sekunden außerstande, Befehle zu geben.

»Und dann hat Joe versucht, seinen Vater zu erpressen?« fragte ich behutsam.

Elaine nickte. »Ja, so war es. Joe kannte die Vergangenheit. Es fiel ihm nicht schwer, etwas zu finden. Ich wußte davon. Ich wußte, was sie vorhatten – Joe und seine Freunde.«

»Und weiter?« fragte ich.

»Sie haben es versucht. 100000 Dollar wollten sie – nicht einmal viel. Mein Mann ahnte nicht, daß ich davon wußte. Er sagte mir nichts, aber ich hörte zufällig ein Gespräch mit an. Ich hörte, daß sie den Erpressern eine Falle stellen und sie umbringen wollten. Und ich wußte nicht, was ich tun sollte, jedenfalls nicht sofort. Als ich mit meinem Mann sprechen wollte, war es zu spät. Er war schon unterwegs. Ich versuchte, Joe und seine Freunde zu warnen. Aber auch sie waren schon unterwegs. Da bin ich zu dem Treffpunkt gefahren, zu der Brücke. Zu spät ... viel zu spät ...«

Ich versuchte zu schlucken. Meine Kehle war trocken wie Zunder. »Sie haben es gesehen?« fragte ich.

»Ja ... ich habe es gesehen ... die Schüsse, das Blut ... so viel Blut! Er hat Joe erschossen. Verstehen Sie? Er hat mit eigenen Händen seinen Sohn erschossen, ohne es zu ahnen. Er hat es erst gemerkt, als es zu spät war. Und ich stand dabei. Ich sah Joe sterben, und ich sah das Gesicht seines Vaters, und ich konnte nichts tun. Nichts, nichts, nichts ...«

Ihre Stimme brach.

Immer noch stand sie reglos da, doch die Pistole in ihrer Hand wirkte jetzt wie ein Fremdkörper, der sie nichts anging. Joffrey Ingram schwankte unter der grausamen Wahrheit, der er seit zehn Jahren nicht ins Gesicht sehen konnte. Er hatte mit eigenen Händen seinen einzigen Sohn ermordet. Seine Frau war darüber wahnsinnig geworden – denn an Elaines Zustand gab es keinen Zweifel. Zehn Jahre lang hatte er sie verborgen – oder gefangengehalten, weil er wußte, daß sie reden, daß sie die Wahrheit hinausschreien würde, wenn sie Gelegenheit dazu bekam. Zehn Jahre lang war sie die weiße Dame gewesen, die nie das Haus verließ, sondern nur manchmal bei Dunkelheit in ihrem langen weißen Nachthemd durch den Park geisterte.

Der Spuk von Raintree Manor ...

Die Frau, die Joffrey Ingram nicht auch noch töten wollte, nachdem er schon seinen Sohn getötet hatte. Die letzte und einzige Zeugin, um derentwillen er jeden hatte umbringen lassen, der der Wahrheit nahe kam ...

Zuerst der junge Billy, der bei seinen Nachforschungen über Spukgeschichten und Aberglauben darauf gestoßen sein mußte.

Dann Charly Trask, der die Wahrheit aus Billys Brief kannte.

Zuletzt Homer Willies, den Tramp, der Billys Leiche fand und nicht davon abzubringen war, er habe im Park von Raintree Manor die weiße Dame gesehen.

Und jetzt?

Glaubte Ingram wirklich, er könne die Wahrheit durch immer neue Morde auslöschen?

Sein Gesicht wirkte grau und verfallen, Elaine stand reglos in der offenen Terrassentür, den Finger am Druckpunkt, die Mündung der Pistole auf die beiden Bodyguards gerichtet. Aus den Augenwinkeln sah ich, wie Phil die Muskeln spannte. Wir mußten handeln. Jetzt! In der nächsten Sekunde! Ich konzentrierte mich darauf, die beiden bewaffneten Gorillas anzuspringen.

Doch auch diesmal kamen mir die Ereignisse zuvor.

In der Sekunde, in der ich zur Seite schnellen wollte, stieß Ruben Ingram einen krächzenden Schrei aus.

Einen Schrei der Wut und Verzweiflung. Einen Schrei, in dem ebenfalls eine Art von Wahnsinn lag.

Ich wirbelte halb herum.

Schwarz und drohend glänzte die Waffe in Rubens Rechter. Seine Augen loderten vor Haß. Und wie durch ein Brennglas gebündelt konzentrierte sich dieser Haß auf die weiße Gestalt an der Tür.

»Nein!« schrie ich.

Aber ich wußte schon vorher, daß ich nichts mehr verhindern konnte.

Zweimal hintereinander brüllte die Pistole in Rubens Faust auf.

Elaine Ingrams Körper zuckte wie von Stromstößen

getroffen. Ihre Hand sank herab. Die Waffe entglitt ihren Fingern, als sei sie plötzlich zu schwer für sie geworden. Langsam sank sie auf die Knie, während die beiden roten, schillernden Flecken in Höhe ihres Herzens immer größer wurden.

»Joffrey«, flüsterte sie mit bebenden Lippen. »Joff …«

Dabei fiel sie schon zur Seite. Lautlos sank sie auf den Teppich. Wie ein schimmernder Strahlenkranz breitete sich das blonde Haar um ihren Kopf aus. Ich sah ihre Augen brechen – und gleichzeitig hörte ich Ruben Ingrams wildes, hysterisches Kichern.

Die Pistole lag immer noch in seiner Faust.

Keuchend stand er da. Das flackernde Glimmen seiner Augen verriet, daß er nichts anderes mehr empfand als den Wunsch, zu töten und zu vernichten …

»Elaine!«

Der Schrei gellte in meinen Ohren. Er schien aus Abgründen der Verzweiflung aufzusteigen, von den Wänden widerzuhallen und den Raum zu füllen. Daß Joffrey Ingram ein Gangster war, ein kaltblütiger Mörder, daß er sein Schicksal selbst heraufbeschworen hatte, daß er kein Mitleid verdiente – das alles sagte ich mir erst viel später. Jetzt ging es um nichts anderes als das nackte Überleben. Die beiden Body-guards waren wie gelähmt. Aber Ruben Ingram würde blindlings alles niederschießen, was sich bewegte. Das wußte ich. Und deshalb suchte ich verzweifelt die Chance, dem Hinkenden zuvorzukommen.

Ich konnte ihn nicht anspringen.

Ich war zu weit weg, genau wie Phil. Die Sekundenbruchteile, die uns blieben, ließen keine Zeit zum bewußten Überlegen. Ich handelte instinktiv. Rubens Waffe zielte auf die Terrassentür, wo Elaine zusammengebrochen war. Die Terrassentür lag links von mir. Also sprang ich nach rechts und hechtete auf die beiden Gorillas zu.

Den ersten schickte ich mit einem Handkantenschlag zu Boden, ehe er auch nur begriff, was geschah.

Sein Komplize schwang herum. Ich sah das glatte, harte Gesicht über dem Lauf der Waffe. Er hatte Homer Willies ermordet. Im Schlaf ermordet! Einen harmlosen alten Mann, der in seinem Leben kein schlimmeres Verbrechen begangen hatte, als eine Schaufensterscheibe einzuschlagen, um sich für den Winter ein warmes Plätzchen in einer Zelle zu sichern!

Ich weiß nicht, ob der Gangster den Zorn in meinem Gesicht las.

Er wich zurück, stieß einen undefinierbaren Laut aus und drückte viel zu früh ab. Die Kugel fuhr über meinen Kopf hinweg, weil ich im selben Moment tief in den Knien federte. Auch der zweite Schuß verfehlte mich, denn da hatte ich mich schon zu einem flachen Hechtsprung abgestoßen. Schräg von unten erwischte ein Karateschlag die Schußhand des Gangsters. Ich schnappte mir seine Waffe, bevor sie davonsegelte. Er schrie auf und wollte sich wegdrehen, doch meine Linke krachte mit dem ganzen Schwung des Sprungs unter sein Kinn.

Aus den Augenwinkeln sah ich, daß Phil mit Joffrey Ingram rang.

Klar, anders ging es nicht. Der Gangsterboß hatte in der Schußlinie gestanden – in der Schußlinie seines Bruders. Ruben Ingram hielt die Pistole im Combat-Anschlag. Er keuchte. Er zielte mit brennenden Augen auf Phil. Er konnte meinen Freund nicht erwischen, ohne zugleich Joffrey zu gefährden. Aber in diesen Sekunden schien ihm sein Bruder gleichgültig zu sein. Schon krümmte er den Finger.

»Ruben!« schrie ich. »Nicht!«

Dabei ließ ich mich in die Hocke fallen, federnd, gespannt, bereit, in jede beliebige Richtung zu schnellen. Ruben Ingram warf den Kopf herum. Ich glaubte nicht, daß er sich davon hätte abbringen lassen, auf Phil und notfalls auch auf den eigenen Bruder zu schießen. Aber er zögerte für eine einzige entscheidende Sekunde – und die genügte.

Ich zielte wie auf dem Schießstand.

Eiskalt drückte ich ab, ohne die ungewohnte Pistole zu verreißen. Ruben brüllte, als sein Unterarm getroffen wurde. Im hohen Bogen flog seine Waffe davon. Er begriff das nicht. Er machte nicht einmal den Versuch, zu entkommen oder sich zu wehren. Er stierte mir nur entgegen, und ich hatte keine Schwierigkeiten, ihn mit einem ungefährlichen, aber wirksamen Karateschlag außer Gefecht zu setzen.

Hastig fuhr ich herum.

Joffrey Ingram stöhnte nur noch. Phil hatte ihm die Arme auf den Rücken gedreht und starrte mich beschwörend an.

Ich wußte, was er dachte. Wir hatten hier im Haus aufgeräumt, aber es gab immer noch ein gutes Dutzend Gorillas, die sich draußen im Park herumtrieben. Mit zwei Schritten war ich heran und setzte dem Gangsterboß die Mündung der Pistole an die Schläfe.

»Ruf deine Leute zurück!« forderte ich hart. Und dann berichtigte ich mich, weil mein Gehirn wieder funktionierte. »Nein, schick sie weg! Sag ihnen, Elaine sei entkommen! Sag Ihnen, sie sollen sich in Banksville bei Guy Gillespie versammeln und auf weitere Befehle warten!«

Joffrey Ingram leistete keinerlei Widerstand mehr.

Er wunderte sich auch nicht über den Namen Guy Gillespie.

Beweis genug, daß der Chefredakteur des Banksville Morning tatsächlich zu seinen Komplizen gehörte. Ich hatte keine Ahnung gehabt, auf welche Weise sich Ingram überhaupt mit seinen Leuten draußen verständigte. Jetzt führte er es mir vor: Walkie-talkies, die über eine kleine, aber leistungsfähige Funkanlage zusammengeschaltet waren.

Die Body-guards im Park zögerten nicht, gehorsam ihre Wagen aus der Garage zu holen und nach Banksville zu fahren.

Später erfuhren wir, daß Guy Gillespie auch nicht gezögert hatte, sie in seine Privatwohnung zu lassen und am Telefon auszuharren in der Hoffnung, daß weitere Anweisungen von Joffrey Ingram kamen.

Gillespie wurde wegen Beihilfe zum Mord verurteilt. Den gleichen Vorwurf erhob der Staatsanwalt auch gegen die Männer, die auf Ingrams Anweisung in Gillespies Behausung geflohen waren. Aber bei denen spielte es keine große Rolle mehr, weil sie ohnehin fast alle zu lebenslangem Zuchthaus verurteilt wurden.

Lebenslänglich hieß die Quittung auch für die Brüder Ingram.

Was vor zehn Jahren geschehen war, ließ sich nicht mehr genau rekonstruieren. Elaines Aussage zählte nicht, weil sie gemütskrank war und sich erst in einer psychiatrischen Klinik behandeln lassen mußte. Alle anderen Beteiligten schwiegen begreiflicherweise. Joffrey Ingram wurde nie nachgewiesen, daß er seinen eigenen Sohn ermordet hatte.

Aber nachweisen konnten wir ihm den Mord an dem jungen Billy, an Charly Trask und dem Säufer Homer Willies – und das genügte.

Hinter Joffrey und Ruben Ingram schlossen sich für immer die Zuchthaustore.

Nur die Legende von der weißen Dame lebte weiter und wird in Banksville, Virginia, vermutlich noch lange die abergläubischen Gemüter beschäftigen.

ENDE

Richter Thompsons letzter Fall

Diesmal ging es nicht glatt.

Medina wußte es, als er das Messer in den jungen Mädchenkörper stieß. Dabei hatte es sich so einfach angelassen. Er hatte sie in der Bar an der Ecke Madison Avenue angesprochen, und sie hatte sich an ihn geschmissen, als hätte sie seit Monaten keinen Mann mehr gehabt.

Und jetzt das! Er spürte, daß er nicht richtig getroffen hatte. Die Frau war nicht tot. Sie stieß einen schrillen, entsetzten Schrei aus. Er geriet in Panik und stieß weiter mehrmals zu, bis der Schrei in einem schrecklichen, gurgelnden Laut endete.

Er preßte sie noch so lange mit dem Knie auf das Sofa, bis er überzeugt war, daß sie nicht mehr lebte.

Keuchend richtete er sich auf. Er lauschte. Die Wände waren nur papierdünn. Eben hatte er nebenan doch noch Musik gehört! War jemand auf den Schrei aufmerksam geworden und hatte deshalb den Ton des Fernsehers leiser gedreht?

Medina wirbelte herum. Er raffte seinen dünnen Mantel vom Garderobenhaken und huschte zur Tür.

Im Spiegel neben der Tür begegnete er seinem Gesicht. Der Anblick traf ihn wie ein Schock.

Sein Hals und sein Hemd waren blutbespritzt.

Er rannte ins Bad, schaltete mit dem Handrücken das Licht an und rieb mit einem Handtuch über seine Haut und das Hemd.

Das Ergebnis war eine Katastrophe. Sein hübsches Gesicht glich der Fratze aus einem Horrorfilm. Er drehte das Wasser an, machte das Handtuch naß und versuchte es noch einmal.

Sein Gesicht war jetzt einigermaßen sauber, aber die Nässe verteilte das Blut über die ganze Hemdbrust.

Er drehte das Wasser zu und wischte den Hahn mit

dem Handtuch ab. Er trug keine Handschuhe. Er wußte immer genau, was er berührte.

Er schleuderte das Handtuch in eine Ecke und glitt zur Tür zurück. Er wollte sie gerade öffnen, als es klingelte. Im selben Moment klopfte es auch, und eine Frauenstimme rief den Namen der Wohnungsinhaberin: »Susan? Bist du da? Ist alles in Ordnung?«

Harold Medina stand starr. Er wagte kaum zu atmen, während die Gedanken durch seinen Kopf rasten. Die Nachbarin hatte den Schrei gehört. Sie kannte Susan Ortmans Gewohnheiten und fühlte sich verantwortlich.

Medina preßte die dünnen Lippen aufeinander. Langsam näherte er sein Auge dem Türspion.

Die Optik des Gucklochs verzerrte das Gesicht der Frau, das vor der Tür schwebte. Aber Medina sah, daß sie die Brauen argwöhnisch zusammenkniff und die Oberlippe hochzog, wodurch sie lange, gleichmäßige Zähne entblößte.

»Susan! Mein Gott, Susan, ist etwas geschehen?«

Das Gesicht näherte sich dem Türspion und schien sich aufzublähen. Medina zuckte zurück. Seine Finger umschlossen das zusammengeklappte Messer in seiner Tasche. Der Atem pfiff durch seine geblähten Nasenlöcher. Er würde auch sie töten müssen, bevor sie das ganze Haus rebellisch machte.

Er packte den Türgriff. Doch da verschwand das Gesicht. Im nächsten Augenblick hörte Medina eine Tür zuknallen.

Er nahm seinen Mantel und warf ihn sich so über die Schulter, daß der Stoff das verräterische Hemd verdeckte. Vorsichtig öffnete er die Tür.

Der Flur war hell erleuchtet. Medina zögerte, bevor er ins Licht trat. Dann huschte er zum Fahrstuhl. Er preßte seinen Daumen auf den Rufknopf und wischte sofort mit dem Handrücken darüber. Da fiel ihm ein, daß er den Knauf an der Tür zu Susan Ortmans Apartment nicht abgewischt hatte. Er lief zurück. Der weiche Teppichboden verschluckte das Geräusch seiner Schritte.

Die Türverriegelung des Aufzugs klickte, als die Kabine hielt. Medina rannte, aber er kam zu spät. Die automatische Verriegelung sprach an. Die Kabine glitt abwärts. Die Tür blieb verschlossen.

Unten hatte jemand den Aufzug gerufen.

Es war ein kleines Apartmenthaus, nur zwölf Stockwerke hoch, und es gab nur den einen Lift. Die Wohnung des Opfers lag im 9. Stock.

Neun Treppen hoch. Durch das Fenster am Ende des Gangs, dessen Lüftungsklappe geöffnet war, drangen die nächtlichen Verkehrsgeräusche auf der East 62nd Street herein.

Plötzlich mischte sich das schrille Jaulen mehrerer Sirenen in das gleichmäßige Summen. Medina rannte zum Fenster und starrte nach unten.

Vor dem Haus stoppten die ersten beiden Streifenwagen, und die Cops sprangen heraus.

Der Funkruf der FBI-Zentrale erreichte mich auf dem Weg nach Hause. Es war 11.23 Uhr, und ich hatte einen langen, eher eintönigen als anstrengenden Tag hinter mir.

»Die City Police bekam einen Notruf«, berichtete Steve Dillaggio, der Einsatzleiter von der Nachtschicht. In der Einsatzzentrale läuft ständig ein Funkgerät, das auf den Kanal der City Police geschaltet ist.

»Ich höre gerade, daß die Cops die Mordabteilung rufen. Es handelt sich um Susan Ortman. Ich denke, es interessiert dich.«

Susan Ortman! Ja, sie interessierte mich. Vor ein paar

Wochen hatte sie vor meinem Schreibtisch gesessen. Ich erinnerte mich an ein Paar hübsche lange Beine, runde Hüften, eine schmale Taille und angenehme Rundungen unter einer hellen Rüschenbluse. Und besonders gern erinnerte ich mich an den verheißungsvollen Blick der blauen Augen und das lockende Lächeln der vollen Lippen.

Ein wenig locker, ein wenig keß. Nicht übel, die Mischung. Ich hatte nichts mit ihr angefangen. Natürlich nicht.

Denn Susan Ortman hatte sich an den FBI gewandt, weil sie sich Sorgen um ihre Schwester machte. Susan hatte seit Monaten nichts mehr von ihr gehört und dann plötzlich einen Anruf von ihr erhalten, der sich wie ein Hilferuf anhörte.

Ich hatte mich nach Susans Schwester umgehört, ihr aber nicht helfen können. Virginia Ortman war 23 Jahre alt, und sie mochte einen Grund haben, weshalb sie sich nicht wieder mit ihrer Schwester in Verbindung setzte.

Aber ich hatte Susans Gesicht und ihre blauen Augen nicht vergessen.

»Glaubst du, daß es einen Zusammenhang geben kann?« fragte ich Steve Dillaggio.

»Die erste Meldung lautet, daß es sich um ein Sexualverbrechen handelt«, antwortete Steve.

Ich überlegte einige Sekunden, dann sagte ich: »Ich sehe sie mir an.«

»Darauf wollte ich hinaus«, erklärte Steve Dillaggio.

Unten in der kleinen Lobby und oben im 9. Stock wimmelte es von Cops und Beamten der Mordabteilung Manhattan Nord. Ein jüngerer Detective kam gerade aus der Wohnung. Sein Gesicht sah grün aus.

Detective Lieutenant Carl Hobson, der eben erst eingetroffen war, warf mir ein Paar dünne Gummihandschuhe zu. Ich streifte die Dinger über meine Hände. Dann sah ich mich um, und in meinem Magen machte sich ein unangenehmes Ziehen bemerkbar.

»Beinahe hätten die Cops den Kerl, der das getan hat, noch erwischt«, erklärte Hobson. »Es muß buchstäblich um Sekunden gegangen sein. Die Nachbarin, Miss Arlow, hat einen Schrei gehört. Sie kam an die Tür, hat geklingelt und geklopft und nach ihr gerufen. Dann hat sie sich blitzschnell in ihre Wohnung verzogen und 911 angerufen. Sie schwört Stein und Bein, daß der Schweinehund zu dem Zeitpunkt noch hier drin war. Sie hat ihn dann nämlich an ihrer Wohnungstür vorbeilaufen sehen.«

Hobsons Worte sickerten in mein Hirn und wurden vom Unterbewußtsein gespeichert. Der Polizeiarzt, der mit seinem breiten Rücken den nackten Oberkörper der toten Susan Ortman verdeckt hatte, richtete sich ächzend auf. Der Doc sah Hobson aus trüben Augen an. »So ein hübsches Girl!« murmelte er. Er räusperte sich. »Das Blut auf der Couch und auf dem Sofa beweist, daß ihr Herz noch geschlagen hat, als der Kerl sie so zugerichtet hat.«

»Ein Sexualmord, Doc?« fragte ich.

Der Arzt hob die Schultern. »Es gibt da tausend Abarten. Sie hatte jedenfalls keinen Geschlechtsverkehr, das steht fest. Ich konnte weder Spermaspuren noch Verletzungen im Genitalbereich feststellen, die sonst bei Vergewaltigungsversuchen unweigerlich auftreten.«

Ich versuchte, meinen kühlen Kopf zu behalten. Ich verdrängte die Vorstellung an die hübsche Frau, die mich keß und lockend angesehen hatte, obwohl sie sich Sorgen um ihre Schwester machte – und die jetzt auf grauenvolle Weise ermordet worden war.

Sergeant Koskas, Lieutenant Hobsons Assistent, kam von einem ersten Rundgang zurück.

»Keine Anzeichen für ein gewaltsames Eindringen, Chef«, sagte er. Hobson haßte es, wenn seine Leute ihn Chef nannten, aber er sagte nichts. »Brown und Cummins sind bei der Nachbarin«, fuhr Koska fort. »Sie steht zwar noch unter Schockeinwirkung, aber vielleicht holen sie eine Beschreibung aus ihr raus.«

Hobson nickte stumm, während er in einem Kommodenfach herumstocherte, das mit Fotos und Briefen vollgestopft war. Einige Fotos zeigten Susan Ortman in Unterwäsche oder Bikinis.

Susan Ortman hatte mir erzählt, daß sie einen Halbtagsjob als Verkäuferin in einem Kaufhaus hatte und nebenbei gelegentlich als Fotomodell arbeitete.

»Der Killer hat was abbekommen«, sagte Koskas dann. »Im Bad liegt ein blutiges Handtuch.«

»Verletzt?« fragte Hobson.

»Das muß das Labor feststellen, aber ich glaube eher, daß das Blut von ihr stammt.«

Die Kollegen vom Erkennungsdienst trafen ein und beanspruchten das Feld für sich. Ich warf einen letzten Blick auf den mißhandelten Körper. Der Mörder mußte in eine große Blutlache auf dem Teppich vor der Couch getreten sein, als er von seinem Opfer abließ. Der Teil eines Sohlenabdrucks mit geriffeltem Profil, wie es bei Sportschuhen üblich ist, war deutlich zu erkennen.

Der Mörder hatte gemerkt, daß er in das Blut getreten war. Denn anschließend hatte er den Schuh auf einem anderen Teppichstück wie auf einem Fußabtreter gesäubert, was als Hinweis auf seine Kaltblütigkeit zu betrachten war.

Ich verließ die Wohnung und trat in den Gang hinaus. Die Türen einiger anderer Apartments waren geöffnet.

Hier und da sahen neugierige oder entsetzte Gesichter heraus. Cops nahmen die Personalien der Bewohner auf.

Ich stieg über die Geräte der Laborleute und Fotografen. Am Fenster am Ende des Gangs blieb ich stehen. Tief atmete ich die frische Luft ein.

Ich hatte hier nichts verloren. Susan Ortman hatte einen Mann aufgegabelt und den Falschen erwischt. Einen Psychopathen mit einem krankhaften Haß auf Frauen.

Es muß um Sekunden gegangen sein, hatte Hobson erklärt. Eine Nachbarin hatte den Schrei gehört und bei Susan Ortman geklingelt. Und dann gleich die Notrufnummer gewählt.

Wie lange hatte der Killer gebraucht, um das Blut von seiner Kleidung zu wischen? Und wie gut war es ihm gelungen?

Ich öffnete die Eisentür, die zum Treppenhaus führte. Im schwachen Schein des Dauerlichts sah ich eine schmale Betontreppe und ein schwarzgestrichenes Eisengeländer. Ich trat über die Schwelle und blieb auf dem Treppenabsatz stehen.

Der Knall der zuschlagenden Tür erzeugte ein kurzes, hohles Echo.

Die Treppe diente nur als Fluchtweg im Fall einer Gefahr oder wenn der Fahrstuhl einmal ausfiel. Eine dünn, weißliche Staubschicht bedeckte die Stufen.

Während ich mir die Gummihandschuhe abstreifte und in die Tasche steckte, tastete ich den Boden und die nach unten führenden Stufen mit den Augen ab.

Die Staubschicht war unversehrt.

Jerry, was hast du auch erwartet? Der Bastard hat den Fahrstuhl genommen.

Mit seinen blutbefleckten Kleidern, während draußen bereits die Streifenwagen heranheulten?

Bei einem Notruf aus einem Wohnhaus sind die Cops zunächst bemüht, die Ein- und Ausgänge zu sichern.

Ich bückte mich und blickte schräg über die nach oben führenden Stufen. Das Licht war schwach. Aber als ich mich näher hinabbeugte, sah ich den Abdruck einer geriffelten Sohle im Staub der dritten Stufe von unten.

Ich hielt den Atem an, hob den Kopf und starrte ins Halbdunkel. Bei meiner Ankunft vor zehn oder zwölf Minuten hatte ich nur einen flüchtigen Blick auf das Haus geworfen. Es war zwölf Stockwerke hoch und wurde links und rechts von wesentlich höheren Betonklötzen eingezwängt. Über die Dächer der Nachbarhäuser konnte der Killer nicht entkommen.

Falls er da oben war, saß er in der Falle.

Ich stand da, alle Sinne angespannt. Ein leises Quietschen drang wie ein Messer in mein Hirn. Und als gleich darauf ein kaum wahrnehmbarer Luftzug über mein Gesicht strich, hetzte ich mit langen Sprüngen die Treppen hinauf.

Die Treppe endete in einem rechteckigen Aufsatz, der vermutlich mitten auf dem Dach stand. Über der Tür, die aufs Dach hinausführte, brannte eine Lampe, deren Kuppel mit einer dicken Staubschicht bedeckt war. Ihr Schein reichte kaum bis zum Boden.

Ich zog meinen Smith & Wesson, preßte mich neben der Tür in die Ecke und drehte den Knauf mit der Linken herum.

Die Tür war nicht abgeschlossen. Der Riegel quietschte leise. Eine Windbö fegte durch den Spalt, packte die Tür und riß mir den Knauf aus der Hand. Die Tür verschwand im Dunkel.

Ganz kurz preßte ein Gefühl der Angst meinen Brustkorb zusammen. Aber es verflog sofort, als ich an die Tote drei Stock tiefer dachte und an den Kerl, der sie so zugerichtet hatte. Wahrscheinlich hockte der Schweinehund jetzt zitternd hinter einem Lüfteraufsatz. Vielleicht war er froh, wenn ich ihm die Handschellen verpaßte.

Die Lampe über der Tür war zwar nicht hell, aber ihr Schein genügte, um alles, was sich außerhalb des Rechtecks der Tür befand, wie eine schwarze Decke aussehen zu lassen.

Ich mußte hinaus.

Ich sprang mit einem Satz schräg über die Schwelle und warf mich sofort nach links. Mit der Schulter prallte ich gegen eine Wäschestange. Ich ging in die Hocke und schob mich von dem Treppenaufsatz weg.

Allmählich traten die Einzelheiten meiner Umgebung deutlicher hervor.

Da waren links und rechts die dunklen Massen der fensterlosen Nachbargebäude, vorn und hinten die hüfthohen Brüstungen, hinter denen es zwölf Stockwerke in die Tiefe ging. Da waren Lüftungsrohre und Teppichstangen, das Maschinenhaus über dem Liftschacht, das kantige, metallisch schimmernde Endstück der Klimaanlage.

Die hohen Nachbargebäude zogen den Wind an. Er pfiff an den Fassaden hinauf und fiel dann auf das Dach des kleineren Bruders hinab, wo er an den losen Endstücken der Lüftungsrohre rüttelte oder in den Wäscheleinen sang.

Ich kroch im Watschelgang rückwärts, um mir einen besseren Blickwinkel für die Ecken am Treppenaufsatz zu verschaffen. Die geteerte Dachpappe knirschte unter meinem Gewicht. Ich würde also auch den Killer hören, wenn er sich bewegte.

Ein Windstoß heulte über das Dach, klapperte mit einem Ventilatorgitter und blies mir feinen Staub in die Augen.

Vielleicht war es eine schattenhafte Bewegung, vielleicht ein scharfer Atemzug, der mich warnte. Mein Hirn schaltete von Verstand auf Instinkt um. Ich handelte nicht, ich reagierte nur, als meine Reflexe ansprachen und meinen Körper zur Seite schleuderten.

Eine blinkende Klinge, die das schwache Licht einfing, zischte an meinem Gesicht vorbei. Ihre Spitze hätte meinen Hals durchbohrt, wenn ich nur einen Sekundenbruchteil langsamer gewesen wäre.

Aber weil ich mich noch in der Hocke befand, konnte ich nicht verhindern, daß ich nach hinten kippte. Ich wollte mich herumwerfen, um besser auf die Beine zu kommen, als sich ein dunkler Schatten auf mich senkte. Wie ein Habicht, schoß es mir durch den Kopf.

Ich zuckte zur Seite. Dabei bewegte ich die Schulter um ein Zoll. Das war mein Glück. Denn die Klinge schlitzte mir nur das Schulterstück des Jacketts auf.

Ich spürte krampfhafte Atemzüge auf meinem Gesicht und sah das Weiße in weit aufgerissenen Augen, Ich bäumte mich auf, um den Kerl abzuwerfen und meinen Revolver auf ihn zu richten.

Da traf mich ein gemeiner Fausthieb am Hals. Ich blockte den nächsten Hieb ab, dachte gerade noch rechtzeitig an die Messerhand und konzentrierte mich auf den Stich, der unweigerlich kommen mußte.

Ich ahnte ihn mehr, als ich ihn wahrnahm. Ich ruckte meinen Kopf hoch und schmetterte die Stirn dorthin, wo ich unter den Augen die Nase vermutete.

Ich spürte den Knorpel und hörte den erschreckten Schrei. Mit einem wilden Ruck warf ich den zähen Körper ab.

Der Kerl kam wie eine Katze auf die Beine. Ich sah seinen geduckten Umriß und die schwingenden Hände.

»FBI!« sagte ich laut. »Ich bin G-man! Gib auf!«

Er sprang mich an. Anders als andere Psychopathen

schien er ein Kämpfer zu sein, was einigermaßen ungewöhnlich war. Ich drehte mich nach rechts weg, beschrieb einen Halbkreis auf der Stelle und ließ meine Rechte herabsausen.

Wie ein Hammer traf der Revolvergriff den rechten Unterarm des Killers. Er schrie auf. Das Messer klirrte zu Boden.

Ich stieß den Atem aus. Seinen rechten Fuß sah ich zu spät. Der Spann knallte von unten herauf gegen meine Rippen und nahm mir für Augenblicke den Atem. Dann sah ich den Schatten des Mannes davonhetzen, auf den Treppenaufsatz zu.

Ich rannte hinterher. Der stechende Schmerz in meiner Seite und die Atemnot waren keine guten Voraussetzungen für einen entscheidenden Sprint.

Der Killer war schon fast an der Tür, als ich gerade an der Seite herkam. Die offene Tür brachte mich auf einen Gedanken.

Ich packte sie und schleuderte sie mit aller Kraft herum.

Die Kante erwischte den Kerl im Kreuz und schleuderte ihn mit dem Gesicht gegen den Rahmen. Es gab einen dumpfen Laut. Der Killer taumelte, und als ich vor ihm auftauchte, hob er abwehrend die Hände vor das Gesicht.

»Nicht!« rief er. »Ich habe nichts getan! Bitte . . .«

Ich packte ihn an der Schulter, schleuderte ihn herum und trat ihm die Beine unter dem Körper weg.

Als er am Boden lag, legte ich ihm Handschellen an. Dann erst steckte ich meinen Smith & Wesson ein und durchsuchte meinen Gefangenen nach weiteren Waffen. Als ich keine fand, zerrte ich ihn in die Höhe.

Ich ließ ihn nicht los, als ich das Messer suchte, das er verloren hatte.

Ich wickelte einen Gummihandschuh darum, bevor ich es aufhob und einsteckte. Dann führte ich ihn nach unten.

Das Gedränge im Flur des 12. Stockwerks war noch größer geworden. Einigen Reportern war es gelungen, hinaufzukommen.

Zuerst starrten mich alle an, als ich den Killer vor mir her auf die offene Tür von Susan Ortmans Apartment zuschob. Dann flackerte Blitzlicht auf.

»Lassen Sie das!« schrie ich.

Ich wußte, daß es zwecklos war. Einem Reporter das Fotografieren oder Schreiben zu verbieten ist ungefähr dasselbe, als wollte man einem Menschen das Atmen verbieten.

»Ist das der Täter, Cotton?« rief einer der Journalisten, die mich kannten.

»Kein Kommentar«, antwortete ich. »Los, Leute, laßt mich mal durch!«

»Was sagen Sie zu dem Verbrechen, Cotton?« fragte ein anderer.

»Kein Kommentar.«

»Kommen Sie, Cotton! Sie müssen doch eine Meinung haben!«

»Die ist jetzt nicht gefragt. Lassen Sie mich meinen Job machen, ja?«

»Finden Sie das Verbrechen nicht abscheulich?« fragte der Reporter hartnäckig.

»Wer findet so etwas nicht abscheulich? Und jetzt lassen Sie mich in Ruhe!«

Ich stieß den Mann in die Wohnung. Die tote Susan Ortman lag immer noch auf der Couch. Der Killer streifte sie mit einem gleichgültigen Blick.

Hobson, Koskas und die anderen starrten den Mann sprachlos an. Hobson erwachte als erster aus seiner Starre. Er knallte die Wohnungstür zu und deutete auf die Tür zum Bad.

»Da rein!« sagte er.

Die Spurensicherung war mit dem Bad bereits fertig. Ich ließ den Kerl endlich los. Es wurde eng in dem kleinen Raum, als sich Hobson und Koskas mit hineinquetschten.

Der Killer lehnte sich gegen das Waschbecken. »Ich will einen Anwalt sprechen. Ich habe nichts getan. Es ist alles ein Mißverständnis.«

»Ein Mißverständnis? Wollten Sie die Kleine da nebenan nicht abstechen?« fragte Hobson böse. »Wollten Sie eine andere ...«

»Carl«, sagte ich warnend, und der Lieutenant unterbrach sich.

»Ach, zum Teufel, ich bin auch nur ein Mensch!« sagte er, und während ich dem Killer die Handfesseln abnahm, erklärte ich ihm, daß er verhaftet sei, und zählte ihm seine Rechte auf. Ich vergewisserte mich, daß er sie auch verstanden hatte, und trat zurück.

»Ziehen Sie sich aus!« befahl Hobson barsch. »Los, machen Sie schon!«

»Ausziehen? Warum das?« Angst flackerte in den dunklen Augen.

»Wir müssen Sie auf Kampfspuren hin untersuchen«, antwortete Hobson.

Der Kerl schüttelte den Kopf. Aber als er unsere Mienen sah, stieg er langsam aus seinen Sachen.

Hobson nahm das Hemd und hob es gegen das Licht. Es war hellrot vom verwaschenen Blut. In der Jackentasche fand ich eine Brieftasche mit Ausweisen und Kreditkarten.

»Harold Medina, 31 Jahre alt, aus Paterson, New Jersey«, las ich vor. Ich sah ihn an. »Sie sind weit weg von zu Hause, wenn Sie Morde verüben, Medina.«

Medina preßte die Lippen zusammen. Er hatte fülliges schwarzes Haar, das jetzt feucht an seinem Schädel klebte.

Mit seinen großen dunklen Augen und dem kräftigen, muskulösen Körper sah er sehr gut aus. Im Moment war nur die Nase etwas geschwollen. Wo er mit dem Gesicht gegen die Türkante geprallt war, zeichnete sich eine tiefe Kerbe über dem Wangenknochen und auf der Stirn ab.

»Schreiben Sie ins Protokoll: Kratzspuren am Hals rechts!« sagte Hobson zu seinem Sergeant.

Ich sah auch die vier tiefen roten Kratzer, die hinter dem Ohr begannen und bis zum Schlüsselbein hinuntergingen.

Wenn sich unter den Fingernägeln des Opfers Hautreste fanden, die von Harold Medina stammten, würde es an seiner Täterschaft nicht den geringsten Zweifel mehr geben.

Aber er war der Täter, daran gab es nichts zu deuteln. Ich hatte ihn fast in flagranti erwischt. Ein Abdruck seiner Schuhsohle befand sich neben dem toten Mädchen, und ihr Blut war auf sein Hemd gespritzt.

»Gute Arbeit, Jerry«, sagte Detective Lieutenant Carl Hobson. »Mein Gott, wer konnte ahnen, daß er sich noch im Haus aufhielt!« Er schüttelte den Kopf. »Na ja«, sagte er dann, »gleich, ob der Bezirksstaatsanwalt oder der Bundesanwalt die Anklage vertreten wird – der Fall ist gelöst.«

Ich nickte überzeugt. In diesem Moment konnte ich nicht ahnen, daß er noch gar nicht angefangen hatte.

Für die Zeitungen waren die Fotos, die die Reporter von mir und dem Tatverdächtigen geschossen hatten, ein Leckerbissen. Entsprechend sensationell machten sie die Berichte auf.

Harry Medina sah ziemlich mitgenommen aus, wie ich ihn fest am Arm hielt und mit grimmigem Gesicht in die Kameras sah.

Kampf auf dem Hochhausdach! G-man stellt Frauenmörder nach Kampf auf Leben und Tod. So lauteten die Schlagzeilen am nächsten Morgen.

Ich kaufte mir die Zeitungen am Flughafen und ärgerte mich während des ganzen Fluges nach Washington über die phantasievoll ausgeschmückten Beschreibungen und die bis ins einzelne gehende Schilderung der Verletzungen, die der Täter dem Opfer zugefügt hatte. Glücklicherweise war es den Fotografen nicht gelungen, Bilder der grauenvoll zugerichteten Leiche zu schießen.

Ich hielt mich die nächsten zwei Tage in Quantico auf. Die FBI-Akademie hatte mich zu einer Vortragsserie eingeladen. *Taktiken in der vorbeugenden Verbrechensbekämpfung*, so lautete das Thema der Reihe, in der erfahrene Agenten jüngeren Kollegen über ihre praktische Arbeit berichteten.

Hin und wieder mache ich so etwas gern, obwohl die Seminarform ganz schön anstrengend ist. Vom Frühstück bis zum Abendtrunk ist man mit den Seminarteilnehmern zusammen und ihren Fragen und Einwänden ausgesetzt.

Ich war froh, als ich nach New York zurückkehren konnte. Mein Freund und Kollege Phil Decker holte mich am Flughafen ab.

»Wie war's?« fragte er.

»Ich bin geschafft«, sagte ich. »Fahr mich nach Haus! Und ruf mich in den nächsten Tagen mal an!«

»Du hattest gerade zwei freie Tage. Der Chef und Rondinella wollen, daß wir den Medina-Fall wasserdicht abschotten.«

Ich sah Phil verblüfft von der Seite an. Hank Rondinella war der Bundesanwalt.

»Seit wann läßt sich Rondinella dazu herab, einen Psychokiller anzuklagen?«

»Du bist nicht auf dem laufenden«, stellte Phil fest. »Harold Medina ist so wenig ein Psycho wie du oder ich.« Phil legte etwas Tempo zu. Wahrscheinlich wollte er mich irgendwo in Manhattan noch in eine Bar lotsen. Aber ich wollte endlich nach Haus, endlich allein sein.

»Was ist er denn?« erkundigte ich mich nicht sonderlich interessiert.

»Medina ist ein Mietkiller«, erklärte mein Freund, und während ich damit beschäftigt war, die Überraschung zu verdauen, fragte er: »Trinken wir ein Bier zusammen?«

Ich nickte nur. Erst als wir in einer ruhigen Kneipe an der Theke standen und das Bier in unseren Gläsern schäumte, fragte ich: »Wie kommst du darauf?«

»Die Kartei hat uns draufgebracht«, antwortete Phil. »Die Zentrale in Washington sammelt seit zwei Jahren Berichte über ermordete Frauen, die anscheinend einem Triebtäter oder Psychokiller zum Opfer gefallen sind, bei denen aber auch andere Motive in Frage kamen. Es handelte sich häufig um Frauen, die in irgendeiner Beziehung zur Unter- oder Halbwelt standen. Unter den Opfern ist die Prostituierte, die aussteigen wollte. Oder die Geliebte eines kleinen Mafia-Fürsten, der es sich nicht leisten konnte, sie einfach abzulegen, weil sie vielleicht etwas zuviel aufgeschnappt hat, was ihm hätte gefährlich werden können. Oder da sind die Ehefrauen, deren Ehemänner schon anderweitig engagiert waren und denen eine Scheidung zu teuer gewesen wäre . . .«

»Teurer als ein bestellter Mord . . .«

»Genau – die ein zu gutes Alibi hatten«, fuhr Phil fort. »Und es sind Frauen dabei, die vor Gericht oder Untersuchungsausschüssen hatten aussagen sollen.«

Ich dachte wieder an die kalte Entschlossenheit, mit der sich Harold Medina verteidigt hatte. An sein kaltes Blut, als er sich nach oben zurückzog, weil er den Fluchtweg nach unten hin versperrt sah.

»Wie viele Fälle können ihm denn zur Last gelegt werden?« fragte ich.

»In der Kartei sind genau zweiundzwanzig Fälle aus sieben Bundesstaaten enthalten. Aber es ist nicht gesagt, daß er für alle in Frage kommt«, fügte Phil schnell hinzu, als er mein entsetztes Stöhnen hörte. »Wir haben seine Reisetermine untersucht, seine Kreditkartenrechnungen, eben alles, was in der kurzen Zeit möglich war, unternommen. Bisher können wir in acht Fällen sagen, daß er als Täter zumindest in Frage kommt, weil er zum einen kein Alibi hat, wir ihm anhand seiner Hotelübernachtungen und Tankrechnungen aber nachweisen können, daß er sich in der Nähe der Opfer aufgehalten hat.«

Phil leerte sein Glas und bestellte ein neues. »Vor drei Wochen zum Beispiel«, fuhr er fort, »war Medina in Boston. Zur selben Zeit wurde dort die Sekretärin eines Kongreßabgeordneten getötet. Genau wie Susan Ortman. Sie lernt in einer Bar einen netten jungen Mann kennen und wird ein paar Stunden später nackt und erstochen in ihrer Wohnung aufgefunden. Zwei Tage zuvor war die Immunität des Abgeordneten aufgehoben worden. Gegen ihn läuft ein Ermittlungsverfahren wegen des Verdachts der Vorteilsannahme. Er soll geheime Beratungsprotokolle aus dem Ausschuß, dem er angehört, an Leute weitergegeben haben, denen die frühe Kenntnis über neue Gesetzesvorhaben Vorteile verschafft. Er selbst kann die Aussage verweigern. Seine Sekretärin hätte aussagen müssen.«

»Großer Gott«, stöhnte ich. »Und Rondinella will ihm diese Mordserie beweisen?«

Phil schüttelte den Kopf.

»Nein, Jerry, das dürfte aussichtslos sein. Er will ihn nur wegen des Falles Susan Ortman anklagen. Nur wegen dieses einen Mordes.«

»Deshalb darf ihm kein Fehler unterlaufen«, sagte ich langsam.

»Und uns erst recht nicht«, bestätigte Phil. »Aber was kann uns schon passieren!« sagte er dann zuversichtlich. »Die Beweislage ist außerordentlich günstig im Sinne der Anklage. Medina plädiert auf unschuldig. Er lehnt jedes psychiatrische Gutachten ab. Also kein ›Zurechnungsunfähig‹ zum Zeitpunkt der Tat oder dergleichen.«

»Also alles oder nichts«, murmelte ich.

»Er wurde gestern bereits ins Bundesuntersuchungsgefängnis überführt. Schon morgen eröffnet Rondinella die Voruntersuchung. Der Prozeß soll so bald wie möglich stattfinden. Wenn Rondinella einen Termin bekommt, bereits im nächsten Monat.«

Zum ersten Mal regte sich in mir ein leises, zaghaftes Gefühl des Zweifels. Es war riskant, einen Massenmörder nur wegen eines einzigen seiner Verbrechen vor Gericht stellen zu wollen.

Doch das Gefühl verflog gleich wieder. Zu eindeutig ließ sich Harold Medinas Täterschaft beweisen. Selbst der gerissenste Anwalt würde ihn nicht vor einem Schuldspruch bewahren können.

»Ich bin ja nur gespannt, wer als sein Verteidiger aufkreuzen wird«, meinte Phil dann. »Weißt du, welcher Richter den Vorsitz führen wird? Richter Thompson! Rondinella hat noch keinen Prozeß verloren, wenn

Thompson die Verhandlung führte!« Phil sah mich von der Seite an. »He, was gefällt dir nicht?« fragte er.

»Ich habe das Gefühl, als ob ihr alle euch in Verfahrensfragen verbeißt«, sagte ich.

»Und woran denkst du?«

»Wenn der Mord an Susan Ortman eine bestellte Arbeit war, dann muß es jemanden geben, der den Mord in Auftrag gegeben hat.«

»Das gilt auch für alle anderen Fälle«, meinte Phil.

»Eben«, sagte ich und trank mein Bier aus. Es schmeckte bitter.

Die Luft in dem engen, düsteren Zimmer über dem kleinen Laden an der Amsterdam Avenue war zum Schneiden dick. Über dem Schreibtisch mit der Rollklappe hing ein vergilbtes Foto. Es zeigte ein rundes Gesicht mit listigen kleinen Augen und dünnen, blassen Lippen. Das Gesicht gehörte Augusto Costante, der in den 20er Jahren aus Italien herübergekommen war und sich nach harten Jahren an der Amsterdam Avenue niedergelassen hatte.

Bis zu seinem Tod vor 27 Jahren hatte er täglich hinter jenem Schreibtisch gesessen und Hof gehalten. Die Losverkäufer, Buchmacher und Zuhälter hatten ihm seine Anteile an ihren Geschäften mit einer ehrfürchtigen Verbeugung in die Hand gelegt, und die Kassierer hatten die eingesammelten Schutzgelder abgeliefert.

Seit 27 Jahren saß jetzt Luigi Costante, ein Neffe des alten Don, auf diesem Stuhl. Luigi war bereits 67 Jahre alt. Er hielt eisern an den alten Traditionen fest. Unten im Laden wurden zwar längst keine Pferdewetten mehr angenommen, und die jungen Hitmen rannten nicht mehr von Geschäft zu Geschäft, um Schutzgelder zu erpressen.

Aber das Geld der Familie steckte in traditionellen Unternehmungen wie Kneipen und Bordellen, Bars und Wäschereien.

Der alte Don hatte sich stets geweigert, in zukunftsträchtige Branchen einzusteigen wie die anderen Familien, und Luigi, sein Neffe, hielt es genauso. Auch er wollte nichts von Versicherungsgesellschaften, Radiostationen oder Elektronikindustrie wissen.

Luigi Costante rieb sich die kalten Hände. Ihn fröstelte. Seine Gesichtshaut war fahl. Aber die kleinen Augen blickten die beiden Männer, die vor dem Schreibtisch auf den alten harten Stühlen saßen wie kleine Angestellte, scharf an. Der eine war Gilbert Robiconti, der *Consigliere*, ein gerissener Jurist, der Luigi seit nunmehr zehn Jahren als Berater diente.

Der andere Mann war Ed ›Sonny‹ Grosso. Luigi hatte Sonny zu seinem Vertrauten gemacht. Sonny war 42 Jahre alt. Er war ein harter Kerl, ein *Sottocapo* vom alten Schlag. Seine Treue dem Don gegenüber hatte er oft genug unter Beweis gestellt. Luigi Costante hätte nie erwartet, die Selbstsicherheit und Zuversicht dieses Mannes je erschüttert zu sehen.

Aber auch Robiconti machte jetzt ein bedenkliches Gesicht. »Der Bundesanwalt wird die Anklage gegen Medina vertreten«, berichtete er. Wie immer, war er ausgezeichnet informiert.

»Medina wird dichthalten«, meinte der Don. »Er kennt die Gesetze!« Fragend sah er den *Consigliere* an.

Robiconti wiegte seinen Kopf. »Ich habe mit dem Anwalt gesprochen, der ihn nach seiner Festnahme aufgesucht hat. Der Anwalt ist ein Stümper und kommt für die Verteidigung nicht in Frage. Aber was er über Medina sagt und von ihm ausrichten läßt, dürfen wir nicht einfach in den Wind schlagen, Luigi. Medina will, daß er rausgeholt wird. Keine gewaltsame Lösung, wohlgemerkt. Er will freigesprochen werden. Wenn er verurteilt wird, packt er aus.«

»Einen Mann im Knast umlegen zu lassen, kostet nur ein paar Stangen Zigaretten!« sagte Luigi Costante.

»Das ist ihm egal, Luigi. Er meint es ernst.« Robiconti sah Sonny Grosso an.

Grosso nickte. »Er hat eine nette Frau und zwei Kinder drüben in Paterson«, sagte er. »Das Leben da draußen ist sein Tick. Er geht zur Kirche, ist Mitglied im Gemeinderat und in der Schulaufsicht. Er könnte es nicht ertragen, bei den anderen Spießbürgern als Frauenmörder dazustehen. Er würde lieber sterben.«

»Kann er uns denn wirklich schaden?« fragte der Don in die stickige Stille hinein. »Ich meine, was weiß er von uns? Wen kennt er denn?«

»Nur meine Stimme am Telefon«, antwortete Sonny Grosso ruhig. »Er hat für alle Familien gearbeitet. Allein für uns hat er im Lauf der Zeit elf Kontrakte erledigt. Für ihn macht es keinen großen Unterschied, ob er einmal oder elfmal lebenslänglich bekommt.«

»Aber wenn elf glatt verlaufene und längst erledigte Fälle noch einmal aufgerollt werden«, erklärte Robiconti, »wenn er also diese elf Namen nennt, bekommen die Behörden einen Einblick in unsere Familie, der uns vernichten wird, Luigi.«

Luigi Costante rieb seine Finger. »Mußte das denn sein? Ich meine, weshalb mußte diese ...«

»Susan Ortman«, sagte Sonny Grosso.

»Ja, weshalb mußte sie beseitigt werden?«

»Wir haben es für Frank Milford getan«, antwortete Grosso. »Soviel ich weiß, handelte es sich um eine Privatangelegenheit. Frank hatte die Schwester dieser Susan Ortman in seinem Stall. Sie war so ein mageres junges

Ding. Du weißt ja, wie er auf diese Kindfrauen abfährt. Er hatte sie lange für sich allein, und die Kleine hat dabei wohl eine Menge mitbekommen. Und weil sie cleverer oder gieriger war als die anderen, mußte er sie verschwinden lassen. Und dann tauchte diese Susan auf und flennte wegen ihrer kleinen Schwester rum. Sie war sogar beim FBI ...«

Luigi Costante machte eine ungeduldige Handbewegung. Einzelheiten interessierten ihn nicht.

»Es wird Zeit, daß wir uns von Frank trennen«, murmelte der Don. »Er kann sich nicht beherrschen. Er denkt nur an sich und gefährdet die Familie. Was meinst du, Gil?«

»Unser augenblickliches Problem heißt Medina«, erinnerte ihn der *Consigliere.* »Er wird es nicht hinnehmen, wenn er lebenslänglich bekommt. Er hat den letzten Kontrakt für uns gemacht. Deshalb verlangt er, daß wir ihn da rausholen.«

»Sonny, können wir ihn nicht liquidieren lassen?« fragte der Don. »Man wird doch auch einen Aufseher aus dem Bundesuntersuchungsgefängnis kaufen können! Kaufen oder zwingen!«

Robiconti antwortete für Sonny Grosso. »Er wird zu gut bewacht, Luigi. Der Bundesanwalt wird ihn zwar nur wegen des Ortman-Falles anklagen. Aber er und der FBI wissen nur zu genau, wer Medina ist. Sie warten sogar darauf, daß ein Mordanschlag auf ihn versucht wird, weil sie hoffen, daß er dann auspacken wird.«

»Was schlägst du vor, Gil?« fragte der alte Mann.

»Wir werden alle juristischen Möglichkeiten ausschöpfen«, antwortete Robiconti. »Ich werde Gene Dwyer mit der Verteidigung beauftragen. Er genießt einen hervorragenden Ruf. Zu seiner Unterstützung werde ich die besten Juristen ins Verteidigungsteam holen, die es auf dem Gebiet des Strafrechts gibt. Wir werden es über Verfahrensfragen versuchen.«

»Das ist mir zu unsicher«, sagte Luigi Costante. »Kommt man irgendwie an den Bundesanwalt heran?«

»Rondinella?« Robiconti schüttelte den Kopf. »Ausgeschlossen. Er hat keine Schwachstelle.«

»Und der Richter?«

»Richter Thompson ist unbestechlich.« Der *Consigliere* tauschte einen Blick mit Sonny Grosso, der verriet, daß er mit dem *Sottocapo* bereits über den Richter gesprochen hatte. »Wir haben uns da etwas überlegt, Luigi. Vielleicht ist der untadlige Ruf des Richters und sein hohes Ansehen gerade unsere Chance ...«

Wieder hob Luigi Costante die Hand. »Laßt euch etwas einfallen!« sagte er ungeduldig. Er beugte sich vor, und die kleinen Augen in dem fahlen Gesicht funkelten plötzlich. »Ich erwarte von euch, daß ihr das Problem Medina geräuschlos erledigt. Wenn mein Name mit diesem Mann in irgendeinen Zusammenhang gebracht werden sollte, seid ihr beide überflüssig!«

Gil Robicontis glattes Gesicht erstarrte. Er wollte etwas entgegnen, aber Grosso berührte warnend seinen Arm.

»Du kannst dich auf uns verlassen, Don Luigi«, versicherte er.

Grosso und Robiconti stiegen die enge Wendeltreppe hinunter und gingen durch den kleinen Tabakladen. Der alte Mann an der Kasse schenkte ihnen nicht mal einen Blick.

»So kann er mit mir nicht umspringen«, sagte Robiconti ärgerlich, als sie auf dem Gehweg standen. »Ich bin nicht für die Operationen eines Medina verantwortlich!«

»Seien Sie nachsichtig, Gil! Er meint es nicht so.«

»Ich fürchte, er meint genau das, was er sagt.« Robiconti musterte Sonnys langes Pferdegesicht. Dann hob er die Schultern. »Er weiß es nicht besser«, meinte er dann resignierend. »Er lebt noch in einer anderen Zeit. Sonny, ich glaube, es wäre einfacher, das Empire State Building verschwinden zu lassen, als diesen Medina als freien Mann aus dem Bundesgericht zu holen.«

»Wir haben keine Zeit zu verlieren«, sagte Sonny Grosso, dessen unkompliziertes Denken sich immer nur mit dem jeweils nächsten Problem befaßte. »Ich rede jetzt mit Frank Milford. Er muß uns die Jungs besorgen, die wir brauchen. Schließlich hat er uns die Sache eingebrockt.«

»Tun Sie das, Sonny! Ich werde unterdessen mit Gene Dwyer sprechen.«

Ernsthaft reichten die beiden Männer einander die Hand, ehe sie in verschiedene Richtungen davongingen.

»Schrecklich, wirklich schrecklich, das mit Susan«, sagte Harriet Graham. »Ich war ganz fertig, als ich das hörte. Komisch, daß ich in Florida gar nichts darüber gelesen habe.«

Harriet Graham bedachte mich mit einem schrägen Blick aus hübschen braunen Augen. Ihr Gesicht wirkte etwas aufgedunsen. Wahrscheinlich hatte sie während ihres Urlaubs in Florida zuviel gegessen und schon mittags mit den Cocktails angefangen.

»Wirklich, ich war ganz fertig! Und jetzt liegt sie schon unter der Erde! Wer hätte das gedacht!« Bekümmert schüttelte sie den Kopf und sah mit einem schnellen Blick, der jahrelange Routine verriet, in die Runde. Als sie keinen ihrer Chefs in der Nähe gewahrte, beugte sie sich über den Ladentisch, wobei sich ihre Brüste unter dem dunkelblauen Angorapullover zuzuspitzen schienen. »Aber ich habe ihr ja immer gesagt, daß sie noch einmal reinfallen wird! Das habe ich ihr gesagt. Wissen Sie, Mister ...«

»Cotton«, sagte ich.

»O ja, entschuldigen Sie, Namen kann ich mir nie merken. Wissen Sie, sie war richtig versessen darauf, Karriere als Fotomodel zu machen, obwohl sie ja eigentlich nicht das richtige Gesicht dafür hatte, und die Figur, na ja, schlecht war sie nicht, und Badeanzüge hat sie nie vorgeführt, soviel ich weiß. Aber sie witterte in jedem Kunden, der in unsere Abteilung kam, gleich einen Boß von einer Werbeagentur. Ich glaube, sie hat nur deshalb hier bei Abraham's angefangen, weil es an der Madison Avenue liegt wie all die großen Agenturen. Und sie wohnte auch irgendwo weiter oben in der Nähe der Madison.« Harriet Graham rümpfte die Nase. »Als ob die Burschen aus den Agenturen ausgerechnet bei Abraham's ihre Unterwäsche kaufen!« Verächtlich rührte sie in einem Restposten Unterhosen auf einem Wühltisch herum.

Ich war bisher kaum zu Wort gekommen. Harriet Graham und Susan Ortman hatten in derselben Abteilung gearbeitet, und Mary Arlow, Susans Wohnungsnachbarin, hatte gemeint, daß die beiden auch befreundet gewesen seien.

In der nächsten Woche sollte der Prozeß gegen Harold Medina beginnen. Phil und ich hatten uns in den letzten beiden Wochen darauf konzentriert, die Beweislage zu sichern. Wir wußten jetzt genau, wann und wo sich Medina an Susan Ortman herangemacht hatte. Mary Arlow, die einzige Zeugin, die den Killer im Haus gesehen hatte, die gesehen hatte, wie Harold Medina an ihrer Wohnungstür vorbeigelaufen war, war in einem Hotel auf Long Island sicher untergebracht. Während des Prozesses würde sie in einem von uns gemieteten und überwachten Apartment in Manhattan wohnen.

Ich hatte viermal mit Mary Arlow gesprochen. Susan hatte ihrer Wohnungsnachbarin auch von ihrer jüngeren Schwester erzählt, die ihr nach dem Tod der Eltern nach New York gefolgt war. Die beiden Mädchen stammten aus einem kleinen Nest in Indiana. Aber während sich Susan rasch der Großstadt angepaßt hatte und nicht wählerisch gewesen war bei der Art der Arbeit, mit der sie sich ihren Lebensunterhalt verdiente, war Virginia auf der Suche nach ihrer Chance rastlos herumgezogen.

Eines Tages hatte sie ihre Sachen zusammengepackt und war aus der Wohnung ihrer Schwester ausgezogen, ohne ihr zu sagen, wo sie hinging.

Einige Wochen später hatte sich Virginia telefonisch bei Susan gemeldet. Dieser Anruf, hatte Susan mir erzählt, sei ein Hilferuf gewesen. Aber Virginia hatte nicht den geringsten Hinweis gegeben, wo oder bei wem sie sich aufhielt. Nur ein paar klägliche Worte und der Wunsch, zur Schwester zurückzukehren. Danach sei die Verbindung unterbrochen worden.

Ich hatte nicht viel tun können. Virginia Ortman war volljährig. Hinweise auf ein Verbrechen lagen nicht vor. Aufwendige Ermittlungen wären nicht zu verantworten gewesen.

Mary Arlow hatte mir bestätigt, daß Susan nicht lockergelassen hatte. Ein weiterer Anruf sei zwar nicht mehr gekommen. Aber Susan habe Fotos ihrer Schwester in den Polizeirevieren herumgezeigt und Suchanzeigen aufgegeben.

Ihre Aktivitäten mußten irgend jemandem lästig oder gar gefährlich geworden sein. So gefährlich, daß er einen Killer auf sie angesetzt hatte.

Wer immer etwas von Susans Nachforschungen zu befürchten hatte, mußte sie eine Zeitlang beobachtet, vielleicht sogar Kontakt mit ihr aufgenommen haben.

Mary Arlow konnte mir nicht weiterhelfen. Susan Ortman schloß rasch Männerbekanntschaften. Doch Mary hatte selten einen dieser Männer kennengelernt.

Deshalb setzte ich gewisse Hoffnungen in Harriet Graham, mit der Susan schließlich jeden Tag mehrere Stunden zusammen verbracht hatte. Da wurde geredet. Und vielleicht war Harriet sogar mal jemand aufgefallen, der Susan beobachtet oder sich nach ihr erkundigt hatte.

Harriet Graham wollte ihrem Redestrom gerade wieder freien Lauf lassen, als ein smarter, dunkel gekleideter Mann in ihrem Blickfeld erschien.

»Mein Chef«, wisperte sie und begann hektisch, mir Unterwäsche vorzulegen.

»Ich brauche ihm nur zu sagen, daß ich Sie sprechen muß«, sagte ich. »Er muß Ihnen freigeben.«

»Nein, nein! Lieber nicht. Ich war gerade in Urlaub. Das nimmt er mir übel. Er würde nur denken ... Hier, diese Größe müßte für Sie richtig sein!«

Die Hose würde mir schlottern, aber weil sie im Preis herabgesetzt war, kaufte ich sie, während ihr Chef scharf herüberblickte.

»In einer halben Stunde habe ich Lunchpause«, flüsterte sie mir zu, als sie mir das Wechselgeld herausgab. »Ich gehe immer drüben ins Limerick.«

»Bis gleich«, sagte ich.

Sie kam pünktlich, und wir setzten uns an einen winzigen Tisch, an dem wir allein bleiben würden. Ich bestellte Sandwiches und Salat für uns beide.

»Bin ich eine Zeugin?« erkundigte sich Harriet. Ihre braunen Augen glänzten. »Der Täter ist doch gefaßt«, meinte sie dann.

»Bei einem Mordprozeß wird auch der Hintergrund des Opfers erhellt«, erklärte ich. »Sie und Susan waren Freundinnen, habe ich gehört.«

Harriet errötete.

»Na ja«, meinte sie, »wir haben uns ganz gut verstanden.«

»Haben Sie Susans Schwester je gesehen?«

»Virgie? Ja, sicher. Die Kleine kam damals hin und wieder vorbei, um Susan abzuholen. Susan hatte einen Halbtagsjob. Wegen ihrer Modelarbeit, wissen Sie? 'ne Zeitlang ist Virgie mit ihr zu den Modelagenturen gezogen, aber dann hat sie wohl die Lust verloren. Die wollte es auf die Schnelle schaffen.«

»Hat Susan das gesagt?«

»Nee, das brauchte mir keiner zu sagen. Susan war ja blind, was die Kleine anging. Die war'n Luder, sage ich Ihnen. Sie kam dann nur noch vorbei, wenn sie Geld brauchte. Immer hat sie Geld gebraucht ...«

»Wofür?« fragte ich.

»Kleider, nehme ich an. Sie verdiente ja nichts. Einmal hatte sie einen Kerl kennengelernt, da brauchte sie kein Geld. Lange hat's allerdings nicht gedauert. Ich glaube, Susan hat die beiden auseinandergebracht.«

Davon hatte Susan mir nichts erzählt, dachte ich.

»Haben Sie den Mann je gesehen?« fragte ich.

»Nein. Aber Susan hat die ganze Zeit nur von ihm geredet ...«

»Wie hieß er?«

Harriet sah mich verständnislos an. »Der Name? Gott, ich kann mir keine Namen merken, aber ich glaube nicht, daß Susan den Namen je erwähnt hätte ... Oder doch, warten Sie ... Aber da war Virgie schon abgehauen. Jetzt fällt es mir wieder ein! Er hat sich auf eine von Susans Zeitungsannoncen gemeldet! Verrückt, sage ich Ihnen. Sie hat Annoncen aufgegeben. *Wer kann mir etwas über den Verbleib meiner Schwester Virginia Ortman mitteilen?* Solche Anzeigen hat sie aufgegeben.«

Ich hatte die Annoncen in mehreren Zeitungen entdeckt. Susan hatte ihre Telefonnummer in die Anzeige geschrieben.

»Und der Mann hat sich gemeldet?« fragte ich. »Virginias ehemaliger Freund?«

»Ja. Dieser Mann und eine Frau. Die Frau hieß Holly, das weiß ich noch. Susan hat's mir erzählt. Aber der Mann ... warten Sie ... Feinberg oder so ähnlich.«

Davon gab es ein paar tausend in New York, dachte ich.

»Hatte er denn noch Kontakt zu Virginia, nachdem sie ihre Schwester verlassen hatte?« fragte ich.

»I wo! Dieser Schleimer hat Susan angerufen, um ihr zu sagen, daß Virgie ihm noch einen Haufen Geld schulde und ob Susan ihm Bescheid sagen würde, wenn sie Virgie gefunden hätte. Susan war empört, was ich ja verstehen kann. Der Kerl hat so getan, als ob Virgie ihn beklaut hätte.« Harriet runzelte die Stirn. »Na ja, man kann ja nie wissen ...«

»Und was war mit dieser Holly? Wußte sie etwas über Virginia?«

»Sie tat jedenfalls so. Sie haben sich hier getroffen, hier bei Limerick. Ich hab' sie gesehen. Sie hat Susan erzählt, daß es Virgie gut gehe und daß Susan nicht nach ihr suchen solle, sie sei kein Kind mehr.«

»Hat Susan das geglaubt?«

Harriet schüttelte den Kopf. »Keine Sekunde! Sie ist dieser Holly sogar nachgegangen.«

»Hat Susan Ihnen das erzählt?« fragte ich ruhig. Dabei hatte ich Mühe, meine Erregung zu verbergen.

»Ja. Diese Holly ist mit einem Taxi zum Times Square gefahren. An der Ecke Eighth Avenue und 42nd Street hat sie sie aus den Augen verloren. Aber Susan wollte weitersuchen. Sie war inzwischen davon überzeugt, daß Virgie in der Gewalt von Zuhältern war, die sie zwangen, auf den Strich zu gehen oder in einer Peepshow ... na, Sie wissen schon.«

Susan hatte mit dem Feuer gespielt. Sie war dabei zu nahe an die Flamme geraten.

»Und? Hat sie diese Holly wiedergefunden?«

»Das weiß ich eben nicht. Zwei Tage später bin ich nach Florida geflogen. Das war am 5. März.«

Zwei Tage vor Susans Tod.

Harriet sah auf die Uhr. »Himmel, meine Pause ist längst vorbei!« sagte sie und stand auf.

Ich nahm den Paycheck. Harriet hatte ihr Sandwich und den Salat in sich hineingestopft wie eine Verhungernde. Mein Sandwich lag noch unangebissen auf dem Teller.

»Sie sagten, Sie hätten diese Holly gesehen«, sagte ich, während wir an der Kasse warteten. »Wie sah sie aus?«

»Das war so 'ne Aufgedonnerte. Blond, Katzenaugen, hohe Stiefel mit weichen Schäften ...'ne Nutte, wenn Sie mich fragen. Wer nennt sich auch schon Holly!«

»Sie haben mir jedenfalls sehr geholfen, Miss Graham«, sagte ich.

»Oh, das habe ich doch gern getan, Mister ... Ich kann mir so schlecht Namen merken ...«

Ich lächelte. »Jerry Cotton, Miss Graham.«

Doch sie hörte mich nicht mehr. Sie rannte hinaus und ließ mich allein an der Kasse zurück.

»Dad! Kommst du zum Frühstück?« rief Ruth Thompson nach oben, wo sie ihren Vater noch im Bad rumoren hörte. Er schien heute länger als gewöhnlich zu brauchen.

»Ich bin gleich fertig«, gab er zurück.

Als sie seine festen Schritte auf der Treppe hörte, gab sie die Eier auf den vorgewärmten Teller und füllte seine Tasse mit Kaffee.

Er kam herein, nickte ihr lächelnd zu und betrachtete den hübsch gedeckten Tisch. Dann schüttelte er den Kopf und sah seine Tochter mit einem beinahe mißbilligenden Blick an.

»Ruth, warum nehmen wir uns keine Haushälterin?« fragte er, während er sich setzte und nach dem Orangensaft griff. Das Glas war beschlagen. Er liebte es so.

Sie lachte. »Dad, das hatten wir doch oft genug! Ich schaffe es allein. Es ist mir lieber so. Laß die Eier nicht kalt werden!«

Sie setzte sich ebenfalls an den Tisch und sah ihrem Vater zu, wie er mit bedächtigen Bewegungen Eigelb auf ein Stück Toast häufelte.

Ruth Thompson liebte das kantige Gesicht ihres Vaters mit den strahlendblauen Augen. Trotz seiner 62 Jahre schien der Körper noch nichts von seiner Kraft eingebüßt zu haben.

Ruth Thompson, selbst schon 34 Jahre alt und erfolgreiche Anwältin in einer angesehenen Kanzlei in Manhattan, lebte gern im Haus ihres Vaters in Bay Ridge.

Es war das Haus ihres Vaters, nicht das ihrer Eltern.

Ihre Mutter hatte den Mann und die kleine Tochter im Stich gelassen. David Thompson nannte es anders. *Wir haben nicht harmoniert, mein Kind.* Warum hätte sie sich quälen sollen?

Durchgebrannt ist sie, so lautete Ruth Thompsons Urteil. Sie hatte die roten Haare ihrer Mutter, ihre grünen Augen und ihr wildes irisches Temperament geerbt. Weil sie Angst vor ihrem Erbe hatte, vor ihrer Körperlichkeit, ihren Begierden, bemühte sie sich, ihnen keinen Raum zu geben. Sie bevorzugte Kostüme in gedeckten Farben. Sie trug flache Schuhe mit Blockabsätzen, und sie mied Plätze, an denen sich Männer und Frauen leicht näherkamen. Das waren die Bars, in denen die Kollegen mittags ihren Lunch einnahmen. Oder andere, in denen sie nach Büroschluß auf einen Drink einkehrten. Sie mied die Betriebsfeiern, die aus jedem nur denkbaren Anlaß veranstaltet wurden.

Sie lebte im Haus ihres Vaters. Sie sorgte für ihn. Und dabei fühlte sie sich wohl. Ein anderes Leben konnte sie sich gar nicht mehr vorstellen.

Richter Thompson ließ sich Zeit mit dem Essen.

»Bist du nicht spät dran?« erkundigte sie sich.

»Ich habe heute vormittag nur einen Termin«, sagte er. »Rondinella kommt um elf.«

»Wegen Medina?«

»Ja, meine Liebe, wegen Medina.«

An seinem Tonfall konnte sie hören, wie zuwider ihm das Thema war.

»Wird er dabei bleiben, Medina nur wegen des einen Falles anzuklagen?« erkundigte sie sich.

»Es wird dabei bleiben«, erwiderte Thompson schroff. »Er ist der Ankläger, und wenn er die Beweislage in den anderen Fällen für zu schwierig ansieht, ist es sein Recht, die Anklage auf einen Fall zu beschränken.«

»Hast du nicht gesagt, daß der FBI gewisse Ansatzpunkte hat, um auch andere Fälle aufzuklären?«

»Ja, das habe ich gesagt. Aber wie du als Juristin sicher weißt, billigt das Prozeßrecht einem Richter keine Mitsprache bei der Vorbereitung einer Anklage zu. Und ich fürchte, Rondinella wird sich nicht mehr umstimmen lassen. Die Besprechung heute mittag betrifft deshalb auch nur die Terminplanung der Verhandlung.«

Ruth Thompson wußte, wie sehr ihr Vater Tricks und Winkelzüge verabscheute. Sie stand schnell auf und küßte ihn auf die Stirn. »Grüß Hank Rondinella von mir, Dad! Er weiß, was er tut. Ich muß mich jetzt beeilen.«

»Woran arbeitest du?« erkundigte er sich.

»Ich bereite einen Vertrag vor«, antwortete sie vage, weil sie wußte, daß ihr Vater es immer noch nicht verwunden hatte, daß sie sich nicht für das Strafrecht entschieden hatte. Er hätte sie gern als Richterin am Criminal Court gesehen und dann insgeheim für ihre Berufung ans Bundesgericht gearbeitet. Sie küßte ihn noch einmal. »Bis heute abend, Dad.«

Sie verließ das Haus und ging in Richtung Bay Ridge Avenue. Sie achtete nicht auf den kleinen grünen Toyota, der hinter ihr die Straße hinabrollte und an der Ecke stehenblieb. Die beiden Insassen sahen ihr nach, bis sie die Treppe zur Subway Station hinablief. Dann fuhr der Toyota in Richtung Brooklyn Bridge davon.

Die Männer beobachteten die Tochter des Richters schon seit einigen Tagen. Um in der stillen Wohngegend nicht aufzufallen, benutzten sie nie denselben Wagen an zwei aufeinanderfolgenden Tagen. Gestern, beispielsweise, war es ein neuer Chevrolet gewesen, der ihr bis zur Subway folgte. Und am Tag davor ein Lieferwagen mit der Aufschrift einer bekannten Wäscherei aus Brooklyn.

Niemand sollte sich später an einen bestimmten Wagen erinnern, der sich auffällig in der Umgebung von Richter Thompsons Haus aufgehalten hatte.

»Holly? Ich bin Holly!« Sie sah mich aus stumpfen Augen ausdruckslos an.

Sie stand im Hauseingang neben einem Sex-Kino an der Eighth Avenue. Sie trug eine dünne Bluse mit langen Ärmeln und knallenge Jeans. Mit einer mageren Hand griff sie nach meinem Arm. Es kostete mich einige Überwindung, die Berührung durch dieses armselige Geschöpf zu ertragen.

»Ich habe ein Zimmer da oben«, flüsterte sie. »Komm mit! Ich mache alles, was du willst!«

Sie war das achte oder neunte Girl, das sich Holly nannte oder behauptete, Holly genannt zu werden. Dabei glaubte ich nicht, daß jene blonde Holly, von der Harriet Graham mir erzählt hatte, auf dem Straßenstrich zu finden wäre.

Die Kollegen von der Sitte hatten ein paar Dutzend unter ihren Kundinnen, die sich Holly nannten, und die Jungs vom Rauschgiftdezernat hatten auch einige Hollys in ihren Datenspeichern. Phil Decker und ich klapperten sie jetzt ab. Praktisch in unserer Freizeit, weil kein offizieller Ermittlungsauftrag vorlag. Und getrennt, damit überhaupt eine Chance bestand, jene blonde Holly in unserem mehr als grobmaschigen Netz zu fangen. Jene Holly, die zu Susan Ortman gekommen war, um ihr zu raten, nicht länger nach ihrer kleinen Schwester zu suchen.

Dabei war es zweifelhaft, ob diese aufgedonnerte blonde Person wirklich Holly genannt wurde oder ob sie sich diesen Namen nur für das eine Gespräch mit Susan Ortman zugelegt hatte.

Aber Susan war ihr nahe gekommen, zu nahe.

Wir waren Susan Ortmans Hinterlassenschaft noch einmal mit dem feinen Kamm durchgegangen, ohne auf neue Erkenntnisse oder bisher übersehene Aufzeichnungen gestoßen zu sein. Wir mußten es also auf die Ochsentour versuchen. Oder mit der Brechstange.

Ich fischte ein dünnes Bündel Dollarnoten aus meiner Tasche. Die Augen meiner achten oder neunten Holly wurden ein wenig klarer, als ich ein paar Scheine abblätterte. Aber blitzschnell schloß ich die Faust, als das Girl nach dem Geld grapschte.

Ich hatte den Etat, der mir für den Ankauf von Informationen zur Verfügung stand, längst überzogen. Ich würde Ärger mit der Revision bekommen, wenn ich nicht bald damit aufhörte, drogenabhängige Prostituierte mit Dollars zu füttern und nichts als Lügen dafür aufgetischt zu bekommen.

Die Kleine vor mir brauchte einen Schuß, und zwar bald, wenn sie nicht den Putz von der Wand kratzen wollte, und um den Schuß zu bekommen, würde sie alles tun. Mich anlügen, oder mir die Wahrheit sagen – wenn sie sie kannte.

»Meine Holly steht auf Leder«, sagte ich. »Sie trägt Stiefel mit hohen weichen Schäften.«

Diese Dinger waren teuer. Wenn ein Girl in solcher Kluft in diesem Abschnitt der Eighth Avenue herumlief, wo sonst nur die ganz billigen, heruntergekommenen Nutten und die ganz jungen Mädchen an der Mauer standen, würde sie den anderen auffallen.

»Stiefel?« fragte Holly. »Bis zum Hintern?«

»Ja«, antwortete ich. Sie zermarterte sich den Rest ihres noch nicht vom Rauschgift zerstörten Gehirns, wie sie an die Dollars in meiner geschlossenen Faust herankommen könnte. Ihre Haut war spröde. Ihre Lippen waren trocken. Ihr Atem ging langsam, und sie schien schlaff in sich zusammenzusinken.

Zum Teufel, Jerry, was suchst du hier eigentlich?

Die mageren Finger bohrten sich schmerzhaft in meinen Arm. »Gib mir zwanzigs Bucks«, flüsterte sie heiser. »Dann führe ich dich zu ihr. Ehrenwort!«

Sie kannte keine Holly.

Nicht die, die ich suchte.

»Ich weiß, wen du meinst! Sie heißt Holly und trägt

Ledersachen! Ich weiß, wo sie ist. Ich muß nur ...« Sie unterbrach sich, weil ihr keine Lüge einfiel.

»Haarfarbe?« fragte ich.

»Schwarz? Oder vielleicht braun ...«

Ich löste die Klammer ihrer Finger von meinem Arm. Sie begann zu wimmern. Ich steckte das Geld ein. Um nichts zu versäumen, holte ich eins der Fotos heraus, die Virginia Ortman zeigten. Susan hatte die Leute in ihrer Modellagentur überredet, Probeaufnahmen von Virginia zu machen. Man hatte ihr den Gefallen getan und die kindliche Art herauszustreichen versucht, mit der sie vielleicht eine Chance gehabt hätte, wenn sie bereit gewesen wäre, an sich zu arbeiten. Und wenn nicht der gierige, ungeduldige Ausdruck in den Augen gewesen wäre.

Auf dem Bild, das ich in der Hand hielt, trug Virginia ein aufreizend enges T-shirt, das den flachen Bauch und den Nabel freiließ, und hautenge Jeans, deren Beine bis zu den Hüftgelenken abgeschnitten waren.

Über dem Gürtel war der vorspringende Hüftknochen zu erkennen. Ihre Oberschenkel waren mager. Die Knie standen spitz vor. Das kleine herzförmige Gesicht mit den großen Augen war ernst und wirkte ungewöhnlich kalt und unpersönlich.

Genau der Typ für den Minnesota-Strip, hatte Phil gemeint. Der Abschnitt der Eighth Avenue zwischen dem Bus Terminal an der 41st Street und der 46th Street wurde so genannt, weil hier all die Ausreißerinnen aus der Provinz landeten und unweigerlich an die skrupellosesten Zuhälter und Dealer gerieten.

Holly wimmerte immer noch. Sie war auch so ein junges, mageres Ding wie Virginia Ortman.

»Sieh dir das Bild an!« sagte ich scharf.

Sie gehorchte, weil sie nicht die Kraft hatte, sich gegen

den stärkeren Willen aufzulehnen. Zuerst zeigte sie keine Reaktion, und ich wollte das Foto schon wieder einstecken.

Doch dann belebten sich die Augen unvermittelt. Sie zuckte.

So etwas wie Haß erschien in ihnen. Mein Herzschlag beschleunigte sich ein wenig.

Das Girl hatte Virginia Ortman schon mal gesehen.

»Ist das ... deine Holly?« fragte sie.

»Sie heißt Virgie, und das weißt du genau«, sagte ich. »Wann hast du sie zuletzt gesehen?«

Sie schüttelte heftig den Kopf. Zu heftig. Ihr Mund zuckte. Sie hatte Angst. Die Angst war sogar stärker als ihre Sucht, denn als ich ihr 20 Dollar hinhielt, jene 20, die ihr anscheinend für den nächsten Fix fehlten, schüttelte sie immer noch den Kopf und wandte sich ab.

Das, was sie mir nicht sagen wollte, hätte mich also zu ihrem Dealer geführt.

Ihre Beine schienen plötzlich nachzugeben. Sie sank gegen die Wand. Ich hielt ihren Arm fest.

»Na, na, ist ja schon gut«, sagte ich und drückte ihr die zwanzig Dollar in die Hand. Sie starrte das Geld an. »Ich habe dir deine Zeit gestohlen, Holly«, sagte ich und kam mir gemein dabei vor. »Laß dich nicht unterkriegen!«

Ich ließ sie los und ging.

Nach ein paar Schritten drehte ich mich um.

Holly verschwand gerade in einer schmierigen Imbißbude. Ich flitzte zurück und spähte durch die Scheibe.

Draußen war es dunkel und das Innere der Snackbar nur schwach erleuchtet. Trotzdem konnte ich Holly ganz gut erkennen. Sie stand hinten am Telefon und hatte Mühe, einen Dime in den Schlitz zu bekommen.

Wenn sie schlau war, würde sie ihrem Dealer nicht erzählen, daß sie das Geld für den Schuß von jemandem hatte, der sich für Virgie Ortman interessierte. Süchtige waren schlau, was ihre Sucht betraf. Kein Drogenabhängiger gefährdete ohne Not seine Bezugsquelle, indem er den Dealer verunsicherte.

Holly haspelte etwas in den Hörer. Dann legte sie auf und schleppte sich zu einem freien Hocker. Sie bestellte ein Glas Saft, trank etwas davon und starrte dann ungeduldig zur Tür.

Baby, dein Dealer kann nicht fliegen, dachte ich.

Es hatte zu regnen begonnen. Ich schlug den Kragen meiner Jacke hoch und ging zur nächsten Ecke. Dort stand eine Telefonzelle. Sie war frei und der Apparat wie durch ein Wunder unbeschädigt. Ich rief die Einsatzzentrale des FBI an.

Phil Decker war nicht in seinem Wagen. Auf seiner Liste standen noch jede Menge Hollys.

»Wenn er sich meldet, sag ihm, er soll sich in etwa einer halben Stunde bereit halten!« sagte ich zu George Baker, der Spätschicht in der Zentrale machte.

»Okay, Jerry ...«

»Noch etwas, George. Ich brauche sofort einen Streifenwagen an der Eighth Avenue, zwischen 45th und 46th Street, Ostseite. Die Cops sollen sich so aufbauen, daß sie den Eingang einer Snackbar sehen können, die Jumbo's heißt. Wenn ich ihnen ein Zeichen gebe, sollen sie reingehen und eine Gästekontrolle durchführen. Sie brauchen sich kein Bein auszureißen.«

Ich beschrieb, wie ich gekleidet war, damit die Cops mich erkennen konnten, und welches Zeichen ich zu geben gedachte.

Ich blieb in der Kabine stehen, bis ich den Streifenwagen aus der 45th Street in die Eighth Avenue einbiegen und unmittelbar vor dem Sex-Kino anhalten sah. Eine rothaarige Prostituierte, die Hollys Platz im Hauseingang eingenommen hatte, zog sich etwas zurück. Sonst geschah nichts. Der Anblick eines Streifenwagens gehört in der Eighth Avenue zum normalen Straßenbild. Meistens hat man mehrere zur selben Zeit im Blickfeld.

Ich verließ die Telefonzentrale und schlenderte zur Imbißbude zurück. Der Regen wurde heftiger, und ich preßte mich mit dem Rücken gegen die Scheibe, nachdem ich mich vergewissert hatte, daß Holly noch an der Theke hockte. Ihr Gesicht zeigte einen hoffnungslosen Ausdruck. Aber sie würde auf ihrem Platz ausharren, denn sie brauchte nichts dringender auf der Welt als einen Schuß, und der Dealer würde kommen. Irgendwann. Denn er war scharf auf die Dollars, die er dem armseligen Girl da drin abnehmen konnte.

Ein gelber Malibu scherte über zwei Fahrbahnen und stoppte in der zweiten Reihe. Ein schlaksiger Kerl in einem karierten Jackett und scheußlichen roten Hosen stieg aus. Er wand sich zwischen den abgestellten Fahrzeugen her. Ohne mir einen Blick zu gönnen, stellte er sich neben mich und spähte ins Innere der Snackbar. Mit der linken Hand machte er dem Mann am Steuer des Malibu ein Zeichen. Dann betrat er den Eingang.

Der Malibu zog vor und stoppte mit laufendem Motor an der Telefonkabine.

Ich hob die rechte Hand in Ohrhöhe. Die Türen des Polizeiwagens sprangen auf, und die beiden Cops eilten herbei.

Ich wandte ihnen den Rücken zu. Aus den Augenwinkeln sah ich den Kerl im karierten Jackett. Er stand hinter Holly. Sie sah ihn unterwürfig an und fummelte in ihrer Tasche herum, weil sie dem Schweinehund nicht schnell genug meine Dollars in den Rachen würgen konnte.

Ich legte einen Zahn zu. Als die Cops die Snackbar stürmten, schob ich mich an der rechten Seite des Malibu entlang. Die hintere Tür war verriegelt, wie ich an dem herabgedrückten Sperrstift erkennen konnte. Ich riß die Beifahrertür auf.

Der Kerl am Steuer fuhr herum. Seine Pranke verschwand unter der Jacke.

Ich war schneller. Ich preßte ihm den Lauf meines Smith & Wesson hinters Ohr, und er wurde ganz ruhig. Nur die rechte Hand kroch langsam aus der Jacke und legte sich dann auf das Lenkrad.

»So verstehen wir uns schon ganz gut, Charly«, sagte ich.

Ich beugte mich über den Sitz. Als erstes zog ich den Zündschlüssel ab. Der Motor erstarb. Die Zulassungskarte war an der Lenksäule befestigt. Ich riß sie ab und warf sie mit dem Wagenschlüssel auf die Rückbank. Dann erst fischte ich eine flache automatische Pistole aus dem Hosenbund des Fahrers. Die Kanone verschwand in meiner Tasche.

»Immer schön ruhig bleiben, Charly, dann können wir vielleicht sogar Freunde werden«, lobte ich ihn.

Ich klinkte endlich die hintere Tür auf und ließ mich auf die Rückbank fallen. Die Tür schlug wieder zu, und ich drückte den Stift herab. Ich machte mich ganz klein auf der Rückbank. Aber die Mündung meines Smith & Wesson preßte ich dem Fahrer jetzt von links unter die Rippen.

»He, Junge, wenn das ein Hold-up sein soll, solltest du es dir lieber noch einmal überlegen. Du hast ja keine Ahnung ...«

»Spar deinen Atem, Charly!« sagte ich. »Und laß die Pfoten schön brav auf dem Lenkrad!«

Der Fahrer begann, nach Schweiß zu riechen, aber er blieb ruhig. Er mochte mich für seinesgleichen halten. Für einen kleinen Gangster, der einen schnellen Dollar machen wollte. Oder für den Vorposten eines größeren Gangsters, der sich anschickte, sich den Bezirk seines Bosses unter den Nagel zu reißen. Da hieß es für ihn, abwarten und keinen Fehler machen. Auch ein anderer Boß würde die Dienste eines Fahrers, der sich auskannte, zu schätzen wissen.

Ich sah keinen Grund, dem Kerl mitzuteilen, wer ich war, auch wenn mein Verhalten nicht ganz den Vorschriften entsprach.

Ich sah sein fleischiges Gesicht im Rückspiegel. Rasch peilte ich nach hinten hinaus. Und dann rutschte ich noch tiefer.

Der Bursche mit dem karierten Jackett sauste aus einem schmalen Durchgang neben der Snackbar. Beinahe hätte ich gelacht.

Er war durch die Toilette getürmt. Wenn der Dealer nicht mit dem Malibu gekommen wäre, hätte ich mich in der Nähe des Hinterausgangs aufgebaut und ihn dort abgefangen.

Hier war es bequemer für mich. Und übersichtlicher.

Er flitzte über den Gehweg, rempelte eine junge Schwarze an, kümmerte sich nicht um deren Flüche und riß die Tür des Malibu auf. Mit einem gekonnten Schwung, der einige Erfahrung in ähnlichen Situationen verriet, landete er auf dem Sitz. Die Tür knallte ins Schloß.

»Hau ab, Don! Los, mach schon! Die Bullen sind da drin!«

Don, der Fahrer, rührte sich nicht.

»Bist du taub?« hechelte der Dealer.

Ich klapperte mit dem Wagenschlüssel. Der Dealer wirbelte herum. Er hatte ein spitzes Gesicht mit bösen kleinen Augen, die im Widerschein der Lichter draußen funkelten.

»Himmel, Pit! Mach keinen Quatsch!« stieß Don hervor. »Der hat eine Kanone!«

»Steig aus, Don, und geh ein bißchen spazieren!« sagte ich.

Pit starrte mich an. Seine Lippen wurden straff. Don rührte sich immer noch nicht. Nur sein Schweißgeruch wurde penetranter. Ich stieß ihm den Revolverlauf tiefer in die Seite. Dabei beobachtete ich scharf die Hände des Dealers.

Seine Rechte kroch allmählich aus meinem Blickfeld. Ich zog den Revolver aus Dons Seite und tippte mit dem Kolben einmal kurz auf Pits rechte Schulter.

Der Dealer holte erschreckt Atem, und seine Augen weiteten sich. Er gehörte zu den Typen, die keinen Schmerz vertragen konnten.

»Steig aus, Don!« wiederholte ich.

»Ja, ja.« Er klinkte die Tür auf.

»Bleib in der Gegend!« grunzte Pit.

Don stieg aus. Regen rann über die Windschutzscheibe und ließ seinen Umriß verschwimmen, als er vorn um den Wagen herumging. Ich verfolgte ihn mit den Augen, bis er sich mit dem Rücken gegen eine Hauswand lehnte.

»Rutsch rüber!« sagte ich zu Pit. »Wir fahren ein Stück spazieren.«

Pit rührte sich nicht. Seine Zähne begannen zu klirren. Ich machte eine drohende Bewegung mit der Revolverhand, die im Schatten hinter den Sitzlehnen bedrohlicher aussah, als sie in Wirklichkeit war.

Als er sich umständlich über den Mitteltunnel schob, tastete ich blitzschnell seine Taschen ab.

Seine Brieftasche behielt ich in der Hand. Er trug keine Schußwaffe, nur ein kleines Schnappmesser. Ich warf es auf den Boden. Schnee hatte er nicht bei sich. Ein Dealer wie er, der sein rollendes Depot bei sich hatte, nahm immer nur genau das zu seinem nächsten Kunden mit, was der gerade brauchte oder angefordert hatte.

Als er hinter dem Lenkrad saß, gab ich ihm den Zündschlüssel. »Immer schön langsam nach Norden«, sagte ich. Und um ihn ganz sicher bei der Stange zu halten, preßte ich ihm den Revolverlauf in die Seite.

Er fuhr behutsam an und glitt in den fließenden Verkehr. Ich warf einen Blick nach hinten hinaus. Don stand an der Hauswand und sah uns nach. Er machte keine Anstalten, die Telefonzelle zu betreten.

Wahrscheinlich kannte er nur den Burschen, den er Pit nannte. Um so besser, dachte ich.

Während der Fahrt studierte ich die Angaben auf der Zulassung. Der Malibu war auf einen Burschen namens Howard Hess aus Jersey City zugelassen. Diesen Mann würden wir überprüfen müssen. Wahrscheinlich würden wir feststellen, daß er von der Existenz dieses auf ihn zugelassenen Wagens gar nichts wußte.

Ich ließ den Dealer in die West 72nd Street einbiegen und zum Riverside Park hinunterrollen. Er schlotterte jetzt vor Angst. Seine zunächst zögernd und dann immer aufgeregter hervorsprudelnden Fragen überging ich mit eisigem Schweigen. Unter einer Laterne ließ ich ihn anhalten.

»Laß die Pfoten auf dem Lenkrad!« sagte ich scharf, als ich mir seine Brieftasche vornahm.

Sie enthielt einen Führerschein und einige Kreditkarten. Und einen dicken Packen Dollars. Die Dollars rührte ich nicht an, obwohl es mich juckte, meinen Zwanziger zurückzuholen. Mich interessierte nur der Name des Gangsters.

Er hieß Richard Pitrone. Als Adresse war ein Apartmenthaus an der 23rd Street angegeben. Ich warf die Brieftasche auf den Beifahrersitz.

»Wo habt ihr den Stoff versteckt, Pit?« fragte ich.

»Welchen Stoff?« Er holte erschreckt Atem, als ich den Revolverlauf aus seiner Seite zog. »Warte doch! Was willst du? Vielleicht kann man reden ...«

Ich klappte das Handschuhfach auf und schaufelte den Inhalt heraus. Parkscheine, Rechnungen und Sonnenbrillen fielen zu Boden. Ich tastete unter den Sitzen her. Ich griff in die Seitentaschen der Türen. Jetzt war ich es, der zu schwitzen begann.

Bis ich entdeckte, daß sich die Türverkleidung rechts mühelos abziehen ließ. Ich zog einen schlauchförmigen Plastikbehälter heraus. Den kippte ich um. Kleine, flache Tüten fielen heraus. Pit keuchte.

»Was haben wir denn da?« fragte ich froh.

Ich riß ein paar Tütchen auf und ließ den Inhalt herausrieseln.

»Mann, hör auf!« keuchte Pit. »Was willst du? Du bist doch kein Bulle!«

»Vielleicht nicht, vielleicht doch«, sagte ich.

Pitrones Hände umklammerten das Lenkrad. Er sah starr nach vorn hinaus. »Mann, mach keinen Scheiß! Wenn du jetzt aussteigst und verschwindest, vergesse ich alles. Wenn nicht ...«

»Ja, Pit? Was dann? Laß mich mal raten! Dann gehst du zu deinem Boß und jammerst ihm was vor. Von einem Kerl, der dich rumschubst. Das wird deinem Boß gefallen, Pit. Bosse in deiner Branche lieben Burschen, die sich rumschubsen lassen.«

»Was willst du denn von mir? Mann, sag es doch endlich!«

»Ich suche ein Girl«, sagte ich.

»Ein Girl? Mann, ich bin ...«

»Ich weiß, du bist kein Auskunftsbüro«, unterbrach ich ihn schnell. »Du solltest es aber doch probieren«, meinte ich und ritzte ein weiteres Tütchen auf.

Pitrone keuchte. »Mann, das sind jetzt schon dreihundert Dollar!«

»Teurer Schnee, Pit«, bestätigte ich. »Es ist noch 'ne Menge da.« Ich bohrte das nächste Tütchen an.

»Was ist das denn für'n Girl?« fragte er schnell. Aus den Augenwinkeln schielte er auf meine Finger.

»Virgie Ortman«, sagte ich.

»Kenne ich nicht«, sagte er. Für meinen Geschmack etwas zu schnell, aber ich konnte mich auch täuschen.

Deshalb ließ ich wieder etwas von dem verschnittenen Heroin auf den Teppichboden des Malibu rieseln, wo es sich mit den feuchten Fußabdrücken vermischte.

»Mann, hör doch auf!« Pit weinte jetzt beinahe. »Ich kenne keine Virgie. Ich habe nie was von so einer gehört!«

Ich hielt ihm ein Foto von Virgie Ortman unter die Nase. Zögernd griff er nach dem Bild und betrachtete das Gesicht.

»Du weißt, wer sie ist, Pit«, sagte ich.

Er schüttelte den Kopf. »Wieso glaubst du, daß ich sie kennen müßte?« fragte er. Die Ratlosigkeit in seiner Stimme war nicht gespielt.

Mist, dachte ich. »Überleg!« sagte ich scharf, um Zeit zu gewinnen.

Pit brachte mich bestimmt nicht mit der mageren Holly in der Snackbar unten an der Eighth Avenue und den Cops, die dort überraschend aufgetaucht waren, in Verbindung. Solche Art Stippvisiten fanden dort häufig statt.

Holly hatte Virgie Ortman erkannt, da war ich sicher. Ich hatte angenommen, daß der Dealer der gemeinsame

Nenner war, weil Holly, die für ein paar Dollars alles getan hätte, geschwiegen hatte.

Wen oder was fürchtete sie mehr als die Vorstellung, den nächsten Schuß nicht rechtzeitig zu bekommen?

»Die Kleine in der Snackbar, die du mit Stoff versorgst«, begann ich, als Pit auch schon herumfuhr.

»Also hast du ...«

»Verbieg dir nicht die Gehirnwindungen, sondern hör zu!« sagte ich laut. »Wie heißt sie?«

»Sie nennt sich Holly ...«

»Wer ist ihr Zuhälter?«

»Die ist doch kaputt, die ist kurz vorm Ende! Für die interessiert sich kein Zuhälter mehr«, sagte Pit verächtlich. Ich knirschte mit den Zähnen. Pit und andere Verbrecher seines Schlages hatten sie schließlich kaputtgemacht.

»Wo war sie, bevor sie in deinem Bezirk aufkreuzte?« erkundigte ich mich.

»Mann ...« Er stierte auf meine Finger, die ein Tütchen aufritzten. »Hör auf! Hör schon auf! Bevor sie's auf dem Babystrich an der Eighth versuchte, ging sie oben an der 96th für 'nen Schwarzen anschaffen. Wie der Kerl heißt, weiß ich nicht, interessiert mich auch nicht. Das ist ein ganz brutaler Hund, sage ich dir, von dem laß besser die Finger! Ich hab' ihn in Aktion erlebt, als er mit seinen Gorillas runterkam und versuchte, noch was aus Holly rauszuquetschen. Das war 'ne Show, das kann ich dir sagen. Aber bei Holly war da schon nichts mehr drin. Außerdem kamen die Bullen dazwischen. Die haben den Pimp und seinen Anhang hochgenommen. Natürlich mußten sie die Bande bald wieder laufenlassen. Aber Holly hatte seitdem Ruhe vor dem Kerl.«

Ein schwarzer Zuhälter, vor dem sie immer noch Angst hatte ...

»Wann war das?« fragte ich.

»Ende Januar, glaube ich. Es war lausig kalt.«

»Fahr los!« sagte ich.

»Wohin?« fragte der Dealer beunruhigt.

»Zurück zu deinem Partner. Oder willst du, daß er da anwächst?«

Ich lehnte mich zurück. Wenn der Zuhälter einmal festgenommen worden war, mußte es eine Eintragung im Wachbuch des Reviers geben.

Don, der Fahrer und Gorilla des Dealers, stand immer noch im Regen, als der Malibu am Straßenrand anhielt. Langsam kam er über den Gehweg heran. Pitrone wollte wieder auf den Beifahrersitz rutschen, aber ich befahl ihm, am Steuer sitzenzubleiben.

Don setzte sich vorn in den Wagen.

»Und jetzt?« erkundigte sich Pitrone.

»Ihr nehmt mich sicher noch ein Stück mit!« sagte ich. »West 47th. Fahr schon, Pit!«

»Und wohin da?« fragte der Dealer, Böses ahnend.

»Zum Polizeirevier Midtown North«, antwortete ich.

»Du bist also doch ein Bulle!«

»Heute ist nicht euer Glückstag«, bestätigte ich.

Kurz vor Mitternacht traf ich Phil in einem Restaurant am Sheridan Square. Todmüde ließ ich mich an seinem Tisch nieder.

»Hattest du nicht etwas von einer halben Stunde gesagt?« beschwerte er sich.

»Nachdem ich das ganze Revier rebellisch gemacht hatte, konnte ich mich nicht einfach ausklinken«, sagte ich zerknirscht. »Dafür lade ich dich zu einem Hamburger ein. Mit Chips!«

»Was meinst du, womit ich mir die Zeit totgeschlagen

habe! Ich kann nichts mehr essen. Aber bitte, du kannst dir vorstellen, du hättest mich eingeladen.« Er schob mir seine Rechnung zu. Ohne mit der Wimper zu zucken, nahm ich sie an mich. Phil hatte Steak gegessen.

»Bist du wenigstens weitergekommen?« erkundigte er sich.

Ich erzählte ihm von Holly und Pitrone und dem farbigen Zuhälter. Holly war zusammengebrochen, als die Cops sie mit dem Rauschgift in der Hand festnahmen. Die Cops hatten sie sofort zur Notaufnahme des St. Benedict Hospital gebracht.

Richard Pitrone und sein Komplize Don Miller blieben zunächst in Haft. Die Kollegen von der Narcotic Division würden sich genauer mit ihnen befassen.

Der farbige Zuhälter, von dem Pitrone gesprochen hatte, hieß Leslie Ferris. Er war wegen Zuhälterei, Freiheitsberaubung und Körperverletzung vorbestraft.

»Und du glaubst, er hat Virginia Ortman in seinem Stall?«

»Ich werde ihn fragen«, erwiderte ich mild, steckte eine saure Gurke in meinen Mund und spülte mit einem Schluck Tonic nach. »Das Dumme ist nur, daß der Bursche keinen festen Wohnsitz hat.«

»Aha! Was gedenkst du also zu tun? Tagelang durch Harlem streifen? Ohne mich, Alter!«

»Ich habe ihn zur Fahndung ausgeschrieben«, sagte ich.

Phil sah mich fassungslos an. »Mann! Ohne entsprechenden Ermittlungsauftrag?«

»Den Zustand kann man ändern, sobald es sich als notwendig erweisen sollte. Bis dahin hält einer der Revierdetektive den Kopf für mich hin.«

Phil schüttelte den Kopf. »Ich kann mir nicht vorstellen, daß ein schwarzer Zuhälter einen weißen Killer wie

Medina kauft. Diese Typen machen ihre Dreckarbeit doch selber.«

»Wahrscheinlich hast du recht«, räumte ich ein.

Phil sah mich an. »Du glaubst, du bist es Virginia Ortman schuldig«, stellte er fest.

Mein Freund wußte besser als ich, was in mir vorging. Verdammt, wäre ich damals, als Susan zu mir gekommen war, weil sie glaubte, ihre Schwester steckte in Schwierigkeiten, etwas schärfer rangegangen, mit oder ohne Ermittlungsauftrag, würde sie wahrscheinlich noch leben.

»Ich will nur wissen, warum sie wirklich sterben mußte«, sagte ich.

»Das Volk gegen Harold Medina!« Richter Thompsons Augen wanderten wie ein Leuchtfeuer über die Anwesenden, bevor er sich auf seinem erhöhten Platz niederließ. »Ist die Anklage bereit?«

»Ja, Euer Ehren«, antwortete Hank Rondinella.

»Ist die Verteidigung bereit?«

»Jawohl, Euer Ehren«, antwortete Gene Dwyer.

»Dann beginnen Sie bitte mit der Auswahl der Geschworenen!« sagte der Richter.

Er begann in seinen Akten zu blättern. Noch war die Geschworenenbank leer. Das Auswahlverfahren schleppte sich manchmal mühsam dahin und dauerte tagelang, wenn sich Anklage und Verteidigung nicht über die Zusammensetzung der Geschworenen einig werden konnten oder wenn die Verteidigung bereits im Vorfeld eines Geschworenenprozesses versuchte, dem Gericht ihre Taktik aufzuzwingen.

Doch Thompson hoffte, daß die Auswahl der Geschworenen zügig vonstatten gehen würde. Der Verteidiger war ein integrer Mann, kein Gangsteranwalt im üblichen Sinne. Richter Thompson hatte noch nie erlebt, daß Dwyer mit faulen Tricks gearbeitet hätte.

Auf dem Stuhl vorn neben der Geschworenenbank saß ein fülliger Mann mittleren Alters, der heftig schwitzte. Der Mann stellte sich mit leiser Stimme vor.

»Dennis Randolph, Baumaschinenmechaniker, verheiratet, ein Kind.«

»Sind Sie mit dem Angeklagten verwandt oder verschwägert oder näher bekannt?« fragte Rondinella.

»Nein, Sir.«

»Haben Sie sich bereits eine Meinung darüber gebildet, ob der Angeklagte wegen der Tat, die ihm hier zur Last gelegt werden wird, schuldig oder nichtschuldig ist?«

»Nein, Sir«, antwortete Dennis Randolph.

»Keine Einwände«, sagte Rondinella.

»Keine Einwände«, sagte auch der Verteidiger.

Der erste Geschworene legte seinen Eid ab und nahm auf der Geschworenenbank Platz.

Harold Medina saß mit ausdruckslosem Gesicht, flankiert von zwei Bundesvollzugsbeamten, in der Anklagebank. Die meisten Plätze im Zuschauerraum waren noch frei. Die Bänke würden sich erst im Prozeßverlauf füllen. Harold Medinas Frau saß wie verloren in der hintersten Ecke des Zuschauerraumes. Sie war eine schmächtige, etwas unscheinbare Person mit gebleichten Haaren und heller Haut. Medina suchte ihren Blick, aber sie hielt die Augen starr auf einen Punkt an der Wand hinter dem Richtertisch geheftet.

Ein gutgekleideter Farbiger beantwortete die Fragen des Bundesanwalts, bis Rondinella ihn als Geschworenen akzeptierte.

Gene Dwyer, der Verteidiger, trat vor.

»Sie haben sich also noch keine Meinung über die

Schuld oder Unschuld des Angeklagten gebildet, Mr. Brice?«

»Nein, Sir.«

»Sie sind verheiratet, Mr. Brice, nicht wahr? Haben Sie sich mit Ihrer Frau über den bevorstehenden Prozeß unterhalten?«

»Ja, natürlich.«

»Was ist die Ansicht Ihrer Frau, Mr. Brice?«

»Nun, ich weiß nicht so genau ...«

»Sie werden doch wissen, was Ihre Frau gesagt hat, Mr. Brice!«

Brice sah kurz zum Angeklagten hinüber. »Ich kann mich nicht genau erinnern, Sir«, sagte er.

Dwyer wandte sich dem Richtertisch zu. »Abgelehnt«, sagte er. »Nach meinem Dafürhalten reicht das Gedächtnis von Mr. Brice nicht aus, um der Verhandlung zu folgen.«

Richter Thompson sah den Verteidiger verwundert an, dann seufzte er still in sich hinein. Er begann zu ahnen, daß die Verhandlung doch nicht so glatt verlaufen würde, wie er es erhoffte.

»Das ist er«, sagte Detective Dean King vom 24. Revier in Harlem. Er deutete auf den Eingang des großen alten Hauses auf der anderen Straßenseite.

Oben auf der Außentreppe erschien ein hünenhafter Neger. Im Schein der Kuppellampe schimmerte sein kahler Schädel wie poliertes Holz.

Zusammen mit vier anderen großen Kerlen kam er jetzt die Treppe hinunter. Er trug enge schwarze Hosen und ein weißes Gigolojackett, dazu ein Rüschenhemd und hellgraue Wildlederschuhe. Ein langer Pelzmantel hing offen über seinen breiten Schultern.

Ferris und seine Gorillas blieben neben einem weißen Lincoln stehen. Die Männer lachten und alberten herum.

Ferris versteckte sich nicht. Deshalb hatte die Fahndungsabteilung der City Police nicht lange gebraucht, um den schwarzen Zuhälter ausfindig zu machen. Detective Dean King hatte mehrere Male gegen Ferris ermittelt. Zuletzt hatte er zusammen mit anderen Beamten seines Reviers eine Razzia in dem Haus auf der anderen Straßenseite durchgeführt. Deshalb hatte ich mich an den farbigen Kollegen gewandt und ihn gebeten, mir Ferris zu zeigen und mir zu berichten, was er über den Gangster wußte.

Denn in dem Haus gegenüber lag ein als Club getarntes Edelbordell, das von gut verdienenden Schwarzen aufgesucht wurde.

»Ferris ist bekannt dafür, daß er auch ganz junge weiße Mädchen in seinem Stall hat«, erklärte der Detective. »Unverbraucht, nicht süchtig. So lieben es seine anspruchsvollen Kunden.«

»Was macht er mit den Mädchen, wenn sie nicht mehr ganz so frisch sind?«

Dean King hob die Schultern. »Er verkauft sie an andere Zuhälter. An die Burschen, die sie unter Stoff setzen und dann an der Lexington Avenue oder oben an der 126th Street auf den Straßenstrich schicken.«

Holly war eins dieser armseligen Geschöpfe, dachte ich. Ausgelaugt, kaputt. Dann erst ließen diese Verbrecher von den Mädchen ab. Ein paar Wochen oder Monate verdienten noch die Dealer an ihnen, dann war es aus.

Ich hatte dem Kollegen ein Foto von Virginia Ortman überlassen. Er nahm es erneut in die Hand und hielt es so, daß etwas Licht von draußen darauf fiel.

»Sie war nicht da drüben«, wiederholte er, als wolle er sich selbst bestätigen. »Das ist sicher.« Er schlug mit der

Hand aufs Lenkrad. »Wenn man wenigstens das Foto rumzeigen könnte!«

»Kommt nicht in Frage«, sagte ich entschieden. Es wäre zu gefährlich. Es war nicht auszuschließen, daß wir Virginias Leben gefährdeten, wenn wir offen nach ihr fahndeten.

»Es hätte auch wenig Sinn«, räumte Dean King ein. »Die Mädchen sind so eingeschüchtert, daß keine bereit ist, mit uns zu gehen, obwohl wir ihnen für ihren Schutz garantieren könnten. Sie sind alle freiwillig in dem Puff.« Er schnaubte wütend. »Solange wir kein Rauschgift oder Anzeichen für Gewaltanwendung finden, können wir nichts unternehmen. Ich selbst habe Ferris mindestens ein dutzendmal festgenommen. Ich habe mir ganze Nächte mit ihm vor dem Schnellrichter um die Ohren geschlagen, aber nur drei lächerliche Verurteilungen erreicht. Im Gefängnis gesessen hat er in den letzten Jahren keinen einzigen Tag. Wenn er festgenommen wird, kreuzt sofort sein Anwalt mit einem Koffer voll Bargeld für die Kaution auf.«

Er schwieg, als Ferris und seine Gorillas in den Lincoln stiegen.

Die Scheinwerfer flammten auf. Dann schoß der schwere Wagen mit durchdrehenden Reifen davon.

»Wie soll's weitergehen, Jerry?« erkundigte sich der Kollege.

Holly, das Mädchen, das einmal zu Ferris' Stall gehörte, hatte Virginia Ortman auf dem Foto erkannt. Aber eine weiße Frau, die sich ebenfalls Holly nannte, war zu Susan Ortman gekommen, um sie von weiteren Nachforschungen nach ihrer Schwester abzubringen. Susan hatte diese blonde Frau verfolgt und erst am Times Square ihre Spur verloren. Und vier Tage danach war sie von einem weißen Killer ermordet worden ...

»Ferris muß mit weißen Gangstern in Verbindung stehen«, sagte ich. »Dean, ich brauche Namen!«

»Ich könnte veranlassen, daß er beschattet wird«, meinte der Detective. »Ein paar Tage lang rund um die Uhr, mit allen technischen Mitteln wie Nachtsichtgeräten, Richtmikrofonen und so weiter.«

»So etwa habe ich mir Ihre Hilfe vorgestellt«, sagte ich.

»Okay, Jerry. Sie schicken mir bei Gelegenheit was Schriftliches, okay?«

»Klar«, sagte ich forsch.

Phil hätte sich die Haare gerauft, wenn er meinen überzeugenden Tonfall vernommen hätte.

Als Richter Thompson nach Hause kam, sah er den Mantel seiner Tochter an der Garderobe hängen. Er klopfte an die Tür zu ihrem Zimmer und öffnete. Sie saß, tief in Gedanken versunken, an ihrem Schreibtisch. Erst als er sie ansprach, nahm sie die Brille ab und drehte sich um.

»Du bist schon zu Hause?« fragte er. »Es ist doch erst sechs!«

Sie stand auf. »Komm mit in die Küche, Dad! Ich mache uns einen Kaffee.«

Während sie die Kaffeemaschine in Gang setzte und ein paar Sandwiches zurechtmachte, sagte sie: »Ich soll ein Gutachten zu einem Fusionsvertrag erstellen. Sieht ziemlich kompliziert aus, und ich muß mich erst in die Vorverträge einarbeiten. Da haben sich schon ganze Generationen von Juristen dran versucht!« Sie lächelte.

»Eine Firmenfusion? Wer ist es?«

»Keine Ahnung, Dad. Kendrick weiß es selbst nicht, glaube ich.« Tom Kendrick war einer der Partner der Kanzlei, bei der Ruth Thompson als Anwältin angestellt war. »Die Namen sind ausgelassen. Der Auftraggeber will nur ein Gutachten. Ich nehme an, daß die Verträge von einer anderen Kanzlei ausgearbeitet worden sind, einer der Vertragspartner aber genau wissen will, ob er nicht übers Ohr gehauen werden soll.« Sie lachte plötzlich. »Der Vorteil ist, daß ich die Arbeit zu Hause erledigen kann. Ich habe mir ein paar Bücher mitgebracht.«

Sie nahm die Kanne aus der Maschine, stellte sie auf das Tablett und trug es ins Wohnzimmer. Der Richter folgte ihr. Er setzte sich in seinen hochlehnigen Sessel am Gartenfenster und streckte die Beine von sich.

»Wie läuft es bei dir?« erkundigte sie sich. »Heute war die Anklageverlesung, nicht wahr?«

»Ja.« David L. Thompson rieb sich die Augen. »Anschließend hat Dwyer das Gericht mit Anträgen förmlich eingedeckt. Unter anderem verlangte er ein Gegengutachten zu der Analyse der Haut- und Gewebeproben, die man unter den Fingernägeln des Opfers sichergestellt hat . . .«

»Und die eindeutig vom Angeklagten stammen, nicht wahr?«

Thompson nickte langsam.

»Du machst dir trotzdem Gedanken, Dad«, stellte Ruth fest.

»Dwyer geht ungewöhnlich scharf ran. Ich möchte wissen, was er im Schilde führt«, sagte der Richter nachdenklich. »Er hat nicht einmal vorgefühlt, ob der Staatsanwalt bereit ist, die Anklage auf Totschlag im Affekt abzuändern und dafür ein Schuldeingeständnis seines Mandanten anzubieten. Ich habe das Gefühl, als ob er auf einen Freispruch hinarbeiten will.«

»Aber damit kommt er doch nie durch. Nie, Dad!«

Thompson seufzte. »Wenn die Zeugin Arlow bei der Stange bleibt und das Gutachten über die Analyse der Gewebeproben nicht aus der Reihe fällt, muß es zu einem

Schuldspruch kommen. Es sei denn, die Verteidigung wartet wider Erwarten mit Überraschungen auf.« Thompson nahm die Kaffeetasse auf, stellte sie aber wieder hin, ohne den Kaffee angerührt zu haben. »Ich wäre froh, wenn ich diesen Kerl wenigstens wegen Totschlags verurteilen könnte!« meinte er dann ahnungsvoll.

»Das sagst du, wo du jede Art von Kompromissen verabscheust?« fragte seine Tochter verwundert.

Thompson seufzte. »Mein Kind, Prinzipien sind nur so lange gut, wie man sie aufrechterhalten kann.«

Ruth lächelte plötzlich. »Ich sehe, du magst heute abend keinen Kaffee. Ich hole dir ein Glas Milch, Dad.«

»Wie wär's mit einem Whisky?« grollte er.

»Wie ich dich kenne, hattest du schon einen im Büro. Und morgen brauchst du deinen klaren Verstand. Ich hole dir die Milch«, sagte Ruth Thompson entschieden.

»Sie lassen diesen Ferris beschatten«, stellte John D. High, Chef des FBI New York, fest. »Und ich soll diese Maßnahme nachträglich absegnen.«

»Ja, Chef«, sagte ich schlicht.

Der FBI-Chef lehnte sich zurück und sah mich aufmerksam an. »Rondinella kann keine Überraschungen brauchen, solange der Prozeß andauert, Jerry. Wir können den Hintermann immer noch ermitteln, wenn Medina verurteilt ist. Wenn wir aber jetzt mit Beweisen kommen, daß Medina ein Mietkiller ist, kann Rondinella seine Anklage in den Reißwolf geben!«

»Er hätte eben warten sollen«, sagte ich. »Aber er war so scharf darauf, diesen Kerl auf die Anklagebank zu bringen ...«

»Jerry, bitte!« unterbrach mich der Chef. »Medina eine Mordserie nachzuweisen, wäre ungleich schwieriger gewesen. Wenn da nur ein winziger Ermittlungsfehler geschehen wäre, wenn die Verteidigung nur Zweifel an einem einzigen Fall hätte erwecken können, wäre Medina für alle Fälle freigesprochen worden! Jerry, Sie kennen doch die Spielregeln!«

»Was ist, wenn mit dieser einen Anklage etwas schiefgeht?« gab ich zu bedenken.

»Sie selbst haben den Fall bis zur Verhandlungsreife ermittelt, Jerry. Was ist Ihr Gefühl?«

»Keine Zweifel, was die kriminalistische Seite betrifft«, antwortete ich.

»Warum können Sie dann nicht warten, Jerry?«

»Dieser Mann hat gott weiß wie viele Frauen und Mädchen auf dem Gewissen. Das Archiv analysiert alle ungeklärten Frauenmorde der letzten Jahre. Die Zahl der Opfer, bei denen Medina als Täter in Frage kommt, erhöht sich fast täglich. Es gibt nicht nur einen Hintermann, der die Morde in Auftrag gegeben hat, es muß mehrere geben. Jeder von ihnen kann jederzeit wieder einen Killer benötigen, wenn ein Mädchen, das er zur Prostitution gezwungen hat, nicht mehr mitmacht. Oder was die Motive auch immer sein mögen. Doch darum geht es nicht allein.«

»Sondern?« fragte der Chef ruhig.

»Die Figur dieses Ferris, die in diesem Fall erscheint, beweist wieder einmal das zunehmende Zusammenspiel zwischen schwarzen und weißen Gangsterbanden. Rauschgifthandel, Prostitution, Mädchenhandel ...«

»Ihnen geht es um Virginia Ortman«, sagte der Chef.

War es so offensichtlich? »Ich kenne sie nicht einmal«, sagte ich ausweichend.

»Sie will vielleicht gar nicht ... gerettet werden«, sagte der FBI-Chef. »Sie ist vielleicht schon ebenso am Ende wie diese Holly, von der Sie mir erzählt haben.«

Ich schüttelte den Kopf. »Dann hätte man sie umgebracht. Aber man hat Susans Tod beschlossen. Warum?«

Der Chef überlegte. »Schön«, entschied er dann. »Wir ermitteln gegen Unbekannt. Der Name Medina bleibt draußen. Jedenfalls bis zum Prozeßende.«

»Selbstverständlich, Sir«, bestätigte ich.

»Wie ich sehe, sind Sie für morgen früh vor Gericht geladen. Lassen Sie sich nicht unterkriegen, Jerry!« sagte der Chef lächelnd. »Vorhin rief Rondinella an. Dwyer fährt schärfstes Geschütz auf. Alles oder nichts, so lautet seine Strategie.«

»Das wußten wir ja vorher, nicht wahr?« sagte ich, ein Unbehagen unterdrückend.

Richter David L. Thompson erwachte etwas früher als gewöhnlich. Er merkte es eigentlich nur an dem hellen Schein der Straßenlampe, der durch die Ritzen der Jalousie über die Schlafzimmerdecke fiel. Zehn Minuten später würde das Licht in der Dämmerung verblassen.

Er lag reglos auf dem Rücken und lauschte. Still war es nicht. Es gab da vielfältige Geräusche, die ihm ausnahmslos vertraut waren. Seit über 30 Jahren wohnte er in dem Haus in Bay Ridge. Er hatte die Veränderungen registriert, die das Viertel hatte hinnehmen müssen, als ein paar Blocks von seinem Haus entfernt der Fort Hamilton Parkway an den Gowanus Expressway angeschlossen wurde. Seitdem lag das ständige Wechselspiel der herandonnernden und davonbrummenden Motoren in der Luft. Fern zwar, aber immer gegenwärtig.

An der Stärke der Verkehrsgeräusche konnte er genau erkennen, wie spät es jeweils war. Jetzt schwoll der Strom deutlich an, weil sich die Arbeiter und Angestellten, die drüben in Staten Island wohnten, noch früher in ihre

Wagen gesetzt hatten und von der Verrazano Narrows Bridge kamen, um zu ihren Arbeitsstätten in Brooklyn zu gelangen. In einer halben Stunde würde der Verkehr seinen ersten morgendlichen Höhepunkt erreichen, wenn die Nachbarschaft erwachte und die Frauen ihre Männer zur Subway oder ihre Kinder zu den Kinderhorten und Schulen fuhren.

Als er unten im Haus ein Geräusch hörte, nahm er seine Uhr vom Nachttisch und hielt sie nah an seine Augen. Es war 6.50 Uhr.

Das mußte Ruth sein. Auch sie schien früher aufgewacht zu sein als sonst. Vielleicht hatte sie gestern vergessen, ein Kleid zu bügeln. Oder seinen Anzug auszubürsten.

Da fiel ihm ein, daß sie während der nächsten Tage nicht nach Manhattan zu fahren brauchte. Warum stand sie dann früher auf?

Er hörte ein leises Knacken draußen. Er wußte, daß es die dritte Stufe von oben war, die seit eh und je unter seinem Gewicht knackte.

Unter seinem Gewicht! Nicht unter Ruths Gewicht. Sie war zu leicht.

Er richtete sich steil auf, und sein Herz schlug ihm plötzlich im Hals.

Es waren Fremde im Haus! Sie hatten ihn geweckt, obwohl sie kaum Geräusche erzeugt hatten.

Er wollte seine Beine aus dem Bett schwingen, obwohl er nicht genau wußte, was er tun sollte. Aber wer immer da im Haus war, sollte ihn auf keinen Fall liegend antreffen. Und im Nachthemd.

In diesem Moment drang ein gellender Schrei von unten herauf, der sofort unter einer brutalen Hand erstickte. Ruth! Im selben Augenblick flog krachend die Tür zu seinem Schlafzimmer auf. Ein schlanker Mann sprang über die Schwelle und blieb am Fußende des Bettes stehen.

Den größten Teil seines Lebens hatte Richter Thompson damit verbracht, sich Schilderungen von Gewalttaten und ihren Auswirkungen anzuhören. Er selbst war nie mit der Gewalt konfrontiert worden.

Der Mann hielt eine Schrotflinte mit abgesägtem Lauf in den Fäusten.

Das Gesicht wurde zum größten Teil von einer Wollmütze verdeckt, die nur das Kinn freiließ. Die Augen hinter den Sehschlitzen glitzerten.

Die Hände des Gangsters steckten in geschmeidigen Lederhandschuhen.

Das sind Profis, dachte Richter Thompson hoffnungsvoll. Die wollen nicht töten. Die sind vorsichtig, um nicht erkannt zu werden und keine Spuren zu hinterlassen.

Doch seine langjährige Erfahrung flüsterte ihm auch zu, daß es genau anders sein konnte. Daß die Kerle so vorsichtig waren oder so verrückt, daß sie ihn und Ruth trotzdem abknallen würden, um ganz sicherzugehen.

Aber warum? Wegen der paar Dollars, die er im Haus hatte? Oder wegen der kleinen Sammlung europäischer Porzellanfiguren, die sich kaum in einen nennenswerten Geldbetrag umwandeln ließ?

Er brauchte zwei Anläufe, um einen einfachen Satz auszustoßen. »Was wollen Sie?« Seine Stimme klang rauh und unsicher.

Der Eindringling sah sich um. Er entdeckte das Telefon, glitt um das Bett herum und zog den Stecker aus der Wand. Den Apparat klemmte er sich unter den Arm.

»Ziehen Sie sich was an, und kommen Sie runter!« sagte eine dumpfe Stimme ohne erkennbaren Akzent. »Ich gebe Ihnen zehn Minuten. Denken Sie daran, daß wir Ihre Tochter haben!«

Der Gangster verließ das Schlafzimmer. Die Tür ließ er offen.

Thompson stand auf. Seine Knie fühlten sich weich an. Er mußte sich am Bettpfosten festhalten. Nur mit Mühe schaffte er es bis zum Fenster. Er zog die Jalousie hoch und blickte nach unten.

Die Einfahrt war leer, das Gittertor geschlossen. Soweit er die Straße einsehen konnte, war kein fremdes Fahrzeug zu entdecken. Auf der anderen Seite rollte eben Mrs. Evans' Ford aus der Garage. Chuck Evans, Chemiker in einem Forschungslabor, zog das Tor herab und stieg zu seiner Frau in den Wagen, um sich nach Bensonhurst bringen zu lassen.

Alles war wie immer.

Nur in seinem Haus war alles anders.

Fünf Minuten später ging er langsam die Treppe hinunter. Zögernd betrat er das Wohnzimmer, und in seinem Inneren ballte sich ein Klumpen zusammen, der nur aus purem Haß bestehen konnte.

Wie hatte er jemals sachlich, nüchtern und fair über solche Menschen zu Gericht sitzen können? Er war bekannt für seine ausgleichende und verständnisvolle Art.

Sie waren zu dritt. Alle drei Männer waren auf die gleiche Weise maskiert. Nur ihre Bewaffnung unterschied sich voneinander. Der kleinste der Kerle, ein gedrungener Bursche mit auffallend kleinen Füßen und dicken Oberschenkeln, trug einen kurzläufigen Revolver. Der dritte Mann hielt ein Messer in der Faust, dessen blinkende Klinge er an Ruths Hals preßte.

Ruth saß mit weitaufgerissenen Augen in einem Sessel, den Kopf gegen die Rückenlehne gepreßt, um dem Druck der scharfen Schneide zu entgehen. Ein dünner Blutfaden lief an ihrem Hals herab.

Thompson brauchte einige Sekunden, bis er die Sprache wiederfand. »Sagen Sie endlich, was Sie wollen! Und lassen Sie meine Tochter los! Wir werden uns bemühen, besonnen zu handeln! Versuchen Sie das gleiche!«

Der Kerl mit der Schrotflinte trat neben Thompson. Spielerisch stieß er die Mündung gegen die Rippen des älteren Mannes. »Setzen Sie sich!« befahl er.

Thompson blieb breitbeinig in der Tür stehen. Er konnte sich nicht vorstellen, was dieser Überfall zu bedeuten hatte. Ein normaler, gewöhnlicher Raubüberfall war das jedoch nicht. Das spürte er.

»Ich werde keine Ihrer Anordnungen befolgen und kein einziges Wort an Sie richten, solange der da meiner Tochter das Messer an die Kehle hält!«

»Sie haben hier gar nichts zu bestimmen!« sagte der gedrungene Gangster laut. Er fuchtelte mit seinem Revolver herum.

Der Kerl mit dem Messer bewegte sich nervös. Seine linke Hand lag auf Ruths Stirn. Er hielt ihren Kopf fest, während er Thompson durch die Augenschlitze anstarrte. Unter der Mütze waren seine Kinnbacken zu sehen. Die Haut war hellbraun und glatt und straff.

Er stieß einen schrillen Laut aus, der sich wie ein Kichern anhörte. »Ich kann der Puppe ein Muster in die Haut schneiden!«

Seine Hand zuckte.

Ruths Augen quollen vor Angst aus den Höhlen.

Thompson rührte sich nicht. Mein Gott, dachte er, wer hat die Autorität, solche Bestien unter Kontrolle zu halten!

Er spürte die leichte Unsicherheit des Mannes mit der Flinte. Es sprach für diesen Gangster, daß er Thompsons Forderung nachgab, bevor es zu einer echten Konfrontation kam, deren Ausgang ungewiß war.

Der Gangster schnippte mit den Fingern. Zögernd nahm der andere das Messer von Ruths Kehle.

Ruth stieß einen gurgelnden Laut aus. Sie berührte den Schnitt an ihrem Hals, aus dem hellrotes Blut quoll. Sie zuckte zusammen, als der Finger über die kleine Wunde strich.

Erleichtert ließ sich Thompson in einen Sessel fallen. Der Gangster mit dem Gewehr schien der Boß der Gruppe zu sein, und die anderen schienen auf sein Kommando zu hören.

»Was wollen Sie?« wiederholte er.

»Es geht um den Medina-Prozeß, Euer Ehren«, sagte der Maskierte. »Sie sollen ihn so führen, daß der Mann freigesprochen wird.«

Ruth Thompson preßte ein Taschentuch gegen ihre Kehle. Der Gangster hinter ihr spielte mit seinem Messer. Er drückte die Klinge ins Heft und ließ sie wieder hervorschnellen. Immer wieder. Jedesmal zuckte sie von neuem zusammen. Aber sie hatte nur Augen für ihren Vater, der wie erfroren in seinem Lehnsessel saß.

Er sollte das Recht beugen! Wie eine giftige Flüssigkeit sickerte dieser unvorstellbare Gedanke in sein Hirn. Seinen Körper spürte er nicht mehr. So muß es sein, wenn man tot ist, dachte er. Es hätte ihm nichts ausgemacht, jetzt zu sterben.

Der Gangster mit der Flinte beugte sich zu ihm herab. »Zwei von uns werden von jetzt an ständig hier im Haus sein, Euer Ehren«, verkündete er.

»Gebrauchen Sie das Wort Euer Ehren nicht!« sagte Richter Thompson scharf. Seine Augen belebten sich. Wie Gasflammen richtete sich der Blick auf die Augen hinter den Sehschlitzen.

»Regen Sie sich nicht auf, Mann!« sagte der Gangster. »Wir haben jetzt nicht viel Zeit, weil Sie bald aus dem Haus müssen. Ihre Tochter bleibt in unserer Gewalt, während Sie . . .«

»Ich muß um zehn Uhr in meinem Büro sein«, sagte Ruth. »Ich habe Termine.«

Der Gangster fuhr zu ihr herum. »Sie reden nur, wenn Sie gefragt werden, Miss!« sagte er. »Aber damit Sie sich keinen überflüssigen Hoffnungen hingeben – Sie werden erst wieder in Ihrem Büro erwartet, wenn Sie das Gutachten zu dem Fusionsvertrag ausgearbeitet haben.«

Richter Thompson schluckte. Er erfaßte sofort die Tragweite dessen, was der Gangster da gesagt hatte. Er hatte es nicht mit den Komplizen eines gemeinen Mörders zu tun, die alles auf eine Karte setzten.

Das war eine präzise, bis ins einzelne vorbereitete Aktion. Es gab einen Kopf, der irgendwo im verborgenen die Fäden zog. Jemand, der in der Lage war, eine der angesehensten Anwaltskanzleien der Stadt für seine Zwecke einzuspannen.

Der Gangster, der den Boß des Trios spielte, wandte sich wieder an Thompson. »Wir wissen Bescheid, Richter«, sagte er mit seiner dumpfen Stimme. »Sie können eine Verhandlung so oder so führen. Von Ihnen allein hängt es ab, ob Zeugenaussagen anerkannt werden oder nicht. Sie können Einsprüchen stattgeben oder sie ablehnen, Sachbeweise zulassen oder zurückweisen, und Sie können Gutachten anerkennen oder ablehnen oder neue anfordern.«

Der Gangster schob eine Hand unter die Maske, um sich an der Wange zu kratzen. Thompson sah blaue Bartschatten und einen breiten Mund mit schmalen Lippen.

»Wir beobachten Sie, Richter«, fuhr er fort. »Wenn Sie nicht mitspielen, kostet es uns nur ein einziges kurzes

Telefongespräch. Wenn Sie dann nach Hause kommen, finden Sie Ihre Tochter mit durchschnittener Kehle ...«

»Er wird es nicht tun!« sagte Ruth laut. »Sie können mich gleich umbringen!«

Der Boß des Trios schnippte mit den Fingern. Der Gangster mit dem Messer setzte Ruth erneut die Klinge an die Kehle.

»Es geht nicht«, sagte Thompson betäubt. »Da ist der Staatsanwalt, da sind die Geschworenen ...«

»Richter, zerbrechen Sie sich nicht unseren Kopf«, sagte der Gangster. »Unterstützen Sie die Strategie der Verteidigung! Die Jury überlassen Sie uns!«

O Gott, dachte Thompson.

Sie terrorisierten vielleicht auch die Familien einiger Geschworener.

David L. Thompson war ein erfahrener Richter. Er konnte einer entsprechend skrupellosen Verteidigung derart in die Hände arbeiten, daß die Trümpfe der Anklage wirkungslos verpuffen mußten. Es war möglich, aber es blieb ein Vabanquespiel. Und was geschah hinterher?

»Ein Freispruch, der durch Rechtsbeugung zustande kommt, ist ungültig«, sagte er.

»Es wird nie jemand erfahren, wie der Freispruch zustande gekommen sein wird«, sagte der Gangster. »Niemals, verstehen Sie, Richter? Sie mögen vielleicht bereit sein, für das Recht und für die Gerechtigkeit zu sterben. Aber was ist mit Ihrer Tochter, Richter? Soll Sie für Ihre Integrität dran glauben müssen?«

Thompson ächzte. Dieser Verbrecher schien in sein Innerstes sehen zu können.

»Spielen Sie mit, Richter! Dieser Medina ist uns so gleichgültig wie Ihnen. Wir tun nur unseren Job, für den wir bezahlt werden. Denken Sie genauso! Stellen Sie sich vor, daß es nur eine Ratte mehr ist, die Dreck am Stecken hat und frei herumläuft!«

»Sie wissen nicht, was Sie da reden!«

»Lassen Sie es sich nicht einfallen, einen Herzanfall zu bekommen oder sich den Vorsitz entziehen zu lassen! Richter, es wird keine Diskussionen geben! Wenn Medina schuldig gesprochen wird, ganz gleich von wem oder von welchem Gericht, stirbt Ihre Tochter.« Der Gangster richtete sich auf und packte die Flinte fester. »Und jetzt wird es Zeit für Sie, Sir. Frühstücken müssen Sie heute ausnahmsweise im Gericht. Wir haben zuviel Zeit vertrödelt.«

Ich ging langsam vor dem Schwurgerichtssaal auf und ab. Ungeduldig wartete ich darauf, aufgerufen zu werden. Ich wollte die Sache endlich hinter mir haben.

Die beiden ersten Verhandlungstage waren mit der Auswahl und Vereidigung der Geschworenen, der Verlesung der Anklage und Anträgen der Verteidigung angefüllt gewesen. Heute sollten nun die ersten Zeugen gehört werden.

Für den Vormittag waren Mary Arlow und ich geladen. Am Nachmittag sollten die Experten vom Erkennungsdienst und der Gerichtsmedizin gehört werden. Dann würde der Aufmarsch der Gutachter und Leumundszeugen beginnen.

Mary Arlow saß steif und aufrecht auf der Wartebank. Sie hatte den Killer auf dem Stockwerkflur gesehen, nachdem er aus Susan Ortmans Wohnung gekommen war. Ihre Aussage würde entscheidend dazu beitragen, einen anderen Menschen für den Rest seines Lebens hinter Gitter zu bringen. Dieses Wissen konnte einem Zeugen schon zusetzen.

Nervös bewegte sie ihre Finger. Unruhig blickte sie zur Treppe, wo mehrere uniformierte und bewaffnete Bundesbeamte standen. Mary Arlow vermißte meine Kollegin Jill Trent, die in den letzten Tagen fast ständig in ihrer Nähe gewesen war. Weil die Zeugin im Gerichtsgebäude jedoch sicher war, war Jill ins FBI-Office hinübergegangen.

Ich setzte mich neben sie und hielt ihr meine Zigarettenschachtel hin.

»Danke, nein«, sagte sie mit kleiner Stimme.

Ich steckte die Schachtel wieder ein und lächelte sie ermutigend an. Sie war eine aparte Erscheinung mit ihren dunklen Augen und dem gewellten mittelblonden Haar, das sie sorgfältig frisiert hatte.

»Sie brauchen keine Angst zu haben, Mary«, sagte ich. »Er sitzt in Untersuchungshaft, und er wird von dort aus ins Bundesgefängnis kommen. Er wird nie wieder rauskommen.«

»Ich weiß«, sagte sie. »Ich habe auch keine Angst. Jedenfalls nicht sehr. Er hat Susan getötet. Er hat sie so ... so schrecklich zugerichtet. Das werde ich nie vergessen. Ich würde nicht einmal schweigen, wenn ich wüßte, daß es mich ebenfalls das Leben kostet! Aber wenn ich daran denke, daß ich gleich sachlich bleiben muß, wo ich schreien möchte! Wo ich schreien möchte: Sperrt den Schweinehund ein!« Sie sah mich an. Ihre Augen waren plötzlich dunkel umschattet. »Ich hasse diesen Menschen! Können Sie das verstehen?«

»Er wird ins Gefängnis kommen, Mary«, sagte ich. »Aber nur, wenn wir alle ruhig und sachlich bleiben.«

»Ich weiß. Jill hat es mir eingehämmert.«

Ich blickte auf, als die Tür zum Sitzungssaal geöffnet wurde. Ein Gerichtsdiener trat in den Flur.

»Mr. Cotton, in den Zeugenstand, bitte!«

Ich spürte die Blicke der Zuhörer auf meinem Gesicht, als ich den Mittelgang durchquerte. Ich sah den Angeklagten und seinen Verteidiger. Hank Rondinella, der Bundesanwalt, nickte mir kurz zu.

Ich betrat den Zeugenstand, nannte meinen Namen und meinen Beruf und leistete den Eid. Alles sah nach der üblichen Routine aus, wie sie sich nach fast jedem Fall abspulte und wie ich sie schon einige hundertmal erlebt hatte.

Ich blickte zum Vorsitzenden Richter hinauf. Bundesrichter David L. Thompson war einer der angesehensten Richter in New York City. Ich kannte ihn aus unzähligen Verhandlungen, und er kannte mich ebenfalls. Stets hatte er ein kleines Lächeln für mich gehabt.

Heute war sein Gesicht starr wie ein Fels. Die scharfen blauen Augen, die sich unvermittelt auf einen der Prozeßbeteiligten richten und ihn wie Scheinwerfer einfangen konnten, schienen ihre Leuchtkraft eingebüßt zu haben. Richter Thompson schien seine Umgebung nicht wahrzunehmen.

Ach, Jerry, du machst dir zu viele Gedanken. Auch ein Richter kann mal schlecht in Form sein.

Ich wandte mich Rondinella zu, als er auf mich zukam, sich kurz auf der Brüstung vor dem Zeugenstand abstützte und mir in die Augen sah, während er mir die erste Frage stellte. »Sie erkennen den Angeklagten wieder, Mr. Cotton?«

»Ja, Sir.«

»Schildern Sie den Geschworenen bitte, unter welchen Umständen Sie ihm zum ersten Mal begegnet sind!« forderte der Ankläger mich auf.

Ich hatte meine Aussage gut vorbereitet. Mit knappen Worten berichtete ich, weshalb ich nach dem Notruf zu Susan Ortmans Wohnung gefahren war, was ich dort gesehen und wie ich schließlich Harold Medina auf dem Dach gestellt und festgenommen hatte.

Rondinella gab sich mit dem Bericht zufrieden. Er nickte. »Keine weiteren Fragen. Danke, Mr. Cotton.«

Richter Thompson sah den Verteidiger an. »Haben Sie Fragen an den Zeugen, Mr. Dwyer?«

Gene Dwyer zwängte seinen rundlichen Körper hinter dem Verteidigungstisch hervor. Lächelnd ging er auf mich zu. »Eine oder zwei, Euer Ehren«, sagte er. Er fixierte mich. Immer noch lächelnd begann er: »Miss Susan Ortman war einige Wochen vor ihrem Tod bei Ihnen in Ihrer Dienststelle, weil sie sich Sorgen um ihre Schwester machte. Trifft das zu?«

»Ja, Sir.«

»Können Sie uns sagen, warum? Ihre Schwester war schließlich erwachsen, oder?«

»Miss Susan Ortman kannte ihren Aufenthaltsort nicht. Virginia, so heißt ihre Schwester, war aus der gemeinsamen Wohnung ausgezogen. Aber eines Tages rief sie an. Susan Ortman hielt diesen Anruf für einen Hilferuf.«

»Was haben Sie unternommen, Mr. Cotton?«

»Ich habe beim Communication Center der City Police angefragt, ob Virginia irgendwann einmal aufgegriffen worden ist, ich habe eine Rundfrage an die Reviere gegeben ...«

»Mit anderen Worten – Sie haben ein Routineprogramm abgespult?«

»Ja, Sir.«

»Sie haben die Angelegenheit demnach nicht sonderlich ernst genommen?«

Mir entging der lauernde Blick in den Augen des Verteidigers. »Doch«, antwortete ich. »Ich hielt es für möglich, daß Virginia in schlechte Gesellschaft geraten sein könnte.«

»Was brachte Sie zu dieser Ansicht?«

»Susan Ortman hatte mir einiges über das Verhalten ihrer Schwester erzählt.«

»Sie sind Miss Ortman also nähergekommen, Mr. Cotton?«

Rondinella sprang auf. »Einspruch! Ich sehe nicht, wie diese Frage zur Wahrheitsfindung beitragen kann.«

Rondinella, Dwyer und ich sahen zum Richtertisch hinauf. Der Richter schien über unsere Köpfe ins Leere zu blicken. Die Pause dehnte sich.

»Stattgegeben«, sagte Thompson schließlich.

Dwyer funkelte den Richter an. »Euer Ehren, ich halte diese Frage dennoch für bedeutsam. Ich möchte dem Gericht vor Augen führen, daß sich Mr. Cotton möglicherweise in einer besonderen seelischen Verfassung befunden hat, als er die entsetzlich zugerichtete Leiche dieser bedauernswerten jungen Frau ansehen mußte. Einer Frau, die zu ihm gekommen war, um Hilfe zu suchen und der er, aus welchen Gründen auch immer, nicht hat helfen können.«

Wieder ging Rondinella dazwischen. »Weder dem FBI noch einem einzelnen Beamten sind hier irgendwelche Fehlschläge anzulasten! Nach dem Gesetz bestand für die Bundespolizei keine Verpflichtung, mehr zu tun, als sie in diesem Fall getan hat!«

»Fahren Sie fort, Mr. Dwyer!« sagte Richter Thompson unbestimmt.

Dwyer lächelte mich an. »Sie sahen also das zerstückelte Mädchen liegen . . .

»Einspruch! Das Opfer war schrecklich zugerichtet, aber es war nicht zerstückelt!«

»Bitte, Mr. Dwyer, üben Sie etwas mehr Sorgfalt bei der Wahl Ihrer Worte!« mahnte Richter Thompson.

»Ja, Euer Ehren.« Dwyer wandte sich erneut an mich.

»Sie sahen also den schrecklich zugerichteten Körper dieser Frau, die Sie schließlich persönlich gekannt hatten. Ich verzichte darauf, mir Ihre Empfindungen schildern zu lassen, Mr. Cotton. Ich glaube, die kann sich jeder der Anwesenden vorstellen. Und dann geschah etwas, nicht wahr, Mr. Cotton? Sie betraten das Treppenhaus. Sie spürten einen Luftzug. Sie vermuteten, daß da jemand sein mußte, nicht wahr?«

»Ja, Sir. Ich bemerkte auch Fußabdrücke im Staub auf den Treppenstufen.«

»Schön. Das haben Sie ja alles geschildert. Unter dem Eindruck des kurz zuvor Geschehenen folgten sie diesen Spuren und stürmten auf das Dach. Dort trafen Sie den Angeklagten an. Haben Sie sich ihm zu erkennen gegeben?«

»Dazu blieb keine Zeit. Er griff mich von hinten ...«

»Ja oder nein, Mr. Cotton?«

»Ich habe später ...«

»Mr. Cotton! Ja oder nein?«

»Nein.«

»Sie sind ihn mit großer Härte angegangen und haben ihn festgenommen«, stellte der Verteidiger fest.

Rondinella sprang auf. »Die Bezeichnung mit großer Härte soll nicht ins Protokoll genommen werden!«

Thompson wandte sich an die Geschworenen. »Diese Bemerkung wird aus dem Protokoll gestrichen. Nehmen Sie sie bitte nicht zur Kenntnis!« sagte er. »Bitte, Mr. Dwyer, setzen Sie das Verhör des Zeugen fort!«

»Waren Sie, Mr. Cotton, in dem Augenblick, als Sie den Angeklagten auf dem Dach des Hauses antrafen, überzeugt, den Täter vor sich zu haben?«

Ich zögerte einen Augenblick, weil ich versuchte, den Hintersinn dieser Frage zu erfassen. Dann beschloß ich, bei der Wahrheit zu bleiben. »Ja, Sir«, antwortete ich.

»Es hätte doch auch sein können, daß der Mann auf dem Dach nicht der Täter war, Mr. Cotton?«

»Sein Verhalten, sein sofortiger Angriff ...«

»Ja oder nein, Mr. Cotton?«

»Ich bin einer Spur nachgegangen«, antwortete ich. »Dabei hat der Angeklagte mich angegriffen, und ich habe ihn überwältigt. Das ist die Tatsache. Ob er als Täter in Frage kam, konnte ohnehin erst später anhand der Erkenntnisse festgestellt werden.«

»Das ist der springende Punkt, Mr. Cotton«, erklärte Dwyer erfreut. »Sie waren es, der den Angeklagten sofort zum Schuldigen abgestempelt hat!«

»Einspruch!« protestierte Rondinella.

»Stattgegeben.«

Dwyer wandte sich an den Richter. »Euer Ehren, ich stelle fest, daß die Verteidigung auf unzumutbare Weise behindert wird. Es ist das erklärte Ziel der Verteidigung, das Gericht von der Unschuld des Angeklagten zu überzeugen. Mr. Medina war in der Wohnung des bedauernswerten Opfers. Das wird nicht bestritten. Er hatte sie kurz zuvor in einer Bar kennengelernt. Sie hatte ihn aufgefordert, in ihr Apartment zu kommen. Aber sie wollte vorgehen, um etwas aufzuräumen. Sie wissen ja, wie Frauen sind. Als der Angeklagte die Wohnung betrat, lag Miss Ortman blutüberströmt auf der Couch. Es darf dem Angeklagten nicht zum Nachteil angerechnet werden, daß er sich vergewissern wollte, ob noch Hilfe möglich war und seine Kleidung deshalb mit dem Blut des Opfers in Berührung brachte. Gleich darauf klopfte bereits die Nachbarin an die Tür. Und als wenig später die Streifenwagen vorfuhren, ist der Angeklagte auf das Dach hinaufgelaufen, um nicht mit der Tat in Verbindung gebracht zu werden.« Dwyer wippte auf den Fußballen. »Darf ich mit meinem Verhör fortfahren, Euer Ehren?«

Thompsons Augen überzogen sich mit einem trüben Schleier. »Fahren Sie fort, Mr. Dwyer!« sagte er kraftlos.

Der Verteidiger sah mich scharf an. »Für Sie gab es also keinen Zweifel, den Täter gestellt zu haben, Mr. Cotton«, stellte er zufrieden fest. »Trifft es zu, daß Sie anschließend von einem abscheulichen Verbrechen gesprochen haben?«

»Nein«, antwortete ich fest.

Dwyer zog die Brauen in die Höhe. Er trat an den Verteidigertisch und ließ sich von seiner Assistentin eine aufgeschlagene Zeitung geben. Die hielt er so, daß zunächst ich und dann die Geschworenen das abgedruckte Foto und die Überschriften erkennen konnten. Das Foto zeigte, wie ich Medina nach der Festnahme über den Stockwerkflur vor Susan Ortmans Wohnung führte.

Dwyer deutete auf die Zeile unter dem Foto. »Hier steht: G-man spricht von abscheulichem Verbrechen!«

»Diese Aussage hat mir ein Reporter in den Mund gelegt. Hätte ich sagen sollen, daß ich das Verbrechen nicht abscheulich fand?«

Dwyer machte eine wegwerfende Handbewegung. Er wandte sich an die Geschworenen. »Ich stelle fest«, verkündete er, »daß Mr. Cotton und damit auch die anderen mit den Ermittlungen befaßten Beamten von Anfang an nicht an der Schuld des Angeklagten gezweifelt haben.«

»Einspruch!«

»Stattgegeben. Mr. Dwyer, die Geduld des Gerichts ist erschöpft. Ihre Ausführungen gehören ins Plädoyer. Doch soweit sind wir noch nicht.«

»Dennoch muß ich an dieser Stelle festhalten, daß die ermittelnden Beamten das Vorhandensein eines anderen Täters als meines Mandanten nicht in Betracht gezogen haben.«

»Einspruch!« protestierte Rondinella.

»Mr. Dwyer, ich muß Sie auffordern ...«

»Entschuldigen Sie, Euer Ehren«, sagte der Verteidiger mit gespielter Zerknirschung. »Ich brauche den Zeugen nicht mehr.«

»Danke, Mr. Cotton«, sagte der Richter. »Sie sind entlassen.«

Der Zuschauerraum war bis auf den letzten Platz besetzt. Ich quetschte mich ganz hinten auf die Ecke einer Bank.

Soweit ich betroffen war, war der Prozeß gelaufen. Ich hätte den Gerichtssaal verlassen und meiner Arbeit nachgehen können. Doch irgend etwas ging vor, das spürte ich genau. Selbst Gene Dwyer, den Verteidiger, schien der bisherige Prozeßverlauf zu überraschen. Deshalb wollte ich mir noch Mary Arlows Zeugenvernehmung anhören.

Als die Zeugin hereingeführt wurde, drehten sich die Zuhörer um. Bis auf einen Mann, der zwei Reihen vor mir saß. Ich sah nur seinen schmalen Nacken und das graumelierte, sorgfältig frisierte Haar. Die eckigen Schultern steckten in einem eleganten dunkelgrauen Jackett.

Als Mary Arlow den Zeugenstand betrat und vereidigt wurde, verlor ich das Interesse an dem Mann mit den eckigen Schultern. Ich beobachtete den Richter. Wieder fiel mir der abwesende Ausdruck in seinen Augen auf.

Rondinella überspielte geschickt die Unsicherheit der Zeugin, indem er ihre Aussage mit behutsamen Fragen begleitete.

Mary Arlow schilderte, wie sie nach dem grellen Schrei, der Todesangst ausdrückte, sekundenlang wie gelähmt dagesessen und dann die Wohnung verlassen und an die Tür von Susan Ortmans Apartment geklopft hatte.

Als sie keine Antwort bekam, sei sie in ihre Wohnung

zurückgekehrt und habe von dort aus die Polizei alarmiert. Während sie auf das Eintreffen der Cops wartete, habe sie durch den Türspion gesehen. Sie habe den Angeklagten gesehen, wie er aus der Richtung von Susans Wohnung gekommen und zum Aufzug gegangen sei.

»Danke, Miss Arlow«, sagte Rondinella freundlich. Er wandte sich an der Verteidiger. »Ihre Zeugin, Mr. Dwyer.«

Gene Dwyer baute sich vor der Zeugin auf. Wie jeder gute Verteidiger war er ein ausgezeichneter Schauspieler. Er wippte auf den Fußballen, während er sie lange herausfordernd ansah. Er wollte sie einschüchtern. Mary Arlow war die Hauptbelastungszeugin. Wenn es ihm gelang, sie zu verunsichern, konnte er den Wert ihrer Aussage in Frage stellen. Dann wäre Rondinella nur noch auf die Indizien angewiesen. Und wie die Geschworenen Sachbeweise bewerten würden, war nicht vorauszuberechnen. Der bessere Schauspieler, der skrupellosere Darsteller konnte die Partie gewinnen.

Doch zwischen Anklage und Verteidigung befindet sich noch der Richter als unabhängiges, nur dem Gesetz verpflichtetes Organ der Rechtspflege.

»Wie viele Sekunden oder Minuten, Miss Arlow, sind Ihrer Ansicht nach vergangen, bevor Sie sich entschlossen, Ihre Wohnung zu verlassen und an die Tür Ihrer Nachbarin zu klopfen?«

Mary Arlow hob die Schultern.

»Haben Sie sich darüber keine Gedanken gemacht? Oder weshalb können Sie jetzt nicht antworten?«

»Ich wußte ja nicht gleich, woher der Schrei kam«, sagte Mary Arlow.

Dwyer spielte den Überraschten. »Ach! Sie hielten es also für möglich, daß der Schrei gar nicht aus Susan Ortmans Wohnung kam?«

»Doch ...«

»Konnten Sie den Schrei sogleich lokalisieren?«

»Der Schrei war entsetzlich, und er riß sofort wieder ab, verstehen Sie? Natürlich erkannte ich die Stimme nicht.«

»Und wieso kamen Sie darauf, daß der Schrei ausgerechnet aus der Wohnung Ihrer rechten Nachbarin kam und nicht aus der Wohnung zu Ihrer Linken? Ich habe mir das Mieterverzeichnis angesehen. Auch links neben Ihnen wohnt eine alleinstehende Frau.«

»Ich ... ich bin mir nicht sicher«, antwortete Mary Arlow.

»Haben Sie vielleicht deshalb an Miss Ortman gedacht, weil Sie wußten, daß sie leicht Männerbekanntschaften schloß und wenig wählerisch war?«

»Einspruch!« fuhr Rondinella dazwischen.

»Einspruch abgelehnt«, antwortete der Richter.

»Danke, Euer Ehren«, sagte Dwyer. Er schien selbst überrascht zu sein, daß der Einspruch abgelehnt wurde. »Immerhin«, setzte er seine Befragung fort, »dürfte einige Zeit vergangen sein, bevor Sie an die Tür Ihrer Nachbarin kamen. Wieviel? Dreißig Sekunden? Oder vierzig?«

»Ich weiß es nicht.«

»Eine Minute, Miss Arlow? Soviel Zeit dürfte mindestens verstrichen sein, bevor Sie ...«

»Einspruch! Hier soll der Zeugin eine Aussage in den Mund gelegt werden, die nachher als Tatsachenbehauptung gewertet werden soll!«

Dwyer wandte sich an den Richter. »Es muß der Verteidigung erlaubt sein, wenigstens den Versuch zu unternehmen, näher zu bestimmen, wieviel Zeit zwischen dem Schrei aus der Nachbarwohnung und der Reaktion der Zeugin vergangen ist.«

»Einspruch abgelehnt«, entschied der Richter.

Rondinellas schmales Gesicht war blaß und starr, als er sich hinter seinen Tisch zurückzog.

Dwyer baute sich wieder vor Mary Arlow auf. »Ich möchte nicht länger als unbedingt erforderlich auf der Zeitfrage herumreiten«, erklärte er. »Sagen wir, Miss Arlow, es ist durchaus möglich, daß eine Minute verstrichen ist, bevor Sie nach dem Schrei Ihre Wohnung verließen und sich der Tür Ihrer Nachbarin zuwandten?«

Mary Arlow nickte.

»Ein Nicken genügt nicht, Miss Arlow«, sagte Dwyer.

»Ja, es ist möglich«, antwortete Mary Arlow.

Dwyer machte ein zufriedenes Gesicht. Später in seinem Plädoyer würde die Zeitfrage noch einmal eine große Rolle spielen. Dann nämlich würde er den Geschworenen einhämmern, daß innerhalb dieser einen Minute ein anderer Täter als Harold Medina Susan Ortman hätte töten und ungesehen verschwinden können. Im Zweifel für den Angeklagten, in diesem uralten Rechtsprinzip würde Dwyers Appell an die Geschworenen gipfeln.

»Kommen wir jetzt dazu, wie Sie den Angeklagten als denjenigen identifiziert haben, der Ihrer Aussage zufolge aus der Wohnung des Opfers gekommen und zum Fahrstuhl gegangen sein soll. Ist dieser Mann im Gerichtssaal anwesend?«

»Ja«, antwortete Mary Arlow mit leiser Stimme.

»Deuten Sie bitte auf ihn!« verlangte Dwyer.

Mary Arlow hob den Kopf. Zögernd streckte sie den Arm aus. Die Hand, die auf Harold Medina wies, zitterte.

Harold Medina saß entspannt auf seinem Platz. Ich konnte sein Profil erkennen. Sein Mund verzog sich zur Andeutung eines Lächelns.

»Sie wollen diesen Mann auf dem Flur des neunten Stocks gesehen haben? Überlegen Sie genau, was Sie von jetzt an sagen, Miss Arlow!« Dwyers Stimme wurde scharf wie ein Messer. »Wie haben Sie ihn gesehen? Haben Sie Ihre Wohnungstür geöffnet?«

»Nein ...«

»Nein, natürlich nicht, denn Sie hatten ja diesen entsetzlichen Schrei gehört, und Sie hatten Angst. Also, Miss Arlow, wie konnten Sie jemand sehen, wenn Ihre Wohnungstür verschlossen war?«

»Durch den Türspion.«

»Durch den Türspion? Miss Arlow, wie groß ist der Blickwinkel des Spions? Wie schnell ist jemand, der über den Flur geht, hindurch? Und verzerrt der Spion nicht die Gesichter?«

»Ja, das schon«, räumte Mary Arlow ein.

»Haben Sie den Mann, den Sie für den Angeklagten halten, denn wenigstens aus der Wohnung des Opfers kommen sehen?«

»Nein ...«

»Nein, Miss Arlow, das konnten Sie auch nicht. Ihre Wohnung und das Apartment der Susan Ortman liegen auf derselben Gangseite. Sie sahen also nur einen Mann durch die verzerrende Optik des Türspions. Der Mann kam aus der Richtung, in der außer der Wohnung des Opfers noch vier andere Apartments liegen!« Dwyer beugte sich vor. »Wen, Miss Arlow, haben Sie gesehen?«

Ich sah, wie Mary Arlows Gesicht plötzlich blaß wurde, und ich wußte, was jetzt kam.

Sie holte tief Luft. Ihre Nasenflügel blähten sich. Dann deutete sie erneut anklagend auf Harold Medina.

»Ihn habe ich gesehen!« schrie sie. »Ihn! Er hat Susan ermordet! Ich habe ihre Leiche gesehen ... Es war so schrecklich ...«

Im Zuhörerraum wurde es totenstill, als Mary Arlow die Fassung verlor. Sie schrie ihren Haß und ihre

Empörung hinaus, während Dwyer in gespielter Betroffenheit die Arme ausbreitete und zum Richter hinaufsah.

Ein Gerichtsdiener brachte Mary Arlow ein Glas Wasser, als sie schluchzend auf ihrem Stuhl zusammensank.

»Möchten Sie, daß ich die Verhandlung vertage, Miss Arlow?« fragte Richter Thompson mit ruhiger Stimme.

Mary Arlow schüttelte den Kopf. Sie tupfte mit einem Taschentuch über ihre Augen. »Es geht schon wieder, entschuldigen Sie.«

Sie sah auf. Ihr Gesicht war fast weiß. Dunkle Ringe lagen unter ihren Augen.

Dwyer lächelte selbstzufrieden, als er sich von seiner Assistentin die Zeitung geben ließ, die er schon mir vorgehalten hatte. Er hielt Mary Arlow das Foto hin.

»Kennen Sie dieses Foto oder andere, die diese Szene zeigen?« fragte er.

Mary Arlow zögerte.

»Sie stehen unter Eid, Miss Arlow«, erinnerte sie der Verteidiger.

»Ja«, antwortete die Zeugin.

»Wann haben Sie die Fotos gesehen?«

»Am nächsten Morgen.«

»Am Morgen nach der Tat?«

»Ja.«

»Wann fand die Gegenüberstellung statt, bei der Sie den Angeklagten als den Mann identifizierten, den Sie auf dem Flur vor Ihrer Wohnung gesehen haben wollen?«

»Ich weiß nicht mehr genau ...«

»Überlegen Sie bitte! War es am selben Tag?«

»Ja.«

»Am Nachmittag?«

»Nein, es war am Vormittag.«

»Also kurz nachdem Sie die Bilder in den Zeitungen

gesehen hatten«, stellte der Verteidiger fest. »Finden Sie, daß dieses Foto dem Angeklagten ähnlich ist?«

»Ja«, antwortete Mary Arlow.

Dwyer wandte sich den Geschworenen zu. »Ich stelle fest, daß die Zeugin das Gesicht des Angeklagten von ausgezeichnet getroffenen Pressefotos her kannte, bevor sie ihm gegenübergestellt wurde und ihn identifizierte. Ich beantrage, daß Miss Arlows Aussage, soweit sie die Identifizierung des Angeklagten betrifft, nicht anerkannt und für die Urteilsfindung der Jury nicht herangezogen wird.«

Im Zuschauerraum entstand Tumult. Rondinella rührte sich nicht. Er hatte erkannt, daß die Zeugin für ihn gestorben war.

War das, was der Verteidiger mit der Zeugin abzog, nur ein taktisches Manöver, das der Erprobung seiner Kraft diente und die Geschworenen beeindrucken sollte? Denn die Verteidigung bestritt ja nicht, daß Harold Medina in der Wohnung des Opfers gewesen war.

Wahrscheinlich aber hatte Dwyers Winkelzug auch eine praktische Bedeutung für den Prozeß. Denn wenn es ihm gelang, die Zeugin aus dem Verfahren hinauszudrücken, geriet auch die Zeitfrage in den Hintergrund. Dann könnte Dwyer später in seinem Plädoyer unterstellen, daß der wahre Täter mehr als die eine Minute, die er Mary Arlow abgerungen hatte, Zeit gehabt hätte, um Susan Ortman zu töten und ungesehen zu verschwinden, bevor Harold Medina – angeblich – auf der Bildfläche erschienen sei.

Richter Thompson hatte Mühe, sich Gehör zu verschaffen. Immer wieder schlug er mit dem Hammer auf die Unterlage.

Als sich endlich der Tumult legte, sagte er: »Die Verhandlung wird auf morgen vormittag zehn Uhr vertagt.

Das Wiedererscheinen der Zeugin wird ausdrücklich angeordnet. Die Sitzung ist geschlossen.«

Die Journalisten stürmten zu den Telefonen. Mitten unter ihnen drängte der elegant gekleidete Mann mit dem graumelierten Haar hinaus. Er hatte ein scharfgeschnittenes dunkles Gesicht mit gekrümmter Nase und stechende kleine Augen, die unbeteiligt an mir vorbeisahen.

Ich ließ mich mit den anderen Zuhörern hinaustreiben.

Im Gang vor dem Schwurgerichtssaal warteten meine Kollegen Jill Trent und Phil Decker.

»Wie läuft's?« erkundigte sich Jill.

»Dein Baby braucht immer noch seinen Babysitter«, sagte ich grimmig.

Jill verzog das Gesicht. »Da kann man wohl nichts machen, wie?« Sie winkte mir zu, bevor sie sich gegen die hinausdrängenden Zuschauer stemmte, um Mary Arlow für einen weiteren Tag und eine weitere Nacht unter ihre Fittiche zu nehmen.

Phil sah dem Mann mit den eckigen Schultern nach, der eben an der Treppe zur Halle verschwand.

»Der Typ ist mir auch aufgefallen«, sagte ich. »Kennst du ihn?«

Phil hob die Schultern. »Ich glaube, das war Gil Robiconti. Ein Gangsteranwalt, der für das Syndikat arbeitet.«

»Es war zu erwarten, daß sie den Prozeß beobachten lassen«, meinte ich.

»Was ist wirklich los?« fragte Phil.

»Keine Ahnung«, antwortete ich. »Ich weiß nur, daß da irgend etwas verdammt schiefläuft, wenn Richter Thompson nicht die Zügel anzieht!«

»Hat der Verteidiger dich in die Mangel genommen?«

»Das kann man wohl sagen. Aber das ist es nicht allein. Komm mit! Ich brauch' einen Drink.«

»Den Drink solltest du verschieben«, meinte Phil. »Detective Dean King hat angerufen. Ich glaube, er hat was für dich.«

»Für uns, wolltest du doch sagen. Oder läßt du mich im Stich?«

Phil grinste. »Komm mit, Freund! Ich erzähle dir, was King gesagt hat.«

Ruth Thompson zog unwillkürlich den Kopf ein, als das Telefon in der Diele zu läuten begann. Sofort war der Gangster mit dem Messer wieder neben ihr und setzte ihr die Klinge an den Hals. Der Kerl trug immer noch seine Maske, genau wie der Gedrungene, der sich im Sessel ihres Vaters fläzte und die Füße auf den Tisch gelegt hatte. Der andere, der den Anführer der Gruppe zu spielen schien, hatte kurz nach ihrem Vater das Haus verlassen und war seitdem nicht zurückgekehrt.

»Geh ran, Puppe!« befahl der Gangster. »Aber kein falsches Wort!«

Sie schleppte sich in die Diele und nahm den Hörer ab. Der Gangster preßte sich an sie. Sie hörte seinen pfeifenden Atem und spürte das kalte Metall der Klinge auf ihrer Haut.

»Hallo?« sagte sie in den Hörer.

»Geben Sie mir den Mann, der neben Ihnen steht!« befahl eine scharfe Stimme.

Wortlos trat Ruth zur Seite. Der Gangster preßte den Hörer an den Kopf, wo sich unter der herabgezogenen Wollmütze das Ohr wölbte.

»Ja?« sagte er.

Er lauschte mit angespannter Haltung, erzeugte hin und wieder mißbilligende Laute und funkelte Ruth durch die Sehschlitze an.

»Ja, ich verstehe«, sagte er dann. »Daddy soll sich wundern, wenn er nach Hause kommt.«

Der Gangster legte auf. Mit brutaler Kraft umklammerte er Ruths Oberarm. Er stieß sie gegen die Wand. Mit der Messerspitze unter ihrem Kinn zwang er ihren Kopf in die Höhe. Kurz zuvor hatte er sich an ihrem Kühlschrank bedient und kaltes Fleisch mit rohen Zwiebeln gegessen. Sie wandte den Kopf ab, als sein Atem über ihr Gesicht strich. Sie spürte genau, wie das Messer wieder ihre Haut ritzte.

Der andere Gangster erschien neben seinem Komplizen. Er hielt seinen Revolver in der Hand. »Was ist los?« fragte er.

»Der Vater dieser Puppe glaubt, er könne sich irgendwie rauswinden«, sagte er mit schrillem Kichern.

Ein Schauer rann über Ruths Haut. Sie schluckte vorsichtig. Dann sagte sie: »Mein Vater läßt sich zu nichts erpressen. Gehen Sie! Lassen Sie uns ...« Sie atmete flach.

»Für seine Berufsehre kann er sich nichts kaufen«, zischte der Gangster. »Leben ist alles, Puppe. Er wird es noch begreifen. Aber ob du etwas davon haben wirst ...«

Er wirbelte Ruth herum und stieß sie vor sich her die Treppe hinauf. Zu seinem Komplizen sagte er über die Schulter gewandt: »Ich glaube zwar nicht, daß Daddy schon so bald kommt, aber paß mal lieber an der Tür auf ...«

»Mach keinen Quatsch!« warnte der gedrungene Gangster ...

»Ich tue nur, was mir befohlen wird und der Sache dient.« Schrill kichernd kniff er Ruth in den Oberschenkel.

Sie stand in einem Kegel aus flirrendem rotem Licht und breitete die Arme aus. Noch trug sie ein eng anliegendes Kostüm aus einem Gewebe, das zu einem großen Teil aus Metallfäden zu bestehen schien. Das Kostüm ließ den Körper dieser Frau wie einen kostbaren Diamanten glitzern.

Die Puppe hatte Feuer. Das sah mein Kennerauge auf den ersten Blick. Phil entdeckte einen winzigen Tisch am Rand der halbrunden Tanzfläche, nicht weit von der Bar entfernt. Wir ließen uns nieder und machten uns ganz klein, denn die anderen Gäste zischelten bereits, weil wir ihnen den Blick auf die anatomischen Sensationen des Stars dieses Schuppens nahmen.

Der Star nannte sich Shari Shea. Der Name war einfach zu schön, um echt zu sein. Er stand draußen im Schaukasten unter ihren Fotos. Die Fotos verhießen eine Menge mehr, als sie bisher zur Schau stellte. Und sie zeigten noch etwas – eine Fülle langen blonden Haares, die jetzt allerdings unter einer roten Perücke verborgen war.

Der Abend versprach also nicht nur schön, sondern auch interessant zu werden.

Detective Dean King und seine Kollegen vom 24. Revier hatten ein paar Kontakte beobachtet, die Leslie Ferris, der schwarze Zuhälter, mit weißen Gangstern unterhielt. Die Kontakte wurden von den Beteiligten zwar über mehrere Stationen sorgfältig gegeneinander abgeschirmt. Aber die Detectives hatten sie schließlich aufgerollt und waren auf den Schuppen gestoßen, in dem Phil und ich uns jetzt befanden.

Er lag an der Ecke Eighth Avenue und 43rd Street. Bezeichnenderweise nannte er sich schlicht Hot Flesh – Heißes Fleisch. Der Laden gehörte einem Schurken namens Frank Milford, der sich vom miesen, kleinen Zuhälter zum Dealer gemausert hatte und dem jetzt der ganze Block zwischen Eighth und Ninth Avenue gehörte.

Jeder Quadratfuß dieses Blocks brachte ihm rund um die Uhr blanke Dollars ein, weil er keins seiner alten Geschäfte aufgegeben hatte. Auf jeder Etage und in jedem noch so kleinen Raum gab es Bars und Pornokinos, Peep Shows und schäbige Zimmer, in die sich die Straßendirnen mit ihren Freiern zurückziehen konnten. Gegen harte Dollars, versteht sich.

Shari Shea glitt an unseren Tisch. Sie hatte schöne runde Hüften und noch rundere Brüste und Augen, deren Blick mehr verhieß, als selbst eine erhitzte Phantasie sich auszumalen vermochte.

Sie glitt nah an Phil vorbei, streifte ihn in der Drehung mit einem prallen Hinterteil und wirbelte in die Mitte der Tanzfläche zurück.

Plötzlich öffnete sich das glitzernde Kostüm. Der Körper geriet in Ekstase, als der schimmernde Stoff abwärts glitt und allmählich der ganze herrliche Körper sichtbar wurde.

Sie war splitternackt, als sie mit einer anmutigen Bewegung aus der jetzt leeren Hülle stieg. Sie gab sich dem Rhythmus der Musik hin, die wild und hart aus den großen Boxen dröhnte.

Sie war eine heiße Katze. Sie war die Frau, die jeden Mann in ihren Bann zog. Sie bog ihren üppigen Körper, ging langsam mit gespreizten Beinen zu Boden und legte sich so auf den Rücken, verharrte einen Augenblick, um sich dann zu einer Brücke hochzustemmen.

Als die Musik in ein leises, erregendes Trommeln überging, konnte man die keuchenden Atemzüge der Männer im abgedunkelten Zuschauerraum hören.

Dann erlosch urplötzlich das flimmernde rote Licht. Die Dunkelheit wirkte wie ein Schock.

Als die Lampen im Saal aufflammten, war die kleine

Tanzfläche leer. Nur das Kostüm lag noch da wie eine abgestreifte Haut.

Einige Gäste klatschten zögernd Beifall, hörten aber bald wieder auf. Das Hot Flesh war kein Laden, in dem man eine künstlerische Leistung mit Beifall belohnte.

»Whisky, Gin, Wodka?« fragte eine Stimme hinter mir und brachte mir in Erinnerung, daß wir noch nichts bestellt hatten.

Ich bestellte Whisky und Soda. Die Drinks kamen umgehend. Ich nahm einen Schluck, um mein erhitztes Inneres abzukühlen. Aber der Fusel fraß eine brennende Bahn bis in meinen Magen hinunter, wo er sich wie ein Buschfeuer ausbreitete.

»Sie sollten lieber Champagner nehmen«, gurrte eine Stimme. Die Stimme gehört einem schmalen, sehr leicht bekleideten Mädchen. Sie drängte sich zwischen Phil und mich. »Champagner trinke ich am liebsten. Ich bin Penny«, plapperte sie weiter, und sie kicherte, als sie ihren nackten Schenkel an meinem Schenkel rieb und ihre kleine Brust gegen Phils Oberarm quetschte. »Ich hole noch 'ne Freundin«, verkündete sie. »Dann macht es uns allen mehr Spaß.«

An der Bar hingen ein paar Girls rum, die noch auf Beute lauerten. Doch Shari Shea, die hinreißende Tänzerin, war nicht dabei.

»Shari Shea könnte mir gefallen«, behauptete ich, wobei ich nicht einmal lügen mußte.

»Shari arbeitet nicht vor der Bar«, sagte Penny. »Die tanzt nur.«

»Warum denn? Verdient sie mit dem Gehopse denn genug?«

Gehopse war eine infame Untertreibung, doch Penny schluckte diese Herabsetzung ihrer Kollegin wie Öl.

»Die hat das nicht nötig, weil sie ...« Sie unterbrach

sich, als der Kellner wie aus dem Boden gewachsen vor unserem Tisch erschien. Er hatte eine Rausschmeißerfigur und große Ohren, die er vermutlich wie Horchantennen auf bestimmte Tische ausrichten konnte.

»Champagner?« muffelte er.

»Bringen Sie einen Cocktail für Penny«, sagte Phil großzügig.

Der Kellner machte eine ungeduldige Handbewegung. »Cocktails für die Damen gibt's nur an der Bar.«

»Champagner«, sagte ich in einem Tonfall, als hieße ich Rockefeller.

Penny quietschte beglückt und begann, an meinem Ohr zu nuckeln. Phil dachte an die Revision und machte ein besorgtes Gesicht. Aber ich grinste unbekümmert. Wenn wir nichts investierten, würden wir auch nicht weiterkommen.

Irgendwo in diesem Karnickelbau steckte Frank Milford, der Geschäfte mit schwarzen Zuhältern und Dealern machte. Keine Pfenniggeschäfte, das galt als sicher. Es wäre kein Problem gewesen, sich durchzufragen und dem Kerl auf die Bude zu rücken. Aber was hätten wir ihm schon vorhalten können außer ein paar läppischen Fragen wie »Kennen Sie Virginia Ortman?« oder »Haben Sie Harold Medina zu Susan Ortman geschickt?«

Der Kellner knallte die Flasche auf den Tisch. Es war kein Champagner, sondern kalifornischer Schaumwein, der auch sehr gut sein kann. Das Öffnen und Einschenken blieb uns selbst überlassen.

Penny ließ den Korken knallen und füllte kichernd die Gläser. »Prost! Prost, ihr beiden!«

Der Schaumwein war zu warm. Nun, ich hatte ohnehin nicht die Absicht, mich mit dem Zeug vollzuschütten.

»Wie kommt ihr hierher, Jungs?« fragte Penny, als die Musik wieder einsetzte und ein anderes Girl die Tanzfläche betrat. Sie war Lichtjahre von der Klasse ihrer Vorgängerin entfernt, aber was sie bot, war drastischer, handfester Sex, wie er hier, mitten auf der schmutzigen Meile, gefragt war.

»Ein Bekannter hat uns den Laden empfohlen«, behauptete Phil. Er grinste. »Der Bursche steht allerdings auf ganz junge Dinger.«

Penny kicherte. »Wir sind hier alle volljährig!«

»Genau der richtige Jahrgang«, bestätigte Phil. Kühn tätschelte er Pennys nackten Schenkel.

»Du siehst auch nicht aus wie einer, der auf Kükenfleisch steht«, flüsterte sie kehlig in Phils Ohr. Dabei plinkerte sie mich mit einem Auge an. »Was ist denn mit dir? Ich kann mich nicht um zwei Jungs kümmern!«

»Vielleicht versuche ich doch mein Glück bei Shari«, meinte ich unternehmungslustig. »Von ihr würde ich mir gern den Rücken streicheln lassen.«

Penny kicherte. »Von der würde ich mich nicht streicheln lassen«, gluckerte sie, verstummte aber sofort, als der Rausschmeißer-Kellner wieder an unserem Tisch vorbeistrich.

»Ich habe keine Angst«, behauptete ich, als der Kellner seine großen Ohren auf einen anderen Tisch richtete und die Tänzerin ihren Unterleib fast auf unseren Tisch schob. »Wenn du mir sagst, wo ich sie aufreißen kann, lasse ich euch beiden Süßen allein.«

Penny deutete auf ein dunkles Loch hinter der winzigen Tanzfläche. Phil sah mich über ihre Schulter hinweg fragend an.

Er konnte nicht ahnen, welcher Verdacht in meinem Hinterkopf tickte.

Vielleicht glaubte er, ich wolle tatsächlich mein Glück bei der heißen Puppe versuchen.

Ich gab ihm durch Zeichen zu verstehen, daß ich bald

wieder zurückkehren werde und er ein wachsames Auge auf mich und unsere Umgebung haben solle.

Ich tauchte in das Dunkel hinter dem Scheinwerferlicht und wand mich durch einen Vorhang. Ich geriet in einen Flur, der von einigen schwachen Glühlampen erhellt wurde. Am Ende sah ich den Ansatz einer Betontreppe. Links und rechts gab es je drei Türen, die mit bunten Abziehbildern beklebt waren.

Ich wollte einfach mit der nächstgelegenen Tür anfangen, als draußen in der Bar die Musik erstarb. Gleich darauf erschien das Girl im Gang, das sich eben auf dem Parkett produziert hatte. Sie war immer noch nackt. Ihr Körper glänzte schweißnaß, und sie keuchte wie ein Jogger nach einer Runde durch den Central Park.

Ich zog schnell den Umschlag aus meiner Jacke, der die Fotos von Virgie Ortman enthielt, und trat dem Girl in den Weg.

»Ich suche Shari Shea«, sagte ich und wedelte mit dem Umschlag. »Ich muß was abgeben.«

Das Girl sah mich kaum an. »Zweiter Stock, an der Treppe links«, hechelte sie.

»Danke«, sagte ich.

Shari war doch etwas Besonderes. Ich stieg die Betontreppe hinauf. Weiter oben wurde es heller, die Wände waren freundlicher gestrichen, und dicker Verloursteppich bedeckte den Flur. Zu sehen war kein Mensch. Dies war der private Teil des Sex-Imperiums, das Frank Milford gehörte.

An der ersten Tür im zweiten Stock klebte ein Schild. *Privat!*

Ich klopfte ganz kurz und öffnete sofort.

Sie saß vor einem hohen Spiegel, der von grellen Glühlampen eingerahmt wurde. Ihr blondes Haar hatte sie gelöst. Es fiel in glatten, metallisch schimmernden Wellen über ihre Schultern und den geraden Rücken.

Unsere Augen trafen sich im Spiegel. Einen Moment lang verzerrte Zorn das puppenhaft hübsche Gesicht. Aus der Nähe und im hellen Licht sah sie zwar nicht alt, aber verlebt aus.

Ich spürte eine gewisse Genugtuung, weil sich mein Verdacht bestätigt hatte. Ich wußte, wer sie war. Sie hatte Susan Ortman an ihrem Arbeitsplatz aufgesucht. Harriet Graham, Susans Kollegin, hatte sie mir beschrieben.

Und schlagartig verstand ich Pennys albernes Gekicher, ihre vagen Andeutungen und ihre Behauptung, daß sie sich von Shari nicht streicheln lassen würde.

Sie war nackt, aber an den Handgelenken trug sie lederne Manschetten, und die wohlgeformten Beine steckten in Stiefeln mit weichen Schäften, die bis zu den Oberschenkeln hinaufgingen. Ihre großen Brüste schimmerten im Licht. Die Warzen hatten sich zu kleinen runzligen Knöpfen zusammengezogen.

Sie war nicht allein. Links am Toilettentisch stand ein Mädchen, das Sharis Tochter hätte sein können. Die Kleine war mager, und die unterwürfige Haltung zusammen mit dem erbärmlichen Gesichtsausdruck lösten ein Zittern in meiner Brust aus. Auffallend waren das glatt frisierte helle Haar und die eingefallenen, stumpfen Augen. Sie trug nur eine Kittelschürze, die gerade die kindlich kleinen Brüste und so eben noch den Unterleib bedeckte. In der Hand hielt sie eine Haarbürste mit silbernem Griff.

»Was wollen Sie?« fuhr Shari Shea mich an. »Ist Bruce nicht draußen? Nie ist er da, wenn man ihn braucht!«

Ich rührte mich nicht. Noch schnürte mir irgend etwas

die Kehle zu. Shari Shea stand auf. Jetzt erst bemerkte ich die Lederpeitsche mit dem geflochtenen Griff, die an ihrem rechten Handgelenk baumelte. Im selben Augenblick drehte sich das junge Mädchen um und verschwand zwischen einer Reihe aufgehängter Kleider und Kostüme.

Mit einer lässigen, beinahe gleichgültigen Bewegung griff Shari Shea nach einem Badetuch, das sie vor ihre Blöße hielt. Für mich hatte ihr prachtvoller Körper jedoch jeden Reiz verloren.

»Was wollen Sie?« wiederholte sie ihre Frage.

»Ich habe Susan Ortman gekannt«, antwortete ich, was der Wahrheit entsprach. Ich wollte nicht gleich preisgeben, daß ich ein G-man war. Mal sehen, wie weit ich Shari Shea, die Lederdame, bringen konnte.

»Susan ...?« Ihr Gesicht verdüsterte sich. Die Hand spielte mit dem Peitschengriff.

»Ich fühle mich für ihre Schwester verantwortlich«, sagte ich, was, wie alle Welt zu wissen schien, ebenfalls der Wahrheit entsprach.

»Warum kommen Sie dann zu mir? Ich kenne keine ...«

Gerade noch rechtzeitig hielt sie die Luft an.

»Virgie Ortman«, sagte ich. Ich zog ein Foto von Virgie aus dem Umschlag und hielt es ans Licht.

Shari Shea würdigte es keines Blickes. »Ich weiß nicht, wovon Sie reden ...«

»Warum wollten Sie, daß Susan ihre Nachforschungen nach ihrer Schwester aufgab? Was hatten Sie zu befürchten?«

»Ich? Ich habe nichts zu befürchten!«

»Warum haben Sie sich dann Holly genannt?« Ich steckte die Fotos wieder ein, und als Shari Shea keine Anstalten machte weiterzusprechen, sagte ich: »Dann werde ich mich eben woanders erkundigen. Vielleicht gibt Frank Milford mir Antwort auf meine Fragen.«

In ihren Augen erschien eine Mischung aus Angst und kalter Wut, und doch hätte mich ihr jäher Ausbruch beinahe überrascht. Gerade noch rechtzeitig riß ich den linken Arm hoch.

Ihre Hand mit dem Peitschenknauf prallte gegen meinen Unterarmknochen. Dieses Weib hatte Kraft.

Ich wich vor den pfeifenden Peitschenschnüren zurück, was ein Fehler war. Sie knallten auf meine Schulter. Ein Riemen zog eine brennende Spur über meinen Hals. Ich ging schleunigst wieder in den Nahkampf.

Diesmal hielt ich ihr rechtes Handgelenk fest. Ihr Mund sprühte Haß in mein Gesicht, während das Badetuch zu Boden flatterte und die steifen Brustspitzen vor meinen Augen zitterten.

Ich begann zu schwitzen. Ich überlegte, ob ich mich mit einem genau dosierten Handkantenschlag aus der Affäre ziehen oder die Frau in den Kleiderständer schleudern sollte.

Ich überlegte zu lange.

Hinter mir wurde die Tür aufgerissen. Ich sah nicht, wer oder was sich da auf meinen Rücken stürzte. Ein Tiger konnte es schlecht sein, obwohl es sich genauso anfühlte. Ein paar Zentner Muskeln und Knochen und ein Mund nah an meinem Ohr, der ein gereiztes Knurren ausstieß.

»Mach ihn draußen fertig, Bruce!« sagte Shari, jetzt wieder kühl von den Brust- bis zu den Haarspitzen.

Bruce schleuderte mich herum. Er saß mir tatsächlich wie ein Raubtier im Nacken. Ich ließ mich auf die Knie fallen und zuckte mit den Schultern. Als einzigen Erfolg dieser Kraftanstrengung hörte ich die Nähte meines Jacketts krachen.

Er hatte die Kraft und die Geschmeidigkeit eines Ringers. Im Bodenkampf war er mir damit überlegen. Er wuchtete mich über die Türschwelle in den Gang. Shari Shea knallte die Tür zu, bevor ich beide Beine draußen hatte. Ich stöhnte vor Schmerz, als die Kante gegen mein Schienbein prallte.

Bruce setzte einen Nackenheber an, der einige Übung verriet.

Er riß mich in die Höhe. Meine Arme standen nutzlos von meinem Körper ab, weil er seine Arme unter meinen Achseln herschob und mit den Händen meinen Kopf nach vorn drückte. So wollte er mich die Betontreppe hinunterbefördern.

Ich tat so, als ließe ich mich in die angestrebte Richtung schieben. Bruce machte einen schnelleren Schritt, weil der Widerstand plötzlich nicht mehr heftig schien.

Ich blieb abrupt stehen und trat mit dem rechten Fuß nach hinten.

Mein Absatz traf seine Kniescheibe. Der Kerl wankte und stieß einen dumpfen Laut aus. Ich riß meine Arme über den Kopf und ließ mich aus dem Doppelnelson gleiten. Bevor Bruce wieder zupacken konnte, wirbelte ich herum, packte mit der rechten Hand den linken Aufschlag seines Jacketts und mit der linken Hand die andere Seite. Bevor er eine Abwehrbewegung machen konnte, zog ich fest zu und drückte meine Arme kräftig nach außen.

Das Gesicht war breit und häßlich mit der schiefen Nase und den zernarbten Lippen. Die Haut auf den Stirnhöckern war zu Wulsten verdickt. Bruce hatte in seinem Leben nicht nur Schläge ausgeteilt, er hatte auch kräftig eingesteckt.

Auch jetzt mußte er wieder eine Niederlage hinnehmen. Er hatte keine Chance. Er packte zwar mit harten

Fingern nach meinen Handgelenken, aber als ich ihn gegen die Wand stieß, verdrehte er die Augen, und sein Gesicht überzog sich mit fahler Blässe.

Ich ließ ihn los. Er sackte neben dem Treppenpfosten zusammen. Ich zog mein Jackett wieder gerade. Als mein Blick nach unten fiel, sah ich an der Biegung der Treppe das Gesicht des Rausschmeißer-Kellners. Seine Augen funkelten neugierig.

»Willst du auch Senge haben?« fauchte ich.

Der Kopf zuckte zurück. Ich drehte mich um und öffnete noch einmal die Tür zu Shari Sheas Garderobe.

Sie saß wieder vorm Spiegel und wandte mir den Rücken zu. Doch ich konnte das Feuer, das in ihrem Körper tobte, förmlich spüren. Ihre Augen brannten Löcher in den Spiegel, während die Kleine ihren Nacken massierte. Wieder schnürte der Zorn mir die Kehle zu.

»Sollte Virgie etwas zustoßen oder bereits zugestoßen sein, komme ich wieder«, sagte ich drohend. »Dann fahren wir Schlitten, Süße!«

Sie zitterte, ob vor Wut oder Angst, konnte ich nicht unterscheiden. Die Kleine sprang zur Seite, als Shari Shea nach einem Gegenstand suchte, den sie mir an den Kopf schleudern konnte. Sie fetzte die kleineren Cremetiegel zur Seite. Wahrscheinlich suchte sie nach einem Brocken, der mir den Schädel zertrümmern sollte.

»An der Treppe liegt jemand rum«, sagte ich lässig, während ich bereits den Kopf einzog. »Kümmern Sie sich um ihn, bevor er anfängt, nach seiner Mami zu rufen!«

Gerade noch rechtzeitig zog ich die Tür zu. Ein schwerer Marmoraschenbecher schlug ein faustgroßes Loch in die Füllung.

Richter David L. Thompson erschrak, als er die Stille in seinem Haus spürte. Langsam, mit angehaltenem Atem, trat er über die Schwelle.

»Ruth?«

Der Ruf verhallte. Er schloß die Tür und blieb stehen. Er spürte, wie seine Schultern nach unten sackten. Es wurde bereits dunkel. Die Schatten krochen aus den Ecken. Die Tür zu seinem Wohnzimmer, das mit den Erinnerungen an ein langes Leben angefüllt war, stand halb offen. Durch die hohen französischen Fenster drang das milde Licht der Dämmerung herein.

Er stieß die Tür ganz auf und starrte auf den Sessel, auf dem Ruth heute morgen gesessen hatte. Sein Herz schmerzte ihn plötzlich. Noch nie in seinem Leben hatte er Angst vor einem Herzschlag gehabt. Doch als er jetzt das dumpfe Wummern in seiner Brust spürte und den Mund aufreißen mußte, um Luft zu bekommen, spürte er jähe Todesangst.

Nicht jetzt, dachte er. Nicht ausgerechnet jetzt. Sie hatten Ruth weggebracht. Natürlich. Es war ihnen zu unsicher in der für sie fremden Umgebung. Jederzeit konnte etwas Unvorhergesehenes passieren. Gleich würde das Telefon klingeln. Sie wußten genau, wann er nach Hause kam. Dann würden sie ihm sagen, daß Ruth wohlauf sei.

Sie wollten ja etwas von ihm. Wenn sie Ruth etwas antaten, verspielten sie ihr einziges Druckmittel.

Oder waren sie zu der Ansicht gekommen, daß er nicht mitspielte? Er hatte doch getan, was in seiner Macht stand! Mehr noch. Er hatte zugelassen, daß Dwyer die einzige Zeugin, deren Aussage mehr wert gewesen wäre als alle Indizien, lächerlich gemacht und als unglaubwürdig hingestellt hatte. War ihnen das nicht genug gewesen für den ersten Tag? Was verstanden diese Verbrecher denn von Prozeßführung?

Am Nachmittag war Rondinella in sein Büro gekommen. Kühl und beherrscht hatte der Ankläger ihn gefragt, ob er dem Antrag der Verteidigung tatsächlich folgen und die Aussage der Zeugin nicht zulassen würde. Er hatte Ausflüchte gebraucht. Und er hatte deutlich die unausgesprochene Frage in Rondinellas Augen lesen können.

Wird Richter Thompson senil?

Sein Herz verkrampfte sich erneut. Er mußte sich am Türrahmen festhalten, weil ihm schwindlig wurde. Sein Finger ließ die Aktentasche los. Sie polterte zu Boden.

»Ruth?« rief er wie von Sinnen.

Als der Anfall vorbei war, stieß er die Tür zu ihrem Arbeitszimmer auf, stolperte hindurch und sah in ihr Bad und ihr Schlafzimmer.

Ihre Räume waren leer.

Er keuchte. O Ruth, mein Kind, warum kann ich nicht mehr für dich tun?

Er durchquerte die Diele. Als er am Telefon vorbeikam, blieb er stehen. Er starrte den Wandapparat an. Jemand anrufen! Rondinella? Oder den FBI? Sich offenbaren, die Verantwortung anderen übergeben. Er durfte das Recht nicht beugen. Dazu hatte er kein Recht. Unter keinen Umständen!

Er schüttelte den Kopf. Ruth war sein Kind. Hatte sie nicht ein Recht zu leben? Wäre sie nicht ein unschuldiges Opfer?

Er schleppte sich die Treppe hinauf. Vielleicht hatte der Gangster sein Telefon wieder eingestöpselt. Er würde sich einen Augenblick hinlegen. Ausruhen ...

Er öffnete die Tür zu seinem Schlafzimmer.

Der Schock traf ihn wie ein Fausthieb. O nein, dachte er, während seine Beine nachgaben und er kraftlos gegen den Türrahmen sank. O nein, es darf nicht sein

Er sah den Umriß ihres Körpers vor der hellen Fläche des Fensters. Ihr Gesicht konnte er im Halbdunkel nicht erkennen, aber er wußte, daß sie es war. Er konnte sogar den Strick sehen, der hinter ihrem Kopf hervorkam und zu dem Haken an der Decke führte, an dem früher die bronzene Lampe gehangen hatte. Die Lampe hatte er abgenommen, nachdem die indirekte Beleuchtung installiert worden war. Den Haken hatte er an seinem Platz gelassen.

Er war unfähig, sich von der Stelle zu bewegen. Die leichte zitternde Bewegung ihrer Arme hielt er für eine Sinnestäuschung, bis sie ihm flehend die Hände entgegenstreckte.

»Ruth?« gurgelte er. Er machte einen taumelnden Schritt ins Zimmer hinein.

Der Alptraum war noch nicht zu Ende. Das Licht flammte auf, und er schloß einen Moment die Augen, bis er glaubte, daß sie sich an die plötzliche Helligkeit gewöhnt hatten.

Der Anblick von Ruths Gesicht schnitt ihm ins Herz. Ihr Mund war mit einem breiten Pflasterstreifen verschlossen. Ihre Augen flackerten in Todesangst.

Sie trug einen Strick um den Hals, dessen anderes Ende mit dem Haken in der Decke verbunden und straffgezogen worden war. Sie stand auf einem Hocker. Das angezogene Seil zwang sie, auf den Zehenspitzen zu stehen. Er sah das Zittern ihrer Wadenmuskeln.

Er hörte ein schrilles Kichern hinter sich und spürte plötzlich ein Gefühl, das er für Haß hielt. Ohne sich umzusehen, ging er um das Fußende seines Bettes herum.

»Langsam, Richter!« sagte die schrille Stimme. »Sie machen sie erst los, wenn wir es Ihnen sagen!«

Thompson umschlang Ruths Oberschenkel mit den

Armen. Er spürte das Zittern ihrer verkrampften Muskeln. Erst jetzt nahm er wahr, daß die Gangster ihre Hände vorn zusammengebunden hatten, damit sie den Zug des Seils nicht entlasten konnte.

»Warum?« fragte er dumpf.

»Wenn Sie nicht allein gekommen wären oder wenn Sie eben, bevor Sie heraufkamen, telefoniert hätten, hätte ich den Hocker weggezogen«, antwortete die schrille Stimme.

Thompson verdrehte den Kopf, ohne seine Tochter loszulassen. Zwei von ihnen standen hinter der Tür. Sie trugen nach wie vor Wollmützen, unter denen ihre Gesichter nicht zu erkennen waren.

Der nervöse Typ ließ sein Messer aufschnappen. Mit gleitenden Bewegungen ging er um das Bett herum. Die Messerklinge blitzte vor den Augen des Richters.

»Warum diese Grausamkeit?« fragte er hilflos.

»Eine kleine Warnung, Richter«, antwortete der Gangster. »Unser Auftraggeber ist der Ansicht, daß Sie den Ernst Ihrer Lage nicht begriffen haben. Oder daß Sie nicht geschnallt haben, wie ernst wir es meinen. Nehmen Sie es, wie Sie wollen!«

Er sprang auf das Bett. Die Hand mit der Klinge zuckte. Dann sank Ruth in die Arme ihres Vaters.

Er ließ sie aufs Bett gleiten. Mit zitternden Fingern löste er ihre Handfessel, riß das Pflaster von ihren Lippen und streifte ihr die Schlinge über den Kopf. Die Haut an ihrem Hals war gerötet.

Sie begann haltlos zu schluchzen. Er preßte sie an sich.

»Sie wissen jetzt Bescheid, Euer Ehren!« höhnte der Gangster mit dem Messer. »Wir lassen Sie allein. Wir wollen Sie nicht stören in Ihrem Familienglück . . .«

Thompson preßte die Lippen zusammen. Er lauschte den Schritten der Männer auf der Treppe.

»O Dad! Ich bin froh, daß du da bist«, stieß sie hervor. »Aber ich bin nicht glücklich, weil du tust, was diese Menschen von dir verlangen …«

»Sei unbesorgt!« sagte er heiser. »Sei unbesorgt! Der Angeklagte bekommt, was er verdient.«

Es klang wie ein Schwur.

Phil atmete sichtlich auf, als ich in den Gastraum zurückkehrte und mich wieder an den Tisch setzte.

Penny hing immer noch an seinem Hals. Die Flasche war so gut wie leer. Weil das Girl jetzt ununterbrochen kicherte und dabei immer mal aufstieß, vermutete ich, daß sie sich den größten Teil des Inhalts allein einverleibt hatte.

»Penny, meine Süße«, sagte Phil und tätschelte ihr Hinterteil, »du gehst dir jetzt mal das Näschen pudern, und anschließend suchst du dir einen anderen netten Jungen. Wir sind nämlich blank.«

»Du bis'n Spielverderber«, maulte sie mit schwerer Zunge. »Gerade wird's gemütlich …« Sie rutschte von Phils Knie und ging unsicher davon.

Phil beugte sich zu mir herüber. »Mann, als der Kellner dir nachstieg, dachte ich, jetzt geht's los! Aber er kam zurück, bevor ich mich von Penny loseisen konnte. Ich dachte schon, du seist unter die Räder gekommen!«

»Halb so schlimm«, meinte ich. Bei der schlechten Beleuchtung war der mitgenommene Zustand meines Jacketts nicht zu erkennen. »Diese Shari ist eine verdammte Sadistin«, schimpfte ich dann.

»Das ist ein verdammter Saustall«, knirschte Phil. »Penny hat mir erzählt, daß der Boß es am liebsten mit kleinen Mädchen macht.«

»Ein Sadist?«

»Davon hat sie nichts gesagt. Sex, nehme ich an.« Phil runzelte die Stirn. »Wenn eins dieser perversen Ungeheuer sie umgebracht und ihre Leiche beiseite geschafft hat, hätten wir ein Motiv für den Mord an Susan Ortman!«

An diese Möglichkeit mußte ich denken, seit Shari in einem Anfall jäher, unkontrollierbarer Wut den schweren Marmoraschenbecher nach mir geschleudert hatte. Shari Shea und Frank Milford hatten es offenbar mit den ganz jungen Mädchen.

Oder solchen, die wie Kinder aussahen. Susan hatte mir erzählt, daß ihre Schwester wie ein Kind aussah, und die Fotos bestätigten darüber hinaus, daß Virgie selbst bemüht war, das Kindliche in ihrer Erscheinung zu betonen.

»Was machen wir jetzt?« erkundigte sich Phil.

Ich sah mich um. Auf der winzigen Bühne erschien eine feurige Kubanerin. Der Kellner hing an der Kasse rum und unterhielt sich mit dem Barkeeper.

Unter dem Tisch her steckte ich Phil meinen Smith & Wesson samt Schulterholster und das Etui mit dem Dienstausweis zu.

»Nimm das Zeug mit, wenn du gehst«, sagte ich. »Ich bleibe noch eine Weile hier.«

»Was führst du im Schilde? Oder ist das ein Dienstgeheimnis?«

Ich hob die Schultern. »Vielleicht tut sich noch was«, antwortete ich vage.

Für mich stand fest, daß Susan Ortman getötet worden war, weil sie ihre Schwester suchte und keine Ruhe gab. Wenn jetzt plötzlich jemand auftauchte und die Nachforschungen fortsetzte, mußten bei dem Auftraggeber oder der Auftraggeberin des Mörders sämtliche Alarmglocken schrillen. Shari Shea hielt mich nicht für einen Cop und für einen G-man schon gar nicht. Diesen Zustand wollte ich so lange wie möglich aufrechterhalten.

»Ich bleibe in der Nähe«, versprach Phil.

Ich nickte. »In der Zwischenzeit kannst du dich bei den Kollegen von der Sitte umhören. Mich sollte nicht wundern, wenn Shari Shea bei ihnen bekannt ist.«

»Glaubst du, daß sie eine wichtige Figur ist?«

»Vielleicht ist sie der Boß. Wer weiß?« Auf jeden Fall nahm sie eine Sonderstellung im Haus ein.

»Shari Shea dürfte nicht ihr richtiger Name sein«, gab Phil zu bedenken.

»Wie scharfsinnig! Aber wofür ist die Polizei denn da?«

»Schon gut, Alter«, sagte Phil. »Ich habe verstanden. Du willst mich los sein.«

Er winkte dem Kellner und ließ sich die Rechnung geben.

Ich verzog mich an die Bar, nachdem Phil gegangen war. Um nicht aufzufallen, mußte ich den Scotch, den ich bestellte, auch trinken. Ich spülte mit etwas Wasser nach, um die Flammen in meinem Magen zu löschen. Das Glas war noch nicht ganz leer, als schon ein neuer Drink vor mir stand. Er war in einem anderen Glas, und an der satten, tiefdunklen Farbe erkannte ich, daß es eine andere Sorte sein mußte.

»Zum Wohl«, sagte der Keeper.

Ich wollte einen zaghaften Protest loslassen, aber der Keeper wandte sich bereits ab. Unmittelbar neben mir sagte eine männliche Stimme: »Der geht auf Kosten des Hauses, Sir.«

Langsam wandte ich den Kopf. Ich erwartete halb und halb, das schiefe Schlägergesicht von Bruce, Shari Sheas Beschützer, neben mir zu erblicken.

Doch ich sollte mich irren. Bruce hatte wahrscheinlich noch Halsschmerzen und ein schlimmes Knie.

Das Gesicht des Burschen neben mir war rot und glänzte wie poliertes Holz. Schütteres, strohblondes Haar bedeckte die Kopfhaut. Seine kleinen Schlangenaugen starrten mich an, als wollten sie mich hypnotisieren.

Ich rührte das Glas nicht an. »Wie komme ich zu dieser Ehre?«

»Das ist feinster Scotch, Sir. Zehn oderzwanzig Jahre alt. Der Stoff soll Sie freundlich stimmen.«

»Sie schwatzen eine Menge Unsinn, Freund«, sagte ich unwirsch. »Was kann einen in einem Bums wie diesem schon freundlich stimmen? Lassen Sie mich mal überlegen ... Ein Großbrand? Oder ein paar Stangen Dynamit, dazu etwas Rattengift? Ja, darüber könnte ich mich freuen.«

»Warum so sauer, Mister? Trinken Sie aus, und dann lassen Sie das Theater!«

»Was ist, wenn ich keinen Durst mehr habe?«

Der Kerl mit dem roten Gesicht preßte sich an mich. In dem Gedränge an der Theke fiel das überhaupt nicht auf. Und niemand konnte sehen, wie der Lümmel mir etwas Hartes in die Seite bohrte. Nicht einmal ich konnte erkennen, ob es sich um einen Pistolenlauf, seinen Finger oder etwas noch Neckischeres handelte.

»Hören Sie«, sagte ich bieder, »ich wollte Ihrem Kumpel da oben nicht weh tun, ehrlich nicht ...«

»Trinken Sie schon, Mann!« sagte der Kerl und bohrte mir den harten Gegenstand tiefer in die Seite.

»Sie haben mich überredet, Mann«, sagte ich.

Ich nahm das Glas und führte es zum Mund. Die nackten Augen beobachteten mich. Ich hätte den Whisky in diese Augen schütten und verschwinden können, während der Kerl vor Schmerz heulte. Er war nicht Milford. Ich hatte mir Fotos von Frank Milford angesehen. Er war entweder einer seiner Laufburschen oder ein Kerl, der Shari Sheas verlorene Ehre wiederherstellen oder mir auf den Zahn fühlen sollte.

Ich nippte an dem Whisky. Das Zeug rollte wie Öl über meine Zunge. Es rann in den Magen hinunter, wo es angenehme Wärme verbreitete.

Keine Spur von K.o.-Tropfen oder dergleichen. Zumindest keine, die ich herausschmecken konnte.

Entschlossen trank ich auch den Rest. Ich war gespannt auf das, was dann kommen sollte.

»Okay, Mister. Gehen wir!«

Ich rührte mich nicht. »Ich glaube, mein Freund wartet draußen«, sagte ich. »Wenn ich nicht bald komme, wird er unruhig.«

»Ihr Freund ist weggefahren, Mister. Und raus kommen Sie nicht.«

Ich sah zur Tür. Dort stand der Rausschmeißer-Kellner. Er hatte die kräftigen Arme vor der Brust verschränkt und starrte finster herüber.

»Sie brauchen keine Angst zu haben«, beteuerte der Kerl mit dem roten Gesicht.

»Das beruhigt mich aber!«

Ich ging vor ihm her. Er dirigierte mich in einen dunklen Flur. Am Ende funkelte ein rotes Licht. Als ich näher kam, sah ich, daß es zu einem Aufzug gehörte. Mein Begleiter steckte einen Schlüssel in den Schlüsselschalter. Die Tür glitt zur Seite.

Die Kabine war in rosiges Licht getaucht und winzig klein.

Der Bursche schob mich hinein, stieß mich dann grob gegen die Rückwand und tastete meine Taschen ab, wobei er mir den harten Gegenstand unentwegt neben die Wirbelsäule drückte.

»Das mußte sein«, sagte er entschuldigend, als er von mir abließ.

Ich drehte mich um. Der Bursche ließ einen vernickelten Revolver unter seiner Jacke verschwinden. Auf der Steuertafel gab es nur zwei Knöpfe. Er drückte den oberen, und die Kabine sauste aufwärts.

Die Fahrt dauerte ziemlich lange. Der Rotgesichtige lächelte freundlich.

»Ich bin übrigens Dick«, sagte er. »Und wer sind Sie?«

»Jim O'Connor«, behauptete ich forsch. »Aus Indiana.«

Susan und Virgie Ortman stammten aus Indiana.

Der Aufzug hielt. Die Tür glitt zur Seite und gab den Blick auf einen Urwald aus exotischen Pflanzen frei. Feuchtwarme Luft schlug mir entgegen. Irgendwo plätscherte Wasser. Über einer Glaskuppel schimmerte der Nachthimmel Manhattans.

Kein Mensch begegnete uns, als Dick mich durch den Urwald führte. Irgendwo zwischen zwei Gummibäumen öffnete er eine verborgene Tür. Hinter der Tür saß Frank Milford.

Frank Milford war nicht allein. Doch in seiner Gegenwart waren andere Menschen nicht aufregender oder gefährlicher als Schaufensterpuppen.

Milford war Mitte 40. Er war zu dick, und sein Kopf mit dem breiten Gesicht war etwas zu schwer. Die bläulichen Lippen waren ständig zu einem gemeinen Lächeln verzogen.

Genauso kannte ich ihn von den Fotos in seiner Polizeiakte. Was die Bilder jedoch nicht wiedergeben konnten, waren die Augen.

Sie waren so kalt wie der Weltraum und so leer wie das Herz einer Hure.

Wie eine fette, widerliche Kröte hockte er in einem tiefen Ledersessel, der von exotischen Pflanzen eingerahmt wurde. Ein paar Orchideenblüten baumelten aus dem Dschungel herab.

»Das ist Jim O'Connor, Frank«, sagte Dick unterwürfig. Er stieß mich an. »Bedanken Sie sich für den Drink!«

Ich dachte nicht daran, mich für irgend etwas zu bedanken. Dick huschte zur Seite. Im scheckigen Licht hinter dem dunkelgrünen Laub sah ich undeutlich die Umrisse zweier anderer Männer.

Milford hob seine fette Krötenhand. »Kommen Sie her, Jim!« sagte er jovial. Seine andere Hand baumelte an der Seite des Sessels herab. Die Finger kraulten in einem dunklen Haargestrüpp.

Ich machte einen zögernden Schritt auf Milford zu, weil ich glaubte, neben ihm hocke irgendein gräßlicher Köter, der nur darauf wartete, sich auf mich stürzen zu dürfen.

»Hol Mr. O'Connor einen Drink!« sagte Milford.

Der Schopf neben ihm fuhr in die Höhe. Eine schmale weiße Hand strich das lange schwarze Haar zurück. Darunter kam ein blasses Gesicht mit großen Augen zum Vorschein, die Milford ergeben, aber ohne Angst ansahen. Das Gesicht gehörte einem vielleicht 16jährigen Mädchen mit knabenhafter Figur.

Sie trug rosafarbene Samthosen und einen leichten hellgelben Pullover. Unter ihren Wangenknochen bemerkte ich eine blutunterlaufene Schwellung, deren gelblich verfärbte Ränder andeuteten, daß sie sich im Abklingen befand. Andere Mißhandlungsspuren waren an ihr nicht zu entdecken.

Sie verschwand im Gestrüpp. Als sie nach einigen Augenblicken zurückkehrte, trug sie ein Tablett, auf dem eine Flasche, eine Karaffe mit Eiswasser, eine Schale voll Eis und zwei Gläser standen.

»Ich hoffe, Sie mögen die Sorte«, sagte Milford.

Wollte er mich vollmachen oder mir nur zu erkennen geben, daß sein Nachrichtendienst funktionierte?

Die Kleine füllte die Gläser.

Eins gab sie Milford, wobei sie ihn ergeben ansah, als sei er der Messias einer Jugendsekte. Dabei war er alles andere als ein Heilsbringer. Das andere Glas reichte sie mir. Sie sah mich dabei nicht an.

»Eis oder Wasser nehmen Sie besser selbst«, meinte Milford.

Ich hielt das Glas in der Hand. Es gab keine weitere Sitzgelegenheit, ein Umstand, der wahrscheinlich beabsichtigt war und mich unsicher machen sollte. Mit Erfolg, wie ich feststellte. Und nervös machte mich der Gedanke an die Kerle, die sich hinter den Gummibäumen versteckten. Ich konnte sie nicht richtig erkennen. Aber Bruce, der Ringer, schien nicht dabei zu sein. Ich konnte nur hoffen, daß mich von den Kerlen keiner kannte.

»Trinken Sie!« befahl Milford.

Seine Stimme bildete einen krassen Gegensatz zu seinem Äußeren. Sie war hell und kraftlos, und doch ging etwas Zwingendes von ihr aus.

»Ich mag nicht mehr«, sagte ich. »Und außerdem suche ich mir meine Gesellschaft lieber selber aus.«

Milford starrte mich mit seinen leeren Augen an. Ich hob schließlich die Schulter, schaufelte reichlich Eis in mein Glas und füllte es bis zum Rand mit Wasser. Dann nippte ich an dem verwässerten Whisky.

Das Mädchen kauerte wieder neben Milfords Sessel, reckte sich wohlig und schnurrte wie eine Katze, als Milfords Finger ihren Nacken berührten.

»Sie hatten eine kleine Auseinandersetzung mit Shari?« erkundigte sich Milford.

»Hören Sie, es hat nichts zu bedeuten«, versicherte ich schnell. »Ich wollte nichts von ihr, und wenn ich diesen

Ringer etwas zu hart angefaßt habe, tut es mir leid. Sie hat mich wütend gemacht, das ist alles ...«

»Ein Mißverständnis also? Warum verteidigen Sie sich dann?« Milford lächelte lauernd. Zwei Goldkronen blinkten kalt. »Haben Sie etwa Angst, Jim?«

»Zuerst fällt mich dieser Gorilla an, und dann befördert mich so ein Affe mit vorgehaltener Kanone hier herauf ...«

»Und dann denken Sie gleich, jetzt soll es Ihnen an den Kragen gehen?«

Ich schwieg.

»Was wollten Sie von Shari?«

Ich wiederholte die Geschichte, die ich, wenn auch nur im Ansatz, bereits der Tänzerin aufgetischt hatte. Shari Shea hatte mich nicht zu Ende reden lassen. Milford gab mir Gelegenheit, die Story auszuschmücken.

Demnach stammten wir alle, Susan und Virgie Ortman und ich, aus Huntington, Indiana. Ich lebte schon längere Zeit hier in New York. Als ich Susan Ortman wiedergetroffen hätte, erzählte ich, habe sie Nachforschungen nach Virgie angestellt, die verschwunden sei. Gerade als sie den ersten vielversprechenden Hinweis auf den Verbleib ihrer jüngeren Schwester bekommen habe, sei sie ermordet worden.

»Von so einem wahnsinnigen Frauenmörder«, schloß ich.

Milfords Augen wurden klein. »Ich verstehe aber immer noch nicht, was Sie von Shari wollten«, gestand er.

»Shari hat Susan doch den Hinweis gegeben!« erklärte ich. »Sie ist zu Susan gekommen und hat ihr erzählt, daß sie Virgie kenne, daß es ihr gutgehe und daß Virgie nichts mehr mit Susan zu tun haben wolle ...«

»Das hat Shari dieser ... wie heißt sie gleich?«

»Sie hieß Susan«, sagte ich, wobei ich die Vergangenheitsform betonte. »Susan hat ihr aber nicht geglaubt.«

»Shari war bei dieser Susan? Woher wollen Sie wissen, daß es Shari war?«

Ich druckste ein wenig herum, bevor ich mit der Antwort herausrückte.

»Susan ist ihr nachgefahren. Sie machte sich wirklich große Sorgen um ihre Schwester.«

Das Krötengesicht des Gangsters verwandelte sich in eine Felslandschaft.

»Und ich mache mir auch Sorgen um Virgie«, fügte ich hinzu. »Sie war so ein nettes kleines Ding ...«

»Sie war?« schnappte Milford.

»Ich weiß es nicht. Wissen Sie es?«

»Ich? Jetzt ziehen Sie mich auch noch mit hinein, Mister ...«

»O'Connor.« Ich stellte das Whiskyglas unter eine Pflanze, zog den Umschlag mit den Fotos aus meiner Tasche und trat vor den Gangster. »Das ist sie«, sagte ich. »Wenn Sie wissen, wo sie ist, müssen Sie es mir sagen!«

Er sah das Bild kaum an. »Ich kenne die Kleine nicht«, behauptete er. Seine Finger wühlten sich tiefer in das Haar des Mädchens, aber sie blieben zärtlich.

Zwei perverse Kinderschänder unter einem Dach, dachte ich.

Mein Gott, da war doch einer zuviel!

»Ich werde mich für Sie umhören, Jim«, sagte Milford unvermittelt. »Geben Sie Dick Ihre Adresse und Ihre Telefonnummer, wenn er Sie hinausbegleitet.«

Ich muß den Gangster wohl ziemlich entgeistert angesehen haben, denn er verzog das Krötengesicht zu einem wissenden Lächeln.

»Wir sind keine Unmenschen hier in New York, junger

Mann«, sagte er mit seiner hellen, gefühllosen Stimme. »Nicht wahr, Laury?«

Das Mädchen hob den Kopf. Sie lächelte und sah den häßlichen Gangster gläubig an.

»Geh ins Bett, Laury!« sagte Milford, nachdem ich zusammen mit Dick den Raum verlassen hatte.

Gehorsam wie ein Hündchen lief die Kleine hinaus.

»Roy!« rief er dann. »Bring mir das Telefon!«

Roy Wells glitt lautlos aus dem Schatten der üppig wuchernden Urwaldlandschaft. Blaue Bartschatten umgaben sein Kinn mit dem breiten Mund. Die schmalen Lippen waren fest zusammengepreßt. Er stellte den Apparat auf die Knie des Gangsters. Die lange Schnur wand sich wie eine Schlange aus dem Dickicht hervor.

»Frank, ich sollte zum Haus des Richters zurück«, sagte Roy Wells ruhig. »Cargill und Fisher bauen Mist, wenn sie zu lange allein gelassen werden.«

Milford sah Wells scharf an. »Du hast nur Angst wegen der Tochter des Richters. Gib's zu!«

»Wenn Fisher durchdreht und ihr was antut, gibt es hier ein Erdbeben. Frank. Es war sowieso eine Wahnsinnsidee, einen Richter ...«

»Das war nicht meine Idee!« sagte Milford. »Ich war der Ansicht, der Don hätte uns einen Topmann vermittelt, auf den man sich verlassen kann, ganz gleich, was passiert!«

Verärgert steckte er einen seiner dicken Finger in ein Loch der Wählscheibe.

»Hallo?« meldete sich eine dunkle Stimme.

Im Hintergrund war Musik zu hören. Blues, stellte Milford fest.

»Hier ist Frank«, sagte er. »Hallo, Les, wie geht's?«

»Hey, weißer Mann«, sagte Leslie Ferris ohne Begeisterung. »So ganz außer der Reihe?«

»Nur eine Frage, Les«, sagte Milford. »Eine Puppe namens Virgie Ortman. Mannequin-Typ. Ist sie bei dir?«

»Wie kommst du darauf, daß sie bei mir sein könnte?« erkundigte sich der Neger vorsichtig.

»Ich frage dich nur. Was ist jetzt, Les?«

»Sie war ziemlich kaputt, weißer Mann. Ich mußte sie erst wieder auf die Beine bringen. Sie ist ein Traum-Baby!«

Milfords Krötengesicht zitterte vor unterdrückter Wut. Also doch! Sie hatten ihn getäuscht und betrogen. »Ich will, daß du sie aus dem Weg schaffst, Les«, sagte er kalt.

Ferris keuchte. »Frank, das kannst du nicht verlangen!«

»Solange sie lebt, gibt es keinen Nachschub. Kannst du deine Organisation zusammenhalten, bis du einen neuen Lieferanten gefunden hast, der so zuverlässig liefert wie ich? Überleg mal, Les! Sie werden über dich herfallen . . .«

Der Gangster am anderen Ende atmete rasselnd. »Du bist ein Vieh, Frank«, sagte er schließlich. »Ein gottverdammtes Vieh! Aber ich brauche dich, und das weißt du . . .«

Milford drückte die Gabel nieder. Seine leeren Augen sahen durch Roy Wells, der immer noch abwartend vor ihm stand, hindurch.

Schließlich ließ er die Gabel hochschnellen und wählte eine andere Nummer.

»Bist du das, Sonny?« fragte er, als sich Sonny Grosso, Luigi Costantes *Sottocapo*, meldete. »Hier ist Frank.«

»Oh, Frank! Ich hoffe, es geht Ihnen gut«, sagte Sonny.

»Ich muß den Don sprechen, Sonny, und komm nicht mit der Ich-weiß-nicht-ob-ich-ihn-stören-kann-Scheiße!«

Milford lehnte sich zurück und grinste Roy Wells an.

»Sonny spielt sich auf, als wäre er der Sohn des Don! Wenn es mal keinen Don Luigi mehr gibt, Roy, wird es überhaupt keinen Don mehr geben. Jedenfalls nicht mehr für mich. Diese Art von Nostalgie wird mir zu teuer. Und lästig.«

»Hallo, Frank?« meldete sich Luigi Costantes Stimme. »Wie geht es dir?«

»Lassen wir das Gequatsche, Luigi. Ich will es ganz kurz machen. Ich habe noch ein Problem und brauche noch einmal jemanden. Einen Experten.«

»Frank, ich will gar nicht hören, was das für ein Problem ist«, sagte der alte Mann mit dünner Stimme. »Wir alle haben noch mit der anderen Sache zu kämpfen, die du uns eingebrockt hast ...«

»Einen Augenblick, Luigi! Ich bin nicht dafür verantwortlich, daß du den Job einem Stümper überlassen hast ...«

»Der Mann ist einer der besten, Frank. Nie hat es Probleme gegeben. Er hat Pech gehabt. Berufsrisiko. Nach so vielen Jobs war es einfach fällig ...«

»Von mir aus sieh es so, aber ...«

»Er ist wegen einem deiner Küken aufgeflogen, Frank! Wegen einer Privatsache. Wegen deiner verdammten Geilheit. Ich will gar nicht wissen, was du jetzt schon wieder hast.«

»Luigi!« sagte Milford schrill. »Ich brauche jemanden! Sofort!«

»Nein, Frank, du gefährdest uns alle. Wenn du in Zukunft wegen einer deiner privaten Affären einen Kontaktmann brauchst, mußt du dich schon selbst um einen bemühen. Tut mir leid, Frank, daß ich dir das sagen muß.«

»Luigi, wofür zahle ich eigentlich meine Abgaben?« Die Stimme des Gangsters kratzte. »Wenn deine Familie mir keinen Schutz gewähren kann, brauche ich sie nicht mehr!«

»Du mußt wissen, was für dich am besten ist, Frank«, antwortete Luigi Costante kühl.

Milford hielt den Hörer von sich und starrte Roy Wells an. »Er hat aufgelegt«, sagte er entgeistert. »Dieser verdammte alte Makkaronifresser hat einfach den Hörer aufgelegt!«

»Ich gehe jetzt«, sagte Roy Wells.

Milford schüttelte den Kopf. »Ich brauche dich, Roy«, sagte er. »Du weißt, daß es sein muß. Ich kann nicht warten, bis ich einen zuverlässigen Mann von außerhalb bekomme.«

»Wann?« fragte Roy Wells.

»So bald wie möglich. Diese Nacht noch.« Milford lachte erleichtert. »Willst du denn nicht wissen, wer es ist?«

»Ich kann es mir denken«, antwortete Roy.

Milford lachte immer noch. »Wenn du dich mal nicht irrst, Roy. Laß uns nach hinten gehen! Ich erkläre es dir dann.«

»Machen Sie sich wegen Ihrer Freundin keine Sorgen, Sir«, sagte Dick, als er mich durch eine Seitentür hinausließ. »Es geht ihr bestimmt gut.«

»Wenn Sie es sagen«, knurrte ich und ließ ihn stehen.

Ich hatte ihm die Adresse eines Apartments in der Downtown gegeben, das vom FBI für Fälle wie diesen gemietet worden war.

Die dazugehörige Telefonnummer war mit einem Apparat verbunden, der in der Einsatzzentrale stand. Ich mußte der Einsatzleitung so bald wie möglich mitteilen, daß die Nummer vorübergehend heiß war, damit ein eventueller Kontrollanruf entsprechend beantwortet werden konnte.

Phil wartete in dem sandfarbenen Chevrolet, den wir uns von der Fahrbereitschaft hatten geben lassen, an der Nordecke des Blocks. Von den Schaukästen und Eingängen zu Frank Milfords Sex-Reich drängten sich die Gaffer. Ich schob mich an ihnen vorbei und stieg in den Wagen.

»So ein verdammter Saustall!« schimpfte ich.

»Wir brauchen den Jungs vom Sittendezernat nur ein Wort zu sagen, dann nehmen sie den Laden auseinander«, sagte Phil.

»Die Razzia kann warten«, sagte ich. »Wenn Virgie Shari Sheas oder Milfords Schoßhündchen war, ist sie es jetzt bestimmt nicht mehr. Ich habe eine bessere Idee.« Ich nahm das Mikrofon aus der Halterung und rief die Zentrale.

Während ich auf Antwort wartete, sagte Phil: »Es kommt darauf an, was sie mit ihr gemacht haben.«

»Genau«, bestätigte ich. »Hast du was über Shari Shea erfahren?«

»Die Jungs von der Sitte kennen auch nur ihren Künstlernamen. Sie wurde bisher noch nicht wegen Prostitution oder anderer Delikte festgenommen. Deshalb gibt es keine Akte. Ich versuche es morgen über die Veranlagungsstelle des Finanzamts. Uncle Sam wird ihren richtigen Namen kennen.«

Endlich knackte der Bordlautsprecher. »Ja, Jerry?« fragte der Einsatzleiter. Ich erkannte die Stimme meines Kollegen George Baker.

»George, ich habe das Apartment an der Murray Street durch einen fiktiven Jim O'Connor belegt. Wenn die Nummer angerufen wird, zieht am besten die Auftragsdienst-Show ab! Mr. O'Connor ist zur Zeit nicht zu

Hause. Er ruft aber zweimal am Tag den Auftragsdienst ab.«

»Ich habe es notiert, Jerry. Geht in Ordnung.«

»Ich brauche jetzt eine Information, George. Auf Veran lassung des Reviers Midtown North wurde vor fünf Tagen eine junge Prostituierte mit starken Entzugserscheinungen in die Notaufnahme des St. Benedict Hospital eingewiesen. Sie nennt sich Holly. Ihr wirklicher Name stand zum Zeitpunkt der Einlieferung nicht fest. Ich muß das Mädchen sprechen. Frag bitte im St. Benedict und im Revier nach! Ich warte hier auf deinen Rückruf.«

»Verstanden, Jerry. Gib mir zehn Minuten!«

Ich behielt das Mikrofon in der Hand und lehnte mich zurück. »Ich möchte zu gern wissen, was Milford wirklich von mir wollte«, sagte ich nachdenklich.

»Er hat Dreck am Stecken, das dürfte feststehen«, bemerkte Phil. »Wenn Virgie seine Gespielin war, hat er sie inzwischen abgelegt. Die Frage lautet nach wie vor: was ist aus ihr geworden? Wenn wir das wissen, kennen wir die Wahrheit.«

»So weit waren wir schon lange«, bemerkte ich bissig.

»Susan Ortman wurde ermordet, als sie dem Schuppen hier zu geriet kam. Wenn Milford etwas zu verbergen hat, könnte er auf den Gedanken verfallen, jenen Jim O'Connor, der da urplötzlich hereinschneit und nach Virgie Ortman fragt, ebenfalls beseitigen zu lassen.«

Ich wollte gerade etwas Kerniges entgegnen, als die Stimme des Einsatzleiters aus dem Lautsprecher klirrte.

»Jerry, das Girl heißt Agnes Langley«, sagte George Baker. »Sie liegt noch auf der Intensivstation. An ein Gespräch ist vor morgen nachmittag nicht zu denken.«

»Danke«, sagte ich und hakte das Mikro ab.

»Da kann man nichts machen«, meinte Phil. »Ich

bringe dich jetzt nach Haus.« Er startete und fädelte sich in den immer noch lebhaften Verkehr in der Eighth Avenue ein. »Was versprichst du dir von dieser Holly-Agnes?« erkundigte er sich dann. »Sie hat dich schon mal abfahren lassen.«

»Holly ist jetzt ganz unten«, antwortete ich. »Das war sie vor fünf Tagen zwar auch schon, aber da hat sie es noch nicht gewußt. Jetzt ist sie an dem Punkt, wo sie eine Chance hat. Warum sollte sie mir da nicht helfen wollen? Sie kennt Shari Shea, und sie kennt Virgie Ortman.«

»Was macht dich so sicher?« fragte Phil skeptisch.

»Das Unterbewußtsein hat Shari Shea einen Streich gespielt«, behauptete ich. »Als sie sich an Susan ranmachte, hat sie den Spitznamen eines Mädchens benutzt, das sie gut kannte oder gekannt hat. Nämlich Holly.«

»Du bist ein hoffnungsloser Optimist«, seufzte Phil.

»Im Gegensatz zu dir«, stellte ich fest.

»Erinnerst du dich noch, was ich dir eben gesagt habe?« fragte er.

»Gib mir ein Stichwort!« gab ich zurück.

»Als professioneller Miesmacher habe ich gesagt, Milford könnte auf den Gedanken kommen, einen gewissen Jim O'Connor beseitigen zu lassen.«

Ich lachte. Phil sah aufmerksam in den Rückspiegel, während er den Chevy durch den Columbus Circle zog.

»Wir werden verfolgt«, sagte er.

Ich lachte nicht mehr.

Phil bog in die Amsterdam Avenue. Als die breite Straße vor uns lag, gab er Gas.

Im Spiegel, der in die rechte Sonnenblende eingelassen war, konnte ich bald einen schwarzen Rabbit sehen, der aufgeregt von einer Spur in die andere sprang. Der Fahrer versuchte, sich hinter anderen Fahrzeugen zu verstecken. Weil die aber langsamer fuhren als wir, mußte er immer wieder vorpreschen, wenn er den Anschluß nicht verlieren wollte.

»Den schauen wir uns mal an«, entschied ich.

»Ruf erst die Zentrale an«, sagte Phil. »Dann locken wir ihn nach Süden und nehmen ihn weiter unten an der Ninth Avenue in die Zange.«

Ich drehte mich um und peilte an der Nackenstütze vorbei nach hinten.

»Ich habe keine Lust, mir wegen dem Stümper da hinten die Nacht um die Ohren zu schlagen«, sagte ich. »Fahr zur West End Avenue! Und nimm das Gas weg, damit er auch mitkommt.«

»Du bekommst einfach den Hals nicht voll«, schimpfte Phil. »Wenn die Kerle dich umlegen sollen ...«

»Es sitzt nur ein Kerl in dem Rabbit. Reg dich also wieder ab!«

Phil fuhr über die 61st Street bis zur Westend Avenue. Langsam rollte er auf der rechten Spur nach Norden. Während er den Rückspiegel im Auge behielt, suchte ich nach einem geeigneten Platz für das Rendezvous mit unserem Verfolger.

Phil und ich brauchten nicht viel zu besprechen, als ich auf den unbeleuchteten Eingang eines kleineren Wohnhauses deutete.

»Er schleicht sich an«, meldete Phil, als er den Chevy ausrollen ließ. Obwohl es genügend Parklücken gab, stoppte er in der zweiten Reihe wie jemand, der nur eben anhielt, um einen Freund oder Kollegen, den er nach Hause brachte, aussteigen zu lassen.

Ich stieg aus, beugte mich aber noch einmal in den Wagen und peilte nach hinten hinaus.

»Er rangiert in eine Parklücke«, sagte ich

»Dann hat er also die Absicht, dir nachzusteigen«, stellte Phil fest.

Ich grinste. »Die schnelle Tour«, entschied ich. Es ging auf Mitternacht zu, und ich wollte endlich ins Bett.

Ich richtete mich auf, schmetterte die Tür ins Schloß und schob mich zwischen zwei geparkten Wagen her auf den Gehweg. Ich winkte Phil wie zum Abschied zu und spannte meine Muskeln.

Als der Motor des Chevy aufheulte und der schwere Wagen wie eine Rakete rückwärts schoß, rannte ich los.

Wir kamen gleichzeitig am Rabbit an. Während Phil den kleineren Wagen mit seinem Chevy in der Lücke festnagelte, packte ich den Griff der rechten Tür.

Sie war nicht abgeschlossen. Die Innenbeleuchtung flammte auf. Ihr gelber Schein fiel über ein häßliches breites Gesicht mit schiefer Nase und schlecht vernarbten Lippen. Die Augen waren weit aufgerissen.

Der Kerl am Steuer war Bruce, der Ringer. Shari Sheas Leibwächter oder was weiß ich, welche Funktion er innehatte.

Mit einem heiseren Knurrlaut warf er sich über den Beifahrersitz. Seine kräftigen Arme schossen vor.

Doch in dem engen Innenraum des Kleinwagens hatte er noch weniger Chancen gegen mich als vorher im Flur vor der Garderobe der Tänzerin.

Ich zuckte zurück. Seine Hände griffen ins Leere. Sein Oberkörper beugte sich weit über den Sitz. Ich packte zu und preßte seine Handgelenke fest zusammen. Er stöhnte vor Schmerz auf, als sein Knie gegen die Lenksäule stieß.

»Mit so einem schlimmen Knie solltest du dich krankschreiben lassen, Bruce«, sagte ich.

Er stöhnte nur dumpf.

Wehren konnte er sich nicht.

»Alles in Ordnung?« fragte Phil, der an meiner Seite erschien.

»Alles bestens«, sagte ich froh. »Ich weiß nur noch nicht, was ich mit ihm machen soll.«

Ich nahm die Hände von seinem Nacken. Der Oberkörper des Ringers schnellte in die Höhe. Ich glitt neben ihn, packte seinen rechten Arm und bog ihn auf den Rücken. Mit der freien Hand tastete ich ihn nach Waffen ab. Er brauchte anscheinend keine außer seinen Händen. Auch unter den Sitzen oder in der Ablage fand ich nichts. Ich warf Phil die Brieftasche des Burschen zu.

»Er heißt Bruce Vanner«, verkündete Phil.

»Wolltest du mich umbringen?« fragte ich.

Bruce sagte nichts. Er stieß nur einen höhnischen Laut aus. Aber als ich den Druck auf seinen Arm verstärkte, schrie er: »Hör auf, du Bastard! Das tut weh!«

»Was sollte die Rallye?« fragte ich.

»Laß mich los und verpiß dich!«

Phil schnalzte mißbilligend mit der Zunge. »Mr. Vanner ist aber unhöflich. Jim, ich rufe die Cops. Ich hab's dir ja gleich gesagt ...«

»Okay, du hast ja recht, Freund«, sagte ich. »An der Ecke ist ein Telefon.«

»Warte!« sagte Bruce gepreßt. »Ich sollte nur sehen, wo du abbleibst, und wenn es geht, rauskriegen, wer du bist. Das ist alles!«

»Wer hat dich hinter mir hergeschickt?«

»Miss Shea, wer sonst?«

»Miss Shea! Schau an! Warum wohl, Bruce?«

»Warum fragst du sie nicht selber? Mich weiht sie nicht in ihre Angelegenheiten ein. Komm, Mann, laß mich jetzt ...«

»Erinnerst du dich an Agnes Langley?« fragte ich.

»Agnes?« Bruce Vanner schüttelte den Kopf.

»Sie nannte sich Holly.«

»Oh ... Ich weiß nicht, was aus ihr geworden ist.«

»Sie war also bei Shari?«

»Ja, ja. War ein nettes Ding. Ich weiß nicht ...«

»Und Virgie?«

Bruce begann zu zittern, was möglicherweise an seiner verkrampften Haltung lag, aber ich war nicht sicher.

»War sie Milfords Freundin? Oder Sharis Freundin?«

»Mann, ich habe keine Ahnung ...«

Phil stieß einen scharfen Laut aus. »Jim!« sagte er.

Ich blickte auf. Ein Streifenwagen glitt heran. Der Chevy stand immer noch mit laufendem Motor in der zweiten Reihe. Bruce entdeckte den Streifenwagen im Rückspiegel des Rabbit.

»Mann, da rauschen Bullen an! Ihr parkt ja auch wie die Idioten!«

»Was ist mit Virgie?« fragte ich.

Als der Streifenwagen hinter dem Chevy stoppte, rannte Phil hinter dem Rabbit her, um die Cops abzufangen. Ich zog die Tür ran. Die Innenbeleuchtung erlosch. Phil wandte uns den Rücken zu, als er mit den Cops verhandelte. Einer von ihnen peilte argwöhnisch in den Rabbit.

»Ich habe mit dem ganzen Dreck nichts zu tun«, keuchte Bruce. »Ich bin nur ein Gorilla.«

Die Cops kletterten wieder in ihren Wagen, setzten zurück und fuhren ab. Phil öffnete die Beifahrertür.

»Laß mich abhauen«, sagte Bruce, »dann siehst du mich nie wieder.«

Ich ließ ihn los. »Verschwinde«, sagte ich angeekelt.

Was allerdings seine letzte Prophezeiung betraf, sollte er sich irren.

Richter Thompson ging mit müden Schritten über den langen Flur, an dem die Büros der Richter und ihrer Assistenten lagen. Er hatte kaum geschlafen in der vergangenen Nacht. Immer und immer wieder hatte er sein Hirn nach einem Ausweg suchen lassen.

Lange Zeit hatte er sehr ernsthaft den Gedanken erwogen, sich von einem der Justizbeamten oder einem Bundesbeamten einen Revolver geben zu lassen. Er hatte sich vorgestellt, am Nachmittag nach Haus zu kommen, einfach die Waffe zu ziehen und die Gangster abzuschießen wie tolle Hunde.

Er hätte es fertiggebracht, er wußte es.

Aber am frühen Morgen, als er eben für ein paar Minuten eingeschlafen war, war der dritte Mann zurückgekehrt. Der Mann, den er für den besonnensten des Verbrecher-Trios hielt.

Besonnen war der Mann zweifellos, aber auch eiskalt und zu allem entschlossen.

Mit wenigen Sätzen hatte er Thompsons verzweifelten Plan zunichte gemacht.

»Bis zum Ende des Prozesses werden wir dafür sorgen, daß Sie und Ihre Tochter sich unter Bewachung in verschiedenen Räumen aufhalten. Sie werden sich nicht einmal zu den Mahlzeiten begegnen. Diese Maßnahme dient unserer Sicherheit und soll Sie davon abhalten, den Prozeß in die Länge zu ziehen.«

Die Gangster hatten sofort Ernst gemacht. Er hatte Ruth beim Frühstück nicht gesehen. Er hatte nur ihren schwachen Protest gehört, während der Gangster ihm das Frühstück machte. Natürlich war er wieder maskiert. Statt der Schrotflinte trug er jetzt allerdings eine automatische Pistole im Hosenbund.

Dieser Auftritt am Morgen hatte Richter Thompson endgültig zu der Erkenntnis geführt, daß er den Prozeß im Sinne der Gangster zu Ende bringen mußte. Und daß er seine Kräfte auf die Zeit danach konzentrieren sollte.

Er betrat das Büro seiner beiden Assistenten. Miles Kemmerling und Joseph Kahn kamen frisch von der Universität und bereiteten sich am Bundesgericht auf eine juristische Laufbahn im Staatsdienst vor.

Joseph Kahns Platz war noch leer. Miles Kemmerling stand auf.

»Guten Morgen, Sir«, sagte er höflich. »Sie sind früh dran heute morgen, wenn ich mir die Bemerkung erlauben darf.«

»Sie aber auch, Miles«, sagte Richter Thompson. Er schloß die Tür hinter sich und trat neben Kemmerlings Schreibtisch, der mit Gerichtsakten überladen war.

»Ich habe mir einige Urteilsbegründungen aus politischen Prozessen vorgenommen«, erklärte der junge Mann.

»Wie kommen Sie voran, Miles?« erkundigte sich der Richter. Er wußte, daß Kemmerling mit einer Arbeit über politische Prozesse promovieren wollte.

»Ganz gut, Sir. Sie räumen mir ja auch großzügig Zeit ein.«

»Setzen Sie sich doch wieder«, sagte Thompson. Er selbst ließ sich auf einen harten Stuhl nieder.

Lange sah er in das ruhige junge Gesicht unter dem schwarzen Lockenhaar. Kemmerling war erst 26 Jahre alt. Früher hatte er versucht, seine jungen Assistenten mit Ruth bekannt zu machen. Er seufzte. Nachdem Ruth den dritten dieser hochbegabten Eliteriege wie dumme Jungen hatte aussehen lassen, hatte er jeden Versuch, Ruth zu verkuppeln, aufgegeben. Endgültig.

»Miles«, sagte er schließlich, als das Schweigen zäh zu werden drohte, »ich muß Sie um einen Gefallen bitten.«

»Im Zusammenhang mit dem Medina-Prozeß?«

»Ich will mir ein genaueres Bild von dem Angeklagten machen, weil ich mir nicht im klaren darüber bin, was die Verteidigung im Schilde führt und wie stark die Anklage wirklich dasteht. Sie verstehen doch, was ich meine?«

»Selbstverständlich, Sir. Sie waren ja von Anfang an der Ansicht, daß es ein Fehler von Mr. Rondinella war, die Anklage . . .«

»Daran kann ich nichts ändern, Miles«, unterbrach Thompson den Jüngeren. »Aber wie gesagt, ich will mir ein Bild machen. Gehen Sie zum FBI-Archiv, und erbitten Sie Kopien der Ermittlungsakten aller Fälle, in denen Medina als Täter in Frage kommt!«

»Gern, Sir«, sagte Kemmerling bereitwillig. »Ich gehe sofort. Ich kenne mich drüben ganz gut aus. Ich habe zwei Monate im FBI-Archiv volontiert.«

»Um so besser, Miles. Es genügt, wenn Sie mir die Akten heute nachmittag auf den Schreibtisch legen.« Thompson stand auf. An der Tür drehte er sich noch einmal um. »Ach, noch etwas! Es ist nicht nötig, daß die G-men denken, ich wolle mich in ihre Arbeit mischen. Vielleicht fürchten sie noch, ich würde sie kritisieren. Sagen Sie, Sie benötigen die Akten für Ihre Arbeit!«

Miles Kemmerling lächelte.

»Natürlich, Sir, ich werde lügen wie ein abgebrühter Ganove.«

Richter Thompson erwiderte das Lächeln nicht. Schweigend verließ er das Zimmer seiner Assistenten.

Am Mittag kam ich aus dem Gerichtsgebäude und ging zum Office hinüber. Ich spürte eine stumme Wut, die mich fast erstickte, weil sie kein Ziel fand.

Der Richter hatte dem Antrag der Verteidigung entsprochen und die Identifizierung des Tatverdächtigen durch die Zeugin Mary Arlow für nicht rechtens erkannt und damit für ungültig erklärt.

Am Nachmittag sollten die Wissenschaftler das Wort erhalten.

Sie würden mit ihren Gutachten den Prozeß entscheiden müssen.

Phil sah auf, als ich in unser gemeinsames Office stürmte.

»Schönen guten Tag!« sagte er. »Habe ich dir etwas getan?«

»Ich möchte wissen, was da drüben vorgeht! Verdammt; ich möchte es wissen!« sagte ich gepreßt. »Thompson hätte Mary Arlows Aussage nicht für unzulässig erklären müssen. Es war eine Ermessensfrage!«

Ich kippte den Eingangskorb um und begann, den Wust an Meldungen durchzugehen, die in den letzten Stunden eingelaufen waren.

»Wie meistens kommt es auf die Indizien an«, meinte Phil. »Für Medina reichen sie allemal . . .«

»Wenn du Richter Thompson erlebt hättest, wärst du nicht so sicher«, sagte ich.

»Einer seiner Assistenten wühlt übrigens unten im Archiv rum«, sagte Phil. »Er macht Kopien von den Akten der anderen Medina-Fälle. Für seine eigene Arbeit, sagt er. Es ist Miles Kemmerling. Erinnerst du dich an ihn?«

»Das ist der Bursche, der Neville auf den Nerven rumgetrampelt ist«, sagte ich und beförderte ein paar Papiere in den Abfallkorb.

»Sei nicht ungerecht!« sagte Phil milde. »Es kommt letztlich unserer Arbeit zugute, wenn die angehenden Richter, Staatsanwälte oder Verteidiger auch unsere Sicht kennenlernen.«

»Schon gut«, knurrte ich. »Erzähl mir lieber, unter welchem Namen Shari Shea ihre Steuerschulden bezahlt!«

Phil fischte einen Zettel aus seinem Papierstapel.

»Bei der Veranlagungsstelle wird sie unter dem Namen Sharon Ellrott geführt. Eine Veranlagung wurde bisher noch nicht durchgeführt, da sie bis zum vergangenen Jahr zusammen mit ihrem Mann veranlagt wurde. Nach Auskunft der Finanzbehörde lebt sie seit einem Jahr von ihrem Mann getrennt.«

Als Phil den bürgerlichen Namen der Tänzerin aus dem Hot Flesh nannte, wußte ich, daß ich ihn eben erst gelesen hatte. Zum zweiten Mal wühlte ich mich durch den Papierstoß.

»Was ist los?« fragte Phil.

»Hast du die eingegangenen Meldungen nicht durchgearbeitet?«

»Ich bin noch nicht dazu gekommen. Ich ...

»Hier ist es«, sagte ich.

Ich hielt eins der Formblätter hoch, mit denen das Communication Center der City Police die Bundespolizei über alle Schwerverbrechen aus ihrem Zuständigkeitsbereich informiert.

In unserer Posteingangsstelle werden die Formulare vervielfältigt und an alle Special Agents weitergeleitet. Eine wahre Flut an Informationen wogt jeden Tag an jedem von uns vorbei.

»Ellrott, Sharon«, las ich laut, »um 3.17 Uhr von einer Polizeistreife tot an der Südseite des De Witt Clinton Parks aufgefunden. Der Körper wies zahlreiche schwere Verletzungen auf, Todesursache vermutlich Genickbruch, Leichenöffnung angeordnet, nach einem Tatverdächtigen wird gefahndet. Verantwortlich: Detective Lieutenant Hobson.«

»Mein Gott«, sagte Phil. »Was hat das zu bedeuten?«

»Ich habe so eine Ahnung«, stieß ich hervor. Ich griff zum Telefon und rief das Hauptquartier der Mordabteilungen Manhattans an. Hobson sei im Leichenschauhaus, sagte mir der Diensthabende. Dort erreichte ich Hobson im Sekretariat.

»Cotton? Wollen Sie mir diese Leiche auch wegnehmen?« fragte er. »Sie wissen, wie man sich Freunde macht, wie?«

»Wie weit sind Sie, Lieutenant?« fragte ich.

»Wir haben den Täter, wenn es das ist, was Sie wissen wollen. Er wurde vor zwei Stunden in seiner Bude festgenommen. Eine typische Affekttat. So sieht es im Moment jedenfalls aus. Ein Mann, der immer um sie herum war, den sie aber wie einen Eunuchen betrachtet hat. Anscheinend lief sie in seiner Gegenwart sogar nackt rum, aber sie hat ihn nicht rangelassen, nicht einmal ihren Ehemann. Dabei war sie eine Wuchtbrumme ...«

So prompt, dachte ich. Zu prompt!

»Ich habe sie kennengelernt«, sagte ich. »Sie hatte es mit kleinen Mädchen. Wer ist der Täter?« fragte ich, obwohl ich die Antwort kannte.

»Er heißt Bruce Vanner. Er haust in einem schäbigen Hotel an der Ninth Avenue. Wir haben ihn dort überrascht ...«

»Wie sicher sind Sie, daß Vanner der Täter ist?«

»99 Prozent, Cotton«, antwortete Hobson. »Er war ihr Leibwächter. Er war ihr ergeben. Er hat die Kraft ...«

»Wurde sie vergewaltigt?«

»Nein. Aber wir haben Wäschestücke von ihr in seinem Zimmer gefunden. Unter seiner Matratze. Eins davon hatte sie getragen, als sie starb. Sein Körper weist Kampfspuren auf. Wollen Sie noch mehr?«

»Hat er gestanden?«

»Nein, noch nicht. Er wird aber pausenlos verhört.

Und noch etwas, Cotton«, sagte der Detective Lieutenant dann mit einem unmerklichen Anflug von Triumph in der Stimme. »Er hat kein Alibi! Zum Zeitpunkt der Tat will er in eine Auseinandersetzung mit zwei Kerlen verwickelt gewesen sein, die er nicht kennt. Einer von ihnen soll Jim heißen ...«

»Steht die Zeit, wann sie getötet wurde, fest?« fragte ich.

»Ziemlich genau sogar. Nach dem ersten Augenschein des Polizeiarztes am Fundort der Leiche war sie nicht länger als vier Stunden tot. Der Pathologe hat die Zeit jetzt genauer eingegrenzt – sie starb zwischen 11.30 Uhr und Mitternacht. Da sie sofort tot war, ist die Todeszeit gleich der Tatzeit.«

Zwischen 11.30 Uhr und Mitternacht war Bruce Vanner in einem schwarzen Rabbit hinter Phil und mir hergefahren.

»Sie haben den Falschen erwischt, Carl«, sagte ich.

»Cotton, hören Sie auf! Oder bringen Sie einen Alibizeugen!«

»Ich komme rüber«, sagte ich und warf den Hörer auf die Gabel.

Bruce Vanner erkannte mich sofort. Aber es dauerte einige Sekunden, bis das Erkennen tief in sein Hirn sickerte. Er starrte mich an, und seine zernarbten Lippen bewegten sich.

»Sie ... du ...«

Seine Stimme klang heiser.

Ich schloß die Tür zum Vernehmungszimmer und baute mich an der Schmalseite des Tisches auf. Schweigend sah ich dem Gorilla in die Augen.

»Mann, mit dir hätte ich nie gerechnet!« sagte er. Langsam stand er auf und schob den Kopf vor. »Los, ruf die Bullen! Sag ihnen, wann wir uns getroffen haben!«

»Warum sollte ich das tun?« fragte ich.

Er schnappte nach Luft. Die Augen unter den Stirnhöckern wurden klein. »Du warst es! Du hast sie kaltgemacht!«

»Überleg dir mal, was du da für einen Blödsinn verzapfst! Wenn ich dir ein Alibi geben kann, kannst du mir auch eins geben. Logo?«

Es dauerte zwar eine Weile, aber das Argument leuchtete ihm ein. Ich ließ ihm keine Zeit zum Nachdenken.

»Wie kommen ihre Sachen in dein Zimmer?« fragte ich.

»Keine Ahnung! Die muß mir einer untergeschoben haben!«

»Wer soll dir das glauben?«

»Das braucht mir niemand zu glauben, wenn du den Bullen endlich sagst, wann wir uns wo getroffen haben!«

»Warum sollte ich das tun?« wiederholte ich. Es war nicht ganz astrein, was ich hier abzog. Aber wenn ich den Kerl nicht anzapfte, solange er sich noch in der Falle glaubte, würde ich nie mehr ein Wort aus ihm herauskriegen. »Gestern abend warst du ja auch nicht besonders entgegenkommend zu mir«, fügte ich hinzu, damit er auch genau begriff, was ich meinte.

Er verstand es trotzdem falsch. »Ich sollte dich rausschmeißen! Shari bezahlte meine Brötchen, Mann! Wenn du dich nicht gewehrt hättest, hätte ich dich bloß die Treppe runtergeschubst.«

»Ich meine unser Zusammentreffen an der Westend Avenue«, sagte ich. »Ich hatte dich einiges gefragt.«

Er legte den Kopf schräg und leckte sich die Lippen. »Was meinst du denn?« fragte er unsicher.

»Ich habe dich nach Virgie gefragt«, erinnerte ich ihn.

Ich zeigte ihm ein Foto des Mädchens. Er starrte es an. Seine Stirn bedeckte sich mit feinen Schweißtropfen.

»Was ist aus ihr geworden, Bruce?«

»Ich weiß es nicht ...«

»Sag es noch einmal, dann drehe ich mich um und gehe!«

Er keuchte. Langsam kam er um den Tisch herum. Er packte mein linkes Handgelenk und drückte zu. Seine Haut war feucht.

»Ich weiß nicht, wer du bist«, flüsterte er heiser. »Aber ich weiß, was Milford für einer ist! Der schnippt nur mit den Fingern, dann bin ich vogelfrei ...«

»Draußen wartet ein Anwalt auf dich. Wir können zusammen zum Haftrichter gehen. Wenn ich meine Aussage mache, bist du ein freier Mann. Dann kannst du deine Sachen packen und verschwinden.«

»Werden sie dir denn glauben?«

Ich zog an seiner Hand. Er ließ das Handgelenk widerwillig los. Ich griff in die Tasche und holte das Etui heraus.

Hell schimmerte der Bundesadler.

»Der andere, den du gestern abend gesehen hast, ist ebenfalls G-man«, sagte ich.

»Mann, Mann!«

Ich steckte das Etui wieder ein.

»Raus mit der Sprache, Bruce! Sie war Milfords Freundin, nicht wahr?«

»Ja, aber er hat sie bald wieder rausgeschmissen. Sie war ihm wohl ... nicht kindlich genug, verstehen Sie? Sie ist dann bei Shari untergeschlüpft. Sie war Sharis Typ. Knochig wie ein Junge. Ich habe mich gefragt, weshalb sie sich von Shari demütigen ließ. Sie war nämlich anders. Berechnend. Sie wollte Milford erpressen.«

Sie war ein gieriges Luder.

Susan hatte es nicht wahrhaben wollen.

»Womit wollte sie ihn erpressen?«

»Womit? Mann, was weiß ich! Sie hat oben in seinem Penthouse gewohnt. Sie war ja kein Kind mehr wie die anderen. Sie brauchte nur die Ohren aufzusperren.«

»Okay, weiter!« drängte ich.

»Shari flippte aus, als Milford sie umbringen wollte.«

Großer Gott, dachte ich. »Er wollte es selber tun?«

»Natürlich nicht. Das bringt der nicht fertig. Er ist ein Schwein, aber er kann kein Blut sehen. Er wollte jemand holen, der es besorgte.«

Einen Spezialisten wie Medina, dachte ich.

»Shari sollte solange auf sie aufpassen«, fuhr Bruce Vanner mit heiserer Stimme fort. »Ich weiß nicht genau, was dann passiert ist. Am nächsten Tag haben sie mich mittags geholt. Shari muß sich die Kleine vorgenommen haben. Sie hat alle ihre Mädchen mißhandelt. Aber keine hat danach so ausgesehen wie diese Kleine. Sie war so gut wie tot. Milford hat es geglaubt. Daß sie tot war, meine ich. Ich habe ihn gesehen. Sein Gesicht war grün.«

»Und dann?«

»Shari hat Milford angeboten, daß ich die Leiche beseitigen würde. Er war froh, daß er nichts damit zu tun hatte. Ich habe sie zusammen mit Shari in meinen Wagen gebracht ...«

»Sie war also nicht tot?«

»Nein, aber ich dachte, sie geht mir im Wagen hops. Mann, so was habe ich noch nie erlebt ...« Der Gorilla wischte sich über die Stirn.

»Wo hast du sie hingebracht?«

»Nach Harlem. An der 116th Street wartete ein Neger auf mich. Er hat sie mitgenommen.«

»Wer hat das Treffen vereinbart?«

»Shari.«

Ich ließ ihn den Schwarzen beschreiben. Die Angaben paßten genau auf Leslie Ferris. Vanner erinnerte sich sogar an den weißen Lincoln.

Plötzlich hob sich der Vorhang. Shari Shea hatte Frank Milford hintergangen. Sie hatte Virgie schwer mißhandelt, aber sie hatte ihr anschließend das Leben gerettet, indem sie das Mädchen an den schwarzen Zuhälter verschacherte.

Mein Auftauchen im Hot Flesh hatte Milford die Augen geöffnet.

Er hatte die Wahrheit erkannt und Shari umbringen lassen.

Auch ich kannte jetzt die Wahrheit. Ich wußte, warum Susan sterben mußte.

Vergeblich hatte die blonde Tänzerin Susan davon abzubringen versucht, weiter nach ihrer Schwester zu suchen. Susan hatte Shari Shea verfolgt. Anscheinend hatte sie die Spur der Tänzerin wiedergefunden und war, ähnlich wie ich, in Frank Milfords Rattenloch geraten. Und Frank Milford, der überzeugt war, daß Virginia Ortman tot war und er als Mittäter oder Anstifter zur Verantwortung gezogen werden könnte, hatte einen Killer engagiert. Harold Medina!

Ich hatte endlich das Motiv für den Mord an Susan und den Beweis, daß es sich um einen bezahlten Mord handelte. Aber die Erkenntnisse kamen zu spät. Die Anklage ließ sich nicht beliebig umstellen, wenn der Schwurgerichtsprozeß erst einmal begonnen hatte.

Ich riß die Tür auf und ließ Phil und Lieutenant Hobson herein.

Der Anwalt mußte noch warten. Bruce Vanner bekam es wieder mit der Angst zu tun. Ich setzte die Kollegen mit kurzen Worten ins Bild.

Hobson interessierte sich mit Vorrang für den Mord an

Shari Shea. Sie war unmittelbar nach meinem Besuch bei Milford getötet worden. Milford mußte es verdammt eilig gehabt haben. Dabei war es ihm wohl als Geniestreich vorgekommen, den Mord Sharis Leibwächter in die Schuhe zu schieben. Er konnte nicht ahnen, daß es ausgerechnet zwei G-men sein würden, die jetzt seine Unschuld bezeugten.

»Wer kann Shari Shea getötet haben?« fragte ich Vanner.

»Ich sage erst etwas, wenn ich mit einem Anwalt gesprochen habe!«

»Spielen Sie sich nicht auf!« herrschte ich ihn an. »Sie stehen hier nicht unter Anklage. Sie sind schon sehr weit gegangen«, fuhr ich versöhnlich fort. »Bleiben Sie jetzt nicht auf halbem Weg stehen!«

»Er hat ein paar harte Jungs. Dick Shuster, Roy Wells, Lou Cargill, Sid Fisher. Suchen Sie sich einen aus!«

»In welcher Beziehung standen Milford und Shari Shea alias Sharon Ellrott zueinander?« fragte ich den Gorilla.

»Wie Hund und Katze«, antwortete er. »Sie hat sich anscheinend in dem Laden eingenistet und tanzte Milford auf der Nase herum.«

»Wieso ließ er sich das gefallen?«

»Ich glaube, sie war seine Schwester. Seine Halbschwester«, fügte der Gorilla hinzu. »Ich habe mal so was mitbekommen.«

Hobson fluchte. Er verließ das Vernehmungszimmer. Die Tür ließ er offen. Ich hörte, wie er seine Leute zusammenstauchte. Als er zurückkam, machte er ein grimmiges Gesicht.

»Es kann stimmen«, sagte er. »Ihre Mutter war nicht verheiratet und hat auch keinen Vater für ihr Kind angegeben. Aber bis Sharon heiratete, lebten sie und ihre Mutter im Haus eines gewissen Charles M. Milford in Trenton, New Jersey. Meine Leute checken es noch genau durch.«

Ich schüttelte den Kopf. Mochten sich die Psychologen damit auseinandersetzen, wieso zwei Halbgeschwister ähnlich perverse Neigungen entwickeln konnten.

»Was wird jetzt aus mir?« fragte Bruce Vanner.

»Haben Sie noch etwas Geduld!« bat der Lieutenant. Er wandte sich an mich. »Ich besorge Haftbefehle für Milford und seine Bande. Wollen Sie dabei sein, wenn ich den Herren die Eisen anlege?«

Ich schüttelte den Kopf. Ich hatte das fatale Empfinden, den Ereignissen hinterherzuhinken.

Frank Milford machte Geschäfte mit Leslie Ferris. Nach den Erkenntnissen des Rauschgiftdezernats belieferte Milford den schwarzen Gangster mit Rauschgift. Sharon hatte über den Kopf ihres Halbbruders hinweg Nebengeschäfte mit Ferris gemacht.

Milford hatte sie, ohne zu zögern, töten lassen, um seine Haut zu retten.

Jetzt, da Milford annehmen konnte, daß Virginia Ortman noch lebte, war ihr Leben keinen Pfifferling mehr wert. Er würde von seinem Geschäftspartner verlangen, daß er sie aus dem Weg räumte.

Wir hatten nur eine verschwindend geringe Chance, Virgies Leben zu retten. Wenn Ferris sie bereits wieder abgeschoben hatte wie jene armselige Holly alias Agnes Langley, die jetzt im Hospital lag, mußte er sie erst suchen. Es würde ein Wettrennen werden, bei dem Ferris über einen großen Vorsprung verfügte. Er konnte seine Dealer und die kleinen Zuhälter, die auf sein Kommando hörten, einspannen.

Es war keine Zeit zu verlieren.

Ihr Gesicht war klein und spitz und hob sich kaum vom Weiß des Kissens ab.

Ich hielt den kleinen Blumenstrauß hoch, den ich am Stand in der Halle gekauft hatte. Ihre Augen, eben noch leblos und stumpf, bekamen einen feuchten Schimmer. Sie wandte den Kopf zur Wand.

Der Arzt hatte mir erzählt, daß sie eine schlimme Nacht hinter sich hatte und daß die Krise noch bevorstehe, wenn die Entzugserscheinungen sie mit voller Wucht packten.

»Wer sind Sie?« fragte sie schwach.

»Ich heiße Jerry Cotton. Ich bin G-man. Vor einigen Tagen hatte ich Ihnen ein Foto gezeigt.«

Langsam wandte sie den Kopf. »Ich kann mich nicht erinnern.«

Aus einer Vermißtenmeldung wußte ich, daß Agnes Langley vor einigen Monaten von zu Hause durchgebrannt war. Bruce Vanner hatte mir erzählt, daß Frank Milford sie am Bus Terminal aufgelesen und mit in sein Penthouse genommen hatte.

Dort hatte er sie mit Luxus und Zärtlichkeit umgeben. Wahrscheinlich hatte sie die unsichtbaren Gitterstäbe nicht einmal bemerkt.

Als er ihrer überdrüssig war, hatte Shari Shea sie übernommen.

»Shari Shea ist tot«, sagte ich.

Das kleine Gesicht verzerrte sich bei der Nennung des verhaßten Namens, entspannte sich dann aber ein wenig.

»Ist das wahr?« flüsterten die Lippen.

»Es ist wahr«, antwortete ich. »Und jetzt bringen wir Ferris vor Gericht.«

Ihr Gesicht spiegelte die verschiedensten Gefühle. Angst und Verzweiflung, Ekel und Haß.

Schließlich zeigte ich ihr ein Foto von Virgie. Milford hatte Holly abgeschoben, als er Virgie begegnete. Holly zog die Oberlippe hoch. Sonst zeigte das Gesicht keine Reaktion.

»Wo haben Sie sie gesehen?« fragte ich.

»Bei Frank.«

»Und wo noch?«

»Nirgendwo.«

Ich sah sie an.

Sie log nicht. Sollte alles umsonst gewesen sein? Sie war doch in Leslie Ferris' Edelbordell gewesen, das stand fest.

Warum hatte sie Virgie dort nicht gesehen?

Ich erinnerte mich an die Worte von Dean King, dem farbigen Detective aus Harlem.

Auch er hatte gesagt, daß Virgie nie in jenem Haus angetroffen worden sei.

Unterhielt Ferris noch andere Häuser? Hatte er Virgie sofort an einen anderen Zuhälter weitergegeben? Oder hatte er seinem Geschäftspartner Milford längst den Gefallen erwiesen, das Mädchen umgebracht und ihre Leiche irgendwo in den Trümmerfeldern Harlems oder der Bronx verscharrt?

Ich stieß den angehaltenen Atem aus und steckte das Foto wieder ein.

Ich spürte den bohrenden Blick des Mädchens in meinem Gesicht.

»Vielleicht hat er sie für sich behalten«, flüsterte sie.

»Wie kommen Sie darauf, Agnes?« fragte ich.

Sie runzelte die Stirn und dachte angestrengt nach. »Ich habe gehört, daß er mehrere Wohnungen in Harlem haben soll. In jeder Wohnung hat er ein Mädchen. Schwarze, aber auch weiße.«

Ich berührte ihre magere Hand, die wie ein Fremdkörper auf der Bettdecke lag. »Danke«, sagte ich und stand auf.

»Geben Sie mir die Blumen, bitte!« flüsterte sie.

Ich legte den Strauß auf die Bettdecke. »Ich sage der Schwester Bescheid, damit sie eine Vase bringt. Alles Gute, Agnes!«

Phil knüppelte unseren Dienstwagen durch den dichten Feierabendverkehr. Erst als wir die Amsterdam Avenue erreichten und die 90er Straßen zurückblieben, kamen wir schneller voran. Unser Ziel war das 24. Revier in Harlem.

Nachdem Bruce Vanner ausgepackt hatte, hatte ich Detective Dean King gebeten, die Beschattung des schwarzen Gangsters wiederaufzunehmen. Vorsorglich hatte ich einen Haftbefehl wegen Freiheitsberaubung und einen Durchsuchungsbeschluß beantragt.

Wir beide schwiegen verbissen. Phil hatte auf dem Parkplatz des Krankenhauses gewartet, während ich mit Agnes Langley sprach. Als ich zurückgekommen und zu ihm in den Wagen gestiegen war, hatte er mich gleich mit den neuesten Nachrichten konfrontiert.

Nicht einmal die Nachricht, daß Lieutenant Hobson Frank Milford festgenommen hatte, konnte als gut bezeichnet werden. Denn Milfords Gangster, deren Namen Vanner uns genannt hatte, waren unauffindbar.

Solange Hobson keinen Tatverdächtigen vorweisen konnte, konnte er Milford nicht der Anstiftung zum Mord beschuldigen. Er konnte nur versuchen, ihn wegen eines geringeren Verstoßes festzuhalten und hoffen, daß die Fahndung bald ein Ergebnis zeigte.

Die schlechteste Nachricht betraf jedoch den Medina-Prozeß. Die Verteidigung hatte zwei anerkannte Gutachter aufgeboten, die zu den Kratzspuren an Medinas Körper und den Hautresten, die unter Susan Ortmans Fingernägeln sichergestellt worden waren, Stellung genommen hatten.

Beide Gutachter waren zu dem Schluß gekommen, daß die Hautreste nicht mit letzter Sicherheit nur dem Angeklagten zuzuordnen seien. Und auf die hartnäckigen Fragen der Verteidigung hatten die als Zeugen geladenen Laborexperten der Polizei einräumen müssen, daß das Blut der Toten tatsächlich bei dem Versuch, dem Opfer helfen zu wollen, auf die Kleidung des Angeklagten geraten sein konnte.

»Richter Thompson hat die Plädoyers auf morgen festgelegt«, sagte Phil.

»Warum hat er es bloß so eilig?« fragte ich.

»Nicht einmal Rondinella hat Einwände erhoben. Er gibt den Prozeß verloren«, vermutete Phil. »Wenn Medina freigesprochen wird, kann er wegen des Mordes an Susan Ortman nicht einmal dann mehr belangt werden, wenn Milford auspacken sollte.«

»Wir werden ihm andere Verbrechen nachweisen«, versprach ich grimmig. »Wir haben ja die freie Auswahl.«

Auf dem Tisch in der Ecke des Squad Room stand ein Funkgerät. Hin und wieder klirrte die Stimme eines Detectives aus dem Lautsprecher, wenn Leslie Ferris seinen Streifzug durch das nächtliche Harlem, sein Revier, fortsetzte.

An der Wand hing ein großer Stadtplan von Harlem. Detective Dean King, Phil und ich standen davor und versuchten uns darüber klarzuwerden, wo die Schlupfwinkel des schwarzen Gangsters lagen.

Ferris operierte überwiegend zwischen Morningside Park im Westen und der Fifth Avenue im Osten. Anhand der vorliegenden Überwachungsprotokolle hatte Dean King die Stellen abgesteckt, die der schwarze Gangster regelmäßig aufsuchte.

Es handelte sich um Nachtclubs und Discos, schäbige Bars und einige Privatadressen. Und natürlich das Edelbordell an der Manhattan Avenue.

Für jeden Stopp, den Ferris an einem dieser Punkte gemacht hatte, steckte jetzt eine Nadel an der betreffenden Stelle.

Unser besonderes Augenmerk galt den Privatadressen. Denn wenn Virgie Ortman noch lebte und von Ferris gegen ihren Willen festgehalten wurde, kamen die polizeibekannten Stellen als Versteck nicht in Frage.

Sonst wäre das Girl längst bei einer Razzia aufgegriffen und registriert worden. Die Discos und Bars, die Bordelle und Fixertreffs konnten wir deshalb getrost außer acht lassen.

Doch was konnten wir tun? Haft- und Durchsuchungsbefehle lagen vor, aber wir hatten nur einen Versuch frei. Denn wenn wir ihn am falschen Ort schnappten und Virgie nicht gleichzeitig befreiten, hätten wir mit Zitronen gehandelt. Ferris' Anwälte würden ihn innerhalb weniger Stunden wieder rausholen.

»Hier wohnt seine Frau mit seinen beiden Kindern«, sagte King und deutete auf eine Ecke an der Morningside Avenue.

Dort steckten nur wenige Nadeln. Anscheinend machte Ferris zu Hause nur Stippvisiten.

Auffallend dagegen war eine Häufung gelber Nadelköpfe an der Nordwestecke des Randolph Square.

»Ferris ist Mitglied der St. Nicholas Baptist Church«, erklärte King. »Das Gemeindehaus mit der Kirche liegt genau hier an der Kreuzung 116th Street und Nicholas Avenue. Es ist eine arme Gemeinde, und Ferris unterstützt sie sehr. Der Pfarrer, Reverend Richardson, unterhält eine Anlaufstelle für Drogenabhängige.«

Phil starrte den farbigen Kollegen an.

»Mit demselben Geld, das dieser Gangster den Süchtigen abnimmt, finanziert er ein Hilfsprogramm? Wollen Sie das sagen?«

»Er ist ein Heuchler«, sagte King. »Vielleicht will er auf die Weise seine rabenschwarze Seele freikaufen.«

Ich zählte die Nadeln. Im Beobachtungszeitraum mußte Ferris die Kirche fast täglich aufgesucht haben.

»Er geht sehr oft hin«, bestätigte der Detective. »Zu jeder Tages- und Nachtzeit. Und meistens bleibt er recht lange.«

Es war kurz vor Mittenacht. Das untätige Warten machte uns alle nervös.

»Wo bleibt die zündende Idee?« fragte ich.

»Unterhalten wir uns doch mal mit dem Pfarrer«, schlug Phil vor.

»Wo steckt Ferris jetzt?« fragte ich.

Dean King trat ans Funkgerät und rief den Leiter des Überwachungsteams. Nach einigen Augenblicken wandte er sich uns wieder zu. »Seine Gorillas haben ihn gerade an der St. Nicholas Baptist Church abgesetzt und sind weitergefahren«, berichtete King.

Ich konnte mir nicht vorstellen, daß der schwarze Gangster die Kirche aufsuchte, um etwas für sein Seelenheil zu tun. Ich konnte mir viel eher vorstellen, daß er die Kirche als Schutzburg mißbrauchte.

»Fahren wir!« entschied ich. »Eine private Bibelstunde kann auch uns nicht schaden.«

Das Mädchen, das auf dem erhöhten, mit weichen Fellen bedeckten Bett lag, schreckte auf, als der rötliche Lichtschimmer durch ihre Augenlider drang. Das Licht ließ sich nur von außen einschalten.

Sie setzte sich aufrecht hin und strich das Haar zurück, das in den Monaten ihrer Gefangenschaft kein einziges Mal geschnitten worden war. So wollte er sie haben. Dabei wußte sie genau, daß er sie haßte, weil sie weiß war und seine Begierde anstachelte. Er kam einfach, nahm sie schweigend und verschwand wieder.

Er hatte sie nie geschlagen, aber sie fürchtete seinen mächtigen schwarzen Körper. Sie hatte Angst, wenn er bei ihr lag und sie seinen rasselnden Atem hörte. Und wenn er ging, hatte sie Angst vor dem nächsten Mal und Angst vor dem Alleinsein. Außer ihm sah sie nur den alten Mann, der ihr zweimal am Tag das Essen brachte. Der Mann war stumm und taub und halb erblindet. Zuerst hatte sie sich vor ihm geekelt. Aber jetzt erwartete sie ihn jedesmal mit zitternder Ungeduld, weil er ein menschliches Wesen war.

Doch es war nicht der alte Mann, dessen Schlüssel im Schloß kratzte. Wenn das rote Licht brannte und den Raum mit seinem weichen Schimmer erfüllte, dann kam er.

Langsam schwang die Tür nach innen. Er zelebrierte seinen Auftritt wie der Held in einem Broadwaystück. Aus dem Dunkel des Vorraumes, dessen Tür er hinter sich abgeschlossen hatte, trat er ins Licht.

Er trug den kostbaren Nerzmantel locker über den breiten Schultern.

Der dunkelrote Hut mit der breiten Krempe und dem Band aus Schlangenleder saß schräg auf dem großen Schädel.

Er fixierte sie mit seinen vorquellenden Augen. Der

Mantel glitt von den ausladenden Schultern und fiel zu Boden. Der Hut folgte. Sie streifte die Schwellung auf der engen weißen Hose mit einem flüchtigen Blick. Er war immer sofort bereit, wenn er zu ihr kam. Nie war es anders gewesen.

Er streckte eine Hand aus, und sie hielt ihm die ihre entgegen. Mit einer kräftigen Bewegung, die dennoch nichts Gewaltsames an sich hatte, zog er sie aus dem Bett und schloß die Arme um sie. Mit seinen großen Händen tastete er über ihren mageren, vom Schlaf noch warmen Körper.

»Es ist das letzte Mal, Baby«, flüsterte er in ihr Ohr. »Das letzte Mal . . .«

Etwas in seiner Stimme veranlaßte sie, den Kopf zurückzubiegen und in sein Gesicht zu schauen.

Was sie sah, erschreckte sie. Tränen quollen aus den großen Augen und rannen über die glänzenden schwarzen Wangen.

Virginia Ortmans Beine gaben nach, als sie die Bedeutung dieser Worte erkannte. Sie würde sterben müssen wie Susan.

»Es muß sein, Baby«, flüsterte er heiser. Er preßte sie an sich. Wie ein Kind, das sein Spielzeug nicht hergeben wollte.

Unser Chevy glitt in eine Parklücke. Die Scheinwerfer erloschen, und das leise Motorgeräusch erstarb. Die Straße und die große Kreuzung etwas weiter unten lagen verlassen da.

Detective Dean King, der auf der Rückbank saß, deutete auf ein schlichtes, sechsstöckiges Gebäude auf der anderen Straßenseite. Auf den ersten Blick verriet nur das hohe, von einem verborgenen Scheinwerfer angestrahlte

Kreuz auf dem Dach, daß sich hinter der grüngestrichenen Fassade eine Kirche verbarg. Bis auf einige Fenster in den oberen Stockwerken und einer kleinen abgeschirmten Lampe über dem Seiteneingang brannten keine weiteren Lichter.

»Soviel ich weiß, liegen die eigentlichen Räume der Kirche im hinteren Teil des Gebäudes«, erklärte King. »Die Wohnungen im Vorderhaus sind vermietet.

»Wir hätten einen Mann auftreiben sollen, der den Laden kennt«, knurrte Phil.

Niemand antwortete darauf. Zwei Blocks weiter nördlich, an der 118th Street, standen zwei Streifenwagen in Reserve. Zwei andere Radio Cars sowie ein neutraler Einsatzwagen mit zwei Detectives hatten an der Rückseite des Gebäudes Stellung bezogen.

»Wie ist es jetzt mit der Erbauungsstunde?« fragte ich. Ich war hellwach.

Alle Sinne arbeiteten auf Hochtouren.

»An mir soll's nicht liegen«, meinte King.

Wir stiegen aus und überquerten die Straße, nachdem King über sein Handfunkgerät den Kollegen in den anderen Wagen Bescheid gesagt hatte.

Die massive Holztür unter der Lampe war abgeschlossen.

King betätigte den Klingelzug. Dünn und schwach war das Läuten einer Glocke zu hören.

Nach knapp zwei Minuten wurde eine Klappe in der Tür geöffnet.

In dem Rechteck schwebte ein von tiefen Kerben zerfurchtes dunkles Gesicht. Ich sah den weißen Kragen des Pfarrers und sein dichtes graues Haar. Seine Augen blickten ruhig und unbeeindruckt in das Gesicht des Detectives.

»Sie sind Reverend Richardson?« fragte King. Er hielt

seinen Ausweis hoch. »Die Gentlemen bei mir sind vom FBI. Wir hätten Sie gern einen Augenblick gesprochen.«

Die wissenden Augen des alten Pfarrers glitten über unsere Gesichter. »Um diese Stunde?« fragte er. Er hatte eine volle, tönende Stimme.

»Polizisten und Geistliche haben eins gemeinsam, Reverend«, sagte King. »Unsere Kunden fragen selten nach der Uhrzeit, wenn sie uns brauchen.«

Reverend Richardson schloß die Klappe, zog die Riegel zurück und ließ uns ein. Er führte uns durch einen ebenerdigen Flur in einen länglichen Innenhof. Vor uns lag ein Anbau, dessen Form und Ausmaße in der Dunkelheit nicht festzustellen waren.

»Gehen wir in die Bibliothek!« schlug der Reverend vor.

»Einen Augenblick!« sagte ich. Das dunkle Gesicht, in dem nur das Weiß der Augen zu erkennen war, wandte sich mir zu. »Ist Ferris auch da?« fragte ich.

»Ihm gilt also der Grund Ihres Besuches! Nein, Sir, Sie werden ihm nicht begegnen. Bitte, folgen Sie mir!«

Mildes Licht erhellte den Raum mit den hohen Bücherregalen und einem Sitzplatz mitten in einer Lichtinsel.

»Nehmen Sie doch Platz, meine Herren«, sagte der Pfarrer.

Ich trat an eins der Fenster, die in den dunklen Innenhof hinausgingen. Undeutlich erkannte ich das Gerüst der Feuertreppe, die an der Rückseite des Wohnhauses hinaufkletterte. Auf halber Höhe leuchtete das gelbe Rechteck eines kleinen Fensters.

Ich wandte mich um. Dean King führte das Wort. Er teilte dem Pfarrer mit, daß ein Haftbefehl gegen Leslie Ferris vorliege und daß auch ein Geistlicher nicht das Recht habe, einem gesuchten Verbrecher Unterschlupf zu gewähren.

»Warum kommen Sie ausgerechnet in meine Kirche, um ihn festzunehmen? Gibt es da nicht Orte, die passender wären?« fragte Richardson. »Ich kann nicht darüber richten, was für ein Mensch Mr. Ferris ist. Für mich ist er nur ein Mann, der Ruhe braucht.«

»Und der Sie mit Geld versorgt«, stellte King fest.

»Er versorgt nicht mich mit Geld, Officer. Geld an sich ist nicht böse. Ich kann mir nicht den Luxus erlauben, jedesmal nach der Herkunft eines Dollars zu fragen, wenn er mir gegeben wird.«

Ich wandte mich um und trat ins Licht. »Reverend«, sagte ich. »Wir wissen, daß sich Ferris hier irgendwo im Haus aufhält. Wir vermuten, daß ein Mädchen bei ihm ist.« Ich zeigte dem Geistlichen ein Foto von Virginia Ortman. »Wir wissen nicht, ob sie noch lebt«, fuhr ich eindringlich fort. »Aber wenn es der Fall ist, hängt ihr Leben an einem seidenen Faden!«

Lange betrachtete der Reverend das harte Gesicht des jungen Mädchens. »Ich habe sie nie gesehen«, sagte er schließlich.

Es klang irgendwie zweideutig.

»Wo ist Ferris?« drängte ich.

Der Geistliche schüttelte unmerklich den Kopf.

Das Handfunkgerät in Dean Kings Tasche knackte. Der Detective holte es heraus und meldete sich.

»Der Lincoln ist im Anmarsch, Dean«, sagte eine blecherne Stimme. »Was sollen wir tun?«

»Wo ist er jetzt?« fragte King.

»Seventh Avenue zwischen 122nd und 123rd Street.«

King sah den Reverend an.

»Sie können ihn doch draußen festnehmen«, sagte er tonlos.

Ich schüttelte den Kopf. »Es könnte zu spät sein. Und es würde nicht ohne Blutvergießen abgehen.«

»Ihm gehört das Vorderhaus«, sagte Reverend Richardson. »Den Anbau mit dem Gemeindesaal und den anderen Räumen hat er der Gemeinde geschenkt.

Er hat nur die kleine Wohnung im 3. Stock behalten. Für seinen Vater.«

»Sein Vater lebt hier?« fragte Phil verblüfft. Er sah mich an, als der Geistliche nickte. Das erklärte Ferris' häufige Besuche hier. Phil hob resignierend die Schultern.

Das Walkie-talkie meldete sich wieder. »Was ist jetzt, Dean?«

»Augenblick noch!« sagte ich zu dem Kollegen. »Reverend, lebt Ferris' Vater allein hier?«

»Ich bin nicht sicher«, gab der Geistliche leise zurück. »Manchmal höre ich Schritte, die nicht von dem alten Mann stammen können . . .«

Ich wirbelte zu dem farbigen Kollegen herum. »Sie ist hier!« sagte ich. »Was meinen Sie, Dean?«

»Ich kann mir keinen geeigneteren Ort vorstellen, wenn sie noch lebt«, antwortete er und hob das Walkie-talkie. »Jungs, stoppt den Wagen! Wir können die Bastarde hier nicht brauchen.«

Phil hatte mit dem Reverend gesprochen. Jetzt gab er mir ein Zeichen. »Jerry, der Aufzug kann nur mit einem Schlüssel bedient werden, und den besitzt Ferris.«

»Kennen Sie die Raumaufteilung, Reverend?« fragte ich.

»Es ist eine kleine Wohnung«, antwortete er. »Der alte Mann schläft in einer Kammer, die nach hinten hinausgeht. Da höre ich auch immer seine Schritte. Aber ich habe mich gefragt, warum seit einigen Monaten das Fenster zum Hof immer dunkel ist. Ich glaube, man hat es von innen mit Holz oder Pappe vernagelt.«

»Zeigen Sie Detective King den Sicherungskasten, Sir!« sagte ich. »Dean! Von jetzt an drei Minuten, okay?«

»Okay, Jerry.« Dean King nickte.

»Wie willst du es in drei Minuten schaffen?« gab Phil zu bedenken.

»Der Anbau hat nur zwei Obergeschosse. Ich versuche es von der Dachtraufe aus.« Ich zog meinen Freund zum Fenster und deutete auf die Rückseite des Wohnhauses. »Ich kann die Feuertreppe hoch und dann aufs Dach des Anbaus klettern. Die Zeit läuft. Du kommst durch die Tür.«

»Wie es sich gehört«, meinte Phil.

»Bleib so liegen«, sagte Leslie Ferris mit sanfter, einschläfernder Stimme, als er aus dem kleinen Bad kam.

Er trug nur einen weißen Slip. Er nahm seine Jacke vom Stuhl und zog ein flaches Etui aus der Tasche. Er öffnete es und legte es neben die Kerze, die auf dem Nachttisch flackerte. Er lächelte breit, als er aus einem Tütchen weißes Pulver in einen silbernen Löffel rieseln ließ.

»Das ist der beste Stoff der Welt, Baby«, sagte er. »Es wird ein riesiges Gefühl!«

Virgies nackter Körper glänzte schweißnaß. Sie zitterte, als Ferris die Aderpresse über ihren Arm streifte und sie fest anzog. Mit dem Daumen massierte er die Ellenbeuge.

Shari Shea hatte sie ans Drücken gebracht. Aber bevor sie richtig abhängig war, war sie schon bei Ferris gelandet. Ferris hatte ihr keinen Stoff mehr gegeben, nachdem ihre Verletzungen abgeheilt waren und sie wieder atmen konnte.

Sie war clean. Und jetzt das!

Ferris hielt den Löffel über die Flamme. Ihr Licht spiegelte sich in seinen Augen.

»Warum?« fragte sie. »Warum willst du mich umbringen?«

»Ich bringe dich nicht um, Baby. Ich schenke dir nur einen großen Traum. Einen Traum, der nie wieder aufhört. Wenn ich es nicht tue, läßt Frank mich austrocknen, verstehst du? Ich will es nicht tun, aber ich muß . . .«

Nach der langen Gefangenschaft fühlte sie sich leer, und sie hatte keine Kraft mehr, sich gegen den tierhaft starken Mann zu wehren, der jetzt den flüssig gewordenen Inhalt aus dem Löffel in den Kolben der Spritze zog. Dann massierte er erneut ihre Ellenbeuge.

»Du hast so dünne Adern, Baby. An dir ist immer noch nichts dran, aber zum Teufel, ich mag es!«

Er fand die blaue Stelle, wo unter der dünnen, blassen Haut die Ader sichtbar wurde. Er setzte die Nadelspitze sanft auf und sah ihr in die Augen, als er den Druck verstärkte.

»Ganz ruhig, Baby«, sagte er.

Er zögerte einen winzigen Moment.

Er hatte etwas gehört. Ob sein Vater noch einmal aufgestanden war?

Er lächelte, aber das Lächeln verwandelte sich in eine Grimasse, als das Fenster hinter dem Vorhang mit einem ohrenbetäubenden Knall zerbarst und ich inmitten eines Regens aus Scherben und berstenden Latten ins Zimmer flog.

Während ich die Feuertreppe hinaufkletterte und mich dann über einen schmalen Sims auf das Dach des niedrigeren Anbaus schob, hatten sich meine Augen an die Dunkelheit gewöhnt.

Genau über dem dunklen Fenster rollte ich über die Dachkante und hielt mich an der Dachrinne fest. Ich schwang einige Male hin und her, um für den nötigen Schwung zu sorgen. Denn wenn ich beim ersten Versuch nicht durchs Fenster kam, würde ich drei Stockwerke tief abstürzen.

Ich preßte die Augenlider fest zusammen und ließ los. Mit den Füßen voran stieß ich durch die Scheibe und die dünnen Holztafeln, mit denen die Fensterhöhle von innen zugenagelt war.

Als ich hart auf dem Boden landete, riß ich die Augen wieder auf.

Im Schein der roten Lampe sah ich den hünenhaften Neger über das Bett flanken. Das Bett stand auf einem Podest. Wie ein riesiger Vogel stürzte der Mann auf mich herab.

Ich zog den Kopf ein und krümmte den Rücken. Die Wucht des Aufpralls preßte mich auf den mit Scherben übersäten Teppich.

Er war fast nackt. Meine Finger fanden auf der glatten, feuchten Haut keinen Halt.

Ferris hatte in dieser Beziehung keine Probleme. Er schlug seine Finger in mein Jackett. Als er sich aufrichtete, riß er mich hoch. Wie eine Puppe beförderte er mich zum Fenster. Schon knallte mein Kreuz gegen die Kante. Ich sah das schwarze Gesicht vor mir. Hinter den gefletschten Lippen leuchteten weiß die Zähne, während mich die mörderischen Fäuste unerbittlich über die Unterkante des Rahmens schoben. Einige spitze Scherben steckten noch wie Dolche darin. Sie bohrten sich durch mein Jackett.

Verdammt, wo blieben Phil und King? In meinen Ohren rauschte das Blut. Ich konnte nicht hören, ob sie schon die Tür einschlugen.

Ich spreizte die Arme und hielt mich seitlich am Rahmen fest. Ferris keuchte siegesgewiß, als er sein Körpergewicht gegen mich warf.

Er rechnete nicht damit, daß ich meinen einzigen Halt

preisgeben könnte. Ich ließ den Rahmen los. Mein Oberkörper fiel nach hinten und hing über dem Abgrund. Doch abstürzen konnte ich nicht. Als Ferris so unvermittelt keinen Widerstand mehr spürte, fiel er mit seinem schweren Oberkörper über mich und nagelte mich auf der Fensterkante fest.

Ich streckte meine Hände. Beide Handkanten, hart wie Eisenstangen, schnellten gegen den stämmigen Hals des Gangsters.

Ich spürte die Härte seiner Muskeln. Wie Reifengummi, schoß es mir durch den Kopf. Einen Mann von schwächerer Kondition hätte ein solcher Doppelhieb unter Umständen töten können.

Ferris zuckte zusammen und riß den Mund auf. Aber die Augen verrieten, daß er bei Bewußtsein blieb.

Ich riß ein Knie hoch, und als er vor Schmerz stöhnte, packte ich seinen Schädel mit beiden Händen.

Und dann wurde er jäh nach hinten gerissen. Ich sah Phil und Dean King, die den Gangster zu Boden warfen und ihm Handschellen anlegten.

»Drei Minuten waren doch etwas knapp«, keuchte Phil. »Da waren nämlich zwei Sicherheitstüren, die wir erst knacken mußten.«

Am nächsten Tag besuchte ich Virginia im Hospital. Sie wirkte noch sehr apathisch und fragte dauernd nach Susan.

Sie weinte still vor sich hin, als ich sagte, daß Susan tot sei, und ihr behutsam die Zusammenhänge erklärte.

»Ich bin also schuld ...«

»Der Hauptschuldige ist Milford«, sagte ich. »Er wollte auch Sie töten lassen. Zweimal hat er den Mordbefehl gegeben. Würden Sie gegen ihn aussagen?«

»Ja, ja!« Sie sah mich aus verquollenen Augen an. »Ich wollte ihn erpressen. Ich weiß von einer Wohnung, die nicht auf seinen Namen gemietet ist. Dort verwahrt er Unterlagen in einem Geheimsafe. Ich weiß es, weil er einmal mitten in der Nacht irgendwelche Unterlagen holen mußte. Costante hatte angerufen ...«

»Luigi Costante?« fragte ich.

»Ich glaube ja«, antwortete Virgie schwach.

Ich tätschelte Virgies Hand. »Es wird alles gut werden«, sagte ich.

Leslie Ferris würde wegen versuchten Mordes vor Gericht kommen.

In der Spritze, die er Virgie geben wollte, hatte sich eine tödliche Dosis Heroin befunden. Erst heute morgen hatte der Haftrichter eine Aussetzung des Haftbefehls gegen Kaution abgelehnt.

Nur Harold Medina, so sah es aus, würde wegen des Mordes an Susan Ortman nicht zur Rechenschaft gezogen werden.

Der Obmann der Jury sah Richter Thompson ausdruckslos an.

Thompson streifte den Verteidiger mit einem kurzen Blick. Er sah die Unsicherheit in Dwyers Augen, die Spannung in der Haltung des fülligen Mannes. Er weiß nicht Bescheid, dachte Thompson. Dwyer ist ein integrer Mann. Er hätte sich nie auf ein unreelles Spiel eingelassen.

Er, der ehrenwerte Richter David L. Thompson, hatte es getan.

Er schob die Frage hinaus. Er spürte die knisternde Spannung im Saal. Noch konnte er aufstehen und den Vorsitz niederlegen. Er konnte erklären, aus gesundheitlichen Gründen der Verhandlung nicht gewachsen gewesen zu sein.

Solange der Obmann der Jury nicht gesprochen hatte, war noch nichts entschieden.

Seit drei Tagen hatte er Ruth nicht mehr gesehen. Nur die vermummten Verbrecher, die immer um ihn und sie herum waren. Irgend etwas war geschehen. Er hatte sie tuscheln hören, und ihr Anführer hatte mehrere Male telefoniert.

Aber heute würde der Alptraum enden.

So oder so.

»Ich frage Sie«, sagte Richter Thompson mit unvermutet fester Stimme, »sind Sie zu einem einstimmigen Urteil gekommen?«

Er tastete die Gesichter der Geschworenen mit den Augen ab, wie er es in den letzten Tagen immer und immer wieder getan.

Er hatte nach Anzeichen gesucht, die ihm verraten hätten, daß einer oder mehrere von ihnen die gleiche Hölle durchmachten wie er.

Er hatte keine gefunden. Die Gangster hatten ihn geblufft. Ein oder zwei Geschworene hätten nicht das bewirken können, was er, der Vorsitzende Richter, getan hatte. Er hatte zugelassen, daß die wenigen Zweifel an der Schuld des Angeklagten ein übergroßes Gewicht erhalten hatten.

Der Obmann der Jury räusperte sich. »Ja, Euer Ehren, wir sind nach reiflicher Beratung zu einem übereinstimmenden Spruch gekommen.«

»Bitte, teilen Sie dem Gericht den Spruch mit!«

Harold Medina drehte sich um. Seine flackernden Augen suchten in der Zuschauermenge das Gesicht seiner Frau.

»Nicht schuldig«, sagte der Obmann.

Im Saal entstand ein Tumult. Die Reporter sprangen auf und drängten zur Tür.

Thompson starrte den Angeklagten an. Er konnte sich nicht erinnern, jemals einen Menschen gehaßt zu haben. Diesen Mann haßte er. Er hatte getötet, und er hatte ihm die Ehre genommen.

Richter Thompson hielt den Telefonhörer an sein Ohr gepreßt. Seine Finger schmerzten, und sein Herz schlug laut, während er dem Rufzeichen lauschte.

Nach einer Ewigkeit wurde abgenommen. Er hörte Ruths dünne Stimme.

»Ruth, Ruth!« stammelte er. »Ist alles in Ordnung?«

»Sie sind weg! Dad, sie sind weg!« Ruth schluchzte. »Da kam ein Anruf, und gleich darauf sind sie gegangen. O Dad, du kannst jetzt mit Rondinella reden. Dad! Du wirst es ihm doch erzählen?«

»Nein, Ruth, das werde ich nicht. Ich habe lange darüber nachgedacht. Nie darf jemand erfahren, was bei uns geschehen ist. Das Vertrauen in unser Rechtssystem darf unter keinen Umständen erschüttert werden.«

»Dad, ich hoffe, du weißt, was du tust. Wir werden darüber sprechen, nicht wahr? Wann kommst du, Dad?«

»Am Nachmittag. Ruth, mein Kind, ich will jetzt, daß du genau tust, was ich dir sage. Versprich mir, daß du keine Fragen stellen wirst!«

»Ich kann doch nichts versprechen, Dad!«

»Du mußt. Ruth, ich will, daß du für ein, zwei Tage verreist.«

»Dad, was hast du vor?« fragte sie beunruhigt.

»Du mußt mir vertrauen. Ich weiß, was ich tue. Die Gefahr ist noch nicht beseitigt. Deshalb möchte ich, daß ... Ich sehe dich nachher«, sagte er schnell. Es hatte geklopft. »Pack deinen Koffer! Ich begleite dich dann zur Bahn.«

Er legte auf und ging zur Tür.

Gene Dwyer stand davor, und hinter ihm sah er Harold Medina, der ein überhebliches Lächeln zur Schau stellte.

Dwyer lächelte ebenfalls. »Sie haben die Entlassungsverfügung noch nicht unterschrieben, Sir«, sagte Dwyer. »Es ist zwar nur eine Formalität ...«

»Ich weiß«, sagte Thompson abweisend. Er sah Medina an. »Ich möchte Sie einen Augenblick sprechen. Unter vier Augen. Es dauert nicht lange.«

Dwyer sah den Richter befremdet an. »Das ist ungewöhnlich, Sir«, meinte er.

Thompson beachtete den Einwand nicht. Er sah Medina auffordernd an. Dwyer wandte sich an seinen Mandanten.

»Sie müssen es nicht«, sagte er.

Medina hob die Schultern. »Warum nicht? Er will mir eine väterliche Standpauke halten. Gönnen wir ihm das Vergnügen!«

Er schob sich an seinem Verteidiger und an Thompson vorbei. Thompson schloß nachdrücklich die Tür. Er ging hinter seinen Schreibtisch, öffnete eine Schublade und zog eine Mappe hervor. Medina blieb vorm Schreibtisch stehen. Zum ersten Mal zeigte er Anzeichen von Unsicherheit.

»Wir alle wissen, daß Sie die Frau ermordet haben, Medina«, sagte Thompson. »Und ich nehme an, Sie wissen auch, wie der Freispruch zustande gekommen ist.«

»Die Geschworenen waren von meiner Unschuld überzeugt«, höhnte Medina.

»Ich weiß auch von den anderen Frauen, die Sie ermordet haben«, fuhr der Richter unbeirrt fort. Er schlug die

Mappe auf und drehte sie herum, damit Medina die Namen sehen konnte.

Medinas Lippen wurden blaß.

»Diese Aufstellung ist möglicherweise nicht vollständig«, räumte Thompson ein. »Aber darauf kam es mir auch nicht an. Meine Assistenten haben jeden dieser Fälle durchgearbeitet. Sie haben mir die Namen aller möglichen Anstifter und Zeugen ermittelt.«

»Da haben Sie aber was Feines«, spottete der Killer.

»Ich bin seit vielen Jahren Richter. Ich bin als gerechter Mann bekannt. Es gibt viele ehemalige Kriminelle, die Respekt vor mir haben und die mir jeden Gefallen tun würden, obwohl ich sie einmal verurteilt habe. Ich will Ihnen jetzt nicht zuviel verraten, Medina, sondern nur das – Sie werden nicht davonkommen!«

»Glauben Sie, Sie finden unter denen einen Killer? Wollen Sie mich umlegen lassen? Sie, ein Richter?«

Richter Thompson schluckte seinen Haß hinunter. In der Tat hatte er auch diese Möglichkeit erwogen. Er, der Richter, hatte erwogen, allein zu urteilen und das Urteil aufgrund eigener Machtanmaßung vollstrecken zu lassen.

Thompson schlug die Mappe zu. Sein Herz hämmerte. Jetzt kam es darauf an, dem Killer den Köder so schmackhaft zu machen, daß er ihn bedenkenlos schluckte.

»Ich habe in den Akten den Namen eines Mannes gefunden, der mir verpflichtet ist, Medina«, sagte Thompson unwirsch. »Ich zweifle nicht daran, daß ich ihn dazu veranlassen kann, gegen Sie auszusagen.« Er ließ sich nicht anmerken, mit welcher Erleichterung er das erschrockene Aufblitzen in den Augen des Mörders bemerkte. »Das war es, was ich Ihnen sagen wollte.«

»Sie bluffen«, sagte Medina unsicher. »Warum trage ich

nicht schon wieder Manschetten, wenn es diesen fabelhaften Zeugen wirklich gibt?«

»Ich habe den Mann nicht früher finden können«, sagte Thompson. »Er wohnt nicht mehr in New York. Er kommt morgen früh in der Stadt an. Ich werde sofort mit ihm zum FBI gehen.«

»Warum sagen Sie mir das, Richter?« erkundigte sich der Killer.

»Sie haben diese eine Nacht in der Freiheit, Medina. Das ist eine Nacht zuviel. Ich will, daß Sie nicht den Schlaf des Gerechten schlafen! Morgen sitzen Sie wieder in Untersuchungshaft. Und jetzt verschwinden Sie! Gehen Sie mir aus den Augen!«

Ich hatte den Freispruch im Gerichtssaal gehört. Ich hatte gesehen, wie Medina seinem Verteidiger feierlich die Hand drückte und seiner Frau zuwinkte.

Als sich der Tumult etwas gelegt hatte, betrat ich Hank Rondinellas Büro. Ich stellte meine Aktentasche auf seinen Schreibtisch.

»Ich beantrage einen neuen Haftbefehl gegen Harold Medina«, sagte ich. »Hier sind die Akten von drei weiteren Fällen, die wir für anklagereif halten.«

Rondinellas Gesicht lief rot an. »Ich bin nicht interessiert, Cotton, das habe ich heute morgen auch Ihrem Chef gesagt. Drehen Sie das Material einem anderen Ankläger an! Ich bin bedient!«

»Was ist, wenn er untertaucht? Er muß eine Menge Geld haben.«

»Ich denke, er ist auf sein bürgerliches Umfeld fixiert? Aber schön«, meinte Rondinella dann. »Lassen Sie das Zeug hier! Ich werde es von meinen Assistenten prüfen lassen. Mehr kann ich nicht versprechen.«

»Danke, Sir«, sagte ich. Ich zögerte.

»Ist noch etwas?« fragte Rondinella.

»Können Sie es sich erklären?« fragte ich. »Richter Thompson ist doch nicht senil?«

»Vielleicht doch. Wer weiß. Der Freispruch ist auf jeden Fall rechtskräftig. Nur das zählt. Sie haben getan, was Sie konnten, Cotton. Sie brauchen sich keine Vorwürfe zu machen.«

Vom Vorzimmer des Bundesanwalts aus rief ich Phil an. »Phil, es gibt keinen neuen Haftbefehl, zumindest nicht sofort. Sorg dafür, daß Medina beschattet wird! Er darf nicht verschwinden. Ich komme gleich rüber.«

»Wird erledigt, Jerry. Bis dann.«

Im Treppenhaus sprach mich einer der Justizbeamten an. »Gut, daß ich Sie noch im Haus antreffe, Sir«, sagte er. »Richter Thompson bittet Sie, in sein Büro zu kommen.«

Der Richter saß in sich zusammengesunken hinter seinem Schreibtisch. Vor ihm stand ein Glas Wasser.

»Ich möchte mich gern einmal mit Ihnen unterhalten, Mr. Cotton«, sagte er. »Aber nicht hier und jetzt ... Ich fühle mich zu erschöpft. Haben Sie heute abend etwas vor?«

»Nein, Sir«, antwortete ich überrascht.

»Können Sie gegen acht Uhr kommen? Meine Tochter wird nicht zu Hause sein. Wir machen uns etwas zu essen und unterhalten uns dabei. Einverstanden?«

»Gern, Sir«, sagte ich.

Der Richter war bemüht, den Abend in die Länge zu ziehen. Das merkte ich an der Art, wie er die Essensvorbereitungen traf.

Wir werkelten gemeinsam in der Küche, zerkleinerten

einen Kopf Salat und rieben den Käse dazu, würzten die Steaks und wickelten die Kartoffeln in Folie.

Seine Tochter sei überarbeitet, hatte er mir erzählt. Sie sei für ein paar Tage nach Harvard gefahren, wo sie aus ihrer Studienzeit noch Freunde habe.

»Und natürlich kreuzt sie die Klinge mit ihren ehemaligen Professoren«, meinte der Richter. »Sie nimmt ihren Beruf nämlich sehr ernst.«

»Sie doch auch, Richter«, sagte ich beiläufig, während ich noch etwas Zitronensaft über den Salat träufelte.

Richter Thompson wandte sich ab. »Medina war mein letzter Prozeß«, sagte er und prüfte, ob die Pfanne heiß genug war.

»Warum haben Sie mich eingeladen, Sir?« fragte ich.

»Ich fühle mich bedroht, Mr. Cotton«, antwortete er, womit er meine Frage nur indirekt beantwortete.

»Als Bundesrichter haben Sie Anspruch auf Personenschutz, wenn die Möglichkeit eines Anschlags auf Ihr Leben besteht. Hat man Sie bedroht, Sir? Und in welcher Form?«

»Fragen Sie nie wieder danach!« antwortete Richter Thompson barsch. Er sah mich mit seinen leuchtenden Augen eindringlich an. »Ich kann nicht erwarten, daß Sie mich verstehen, Mr. Cotton. Aber Sie sollen wissen, daß ich alles, was ich getan habe, im Dienste der Gerechtigkeit getan habe. Und für meine Tochter. Es war mir fast unmöglich, diese beiden Ansprüche zu vereinen.«

Obwohl sich sein ganzes Denken und Fühlen nur um Harold Medina zu drehen schien, kehrte er erst viel später zu diesem Thema zurück. Da saßen wir bereits am Tisch und verzehrten das Ergebnis unserer gemeinsamen Bemühungen.

»Es wäre mir unerträglich, wenn er davonkäme, Mr. Cotton«, sagte er. »Denn er ist schuldig!«

»Wir ermitteln in zahlreichen anderen Fällen«, sagte ich.

»Ich weiß ...« Der Richter neigte den Kopf und lauschte. Dann aß er weiter, aber er schien keinen rechten Appetit mehr zu haben. Er stand auf und goß sich einen Whisky ein.

Er bot auch mir einen an, doch ich lehnte ab, weil ich das deutliche Empfinden hatte, meinen klaren Kopf noch zu brauchen.

Das schrille Läuten des Telefonapparats in der Diele zerriß die Stille.

»Entschuldigen Sie mich! Das wird meine Tochter sein.« Er schloß die Tür zur Diele. Ich hörte ihn undeutlich etwas sagen, dann kehrte er schon zurück. »Es ist für Sie«, sagte er befremdet.

»Ich habe hinterlassen, wo ich bin«, erklärte ich. »Ich habe Bereitschaftsdienst.«

Phil war am Apparat. »Jerry, ich rufe von einer Telefonzelle aus an. Eben kam es über Funk. Sie haben Medina verloren.«

»Wie konnte das geschehen?« fragte ich.

»Er ist mit seinem Wagen nach Manhattan gefahren. Ich glaube noch nicht einmal, daß er seinen Schatten absichtlich abgehängt hat. Er hat unten an der Church Street ordnungsgemäß geparkt. An einem Kiosk hat er sich die Abendzeitungen gekauft. Wahrscheinlich war er scharf auf die Berichte über seinen Freispruch. Er hat sich in eine Cafeteria gesetzt und in aller Ruhe ein Sandwich gegessen. Die Cafeteria hat einen zweiten Ausgang zur Subway. Ganz plötzlich war er weg.«

Mein Herz schlug etwas schneller. »Wie lange ist das her?«

»Vierzig Minuten, Jerry. Aber hier ist noch alles ruhig.«

»Okay, Phil. Paß auf! Beim nächstenmal kannst du

mich über Walkie-talkie rufen.« Ich legte auf und kehrte ins Wohnzimmer zurück.

»Ist etwas passiert, Mr. Cotton?«

»Medina hat seine Überwacher abgeschüttelt«, sagte ich.

»Sie lassen ihn beobachten?«

Ich nickte. »Er könnte auf die Idee kommen, sich abzusetzen«, sagte ich. »Wir lassen übrigens auch Ihr Haus bewachen«, fügte ich dann ruhig hinzu.

Der Richter setzte sich aufrecht hin. »Ohne meine Einwilligung? Wer hat die Maßnahme angeordnet?«

»Der Chef des New Yorker FBI. Sir, wir alle wissen, daß etwas nicht stimmt. Da war zunächst der etwas befremdliche Prozeßverlauf. Dann hat einer Ihrer Assistenten unter einem Vorwand Kopien aller Medina-Akten angefertigt. Nach Ende des Prozesses haben Sie unter vier Augen mit Medina gesprochen. Sind Sie bereit, mir etwas über den Inhalt dieses Gesprächs mitzuteilen, Sir?«

Richter Thompson schüttelte wie betäubt den Kopf.

»Dann haben Sie Ihre Tochter weggeschickt und mich zu sich nach Haus eingeladen Sir, das waren wohl etwas viele Zufälle.«

Thompson schloß die Augen.

»Möchten Sie, daß ich gehe?« fragte ich.

»Nein. Bitte, holen Sie mir ein Gas Wasser!«

Ich ging in die Küche und ließ das Wasser ablaufen. Der Richter tat mir leid. Ich zweifelte jetzt nicht mehr daran, daß er während des Prozesses einem fremden Willen unterworfen gewesen war. Aber was war geschehen?

Fahndungsspezialisten der City Police hatten heute am frühen Nachmittag in Brooklyn die drei Gangster festgenommen, die im Zusammenhang mit den Ermittlungen gegen Frank Milford gesucht wurden. Roy Wells, Lou Cargill und Sid Fisher waren von der Festnahme überrascht worden. Einer von ihnen – oder alle drei? – hatten im Auftrag Frank Milfords Shari Shea getötet.

Was mich nachträglich stutzig machte, war die Tatsache, daß keiner der Gangster anzugeben bereit war, wo er sich die letzten fünf Tage aufgehalten hatte.

Ich ließ das kalte Leitungswasser in ein Glas laufen. Aus dem Kühlschrank holte ich den Eisbehälter. Der Kompressor rumorte so laut, daß ich beinahe das schrille Rufsignal meines Walkie-talkie überhört hätte, das in der Tasche meines Mantels steckte. Und der Mantel hing in der Garderobe.

Gleichzeitig schepperte die Türklingel, und ich hörte die hastigen Schritte des Richters, der den Wohnraum durchquerte.

»Richter!« brüllte ich. »Bleiben Sie, wo Sie sind!«

Ich ließ den Eisbehälter fallen und raste aus der Küche. Wer immer vor der Tür stand, Phil hatte ihn in der festen Annahme durchgelassen, daß ich an die Tür gehen und öffnen würde.

Und nicht ein Richter, der möglicherweise bereit war, sich vor Zeugen umbringen zu lassen, nur damit endlich ein gemeiner Mörder seiner gerechten Strafe zugeführt werden konnte.

Ich wirbelte in die Diele. Thompson hatte gerade die Außenbeleuchtung eingeschaltet und riß die Tür auf.

Ich sah nur den oberen Teil eines Kopfes, der mit dichtem schwarzen Lockenhaar bedeckt war.

Medina war in die Falle seines Richters gegangen.

Ich sprang den Richter an, wollte ihn zur Seite schleudern, aber die offenstehende Tür fing seinen Körper auf.

Medinas Hand kam von unten herauf. Die Klinge blitzte kurz im Licht der Außenlampe, ehe der Stahl in Thompsons Seite verschwand.

Ich riß meinen Revolver heraus, aber Thompson sank

in meine Arme, während Medina bereits mit langen Sprüngen durch die Einfahrt hetzte. Unten an der Straße sprang ein Motor an. Dann hörte ich das schrille Kreischen anfahrender Reifen. Zwei grelle Lichtfinger stießen in die Dunkelheit und erfaßten den Killer, der zu Tode erschrocken mitten auf der Straße stehenblieb, dann nach links sprang, es sich anders überlegte und die Richtung unvermittelt änderte.

Auf die kurze Entfernung konnte Phil kein erneutes Ausweichmanöver machen. Der Kotflügel des Chevy erwischte den Killer an der Hüfte und schleuderte ihn in die Luft, wo er sich auf groteske Weise drehte. Im nächsten Moment krachte er auf die Kühlerhaube.

Der Wagen stand jetzt, und Phil sprang heraus.

Thompson stöhnte, als ich ihn behutsam zu Boden gleiten ließ. Das Heft des Messers ragte aus seiner Seite.

»Haben Sie ihn erkannt?« flüsterte er. »Sagen Sie es, Cotton! Haben Sie ihn erkannt?« Ich sah in seine leuchtenden Augen.

»Ja, ich habe ihn erkannt, Sir, und mein Kollege nimmt ihn eben fest.« Medina schien nicht schwer verletzt zu sein, denn Phil legte ihm Handschellen an.

»Sie haben einen Mord gesehen, Cotton!« sagte Thompson.

»Das glaube ich nicht, Sir.« Ich schob vorsichtig den Stoff seines Jacketts zur Seite. Die Klinge war unterhalb des Gürtels in den Stoff der Hose gedrungen und schien vom Hüftknochen abgelenkt worden zu sein. Wahrscheinlich steckte sie nur unter der Haut.

Ich zog den Richter ins Haus und hielt seinen Kopf, bis draußen der Krankenwagen vorfuhr und der Notarzt sich um ihn kümmerte.

Ich hatte mit meiner Diagnose recht gehabt. Im Fall Thompson würde Medina nur wegen versuchten Mordes vor Gericht kommen. Aber anschließend würde es weitere Prozesse geben.

Richter Thompsons letzter Fall blieb nicht ungesühnt.

Thompson und Medina wurden im selben Krankenwagen abgefahren. Medina hatte einen Beckenbruch davongetragen. Trotzdem behielt er während des Transports die Handschellen an.

Phil und ich hielten diese Maßnahme für notwendig.

ENDE

Jet-Set-Killer

Es war ein kalter Tag Anfang November. Die Menschen, die dem Trauerzug folgten, zogen fröstelnd die Mäntel zusammen.

Aber dann bekam die bleigraue Wolkendecke fransige Löcher, und wenig später brach die Sonne durch. In ihrem Licht schimmerte das polierte Ebenholz des Sarges, der Mary Ellen Powells sterbliche Hülle barg, und das Laub der Zuckerahornbäume entlang des Hudsontals leuchtete in flammenden Farben.

Die Familie Powell hatte nur die engsten Freunde, gute Bekannte und wenige Nachbarn zur Trauerfeier und anschließenden Beisetzung auf dem Beekman Park Cemetery bei Rhinebeck, New York, geladen, und doch waren es an die 300 Personen, die Mary Ellen das letzte Geleit gaben. Es waren auffallend viele junge Gesichter unter den Trauergästen.

Mary Ellen Powell war 19 Jahre und 236 Tage alt geworden, als sie starb.

Einer der jungen Männer am offenen Grab ballte die Fäuste. Die Sonnenbrille verbarg seine geröteten Augen. Seit er von Mary Ellens Tod gehört hatte, hatte er nicht mehr geschlafen. In den Nächten hatte er geweint.

Aber jetzt war sein Herz kalt, als er zwischen all den Heuchlern an Marys Grab stand. Er hörte die hohlen Sprüche des Pfarrers, und er sah Marys Mutter, die sich höchst wirkungsvoll auf Clifford Huntleys Arm stützte, von dem es hieß, er sei schwul. Aber Yvonne himmelte den Kerl an. Von ihrem schönen Gesicht waren hinter dem dichten Schleier nur ein blasser Fleck und die dunklen Löcher der Augen zu erkennen.

Sie war eine hinreißend schöne Frau. Aber unter der makellosen glatten Haut war sie verdorben wie eine weggeworfene Orange, zu keinem Gefühl mehr fähig außer Gier.

Nur er hatte Mary geliebt. Nur er.

Und alle, die an ihrem Tod schuld waren, standen jetzt an ihrem Grab und heuchelten Trauer. Sowie die Zeremonie zu Ende war, würden sie Mary vergessen und sich von ihren Chauffeuren zu ihren Villen am Hudson oder gleich in die anonymen Maisonette-Wohnungen oder Penthouses in Manhattan fahren lassen. Und sich eine Linie Koks einziehen. Oder worauf sie sonst gerade abfuhren.

Aber er würde nicht zur Tagesordnung übergehen. Es wäre einfach undenkbar.

Er wollte Mary nicht vergessen. Was immer er tun würde, er würde es für sie tun.

Ich wußte nicht, welcher folgenschwere Entschluß an Mary Ellen Powells Grab gereift war, als ich sechs Monate später durch die Halle einer Millionärsvilla an der Sheepshead Bay unten in Brooklyn strolchte und zusammen mit ein paar Dutzend blasierten Leuten Gemälde betrachtete.

Vielleicht hatte ich damals von Mary Ellen Powells Tod gelesen, aber bestimmt hatte nicht in den Zeitungen gestanden, daß dieses blutjunge Girl aus dem Powell-Clan an einer Überdosis Rauschgift gestorben war. Unfälle dieser Art werden in den alten Neuengland-Familien heruntergespielt oder vertuscht.

Anders als die meisten der Blasierten, die zu dieser Vernissage gekommen waren, enthielt ich mich jeden Kommentars, hauptsächlich deshalb, weil ich keinen Gesprächspartner hatte, dem ich meine Meinung hätte darlegen können.

Als einer der livrierten Diener mit seinem silbernen Tablett in meine Reichweite geriet, schnappte ich mir ein

Glas Orangensaft, der mit einigen Spritzern Champagner veredelt worden war.

Die Halle hätte gut und gern als Flugzeughangar herhalten können, überlegte ich. Sie einem jungen Künstler als Forum zur Verfügung zu stellen war gewiß nicht die schlechteste Verwendungsmöglichkeit für so viel Raum.

Monica Donaldson, die neue junge Frau des alten Donaldson, dem der Besitz hier unten gehörte, hatte bei ihrer letzten Europareise einen exzentrischen jungen Maler aufgetan, der Leinwand mit den verschiedensten Rottönen bedeckte.

Der Künstler, erkennbar an seinem zottigen Haar und einem Umhang aus weichen Ziegenfellen, schlurfte mit bedächtigen Schritten neben seiner Gönnerin her. Monica Donaldson – vor ihrer Hochzeit mit William M. Donaldson hatte sie als Top-Model gearbeitet und sich Monique genannt – zog hastig an einer dünnen, zerknautschten Zigarette, deren süßlicher Rauch sich allmählich in der Halle ausbreitete. Monica Donaldson lachte hektisch, als sie den Joint dem Künstler reichte.

Der hielt ihn mit drei Fingern an seine Lippen und nahm gekonnt einen langen Zug.

Ich wandte mich einem seiner Werke zu, betrachtete das saftige Rot, spürte, wie es mich aggressiv stimmte, und ich fragte mich, was ich hier verloren hatte.

William Malcolm Donaldson hatte um eine Unterredung mit einem FBI-Beamten gebeten. Nicht mit mir, Jerry Cotton, Special Agent. Woher hätte ein Mann wie Donaldson meinen Namen kennen sollen! Wenn ein Mann wie Donaldson ein Anliegen an den FBI hat, wendet er sich an den Chef. An den obersten Chef in Washington. Und der große Chef in Washington schickt einen anderen Chef zu Mr. Donaldson. Nämlich meinen.

Ich kam mir jetzt ziemlich dumm vor, denn vor einer

halben Stunde waren John D. High, der New Yorker FBI-Chef, und William Donaldson hinter der hohen, doppelflügeligen Tür verschwunden.

Der süßliche Marihuanaduft wurde intensiver, und ich schob mich neben eine niedliche Brünette, die mir allerdings keine Beachtung schenkte. Ich leerte mein Glas und hielt nach einer geeigneten Stelle Ausschau, wo ich es abstellen konnte.

Mein Blick blieb kurz auf einer braunhaarigen Frau hängen, die angeregt mit einem grauhaarigen Mann sprach. Der Grauhaarige war ein weniger bekannter Kunstkritiker, der es sich nicht leisten konnte, eine Einladung der Donaldsons auszuschlagen. Auch das Gesicht der Frau kam mir bekannt vor.

Ich ließ meinen zweiten Blick etwas länger auf ihr verweilen, bis mir ihr Name einfiel. Sie hieß Marlo Thomas und war eine prominente Gesellschaftsjournalistin. Klatschtante, würden die einen sagen, aber für den Jet-Set waren Journalisten wie sie unentbehrlich. Der Jet-Set will natürlich unter sich bleiben. Nichts haßt er so sehr, wie irgend etwas – ein Stück Straße, eine Flugzeugkabine, einen Strand – mit gewöhnlichem Volk teilen zu müssen. Aber nichts vermißt er gleichzeitig so sehr wie das Auge der Öffentlichkeit.

Die Klatschjournalisten leben von der Geltungssucht der Reichen und Prominenten und der Neugier der anderen, die im Schatten stehen.

Marlo Thomas war ein langbeiniges Geschöpf. Das schlichte Kostüm verbarg die vollkommenen Formen des schlanken Körpers, der sich mit lässiger Anmut bewegte, als sie sich jetzt einem anderen Besucher der Ausstellung zuwandte. Ihr Teint war zart und blaß. Ganz kurz streifte mich ein schneller Blick aus fahlgrünen Augen, glitt weiter und ließ mich mit einem bedauernden Gefühl zurück.

Ihr Blick glitt jedoch auch über den schlaksigen jungen Mann hinweg, der in der Nähe der Tür stand und sie mit den Augen verschlang. Der junge Mann hatte welliges schwarzes Haar, eine eckige Stirn und einen eigenwilligen Mund. Sein Kinn war trotzig vorgeschoben, die blassen grauen Augen kniff er ärgerlich zusammen.

Er war Mal Donaldson, William M. Donaldsons einziger Sohn. Bevor sein Auge auf Marlo Thomas gefallen war, hatte er seine Stiefmutter mit den Augen verschlungen. Seine Stiefmutter war nur wenige Jahre älter als er.

Ich war dem jungen Donaldson nie persönlich begegnet. Seinen Namen und sein Gesicht kannte ich nur aus den Klatschspalten und Sportseiten der Zeitungen. Er galt als verwegener Abfahrtsläufer, er fuhr Motorradrennen und Schnellboote. Im vergangenen Herbst wäre er bei einem Rekordversuch mit einem Rennboot draußen in der Bucht beinahe ums Leben gekommen. Er gehörte zu den Typen, die ständig den Tod herausfordern.

Ich hatte meinen Saft ausgetrunken. Da sich in meiner näheren Umgebung keine geeignete Abstellmöglichkeit für mein leeres Glas fand, faßte ich die Snackbar ins Auge, die unter der Freitreppe aufgebaut war.

Dabei geriet ein schmales, mageres Gesicht in mein Blickfeld. Es gehörte einem schmächtigen Mann, der an der Snackbar lehnte und sich Häppchen mit Krabbenfleisch und anderen Leckereien in den Mund stopfte.

Ich wußte, daß ich den Burschen schon mal gesehen hatte, und irgendwo in meinem Kopf flammte ein Licht auf. Kein rotes, nur ein gelbes, aber immerhin, und das bedeutete Alarm!

Ich ging langsam auf ihn zu. Immer noch stopfte er Häppchen in sich hinein. Mich schien er nicht wahrzunehmen.

Er trug so etwas wie Gangster-Look. Einen Nadelstreifenanzug mit etwas zu breiter Krawatte, die Hosenbeine etwas zu eng und die Schuhe etwas zu spitz. Er hatte ein verkniffenes Gesicht mit kalten, kleinen Fischaugen.

Das Alarmsignal in meinem Kopf erlosch nicht. Ich konnte den Kerl nicht unterbringen, und das beunruhigte mich. Ich fragte mich, wie er an all den Aufpassern und Leibwächtern draußen vorbeigekommen sein mochte. Ich will ja nicht behaupten, daß Gesichtskontrolle eine empfehlenswerte Methode ist, um sich unerwünschte Personen vom Leib zu halten. Aber wenn ich Leibwächter der Donaldsons oder Wachmann auf Sheepshead Bay gewesen wäre, diesen Burschen hätte ich nicht auf die Halbinsel gelassen.

Ich wollte ihn nicht die ganze Zeit anstarren. Deshalb ging ich ans andere Ende der Snackbar, wurde endlich mein Glas los und griff nach einer Muschelschale, auf der ein Löffelchen Muschelsalat mit etwas Grünzeug und einer kleinen roten Pfefferschote angerichtet war.

Ich ließ den Happen auf der Zunge zergehen und sah dann unauffällig über die Schulter.

Der Kerl mit dem spitzen Gesicht war verschwunden.

Das Lämpchen in meinem Kopf schaltete von Gelb auf Rot. Und die Farbe bedeutete Gefahr!

Der Butler stellte ein Tablett auf den Chippendale-Tisch und nahm die Whiskykaraffe in die Hand.

»Danke, Sam, das übernehme ich«, sagte William Donaldson.

Der Butler zog sich lautlos zurück.

Donaldson sah den FBI-Chef an. »Eis, John?« fragte er.

»Nur etwas Wasser, Bill.« John D. High nahm das Glas. Er lehnte sich zurück und sah den Industriellen an.

William M. Donaldson war ein massiger Mann Mitte

der 50. Seine Augen waren von einem tiefen Blau, seine Bewegungen verrieten Energie und Entschlossenheit.

»Kommen wir zur Sache«, sagte er. »John, ich bin beunruhigt. Innerhalb weniger Wochen hat dieser hinterhältige Massenmörder zwei Freunde meines Sohnes getötet. Und ein Mädchen, das einige Zeit mit Susan, meiner Tochter, auf demselben College war.«

»Bill, ich weiß von diesen Fällen«, sagte John D. High. »Bisher war keine der Bedingungen erfüllt, die eine Zuständigkeit des FBI begründet hätten. Nach vorliegenden Erkenntnissen handelt es sich um einen Einzeltäter, es liegen also keine Bandenverbrechen vor. Die Morde fanden in einem Bundesstaat statt, es wurde kein Sprengstoff verwendet ...«

Donaldson machte eine wegwerfende Handbewegung. »John, da läuft ein gemeiner Massenmörder rum! Ein Mistvieh, das nicht irgendwelche Leute absticht! Er tötet Menschen aus ...«

»Ihren Kreisen, Bill? Wollten Sie das sagen?«

»Nein, John, das wollte ich nicht sagen. Verdammt, ich wollte sagen: aus unseren Kreisen! Aus unseren! John, die City Police ist überfordert. Das steht fest. Der Kerl ist ihnen überlegen.«

»Ermittlungen gegen Einzeltäter sind immer schwierig«, sagte der FBI-Chef zurückhaltend. »Insbesondere, wenn sein Motiv nicht erkennbar und er nicht den üblichen kriminellen Kreisen zuzuordnen ist.«

»Moment, John, Moment! Was wollen Sie damit sagen – wenn er nicht den üblichen kriminellen Kreisen zuzuordnen ist? Wollen Sie damit etwa sagen, dieser Irre stammt aus ...«

»Unseren Kreisen«, antwortete der FBI-Chef. Nur wer ihn sehr gut kannte, hätte den feinen ironischen Unterton herausgehört.

»Der Direktor hat durchblicken lassen, daß es einen Weg gibt, John.«

John D. High nickte. »Amtshilfe«, sagte er. »Wir können sie aber nicht anbieten. Sie muß angefordert werden, solange keine Bundesgesetze verletzt worden sind. Mir sind die Hände gebunden, Bill.«

»Ich kenne den Commissioner«, sagte Donaldson.

»Ein vernünftiger Mann«, räumte der FBI-Chef ein.

»Ich habe bereits bei ihm angeklopft. Er meint, Sie könnten vielleicht parallel an den Fällen arbeiten. Sie mit Ihren technischen Möglichkeiten . . .«

»Er müßte die Unterstützung anfordern«, wiederholte High.

»Sie hätten also nichts dagegen?«

»Es wäre der legale Weg, Bill«, antwortete der FBI-Chef zurückhaltend. »Aber versprechen Sie sich nicht allzuviel von unserer Mitarbeit!« warnte er. »Auch wir können keine Wunder vollbringen.«

Die Villa der Donaldsons lag auf einem erhöhten Grundstück am Oriental Beach. Vom Vorplatz aus hatte man bei Dunkelheit einen atemberaubenden Ausblick auf den Rockaway Inlet und die weißen Schaumstreifen, die gegen den Strand anliefen. Die Lichter am Floyd Bennet Field, dem Navy-Flughafen auf der Ostseite der Bucht, funkelten wie Sterne.

Das Anwesen gehörte zum Millionärsviertel der Sheepshead Bay. Hier gab es so gut wie keine Gewaltverbrechen. Einmal, weil die hier ansässigen Familien eine eigene Wachtruppe unterhielten. Zum anderen, weil hier die Familien der Mafia-Größen wohnten. Die legten genausoviel Wert auf Ruhe und Ordnung wie die anderen Bürger. Und die Gangster und Ganoven hatten vor den Mafiabossen mehr Respekt als vor Cops oder Wachmännern.

Donaldsons private Wachmänner hielten sich diskret im Schatten am Fuß der Treppe. Die Wege hinunter zum Wasser und dem privaten Bootshaus, zu den Pavillons und zum Haupttor waren beleuchtet.

Von dem Kerl mit dem spitzen Gesicht war nichts zu sehen.

Einer der Wachmänner kam auf mich zu.

»Kann ich Ihnen irgendwie helfen, Sir?« fragte er.

»Da muß eben ein Herr aus dem Haus gekommen sein. Dunkler Anzug ...«

»Mittelgroß und schmächtig? Er ist zum Wasser hinuntergegangen. Wollte etwas frische Luft schnappen, wie er sagte.«

Ich starrte den Hang hinunter und versuchte, die Dunkelheit außerhalb der Lichtkreise mit den Augen zu durchdringen. Das rote Licht in meinem Kopf flackerte aufgeregt.

Und dann erloschen die Lampen an den Wegen. Die Dunkelheit fiel wie eine Decke über das Grundstück. Die Wachmänner fluchten. Einer rannte ins Haus, um nach der Hauptsicherung zu sehen, was Blödsinn war, denn die Lichter im Haus brannten. Andere Wachmänner riefen nach Handlampen.

Ich sprang über den Aschenweg und lief den Hang hinab auf das Wasser zu. Meine Füße versanken im feuchten Gras. Die Luft schmeckte salzig.

Meine Augen gewöhnten sich schnell an die Dunkelheit. Vor den weißen Schaumstreifen erhob sich eine dunkle Masse – das Bootshaus der Donaldsons. Deutlich erkannte ich den weit ins Wasser hinausreichenden Steg, an dem mehrere Boote vertäut waren.

Meine Schritte waren auf dem weichen Untergrund

nicht zu hören, und vom Wasser aus konnte man mich gegen den dunklen Hang vermutlich kaum erkennen.

Da bemerkte ich einen Umriß, der sich neben dem Bootssteg im Sand bewegte. Ich änderte meine Richtung und lief auf den Anleger zu.

Der Umriß streckte sich, als er auf den Steg flankte, wo er sich einen Augenblick gegen den hellen Brandungsstreifen abhob. Ich erkannte die Gestalt eines Mannes, die jetzt herumwirbelte und einen Moment starr dastand.

Er war der Schmächtige mit dem spitzen Gesicht, und er hatte mich bemerkt. Gewittert war wohl der bessere Ausdruck, denn das beständige Rauschen der Wellen, die gegen den flachen Strand anrannten, verschluckte alle anderen Geräusche.

Er krümmte sich zusammen. Mit einer fließenden Bewegung warf er den Aufschlag seines Jacketts zurück, um an die Kanone im Gürtelholster zu gelangen.

Plötzlich wußte ich, wer er war.

Nur ein Cop greift so zur Kanone. Ein Cop. Oder ein ehemaliger Cop.

Jetzt fiel mir sogar sein Name wieder ein, obwohl ich nie persönlich mit ihm zu tun gehabt hatte. Ich hatte ihn nur einmal vor Gericht gesehen, als er nach mir in den Zeugenstand gerufen worden war.

Er hieß Gene Bradlow. Bis vor zwei Jahren hatte er dem Rauschgiftdezernat angehört. Wegen einer undurchsichtigen Sache hatte er seinen Abschied nehmen müssen.

»Bradlow!« rief ich halblaut. »Lassen Sie die Kanone stecken!«

Der ehemalige Narc verharrte in seiner gekrümmten Haltung. Vorsichtig ging ich auf ihn zu.

»Wer sind Sie?« fragte er unterdrückt.

»Cotton, FBI.«

In diesem Moment flammten die Lichter wieder auf.

Ich stand im Schatten. Aber Bradlow wurde vorn auf dem Steg wie auf einer Bühne angestrahlt. Der kurznasige Revolver sah wie die Verlängerung seiner Hand aus.

Er drehte sich in der Hüfte um und riß die Kanone hoch. Die Mündung wies auf die Seeseite des Bootsschuppens.

»Bleiben Sie stehen!« schrie er.

Als Antwort krachte ein Schuß. Bradlows rechter Arm baumelte plötzlich schlaff an seiner Schulter. Der Revolver polterte auf den Steg. Bradlow taumelte und sackte dann auf ein Knie.

Ich rannte bereits über den Sandstreifen auf den Bootsschuppen zu. Im Laufen riß ich meinen Revolver heraus.

»Sie haben's vermasselt, Cotton!« stieß der ehemalige Narc hervor.

Ich antwortete nicht. Mit dem Rücken schob ich mich an der Stirnwand des Bootsschuppens entlang.

Bradlow stöhnte. »Verdammt, Cotton, ich war hinter einem Dealer her! Sie haben's vermasselt!«

»Halten Sie doch endlich den Mund!« sagte ich scharf.

Jemand hatte die Lampen ausgeschaltet. Das hatte er bestimmt nicht getan, weil ich mich dem Schauplatz näherte. Sondern eher, weil er Bradlow bemerkt hatte. Oder eine andere Schweinerei verbergen wollte. Wahrscheinlich hatte er im Schuppen eine Steckdose kurzgeschlossen.

Oben im Haus war die betreffende Leitungssicherung ausgefallen, und einer der Wachleute hatte sie wieder eingeschaltet.

An der vorderen Ecke des Schuppens brannte über dem Wasser eine helle Lampe.

Wie aus dem Boden gewachsen erschien plötzlich ein Mann in ihrem Schein.

Er war mittelgroß und stämmig. Er trug ein hellgraues

Sweatshirt und dunkle Hosen, deren Beine unten naß waren. Naß waren auch die Baseballschuhe.

Mit beiden Händen hielt er eine schwere Pistole gepackt.

Über ihren Lauf hinweg visierte er mich an.

»Das ist der Schweinehund!« keuchte Bradlow. Er ließ sich vom Steg ins Wasser rollen.

Der Blick des Dealers flackerte. Die Pistole lag ruhig in seiner Hand, obwohl er aufs höchste erregt war. Ich sah, daß es ihm ernst war. Er würde abdrücken, um sich zu retten. Ich erkannte es mit erbarmungsloser Klarheit.

Meine Rechte mit dem Smith & Wesson schwebte in Hüfthöhe.

Die Mündung wies nach unten.

Ich mußte es versuchen.

Ich warf mich von der Schuppenwand weg zur Seite und riß den Revolver hoch.

Da peitschte ein Schuß. Ein dünner, trockener Knall.

Das Sweatshirt des Dealers hatte plötzlich ein winziges schwarzes Loch genau über dem Herzen.

Die Pistole in seiner Hand begann zu zittern. Seine Augen weiteten sich, der Unterkiefer klappte herab.

Ich sprang auf den Zusammenbrechenden zu und fing ihn auf.

Er war bereits tot, als ich ihn auf den feuchten Sandboden gleiten ließ.

Ich preßte mich mit der Schulter gegen die Schuppenwand, den Revolver in der Faust. Bradlow platschte unter dem Steg herum.

»Verdammt, Bradlow, was hat das zu bedeuten?« rief ich.

»Er versorgte mal Donaldson und seine Clique mit

Stoff«, erklang die dumpfe Antwort. »Wenn Sie nicht gekommen wären, hätte ich die beiden erwischt. Was ist mit ihm?«

»Er ist tot«, sagte ich.

Bradlow fluchte »Oh, Scheiße, Scheiße. Er ist Lester Ingerman . . .«

War, dachte ich unwillkürlich. Dann spürte ich einen Stich. »Ingerman? Doch nicht . . .«

»O doch, Cotton. Der Sohn des Senators. Vielleicht bekam er zu wenig Taschengeld, der Junge.«

Großer Gott, dachte ich. Aber wer hatte ihn erschossen und mir damit das Leben gerettet?

Plötzlich übertönte das scharfe Knattern eines Bootsmotors das Rauschen der Brandung. Fehlzündungen knallten wie Schüsse.

Ich schob meinen Kopf um die Ecke. An der Seeseite des Schuppens brannten keine Lampen.

Eine schräge Betonrampe führte ins Wasser. Dahinter erhob sich eine kurze Betonmole, die vielleicht als Wellenbrecher für den Schuppen diente.

Der Motor lief hoch. Das Dröhnen brach sich an der Schuppenwand. Und dann erkannte ich den flachen Rumpf eines schnittigen Motorbootes, das sich jetzt von der Mole löste und den Bug in die Wellen richtete. Ich rammte meinen Revolver ins Holster und sprang auf. Ich hetzte zwischen Schuppen und Wasserlinie her, sprang auf die Mole und rannte über die glatte Mauer, während das Boot an Fahrt gewann.

Aber die Wellen drückten das Boot gegen die Mauer zurück.

Ich legte noch einen Zahn zu. Das Ende der Mole war nur noch ein paar Schritte entfernt.

Das Boot rauschte um den Molenkopf herum. Ich sah es nah vor mir, nur drei Yards, mehr nicht.

Aus dem vollen Lauf heraus sprang ich.

Eine rücklaufende Welle zog es von mir weg. Meine ausgestreckten Hände schlugen auf die Bordkante, und mein Körper klatschte ins Wasser. Es war noch verdammt kalt, und ich schnappte nach Luft.

Der Motor dröhnte, aber das Boot tanzte auf den Wellen.

Mir schien, als würde es zum Strand zurückgetrieben.

Ich klammerte mich an der Bordwand fest.

Wenn ich losließ, würde ich vielleicht in die Schraube geraten.

Ich zog mich mühsam höher und kam endlich mit dem Kopf über die Kante.

Unter dem Dach des niedrigen Cockpit war es dunkel. Vorsichtig arbeitete ich mich höher, bis ich ein Bein über die Bordwand schwingen konnte. Lautlos rollte ich meinen Körper hinüber.

Ich landete auf Händen und Füßen. Wasser rann aus meinem besten Anzug, den ich vermutlich abschreiben konnte.

Ich stieg über eine Bank und zog den Kopf ein. Dann trat ich gegen die dünne Tür zum Cockpit.

Das leichte Schloß brach aus dem Rahmen. Die Tür flog nach innen. Der Glaseinsatz zersplitterte.

Ich hechtete in den engen, finsteren Raum, dorthin, wo ich das Steuerrad vermutete.

Und den Heckenschützen, der den Sohn des Senators abgeknallt hatte.

Ich prallte gegen das Steuerrad. Alles war kantig und hart. Ich zog die Schultern hoch, und ich schluckte meine Furcht hinunter.

Hier im Cockpit war niemand. Blieb die kleine Kabine im Bug.

Ich atmete flach. Das Boot krängte schwer, als es längs

von einer Welle gepackt wurde. Unwillkürlich griff ich ins Steuerrad.

Es ließ sich nicht drehen. Meine Hand ertastete den eisernen Haken, mit dem es festgestellt war.

Eine neue Welle warf das Boot nach Steuerbord. Ich prallte mit der Hüfte gegen eine scharfe Kante.

Das Boot war leer. Ich wußte es plötzlich.

Der geheimnisvolle Killer hatte das Boot gestartet, um mich oder Bradlow von sich abzulenken und sich selbst unbemerkt und unerkannt verkrümeln zu können.

Ich blickte zum Grundstück der Donaldsons hinüber. Lichtfinger tasteten zum Strand hinunter. Oben auf dem Platz vor dem Eingang zur Villa standen die Gäste, die Monica Donaldson geladen hatte, um ihnen ihre Entdeckung aus Europa vorzustellen. Die Schüsse hatten sie nach draußen gelockt.

Nur ich sah gerade noch den Schatten, der sich rechts im dunklen Teil des Parks den Hang hinaufarbeitete und neben der Villa verschwand.

Und dann fiel mir etwas ein, was nur mein Unterbewußtsein registriert hatte, als ich die Halle verließ, um zu sehen, wo Bradlow abgeblieben war.

Auch Mal Donaldson war verschwunden gewesen ...

Das Boot trieb breitseits auf einen dunklen Strandabschnitt zu. Ich löste den Haken von der Speiche des Steuerrades und drückte den Gashebel bis zum Anschlag.

Der Bug stieß in die Brandung, als ich das Ruder herumwarf. Gischt sprühte auf die Cockpitscheiben. Aber dann war das kleine Schiff hindurch und glitt über das offene Wasser. Der Bug hob sich. Wellen schlugen unter den Rumpf.

Ich beschrieb einen engen Kreis und steuerte dann den

Bootssteg an. Ich spürte eine dumpfe Wut, als ich all die Leute sah, die sich bereits unten versammelt hatten und die Spuren zertrampelten.

Ich nahm das Gas weg. Das Boot sank ins Wasser und glitt an den Steg heran. Einer der Wachmänner rannte herbei. Er hielt seinen schweren Revolver in der Faust. Gebieterisch deutete er auf einen Liegeplatz, über dem eine helle Lampe brannte.

Ich korrigierte den Kurs ein wenig und heftete dann meinen Ausweis auf das nasse Jackett. Als sich die Fender an der Bordwand rieben, verließ ich das Cockpit. Ich warf die Heckleine auf den Steg und turnte in den Bug. Mit der Bugleine in der Hand sprang ich auf den Anleger.

Der Wachmann bemerkte den schimmernden Bundesadler. Er steckte seinen Revolver ein.

»Machen Sie das Boot bitte fest!« sagte ich zu ihm. Laut rief ich den anderen zu: »Treten Sie zurück! Das ist eine polizeiliche Anordnung!«

Bradlow hockte am Ende des Steges auf einer Geländerstange und hielt seinen Arm. Stumm starrte er auf den zusammengebrochenen jungen Mann, der reglos im kalten Schein der Lampe am Boden lag.

»Was hatte das zu bedeuten, Bradlow?« fuhr ich den ehemaligen Kollegen an. »Erklären Sie es mir, aber schnell!«

»Den Teufel werde ich tun ...«

Ich packte ihn an der Krawatte. Er zog erschreckt die Luft ein. »Spielen Sie hier nicht den harten Mann, Bradlow! Sonst finde ich heraus, wer hier was vermasselt hat! Es geht um Mord!«

»Ich habe ihn nicht abgeknallt!«

»Das weiß ich. Wer war es?«

»Keine Ahnung.«

»Weshalb waren Sie hier unten, Bradlow?«

»Lassen Sie mich los! Ich brauche einen Arzt!«

Einer der Wachleute rief: »Die Polizei bringt einen Arzt mit.«

»Sie haben es gehört, Bradlow. Ich lausche.«

»Ich habe einen guten Ruf hier unten an der Bay«, behauptete Bradlow.

»Bestimmt«, sagte ich ernsthaft.

Ich sah zum Hang hinauf. Mein Chef und William Donaldson kamen den Hauptweg herunter. In der Ferne erklang Sirenengeheul.

»Donaldson wollte wissen, wer seinen Sohn mit Stoff versorgt«, sagte Bradlow gepreßt. »Mann, ich habe Schmerzen!«

Ich ließ die Krawatte los. »Donaldson? Haben Sie eine Lizenz als Privatdetektiv?«

»Ich habe eine Firma hier. Personenschutz. Das hier ... war ein persönlicher Gefallen.«

»Sie sind Ingerman also gefolgt?«

»Nein ... dem jungen Donaldson.«

Ich schluckte. Auch das noch, dachte ich.

»Haben Sie ihn mit Ingerman zusammen gesehen?«

»Zum Teufel, nein! Sie kamen ja dazwischen. Er war auf der anderen Seite des Schuppens.«

»Woher wollen Sie wissen, daß Ingerman ein Dealer war?«

»Ich bin vom Fach, Cotton. Vergessen Sie das nicht! Ich kenne die Szene. Ingerman hat gestern von einem Typ in Soho für mehr als tausend Dollar Koks gekauft, dazu ein paar Dutzend Speeds und fünf Unzen Marihuana.«

»Wem haben Sie Ihre Beobachtungen gemeldet?«

Bradlow schwieg.

»Sie wollten es vertuschen, nicht wahr? Und von Donaldson und Senator Ingerman Schweigegeld kassieren!«

Schritte knirschten im Sand und verharrten an der Stufe zum Steg. Ich hob den Kopf.

Der Chef sah mich an.

Mit dem Kopf deutete er kurz auf den Toten. »Wer ist das?« fragte er.

»Lester Ingerman, wenn Bradlow recht hat.«

William Donaldsons Wangen wurden schlaff. Sein Gesicht verfärbte sich. Er wollte zu dem Toten, aber John D. High hielt ihn fest. »Jetzt nicht, Bill! Erst müssen die Spuren gesichert werden.«

William Donaldson blickte ratlos ins Leere. »Was hatte er hier verloren?« fragte er.

»Entschuldigen Sie, Sir«, sagte ich. »Haben Sie Mr. Bradlow mit gewissen Nachforschungen beauftragt?«

Donaldson stierte mich an. »Wer sind Sie?« fragte er.

»Special Agent Jerry Cotton«, antwortete John D. High. »Er hat mich begleitet. Wollen Sie die Frage beantworten?«

»Ja, er sollte etwas feststellen«, antwortete Donaldson. »Aber wir brauchen die Punkte wohl nicht im einzelnen hier draußen zu erörtern?«

»Natürlich nicht, Bill.« John D. High sah Bradlow an, dessen Gesicht jetzt bleich und von einem dünnen Schweißfilm überzogen war. »Wer hat Sie verletzt?« fragte mein Chef.

»Keine Ahnung«, stöhnte Bradlow.

»Kommen Sie, Bradlow!« sagte ich laut. »Das können Sie uns nicht weismachen!«

»Wenn Sie es nicht wissen!« höhnte Bradlow.

Er log, und der Grund lag auf der Hand. Er wollte seine exklusive Kundschaft nicht verärgern.

Und ich wollte jetzt nicht nachhaken. Es war nicht kalt, aber ich fror erbärmlich in meinen nassen Sachen. Ich brauchte so bald wie möglich einen warmen Platz.

»Jerry, wissen Sie, wer auf ihn geschossen hat?« fragte mich mein Chef.

Zwei Schüsse waren gefallen. Sie hatten so grundverschieden geklungen wie das Gekläff eines Pinschers und das Bellen eines Schäferhundes.

Der Schuß aus der Kleinkaliberwaffe hatte Ingerman gegolten. Ein kurzer, scharfer Knall.

Der Schuß, der Bradlow auf die Bretter geschickt hatte, war von einem harten, lauten Krachen begleitet gewesen, wie es für großkalibrige Pistolen typisch ist.

Ingerman hatte eine schwere Pistole in der Hand gehalten, als er wie ein Geist vor mir aufgetaucht war.

»Ingerman, nehme ich an«, antwortete ich. »Die Pistole liegt unter ihm.«

Donaldson sah mich an. »Dann haben Sie ihn ...?«

»Ich habe nicht auf ihn geschossen«, sagte ich ruhig. »Es war noch jemand da.«

Donaldson wandte sich an meinen Chef. »John, es war dieser heimtückische Killer! Er war es!«

»Das steht noch nicht fest. Bill, ich glaube, die Polizei kommt. Sie sollten Ihre Leute anweisen, den Beamten behilflich zu sein. Bitten Sie Ihre Gattin, eine Liste aller von ihr eingeladenen Gäste aufzustellen! Ihre Wachleute werden die Liste ergänzen.«

Donaldson nickte. »Jemand wird es ihm sagen müssen«, sagte er heiser. »Ingerman, meine ich. Vielleicht ist er zu Hause. Er wohnt oben am Shore Boulevard.«

»Ich kann es übernehmen«, bot mein Chef an.

Donaldson schüttelte den Kopf. »Wir verkehren nicht miteinander, weil wir kaum Berührungspunkte haben. Aber ich werde zu ihm hinüberfahren. Ich ... bin es ihm wohl schuldig.«

Über den breiten Hauptweg, der bis zum Bootshaus hinunterführte, rollten drei Polizeifahrzeuge. Die Lampenbatterien auf den Dachbügeln warfen rote Reflexe über das Wasser, die Schuppenwand, den Toten und die Gesichter der Lebenden.

Die Wagen hielten. Aus einem stiegen der Arzt und ein uniformierter Police Captain. Der Arzt rannte sofort auf Bradlow zu.

»Guten Abend, Gentlemen«, grüßte der Captain.

Er war der Leiter des für diesen Bezirk zuständigen 60. Reviers. Wenn einer der Reichen ein Problem hatte, kam der Chef bereits mit der Vorhut. Wir machten uns miteinander bekannt. Der Captain hieß Desmond J. Miller.

»Die Kollegen von der Mordabteilung sind schon unterwegs«, sagte der Captain.

»Danke, Captain, daß Sie mitgekommen sind«, sagte Donaldson. »Wenn Sie mich brauchen, ich bin oben.« Er winkte seinen Leuten und stapfte schwerfällig den Hang hinauf. John D. High begleitete ihn.

Ich wandte mich kurz an den Captain. »Wenn Sie gleich die Umgebung absuchen, achten Sie besonders auf verstecktes oder weggeworfenes Rauschgift! Am Schuppen, unter dem Schuppen, vielleicht sogar im Wasser.«

Captain Miller verzog keine Miene. »Ich werde mich persönlich darum kümmern, Mr. Cotton«, sagte er.

Ich lief Donaldson und meinem Chef nach. Als sie meine Schritte hörten, warteten sie auf mich.

Donaldson bemerkte den nassen Anzug, der mir auf der Haut klebte. »Lassen Sie sich von meinem Butler trockene Sachen geben!« sagte er.

»Danke, Sir. Wo kann ich Ihren Sohn finden?«

Donaldsons Blick wurde unvermittelt hart. »Mein Sohn? Was hat Mal mit der Sache zu tun?«

»Ich weiß es nicht. Ich denke nur an den Auftrag, den Sie Bradlow erteilt haben. Vielleicht kann Ihr Sohn uns weiterhelfen.«

»Das kann ich mir nicht vorstellen«, sagte Donaldson feindselig. Er sah zum Haus hinauf. Die Besucher der Vernissage hatten sich wieder nach drinnen verzogen. »Kommen Sie in die Bibliothek, wenn Sie sich umgezogen haben! Ich lasse Mal dann holen.«

John D. High legte seine Hand auf Donaldsons Arm. »Ihr Sohn ist erwachsen, Bill«, sagte er. »Er möchte vielleicht lieber allein mit Mr. Cotton sprechen.«

»Hoffentlich habe ich keinen Fehler gemacht, als ich Sie bat, herauszukommen«, bemerkte Donaldson düster. »Mein Sohn war vorhin in der Halle, aber er macht sich nichts aus Kunst. Deshalb werden Sie ihn wahrscheinlich in seinen Räumen im Obergeschoß finden.«

Mal Donaldson stieg aus der Dusche, ohne das Wasser abzudrehen. Mit einem Ruck riß er die Tür zu seinem Schlafzimmer auf, die nur angelehnt gewesen war.

Monica Donaldson fuhr herum. Sie hielt seine Hose in der Hand.

Ihre Unterlippe zitterte leicht.

»Sieh an, meine heiß verehrte Stiefmutter«, sagte er spöttisch. »Ich wußte gar nicht, daß es auch bei Frauen Hosenfetischisten gibt.«

Sie ließ die Hose fallen. Mal Donaldson grinste angespannt. Er machte keine Anstalten, seine Blöße zu bedecken. Das Wasser rann über seinen harten Körper.

»Wo hast du es?« fragte sie.

»Ich habe nichts bekommen«, sagte er.

»Du lügst! Du hast ihn getroffen, ich weiß es! Ich brauche etwas, Mal. Bitte . . .«

Er ging langsam auf sie zu. Seine Füße hinterließen große dunkle, nasse Abdrücke auf dem weichen, hellen Teppichboden.

Sie wich vor ihm zurück, bis sie mit den Beinen gegen das Fußende seines Bettes stieß.

»Bitte nicht, Mal ... Du bist naß ...«

Sie war sehr schlank. Sie trug ein rotes Kleid, vermutlich, um ihrer Neuentdeckung zu gefallen. Er starrte in ihren Ausschnitt auf den erstaunlich großen Busen, der sich unter dem raffiniert geschnittenen Dreieck abzeichnete.

Er streckte lässig einen Arm aus, zerrte die Tagesdecke vom Bett und begann sich abzutrocknen. Er ließ sie nicht aus den Augen dabei.

Sie rührte sich nicht. »Bitte, Mal! Ich habe nicht so viel Zeit!«

»Dein Künstler wartet«, sagte er. Er öffnete den obersten Knopf ihres Kleides. Sie atmete schwer, als er die Haut mit dem Handrücken streichelte, dann zupackte und ihre Brust in die Hand nahm. »Faß mich an!« forderte er.

Er spürte ihre Hand zwischen seinen Beinen. Ihre Finger waren eiskalt.

»Macht es dir Spaß?« fragte er.

»Ja, ja ...« Ihre Augen waren weit geöffnet. Das warme Licht spiegelte sich darin. Sie drängte sich an ihn. Sie kroch an ihm hinauf. Heiß wehte ihr Atem in sein Ohr. »Wo hast du es?«

Er stieß sie von sich. Sie fiel aufs Bett. Der Kleidersaum rutschte in die Höhe. Ihr Höschen war schwarz, mit Spitzen besetzt und einer winzigen gestickten Rose vorne verziert.

»Du mußt dich mit Alkohol begnügen. Oder einem Joint«, sagte er gleichgültig, als er sich die Tagesdecke um den Körper wickelte. »Gras hast du doch noch.«

Sie wälzte sich auf dem Bett herum. Das Kleid stand jetzt vorn ganz offen, und er konnte ihre volle feste Brust deutlich sehen. Seine Finger hatten auf der zarten Haut rote Abdrücke hinterlassen.

»Was muß ich denn noch tun? Soll ich vor dir knien? Willst du ...«

»Hör auf!«

»Du weißt, daß ich nicht an Schnee rankomme. Er paßt zu sehr auf. Ich habe dir Geld gegeben!«

Er bückte sich, hob seine Hose auf und zog eine Rolle Dollarscheine aus der Tasche. Er warf ihr das Geld zu.

»Ich habe nichts bekommen. Geh jetzt lieber! Lester ist tot.«

Er wandte sich um und ging ins Bad zurück. Als er die Dusche abstellte, hörte er die Tür klappen. Er stellte sich vor den Spiegel und betrachtete sein Gesicht. Die Haut war etwas blaß. Fahl vielleicht. Er rieb seine Nase. Der Knorpel war druckempfindlich. Nicht sehr, aber immerhin.

Du kommst auch ohne aus, sagte er zu seinem Spiegelbild. Wenigstens ein paar Tage. Ruf ein paar Jungs an, ein paar Girls! Es gab immer ein paar Typen, die bereit waren, wegzufahren und was Verrücktes zu tun.

Als es nebenan an der Tür klopfte, schlang er ein Badetuch um seine Hüften.

Mal Donaldson öffnete die Tür. Er musterte mich von oben bis unten. William Donaldsons Butler hatte mir nicht verraten, wem der leichte Pullover und die Gabardinehose gehörten, die er mir in eins der Gästezimmer gebracht hatte. Vielleicht gehörten die Sachen Mal. Die Größe konnte stimmen.

»Ja? Was wollen Sie?« fragte er.

Ich klappte mein Etui auf. »Ich bin Jerry Cotton vom FBI«, sagte ich. »Darf ich eintreten?«

Er zögerte, hob dann die Schultern und ließ mich ein.

»Wir können auch in mein Wohnzimmer gehen«, schlug er vor.

»Ich bin nicht wählerisch. Wir können ruhig hierbleiben.« Ich sah mich im Schlafzimmer des jungen Mannes um. Mein Blick erfaßte die heruntergezogene Tagesdecke, die unordentlich über den Boden verteilten Kleidungsstücke und die feuchten Abdrücke nasser Füße.

»Es ist schrecklich mit dem Personal«, sagte Mal. »Um diese Zeit räumt niemand mehr auf. Was wollen Sie? Ich habe Sie vorhin in der Halle gesehen. Sie sehen nicht aus wie jemand, der viel für das Gekleckse eines hergelaufenen Schmierers übrighat.«

»Wie lange machten Sie schon Geschäfte mit dem jungen Ingerman?«

»Soll das ein Verhör sein?«

»Ein Gespräch«, antwortete ich.

»Ich brauche wohl trotzdem nicht zu antworten, oder? Und kommen Sie jetzt nicht mit dem Wenn-Sie-nichts-zu-verbergen-haben-Quatsch!«

»Daran habe ich nicht gedacht«, gab ich zurück. »Sie sehen nicht aus wie jemand, der kokst. Sie sind Sportler. Sie achten auf Ihren Körper.«

»Wer kokst denn? Künstler? Schickeria? Jet-Set? All die alten Vorurteile, wie? Der FBI ist doch nicht zuständig für Rauschgift. Warum sagen Sie nicht, was Sie von mir wollen?«

»Ich war unten am Wasser. Der junge Ingerman wurde vor meinen Augen erschossen.«

»Bedauerlich«, murmelte Mal Donaldson. »Aber bei Mord sind Sie doch auch nicht so ohne weiteres zuständig!«

»Ich war als erster am Tatort.«

»Sie berufen sich also auf den ersten Zugriff.«

»Nicht nur. Ingerman hatte auf mich angelegt.«

»Auf einen Bundesbeamten! Eine etwas mühsame Konstruktion, um Ihre Zuständigkeit zu begründen. Finden Sie nicht?«

»Sie reicht fürs erste.« Ich hob die Hose auf, die mitten im Zimmer lag. Es war die, die Mal Donaldson getragen hatte, als ich ihn zuletzt in der Halle sah. Ich betastete den Stoff. Die Hosenbeine waren trocken. Nur die Säume wiesen etwas Feuchtigkeit auf, die vom Tau des Rasens stammen mochte. Ich warf die Hose aufs Bett.

Donaldson beobachtete mich aus schmalen Augen. »Was suchen Sie eigentlich?«

»Wo waren Sie, als die Schüsse fielen?« fragte ich.

»Ich war schon wieder im Haus.«

»Wieso? Sie hatten doch eine Verabredung mit Ingerman.«

»Ich bin umgekehrt, als ich die Ratte da runterschleichen sah.«

»Ich verstehe nicht.«

»Diesen abgewrackten Bullen. Bradlow. Der macht sich wichtig. Bradlow, der Profi.«

»Jemand hat ein Boot in Betrieb gesetzt und es leer losfahren lassen. Es lag an der Mole. War das Ihr Boot?«

»Blau-weiß mit einer Vorderkajüte? Ja, es gehört mir. Wir fahren manchmal zum Makrelenfischen damit raus.«

»Wer konnte es anlassen?«

»Wer? Jeder, Mann, jeder. Ich ziehe doch den Schlüssel nicht ab bei all den Aufpassern. Das wäre ja ein Witz.« Der junge Mann schob das Kinn vor. »Glauben Sie, daß ich Lester erschossen habe?«

»Waren Sie es?«

Mal Donaldson legte den Kopf schief. Sein schwarzes Haar klebte naß an seinem Schädel.

»Würden Sie mir glauben, wenn ich nein sagte?«

Ich hob die Schultern. »Natürlich würde ich mich bei meiner Meinungsbildung nicht allein auf Ihr Wort verlassen. Aber ich würde es auch nicht gänzlich außer acht lassen.«

Er lachte. »Sie sind wenigstens ehrlich. Nein, ich habe Lester nicht erschossen. Ich hätte überhaupt keinen Grund dazu gehabt.«

»Warum dealte er?«

»Keine Ahnung. Vielleicht war er verrückt? Der eine fährt Rennwagen, der andere springt aus Flugzeugen. Lester dealte.«

»Besitzen Sie eine Schußwaffe?«

»Eine?« Donaldson lachte. »Welches Kaliber?«

»Zeigen Sie mir Ihre Waffen!« forderte ich ihn auf.

»Sie liegen im Keller-Safe. Ich habe da meinen Schießstand.«

»Wenn es Ihnen nichts ausmacht, gehen wir runter«, sagte ich.

Donaldson verschwand im Bad. Nach wenigen Minuten kam er angezogen wieder heraus. Er trug jetzt Jeans und einen hellen Pullover.

Wir brauchten nicht durch die Halle zu gehen. Mal Donaldson führte mich über eine enge Wendeltreppe, die im Keller endete. Dort schloß er eine Eisentür auf und schaltete die Lichter ein.

Wir befanden uns in einem länglichen Raum. Die drei Schießstände waren mit Blenden voneinander getrennt. Über den Zielscheiben flammten Leuchtstofflampen auf.

»Dreißig Yards«, erklärte Donaldson. »Für Freihandschießen mit der Pistole schon ganz ordentlich, nicht wahr?«

Er schloß einen massiven Stahlschrank auf und trat zur Seite. Ich hatte Gelegenheit, die darin aufgehängten Waffen zu bewundern.

Es handelte sich ausschließlich um kostbare Handfeuerwaffen verschiedener Kaliber, vom 32er an aufwärts. Jede Pistole oder jeder Revolver steckte in einer eigens für ihn bestimmten Halterung. Es gab keine leere Halterung.

»Jede Waffe ist auf meinen Namen registriert«, erklärte Mal. Er nahm eine reich verzierte Llama-Pistole mit Perlmutt-Griffschalen heraus. Das zugehörige Magazin lag in einer Schublade.

Donaldson schob es in den Handgriff. Er rastete hörbar ein. Blitzschnell zog er den Schlitten zurück. Die Mündung der Pistole wies auf meinen Bauch.

»Halten Sie die Waffe gefälligst anders!« sagte ich scharf.

»Angst?« fragte er herausfordernd.

»Ja«, antwortete ich. »Immer, wenn Amateure oder unreife Lümmel mit Waffen spielen.«

Sein Mund verzog sich ärgerlich. Er wirbelte herum. Ohne in die Kabine zu treten, hob er die Waffe und zielte auf die mittlere Scheibe. Er zog sechsmal durch. Die Schüsse klangen gedämpft in dem niedrigen, mit Akustikplatten verkleideten Raum. Die abgeschossenen Patronenhülsen flogen vor meinem Gesicht her und kollerten über den Boden. Der beißende Pulverdampf wurde von einem Ventilator rasch abgesaugt.

Donaldson grinste mich an. Sein Gesicht wurde starr, als ich ihm die Pistole abnahm.

»So etwas tun Sie in meiner Gegenwart nicht noch einmal!« sagte ich. Ich ließ das Magazin herausgleiten und zog den Schlitten zurück. Das Schloß war leer. Ich legte die Pistole in den Stahlschrank.

Donaldson ließ die Zielscheibe nach vorn fahren. Er nahm sie ab und zeigte sie mir. Die Einschüsse lagen sehr nah am Mittelpunkt.

»Wir waren mal ziemlich gut«, sagte er selbstgefällig. »Wollen Sie es auch probieren?«

»Ich schieße nicht aus Sport«, sagte ich. »Wer ist das – wir?«

»Ein paar Freunde vom Universitäts-Schießclub in New Haven«, antwortete er.

»Sie haben an der Yale University studiert?«

»Jura, falls es Sie interessiert.«

»Haben Sie auch Kleinkaliberwaffen?« fragte ich.

»Ich habe sie weggegeben, seit ich nicht mehr an Wettbewerben teilnehme«, antwortete er. »Der richtige Spaß am Schießen fängt doch erst mit 347er Magnum an. Finden Sie nicht auch? Ach so, ich vergaß, Sie schießen ja nicht aus Sport.« Er grinste spöttisch.

»Wem haben Sie die Waffen gegeben?«

»Ich habe sie dem Club überlassen. War's das?«

»Für den Augenblick, ja. Die Beamten der Mordkommission werden Sie noch einmal befragen und das Protokoll aufsetzen. Wie kommt man hier raus?«

»Was sind Sie für ein Detektiv, wenn Sie noch nicht einmal Ihren Weg finden?«

»Sie verwechseln da etwas, mein Junge«, konterte ich. »Was Sie meinen, sind Pfadfinder. Können wir jetzt gehen?«

»Er ist ein eitler, geltungssüchtiger Schnösel«, sagte ich zu meinem Chef.

Wir waren für kurze Zeit allein in William Donaldsons Bibliothek. Donaldson war in die Halle hinausgegangen, um die Gäste seiner Frau zu verabschieden. Monica Donaldson hatte sich einfach zurückgezogen. Ihr sei nicht wohl, hatte sie von ihrer Zofe ausrichten lassen. Wo der Künstler steckte, wußte niemand.

John D. High saß auf dem behäbigen braunen Ledersofa, während ich am Fenster stand und zum Strand hinuntersah.

Dort brannten mehrere Standscheinwerfer, und Beamte von der Mordabteilung Brooklyn suchten die Umgebung des Tatortes nach Spuren ab. Gene Bradlow war inzwischen in Begleitung des Arztes ins Hospital gefahren.

»Kommt er als Täter in Frage?« fragte John D. High.

Ich wandte mich um. »Ja«, antwortete ich.

Es kam mir unpassend vor, in diesem Zimmer mit den alten Ledersesseln, den in Leder gebundenen alten Büchern auf hohen Regalen, den dunklen holzgetäfelten Wänden und den kostbaren Orientteppichen auf dem knarrenden Parkett den Sohn des Hauses des Mordes zu verdächtigen.

»Er ist Scharfschütze, er hatte die Gelegenheit und vielleicht auch ein Motiv«, erklärte ich. »Wir sollten froh sein, daß wir nicht zuständig sind.«

John D. High sah mich an. »Ich fürchte, ich habe in dieser Hinsicht keine gute Nachricht für Sie, Jerry«, sagte er.

Donaldson, der Senator Frank Ingerman persönlich vom Tod seines Sohnes unterrichten wollte, hatte zuvor am Shore Boulevard anrufen lassen und erfahren, daß sich der Senator in Albany aufhielt.

Donaldson war nichts anderes übriggeblieben, als den Senator dort anzurufen und ihm die traurige Mitteilung am Telefon zu machen.

Nur zwölf Minuten später hatte der Commissioner der New Yorker Polizei bei Donaldson angerufen und den FBI-Chef zu sprechen verlangt. Ganz offiziell hatte der Commissioner den FBI um Amtshilfe bei der Aufklärung des Mordes an Lester Ingerman ersucht. John D. High konnte sich diesem Wunsch nicht entziehen.

»Ich werde Sie und Phil mit den Ermittlungen beauftragen«, entschied der Chef. »Wir können jetzt nur hoffen, daß wir es im Fall Ingerman nicht mit dem Serientäter zu tun haben, der Playboys und Partygirls abknallt«, fügte er hinzu.

Und daß Mal Donaldson nicht der Täter sein möge, dachte ich.

»Sie werden auf jeden Fall sämtliche Akten durchgehen müssen, Jerry. Fünf weitere Fälle«, sagte der Chef abschließend.

Als William Donaldson in die Bibliothek zurückkehrte, verließ ich das Haus und ging zum Wasser hinunter.

Detective Lieutenant Kramer, der Leiter der Mordabteilung Brooklyn, stand mit Police Captain Miller zusammen. Kramer gab mir die Hand.

»Gratuliere«, sagte er grimmig.

»Sie haben es also schon gehört«, stellte ich fest.

»Der Commissioner konnte es gar nicht schnell genug an die Öffentlichkeit bringen, daß er den Schwarzen Peter an Sie weitergereicht hat«, sagte er. »Ich will ja nicht behaupten, daß ich versessen darauf bin, mir die Finger an einem Mordfall in der High Society zu verbrennen. Aber ein Vertrauensbeweis für uns City Cops ist es nicht gerade.« Kramer spuckte in den Sand. »Sie können ja nichts dazu. Viel Glück, Jerry.«

»Haben Sie was gefunden?« erkundigte ich mich.

»Weder die Kugel noch eine Patronenhülse«, berichtete Captain Miller.

»Wir haben Metallsuchgeräte eingesetzt«, ergänzte Kramer. »Die Kugel hat den Körper des jungen Ingerman glatt durchschlagen.«

»Dann ist sie im Wasser gelandet«, bestätigte ich.

»Kommen Sie mit!« sagte Kramer.

Gemeinsam stapften wir zu dem kastenförmigen Einsatzwagen der Mordkommission, der neben dem Bootsschuppen stand. Wir kletterten hinein.

Auf dem Tisch, der an der Längsseite festgeschraubt war, lag eine Plastiktüte. An der Außenseite klebte Sand. Ins Innere schien Wasser gedrungen zu sein. Der Inhalt bildete eine ineinandergeflossene Masse aus einem feinkörnigen weißen Pulver und dünnem Papier.

»Es lag vor der Mole am Strand«, berichtete der Police Captain. »Jemand hat es ins Wasser geworfen, und die Wellen haben es an Land gespült.«

»Ich wette, daß es Kokain ist«, sagte Kramer. »Und zwar eine ganze Menge. Vielleicht zwei Unzen. Wie hoch es verschnitten ist, wird die Labor-Untersuchung ergeben. Ich lasse Ihnen das Zeug zusammen mit den Akten schicken.«

»Danke, Lieutenant«, sagte ich. Wahrscheinlich hatte Ingerman die Tüte weggeworfen, als er den Verfolger, nämlich Bradlow, bemerkte. Seinen Mörder hatte er bestimmt nicht gesehen. »Haben Sie Fußspuren gefunden?«

»Hauptsächlich Ihre, Jerry«, sagte Kramer. »Verdammt, wenn hier nicht so viele Fremde rumgelaufen wären, hätten wir es mit Spürhunden versuchen können. Ich wette nämlich, daß der Killer unter den Besuchern gewesen ist.«

»Sie haben doch eine Liste aufstellen lassen?«

»Natürlich. Die Wachleute am Tor registrieren jeden, der das Anwesen betritt oder verläßt.«

»Ich habe vier Leute oben am Tor gelassen«, schaltete sich der Captain wieder ein. »Sie durchsuchen jedes Fahrzeug, das vom Grundstück fährt.«

Das Grundstück lag auf einer Landzunge am Ende der Halbinsel. Der Zaun war hoch und elektrisch gesichert, aber ich hätte ihn nicht als unüberwindlich bezeichnet.

Die Schwachstelle war die Wasserseite. Die Einfahrt in die Bucht wurde zwar von der privaten Wachtruppe, die das Millionärsgetto der Sheepshead Bay sicherte, überwacht. Aber für jemand, der sich hier auskannte, gab es immer ein Schlupfloch.

Mal Donaldson brauchte keins.

»Das Grundstück ist so gottverdammt groß«, knurrte der Captain. »Und so verdammt unübersichtlich wie der Central Park. Es gibt da ein paar lauschige Plätzchen, einige Pavillons und Gästehäuser. Wir haben alles absuchen lassen, aber ich will verdammt sein, wenn es nicht einen Haufen Verstecke gibt.«

Zum Beispiel ein Versteck, in dem der Killer in Ruhe abwarten konnte, bis sich die Aufregung gelegt hat, überlegte ich.

Ich dachte an den Schatten, den ich vom Boot aus den Hang hatte hinauflaufen sehen. Ich hatte angenommen, die Gestalt sei im Haus verschwunden.

Sie konnte aber auch weiter in die Tiefe des Parks gelaufen sein.

»Sind die Gästehäuser bewohnt?« fragte ich.

»Eins«, antwortete Captain Miller. »Da wohnt wohl dieser Maler drin, der bei den Donaldsons zu Gast ist. Das Wohnzimmer hat er in ein Atelier verwandelt ...«

Der Captain verstummte, ich neigte lauschend den Kopf. Ich hatte etwas gehört und trat an die Tür des Einsatzwagens.

Da war es wieder. Ein kurzer, spitzer Schrei, dem gleich ein weiterer folgte. Und dann gab es keine Pausen mehr zwischen den Schreien.

Es war ein langgezogener, schriller, atemloser Schrei, der mir einen Schauer über den Rücken jagte. Meine Hand fuhr unwillkürlich zur linken Achsel, um sich zu vergewissern, ob der 38er an seinem Platz steckte.

Mein Revolver befand sich jedoch zusammen mit meinen nassen Sachen in einem Gästezimmer in der Villa.

»Geben Sie mir Ihren Revolver!« sagte ich zu Kramer.

Ich nahm die Waffe in die Hand und rannte dem Schrei entgegen.

Als ich keuchend oben an der Villa anlangte, blieb ich kurz stehen.

Der Schrei riß ab und setzte auf derselben schrillen Höhe wieder ein, auf der er eben abgerissen war. Es mußte eine Frau sein, die da schrie.

Aber der Schrei kam nicht aus der Villa.

Ich rannte um das Haus herum. Überall brannte Licht. Zwei Wachmänner stürmten aus einem Nebenausgang. Der eine erkannte mich.

Er deutete auf einen gewundenen Pfad, der zwischen gestutzten Büschen verschwand. Licht schimmerte durch das Laub.

Ich rannte weiter. Der Schrei riß jetzt immer häufiger ab. Immer dann, wenn die Frau nach Luft schnappen mußte.

Ein kleiner, gelb verputzter Rundbau mit spitzem Dach lag mitten auf einer Lichtung. Die Rolläden waren herabgelassen. Doch die Haustür stand offen. Licht brannte über dem Vorplatz.

Die Schreie gellten durch die offene Tür.

Ohne zu zögern, drang ich ins Haus.

Der Schrei brach für einen Moment ab, als Mrs. Donaldson mich hineinstürmen sah. Aber als sie den Revolver in meiner Hand bemerkte, schnappte sie nach Luft und schrie weiter.

Ich befand mich in einem hübschen Zimmer, in dem jedoch ein wüstes Durcheinander herrschte. Auf den geblümten Sesseln lagen aufgespannte Leinwände und schmutzige Kleidungsstücke. Das Sideboard war mit Farbtuben und Gläsern, die Pinselreiniger und andere Flüssigkeiten enthielten, vollgestellt.

Eine große Couch stand schräg vorm Kamin.

Monica Donaldson stand neben dem kalten Kamin. Sie sah mit starren Augen auf die geblümte Couch hinab.

Der Künstler – ich erinnerte mich an seinen Namen, er hieß Marc Meury und gab sich als Franzose aus – war über seiner Staffelei zusammengebrochen.

Er lag mit dem Rücken über einer Seitenlehne. Sein Kopf hing nach hinten. Die Augen starrten blicklos zur Decke. Seine linke Hand hatte sich zur Kralle verkrümmt.

Sein rechtes Bein bildete einen grotesken Anblick. Es hatte sich mit dem Gestell der Staffelei verheddert und wies schräg in die Luft.

Und alles war rot. Seine Brust, seine rechte Hand, sein Bart ...

Ich sprang auf die Frau zu. Das Geschrei angesichts des Todes zerrte an meinen Nerven. Ich packte sie an den Schultern und schüttelte sie. Ihr rotes Kleid stand vorn offen. Ihr Gesicht war kalkweiß und schweißfeucht. Die Augen blickten glasig.

Sie hörte nicht auf zu schreien. Erst als ich sie zweimal hart auf die Wangen schlug, verschluckte sie sich und klappte den Mund zu. Ihre Beine gaben plötzlich nach. Ich hielt sie fest und ließ sie in einen Sessel gleiten.

Die beiden Wachmänner standen in der Tür.

»Bleiben Sie draußen!« sagte ich. »Wissen Sie, ob Mrs. Donaldson einen eigenen Arzt hat?«

»Ja, Sir. Es ist Dr. Finkel aus ...«

»Rufen Sie ihn an!« sagte ich ungeduldig. »Und sagen Sie dem Captain und dem Lieutenant Bescheid!« Ich bemühte mich, nichts zu berühren, als ich mich dem toten Künstler zuwandte.

Was ich zuvor für frisches Blut gehalten hatte, erwies sich als Farbe.

Mrs. Donaldson wimmerte. »Er hatte plötzlich keine Lust mehr, mit all den Leuten zusammenzusein«, stieß sie hervor. »Er wollte noch etwas malen ...«

Ich beugte mich über die Brust des Toten. Unter der verschmierten Farbe entdeckte ich das winzige Loch.

Wieder ein genauer Herzschuß mit einer Kleinkaliberwaffe. Ich richtete mich auf und suchte die Wände mit den Augen ab.

Ich entdeckte das Schußloch zwischen zwei Fenstern in der Holztäfelung. Wenigstens etwas, dachte ich. Ich war jetzt überzeugt, daß ich es bei den beiden Morden an diesem Abend mit dem Serientäter zu tun hatte, der bisher schon fünf Opfer im Jet-Set gefunden hatte. Lester Ingerman und Marc Meury waren die Nummern 6 und 7.

»Warum sind Sie zu ihm gegangen?« fragte ich Monica Donaldson.

Sie starrte mich an. »Ich weiß es nicht mehr«, antwortete sie und schniefte.

Ich beugte mich noch einmal über den Toten und berührte seinen Hals. Die Haut war trocken. Sie fühlte sich bereits kühl an. Als Captain Miller und Lieutenant Kramer den Gästebungalow betraten, richtete ich mich auf.

»Sie müssen den Doc noch einmal kommen lassen, Lieutenant. Und die ganze Mannschaft.«

»Sie schon wieder?«

Mal Donaldson sah mich feindselig an. Diesmal stand ich vor der Tür zu seinem Wohnzimmer. Ich sah helles, warmes Licht schimmern. Der junge Mann hielt eine Zeitschrift in der Hand.

»Ich muß Sie sprechen«, sagte ich.

»Muß ich mit Ihnen sprechen?«

»Ich bin offiziell mit der Untersuchung des Mordes an Lester Ingerman beauftragt«, sagte ich. Der Fall Marc Meury gehörte zweifellos dazu.

»Das ging aber prompt«, meinte Mal Donaldson. »Hat mein Vater da seine Hand im Spiel?«

Ohne die Frage zu beantworten, ging ich an ihm vorbei. Ich sah mich um. Das Zimmer war mit leichten, hellen Kiefernmöbeln eingerichtet. Der Fernsehapparat war eingeschaltet, der Ton leise gedreht. Auf dem Bildschirm lief die Wiederholung eines Baseballspiels.

An den Wänden hingen Urkunden und Auszeichnungen, eine Fahne der Verbindung, deren Mitglied Mal Donaldson war, und unzählige Fotos, die ihn inmitten seiner Freunde oder Kommilitonen zusammen mit hübschen Mädchen und bei verschiedenen Sportarten zeigten. Beim Schießen mit der Freien Pistole, in Rennwagen und Rennbooten, im Boxring und beim Football.

»Sehr vielseitig«, stellte ich fest. Ich wandte mich um und sah ihn wieder an. »Ingerman hatte eine Menge Koks bei sich. Was wollten Sie mit all dem Zeug? War es für Sie allein?«

»Wenn Sie mir unterstellen wollen, Mr. Cotton, daß ich eine größere Menge Rauschgift als zum Eigenbedarf erwerben wollte, so beschuldigen Sie mich damit eines Verbrechens. Dann wird es höchste Zeit, daß wir beide uns über meine Rechte unterhalten und daß ich mich mit einem Anwalt in Verbindung setze.« Er verzog den Mund zu einem arroganten Lächeln.

»So weit sind wir noch nicht, Mr. Donaldson«, sagte ich. »Im Moment hoffe ich nur auf Ihre Mithilfe.«

Ich trat an eins der hohen Fenster. Es ging nach Osten. Ich konnte über die Sträucher bis zum Gästebungalow sehen. Und in der Scheibe sah ich Mal Donaldsons Spiegelbild.

»Haben Sie den Schuß nicht gehört?« fragte ich.

»Nein.«

»Aber Sie wissen, was geschehen ist?«

»O'Hara, das ist der Chef unseres Wachdienstes, hat mich angerufen«, antwortete er.

»Sie waren nicht neugierig, Mr. Donaldson. Liegen ruhig vorm Fernseher ...«

»Er war weder mein Gast noch mein Freund«, sagte der junge Mann kalt.

»Wo waren Sie, nachdem wir uns getrennt hatten?« fragte ich.

»Ich bin sofort nach oben gegangen. Über die Hintertreppe.« Ich sah sein Grinsen in der Scheibe, und er wußte, daß ich es sah. »Niemand hat mich gesehen, Cotton. Meistens habe ich ja ein Mädchen bei mir. Aber heute hat's nicht geklappt.«

Marlo Thomas hatte ihn abblitzen lassen. Ich empfand eine gewisse Genugtuung.

»Wollen Sie nicht fragen, ob ich den Künstler umgelegt habe?«

»Nein.«

»Warum nicht?«

»Weil ich mir nicht gern Lügen auftischen lasse.« Ich drehte mich um. Donaldson amüsierte sich sichtlich. Ich empfand nur Ärger. Dieser Lümmel glaubte, sich alles leisten zu können. Auch Mord?

»Ich hätte sogar ein Motiv«, spottete er. »Dieser hergelaufene Kleckser besudelte die Ehre meines Vaters! Meiner Familie!« sagte er pathetisch.

»Sie hatte also ein Verhältnis mit Meury?«

»Das habe ich nicht gesagt!«

»Dann seien Sie etwas vorsichtiger mit Ihren Bemerkungen!«

Ich wandte mich der Tür zu. Ich hätte es wissen müssen, daß auch dieses Gespräch ergebnislos verlaufen würde. Jetzt suchte ich nach einem passenden Abgang, aber mir fiel nichts Kerniges ein.

»Wir sprechen uns noch«, sagte ich unbestimmt.

»Rufen Sie vorher an!« höhnte der junge Mann.

So behielt er das letzte Wort.

Es war 2.05 Uhr, als ich mit meinem Chef auf unseren Wagen zuging.

Auf dem Grundstück und im Gästebungalow arbeiteten immer noch die Experten vom Erkennungsdienst. Ich hatte die Hoffnung, daß sie doch noch eine verwertbare Spur finden könnten, aufgegeben. Sie hatten die deformierte Kugel, die Meury getötet hatte, aus der Wand gekratzt, aber keine Hülse gefunden.

»Ich denke die ganze Zeit darüber nach«, sagte der Chef, »warum der Täter eine Kleinkaliberwaffe benutzte. Sie ist doch sehr unsicher.«

»Nicht für einen Scharfschützen«, sagte ich.

»Sport-, Scharf- oder Kunstschützen benutzen im allgemeinen Pistolen. Es wurde keine Hülse gefunden. Das läßt auf einen Revolver als Tatwaffe schließen.«

»Oder auf eine einschüssige Wettkampfwaffe«, gab ich zurück.

Marc Meury, der französische Künstler, war etwa zu der Zeit getötet worden, als William Donaldson die Gäste seiner Frau verabschiedete.

Zur selben Zeit hatte ich seinen Sohn am Fuß der Hintertreppe zuletzt gesehen.

Mal Donaldson hatte auch für die Tatzeit dieses Mordes kein Alibi.

Neben dem Wagen blieben wir stehen. Weil ich wußte, daß mein Chef sich nicht gern in meinen Jaguar zwängte, hatte ich mir von der Fahrbereitschaft einen geräumigen Buick geben lassen.

Tief atmete John D. High die frische, klare Nachtluft ein. In niedriger Höhe strich ein Marineflugzeug im Anflug auf das Floyd Bennet Field über den Rockaway Inlet.

Ich schloß den Wagen auf, warf meine zusammengerollten Kleidungsstücke, die immer noch naß waren, zusammen mit dem Schulterholster und meinem Smith & Wesson über die Lehne des Beifahrersitzes auf die Rückbank und ließ meinen Chef einsteigen.

Ich ging um den Wagen herum, stieg vorn ein und startete den Motor. Langsam ließ ich den Buick auf das Haupttor zurollen.

Das Tor war geschlossen. Der Parkplatz hinter dem beleuchteten Torhaus war jetzt leer bis auf ein paar Polizeifahrzeuge und einige Wagen, die den Wachleuten und anderen Angestellten der Donaldsons gehören mochten.

Vorm Torhaus standen ein Wachmann und zwei Cops. Die beiden Uniformierten traten an unseren Buick heran. Der eine trug ein Klemmbrett mit einer Liste in der Hand.

Ich hielt an und klappte das Etui mit meinem Ausweis auf.

»Mr. Cotton und Mr. High?« Der Cop mit der Liste hakte unsere Namen ab, während der andere flüchtig ins Wageninnere leuchtete und dem Wachmann ein Zeichen gab.

Der Vergleich der Listen, auf denen das Kommen und Gehen der Familienmitglieder, ihrer Besucher und Angestellten registriert wurde, hatte keine Unstimmigkeiten ergeben. Wer das Anwesen im Verlauf der vergangenen 24 Stunden betreten und es laut Torkontrolle noch nicht wieder verlassen hatte, war von den Beamten der Mordabteilung überprüft worden.

Es waren keine unauffindbaren Personen festgestellt worden. Entsprechend oberflächlich fielen jetzt die Fahrzeugkontrollen aus.

Ich hatte sowieso keine Sekunde angenommen, daß sich der Täter in einem derart groben Netz fangen ließe. Immerhin war es Lester Ingerman gelungen, das Grundstück der Donaldsons unbemerkt zu betreten, und das vermutlich nicht zum ersten Mal. Okay, Ingerman war auf der Halbinsel aufgewachsen, und er brauchte nicht zu fürchten, der Polizei übergeben zu werden, wenn die Wachleute ihn entdeckt hätten.

Wie er auf das Grundstück gelangt war, blieb nach wie vor ungeklärt. Mal Donaldson gab vor, es nicht zu wissen.

Ich hatte Captain Miller und O'Hara, den Chef des Wachdienstes, gebeten, bei Tageslicht die gesamte Umzäunung auf Schwachstellen hin abzusuchen.

Das Tor glitt auf Rollen lautlos zur Seite. Ich fuhr auf die schmale, von Kiefern gesäumte Betonstraße hinaus. Diese private Zufahrt lag zwar außerhalb der Umzäunung, sie gehörte jedoch noch zum Besitz der Donaldsons. Sie führte am Rand der Dünen entlang zum Oriental Boulevard, der etwa eine halbe Meile entfernt war.

Ich senkte den Fuß aufs Gaspedal, nahm ihn aber sofort wieder hoch. Ich spürte ein feines Prickeln im Nacken, eine leise Warnung, und wußte gleichzeitig, daß sie zu spät kam.

Vielleicht lag es an meiner Müdigkeit, vielleicht am ungewohnten und unbekannten Wagen, möglicherweise aber waren es auch meine nassen Kleidungsstücke auf der Rückbank, die einen ungewohnten Geruch verströmten und meinen Instinkt täuschten.

Und meine Kanone lag hinten, einem schnellen Zugriff entzogen.

Ich wollte meinen Fuß gerade auf die Bremse stemmen, als ich eine kalte Berührung in meinem Nacken spürte. Meine Augen zuckten zum Rückspiegel. Ein unförmiger Schatten erschien zwischen den Sitzlehnen.

»Keine hastige Bewegung!« sagte eine heiser flüsternde Stimme.

Sie klang dumpf, als würde sie von mehreren Lagen Stoff gedämpft, aber sie gehörte einem Mann. Mehr konnte ich aus dem kurzen Satz nicht heraushören.

»Fahren Sie ganz langsam weiter ...«

Der Druck der Pistolenmündung an meinem Hals veränderte sich kaum, als der Kerl, der sich auf dem Boden des großen Wagens versteckt hatte, die Decke abstreifte. Die Decke gehörte zur Ausrüstung des Dienstwagens. Sie hatte auf der Rückbank gelegen, wie ich mich erinnerte. Der Kerl hatte sich mit ihr tarnen können.

Der Mörder, korrigierte ich mich in Gedanken. Der Mann hinter uns hatte zumindest Lester Ingerman und Marc Meury getötet.

John D. High bewegte sich nicht. Seine schmalen Hände lagen ruhig auf seinen Oberschenkeln.

Ich starrte in den Rückspiegel. Ich sah eine Schulter und den Umriß des Kopfes, der unter einer herabgezogenen Wollmütze verborgen war. Es war sehr dunkel auf diesem Straßenstück. Die Augen glitzerten nur schwach hinter den Augenschlitzen.

»Da oben an der Ecke halten Sie an!« befahl der Fremde.

Ich lauschte dem Klang der flüsternden Stimme nach und verglich sie mit anderen, die ich im Lauf des Abends und der Nacht gehört hatte. Flüsterstimmen sind kaum zu identifizieren, selbst wenn man den Sprecher kennt.

»Wollen Sie sich stellen?« fragte ich kaltblütig.

Der Kerl stieß mir die Pistolenmündung tief in den Nackenmuskel. »Keine Scherze, keine Heldennummer!« zischte die Stimme.

»Jerry«, mahnte John D. High. »Tun Sie, was er sagt!«

»Der Alte ist vernünftig«, flüsterte der Killer. Er nahm die Pistole von meinem Hals und preßte meinem Chef die Mündung hinter das Ohr. »Wir werden miteinander zurechtkommen!«

Ich fuhr etwas zu schnell auf die Einmündung der Privatstraße in den Oriental Boulevard zu. Ich erwog die Möglichkeiten, die ich hatte.

Viele waren es nicht mit meinem Chef an Bord. Wenn ich auf die Bremse träte und hoffte, daß die Verzögerung den Mistkerl zwischen die Sitzlehnen beförderte, ging das Risiko voll zu Lasten meines Chefs.

»Tun Sie's nicht!« sagte der unwillkommene Fahrgast gefährlich ruhig. »Wenn ich den alten Mann erschieße, habe ich immer noch genügend Zeit, Ihnen den Schädel einzuschlagen, bevor Sie sich nur umdrehen können!«

»Jerry!« mahnte der Chef erneut, diesmal mit einem scharfen, befehlenden Unterton in der Stimme.

Ich nahm den Fuß vom Gas und ließ den Buick ausrollen.

»Stopp jetzt und Licht aus!« befahl die Stimme »Und lassen Sie die Pfoten auf dem Lenkrad!«

Über der Einmündung brannte eine Bogenlampe. Der Buick kam außerhalb ihres Lichtkreises zum Stehen. Aber Streulicht fiel ins Wageninnere, und ich konnte meine Hände nicht verstecken.

Ich hörte, wie der Killer mit seiner freien Hand meine zusammengerollten Kleidungsstücke durcheinanderbrachte. Ich schielte nach rechts und sah eine Hand, die in einem hellen Lederhandschuh steckte. Der Ärmel der dunklen Trainingsjacke hatte sich um zwei Zoll in die Höhe geschoben.

Ich sah den Schimmer gebräunter Haut und dunkle Haare auf dem kräftigen Handgelenk.

»Warum haben Sie es getan?« fragte John D. High ruhig.

Der Kerl hielt mit seiner Suche einen Augenblick inne.

»Was meinen Sie?« fragte er. Die Frage hatte ihn überrascht, aber er hatte sich gut in der Gewalt, denn er vergaß keine Sekunde zu flüstern.

»Die beiden Morde«, sagte der Chef. »Warum haben Sie Lester Ingerman und Marc Meury getötet?«

»Sie sind verdorben! Sagen Sie bloß, das wußten Sie nicht!«

»Woher sollte ich das wissen?« entgegnete mein Chef. »Ich habe sie nicht gekannt. Sie? Haben Sie sie gekannt?«

»Ich? Ja, natürlich! Ich kenne sie alle! Sie sind leichtfertig und verdorben! Sie bringen Unglück über andere Menschen!«

»In welcher Beziehung?«

Ich bewegte mich nicht. Ich wagte kaum zu atmen. Würde der Chef es schaffen, den Mörder aus der Reserve zu locken? Ihn zu einer unbedachten Äußerung verleiten, die ihn verraten würde?

»Sie halten mich für einen Irren, für krank!« sagte er.

»Halten Sie sich für gesund?« fragte der Chef herausfordernd.

»Was ist gesund, was ist krank in dieser verrottenden Welt! Vielleicht bin ich krank. Vielleicht sind die Kranken heutzutage die Gesunden ... Aber ich weiß genau, was ich tue!«

»Wollen Sie wissen, was ich glaube, Mann?« fragte

mein Chef. »Ich glaube, daß Sie ein gemeiner Mörder sind! Die beiden waren doch nicht ihre ersten Opfer ...«

»Seien Sie still!« zischte der Mann.

Ich spannte meine Muskeln. Wenn der Kerl durchdrehte, mußte ich etwas unternehmen.

Die Stimme des Killers ließ immer noch nichts anklingen. Der Kerl hatte jetzt die Handschellen gefunden, die ich mit in das Bündel gepackt hatte. Er warf das Paar nach vorn.

»Binden Sie sich aneinander!« befahl er.

Weder mein Chef noch ich rührten uns.

Der Killer machte eine drohende Bewegung mit seiner Pistolenhand, und ich hörte den Chef stöhnen.

»Hören Sie auf!« sagte ich laut.

Mein Mund wurde trocken, als ich sah, wie die Hand des Killers zitterte. Ich konnte jetzt auch den langen Lauf und den großen Griff der Wettkampfpistole erkennen.

Er hat nur einen Schuß! Dieser Gedanke schob sich in den Vordergrund meines Denkens. Vielleicht bekam ich doch meine Chance!

John D. High nahm die Handfessel, die auf der Mittelkonsole gelandet war, genau auf der Abdeckung über dem Funktelefon. Der Chef legte sich die eine Manschette um sein linkes Handgelenk. Ich hörte das Einrasten des Verschlusses.

Der Killer öffnete die hintere Tür. »Aussteigen!« befahl er mit seiner verstellten Flüsterstimme. »Rechts!«

Mein Chef klinkte die Tür auf. Ich rutschte nach, als er sich nach draußen schob. Die Hand mit der Waffe folgte der Bewegung.

Gleich mußte der Schweinehund die Mündung vom Kopf meines Chefs lösen. Nämlich dann, wenn er selbst ausstieg und die Hand mit der Pistole um den Türholm herumführen mußte.

Ich ließ die Hand nicht aus den Augen.

Jetzt!

Ich konnte nur mit meiner linken Hand zupacken.

Es blieb beim Versuch. Denn als ich die Hand herumschwingen ließ, zerrte gerade mein Chef, der von meinem Vorstoß nichts ahnen konnte, an meinem rechten Arm.

Ich verfehlte das Handgelenk des Killers. Statt dessen erwischte ich die große, um den Griff der Pistole geballte Faust. Meine Finger glitten auf dem glatten Leder des Handschuhs ab.

Der peitschende dünne Knall unmittelbar neben meinem Kopf ließ mich zurückfahren. Feine Pulverpartikel spritzten in mein Gesicht.

Der Killer stieß einen wütenden Laut aus. Ich wollte aus dem Wagen, an meinem Chef vorbei, bevor der Mörder zurückweichen konnte, außer meine Reichweite geriet und seine verdammte Pistole nachladen konnte. Denn an eine Verfolgung zu Fuß war nicht zu denken.

Aber der Killer behielt die Nerven. Mit einem Satz war er hinter John D. High, legte ihm einen Arm um den Hals und riß ihn von mir weg. Der Ruck fetzte mir die Haut vom Handgelenk, und ich schlug mit der Stirn gegen die Wagentür.

Ich sah nur eine schattenhafte Bewegung, aber ich hörte den dumpfen, häßlichen Laut, als der Killer meinem Chef den Pistolengriff in den Nacken schmetterte.

Ich fing ihn auf, bevor er schwer auf den Boden schlug.

Der Strolch sprang über mich hinweg und hechtete in den Buick. Die Türen flogen zu.

Ich grinste, als die rechte Tür wieder aufgestoßen wurde.

»Geben Sie mir den Zündschlüssel!« flüsterte der Kerl heiser.

»Hol ihn dir, du Ratte!« sagte ich.

»Mir ist es lieber, wenn er verschwindet«, sagte John D. High schwach.

Ich warf dem Mörder den Schlüssel zu.

Der Motor heulte auf. Die durchdrehenden Räder spritzten Dreck und Steinsplitter in unsere Gesichter. Inmitten einer stinkenden Abgaswolke blieben wir zurück.

Die Fahrt des Killers dauerte nicht lange.

Ohne die Scheinwerfer einzuschalten, schlitterte er auf den breiten Oriental Boulevard, der jetzt, mitten in der Nacht, verlassen dalag.

Zwischen den Kiefernstämmen sah ich die Bremslichter aufflammen. Der Wagen stoppte schon wieder!

Die Tür auf der Fahrerseite flog auf. Ein dunkler Schatten sprang heraus. Er huschte um den großen Wagen herum und tauchte dann zwischen den Kiefern auf der anderen Straßenseite unter.

»Er flieht zu Fuß!« stieß ich fassungslos hervor.

Mein Chef bewegte sich. »Sind Sie in Ordnung, Jerry?« erkundigte er sich.

Er dachte zuerst an mein Wohlergehen. Dabei war er niedergeschlagen worden!

»Ich bin okay«, antwortete ich. »Aber Sie sind verletzt!«

Ich sah das Gesicht meines Chefs nah vor mir, als er sich den Nacken rieb. »Die Haut ist noch heil«, stellte er fest. »Helfen Sie mir auf!«

»Ich habe Mist gebaut«, sagte ich zerknirscht.

»Es war meine Schuld«, sagte John D. High. »Ich wußte, daß Sie etwas unternehmen würden, als ich ausstieg. Die Gelegenheit bot sich geradezu an. Aber ich wußte nicht, wo ich hintrat. Der Wagen stand zu nah am Straßengraben. Ich bin gestolpert.« Er stand aufrecht da und sah sich um. »Schließen Sie endlich die verdammte Handfessel auf!«

»Die Schlüssel stecken in meinem Jackett«, sagte ich.

»Gehen wir zum Wagen! Beeilen wir uns!«

Mit raschen Schritten überquerten wir die Kreuzung.

»Er wußte genau, wer wir waren! Ist Ihnen das klar, Jerry?«

»Ja, Sir«, antwortete ich.

»Er ist ein eitler, geltungsbedürftiger Hurensohn«, stellte der Chef fest.

Mir fiel auf, daß er fast dieselben Worte benutzte – die sonst nicht zu seinem Sprachschatz gehörten –, mit denen ich Mal Donaldson charakterisiert hatte.

»Haben Sie seine Stimme erkannt?« fragte der Chef.

»Nein«, antwortete ich. »Weder positiv noch negativ.«

Ich würde Mal Donaldson gleich per Funktelefon anrufen, und falls er den Anruf nicht beantwortete, würde ich ihn noch einmal aufsuchen. Aller guten Dinge sind drei, dachte ich grimmig. Und falls ich ihn nicht im Haus oder in seiner Suite anträfe, würde ich ihn suchen lassen. Und dann würde er sich einige verdammt peinliche Fragen gefallen lassen müssen.

Wir erreichten den Buick. Ich probierte die Fahrertür.

Sie war abgeschlossen.

Wir liefen um den Wagen herum und probierten auch die anderen Türen, wobei wir schon wußten, daß es zwecklos war. Ich suchte den Straßenrand nach einem Stab ab. Es gab nur Sand und trockene Äste. John D. High mußte zwangsläufig jeder meiner Bewegungen folgen. Er tat es, ohne zu klagen.

Ich trat nah an die rechte Tür, hob ein Bein und trat mit dem Absatz kräftig gegen das kleine Ausstellfenster.

Erst nach dem vierten oder fünften Versuch gab der Riegel auf der Innenseite nach.

Ich drückte den dreieckigen Rahmen nach innen und schob meinen Arm hindurch. Ich konnte gerade den Türgriff erreichen.

Die Tür sprang auf. Ich schob mich in den Wagen. Die Innenbeleuchtung brannte nicht. Ich öffnete die Klappe über dem Funkgerät und tastete nach dem Handmikrofon.

Ich bekam nur das Kabel mit den abgerissenen Enden zu fassen.

»Er hat das Mikro abgerissen!« stieß ich hervor.

Er hatte noch mehr getan. Um sicherzugehen, daß wir hier festgenagelt blieben, hatte er nicht nur den Zündschlüssel abgezogen und ihn irgendwohin geworfen. Er hatte auch unter das Armaturenbrett gegriffen und wahllos ein ganzes Bündel Kabel aus den Anschlüssen gefetzt.

Ich fluchte, als ich meine Sachen durchwühlte, die auf der Rückbank ein wildes Durcheinander bildeten.

Mein Revolver war da, wie ich aufatmend feststellte.

Aber der kleine Schlüssel für die Handfessel, den ich in einer Innentasche meines Jacketts verwahrte, war verschwunden. Ich fluchte.

»Er hat uns eiskalt erwischt«, sagte ich.

»Wir waren noch nicht vorbereitet«, sagte der Chef gelassen. Er sah sich um.

Hilfe war nicht in Sicht. Der Boulevard endete am Meer. Hinter den Kiefernwäldern lagen andere Parks, in denen die Villen anderer Reicher lagen. Selbst wenn wir jetzt losjoggten, würden wir zu spät kommen, um einem abgehetzten Mal Donaldson die Schuld auf den Kopf zusagen zu können.

»Wenn das eben der junge Donaldson war«, meinte der Chef, »war das ein genialer Schachzug.«

»Wenn er es nicht war«, entgegnete ich, »war der Schachzug nicht weniger genial.«

Ein anderer Täter als Mal Donaldson hätte irgendwo auf einem der Parkplätze auf der Nordseite der Halbinsel seinen Wagen stehengelassen. Durch den Kiefernwald wäre es nur ein kurzer Sprint. Er konnte jetzt schon auf dem Weg zurück nach Brooklyn oder Manhattan sein.

Während Mal Donaldson durch ein Schlupfloch längst wieder sein schützendes Zuhause erreicht haben und sich über den gelungenen Bluff ins Fäustchen lachen konnte.

Erst eine halbe Stunde später bog eine Limousine aus der Privatstraße der Donaldsons in den Oriental Boulevard ein. Wir winkten, und der Wagen stoppte hinter uns.

Captain Miller saß im Fond, ein Sergeant am Steuer. Die beiden Polizisten öffneten endlich unsere Handfesseln und nahmen uns mit.

Phil Decker und ich hatten uns in die Akten der fünf Mordfälle verbissen, die dem bisher unbekannten Serientäter zugeschrieben wurden. Seit den beiden Morden auf Sheepshead Bay hatte die Presse den unheimlichen Mörder kurzerhand den Jet-Set-Killer getauft.

In einem Besprechungszimmer hatten wir Tafeln mit großen Papierbögen bespannt. Die Bögen hatten wir mit Namen und Daten, Fakten und Skizzen beschrieben. An den Wänden hingen Fotos, die die Tatorte und Opfer zeigten.

Sieben Tatorte, sieben Opfer.

»Für mich steht keineswegs fest, daß wir es mit nur einem einzigen Täter zu tun haben«, sagte Phil.

»Aber wir können getrost davon ausgehen«, meinte

ich. »Bis jetzt mindestens«, schränkte ich dann ein. »Ich möchte nämlich nicht wissen, wie viele Irre jetzt in den Startblöcken stehen!«

Denn sensationell aufgemachte Presseberichte über eine spektakuläre Mordserie fordern erfahrungsgemäß Nachahmungstäter heraus.

Diese Mordserie enthielt alle Elemente, die auf solche Nachahmungstäter einen unwiderstehlichen Reiz ausübten. Morde in der High Society. Ein Killer, der seine Opfer im Jet-Set suchte und fand. Der keinen Respekt vor den Vielbewunderten, Vielbeneideten hatte. Der sie das Zittern lehrte.

Großer Gott, dachte ich. Für Playboys und ihren Anhang brachen schwere Zeiten an.

Es kam darauf an, den Täter so bald wie möglich unschädlich zu machen. Bis dahin mußten wir möglichst viele Einzelheiten der bisherigen Ermittlungen zurückhalten, um die Opfer solcher Nachahmungstäter von den Opfern des sogenannten Jet-Set-Killers unterscheiden zu können. Ich trat an die Tafel, auf der wir die gemeinsamen Merkmale der Opfer und die näheren Begleitumstände ihres Todes notiert hatten.

»Alle sieben Opfer gehörten der High Society an oder lebten an ihrem Rand«, sagte ich. »Sie alle führten ein mehr oder weniger lockeres Leben, was möglicherweise ein Merkmal für die Bezeichnung Jet-Set darstellte. Sie alle nahmen Drogen. Und alle wurden mit einer Kleinkaliberwaffe getötet. In jedem Fall mit einem genauen Herzschuß. Fünf Kugeln konnten sichergestellt werden. Alle waren stark verformt, aber alle stammen aus einer bestimmten Hochleistungspatrone von Remington. Übrigens auch die Kugel, die im Armaturenbrett des Buick steckengeblieben ist. Wie viele Hinweise auf einen gemeinsamen Täter brauchst du noch?«

»Ein Motiv«, antwortete Phil gelassen.

»Warum nicht gleich den Namen?« fragte ich.

»Weshalb bist du so gereizt?« erkundigte sich mein Freund. »Der Kerl hat dich reingelegt. Na und? Das passiert jedem von uns mal.«

Ich verzog das Gesicht. Dann aber ausgerechnet von den Kollegen von der City Police angetroffen zu werden, wenn man gewissermaßen am Boden lag, das war schon bitter.

»Reden wir von was anderem«, sagte ich schnell.

Für jedes Opfer hatten wir einen großen Papierbogen aufgehängt. Die Wege der oberen Zehntausend kreuzen sich auf vielfältige Weise. Unter dem Namen eines jeden Opfers notierten wir die Namen ihrer Freunde und Feinde, ihrer Bekannten und Liebhaber, soweit wir sie erfassen konnten.

Außer unter den Namen Ingerman und Meury erschien der Name Malcolm Donaldson unter dem Anhang zweier weiterer Opfer.

Das eine war ein Freund aus Mal Donaldsons College-Zeit. Das andere war ein Partygirl aus Manhattan, ein gebildetes, bildschönes Mädchen, das im Verlag ihres Vaters als Lektorin arbeitete. Vor drei Jahren war Mal Donaldson mit ihr enger befreundet gewesen. Sie hatte sich gerade mit einem jungen Wissenschaftler verlobt, als sie bei einem Ausritt im Riverside Park am hellichten Tag erschossen wurde.

Wie die anderen Opfer auch hatte sie gelegentlich Kokain geschnupft oder auf Partys gehascht. Sehr oft war ihr Bild in den Klatschspalten der Zeitungen erschienen, weil sie nicht prüde war. In den Mode-Discos des Jet-Set tanzte sie oben ohne.

Mal Donaldsons Alibis waren seinerzeit nicht überprüft worden.

Auf meiner privaten Verdächtigenliste blieb er der Kandidat Nummer eins.

Allerdings war er zur Zeit noch der einzige Verdächtige, was die Qualität der Belastungsmomente ein wenig beeinträchtigte.

Phil baute sich vor der Skizze auf, die das Anwesen der Familie Donaldson auf Sheepshead Bay darstellte. Er deutete auf den Umriß eines größeren Gebäudes im nordwestlichen Teil des Parks.

In einem Haus befanden sich die Garagen für die Fahrzeuge der Familienmitglieder. In den Wohnungen über den Garagen wohnten die beiden Fahrer der Familie und einige Wachleute.

Mit dem Finger fuhr Phil die Linie der Straße entlang, die durch den Park zu einem Tor an der Nordseite des Anwesens führte.

»Du hast erklärt«, sagte Phil, »daß dieses Tor nur von den Familienmitgliedern benutzt und deshalb nicht extra bewacht wird.«

Ich nickte. »Richtig. Nur William Donaldson, seine Frau und sein Sohn besitzen Schlüssel. Seine Tochter Susan lebt bei der Mutter in Connecticut.«

»Dann frage ich mich, weshalb Mal Donaldson sich heimlich mit Ingerman am Bootshaus treffen wollte«, sagte Phil. »Warum hat er Ingerman nicht hier am Tor getroffen? Oder sonst irgendwo?«

»Es gibt keine Wachtposten am Tor«, räumte ich ein, »aber es wird von einer Fernsehkamera überwacht. Okay, deine Frage ist damit nicht beantwortet. Ich werde die Antwort finden. Und zwar sehr schnell.«

»Wie willst du das anstellen?«

»Bradlow wurde heute mittag aus dem Krankenhaus entlassen. Diesmal wird er mir alles sagen müssen, was er weiß.«

»Ich komme mit«, sagte Phil.

Ich schüttelte den Kopf. »Mit Bradlow werde ich allein fertig«, sagte ich zuversichtlich. »Wir sind schon richtige Freunde. Du kannst in der Zwischenzeit alle Informationen über Mal Donaldson abzapfen. Mich interessiert, was er in Yale gemacht und wen er gekannt hat. Wenn du damit fertig bist, geh die Akten noch mal durch! Bestimmt haben wir etwas übersehen.«

»Wir?« fragte Phil gedehnt. »Du drückst dich doch, wo du nur kannst!«

Gene Bradlow, der ehemalige Beamte der Rauschgiftbrigade, hauste in einem düsteren Holzhaus im alten Teil von Sheepshead Bay, wo sich seit einiger Zeit aus Rußland eingewanderte Juden ansiedeln. Das Haus duckte sich unter dem Gerüst der Subway nach Coney Island, die hier überirdisch fuhr. Ein vorüberdonnernder Zug ließ die leichten Wände und dünnen Glasscheiben erzittern.

Ein rundum verglaster Wintergarten diente Bradlow als Büro. Vor den schmutzigen Fenstern rankten hübsche Blumen. Im Innern des Zimmers war es drückend heiß, obwohl kein Sonnenstrahl den Glaskäfig traf. Bemerkenswert an der Einrichtung waren der Fernschreiber und der Anrufbeantworter.

»Was macht der Arm?« fragte ich.

Bradlows rechter Arm lag in einer Schlinge. Die Schulter war dick verbunden. Er verzog das Gesicht.

»Was interessiert es Sie?« fragte er. »Suchen Sie sich einen Stuhl! Wollen Sie Kaffee? Oder was Kräftigeres?«

»Was macht der Arm?« wiederholte ich geduldig. Er trug jetzt eine alte Hose mit ausgebeulten Knien und ein Hemd, das lose über der verletzten Schulter hing. Sein verkniffenes Gesicht war grau. Die Lippen waren zu schmalen Strichen zusammengepreßt.

»Wenn Sie es genau wissen wollen, Cotton – ich werde den Arm wahrscheinlich nie wieder richtig bewegen können. Zufrieden?«

»Sollten Sie dann nicht besser im Hospital bleiben? Es gibt Spezialisten.«

»Sie haben mir erst die Kugel rausgeholt. Mehr können Sie erst in ein paar Tagen sagen. Ich hatte gehofft, daß Donaldson mich fest einstellen würde. Damit wird es jetzt wohl nichts.«

»Wenn Sie einen offiziellen Auftrag hatten, kommt er vielleicht für die Krankenhauskosten auf. Oder für eine Ausfallentschädigung.«

»Wir hatten keinen Vertrag«, antwortete Bradlow. »Und ich gehe nicht betteln.«

»Und Ingerman? Haben Sie mit Ihrem Anwalt gesprochen? Sie können möglicherweise Forderungen stellen.«

»Und dann?« sagte Bradlow aufbrausend. »Was hätte ich dann? Von denen auf der Halbinsel würde mich keiner mehr ansehen! Halten Sie sich raus, Cotton! Sagen Sie Ihren Spruch auf, und verschwinden Sie wieder!«

»Wie lange gingen diese heimlichen Treffs zwischen Mal Donaldson und Ingerman?«

»Eine ganze Weile.«

»Das ist mir zu unbestimmt.«

»Seit dem Frühjahr. Alle drei, vier Wochen«, antwortete Bradlow mürrisch. »Aber ich sage Ihnen eins, Cotton – vor Gericht werde ich nichts von dem wiederholen, was wir hier reden! Nichts, verstehen Sie?«

»Der junge Ingerman hatte eine Menge Stoff bei sich«, fuhr ich fort. »Ich hatte nicht den Eindruck, daß Mal Donaldson stark schnupft.«

»Seine Stiefmutter kokst, und nicht zu knapp. Haben Sie das nicht bemerkt?«

»Ich hatte den Verdacht«, antwortete ich.

»Sie und ihre Freunde. Die zogen 'ne Menge durch. Der Alte ist dahintergekommen. Von da an durfte sie das Grundstück nicht mehr ohne Begleitung verlassen. Daraufhin hat sie sich an Mal gewandt, und er hat ihr den Stoff besorgt.«

Bradlow zündete sich eine Zigarette an, ohne mir eine anzubieten. Er schnippte das Streichholz auf den Boden. Die Wände begannen zu vibrieren, als ein Zug vorüberrumpelte.

Als wieder Stille einkehrte, fuhr Bradlow fort: »Der Alte ist natürlich auch dahintergekommen. Er hat Mal auf Schritt und Tritt bespitzeln lassen.«

Ich schüttelte ungläubig den Kopf. »Ließen die sich das denn gefallen?«

»Er hat sie an der Leine. An einer Leine aus lauter Dollarscheinen. Sie hat ziemlich gehalten. Sie konnten ja Besucher empfangen, wie sie wollten. Nur nicht Ingerman. Der alte Donaldson wußte zwar nicht Bescheid, er hat aber was vermutet. Ingerman hatte Hausverbot.«

»Hat Donaldson außer Ihnen noch andere Leute beschäftigt, um seine Frau und seinen Sohn zu bespitzeln? Privatdetektive, zum Beispiel?«

Bradlow hob die linke Schulter.

»Das machte alles O'Hara für ihn. Ich sollte nur Beweise gegen Ingerman sammeln und ihm dann einen Denkzettel verpassen.«

Das hat inzwischen ein anderer besorgt, dachte ich. »Wie ist Ingerman gestern auf das Grundstück gekommen?«

»Wie sonst auch. Mit dem Boot.«

»Dasselbe Boot, mit dem ich dann gefahren bin?«

»Ja. Es gehört Mal, aber er hat es Lester Ingerman überlassen.«

»Schön, Bradlow, bleiben wir noch einen Augenblick bei Ingerman. Wie heißt der Typ, von dem er den Stoff bekam?«

»Warum wollen Sie das wissen? Es war doch dieser Irre, der Lester umgelegt hat.«

»Eben deshalb, Bradlow! Sie waren Detective ...«

»Lassen Sie das! Auf dem Ohr bin ich taub.«

»Der Killer mußte ihn irgendwoher kennen. Er mußte wissen, wie er auf das Grundstück kam ...« Wenn er nicht schon darauf war. Wie Mal Donaldson.

»Sie wissen nicht, was Sie da verlangen, Cotton!« sagte Bradlow aufbrausend.

»Lassen Sie die Show, Bradlow! Sie wissen, was ich mit Ihnen veranstalten kann. Ich will Ingermans Quelle.«

»Nicht mehr und nicht weniger!« höhnte er. »Ich kann dichthalten, Cotton. Ich hab's bewiesen. Wissen Sie, weshalb ich das Department verlassen habe? Lügen Sie nicht! Ich wette, Sie haben sich längst informiert. Sie haben meinen Namen in Ihren feinen FBI-Computer getippt, und der hat Ihnen erzählt, daß Gene Bradlow, Detective second Grade, außer Dienst, verdächtigt wurde, Rauschgift aus der Asservatenkammer entwendet und durch Milchzucker ersetzt zu haben.«

»Es interessiert mich nicht«, sagte ich.

»Bestimmt weiß Ihr Computer nichts von meinem Kameraden, der das Zeug genommen hat, weil er erpreßt wurde! Nur er und ich kamen in Frage. Ich wurde zuerst gefragt. Sie hatten mich auf der Rolle, Cotton, und da habe ich die Brocken hingeschmissen. Ein Cop verrät keinen anderen Cop. Sie kennen doch das Gesetz!«

Ich glaubte ihm kein Wort. Aber ich sagte nichts dazu.

»Sie sollen keinen Cop verraten, Bradlow«, sagte ich.

»Verschwenden wir nicht unsere Zeit. Sagen Sie mir, was ich wissen will! Wenn Sie den harten Mann spielen wollen, können Sie das in der Krankenabteilung des Bundesuntersuchungsgefängnisses tun. Das ist mein voller Ernst, Bradlow.«

»Mit welcher Begründung wollen Sie mich einlochen?«

»Begünstigung, Bradlow. Ingerman war ein Dealer. Dem Senator ist es nicht gelungen, diese Tatsache vor der Presse zu verbergen. Donaldson wird nicht den Kopf für Sie hinhalten und behaupten, er habe von Ihnen verlangt, Ihr Wissen um Ingerman nicht weiterzugeben.«

»Sie sind einer von diesen gottverdammt harten Bullen, was, Cotton?«

»Ich bin besonders hart, wenn ich einen Bullen treffe, der nichts dazugelernt hat.«

»Bei mir haben Sie Pech, Cotton«, sagte Bradlow. »Ich bin ein toter Mann, wenn ich auspacke. Das ist mal sicher. Ich kenne die Branche.«

»Das haben Sie schon mal gesagt, Bradlow«, sagte ich. »Stecken Sie Ihre Zahnbürste ein, und kommen Sie mit! Ihren Anwalt können sie bei der Einlieferung anrufen.«

Er blieb hart.

Er packte eine kleine Reisetasche, schaltete den Anrufbeantworter ein und ging vor mir her nach draußen. Mein Jaguar stand in der Einfahrt zwischen Mülltonnen und Gerümpel.

Bradlow mühte sich umständlich mit dem Schlüssel ab, um die Tür abzuschließen.

»Geben Sie den Schlüssel her!« sagte ich.

Meine Worte gingen fast im Rumpeln eines Zuges unter. Bradlow überließ mir den Schlüssel und trat zur Seite. Das war sein Glück!

Ich hörte nichts, oder fast nichts, weil die Räder des Zuges laut über die Stoßstellen der Gleise ratterten. Ich hörte nur dieses unverkennbare Knirschen, mit dem sich eine Kugel in Holz bohrte. Im selben Moment flogen Holzsplitter in mein Gesicht.

Ich duckte mich und wirbelte herum. Bradlow hatte noch nichts gemerkt.

Auf der Straße stand eine nachtblaue Limousine. Sie versperrte die Ausfahrt. Die beiden uns zugewandten Seitenscheiben waren herabgedreht. Ich sah verschwommene Gesichter und die Umrisse von Revolvern.

Hier oben auf dem Treppenabsatz standen wir wie Zielscheiben auf dem Schießplatz.

Ich warf mich mit der Schulter gegen Bradlow. Er flog die kurze Treppe hinunter, prallte mit der verletzten Schulter auf und brüllte vor Schmerz. Immerhin bot mein Jaguar ihm notdürftig Deckung.

Heißes Blei pfiff an meinem Körper vorbei und fetzte dolchscharfe Splitter aus dem Türrahmen.

Ich flankte über das hölzerne Geländer und landete auf zwei Müllsäcken, die unter dem Aufprall platzten.

Ich hielt meinen Smith & Wesson in der Faust. Ich zog meine Beine aus dem Müll, preßte mich mit der rechten Schulter gegen das Treppengeländer und hob vorsichtig den Kopf.

Zwei Kugeln aus Schalldämpferwaffen klatschten über mir ins Holz.

»Bradlow!« schrie ich. »Klettern Sie in den Wagen! Die Türen sind offen. Halten Sie Ihren Kopf unten!«

Bradlow hatte endlich gemerkt, was los war. Um ihn brauchte ich mich im Moment nicht zu kümmern.

Ich kroch geduckt einen Schritt zur Seite. Neben meinem kostbaren Flitzer richtete ich mich plötzlich auf. Mein rechter Arm flog in die Höhe.

Draußen auf der Straße herrschte lebhafter Verkehr. Ich durfte nicht zu hoch halten. Ich zielte auf das untere Drittel der vorderen Tür und zog zweimal ab.

Sofort warf ich mich wieder in Deckung. Bradlow kletterte gerade auf der Fahrerseite in den Jaguar.

Ich hob wieder den Kopf. Die Maschine der Limousine heulte auf. Der Wagen zischte davon.

Ich wollte schon aufatmen. Aber da hörte ich das schrille Kreischen der Reifen, als der Fahrer den Wagen mit Vollgas herumriß. Andere Wagen bremsten. Die Limousine erschien wieder in meinem Blickfeld.

Der Fahrer hatte mitten auf der Straße einen Kreis beschrieben. Jetzt schoß der Wagen wie eine Rakete auf die Einfahrt zu.

Sie gaben nicht auf!

Den schweren Wagen würde ich mit den vier Kugeln in der Trommel meines Revolvers nicht zum Stoppen bringen, bevor er meinen Renner in einen Schrotthaufen verwandelte.

Bradlow rollte sich auf dem Beifahrersitz zusammen. Ich hechtete in den Jaguar. Der Schlüssel steckte. Der Motor sprang sofort an.

Dabei kam mir das satte Brummen so nutzlos vor wie das Summen einer Wespe, die gegen eine Scheibe anfliegt.

Denn die Einfahrt neben dem Holzhaus war schmal, und sie endete vor einer Garage aus Betonfertigteilen.

Aber im Rückspiegel wuchs der Kühler der heranrasenden Limousine, bis er das ganze Blickfeld füllte.

Ich gab einfach Gas. Zum Teufel, mir blieb nur die Flucht nach vorn, und wenn sie an einer Garagenmauer endete ...

»Bradlow, wie kommt man hier weg?«

»Durch den Zaun!« keuchte er.

Verdammt, ich sah keinen Zaun.

Der Jaguar machte einen Satz. Die Garage flog auf mich zu, während die Limousine bereits an meiner hinteren Stoßstange kratzte. Zumindest bildete ich es mir ein.

Links erschien ein schmaler Durchlaß zwischen dem Haus und der Garage. Dahinter lag ein enger Hof.

Ich wirbelte das Lenkrad herum. Ein Hund, der in einem Müllhaufen gestöbert hatte, kniff den Schwanz ein und sprang davon.

Der Jaguar sauste haarscharf an der Hausecke vorbei. Die Vorderräder sprangen über einen Balken. Meine Augen zuckten zum Rückspiegel.

Die Limousine bekam die Kurve nicht, aber der Fahrer steckte deshalb nicht auf. Er setzte kurz zurück, nahm erneut Maß, und diesmal schien es zu klappen. Nur die rechte Flanke schrammte an der Garagenecke entlang.

»Halten Sie drauf!« brüllte Bradlow.

Meine Armmuskeln wurden steif. Da war ein Zaun. Kein Maschendraht- oder Gitterzaun, bei dem man genau sehen konnte, was einen dahinter erwartete.

Das war ein guter altmodischer Bretterzaun aus zwei Meter hohen zolldicken Planken. Solide wie die Wand eines Blockhauses.

So sah sie aus. Meine Wadenmuskeln verkrampften sich.

»Drauf!« kreischte Bradlow. Er starrte nach hinten.

Die Limousine walzte heran. Unerbittlich.

Ich blieb mit dem Fuß auf dem Gas. Ich zerrte das Lenkrad um ein paar Grad herum, steuerte den Jaguar zwischen leeren Kisten her, riß einen Puppenwagen um und jagte auf eine Stelle zwischen zwei Pfosten zu.

Im letzten Moment schloß ich die Augen.

Ich spürte einen kurzen Ruck in den Schultern. Dann barsten die Bretter.

Ich dachte an die Reparaturkosten, die mir die Lackiererei aufbrummen würde, als ein abgebrochenes Brett aufs Dach krachte und ein anderes an der Seite entlangschrammte.

Ich riß die Augen wieder auf. Wild drehte ich das Lenkrad nach links. Haarscharf glitt der rechte Kotflügel an anderen Zaunpfählen entlang. Die waren jedoch aus Beton und gehörten zu den Rückseiten anderer Häuser.

Der Jaguar preschte über einen schmalen, unbefestigten Weg.

Im Rückspiegel sah ich die Limousine kommen. Sie legte den halben Bretterzaun flach. Dann nagelte sie eine ganze Reihe der Betonpfähle nieder. Aber wie ein Panzer blieb sie auf unserer Fährte.

»Da vorne ist die Straße«, sagte Bradlow. Seine Zähne klapperten.

Mir paßte es überhaupt nicht, Fersengeld zu geben.

»Fahren Sie schneller!« keuchte Bradlow.

»Sie kennen die Branche!« höhnte ich. »Mann, Bradlow! Wo haben Sie Dienst gemacht? In einem Kuhdorf in Wyoming?«

Ich kam hinter einer Tankstelle heraus. Die Straße stieg leicht an. Der Verkehr war nicht sehr dicht. Ich gab Gas und wischte zwischen zwei Lieferwagen, die auf der rechten Fahrspur daherzockelten.

Sofort ging ich nach links und angelte nach dem Mikrofon.

Die Limousine donnerte hinter mir auf die Straße. Die nächste Ampel war schon in Sicht. Sie stand auf Rot. Ich konnte keine Verfolgungsfahrt durch die halbe Stadt riskieren.

Ich warf Bradlow das Mikro zu. »Sie kennen sich hier aus, Bradlow. Geben Sie Alarm!«

Er verdrehte den Kopf. »Haben Sie mit Ihrer Mühle

nicht mehr drauf?« fragte er, als ich das Gas wegnahm und die Limousine aufholte.

»Wollen Sie fahren?« knurrte ich. »Bei wem kaufte Ingerman den Stoff?«

»Cotton ...«, wimmerte Bradlow.

»Haben Sie es immer noch nicht begriffen, Mann?« sagte ich laut. Die Ampel sprang um. Ich überholte die Kolonne und raste auf die nächste zu. »Die fragen nicht, ob Sie hart sind, Bradlow! Die warten nicht, bis Sie sich überlegt haben, ob Sie vielleicht reden oder nicht. Die machen Sie sofort stumm! Also, was ist jetzt, Bradlow?«

»Ich kann nicht«, wimmerte er.

Ich nahm den Fuß vom Gas und tippte auf die Bremse.

»Leben Sie wohl, Bradlow!« sagte ich.

Es war gemein. Ich wußte es.

»Er heißt Stephen Kraus! Cotton, um Himmels willen! Fahren Sie!«

Hinter einer Kuppe fiel die Straße ziemlich stark ab. Der Jaguar zog an, aber die Limousine konnte hier gut mithalten.

Ich zog nach rechts hinüber. Kurze Stichstraßen führten zu kleinen Wohnhäusern. Ich wartete auf meine Chance.

An der übernächsten Ecke entdeckte ich einen Bauzaun. Eine Hälfte der Stichstraße war mit einer Latte gesperrt.

Ich gab noch einmal Gas. Der Fahrer der Limousine folgte meinem Beispiel.

»Halten Sie sich fest, Bradlow!« sagte ich.

Meine Füße tanzten auf Gas und Bremse. Ich riß das Lenkrad herum. Das Heck schleuderte. Ich steuerte dagegen und gab wieder Gas. Gehorsam fegte der Jaguar um die Sperrlatte herum in die kurze Straße.

»Das ist eine Sackgasse!« wimmerte Bradlow.

Die Limousine trieb quer zur Fahrtrichtung auf die Einmündung zu.

Der Fahrer war ein Profi. Er riß nur die Latte um. Dann hatte er das plumpe, schwere Fahrzeug wieder unter Kontrolle. Er hatte es kaum abgebremst. Mit nahezu unverminderter Geschwindigkeit raste er hinter mir her.

Vor mir wuchs ein riesiger Stapel Steine auf. Rechts daneben stand eine Baumaschine.

Ich riß den Jaguar nach links und stemmte mich auf die Bremse.

Der Renner landete in einem Sandhaufen und wurde sanft abgebremst.

Der Fahrer der Limousine hatte weniger Glück, als er sich für die rechte Seite entschied.

Der Wagen brach aus und knallte mit der Breitseite gegen die aufgestapelten Steine.

Wie der Blitz war ich aus meinem Jaguar. Ich riß die heilgebliebenen Türen der Limousine auf und zerrte die beiden Kunstschützen heraus.

Sie waren noch benommen vom jähen Ende ihrer Killerfahrt. Widerspruchslos ließen sie sich entwaffnen, und widerspruchslos legten sie sich flach auf die Straße. Sie protestierten auch nicht, als die Cops sie abholten, um sie ins Bundesuntersuchungsgefängnis nach Manhattan zu schaffen.

Sie sprachen allerdings auch kein einziges Wort. Und es sah nicht so aus, als ob sie es sich irgendwann anders überlegen würden.

»Stephen Kraus, sagten Sie?« fragte ich, als ich meinen zerkratzten Jaguar zurück nach Sheepshead Bay steuerte.

»Ich kann mich nicht erinnern«, brummte Bradlow, »Ihnen den Namen genannt zu haben. Aber da Sie ihn nun mal kennen – einen Gangster wie Kraus kriegen Sie nicht.«

»Möglich«, räumte ich ein. »Kann ich was für Sie tun, Bradlow? Sie zum Arzt bringen? Sie sind auf die Schulter gefallen.«

»Sie können mich am nächsten Greyhound-Stopp absetzen«, sagte er undeutlich. »Ich haue ab, bevor Donaldson oder Ingerman mich für irgendwas zum Sündenbock stempeln und Kraus ein paar bessere Killer findet als die Nieten von vorhin.«

»Die waren schon ganz gut, die Burschen«, meinte ich. »Sie konnten nicht damit rechnen, daß Sie Besuch von einem G-man hatten. Aber wie kommen Sie auf die Idee, Donaldson oder Ingerman könnten Sie für irgendwas zum Sündenbock stempeln wollen?«

»Ich bin der ehemalige Narc! Ich weiß, wo die Schickeria-Schnepfen und Playboys Stoff herkriegen.«

»Von Kraus?«

»Kraus? Quatsch. Der ist zu groß. Aber er hat ein paar feine Dealer laufen«, gab er dann zu.

»Wie Lester Ingerman?«

»Sie haben's geschnallt, Cotton. Von der Sorte gibt's noch mehr. Nur waren dem guten treuen Bradlow die Hände gebunden. Er sollte dafür sorgen, daß sich die feinen Töchter und Söhne nicht vollknallten, aber er durfte nicht riskieren, daß irgend jemand auffiel.«

Wasch mich, aber mach mich nicht naß, dachte ich.

»Und durch Ingermans Tod sind gewisse Kreise dahintergekommen, daß Bradlow, der ehemalige Narc, mehr weiß als die aktiven Narcs«, schloß er bitter und rieb seine schmerzende Schulter.

Ich fuhr am Gerüst der Subway entlang auf das Haus zu, in dem Bradlow wohnte.

In der Einfahrt drängten sich ein paar aufgeregte

Leute. Am Straßenrand stand ein Streifenwagen. Ich hielt an.

»Der Hausbesitzer«, seufzte Bradlow. »Er ruft immer gleich die Polizei. Wahrscheinlich bekomme ich jetzt die Kündigung.« Er grinste schief mit seinem spitzen Gesicht. »Da trifft es sich gut, daß ich sowieso verschwinden will.« Er stieg aus und schmetterte die Tür zu.

Ich wendete und fuhr nach Manhattan zurück, wo der Jet-Set-Killer sein nächstes Opfer belauerte.

An der Ecke stand ein elegant gekleideter jüngerer Mann. Sein kantiges, verschlossenes Gesicht war der kurzen Bland Street zugewandt.

Sein Interesse galt einem der vornehmen roten Backsteinhäuser mit den weißgestrichenen Fensterrahmen. Eine breite Steintreppe mit schmiedeeisernem Geländer führte zur stuckverzierten Eingangstür. Ein Rotdornbaum reckte seine starren Äste zu den Fenstern im zweiten Obergeschoß hinauf.

Die Augen des jungen Mannes wanderten wieder abwärts und blieben kurz auf den schwarzen Plastikbeuteln haften, die prall mit Müll gefüllt waren. Ein Beutel war aufgeplatzt, und ein streunender Hund hatte den Inhalt über den Gehweg verteilt.

Der junge Mann verzog den Mund. Überall begegnete man Schmutz und Verfall. Die Stadt verrottete. Kein Wunder, wenn die Menschen, die in ihr lebten, selbst schon verfault waren.

Seine Hände waren in den Taschen des leichten Sommermantels vergraben. Die Rechte umklammerte den Griff der Pistole.

Er konnte es jetzt nicht mehr erwarten. Er wußte genau, daß sein nächstes Opfer bereits auf dem Weg nach

Hause war. Sein Mund wurde trocken. Seine Stirn fühlte sich heiß an.

Äußerlich blieb er ruhig. Er dachte an die groß aufgemachten Zeitungsberichte. Endlich hatten sie begriffen, daß da jemand begonnen hatte, den Sumpf trockenzulegen.

Der Jet-Set-Killer!

Das war ein Name wie ein Titel. Und ein Programm. Er gefiel ihm. Der Jet-Set-Killer! Er wollte dafür sorgen, daß die Zeitungen jeden Tag etwas Neues über den Fortschritt seiner Aktion berichten konnten. Es gab ja so viel zu tun.

Er sah auf die Uhr und blickte zur Greenwich Avenue zurück.

Er mußte jetzt jeden Moment kommen. Er hatte eine Verabredung mit seinem Dealer. Der Dealer wartete seit zehn Minuten in einer Bar auf der anderen Seite der Greenwich Avenue. Der Killer hatte den Burschen ankommen sehen.

Es war ein Kerl mit einem hübschen Gesicht, einem Goldkettchen um den Hals und Gucci-Schuhen an den Füßen. Ein Kerl wie ein Gigolo. Keiner von den schmutzigen, verschlagenen Halunken, die oben am Times Square oder in den Kaschemmen entlang der Eighth Avenue ihr verdrecktes, tausendfach verschnittenes Zeug verkauften.

Der Bursche mit den Gucci-Schuhen war ein High-Society-Dealer. Ein Jet-Set-Dealer. Sein Stoff war teuer, dafür aber garantiert nicht mit Dreck vermischt. Man kannte sich. Man reichte seinen Dealer weiter wie einen besonders vertrauenswürdigen Rechtsanwalt oder Anlageberater.

Von der anderen Seite her näherte sich ein Taxi dem roten Backsteinhaus. Es hielt, und ein junger Mann stieg aus. Beschwingt lief er die Steinstufen hinauf. Der Killer wartete, bis die Haustür wieder zufiel. Dann setzte er sich in Bewegung.

Eine Minute später stieg er die Außentreppe hinauf. Über dem Sprechgitter der Haussprechanlage waren vier Klingeln angebracht. Er drückte auf den zweiten Knopf von oben.

P. Delancey.

Paul Delancey erwartete seinen Dealer. Deshalb machte er sich nicht die Mühe, das Haustelefon zu benutzen. Sofort schnarrte der Türöffner.

Der Killer schlüpfte ins Haus. Im Windfang blieb er einen Augenblick stehen. Alle seine Sinne waren gespannt. Als sie nichts Bedrohliches wahrnahmen, keine Schritte oben im Haus, keine Kinder, die unten im Flur spielten, wandte er sich der Marmortreppe zu. Während er nach oben lief, streifte er dünne Handschuhe über seine Finger.

Im 2. Stock klopfte er an die weißlackierte Tür. Sie wurde sofort geöffnet.

»Hallo, Paul«, sagte der Killer in das weiche Gesicht des jungen Mannes, der die Stirn runzelte.

Delanceys Augen zuckten. Der Killer zerrte die Lippen, die sich jetzt steif anfühlten, zu einem Lächeln auseinander.

»Erinnern Sie sich nicht mehr an mich, Paul? Wir haben uns vor ein paar Wochen bei Bobby Powell gesehen.«

»Ja, möglich . . .« Delancey hielt die Tür fest. »Ich . . . ich erwarte Besuch. Ich habe jetzt keine Zeit. Es tut mir leid. Rufen Sie mich doch mal an!«

»Ich möchte Ihnen nur etwas zeigen«, sagte der Killer schnell. »Aber nicht hier draußen. Es dauert nur einen Augenblick.«

Paul Delancey zögerte. Dann gab er die Tür frei. Der Killer glitt über die Schwelle. Sofort schob er sich zur Seite. Delancey schloß die Tür und ging ins Wohnzimmer voraus.

»Paul!« sagte der Killer scharf.

Delancey drehte sich um. Seine Augen wurden starr, als er die Pistole in der Hand seines Besuchers sah.

Er hob abwehrend die Hände. Langsam wich er zurück.

»Warum?« keuchte er.

»Weil du verdorben bist«, antwortete der Killer. Er streckte die Hand und zielte.

Der kurze, trockene Knall war das letzte, was Paul Delancey in seinem Leben hörte.

Der Killer sah sein Opfer zusammenbrechen. Er spürte, wie die Spannung wich.

Er öffnete die Wohnungstür und lauschte. Im Haus blieb es ruhig. Niemand hatte den kurzen Knall gehört. Er steckte die Pistole in die Manteltasche und trat ins Treppenhaus. Ohne Hast zog er die Tür zu und ging.

Als er unten die Haustür öffnete, zuckte er zurück. Aber es war zu spät, um wieder ins Haus zurückzuweichen.

Der Dealer bog eben in die Bland Street ein und überquerte die Straße.

Mit raschen, sorglosen Schritten ging er auf das Haus zu.

Der Killer stieß den angehaltenen Atem aus. Tausend Gedanken schossen durch seinen Kopf. Die Pistole war nicht geladen. In Zukunft würde er die abgefeuerte Patrone sofort durch eine neue ersetzen. Er konnte den Burschen nicht mit den Händen töten. Das war zu unsicher.

Er kämpfte die aufsteigende Panik nieder. Rasch lief er

die Treppe hinunter. Über ihm fiel die Tür ins Schloß. Der Dealer kam auf ihn zu, streifte ihn mit einem kurzen, prüfenden Blick, der sein Inneres vibrieren ließ.

Der Killer senkte den Kopf. Mit verräterischer Eile bog er in die Greenwich Avenue ein.

»Was versprichst du dir davon?« fragte Phil ärgerlich. »Der läßt dich abfahren wie einen Schnürsenkelverkäufer!«

»Ich will ihn nur mal aus der Nähe ansehen«, entgegnete ich milde. »Ihn beschnuppern. Du kannst ja draußen bleiben.«

Wir hatten uns mit Detective Nick DiMarco von der Narcotics Division unterhalten und fuhren jetzt zur East Houston Street, wo Stephen Kraus eine Antiquitätenhandlung betrieb.

»Den bekommt ihr nicht«, hatte Nick DiMarco spontan erklärt, als ich ihn nach Stephen Kraus fragte.

Die Kollegen vom Rauschgiftdezernat der City Police kannten Kraus. Sie wußten genau, daß er ein Dealer der mittleren Ebene war. Er kaufte Kokain an den Hauptumschlagplätzen in Florida. Kuriere brachten es nach New York, wo er es an Kleindealer weiterverkaufte. Diese Dealer suchte er sich sorgfältig aus. An sich eine einfache Geschichte. Das Rauschgift bekam Kraus vermutlich überhaupt nicht zu Gesicht. Deshalb gab es bisher keine Möglichkeit, ihm die Beteiligung am Handel mit verbotenen Drogen nachzuweisen.

»Wir nehmen an«, erklärte DiMarco, »daß er irgendwo unten in der Bowery einen Schlupfwinkel unterhält, den er allerdings nie betritt. Wahrscheinlich beschäftigt er ein paar harte Jungs, die den Kurierdienst versehen und den schmutzigen Teil der Geschäfte für ihn abwickeln.«

Ich nickte. Zwei von ihnen saßen in Untersuchungshaft und schwiegen beharrlich. Sie waren erheblich vorbestraft, doch eine Verbindung zu Kraus war nicht nachweisbar.

»Aber irgendwie muß er doch mit seinen Abnehmern in Verbindung treten«, meinte Phil. »Zumindest muß er an die Dollars kommen.«

»Wie schon gesagt, sucht er sich seine Dealer sorgfältig aus«, sagte DiMarco. »Er nimmt keine Burschen, die den Koks im Park oder auf der Straße verkaufen. Seine Kunden, das sind Künstler, höhere Angestellte. . .«

»Und Kokser aus dem Jet-Set«, sagte ich.

»Genau«, bestätigte der Narc. »Und die Dealer kommen genau aus diesen Kreisen. Da besteht eine ganz andere Vertrauensbasis. Das Geschäft bei Kraus geht nicht Zug um Zug. Deshalb können wir die Kerle nicht auf frischer Tat ertappen. Mit Geld und Drogen. Nach unseren Erkenntnissen kommen seine Abnehmer zu ihm ins Geschäft, geben ihre Bestellung auf, bezahlen sie und gehen wieder. Kraus, so glauben wir, ruft seine Leute an. Die hinterlegen das bestellte Kokain an einer Stelle, die Kraus und der Dealer vereinbart haben. Das kann ein Schließfach sein, ein Kellerschacht, ein Winkel in einer bestimmten Telefonzelle, eine Abstellkammer in einem Restaurant, in dem niemand Rauschgift vermutet. Der Dealer läßt sich mit der Übernahme der Ware Zeit. Manchmal tagelang, und das ist der Witz. Wir haben Verdächtige beschattet, daher wissen wir ungefähr, wie das Geschäft abläuft. Und hin und wieder haben wir sogar einen Burschen gefaßt, als er ein Päckchen aus einem Versteck zog. Was aus denen geworden ist, können Sie sich denken.«

Es war zu keiner nennenswerten Verurteilung gekommen. Die Burschen schwiegen. Vor dem Schnellrichter tanzten sie mit ihren Anwälten an, behaupteten, durch Zufall an das Rauschgift gekommen oder von der Polizei reingelegt worden zu sein, kassierten allenfalls eine kurze Haftstrafe, die zur Bewährung ausgesetzt wurde, und machten anschließend weiter.

»Kraus haben wir abgeschrieben, vorübergehend wenigstens«, schloß DiMarco seinen Bericht. Er versprach, uns eine Liste der Personen zu besorgen, die in Verdacht standen, Rauschgift von Kraus zu beziehen.

»Das muß es sein«, sagte Phil, als der häßliche sechsstöckige Kasten vor uns lag, in dem früher eine bekannte Metallwarenfabrik untergebracht gewesen war. Die fensterlose Nordwand war mit bizarren Phantasiegebilden bemalt.

Die Mauer war abgerissen worden. Der ehemalige Fabrikhof diente den neuen Bewohnern und ihren Besuchern als Parkplatz.

Die Lofts, wie die in Wohnungen oder Geschäftsräumen umgewandelten Fabriketagen genannt werden, erfreuten sich in den letzten Jahren großer Beliebtheit. Die zumeist großen und hohen Räume bieten Künstlern, großen Familien oder Wohngemeinschaften reichlich Platz, um sich entfalten zu können.

Ich parkte meinen zerkratzten Jaguar in der Nähe des Eingangs zwischen riesigen Blumenkübeln. Eine große Reklametafel wies auf den Laden des Rauschgiftgangsters hin.

Stephen Kraus –
feinste europäische Möbel aus drei Jahrhunderten –
eigener Import –
3. Etage

Während wir auf den Aufzug warteten, studierte ich das Mieterverzeichnis. In den oberen Stockwerken waren Schulen für Schauspiel und Tanz untergebracht. Die 4. und 5. Etage waren anscheinend in Wohnungen aufgeteilt. Die Räumlichkeiten unter der Antiquitätenhandlung von Stephen Kraus teilten sich eine Sportartikelgroßhandlung, eine Gemäldegalerie und ein Verlag.

Der Frachtenaufzug rumpelte langsam nach oben. Ruckend kam die Kabine zum Halten. Das hölzerne Gitter mußten wir selber zur Seite schieben.

Eine nachträglich errichtete Ziegelwand mit einer zweiflügligen Glastür bildete einen Vorraum. In großen Kästen wucherten Blumen, mit denen man eine Friedhofsgärtnerei hätte betreiben können.

Die Glastür stand einladend offen. Wir traten hindurch. Im scheckigen Licht, das durch die hohen, mehrfach unterteilten Fenster sickerte, fiel der Blick zunächst auf andere Blumen, die eine üppige Pracht bildeten. Zwischen den Pflanzen schimmerten die polierten Oberflächen kostbarer alter Möbelstücke.

Ich blieb vor einem Schreibsekretär mit Schrankaufsatz stehen und bewunderte die feinen Elfenbeineinlagen im Mahagonifurnier, die zierlichen Fächer und die bleiverglasten Scheiben in den Schranktüren.

»Ein besonders schönes Stück«, sagte eine kultivierte Stimme hinter mir.

Ich drehte mich langsam um. Nick DiMarco hatte Stephen Kraus treffend beschrieben – ein alternder Beau, der mit den Pfunden zu kämpfen hatte. Die Wangen waren schlaff, das angegraute Haar sorgfältig frisiert. Die Zähne leuchteten ein wenig zu weiß. Was DiMarco nicht hatte beschreiben können, war der Ausdruck der hellblauen Augen. Sie waren hellwach, hart und ungemein kalt.

»Interessieren Sie sich für alte englische Möbel, Sir?«

fragte Kraus. Seine Augen huschten kurz hinter Phil her, der eben bei einem großen Gummibaum verschwand, und zuckten zu mir zurück.

»Nein«, antwortete ich.

Stephen Kraus' Augen verengten sich unmerklich.

Die Lippen verwandelten sich in schmale graue Striche.

»Nein?« wiederholte er.

»Ich wüßte gern, wofür sich Lester Ingerman interessiert hat, als er vor zwei Tagen hier war.«

»Ingerman? Der Senator?«

»Sein Sohn«, sagte ich. »Er wurde gestern abend ermordet.«

»O ja, sehr tragisch. Er war hier?« Kraus runzelte die Stirn. »Wer sind Sie?«

»Jerry Cotton, FBI.«

»Wie kommen Sie darauf, daß er hiergewesen sein könnte?«

»Wäre das so ungewöhnlich?« gab ich zurück.

»Natürlich nicht. Jetzt erinnere ich mich an einen jungen Mann. Ja, das könnte er gewesen sein. Mittelgroß, blond. Ja, ja, ich weiß. Er hat seinen Namen nicht genannt. Ich glaube, er suchte ein Geschenk für einen Verwandten. Er interessierte sich für eine Biedermeierkommode. Möchten Sie sie sehen?«

Ich lächelte. Du bist ein kaltschnäuziger Hund, dachte ich.

»Er hatte eine Menge Kokain bei sich, als er getötet wurde«, sagte ich.

Kraus' Gesicht zog sich zusammen. »Warum erwähnen Sie das?« fragte er böse. Er starrte auf den Gummibaum, hinter dem Phil verschwunden war. »Meinen Sie, ich wüßte nicht, daß mich die Rauschgiftabteilung mit unsinnigen Verdächtigungen verfolgt?«

Die Adern an Kraus' Hals schwollen an.

»Die Rauschgiftabteilung ist nicht sehr weit gekommen mit ihren Ermittlungen«, gab ich zu. »Aber der sogenannte Jet-Set-Killer könnte mehr erreicht haben.«

Kraus' schlaffes Gesicht wurde starr. »Wie meinen Sie das?«

»Seien Sie vorsichtig, Mr. Kraus!« sagte ich. »Wir wissen nicht, wie weit oder eng der Killer den Begriff Jet-Set auslegt.«

Phil kehrte von seinem Streifzug durch den Ausstellungsraum zurück. Wir ließen Kraus, der etwas blaß geworden war, stehen und gingen in den Vorraum. Der Aufzug rumpelte vorbei. Durch die Spalten im Lattengitter sah ich einige junge Leute nach oben schweben.

»Hast du was entdeckt?« fragte ich.

Phil hob die Schultern. »Jede Menge schöne alte Möbel. Und eine Werkstatt, in der ein Restaurator arbeitet. Und du? Was hast du erreicht?« nörgelte er, als der Aufzug zurückkehrte und wir das Gitter zur Seite schoben.

»Vielleicht ist Kraus der Angelpunkt des Falles«, sagte ich nachdenklich.

»Du bist verrückt«, behauptete Phil.

Da war ein Gedanke, der seit einiger Zeit in meinem Hinterkopf tickte. Er hatte sich nicht entwickeln können, weil ich Mal Donaldson verdächtigte, Lester Ingerman getötet zu haben.

Aber vielleicht hatte der Killer Lester Ingerman und andere Dealer nur benutzt, um sich von ihnen zu seinen Opfern führen zu lassen. Vielleicht hatte der Killer Mal Donaldson töten wollen.

Aber als dann Bradlow dazwischenkam und Ingerman auf ihn feuerte, ergriff Donaldson die Flucht.

»Da hat sich der Mörder eben an Ingerman schadlos gehalten«, erklärte ich, während wir nach unten schwebten. »Ingerman erfüllte immerhin die gleichen Bedingungen wie Donaldson – er war ein Mitglied der High Society.«

»Und weil er enttäuscht oder wütend oder gerade so schön in Fahrt war, hat er gleich noch einen umgelegt«, meinte Phil. »Mann, Mann ...«

Es war eine etwas weit hergeholte Theorie, das gab ich zu.

»Aber wir sollten uns dafür interessieren, woher die anderen Opfer ihren Stoff bezogen«, sagte ich.

»Machen wir«, sagte Phil großzügig. »Wenn der Killer eine Pause einlegt, haben wir Zeit.«

Der Killer legte keine Pause ein.

Als ich mich über Funk bei der Zentrale meldete, sagte der Einsatzleiter: »Jerry, ein Student wurde in seiner Wohnung in der Bland Street erschossen aufgefunden. Herzschuß mit einer Kleinkaliberwaffe. Weitere Einzelheiten sind noch nicht bekannt. Der Fall wurde erst vor zwölf Minuten gemeldet. Sehen Sie sich die Sache mal an!«

Phil hatte sich bereits festgeschnallt.

»Du kannst dich gleich wieder ausklinken«, sagte ich zu ihm. »Ich möchte, daß du Mal Donaldsons Alibi überprüfst. Bis du bei ihm auf der Matte stehst, kennen wir die ungefähre Todes- oder Tatzeit.«

»Wenn es weiter nichts ist«, meinte Phil.

Er stieg an der nächsten Subway Station aus. Ich fuhr ins Village hinüber.

Dafür, daß hier ein Mensch eines gewaltsamen Todes gestorben war und die Mordkommission ihre Arbeit bereits aufgenommen hatte, ging es in der Wohnung des Ermordeten bemerkenswert ruhig zu.

Der Junge hatte braunes Haar, und sein Gesicht sah selbst im Tod noch unschuldig, heiter und gesund aus.

»Dabei hat er gehascht und gelegentlich auch gekokst«, sagte der Polizeiarzt, der neben dem Toten am Boden hockte und ihm jetzt mit einer gebogenen Schere die Nasenflügel spreizte. »Die Scheidewand ist bereits angegriffen. Ein untrügliches Zeichen.«

Ich wandte mich an Detective Lieutenant Carl Hobson von der Mordabteilung Manhattan-Süd. Er hielt einen durchsichtigen Plastikbeutel hoch, der ein kleines graues Geschoß enthielt.

»Was sagen Sie dazu, Jerry?« fragte er.

Ich betrachtete die Kugel und hielt den Atem an. Sie sah sauber aus. Wie neu. Nicht so deformiert wie die anderen, die man bisher aus den Wänden gekratzt hatte.

»Ein unversehrtes 22er Kupfermantelgeschoß«, erklärte der Lieutenant. »Die Kugel hat den Körper des Jungen glatt durchschlagen und ist dort in der Polsterung des Ledersessels steckengeblieben.«

Ich blickte noch einmal auf den Toten. Ich sah das winzige schwarze Loch im hellen T-shirt genau über dem Herzen und den kleinen, helleren Blutflecken. Paul Delancey mußte sofort tot gewesen sein.

»Dieser Killer schießt nicht nur wie ein Weltmeister, er verfügt auch über anatomische Kenntnisse wie ein Herzchirurg«, knurrte der Detective.

»Lassen Sie die Kugel sofort zu unserer Ballistik bringen, Carl!« sagte ich.

»Leider haben wir keine Hülse«, meinte Hobson bedauernd.

»Wir vermuten, daß der Killer eine einschüssige Wettkampfpistole benutzt. Von der Sorte gibt es nicht viele. Diese Waffen haben gezogene Läufe. Die hinterlassen charakteristische Spuren an einer Kugel.«

»Okay, Jerry, ich schicke jemand.« Hobson betrachtete mich mitleidig. »Für Sie wird der Ärger jetzt erst richtig losgehen«, meinte er dann. »Wieder ein Opfer des Jet-Set-Killers. Und dann gleich der Sohn eines prominenten Anwalts aus Chicago ...«

»Was studierte er denn hier?« fragte ich.

»Gar nichts«, antwortete eine weibliche Stimme.

Ich wandte mich um. Sie lehnte am Türrahmen. Ihr Oberkörper steckte in einem zu weiten, grobgestrickten Pullover. Die Hände hatte sie in die Ärmel geschoben. Ihre Schultern zitterten, und ihr kleines junges Gesicht war grau.

»Sie heißt Margret Tucker«, erklärte der Lieutenant. »Sie hat ihn gefunden.«

Das Mädchen wandte den Kopf ab und preßte die Stirn gegen das Holz des Rahmens. Ich nahm ihren Arm und führte sie in ein gemütlich eingerichtetes kleineres Wohnzimmer.

»Was machte er in New York?« wiederholte ich meine Frage.

»Er machte ein Praktikum bei der Chase Manhattan Bank«, antwortete sie dumpf. »Im Herbst wollte er sein Studium an der Universität von Peoria, Illinois, fortsetzen. Volkswirtschaft, glaube ich.«

»Sie waren seine Freundin?«

Sie nickte. »Ich arbeite in der Finanzanalyse bei der Chase Manhattan ...«

Paul Delancey lebte seit knapp einem Jahr in New York. Seit etwa vier Monaten sei sie mit ihm befreundet gewesen, berichtete sie dann weiter. Der Luxus und die freie Lebensart des jungen Mannes, gestand sie, habe sie beeindruckt.

»Wer, außer Ihnen, hatte einen Schlüssel zu diesem Apartment?« fragte ich.

»Niemand, soviel ich weiß.« Sie sah mich an. Ihr Blick war unruhig. Sie versuchte, etwas zu verbergen.

»Er hat seinem Mörder also selbst geöffnet«, stellte ich fest.

Margret Tuckers Augen irrten ab. Unbehaglich zog sie die Schultern zusammen.

Die Miete in einem dieser hübschen alten Häuser im Village mußte ein Vermögen kosten. Aber die Häuser waren klein, und es gab keine Wachmänner.

»Er hat jemanden erwartet«, bohrte ich. »Sie?«

Sie nickte.

»Wann haben Sie ihn gefunden? Ihr Anruf bei der Polizei wurde heute abend um 6.24 Uhr registriert. Sie waren verabredet, nicht wahr? Für wieviel Uhr?«

»Halb sieben.«

»Er wurde aber mindestens eine Stunde vorher getötet. Wen hat er da erwartet?«

»Ich – ich weiß es nicht. Ich kannte seine Freunde oder Bekannten doch kaum.«

Ich sah sie schweigend an. Sie verbarg etwas. Das war jetzt offensichtlich. Später würde sie eine Aufstellung mit den Namen aller Freunde und Bekannten des Toten machen müssen, von denen sie wußte.

Ich hatte die Tür nur angelehnt. Sie wurde weiter geöffnet. Detective Lieutenant Carl Hobson stand im Rahmen.

»Kann ich mal stören?« fragte er.

Ich stand auf und folgte ihm in den Flur. Hobson hielt drei weitere durchsichtige Plastiktüten und einen Packen Fotos in den Händen.

»Hier, sehen Sie sich die hübschen Bildchen mal an«, sagte er.

Die Fotos waren auf wüsten Partys geschossen worden. Bei Orgien. Ich schluckte.

Mädchen blickten glasig in die Kamera. Paare, halb oder ganz nackt, wälzten sich vor einem Kamin, am Rand eines Swimming-pools oder auf breiten Rundbetten. Andere, Männer oder Frauen verschiedenen Alters, lagen oder hockten apathisch da.

Einige Gesichter kannte ich aus den Gesellschaftsspalten der Zeitungen und Zeitschriften. Da war zum Beispiel die Frau eines texanischen Ölmillionärs, die einmal eine bekannte Schauspielerin gewesen war. Jetzt klammerte sie sich an einem schwarzgelockten Gigolo, der gut ihr Sohn sein könnte, fest. Eine ihrer Hände steckte tief in seiner Hose, und eine ihrer Brüste baumelte aus dem dünnen Modellkleid.

Ich kannte auch das Gesicht des Gigolos.

Es befand sich auf einem Foto, das in unserem Besprechungszimmer an der Wand hing. Auf dem Foto starrten die schmachtenden Augen allerdings blicklos ins Leere, und ein kleines Loch mit schwarz angesengtem Rand verunzierte die sonst makellose Hemdbrust.

Auf drei Bildern war auch Paul Delancey zu sehen. Jedesmal mit einem anderen Mädchen. Allerdings nicht mit Margret Tucker. Irgendwie war ich froh darüber.

Ich ging die Fotos schnell durch. Ich war nicht überrascht, als ich auf einigen anderen Malcolm Donaldson erkannte. Und auf einem war sogar Lester Ingerman zu sehen.

Ich seufzte. Da kam eine Menge auf uns zu. Arbeit und Ärger. Vielleicht war sogar der Killer auf einem Foto abgebildet.

»Er hat schnell Gleichgesinnte gefunden, der Junge aus Chicago«, murmelte ich.

»Die Orgien haben nicht hier in dieser Wohnung stattgefunden«, sagte Carl Hobson. »Wahrscheinlich war die Hütte zu klein.«

»Zu wenige Schlafzimmer«, bestätigte ich, obwohl offenkundig war, daß die Teilnehmer an den Partys keinen übergroßen Wert auf Abgeschiedenheit legten. Und Furcht vor Erpressung schienen sie auch nicht zu haben.

Lieutenant Hobson hielt die Plastiktüten in die Höhe. Eine enthielt einen verzierten Steinguttopf von der Größe einer Tabaksdose.

»Marihuana«, erklärte Hobson. »Und hier, sehen Sie mal!« Er zeigte mir den zweiten Beutel. »Der Silberlöffel und das silberne Röhrchen, mit dem sie sich den Schnee in die Nasen ziehen. Alles vom Feinsten.«

»Haben Sie auch Koks gefunden?«

»Nein. Nur hier die leeren Tütchen. Zwei steckten in der Außentasche seiner Smokingjacke. Eins lag neben dem Papierkorb unter seinem Schreibtisch.«

»Gute Arbeit«, lobte ich.

»Er hat es nicht versteckt«, gab der Lieutenant zurück.

»Gehen Sie seine Aufzeichnungen durch!« sagte ich. »Vielleicht steht irgendwo eine Telefonnummer, unter der er Kontakt mit seinem Dealer aufnehmen konnte.«

»Glauben Sie, daß die Mordserie mit der Rauschgiftszene zu tun hat?«

Wir suchten noch nach einem Motiv, nach Gemeinsamkeiten, die die Opfer verbanden. Und die Opfer mit dem Täter.

»Die anderen Opfer haben auch gekokst, eins hat sogar gefixt«, sagte ich.

Ich ging zu Margret Tucker zurück. »Haben Sie auch gekokst?« fragte ich.

Ihre Augen weiteten sich erschreckt. Es waren große dunkle braune Augen. »Nein, natürlich nicht!«

»Haschisch oder Marihuana? Haben Sie das probiert?«

»Ja, manchmal, wenn wir abends zusammen waren ...«

Ich war versucht, ihr die Fotos zu zeigen, aber damit

wollte ich noch warten. »Sie wußten, daß er Kokain nahm?«

Sie antwortete nicht.

»Miss Tucker! Er schniefte, er war nervös, er litt unter Schweißausbrüchen. Das dürfte Ihnen doch nicht entgangen sein!«

»Er wollte damit aufhören«, sagte sie leise. »Mir zuliebe. Er meinte es ernst.«

»Aber er hatte es nicht sehr eilig damit, nicht wahr? Mit dem Aufhören, meine ich. Wenn er nicht Sie erwartet hat, Miss Tucker, jedenfalls nicht zu der Zeit, als er getötet wurde, wen hat er dann erwartet?«

»Ich ... ich bin nicht sicher.«

»Kommen Sie, Miss Tucker! Er saß auf dem trockenen! Kann es sein, daß er auf seinen Dealer gewartet hat?«

Sie senkte den Blick. »Er hat in der Bank telefoniert«, berichtete sie mit schwacher Stimme. »Von einem Automaten im Gang aus. Als er dann früher ging, wußte ich Bescheid.«

»Wo traf er seinen Dealer?«

»Er kam hierher.«

»Haben Sie ihn gesehen?«

»Einmal«, antwortete sie. »Hier vom Fenster aus.«

Ich trat ans Fenster. Es dunkelte bereits, und das dichte Laub des Rotdorns vorm Haus beeinträchtigte die Sicht erheblich.

»Können Sie ihn beschreiben?«

»Er war sehr jung, vielleicht mittelgroß, blond. O ja, und er war sehr modisch gekleidet. Lederblouson, lachsfarbene Bundfaltenhose ... Von seinem Gesicht habe ich nicht viel gesehen.«

»War es immer derselbe Dealer, von dem Delancey kaufte?«

»Ich glaube, ja.«

»Wissen Sie, wie er heißt? Oder wie Paul Delancey Kontakt mit ihm aufnahm?«

»Paul rief irgendwo an. Ich weiß nicht, wo. Ich habe einmal gehört, wie er nach Set fragte. Eine Stunde später kam er dann. Dieser Set, nehme ich an. Ich mußte so lange hier drin warten.« Sie sah mich an. »Warum? Warum wurde er ... ermordet?«

»Das wissen wir noch nicht, Miss Tucker. Woher kannte Paul diesen Set?«

»O Gott! Das weiß ich doch nicht! Darüber hat er mit mir nicht gesprochen!«

Ich suchte zwei Fotos aus dem Packen, den Carl Hobson gefunden hatte, und legte ihr die Bilder vor. Auf beiden war Mal Donaldson zu erkennen, auf einem auch Lester Ingerman.

»Haben Sie an solchen Partys teilgenommen? Mit oder ohne Paul?«

Sie sah kurz auf die Bilder, schluckte und schüttelte dann stumm den Kopf.

»Schauen Sie genau hin, Miss Tucker!« sagte ich sanft. »Es muß sein. Haben Sie einen dieser Leute jemals gesehen? In Pauls Begleitung? Hier in der Wohnung? Oder in der Bank? In einem Restaurant?«

In ihren Augen malte sich Abscheu, als sie die Gesichter der abgebildeten Personen genauer betrachtete. Schließlich schüttelte sie den Kopf.

»Hat Paul die Namen Donaldson oder Ingerman in Ihrer Gegenwart erwähnt? Oder andere, die er von Partys her kannte?«

»Ich kann mich nicht erinnern.«

»Wie oft haben Sie sich gesehen? Nicht in der Bank. Privat, meine ich.«

»An drei oder vier Abenden in der Woche«, antwortete sie.

»Was unternahmen Sie dann? Essen gehen? Theater? Kino?«

»Wir blieben meistens hier. Paul ließ dann das Essen aus einem Restaurant kommen.«

Ich beugte mich vor.

»Hören Sie, Miss Tucker!« sagte ich. »Er hatte Freunde oder Bekannte, das steht fest. Hat er in Ihrer Gegenwart nie mit einem telefoniert? Hat nie jemanden angerufen, während Sie da waren?«

»Doch, manchmal. Er nannte ihn Bobby ...«

Hobson kam wieder herein. »Jerry, Telefon für Sie. Es ist Phil.«

Der Apparat befand sich im anderen Wohnzimmer. Die Leiche war inzwischen zugedeckt worden. Die Kollegen vom Erkennungsdienst waren mit dem Telefon bereits fertig.

»Hallo, Jerry«, sagte Phil. »Ich komme gerade von den Donaldsons. Mal hatte heute vormittag einen fürchterlichen Streit mit seinem Vater. Danach ist er abgerauscht. Vielleicht versucht er, Stoff für seine schöne Stiefmutter aufzutreiben.«

»Was soll das heißen – er ist abgerauscht?«

»Er hat seinen Hintern in seinen Porsche geworfen und hat Gas gegeben.«

»Sein Vater läßt ihn doch bespitzeln!«

»Bespitzle du mal jemanden, der einen Porsche unterm Hintern hat! Mal Donaldson hat schon Rennen gefahren.«

»Er hat also kein Alibi«, stellte ich fest.

»Ich habe mit O'Hara gesprochen, Jerry«, fuhr Phil fort. »O'Hara meint, wenn Mal es zu Hause dicke hat, tobt er sich anschließend irgendwo aus. Meistens mit einem seiner Freunde. Bobby Powell, Martin Kennicott oder Mickey Gilbert. Wer gerade Bock auf was Verrücktes hat. Sein Favorit ist Bobby Powell. Die beiden kennen sich seit ihrer College-Zeit.«

Bobby Powell. Robert Kent Powell jr., wie er sich offiziell nennen ließ. Sein Vater war ein berüchtigter Playboy gewesen. Seit er vor einigen Jahren standesgemäß und stilecht mit seiner Jacht und Mann und Maus spurlos im Bermuda-Dreieck verschwand, war Bobby der Chef des Powell-Clans.

Der Stammsitz der Familie lag im Hudsontal. Die Powells waren kaum weniger mächtig und reich als ihre berühmteren Nachbarn, die Vanderbilts und Roosevelts. Die Powells besaßen Fabriken und Anteile an Fluggesellschaften und Reedereien. Ihr in Generationen angehäuftes Vermögen steckte in Immobilien in der ganzen Welt. Allein in Manhattan, hieß es in einem Bericht, der kürzlich in der Financial Times erschienen war, besaßen sie Grund und Boden im Wert von zwei Milliarden Dollar.

Mit Erfolg setzte Bobby Powell alles daran, den Ruf seines Vaters zu übertreffen, obwohl er dessen Klasse nicht erreichte.

Der alte Robert Powell war ein Gentleman gewesen. Bobby war nur ein Draufgänger, dessen Lebensziel darin zu bestehen schien, möglichst viele und möglichst prominente Frauen aufs Kreuz zu legen und möglichst viele Flugzeuge zu Schrott zu fliegen.

Mit beiden Hobbys hatte er Erfolg. Immer wieder geriet er mit seinen Eskapaden in die Schlagzeilen der Zeitungen. Doch bei allem, was er tat, vermißte man den Stil.

»Wir sollten die Clique um Bobby Powell und Mal Donaldson auseinandernehmen«, sagte Phil. »Ich fahre jetzt nach Manhattan zurück. Von mir aus lege ich eine Nachtschicht ein.«

»Mach lieber der Ballistik Dampf«, sagte ich. Ich

erzählte Phil von der unversehrten Kugel, die Hobson am Tatort sichergestellt hatte. »Und dann noch etwas – setz dich mit DiMarco in Verbindung! Wir suchen einen Dealer, der Set genannt wird. Es kann sein, daß der Dealer den Täter gesehen hat. Wenn meine Vermutung stimmt, schwebt Set in Lebensgefahr. Ich rufe dich später im Office an.«

»Entschuldigen Sie, daß es so lange gedauert hat«, sagte ich, als ich zu Margret Tucker zurückkehrte. »Sie wollten mir eben von Bobby erzählen.«

»Sie telefonierten häufig miteinander«, sagte Margret.

»Wie heißt er mit Nachnamen?«

»Den hat Paul nie erwähnt.«

»Powell?«

»Ich weiß es nicht. Ich habe den Namen nie gehört.«

»Worüber sprachen die beiden am Telefon?«

»Meistens ging es um Verabredungen. Partys oder Ausflüge. Paul hat mich nie mitgenommen.« Die Fotos lagen noch vor ihr auf dem Tisch. Sie streifte sie mit einem Blick. »Ich weiß nicht, weshalb. Ich glaube, sie wollten sich auch heute abend treffen. Dieser Bobby rief gestern spät abends noch an.«

»Ich denke, Sie beide waren verabredet«, sagte ich.

Margret Tucker lächelte schwach. »Er wollte mich um neun Uhr nach Hause bringen lassen.«

»Das hat er nach dem Anruf von Bobby gesagt?«

Margret nickte.

Heute morgen hatte Delancey von der Bank aus seinen Dealer angerufen. Er war früher nach Hause gegangen, um ihn zu treffen. Nach der Aussage des Mädchens und der Meinung des Arztes war Paul Delancey ein Gelegenheitskokser gewesen. Noch nicht abhängig.

Vielleicht hatte er das Zeug als Mitbringsel gebraucht. Für heute abend.

»Danke, Miss Tucker«, sagte ich. »Sie haben uns sehr geholfen. Kann ich Sie irgendwo hinbringen?«

Sie sah auf die Uhr. Es war 8.57 Uhr.

»Paul hat ... hatte eine Limousine bestellt«, sagte sie. »Für neun Uhr.«

»Für Sie?«

»Nein, für sich. Aber er wollte mich vorher zu Hause absetzen.«

»Hat er öfter einen Wagen bestellt?«

Margret nickte. »Er hatte hier in New York kein Auto. Tagsüber fuhr er Taxi. Aber abends oder nachts war es ihm zu lästig, auf ein Taxi zu warten. Deshalb bestellte er dann immer einen Wagen von einem Limousinenservice. Er hat ... hatte da ein Konto.«

»Dann wollen wir mal sehen, ob der Wagen schon da ist«, sagte ich lächelnd.

Ich begleitete das junge Mädchen nach unten. Sie tat mir leid. Sie hatte Paul Delancey gemocht, aber sie hatte nur einen Teil von ihm gekannt und ihn nicht so zu fesseln vermocht, daß er sich zu ihr bekannt hätte. Immerhin hat er sie von den wilden Orgien ferngehalten, dachte ich.

Hinter dem Kastenwagen der Mordkommission parkte ein schwarzer Cadillac.

Der Fahrer sprach mit einem Cop und wollte gerade zu seiner Limousine zurückgehen. Als er Margret sah, ging er ihr entgegen. Er zog seine Mütze.

»Ich habe es gerade erfahren, Miss. Es tut mir leid ...«

Margret Tucker nickte, und jetzt kämpfte sie plötzlich mit den Tränen.

»Haben Sie Mr. Delancey öfter gefahren?« fragte ich den Fahrer.

»Ja, Sir. Nach Möglichkeit wurde ich eingeteilt, wenn Mr. Delancey einen Wagen bestellte.«

»Gab er das Fahrziel an, wenn er den Wagen anforderte?«

»Nein, das nicht. Aber wenn er einen Wagen für neun Uhr bestellte, wollte er meistens zur Fifth Avenue. Nummer 850.«

Dort, an der Ostseite des Central Park, wohnen die Reichen und Superreichen.

Ich half Margret Tucker in die Limousine. »Bringen Sie sie nach Hause«, bat ich den Fahrer.

Paul Delancey würde nichts dagegen haben, wenn sein Konto mit dieser letzten Fahrt belastet werden würde.

850 Fifth Avenue war die New Yorker Adresse der Familie Powell. In diesem Hochhaus zwischen der 66th und der 67th Street gehörten ihr das Penthouse und fünf Etagen.

Mein FBI-Ausweis ließ mich die Sicherheitskontrollen in der Eingangshalle problemlos überwinden. Ein Aufzug beförderte mich nonstop in ein Foyer im 11. Stock.

Und mitten in eine langweilige Party hinein.

Es war eine Party und keine Orgie, wie ich nach den Fotos, die Hobson gefunden hatte, befürchtet hatte. Die Damen trugen ihre hellen Frühlingskleider, die Herren weiße und himmelblaue Dinnerjackets. Ich sah mein Bild in einem getönten Spiegel und war froh, daß ich schnell nach Hause gefahren war und mich umgezogen hatte.

Ich reckte den Hals, konnte aber weder Mal Donaldson entdecken noch jemanden, der Bobby Powell hätte sein können.

Ein unauffällig gekleideter Mann mit scharfen schwarzen Augen erschien plötzlich an meiner Seite.

»Guten Abend, Sir«, sagte der Scharfäugige. »Darf ich Ihre Einladung sehen?«

Ich ließ ihn unauffällig einen Blick auf meinen Ausweis werfen. »Ich bin der Überraschungsgast«, sagte ich. »Wer sind Sie?«

»Der Aufpasser vom Dienst. Ich hole Mr. Reese. Warten Sie hier bitte!«

Ich hatte nicht die Absicht, mich zu entfernen. Ich warf einen Blick in einen großen Salon, wo ein schwarzgelockter Knilch an einem weißen Flügel saß und etwas spielte, das sich wie Ravel anhörte.

Als ich mich umwandte, fiel mein Bick auf ein Gemälde. Es hing allein an einer dunkel gestrichenen Wand. Es zeigte ein Mädchengesicht. Unwillkürlich hielt ich den Atem an.

Das Gesicht war schön. Der Ausdruck überirdische Schönheit mag abgedroschen klingen, aber unwillkürlich kam mir dieser Begriff in den Sinn.

Es war ein sehr junges, schmales Gesicht, aber die ausdrucksvollen Augen und die klaren Linien der Nase und des Mundes verliehen ihm eine Reife, die das Alter – oder die Jugend – des Mädchens vergessen ließen.

Ich war immer noch in den Anblick dieses Gesichts versunken, als mich eine sanfte weibliche Stimme von der Seite traf.

»Was macht ein G-man auf einer Schickeria-Party?«

Ich wandte mich um. Etwas verblüfft starrte ich in ein Paar fahlgrüne Augen. Sie gehörten Marlo Thomas, der Klatschjournalistin.

»Hallo«, sagte ich erfreut. »Sie erinnern sich an mich?«

»Ich habe Sie bei Donaldsons beobachtet«, gab sie zu. Sie stand lässig vor mir, das Gesicht mit der zarten Haut war ein wenig angetönt, das eigensinnige Kinn hatte sie herausfordernd vorgeschoben.

»Davon habe ich nichts bemerkt«, sagte ich.

Sie hob die Schultern. »Alles sehen, aber kein Interesse verraten, das ist meine Maxime.«

»Von der Sie jetzt offenbar abgehen.«

»Man darf sich nicht von seinen eigenen Grundsätzen knebeln lassen«, gab sie zu. »Sie haben meine Frage noch nicht beantwortet.«

»Ich hoffte, Mal Donaldson hier zu treffen«, sagte ich. »Haben Sie ihn gesehen?«

»Nein. Ich bin aber noch nicht lange hier. Ich schaue meistens nur kurz rein, sehe, wer da ist, versuche, eine Geschichte aufzuschnappen, und bin wieder weg.«

»Was ist das für eine Party, die hier läuft?« fragte ich.

Marlo Thomas hob eine Augenbraue. »Mrs. Powell gibt einen kleinen Empfang«, sagte sie amüsiert. »Am Wochenende verläßt sie mit ihrem Anhängsel Manhattan. Den Sommer verbringt sie immer in ihrem Haus bei Rhinebeck.«

Sie ließ ihren Blick über die Anwesenden hinwegschweifen, bis ihre Augen Yvonne Powell erspähten.

Mrs. Powell stand in einer kleinen Gruppe in der Nähe des Flügels. Sie war eine reife, attraktive Frau mit tiefen, hungrigen Augen. Sie unterhielt sich angeregt mit einem bekannten Fernsehschauspieler, während der blonde Gigolo neben ihr mit törichtem Gesichtsausdruck ins Leere starrte und sich an seinem Champagnerglas festklammerte.

Mein Blick wanderte zu dem Mädchengesicht auf dem Gemälde zurück. »Wer war das?« fragte ich.

»Das war Mary Ellen Powell. Bobbys Schwester. Sie starb letzten Herbst. Sie war noch keine zwanzig... An Herzschwäche, wie die offizielle Lesart lautete.«

»Und die inoffizielle? Wie lautete die?«

Die grünen Augen saugten sich an meinem Gesicht

fest. »Sagen Sie bloß, das wissen Sie nicht? Wollen Sie eine alte Frau veralbern?«

»Wie käme ich dazu!«

Sie nahm meinen Arm und zog mich zu einem zierlichen Sofa. Wir setzten uns. Sie schlug die Beine übereinander.

»Weshalb sind Sie wirklich hier?«

»Ich habe es Ihnen gesagt. Ich habe ein paar Fragen an Mal Donaldson. Und vielleicht an Bobby Powell.«

»Und die anderen Jungs aus der Clique!« Marlo Thomas sah mich an. »Ihre Mutter war schuld«, sagte sie dann leise. »Und Bobby. Er hätte es verhindern müssen! Yvonne schleppte nach dem Tod ihres Mannes all diese Freaks und Rauschgiftpoeten an! Mary war zu jung gewesen. Sie hatte noch zu wenig Persönlichkeit, um sich da rauszuhalten, obwohl sie anders war. Sie war nicht so ein Typ wie ihre Mutter oder ihr Bruder. Vermutlich wäre es auch nicht besser geworden, wenn sie geheiratet hätte. Mal Donaldson ist ja nicht anders.«

Marlo Thomas bemerkte meinen törichten Gesichtsausdruck. »Wußten Sie das auch nicht? Es sollte die Hochzeit des Jahres werden! Die Ehe der Giganten. Donaldson und Powell. Sie sollten meine Kolumne in der Post lesen.«

»Ich werde Ihren Rat beherzigen«, sagte ich.

Ich starrte auf Marlos schöne, schlanke Beine, die unter dem hochgerutschten Rocksaum sichtbar wurden.

»Sie erwähnten eben die Clique um Bobby Powell«, sagte ich, als ich endlich meine Überraschung verdaute.

»Die jungen Wilden, so nenne ich sie. Ich bin vorher ja auch nicht draufgekommen. Erst als heute die Zeitungen mit dem Quatsch vom Jet-Set-Killer aufmachten, sind mir die Augen aufgegangen. Die Opfer standen entweder in einer Beziehung zu Bobby Powell oder zu Mal Donaldson. Und die beiden, Bobby und Mal, gehören wiederum zusammen. Peng, da rastet doch etwas ein, oder? Der Killer schießt sich jedenfalls immer näher an die Jungs heran.«

»Wie groß ist die Clique? Kennen Sie die Namen?«

»Nicht alle. Diese Angeber sind nicht mein Fall. Bobby und Mal, klar. Dann sind da Bratt Jaffe, Mickey Gilbert, Martin Kennicott, der Sohn von Kennicott-Bier ... Lassen Sie mich überlegen ...«

»Paul Delancey?« half ich ihr aus.

»Ja, der auch. Er hat eine Zeitlang mit Bobby Powell zusammen studiert. Die Familie Delancey lebt in Chicago. Aber Paul hat es wohl durchgesetzt, daß er hier in New York irgendein Praktikum macht. Seit dem vorigen Jahr gehört er zur Clique. Er war übrigens auch hinter Mary Ellen her wie alle anderen ...« Marlo Thomas unterbrach sich. »He, Sie wollen mich ja doch nur aushorchen! Dabei wissen Sie mehr, als Sie zugeben!«

»Paul Delancey wurde heute nachmittag getötet«, sagte ich.

»Großer Gott! Ist das wahr?«

Ich nickte. Ich blickte auf, als ein smarter Typ auf uns zukam.

Seine breiten Schultern steckten in einem gutsitzenden Smokingjackett.

Er nickte Marlo Thomas zu, bevor er sich an mich wandte. »Ich bin Stuart Reese«, sagte er. »Mrs. Powells Privatsekretär. Kann ich etwas für Sie tun, Sir?«

Marlo Thomas stand auf, und ich folgte ihrem Beispiel.

»Er will nur jemanden verhaften, Stu«, sagte sie. Sie bedachte mich mit einem hintergründigen Lächeln. »Bobby besucht nie die Partys seiner Mutter. Passen Sie auf, daß Sie nicht unter die Räder kommen, Jerry! So long.«

Sie schwebte davon. Reese sah mich fragend an.

»Hat Bobby auch einen Privatsekretär?« fragte ich.

»Er beschäftigt mehrere persönliche Berater, Sir. Ihre Dienste benötigt er allerdings nur während der üblichen Bürostunden.«

»Ich möchte ihn sprechen«, sagte ich. »Können Sie mir sagen, wie oder wo ich ihn finden kann?«

»Er ist mit seinen Freunden oben im Penthouse. Kommen Sie, ich hole Ihnen den Aufzug.«

Ein eigener Aufzug verband die Etagen, die den Powells gehörten, miteinander. Reese steckte einen Schlüsselschalter in das Steuertableau.

»Sagen Sie Bobby besser nicht, wer Ihnen den Aufzug geholt hat!« meinte er.

Ich betrat die Kabine. Die zufahrende Tür schnitt das hinterhältige Grinsen im Gesicht des Privatsekretärs wie mit einem Messer ab.

Die Fahrt dauerte nur wenige Sekunden. Die Tür glitt zur Seite. Ich trat in einen Vorraum, der in gedämpftes, verwirrend rotes Licht getaucht war.

Die Wände schienen nur aus Spiegeln zu bestehen. Überall erkannte ich Bewegungen, bis ich dahinterkam, daß ich es war, der die tausendfach sich spiegelnden Bewegungen erzeugte.

Die Luft war feucht und warm und mit schweren, süßlichen Gerüchen vermischt. Meine Füße versanken bis zu den Knöcheln im tiefen Teppichboden.

Irgendwo kreischte eine Mädchenstimme. Augenblicke später schien die Spiegelwand vor mir zu zerplatzen und ein Mädchen direkt hindurchzuspringen. Wie ein Löwe im Zirkus, der durch einen mit Papier bespannten Reifen springt.

Aber es war nur eine Tür, die aufgestoßen wurde. Das Mädchen, das hindurchsprang, war fast nackt. Ihre schweren Brüste wippten auf und nieder. Ihr Gesicht war gerötet. Die Augen waren weit aufgerissen. Der Mund stieß spitze kleine Schreie aus, die Entzücken ausdrücken mochten, vielleicht aber auch das Gegenteil.

Sie lief an mir vorbei und entschwand durch eine andere Spiegeltür.

Plötzlich stand ein junger Mann vor mir. Er war nur mit Bermudashorts und Sandalen bekleidet. Sein dichtes schwarzes Haar hing ihm wirr in die Stirn. Der volle Mund war zu einem Grinsen verzogen, das bei meinem Anblick jedoch erstarrte. Zwischen den Fingern hielt er einen glimmenden Joint.

»Wer, zum Teufel, sind Sie? Und wie kommen Sie hier rauf?«

»Ich suche Bobby Powell«, sagte ich. Ich betrachtete das Gesicht genauer. Die finster zusammengezogenen Brauen, das harte, eckige Kinn, der hochmütige Ausdruck in den Augen. »Sie sind Powell, nicht wahr?«

Powell wollte etwas sagen, als hinter ihm Mal Donaldson erschien. Donaldson starrte mich an.

»Cotton? Bobby, das ist Cotton, der G-man!« Donaldson lachte. »Er will mich verhaften! Bobby, er will mich verhaften!« Jetzt krümmte er sich vor Lachen.

Er war high.

Powell hatte auch gekifft, aber er schien schnell nüchtern zu werden.

»Gehen wir ins Billardzimmer!« sagte er.

Mal Donaldson torkelte, von Lachanfällen geschüttelt, hinter uns her. Im Billardzimmer saß ein Mädchen mit langen roten Haaren auf dem Billardtisch. Sie war nur mit einem dünnen, durchsichtigen Hemdchen bekleidet, das sie bis zu den Hüften hochgezogen hatte. Ein junger

Mann mit struppigem Haar starrte andächtig zwischen ihre Beine.

»Bratt, schmeiß die Schnepfe raus und hol die anderen!« sagte Bobby Powell, obwohl ich ihn nicht aufgefordert hatte, mir die Clique vorzuführen.

Bratt hob erschreckt den Kopf. Seine Augen blickten glasig. Powell zerrte das Mädchen mit einem brutalen Ruck vom Tisch und schob sie hinaus. Bratt stolperte hinter ihr her.

Mal Donaldson ließ sich auf einen Stuhl fallen und legte den Kopf nach hinten. Sein Körper zuckte immer noch.

»Haschisch?« fragte ich.

»Marihuana«, antwortete Bobby Powell. »Mal fährt toll auf Gras ab.«

Nacheinander kamen die Mitglieder der Powell-Donaldson-Clique herein.

Bobby Powell stellte sie vor. Die Namen Martin Kennicott, Mickey Gilbert und Bratt Jaffe kannte ich bereits. Es waren noch zwei andere da. Sie hießen Ron Sheldon und Johnny Evans.

»Bin ich verhaftet?« fragte Mal Donaldson und wollte sich erneut ausschütten vor Lachen.

»Das kommt darauf an«, sagte ich. »Hat jemand harte Drogen genommen? Kokain, zum Beispiel?«

»Nein!« Die Antwort kam wie aus einem Munde.

Powell zog die schwarzen Brauen zusammen. »Wenn Sie uns wegen irgendeiner Straftat vernehmen wollen, müssen Sie es sagen. Ich mache Sie aber darauf aufmerksam, daß unsere Aussagen keinerlei Beweiskraft haben werden.«

»Weil Sie bekifft sind«, bestätigte ich.

»Wir haben ein bißchen Gras genommen«, gab Powell zu.

»Weil der Mann mit dem Koks nicht gekommen ist?« fragte ich.

Plötzlich waren sie alle still. Sie starrten mich beklommen an. Der süßliche Marihuanaduft, der überall in der Luft schwebte, schmeckte schal.

»Einer fehlt doch«, sagte ich herausfordernd. »Wer ist es?« Ich sah Powell an.

»Paul?« Er schluckte. »Was ist mit ihm?«

»Sie haben ihn erwartet, nicht wahr?«

Powell nickte. Donaldsons Gesicht war plötzlich grau. Die Augen wurden trübe wie zerkratztes Glas.

»Paul Delancey ist tot«, sagte ich. »Er wurde ermordet.«

»War es der . . .« Powell vollendete die Frage nicht.

»Seit wann sind Sie hier zusammen?«

»Seit halb neun, neun«, antwortete Powell.

Martin Kennicott schob sich vor. »Brauchen wir etwa ein Alibi?« schrie er hitzig. »Warum hätte einer von uns Paul umlegen sollen?«

»Warum hat ihn überhaupt jemand getötet?« fragte ich. »Ihn, Ingerman, Meury, Lancaster, Kay van Housen und die anderen?«

Donaldson sprang auf. »Er hat es nur auf mich abgesehen! Cotton, wann hat es Paul erwischt?«

»Sagen Sie mir, wo Sie heute nachmittag zwischen drei und sechs Uhr waren!«

Donaldson rieb sich mit den Fingern über die Augen.

Powell sagte warnend: »Mal, ich an deiner Stelle würde gar nichts sagen!«

»Es wäre Ihr gutes Recht«, bestätigte ich.

»Ich bin rumgefahren«, sagte Donaldson. Er lachte hart. »In Long Island. Bestimmt haben mich ein paar hundert Leute gesehen, aber ob das einer bestätigen könnte? Cotton, jetzt haben Sie mich, wie?«

»Noch nicht, Mr. Donaldson. Uns fehlt noch das Motiv. Oder könnte mir da jemand weiterhelfen?« Ich wandte mich wieder an die anderen. »Sie haben sich doch sicher auch schon Gedanken gemacht! Warum läuft ein mordlustiger Irrer herum und knallt Ihre Freunde ab?«

»Sie waren nicht unsere Freunde«, murmelte Mickey Gilbert. »Jedenfalls nicht alle.«

Martin Kennicott und Ron Sheldon weigerten sich, Angaben zu ihren Alibis zu machen. Bei den anderen konnte ich nicht darauf bestehen. Sie standen unter dem Einfluß von Drogen. Ihre Aussagen hätten nicht den geringsten Wert. Mich interessierten ohnehin ganz andere Fragen.

Die wollte ich Bobby Powell und Mal Donaldson jedoch unter vier Augen stellen.

Mal Donaldson ging mit den anderen hinaus. »Ich warte nebenan«, murmelte er.

»Damit eins gleich klar ist«, sagte Powell, als wir allein waren. »Ich war den ganzen Tag auf dem Morsemere Airfield. Dort stehen meine Flugzeuge. Ich habe vier Probestarts mit einem Ryan-Delta-Prototyp gemacht, den ich vielleicht kaufen will. Der letzte Start war um 4.12 Uhr, der Flug dauerte 22 Minuten. Die Zeiten sind vom Tower in meinem Flugbuch bestätigt. Ich habe das Buch unten in meiner Wohnung. Ich kann es raufbringen lassen.«

»Wir werden es morgen nachprüfen«, sagte ich. »Wir suchen nach einem Motiv für den Täter. Könnte das Motiv mit dem Tod Ihrer Schwester in irgendeinem Zusammenhang stehen?«

Powells kantiges Gesicht schien weich zu werden. »Sie sind sehr schnell daraufgekommen«, sagte er ohne Spott. »Wie lange arbeiten Sie an den Fällen?«

»Seit gestern«, antwortete ich.

»Ich komme nicht klar, Mr. Cotton. Ich dachte es schon mal, aber dann ... Ingerman hat sie kaum gekannt. Kay van Housen war Mals Freundin. Es war aus gewesen, lange bevor er und Mary Ellen sich als Verlobte betrachteten ... Es gibt kein einheitliches Bild.«

»Der Mörder hat sich verändert«, sagte ich. »Vielleicht glaubte er zuerst, sich für etwas Bestimmtes an bestimmten Personen rächen zu müssen. Jetzt schlägt er einigermaßen wahllos zu.«

»Aber immer traf er Menschen, die wir gekannt haben«, sagte Powell.

»Delancey hatte eine Verabredung mit seinem Dealer«, sagte ich. »Er sollte heute Kokain mitbringen, nicht wahr? Er war dran.«

Powell hob die Schultern. »Wir schnupfen hin und wieder eine Prise. Deshalb können Sie keinen von uns vor Gericht bringen!«

»Dafür wäre ich gar nicht zuständig«, sagte ich ruhig. »Kennen sie seinen Dealer?«

»Sicher. Paul war fremd in New York. Wir kannten uns von Yale. Ich habe ihm den Dealer vermittelt.«

»Sie und Ihre Freunde wußten also, daß Delancey heute eine Verabredung mit seinem Dealer hatte«, sagte ich.

Powell fletschte die Lippen. »Wollen Sie unbedingt einem von uns anhängen, dieser bescheuerte Killer zu sein? Glauben Sie, einer von uns wäre so kaputt? Mann, Mann!«

Wir hatten noch kein Psychogramm des Täters. Aber ich machte mir natürlich meine Gedanken. Ich hielt ihn für einen verbitterten, selbstgerechten Fanatiker, der sich zum Richter und Henker über andere aufschwang. Er selbst nahm wahrscheinlich keine Drogen. Vielleicht hatte er einmal Drogen genommen, aber nach einem einschneidenden Ereignis damit aufgehört.

Beim Drogentod eines geliebten Menschen zum Beispiel.

»Nimmt Mal Donaldson Kokain?«

»Er zieht sich gelegentlich eine Linie ein wie wir alle.«

»Wann starb Ihre Schwester?« fragte ich.

»Am 27. Oktober«, antwortete Bobby Powell.

Der erste Mord der Serie geschah Mitte Dezember.

»Hatte Ihre Schwester viele Verehrer?«

»O ja, das kann man wohl sagen.«

»Kann man noch feststellen, wem sie Hoffnungen gemacht hat, wer sich selbst Hoffnungen machte?«

»Die Namen würden ein ganzes Buch füllen«, meinte der junge Mann. »Womit ich nicht sagen will, daß sie leichtfertig war. Ich könnte Ihnen ihre Tagebücher überlassen. Teilweise.«

»Die wären hilfreich«, sagte ich. Wir könnten ein Computerprogramm aufstellen und damit den ganzen Freundeskreis der Powell-Donaldson-Clique abtasten. Nach Personen, die Zeit und Gelegenheit, so etwas wie ein Motiv oder Zugang zu einer Tatwaffe hatten. Oder die schon einmal früher einschlägig aufgefallen waren.

»Ich schicke gleich morgen früh einen Fahrer nach Rhinebeck und lasse die Bücher holen.«

»Danke«, sagte ich, überrascht über die Bereitwilligkeit, mit der Bobby Powell zu helfen bereit war. »Kennt der Dealer auch Ihre Freunde?« fragte ich dann.

»Mickey hat einmal oder zweimal bei ihm gekauft. Die anderen nicht. Warum fragen Sie?«

»Delancey wurde genau zu der Zeit getötet, als er seinen Dealer erwartete. Es ist möglich, daß der Dealer den Täter gesehen hat.«

Powell hielt den Atem an.

»Sagen Sie mir seinen Namen, und sagen Sie mir, wie ich Verbindung mit ihm aufnehmen kann!«

Powell sah mich reglos an. »Sie wissen nicht, was Sie da verlangen, Mr. Cotton!«

»Wir wollen doch dasselbe, Mr. Powell – den Täter dingfest machen. Es kommt möglicherweise auf die Minute an. Der Dealer weiß vielleicht nicht, wen er da gesehen hat, aber der Mörder wird es um so besser wissen.«

Powells Augen verengten sich, während es hinter seiner hohen Stirn arbeitete. »Schön, Mr. Cotton«, sagte er schließlich. »Ich habe A gesagt, ich werde jetzt auch B sagen. Aber wenn Sie mich oder einen von uns wegen der Kokserei drankriegen wollen, werden sie Ihres Lebens nicht mehr froh!«

Verdammt, er hätte die Macht, um einen einzelnen G-man fertigzumachen. Wenn er nicht bereits Fernsehstationen oder Zeitungen besaß, um sie in eine Kampagne einzuspannen, hätte er genug Geld, um sie kaufen.

Doch ich hatte solche Drohungen schon zu oft gehört. Sie beeindruckten mich nicht mehr. Ich wußte plötzlich nur eins – daß ich den Burschen trotz seiner so demonstrativ zur Schau gestellten Hilfsbereitschaft nicht mochte. Ich traute ihm nicht.

»Ach, Mr. Powell«, sagte ich gelangweilt, »sind Sie nicht etwas zu alt für solche unreifen Drohgebärden? Also lassen Sie die Kindereien!«

»Er nennt sich Set«, erklärte Powell. »Wenn ich Kontakt mit ihm aufnehmen will, rufe ich eine seiner Freundinnen an. Ich nenne ein bestimmte Codewort und eine Telefonnummer. Er ruft dann zurück, sobald er kann, und ich sage ihm, wo er die Lieferung hinbringen soll.«

Ich hörte aufmerksam zu, und ich beobachtete den jungen Mann, während er sprach. In seinen Augen erschien ein abwesender Ausdruck, der mir überhaupt nicht gefiel.

»Kommt er hierher?« fragte ich.

Powell schüttelte den Kopf. »Hier im Haus sitzen unsere Juristen und Finanzberater und ein Dutzend andere Mitarbeiter und Mitarbeiterinnen. Die sehen und hören sowieso schon zuviel. Ich lasse ihn das Zeug zu Cliff Huntley bringen. Sie wissen, wer das ist?«

»Der Bekannte Ihrer Mutter?«

»Ihr Gigolo, ja. Die Familie bezahlt ihm eine Suite im Hilton, damit er sich auch mal allein mit seinen ... Freunden treffen kann.«

»Geben Sie mir die Telefonnummer seiner Freundin und das Codewort!«

Powell lächelte abweisend. »Kommt nicht in Frage, Mr. Cotton. Ich werde ihn überreden, daß er Sie trifft. Ohne Koks oder einen Joint in der Tasche.« Er bemerkte meinen skeptischen Gesichtsausdruck. »Er macht eine Menge Geld mit mir. Er wird mit Ihnen sprechen. Ich rufe Sie an, sowie er sich bei mir meldet.«

Ich gab ihm meine Karte und schrieb meine private Telefonnummer dazu. Powell nahm sie und wandte sich zum Gehen.

»Sprechen Sie lieber mit keinem über unsere kleine Vereinbarung!« sagte ich ruhig. »Auch nicht mit Ihren Freunden.«

Powell hob die Schultern. Das war eine Bewegung, die alles oder nichts bedeuten konnte.

Mal Donaldson hielt eine Dose Limonade in der Hand, aus der er gierig trank. »Na, was hat Bobby Ihnen erzählt? Daß ich ein Irrer bin? Daß ich mit der Pistole freihändig auf fünfzig Yards einen Quarter treffe?«

»Wir haben nicht über Sie gesprochen, Mr. Donaldson. Jemand anders hat mir erzählt, daß Sie Bobbys Schwester heiraten wollten.«

»Na und?« Er lachte laut. Es sollte zynisch klingen, gelang aber nicht. »Und jetzt meinen Sie, der Tod der süßen kleinen Mary Ellen hätte mich aus den Pantoffeln gehauen?«

»Hat er das?«

Mal Donaldson starrte mich mit einem haßerfüllten Ausdruck in den grauen Augen an. »Was meinen Sie?« fragte er, um Zeit zu gewinnen.

»Hat ihr Tod Sie aus dem Gleichgewicht gebracht?«

»Alle waren in sie verknallt! Die ganze Clique. Und noch ein paar andere. Nur ich nicht. Ich wollte sie nur heiraten.« Er lachte rauh.

»Warum wollten Sie sie heiraten?«

»Unsere Finanzberater meinten, daß unsere Aktienpakete ganz gut zueinander passen würden.«

Er setzte die Dose wieder an die Lippen. Sie war bereits leer. Er schien es nicht zu bemerken. »Was jetzt?« fragte er, als ich nichts sagte.

»Sie haben Mary Ellen also nicht geliebt?«

Er schleuderte die leere Dose in eine Ecke. Sein Mund verzerrte sich. Er ging langsam um den Billardtisch herum, als brauche er einen Schutzwall zwischen sich und mir. Er nahm einen Billardstock mit beiden Händen und fuchtelte damit in der Luft herum.

»Haben Sie Kay van Housen auch nicht geliebt?« fragte ich.

Einen Augenblick glaubte ich, er werde mit dem Stock nach mir schlagen.

Er war hochgradig erregt. Eine Folge des Marihuana? Oder setzten ihm meine Fragen derart zu, daß er kurz davor war, die Fassung zu verlieren?

»Ich habe sie nicht getötet, ich habe sie nicht getötet«, sagte er tonlos.

Ich war mir nicht sicher, wen er jetzt meinte. Kay van Housen oder Mary Ellen. Wahrscheinlich dachte er an beide.

Sie geben sich großmäulig und abgebrüht, dachte ich, dabei sind sie empfindlicher und empfindsamer als Kinder.

»Ob Sie der gesuchte Täter sind oder nicht, wissen im Augenblick vermutlich nur Sie«, sagte ich ernst. »Wenn Sie es nicht sind, würde ich Ihnen raten, den Umgang mit Ihren Freunden einzuschränken, bis wir den Täter ermittelt haben. Vor einem fremden Mörder könnten wir Sie schützen. Aber nicht vor einem, der in der Maske eines Freundes daherkommt.«

Mal Donaldsons Kinnlade fiel herab, als die Bedeutung meiner Worte in sein Hirn sickerte.

Als hätten sie sich verabredet, fanden sie sich wieder im Billardzimmer ein.

»Was dieser G-man sich einbildet!« sagte Martin Kennicott laut. »Dafür müßten wir ihm einen Denkzettel verpassen!«

»War sie es wert?« fragte Bratt Jaffe.

»Wen meinst du?« erkundigte sich Powell.

»Wen schon! Mary Ellen! Sie war schon keine Jungfrau mehr, als ich vor zwei Jahren auf ihr landete!«

Mit einem dumpfen Wutschrei stürzte Mal Donaldson vor. Seine Faust krachte unter Bratts Kinn. Bratt kippte um und schlug mit der Stirn auf die Kante des Billardtisches.

»Hört auf!« schrie Bobby Powell. »Verdammt, was seid ihr für Narren! Sollen wir uns zerfleischen?«

»Das will der G-man vielleicht nur«, vermutete Ron Sheldon. Er war ein besonnen wirkender junger Mann.

Mickey Gilbert und Johnny Evans setzten Bratt auf einen Stuhl. Blut floß aus einer Platzwunde an seiner Stirn.

Alle Blicke richteten sich auf Mal Donaldson. Seine Augen waren blutunterlaufen. »Warum starrt ihr mich an?« fragte er aufgebracht.

»Du warst verrückt nach Mary Ellen!« sagte Johnny Evans, der das Blut an Bratts Stirn abtupfte. »Ich vergesse nie, wie du Neil Andrews zusammengeschlagen hast, als er sich mit Mary Ellen verabreden wollte.«

»Er wußte, daß sie mein Mädchen war«, sagte Mal Donaldson.

»Er war dein Freund. Wie Bratt. Dein Temperament ist unberechenbar.«

»Mary Ellen ist tot. Weshalb sollte ich hingehen und Menschen umbringen?«

»Vielleicht hast du eine Macke«, meinte Bratt Jaffe böse.

Mal Donaldson wollte wieder auf ihn losgehen, aber Kennicott und Powell hielten ihn fest.

»Kay ist auch tot! Sie war deine Freundin«, sagte Johnny.

»Mit ihr war lange Schluß«, sagte Mal erschöpft.

»Aber da ist noch etwas«, sagte Bobby Powell flach. »Du bist ein Kunstschütze!«

»Ich war Sportschütze. Ein paar andere von uns sind auch nicht schlecht.«

»Deine Freunde aus Yale. Mickey und Ron.«

»Wir waren 24 Mann im Club! Und jeder von uns stand auf der nationalen Bestenliste!«

Im vorigen Sommer hatte er sie alle mit zu Bobby nach Rhinebeck gebracht.

Er hatte sich nicht lange um seine Kommilitonen und Clubkameraden gekümmert.

Er hatte sich in Mary Ellen verknallt.

Vorher war er nur scharf auf sie gewesen wie die anderen. In jenem Sommer hatte er sich in sie verliebt. Und Mary Ellen hatte seine Gefühle erwidert. Alles war plötzlich so klar gewesen. Er, Mal Donaldson, hatte das Rennen bei Mary Ellen gemacht. Die anderen hatten mit hängender Zunge zugesehen.

Und der Schock nur drei Monate später. Bobby hatte nicht aufgepaßt, oder Yvonne. Niemand hatte versucht, es mit letzter Konsequenz zu klären. Sie hatte sich ein paar Milligramm zuviel eingezogen. Sie konnte mit der Gran-Waage nicht umgehen.

Aber auch er war schuld gewesen. Er wollte die Clique in New York nicht aufgeben. Ihre wilden Spiele waren weitergegangen. Irgend jemand hatte es ihr gesagt. Hatte ihr vielleicht Fotos gezeigt.

»So kommen wir nicht weiter«, sagte Bobby Powell ungeduldig. »Die G-men werden bald wissen, wer der Killer ist. Pauls Dealer hat ihn wahrscheinlich gesehen.«

»Was haben die G-men davon, wenn Set den Killer wirklich gesehen hat?« fragte Mickey Gilbert.

»Wenn Set mich anruft, sage ich ihm, daß er mit Cotton sprechen soll«, antwortete Powell ruhig.

»Dieser verdammte G-man!« stieß Kennicott haßerfüllt hervor. Er starrte Powell an. »Was ist, wenn es wirklich einer von uns ist? Soll einer von uns in den Knast? Oder in einer Anstalt unter Irren verschimmeln?«

»Weißt du eine Alternative?« fragte Powell.

»Weißt du keine?« gab Kennicott zurück.

»Wir könnten uns Klarheit verschaffen«, meinte Powell.

»Und wie?«

»Bevor wir Set dem G-man überlassen, nehmen wir ihn uns vor.«

Kennicott schnalzte mit der Zunge. »Du bist ein gerissener Bastard, Bobby. Und dann?«

»Am Wochenende mache ich noch einen Probeflug mit der Ryan-Delta. Ich lade euch jetzt schon ein, mitzufliegen. Wer immer es ist – er wird unterwegs abspringen.«

»Es ist keiner von uns«, behauptete Mal Donaldson.

»Es ist einer, den wir kennen«, sagte Powell. »Einer von deinen Freunden aus Yale. Wir werden ihn einladen, mitzufliegen.« Er sah die Freunde der Reihe nach an. »Keine Gegenstimme?«

Niemand sagte etwas.

»Wo hast du so lange gesteckt?« fragte Phil, als ich ihn im Besprechungszimmer aufstöberte. Seine Augen waren klein vor Müdigkeit. Immer wieder war er die Akten durchgegangen auf der Suche nach einer übersehenen Kleinigkeit, die die Wende bringen konnte.

»Ich war in der Einsatzzentrale«, sagte ich. »Ich habe veranlaßt, daß Mal Donaldson beschattet wird.«

»Er bleibt deine Nummer eins?«

»Ich weiß immer noch keinen besseren«, entgegnete ich, »aber wenn er nicht der Killer ist, steht er bei ihm auf der Abschußliste.«

Ich erzählte Phil von Mary Ellen Powell, dem umschwärmten schönen und reichen jungen Mädchen, das an einer Überdosis Kokain gestorben war.

Phil machte eine Notiz. »Ich fordere die Akten an. Vielleicht war es kein Unfall.«

Daran hatte ich auch schon gedacht. Vielleicht hatte ihr jemand absichtlich eine stärkere Prise Kokain untergeschoben. Oder sie hatte nicht mehr leben wollen.

»Vielleicht gibt ihr Tagebuch Aufschluß über ihre Freunde und den Verlauf ihrer letzten Tage«, sagte ich. »Bobby stellt es uns zur Verfügung. Wir machen dann einen Datenvergleich.«

»Dieser Bobby scheint sehr kooperativ zu sein«, meinte Phil.

»Das ist er«, bestätigte ich.

Ich erzählte Phil, daß Powell Set, den Dealer, kannte und daß er uns mit ihm zusammenbringen wollte.

»Vielleicht klappt es noch in dieser Nacht«, schloß ich hoffnungsvoll.

Phil verdrehte die Augen. »Dann ist es wieder nichts mit Feierabend«, stöhnte er.

Er stöberte in dem Wust aus Notizpapier und Kopien von Protokollen und Akten auf dem langen Tisch herum. Dann warf er mir eine Telefonnotiz zu.

»Er heißt Earl Setton. DiMarco hat ihn eine Zeitlang überwacht. Er ist einer von den ganz Ausgebufften. DiMarco hat ihm nichts anhaben können. Fest steht nur, daß er zu Stephen Kraus' Kunden gehört.«

»Stimmt die Adresse noch?« fragte ich. »Westend Hotel, Ninth Avenue?«

»Ich habe einen Detective vom Revier hingeschickt. Der Bursche ist schon vor einem halben Jahr dort ausgezogen. Er scheint sein Quartier häufig zu wechseln.«

Das war typisch für einen Berufsdealer.

»DiMarco sagt, Setton habe unzählige Freundinnen. Scheint ein starker Liebhaber zu sein. DiMarco ist dabei, die alten Beobachtungsprotokolle durchzugehen. Er ruft wieder an, wenn er die Namen der Damen zusammenhat, die damals Settons Gunst genossen.«

Ich ließ mich endlich auf einen Stuhl fallen. Auch ich hätte lieber Schluß gemacht, aber vielleicht kamen wir jetzt bald den einen entscheidenden Schritt weiter.

Gene Bradlow, der ehemalige Rauschgiftfahnder, hatte uns als erster auf Stephen Kraus gebracht, und Nick DiMarco hatte bestätigt, daß Kraus über eine Bande ausgewählter Kleinverteiler die Schickeria mit Koks versorgte.

»Ich bin dafür, daß wir Kraus überwachen«, sagte ich.

»Du meinst für den Fall, daß Setton nicht so bereitwillig mit uns zusammenarbeitet, wie Powell es dir weismacht?«

»Nicht nur deshalb«, sagte ich bedächtig.

Wenn Mal Donaldson nicht der Jet-Set-Killer war – auch diese Möglichkeit mußten wir in Betracht ziehen –, stellte Stephen Kraus so etwas wie einen Dreh- oder Angelpunkt in diesem Fall dar.

Setton versorgte außer Paul Delancey, der ein Opfer des Jet-Set-Killers geworden war, noch andere Mitglieder der Powell-Donaldson-Clique mit Rauschgift. Ingerman hatte Donaldson beliefert. Obwohl die Beweise für meine Annahme noch fehlten, war ich überzeugt davon, daß auch die Dealer der anderen Opfer des Jet-Set-Killers für Kraus arbeiteten.

»Wie weit ist das Waffenlabor mit der ballistischen Untersuchung der Kugel im Fall Delancey?« fragte ich.

»Jack Stoneward hat Überstunden gemacht und sich selbst übertroffen. Die Spurrillen an der Kugel stammen eindeutig von den Zügen und Federn einer Haemmerli Modell 100.«

Also doch, dachte ich. Die Haemmerli war eine einschüssige Wettkampfpistole.

»Ich habe schon ein Fernschreiben nach Connecticut geschickt«, fuhr Phil fort. »Die Kollegen sollen feststellen, mit welchen Waffen im Universitätsschießclub von Yale geschossen wird. Wenn Haemmerli-Pistolen dabei sind, sollen sie dem Verbleib der Waffen nachgehen und uns eine Mannschaftsliste des Jahrgangs besorgen, dem Mal Donaldson angehörte.«

»Großartig«, sagte ich ehrlich.

»Finde ich auch. Deshalb hatte ich eigentlich Schluß machen wollen.«

»Okay, fahr nach Haus! Ich halte hier die Stellung.«

»Was soll ich zu Hause?« Phil gähnte. »Ich haue mich im Bereitschaftsraum auf eine Pritsche. Vergiß nicht, mich zu wecken, wenn du Set aufgreifen willst!«

Phil war noch in der Tür, als das Telefon klingelte. Ich nahm ab.

Detective Nick DiMarco war am Apparat. »Ich habe vorhin mit Phil über Earl Setton gesprochen«, begann der Narc.

»Ich weiß Bescheid«, sagte ich. »Wissen Sie, wo er steckt?«

»Sagen wir es so – Ich würde es zuerst bei einer Mutter namens Anna Oldham versuchen. Sie ist etwas älter als er. Er scheint sie als ruhenden Pol in seinem Leben zu betrachten. Während der Zeit, als wir ihn beobachteten, hat er die Girls alle paar Tage gewechselt. Nur zu Anna kehrte er immer wieder zurück. Sie wohnt 351 West 15th Street, das ist zwischen Eighth und Ninth Avenue.«

Ich bedankte mich und nickte Phil zu.

»Dann komm, Alter! Wir müssen arbeiten.«

Er zog sich etwas tiefer in das Dunkel der Hofeinfahrt zurück, als auf der anderen Straßenseite die Haustür geöffnet wurde und eine breite Lichtbahn über die Stufen und den Gehweg fiel.

Eine Gestalt erschien im Licht und stand einen Augenblick witternd da wie ein Tier. Das blonde Haar schimmerte.

Der Killer erkannte genau die modische Bundfaltenhose und den Lederblouson.

Seine Hand umklammerte den Griff der Pistole in der Manteltasche. Vor einer Stunde erst war der Dealer mit einem Taxi vorgefahren. Da war er nicht zum Schuß gekommen.

Er hatte bereits angelegt und hätte den Dealer tödlich getroffen. Aber aus der Bar an der Ecke waren drei Männer erschienen und hatten das Taxi wieder angehalten, das eben den Dealer abgesetzt hatte.

Er hatte einen Augenblick gezögert, hatte das Risiko abgewogen und die Waffe wieder eingesteckt.

Jetzt war er froh, gewartet zu haben, obwohl er überzeugt gewesen war, daß der Dealer die Nacht bei seiner Freundin verbringen würde. Der Bursche hatte wahrscheinlich noch einen Deal.

Der Killer zog die Pistole. Seine Hand war trocken. Die Finger lagen in den glatten Mulden. Der Zeigefinger berührte gerade eben den Abzug. Der Griff schmiegte sich genau in den Handballen. Er atmete schneller.

Die zufallende Haustür schnitt die Lichtbahn jäh ab. Der Schatten trat aus dem Hauseingang. Der helle Lederblouson fing das Streulicht ein.

Der Killer hob die Hand und streckte den Arm. Im Diopter konnte er das Korn nicht scharf genug erkennen. Er hatte einen Fehler gemacht.

Er hätte eben, als es im Eingang drüben hell wurde, ein Auge schließen müssen. Jetzt hatten sich die Pupillen beider Augen leicht zusammengezogen, und er fand die Stelle, unter der das Herz schlug, nicht mit der gewohnten Sicherheit.

Plötzlich verschwand der Dealer aus der Visierlinie. Leichtfüßig lief er auf die Ecke der Eighth Avenue zu. Der Killer schob die Hand mit der Waffe unter den Mantel und verließ den Durchgang. Mit ausgreifenden Schritten folgte er dem Dealer.

Der Dealer blieb an der Ecke stehen und blickte nach rechts, wo der nächtliche Verkehr aus der Downtown heraufkam. Vermutlich hielt er nach einem Taxi Ausschau. Hier unten wird er um diese Zeit wenig Glück haben, dachte der Killer.

Er überquerte die dunkle 15th Street. Er schlug den Mantelkragen hoch und hielt sich dicht an den Hauswänden. Er wollte näher an den Kerl heran.

Er kämpfte gegen seinen Atem an, der sich beschleunigte. Er mußte den Kerl da vorn töten, weil er ihn identifizieren konnte.

Er blieb abrupt stehen. 30 Schritte. Über der Kreuzung brannte eine Lampe. Die Bedingungen waren gut, sogar ausgezeichnet. Er hatte noch keins seiner Opfer von hinten erschossen.

Der Dealer hob die linke Hand, aber er winkte nicht dem in der Mitte vorbeifahrenden Taxi. Er sah auf die Uhr.

Der Killer zog die Waffe unter dem Mantel hervor. Er sah sich um. Er wußte, daß er sich in seinem dunklen Mantel kaum von der geschwärzten Hauswand abhob. Langsam streckte er den Arm und hob die Waffe. Jetzt konnte er sein Ziel deutlich erkennen. Und gestochen scharf stand das Dreieck des Korns auf der linken Rückenseite des Opfers.

Er atmete langsam ein, während sein Finger den Druckpunkt suchte.

Er konzentrierte sich voll auf sein Ziel. Wie auf dem Schießplatz. Er brauchte nie viel Zeit. Er war einer der schnellsten Schützen mit der freien Pistole gewesen.

Er wollte abdrücken, doch in seiner Kehle entstand ein pfeifender Laut.

Die Visierlinie endete plötzlich auf einem grauen Stück Straße.

Er fließ die Hand fallen. Seine Augen weiteten sich. Der Dealer bückte sich zu einem Wagen hinunter, der eben am Straßenrand ausrollte. Sein Herz schlug ihm plötzlich im Hals.

Er kannte den grünen Fairlane. Es war einer von Bobby Powells Wagen.

Entsetzt preßte er sich gegen die Hauswand.

»Steig ein«, sagte Bobby Powell zu dem Dealer. »Los, mach schon!«

Earl Setton spähte etwas unsicher ins Wageninnere. Hinten saßen zwei Gestalten, deren Gesichter er nicht erkennen konnte. Einer stieß die Tür auf. Er stieg ein.

Bobby Powell fuhr sofort an.

»Ich hab' was mitgebracht«, sagte Setton. »Nur fünf Gran. Mehr habe ich nicht. Ihr müßt mir etwas Zeit lassen.«

»Ist schon gut, für heute reichen die paar Gran«, sagte Bobby Powell über die Schulter. »Ron, gib ihm das Geld!«

Papier knisterte. Setton gab dem neben ihm sitzenden Ron Sheldon das in Seidenpapier gewickelte und in Plastikschlauch eingesiegelte Pulver.

»Danke«, sagte er. »Sie können ja wieder anrufen . . .«

Bobby Powell fuhr unbeirrt weiter. »Was war bei Delancey los? Warum hast du nicht geliefert?«

Earl Setton leckte sich die Lippen. »Ich . . . ich habe ihn nicht angetroffen. Er hat nicht aufgemacht.«

»Was hast du getan?«

»Ich? Ich bin abgehauen! Ich hatte die Taschen voll Schnee . . .«

»Seit wann weißt du, was mit Delancey passiert ist?«

»Ich war noch mal da, ungefähr zwei Stunden später. Da wimmelte es schon von Bullen.«

»Du weißt also, was passiert ist«, stellte Bobby Powell fest.

»Ja, ja ...«

»Wann, glaubst du, ist es passiert?«

»Ich ... ich weiß nicht.«

»Als du da warst, Set. Es ist genau dann passiert, als Delancey mit dir verabredet war!«

»Hören Sie«, sagte Set erschreckt. »Ich war es nicht! Ich mache so etwas nicht. Nie!«

»Wir glauben dir sogar«, sagte Powell. »Wenn du uns sagst, wen du im oder am Haus gesehen hast.«

»Ich? Niemand!« versicherte Setton schnell. Etwas zu schnell.

»Warum willst du es uns nicht sagen?« erkundigte sich Powell. »Wir kennen uns gut. Du machst eine Menge Geld mit mir.«

»Es ist mein Grundsatz«, sagte Setton. »Außerdem kenne ich den Kerl nicht. Ich habe ihn nie gesehen. Er kam gerade aus dem Haus. Ob er es war, kann ich doch nicht wissen!«

»Beschreib ihn uns!« forderte Powell ihn auf.

»Nein, Sir, nein, ich werde nichts dergleichen tun.«

Bobby Powell riß das Lenkrad herum. Der Wagen schlingerte, als er in die 28th Street einbog. Der Dealer wurde gegen Martin Kennicott geworfen, der sich bisher kaum gerührt hatte. Kennicott packte den Dealer hart an den Armen und setzte ihn wieder aufrecht hin.

Bobby Powell hielt zügig auf den Fluß zu.

Setton begann zu schwitzen. Niemand von den anderen sagte etwas. »Ich habe ihn ja nur ganz kurz gesehen, im Vorbeigehen«, beteuerte er.

Das unheilvolle Schweigen zerrte an seinen Nerven.

Unruhig blickte er nach draußen, als Powell die Twelfth Avenue überquerte und in das Dunkel unter dem Westside Highway tauchte. Er wendete und hielt in unmittelbarer Nähe eines Betonpfeilers an. Die Scheinwerfer erloschen.

Setton sah die Gesichter der drei jungen Männer nur als bleiche Flecken.

»Er war etwas größer als ich ... und trug einen Mantel ...« Setton keuchte und verhaspelte sich.

»Das bringt doch nichts!« sagte Kennicott wütend. »Zeig ihm das Foto!«

Powell schaltete die Innenbeleuchtung ein und legte das kleine Gruppenfoto, das Mal Donaldson bei sich gehabt hatte, auf die Sitzlehne. Das Bild zeigte die Mannschaft des Schießsportclubs der Universität Yale.

Setton starrte auf die lachenden Gesichter. Das Gesicht des einen, dem er schon einige Male Stoff verkauft hatte, erkannte er sofort.

Und dann erkannte er auch das andere Gesicht. Es gehörte dem Mann, der ihm auf der Treppe entgegengekommen war, als er Delancey den Koks bringen wollte.

Er wollte schon auf das Gesicht deuten, als er den Atem anhielt. Er begriff ganz plötzlich, was diese nächtliche Fahrt zu bedeuten hatte. Und er begriff noch mehr.

Der Jet-Set-Killer! Die Zeitungen waren plötzlich voll davon. Da brachte einer die reichen Schnösel um. Einer von ihnen ...

Er bekam es mit der Angst zu tun. Er war einer von ihnen. Sie würden ihn nicht leben lassen!

»Was ist jetzt?« fragte Powell, der den Dealer scharf beobachtete.

»Sie sehen sich so ähnlich«, murmelte Set unsicher. »Sieh genau hin!« fauchte Kennicott.

Set schüttelte den Kopf. »Er ist nicht dabei.«

»Er lügt!« sagte Powell.

Setton warf sich mit der Schulter nach links gegen die Wagentür. Seine Rechte fuhr unter den Blouson, wo das Schnappmesser steckte. Die Tür flog auf, und er fiel halb heraus, bevor Kennicott zupackte und ihn festhielt.

Geschmeidig glitten Powell und Sheldon aus dem Wagen. Sie packten den Dealer an den Armen. Das Messer klirrte zu Boden.

Sie stießen ihn gegen den Betonpfeiler. Über ihnen sangen die Reifen der Wagen auf der Schnellstraße.

Kennicott trat hinter Setton. Er holte aus und hieb ihm eine Faust in die Seite.

Sofort gaben Settons Beine nach. Kennicott schlug noch einmal zu.

»Schlag ihn nicht tot!« warnte Powell. Zusammen mit Sheldon schleifte er den Dealer zum Wagen zurück. Sie stießen ihn auf die Rückbank.

Setton schnappte nach Luft. Seine Augen blickten glasig. Als der Blick sich klärte, hielt Powell ihm erneut das Foto vor.

»Wer ist es?« fragte er.

Mit einem zitternden Finger deutete Setton auf den hageren Burschen, der am hinteren rechten Bildrand stand und etwas düster über die Köpfe der anderen hinwegsah.

»Okay«, sagte Powell hart. »Setzt ihn irgendwo raus!«

»Und was ist mit Cotton?« fragte Sheldon.

»Sollen wir ihm die Arbeit abnehmen?« sagte Powell.

Kennicott und Sheldon schleiften den Dealer ein Stück zur Seite, bevor sie ihn fallen ließen.

Der Killer hatte sich wieder in den dunklen Durchgang zurückgezogen. Es war nicht kalt, aber seine Zähne klapperten trotzdem hin und wieder wie in einem Fieberschauer. Er stellte sich vor, wie der Dealer von FBI-Agenten vernommen wurde. Oder wie er irgendwo erzählte, daß er da einem begegnet sei, der durchaus der Jet-Set-Killer gewesen sein konnte.

Glücklicherweise hatte der Kerl ihn sonst nie gesehen. Er war ihm und den anderen immer aus dem Weg gegangen. Hatte nur aus seinem Versteck heraus beobachtet und gelauscht und hatte sie verfolgt.

Irgendwann würde der Kerl zurückkommen. Und wenn er ihn dann nicht auf der Straße erwischte, würde er sich eben Zutritt zum Haus verschaffen. Und ihn in der Wohnung der Schlampe erledigen.

Er sah einen Wagen in die 15th Street einbiegen und langsam an der linken Straßenseite entlangrollen. Als der Wagen vor dem Haus mit der Nummer 351 hielt, packte er die Pistole fester.

Der Wagen war ein Jaguar. Der Killer sah undeutlich, wie der Beifahrer das Mikrofon abnahm.

Der Killer preßte die Kiefer aufeinander, um das Klappern der Zähne zu unterbinden.

Polizei, dachte er. Sie hatten ihn. Er hatte es kommen sehen.

Das heißt, noch hatten sie ihn nicht, überlegte er. Aber ihm war bewußt, daß er handeln mußte. Es war seine einzige, seine letzte Chance.

»Miss Oldham?« fragte Phil, als die Frau die Tür ihrer Wohnung einen Spaltbreit öffnete. Phil hielt seinen Ausweis so, daß sie genau das Foto sehen und mit seinem Gesicht vergleichen konnte.

»Mrs. Oldham«, sagte der schlaffe Mund. »Was wollen Sie?«

»Wir müssen mit Earl Setton sprechen«, antwortete Phil.

»Earl ist nicht hier.« Die Frau machte Anstalten, die Tür wieder zu schließen.

Phil setzte einen Fuß in den Spalt. »Mrs. Oldham, wir haben keinen Haussuchungsbefehl, keinen Haftbefehl, nichts. Es geht um Earl. Sein Leben ist in Gefahr.«

Der Mund wurde rund und bekam runzlige Ränder. Dann klirrte eine Kette, und die Frau ließ uns ein.

Sie war groß und mollig, vielleicht Mitte Vierzig und leidlich hübsch, wenn man den Typ mochte. Das Wohnzimmer war aufgeräumt.

Auf dem niedrigen Couchtisch stand eine angebrochene Flasche Wein. Anna Oldham bekam rote Wangen, als ich vielsagend auf die beiden Gläser deutete. Beide waren halbvoll.

»Er war hier«, sagte sie hastig. »Vor zwei Stunden kam ein Anruf. Ein ... ein Freund. Er mußte noch einmal weg.«

»Wann kommt er zurück?«

»Das kann ich nicht sagen, ehrlich nicht.«

»Hat er Ihnen irgend etwas Ungewöhnliches erzählt?«

»Ich wüßte nicht, was.«

»Einer seiner ... Kunden wurde gestern nachmittag ermordet«, sagte ich. »Paul Delancey. Hat Earl davon erzählt?«

Sie schüttelte den Kopf. »Er erzählt nicht viel.«

»Aber Sie wissen, woher das Geld kommt, von dem er lebt?«

Sie hob die Schultern. »Ich frage nicht«, antwortete sie unbestimmt. »Aber mit der Polizei hatte er nie was zu tun!«

»Er ist also seit zwei Stunden weg?« vergewisserte sich Phil.

»Nein, nein, erst seit«, sie sah auf die Uhr, »es war 11.15 Uhr oder so.«

Jetzt war es 12.45 Uhr. Um elf Uhr war ich von Powell weggegangen. Setton hatte mir erklärt, wie er mit dem Dealer in Verbindung trat. Er rief eine von Sets Freundinnen an, nannte ein Codewort, und der Dealer rief dann zurück.

»Wie war das mit dem Anruf? Erzählen Sie mir das bitte genauer!« forderte ich die Frau auf. »Sie gehen doch immer zuerst an den Apparat!«

»Ja, ja.«

»Kannten Sie den Anrufer?«

»Ja, das heißt nein ...«

»Was denn jetzt? Was hat er gesagt?«

»Er sagte, ich solle Set – so nennen ihn seine ... Freunde, etwas sagen. Er brauche Radiergummis.«

Das war das Codewort. Ich sah die Frau an. »Und dann? Ist Set, ich meine Earl, an den Apparat gegangen?«

»Nein. Er hat später zurückgerufen. Er läßt sich immer etwas Zeit.«

Damit niemand dahinterkommt, wo er sich gerade aufhält.

»Earl hat also zurückgerufen«, stellte ich fest. »Wie hat er den anderen angesprochen?«

»Gar nicht. Es ging um ein Treffen. Earl sollte irgendwohin kommen. Er wollte zuerst nicht. Aber dann ist er doch gegangen.«

»War das der einzige Anruf heute abend nach elf?«

»Ja, Sir. Ihm wird doch nichts passieren?«

»Ich möchte es nicht hoffen«, sagte ich. »Ich will Sie nicht beunruhigen, Mrs. Oldham, aber es ist möglich, daß sich Earl in ernster Gefahr befindet.« Ich gab ihr meine

Karte. »Wenn er zurückkommt oder sich meldet, veranlassen Sie, daß er sofort eine dieser Nummern anruft! Sofort, verstehen Sie?«

Sie nickte. Ich sagte ihr nicht, daß ich das Haus unter Beobachtung stellen würde.

Auf dem Weg nach unten sagte ich zu Phil: »Es kann Powell gewesen sein.«

»Powell wollte dir doch Bescheid sagen!«

»Ja«, sagte ich nachdenklich. »Powell hat zwei und zwei zusammengezählt. Ich kann mir vorstellen, auf welche Idee die Burschen gekommen sind.«

»Dann spielen sie verdammt mit dem Feuer«, meinte Phil.

Wir traten auf die Straße hinaus. Unwillkürlich sah ich mich um, als die Haustür hinter uns zufiel und wir im Dunkeln standen. Ich öffnete die rechte Tür meines Jaguar, schaltete das Funkgerät ein und angelte nach dem Mikrofon.

Unser Kollege George Baker hatte Nachtdienst in der Einsatzzentrale. »George, gib ein Fahndungsersuchen an alle Polizeidienststellen durch! Earl Setton – die Personenbeschreibung liegt vor. Soll vorgeführt werden wegen Zeugenvernehmung.«

»Verstanden.«

»Ich brauche hier eine Mannschaft für eine Überwachung. 351 West 15th Street. Entweder Leute von uns oder vom Revier.«

»Ich schicke so bald wie möglich ein Team. Wie lautet der Auftrag?«

»Personenschutz. Phil und ich bleiben hier, bis die Kollegen eintreffen.«

Ich warf das Mikro in den Wagen und lehnte mich mit dem Rücken gegen den hinteren Kotflügel. Phil gab mir eine Zigarette. Tief atmete ich den Rauch ein.

»Wie lange sind wir jetzt schon wieder auf den Beinen?« fragte ich.

»Keine Ahnung. Ich weiß nur, daß ich inzwischen wieder munter bin und Hunger habe.«

Auch mein Magen machte sich plötzlich bemerkbar. Der Zigarettenrauch vermochte ihn nicht zu besänftigen.

»Ich kann ein paar Hamburger holen«, schlug Phil vor. »Ein paar Schritte um die Ecke habe ich eine Snackbar gesehen. Ich bin sowieso dran.«

»Okay«, sagte ich.

Phil trabte davon. Ich rauchte bedächtig. Wahrscheinlich, überlegte ich, sah ich zu schwarz. Woher sollte der Killer wissen, wie er an Earl Setton herankommen konnte?

Wenn er zur Clique um Powell und Donaldson gehörte, kannte er das Verfahren. Und dann war da ja auch noch die bislang ungeklärte Verbindung des Killers zu Kraus. Nein, überlegte ich, meine Sorgen bestanden zu Recht.

Ich warf die Zigarette auf den Gehweg, als das Taxi von der Ninth Avenue her in die 15th Street einbog. Die Scheinwerfer strichen über die gegenüberliegende Hauswand, tasteten kurz in einen engen Durchgang, schwenkten herum und rückten langsam näher.

Ich will nicht behaupten, daß ich in den tiefen Schatten drüben etwas gesehen hätte. Eine Bewegung, ein helles Gesicht oder gar eine Gestalt. Wahrscheinlich war es die Wahrnehmung dieser Stelle allein, die meine Sinne schärfte. Denn dieser Durchlaß dort drüben eignete sich hervorragend als Hinterhalt für einen Heckenschützen.

Das Taxi stoppte hinter meinem Jaguar. Die Innenbeleuchtung wurde kurz eingeschaltet. Ich sah, wie der Fahrgast Geld durch die Öffnung in der Trennscheibe nach vorn reichte.

Dann wurde die hintere Tür aufgestoßen. Umständlich stieg ein Mann aus. Obwohl es ziemlich dunkel war, sah ich, daß seine helle Hose und sein weicher Lederblouson verschmutzt waren. Er richtete sich auf. Und während das Cab anfuhr, humpelte der Mann auf die Haustür von Nummer 351 zu, wobei er eine Hand in seine Seite preßte.

Ich machte einen schnellen Schritt in seine Richtung. »Earl Setton?« sagte ich.

Er zuckte zusammen und fuhr herum.

»Keine Angst«, sagte ich. »Ich bin Jerry Cotton vom FBI. Ich muß Sie sprechen.«

Ich trat vor ihn, wodurch ich, ohne es zu wissen, zwischen ihn und den Killer geriet. Seine Augen zuckten. »Ich will nichts mit Ihnen zu tun haben!« sagte er laut. Und dann machte er einen schweren Fehler.

Er warf sich herum, rannte über den Gehweg und sprang die Stufen zur Eingangstür hinauf.

Ich sah mich nach Phil um. Dabei streifte mein Blick den jetzt wieder kaum wahrnehmbaren Durchlaß zwischen zwei Häusern.

Vielleicht sah ich jetzt eine Bewegung. Oder irgend etwas. Wahrscheinlich war es so, denn selbst mein Instinkt läßt mich nicht schneller als der Schall reagieren.

Ich warf mich vor und schrie dem Dealer irgend etwas zu, was ihn zusammenzucken ließ.

Vielleicht war es dieses erschreckte Zucken, das ihm das Leben rettete. Vielleicht aber hatte er es auch meinen Händen zu verdanken. Denn ich hechtete vor. Meine ausgestreckten Hände stießen gegen seine Hüfte.

In diesem Moment hörte ich den trockenen Knall.

Earl Setton fiel zusammen und prallte gegen mich. Ich fing ihn auf. Ich wußte nicht, ob er getroffen war oder nicht. Ich ließ ihn zu Boden gleiten und wollte über die

Straße, dem verdammten Killer nach, der jetzt zum zweitenmal in meiner Reichweite war.

Aber Setton stieß einen gurgelnden Laut aus, und seine Finger krallten sich am Stoff meiner Jacke fest. Ich beugte mich über ihn.

Das Blut spritzte aus einer aufgerissenen Ader am Hals. Es war dunkel, und ich stieß meinen Daumen ein paarmal an der falschen Stelle in seinen Hals, bevor ich die richtige erwischte und der Blutstrom versickerte.

Er atmete mit kurzen, flachen Stößen. Der Verletzungsschock machte ihm bereits zu schaffen.

»Setton!« sagte ich scharf. »Setton! Hören Sie mich?«

Er röchelte. O verdammt, dachte ich. Ich blickte auf. Meine Kopfhaut kribbelte. War der verdammte Schweinehund noch da?

Phil bog um die Ecke. Als er mich über dem liegenden Setton am Boden hocken sah, warf er die Hamburger einfach weg und rannte auf uns zu.

»Ambulanz und Notarzt!« schrie ich ihm entgegen. »Schußverletzung an der Schlagader! Aber schnell, verdammt!« Phil beugte sich in meinen Jaguar und gab den Hilferuf durch. Ich hörte das metallische »Verstanden« der Zentrale.

Phil wirbelte zu mir herum.

»Drüben der Durchgang«, sagte ich nur.

Phil spurtete los. Kurz darauf traf auch das Team ein, das ich zur Überwachung von Earl Setton angefordert hatte.

Minuten später wimmelte es im ganzen Bezirk von Polizei. Sie suchten alle Ecken und Winkel ab, aber vom Killer fanden sie keine Spur. Er hatte sich nach dem Schuß sofort abgesetzt. Wahrscheinlich hielt er es für ausgeschlossen, sein Opfer verfehlt zu haben.

»Erwürgen Sie ihn nicht!« sagte der Arzt, der mit dem Notarztwagen eingetroffen war und meinen verkrampften Daumen förmlich zur Seite biegen mußte.

Sofort spritzte das Blut wieder hervor.

»Ohne Sie wäre er jetzt schon tot«, sagte der Doc, als er eine Kompresse auf die Wunde preßte. Der Fahrer des Notarztwagens kniete neben ihm nieder und hielt den Strahl der Batterielampe auf die Wunde. Mich vergaßen sie augenblicklich.

Ich wischte mir das Blut von der Hand und vom Ärmel. Phil kehrte zurück.

»Mann, wenn er stirbt, trag' ich die Verantwortung«, sagte er niedergeschlagen.

»Red kein Blech!« sagte ich. »Weil du die dämlichen Hamburger geholt hast? Das war unsere gemeinsame Entscheidung. Wir hätten beide mit vollem Recht weggehen und irgendwo essen können! Wann hast du deinen letzten Bissen zu dir genommen?«

»Die paar Minuten hätten wir noch warten können«, murmelte Phil.

Ich schob ihn zu meinem Jaguar. »Laß uns hier verschwinden!« sagte ich.

»Sag bloß, du willst jetzt noch essen gehen?«

»Ich will der Powell-Clique noch einmal auf den Pelz rücken«, sagte ich grimmig. »Ich möchte wissen, ob jetzt alle ein Alibi haben.«

»Für den Schuß auf Setton?«

»Und für die Zeit davor. Setton wurde zusammengeschlagen. Er hatte aber auch einen Packen Geld bei sich.«

»Du meinst, Powell und die Jungs aus seiner Clique hätten ihn sich vorgenommen?«

»Genau!«

Ich raste mit Rotlicht und Sirene durch die Stadt. Bobby Powell hatte mich geleimt. Er hatte mich nicht mit

Set zusammengebracht. Er hatte es sich anders überlegt und den Burschen selbst ausgequetscht. Wahrscheinlich hatte er jetzt auch nicht mehr die Absicht, mir das Tagebuch seiner Schwester zu überlassen.

20 Minuten später stoppte ich erneut vor dem New Yorker Domizil der Familie Powell. Settons Blut an meinem Jackett war noch feucht und stach den Wachmännern sofort in die Augen.

Doch mein Anblick konnte keinen Partygast mehr belästigen, keine Orgie unterbrechen.

Denn Yvonne Powells Empfang war längst beendet. Und Bobby und seine Clique waren ausgeflogen.

Es war schon später Vormittag, als ich ins Office kam. Phil Decker war damit beschäftigt, die Informationen zu verarbeiten, die unsere Kollegen in Connecticut gesammelt und geschickt hatten.

»Ich war eben im Krankenhaus«, sagte ich. »Setton liegt noch auf der Intensivstation. Die Operation ist gelungen, aber er wird noch einige Tage nicht sprechen dürfen. Die Kugel hat den Hals durchschlagen.«

Earl Setton wurde scharf bewacht, um ihn vor einem neuen Anschlag des Jet-Set-Killers zu schützen.

»Vielleicht können wir ihm dieses Foto zeigen«, meinte Phil. Er zeigte mir ein Gruppenbild, das per Bildfunk aus Connecticut gekommen war. »Das sind die Schießkünstler von Yale«, erklärte er.

Die Mannschaft, der Mal Donaldson angehört hatte, bestand aus 24 Personen. Die meisten Mitglieder besaßen außer der Haemmerli 100 noch Schnellfeuerpistolen. Uns standen zeitraubende Ermittlungen bevor, wenn wir dem Verbleib einer jeden einzelnen Waffe nachgehen wollten.

Gemeinsam gingen wir die Fernschreiben durch. Wir

sortierten das Material, bereiteten die Mitgliederliste und die Registriernummern der Waffen für ein Computerprogramm vor. Bis zum Mittag hatten wir den größten Teil der Arbeit geschafft.

Bevor wir zum Lunch gingen, statteten wir unserem Kollegen Chris Fenwick in der Einsatzzentrale einen Besuch ab. Chris koordinierte die Überwachungsmaßnahmen.

Mal Donaldson war am frühen Morgen nach Sheepshead Bay zurückgekehrt. Die anderen Mitglieder der Clique waren nach New Jersey rübergefahren und bei Englewood Cliffs in ein großes Haus eingefallen, das Martin Kennicott gehörte. Ich hatte das ganz bestimmte Gefühl, daß die Burschen etwas ausheckten.

Ich glaubte nicht, daß Setton, wenn er in der Lage wäre, eine Willenserklärung abzugeben, Anzeige gegen die Burschen erstatten würde, die ihn mißhandelt hatten. Setton würde froh sein, wenn er mit einem blauen Auge und seiner schweren Verletzung am Hals davonkäme.

Deshalb ließ ich Donaldson und die übrige Clique überwachen. Überwacht wurde weiterhin das ehemalige Fabrikgebäude, in dem Stephen Kraus, der Antiquitätenhändler und Kokaindealer, sein Hauptquartier hatte.

»Wir haben alles im Griff«, behauptete Chris.

»Wir wissen bloß nicht, wer der verdammte Kunstschütze ist!« sagte ich grimmig.

»Ihr habt ihn doch auf dem Foto«, meinte Chris.

»Da haben wir aber was Warmes!« Ich kannte gerade die Gesichter von Mal Donaldson, Mickey Gilbert und Ron Sheldon. Die anderen mußten wir noch den betreffenden Namen zuordnen.

Ich hatte vor, mir dabei von Mal Donaldson helfen zu lassen.

Zu unserem Lunch kamen wir nicht.

Zuerst traf ein Fernschreiben ein, und wenige Augenblicke später forderte der Chef uns auf, in sein Büro zu kommen.

Das Telex kam von unseren Kollegen aus Connecticut. Darin teilten sie uns mit, daß Mal Donaldson seine Haemmerli 100 am Ende des letzten Sommersemesters, das auch sein letztes Semester in Yale war, als gestohlen gemeldet hatte.

Unser Chef hatte bereits Besuch.

William M. Donaldson, Mal Donaldsons Vater, stapfte mit schweren Schritten vor dem Schreibtisch des FBI-Chefs auf und ab. Phil und mich beachtete er zunächst gar nicht.

»John, so hatte ich mir Ihren Anteil an der Fahndung nach diesem Mörder nicht vorgestellt!« grollte er. »Sie lassen meinen Sohn und seine Freunde überwachen! Als ob er oder einer von ihnen dieser wahnsinnige Heckenschütze wäre!«

»Polizeiarbeit ist kein Freundschaftsdienst unter Golfkameraden, die man einstellt, wenn es für jemand ungemütlich wird«, sagte John D. High. »Jetzt beruhigen Sie sich erst mal, Bill! Meinen Mitarbeiter Jerry Cotton kennen Sie bereits. Das ist Special Agent Phil Decker. Sie leiten die Ermittlungen.«

Donaldson nickte uns finster zu.

John D. High sagte: »Bill, wir setzen unsere Unterhaltung später fort. Ich darf Sie bitten, so lange nebenan zu warten. Meine Sekretärin wird Sie mit Kaffee versorgen.«

Donaldson starrte mich feindselig an. »John, ich glaube, Ihre Mitarbeiter sind dem Fall nicht gewachsen. Oder sie ermitteln einseitig. Sie wollen einen von uns ans Kreuz nageln!«

»Bill, ich schreibe Ihre Äußerung Ihrer Erregung zu. Bitte, warten Sie nebenan!«

»Einen Moment«, sagte ich. »Es trifft sich vielleicht ganz gut, daß Sie hier sind, Sir«, sagte ich. Ich hielt das Fernschreiben, das eben gekommen war, noch in der Hand. »Ihr Sohn hat sich bei den Ermittlungen wenig hilfreich gezeigt«, sagte ich. »Ich möchte sogar behaupten, daß er sie erschwert hat.«

»Können Sie das erläutern?« knurrte Donaldson.

»Ihr Sohn besaß eine Matchpistole vom Typ Haemmerli 100. Mir gegenüber hat er behauptet, er habe sie weggegeben ...«

»Wenn mein Sohn so etwas sagt, dann stimmt es auch!«

»Vor einem dreiviertel Jahr, am Ende seines letzten Semesters in Yale, hat er die Pistole jedoch als gestohlen gemeldet. Beide Äußerungen können schwerlich zugleich der Wahrheit entsprechen.«

William Donaldson atmete laut. »Das läßt sich aufklären«, sagte er schließlich.

»Davon bin ich überzeugt, Sir. Allerdings, wenn Mal keine hieb- und stichfeste Erklärung über den Verbleib seiner Waffe abgeben kann, werde ich Haftbefehl gegen ihn beantragen!«

»Das ist absurd!« Donaldson fuhr zu unserem Chef herum. »John, sagen Sie etwas!«

John D. High schob Donaldson das Telefon zu. »Rufen Sie Ihren Sohn an! Veranlassen Sie ihn, daß er herkommt! Sofort.«

»Was ist, wenn er nicht kommt? Er wollte heute abend seine Freunde treffen.«

»Dann beantragen wir Haftbefehl und schreiben ihn zur Fahndung aus«, erklärte der Chef ruhig.

Donaldson nahm den Hörer. John D. High drückte den

Knopf, der den Apparat auf das öffentliche Netz schaltete.

Donaldsons Geduld wurde auf eine harte Probe gestellt, bis sein Sohn endlich an den Apparat kam.

»Ich wünsche, daß du hierher zum FBI kommst«, erklärte er ihm ohne Umschweife. »Nur du kannst bei der Aufhellung einiger Unklarheiten helfen!« Er lauschte, knurrte und legte schließlich den Hörer auf.

Er beobachtete weder Phil noch mich, als er sich an den Chef wandte.

»Er wollte sowieso nach Manhattan«, erklärte er. »In einer Stunde ist er hier.«

John D. High lächelte. »Ich bin überzeugt, daß sich alles aufklären läßt, Bill«, sagte er. »Wir beide gehen jetzt zum Essen.«

»Tut mir leid, John, ich habe andere Pläne«, sagte Donaldson.

»Es würde den Wert der Aussage Ihres Sohnes beeinträchtigen, wenn Sie vorher mit ihm sprechen, Bill«, sagte der FBI-Chef.

»So ist das also ... Na schön, John, gehen wir essen!«

»Um was geht es schon wieder?« fragte Mal Donaldson, als er in unser Office kam.

»Waren Sie in der vergangenen Nacht dabei, als Setton mißhandelt wurde?« fragte ich.

»Setton? Ich kenne keinen Setton«, behauptete der junge Mann.

»Set, der Dealer«, sagte ich.

»Keine Ahnung ...«

»Schade«, meinte ich. »Wenn Sie an der Mißhandlung beteiligt gewesen wären, hätten Sie nicht anschließend auf ihn schießen können. Oder?«

»Deshalb lassen Sie mich antanzen? Wenn das alles ist, kann ich wohl wieder gehen.«

»Hier, sehen Sie sich das Foto an!« Ich schob ihm das Gruppenbild zu, das ihn inmitten seiner Mannschaftskameraden zeigte. Wir hatten es inzwischen vervielfältigen lassen. Allerdings konnten wir die Namen und die Gesichter noch nicht miteinander in Verbindung bringen.

»Was soll ich damit?« fragte Donaldson. »Das Bild hängt in Farbe in meinem Zimmer an der Wand.«

»Wir zwei machen jetzt eine Hausaufgabe«, sagte ich. »Sie schreiben unter jeden Mann den Namen.«

Er grinste mich an. »Kennen Sie die Namen noch nicht?«

»O doch«, sagte ich, und vielsagend fügte ich hinzu: »Unsere Kollegen in Connecticut waren sehr fleißig.«

Er hob die Schultern und machte sich an die Arbeit. Er schrieb zügig, und ich beobachtete ihn genau dabei, weil ich es für möglich hielt, daß er uns einen Bären aufband, indem er die Namen durcheinanderbrachte.

Er wollte mir das Foto wieder zuschieben.

»Machen Sie ein Kreuz unter der Person, die Sie für den Killer halten!« forderte ich ihn auf.

Er verzog die Lippen zu einem eigenwilligen Grinsen. »Arbeiten Sie immer so plump, Cotton? Ich denke, Sie wissen Bescheid. Bin ich nicht mehr Ihr Kandidat?«

»Ihre Freunde wissen inzwischen, wer der Killer ist«, sagte ich, ihn starr ansehend. »Wissen Sie es auch?«

Er fletschte die Zähne.

»Wir haben keine Geheimnisse voreinander«, sagte er vieldeutig.

Du arroganter Lümmel, dachte ich. Ich beugte mich vor und nahm das Foto an mich, ohne ihn aus den Augen zu lassen.

»Ich warne Sie, Donaldson! Wenn Sie glauben, Sie

könnten mit dem Killer unter sich abrechnen, werden Sie ein Fiasko erleben!«

»Ich weiß nicht, wovon Sie reden, Mann«, sagte er gelangweilt. »Ich muß jetzt gehen. Ich habe noch was vor.«

»Sie gehen, wenn wir mit Ihnen fertig sind«, sagte Phil.

Donaldson wandte den Kopf und sah Phil an, der sich bisher mit der Rolle des stummen Zuhörers begnügt hatte. Dann kehrte der Blick zu mir zurück.

»Sie haben mich wegen Ihrer Kleinkaliberwaffen belogen, Donaldson«, sagte ich. »Sie haben behauptet, Sie hätten sie weggegeben.«

»Bis auf die Haemmerli«, sagte er.

»Davon hatten Sie mir nichts erzählt.«

»Nein? Wie dumm!« Er zog in gespieltem Erstaunen die Augenbrauen hoch. »Sie wurde mir gestohlen. Ich hab's vergessen und wollte auch keine große Affäre daraus machen.«

»Weil nur ein Clubkamerad als Dieb in Frage kommt?«

»Keine Ahnung, wer alles als Dieb in Frage kommt. Fragen Sie Ihre Büttel-Kollegen!«

Ich nickte. Er hatte meine Zweifel nicht ausgeräumt, weder so noch so. Ich war aber überzeugt, daß die Clique in der vergangenen Nacht herausgefunden hatte, wer der Killer war.

Wenn es Donaldson war, würde er jetzt vermutlich nicht hier sitzen.

Aber was hatten die Kerle vor?

»Sie können gehen«, sagte ich.

Donaldson grinste. In der Tür fragte er: »Was ist mit Ihren Wachhunden? Auf der Fahrt hierher mußte ich immer aufpassen, daß ich sie nicht verliere!«

»Passen Sie lieber auf sich selber auf, Donaldson!« sagte ich.

Phil schüttelte fassungslos den Kopf, als Donaldson die Tür hinter sich schloß.

»Was für ein aufgeblasener Mistkerl!« sagte er.

Wir verglichen die Gesichter der Schießsportler auf dem Gruppenfoto mit den Fotos der Orgien, die wir in Paul Delanceys Besitz gefunden hatten.

Die Namen der jungen Leute wurden zur Zeit überprüft. Die Überprüfung würde einige Zeit in Anspruch nehmen. Nach dem Abschluß des Studiums im Sommer des vergangenen Jahres hatten sie sich in alle Winde zerstreut.

Mal Donaldson war mit allen sehr eng befreundet gewesen. Deshalb hatte er sie auch im vergangenen Sommer mit zu seinem Freund Bobby Powell gebracht. Aber zur eigentlichen New Yorker Clique, deren Mittelpunkt Bobby Powell war, gehörten außer Donaldson nur noch Gilbert und Sheldon. Und ihre Gesichter waren auf einigen der heiklen Fotos auch tatsächlich zu sehen.

Vor mir lag das Foto, das Mal Donaldson mit den Namen beschriftet hatte. »Einer von ihnen hat sich in Mary Ellen verknallt«, sagte ich.

»Und konnte nicht bei ihr landen«, spann Phil den Faden weiter. »Einer dieser blasierten Burschen, dem jeder Erfolg schon mit der Muttermilch eingeflößt wird, konnte es nicht überwinden, abgewiesen zu werden!«

»Das war die Ansicht des psychologischen Sachverständigen Decker«, sagte ich. »Jetzt kommt das Gegengutachten ...«

»Von Dr. psych. Jerry Cotton«, sagte Phil ernsthaft.

»Da gibt es einen Burschen, er ist hochbegabt, dem wurden Reichtum und Erfolg nicht mit der Muttermilch eingeflößt«, sagte ich. »Er muß sich alles erkämpfen. Er bekommt ein Stipendium für Yale. Und da sieht er, wie leicht es die blasierten Burschen mit dem richtigen Vater haben. Auch bei Mädchen.«

»Und als eins zugrunde gerichtet wird, schwingt er sich zum Rächer auf? Dann müßte sie ihm ernsthaft Hoffnungen gemacht haben«, meinte Phil. »Aber sie hatte sich ja gerade erst für Mal Donaldson entschieden!«

»Wenn wir das Tagebuch hätten, hätten wir vermutlich leichtes Spiel«, sagte ich.

»Oder wenigstens die Lebensläufe der jungen Herren«, ergänzte Phil. »Ich schaue mal ins Archiv. Vielleicht ist schon etwas da.«

Die Lebensläufe ließen noch auf sich warten.

Was zuerst eintraf, war das Unerwartete.

Er wartete vorn am Empfang auf mich. Er trug ein großes gesticktes P vorne auf der Chauffeursuniform.

»Mein Name ist Fennel, Sir. Ich bin einer der Fahrer der Familie Powell. Mr. Powell hat mir aufgetragen, Ihnen diesen Umschlag hier zu übergeben.«

Der Umschlag war dick und versiegelt. Er enthielt ein Buch. Das Tagebuch!

»Danke«, sagte ich überrascht.

»Ich soll Ihnen folgendes ausrichten, Sir. Mr. Powell ist überzeugt, daß er Sie bald sehen wird.«

»Wo ist Mr. Powell jetzt?« fragte ich.

»Das ist alles, Sir«, sagte der Fahrer bestimmt. Er verbeugte sich und ging.

Ich war eher beunruhigt als erfreut über das unerwartete Geschenk. Entweder gaben die Eintragungen im Tagebuch nichts her, oder Bobby Powell hatte sie bereits ausgewertet und benutzte mich als Teil seines Plans.

Ich ging in die Einsatzzentrale.

»Wo steckt Bobby Powell?« fragte ich Chris Fenwick.

»Die ganze Bande ist eben von Kennicotts Haus abgefahren. Sie fahren mit zwei Wagen Richtung Fort Lee. Wahrscheinlich wollen Sie über die George Washington Bridge nach Manhattan zurück.«

Ich trat an die Karte, die den Großraum New York zeigte. Südwestlich von Fort Lee lag das Morsemere Airfield, wo Bobby Powells Flugzeuge standen.

»Chris, schick sofort ein paar Mann zu diesem Flugplatz!«

»Okay. Wie lautet der Auftrag?«

Am liebsten hätte ich allen Powell-Maschinen Startverbot erteilen lassen, doch einen solchen Antrag würde ich wahrscheinlich nicht durchbekommen.

»Bereithalten!« sagte ich. »Ist Mal Donaldson in dieselbe Richtung unterwegs?« erkundigte ich mich.

»Nein, Jerry. Er sitzt seelenruhig in einem Café im Village. Allerdings hat er bis vor zehn Minuten mehrere Male telefoniert.«

Das gefiel mir überhaupt nicht. »Chris, sag mir sofort Bescheid, wenn sich etwas tut!«

»Okay.« Auf dem Pult flackerte ein Licht. Chris nahm den Kopfhörer. Er lauschte. Dann wandte er sich an mich. »Donaldson verläßt eben das Café und geht zu seinem Porsche.«

Ich zog mich endlich in mein Office zurück. Ich öffnete den Umschlag und nahm das Tagebuch heraus. Es war in kostbares altes Leder gebunden. Die erste Eintragung hatte Mary Ellen Powell an ihrem 16. Geburtstag gemacht.

Da hatte sie das Buch von ihrem älteren Bruder Bobby geschenkt bekommen.

In den ersten beiden Jahren hatte sie nur gelegentlich etwas hineingeschrieben, danach folgten die Notizen in kürzeren Abständen. Ich begann mit der letzten Eintragung. Sie trug das Datum vom 22. Oktober, war also fünf Tage vor ihrem Tod gemacht worden.

> *Neil kam heute vorbei. Er lebt jetzt in Manhattan, hat aber noch keinen Job. Ist zu stolz, um sich helfen zu lassen. Wäre doch eine Kleinigkeit für uns. Oder Mal. Er ist so rührend und besorgt um mich. Er versucht mich zu trösten, weil er spürt, daß es zwischen Mal und mir nicht so läuft. Er ist so zurückhaltend, dabei weiß ich, wie er fühlt. Warum kann ich sein Gefühl nicht erwidern? Er ist ein so treuer Freund, auch von Mal. Er weiß nicht, daß ich die Fotos gesehen habe. Der Umschlag ist ihm aus der Tasche gefallen. Als er draußen war, habe ich die Bilder darin gesehen. Diese entsetzlichen Fotos! Wie kann ich Mal noch lieben, nachdem ich weiß, was er in New York macht! Daß Bobby es zuläßt! Neil will nächste Woche anrufen. Vielleicht treffen wir uns in New York. Vielleicht ...*

Nächste Woche war sie bereits tot.

Hatte ihr Neil die Fotos absichtlich untergejubelt? Der treue Freund läßt einen Umschlag fallen und geht dann zur Toilette. Woher hatte er die Fotos, wenn er nicht zur Clique um Powell und Donaldson gehörte?

Neil. Von Mal Donaldsons Mannschaftskameraden im Schießclub hieß nur einer Neil. Neil Andrews. Als Heimatort war Grand Rapids, Michigan, angegeben. *Er lebt jetzt in Manhattan.*

Ich blätterte zurück. Der Name Neil tauchte hin und wieder auf. *Neil hat angerufen. Neil hat mir einen lieben Brief geschrieben.*

Zum ersten Mal wurde Neil unter dem Datum des 20. Juli vorigen Jahres erwähnt.

Mal hat seine Kameraden mitgebracht. Sie feiern ihren Abschluß. Sie werden eine Woche bei uns bleiben. Mal hat sich verändert. Er ist jetzt ernsthafter geworden. Ob er auch ernst meint, was er mir sagt? Einer seiner Freunde himmelt mich an. Ein unheimlicher Kerl, dachte ich zuerst. Immer so still. Wahrscheinlich ist er nur schüchtern. Er paßt gar nicht zu den anderen. Er heißt Neil.

Einen Tag später notierte sie in ihr Tagebuch:

Die anderen sind nach Manhattan gefahren. Weiß Gott, was sie da wieder anstellen. Neil ist hiergeblieben. Wir haben uns lange unterhalten. Er ist so ernst und ehrlich. Und leicht verletzlich, glaube ich. Er glaubt, er gehört nicht zu uns. Dabei hat er doch mehr erreicht als wir alle! Er hatte ein Stipendium! Von Yale! Er will keine Protektion. Ich hoffe so sehr, daß er es schafft.

Und zwei Tage später stand da:

Ich wollte nicht, daß Mal es jetzt schon den anderen sagte, aber nun ist es eben passiert. Na ja. Wir lieben uns, warum sollen es die anderen nicht erfahren! Für Neil war es ein Schock. Er tut mir leid. Wie kann ich es ihm nur begreiflich machen?

Ich lehnte mich zurück und schloß die Augen. Phil kam herein.

»Was ist los?« fragte er, als ich mich nicht rührte.

Ich deutete auf das Tagebuch. Phil blätterte darin.

»Neil? Neil Andrews, nicht wahr?«

»Es sieht so aus«, antwortete ich. »Ein so hochbegabter Kerl! Stipendium für Yale. Und dann Komplexe wegen seiner Herkunft ... Tragisch«, sagte ich.

»Vergiß deine sozialschwärmerische Tour mal für einen Augenblick!« sagte Phil.

Ich sah ihn an. »Gibt es etwa eine Akte?«

»Nein, er war zu jung«, antwortete Phil. »Deshalb gibt es keine Akte. Aber weil seine Eltern tot sind und er in Yale bei der Universitätsverwaltung keine Adresse hinterlassen hat, habe ich mit dem Sheriff von Grand Rapids, Michigan, telefoniert. Der erinnerte sich genau an Neil Andrews. Neil war dreizehn, als das Haus seiner Eltern abbrannte.«

Großer Gott, dachte ich.

»Seine Eltern sind bei dem Brand umgekommen. Und seine kleine Schwester. Nur der kleine Neil hatte Glück ... Es gab eine Untersuchung, weil einige Spuren auf Brandstiftung schließen ließen, aber der Verdacht konnte nicht erhärtet werden. Es war auch kein Motiv da. Allerdings gab es Gerüchte. Der kleine Neil Andrews war mit seinen Eltern nicht zufrieden. Seine Mutter war kränklich, sein Vater verdiente nicht viel als Werkmeister. Er wollte Neil nicht auf die High School schicken.« Phil warf das Tagebuch auf den Tisch. »Komm, Jerry, wir müssen ihn suchen.«

Bevor er ein neues Opfer fand. Oder bevor Bobby Powell, Mal Donaldson und die anderen ihn aufstöberten.

Oder wußten sie auch, wo er in Manhattan wohnte? Bobby Powell hatte mir das Tagebuch bringen und die geheimnisvollen Grüße ausrichten lassen.

»Chris, wie ist die Lage?« fragte ich als erstes, als wir in die Zentrale stürmten.

»Wartet!« sagte er ins Mikrofon. Er wandte sich mir zu. »Powell und die anderen sind an Fort Lee vorbei.« Er deutete auf die Karte. »Morsemere Airfield könnte hinkommen. In zehn Minuten wissen wir es genau.« Er preßte den Kopfhörer an sein Ohr. Dann schnippte er mit den Fingern. »Mal Donaldson fährt über die East Houston Street und biegt in die Lafayette ein.«

Phil und ich sahen uns stumm an. Zwei Blocks weiter südlich stand das ehemalige Fabrikgebäude, in dem jetzt Stephen Kraus seine zweifelhaften Geschäfte machte.

Ein paar Sekunden später sagte Chris: »Er fährt auf den Parkplatz. Ob er das Apartment seiner Freundin mit alten englischen Möbeln einrichten will?«

»Was mag Donaldson von Kraus wollen?« fragte Phil.

»Am besten fragen wir ihn!« sagte ich. »Komm schon!«

Es ist nicht weit von unserem Office in der Downtown bis zu dem Viertel südlich der Houston Street, die SoHo genannt wird – South of Houston.

Mal Donaldsons Porsche stand noch auf dem Parkplatz in der Nähe des Eingangs, als ich meinen Jaguar in eine Lücke stellte. Die Kollegen, die den Bau überwachten, und die beiden Teams, die Mal Donaldson an der langen Leine geführt hatten, umkreisten den unübersichtlichen Komplex, der sich über mehrere Blocks erstreckte.

»Er ist noch drin«, meldete Jimmy Stone über Funk.

»Das wollen wir schwer hoffen«, gab ich zurück, bevor wir ausstiegen.

Der rumpelnde Lastenaufzug trug uns in den 3. Stock hinauf. Die Glastür stand wieder weit offen, aber anders als bei unserem ersten Besuch kam uns kein Mensch entgegen. Die Gänge zwischen den alten Möbeln bildeten einen Irrgarten, und die vielen grünen Blattpflanzen erzeugten eine unwirkliche Atmosphäre.

»Das Büro ist an der Stirnwand«, sagte Phil, der sich beim ersten Mal umgesehen hatte.

Ich blickte zur Decke hinauf, konnte in den Schatten aber nichts erkennen. Ich war überzeugt, daß es hier Videokameras oder zumindest Lichtschranken oder Trittkontakte gab, die unser Kommen nach irgendwohin meldeten.

»Neben dem Büro ist eine Werkstatt«, erklärte Phil, während wir durch den Mittelgang auf die Ziegelmauer zugingen. »Dort arbeitet ein alter Mann. Ein Restaurator, nehme ich an.«

Phil deutete auf eine Metalltür, an der BÜRO stand. Die Werkstattür nebenan stand offen. Der alte Mann beugte sich über einen Stuhl, an dessen Bespannung er arbeitete. Er blickte auf und starrte zu uns. Die Brille saß ihm vorn auf der Nase.

Phil klopfte kurz an die Metalltür. Sofort drehte er den Knauf und zog die Tür auf.

Er holte scharf Luft. Seine Hand kroch unter das Jakkett, fiel dann aber wieder herab.

Stephen Kraus hing im Schreibtischsessel. Sein Kopf lag auf der Schulter. Die Augen blickten trübe in unsere Richtung. Der graue Seidenblazer wies ein kleines Loch mit schwarzem Rand auf, genau über dem Herzen.

Ich stieß einen heiseren Knurrlaut aus, als ich in das Büro glitt. Ich warf ein Taschentuch über den Telefonhörer und tippte die Durchwahlnummer unserer Einsatzzentrale in das Zahlenfeld.

Chris Fenwick hob sofort ab.

»Chris, sag den Pennern unten, sie sollen den Schuppen dichtmachen und Mal Donaldson festnehmen! Verstanden? Stephen Kraus ist tot. Unser Kunstschütze hat wieder zugeschlagen!«

»Donaldson? Bist du sicher?«

Nein, verdammt, ich war nicht sicher!

»Schick eine Mordkommission!« sagte ich und legte auf.

Phil war verschwunden. Ich lief hinter ihm her. Phil sprach mit dem alten Mann.

»Das ist Mr. Wronkow«, sagte Phil. »Mr. Wronkow hört schlecht, aber er hat jemanden gesehen, der zu Mr. Kraus ins Büro gegangen ist!«

Ich zog eine Augenbraue hoch. Warum hat er den schwerhörigen Mr. Wronkow nicht umgelegt, sollte die Bewegung bedeuten. Phil verstand die nicht ausgesprochene Frage.

»Mr. Wronkow war im Laden«, erklärte er. »Er hat dort an einem Buffet gearbeitet.«

Einen Schuß hatte Mr. Wronkow nicht gehört, er war ja schwerhörig. Aber seine Augen waren noch sehr gut.

Phil zeigte ihm das Gruppenfoto. Mr. Wronkow schob die Brille hoch.

»Erkennen Sie den Mann, der Mr. Kraus im Büro besucht hat?« fragte Phil laut.

Mr. Wronkow starrte das Bild lange an. Zu lange, wie mir schien. »Ja, ich erkenne ihn«, sagte er dann bedächtig. »Ich erkenne ihn genau.«

Er deutete auf eine Gestalt, die aufrecht am Bildrand stand und etwas düster in die Kamera blickte.

Und nicht auf Mal Donaldson, dessen unbeschwert lachendes Gesicht deutlich in der Mitte der Gruppe zu erkennen war.

»Sind Sie sicher?« fragte Phil verblüfft.

Mr. Wronkow nickte. »Natürlich bin ich sicher! Ich

kenne den jungen Mann doch! Er heißt Neil. Er hat mir manchmal hier in der Werkstatt geholfen.«

An der Wand zum Büro standen Bretter und Unterteile von Schränken. Hatte er dort gelauscht, wenn Stephen Kraus Besuch von Dealern bekam? Oder hatte er sogar Wanzen im Büro angebracht?

»Er hat eine kleine Wohnung hier über uns. Er wohnt allein, nicht in der Kommune weiter oben . . .«

Er hat sich eingeschlichen und hat den größeren Dealer belauert und die kleineren verfolgt und sich von ihnen zu den Jet-Set-Koksern führen lassen.

Mal Donaldson hatte natürlich gewußt, wo der Freund und Mannschaftskamerad in Manhattan wohnte.

Aber wo war Mal Donaldson?

Der Cadillac hatte immer noch den scharfen Geruch nach neuem Leder. Die Trennscheibe war geschlossen. Mal Donaldson sah Neil Andrews an, der sich entspannt in die gegenüberliegende Ecke drückte.

Am Steuer saß Fennel, der Mann, der das Tagebuch von Mary Ellen Powell zum FBI gebracht hatte.

»Wo fahren wir hin?« fragte Neil.

»Du wirst es sehen, Neil«, antwortete Mal.

»Seit wann wißt ihr es?«

»Seit der vergangenen Nacht.«

»Der Dealer?«

Mal nickte. »Marys Tagebuch gab uns dann die letzte Gewißheit.«

Neil Andrews Blick glitt kurz zu Mal Donaldsons Hand, die ruhig auf dem Schenkel lag. In der Hand hielt Mal die Llama-Pistole mit dem verzierten Griff. Mal lächelte.

Er hatte Neil zu einem Wochenende nach Sheepshead

Bay eingeladen. Als Neil seine Sporttasche packte, sah Mal, wie er die Haemmerli hineinlegte, bevor er den Reißverschluß zuzog.

Es war seine, Mals, Pistole. Neil hatte sie ihm gestohlen.

Die Tasche lag jetzt im Kofferraum.

Neil ahnte nichts, bis Mal ihn zu einem Seiteneingang drängte, der in eine schmale Gasse mündete. Dort wartete Fennel mit Bobbys Cadillac. Mal stieß Neil die Pistole in den Rücken. Neil wehrte sich nicht.

Sie legten sich beide flach auf den Wagenboden, während Fennel langsam auf die Lafayette Street hinausfuhr. Erst auf der Auffahrt zur Manhattan Bridge richteten sie sich wieder auf.

Neil Andrews sah nach draußen. Hinter den Dächern der niedrigen Wohnhäuser war ein Friedhof zu sehen.

»Wolltest du mich an jenem Abend umbringen, als du Ingerman erwischtest?« fragte Mal.

Neil wandte den Kopf. Sein Gesicht lag jetzt im Halbschatten, aber Mal sah das kleine Lächeln auf den schmalen Lippen.

»Nein, natürlich nicht. Wenn ich dich hätte umbringen wollen, hätte ich es getan.«

Er wollte immer der Beste sein, dachte Mal.

»Du sollst der letzte sein, Mal. Du sollst wissen, wer dich tötet. Bei den anderen war es egal.«

Ein Schauer rann über Mal Donaldsons Rücken. Er gibt nicht auf.

»Warum?« fragte er. »Wir waren doch Freunde! Ich habe so viel für dich getan. Ich hätte noch mehr für dich getan!«

Der Mund verzerrte sich. Die Lippen wurden steif. »Du hast ja keine Ahnung, was das bedeutet, jahrelang mit Schmarotzern, mit Söhnen von Ausbeutern zusammensein zu müssen! Man muß mit ihnen heucheln, man muß so tun, als ob man so denkt wie sie! Ihr seid doch alle verdorben! Vom Tag eurer Geburt an . . .«

Neil Andrews preßte die Lippen fest zusammen. Betroffen sah Mal Donaldson den jungen Mann an, den er für seinen Freund gehalten hatte. Der sein Freund gewesen war! So viel Heuchelei gab es doch nicht! So konnte sich ein Mensch doch nicht verstellen!

»Du hättest zu einem Psychiater gehen sollen«, sagte er.

»Du hättest ihn sicher bezahlt!« höhnte Andrews.

Ja, ich hätte ihn bezahlt, dachte Mal, aber er sagte es nicht.

»Du hast acht Menschen getötet! Ermordet! Ist dir das eigentlich bewußt?«

»Es sind elf«, sagte Andrews.

»Setton lebt«, sagte Mal.

»Ihn habe ich auch nicht mitgezählt. Ich habe meine Eltern getötet. Meine kleine Schwester ebenfalls. Ich hätte mich nicht um sie kümmern können.«

»Wer ist verdorben?« fragte Mal Donaldson laut. »Verdammt, wer von uns ist verdorben?« Unwillkürlich hob er die Hand mit der Pistole, ließ sie aber gleich wieder sinken.

Vielleicht wollte Neil ihn provozieren, um dann über ihn herzufallen. Aber nein, überlegte er. Neil sah aus wie einer, der mit allem abgeschlossen hatte. Aus den gerichtsmedizinischen Seminaren und den Kursen in Psychologie wußte er, daß Triebtäter und andere geistesgestörte Mörder häufig auffällige Spuren legten, die schließlich zu ihrer Festnahme führten. Wenn sie endlich gefaßt wurden, spürten sie Erleichterung, weil sie dann dem Zwang, töten zu müssen, nicht mehr nachzugeben brauchten.

»Was hast du mit Mary Ellen gemacht?« fragte Mal plötzlich. Er sah, wie Neil zusammenzuckte.

»Nichts, nichts!« sagte Neil.

»Du warst bei ihr, erinnerst du dich? In der Woche bevor sie starb, warst du bei ihr. Danach war sie verändert. Was hast du ihr erzählt?«

»Nichts!« sagte Neil schrill.

»Neil, du bist nicht nur ein gemeingefährlicher Irrer, du bist auch ein gemeines, feiges Miststück!«

»Sag das nicht!« Neil krümmte sich zusammen. »Sie war zu schade für dich!«

»Aber gut genug für einen Irren? Mann, was bist du für einer!«

»Sie wußte Bescheid«, sagte Neil leise. »Ja, sie wußte Bescheid.«

»Worüber?«

»Über dich.«

»Du hast ihr irgendeinen Scheiß erzählt!«

Neil schüttelte den Kopf. »Das habe ich nicht! Sie hat Fotos gesehen.«

»Was für Fotos?« fragte Mal Donaldson tonlos.

»Na, die ihr auf euren Orgien gemacht habt!« sagte Neil gehässig. »Hast du nie welche vermißt?«

Mal hielt den Atem an. Eine Welle von Haß überspülte ihn glühendheiß. Er hatte damals im Club die Fotos in seinem Waffenschrank verwahrt. Nachdem die Haemmerli verschwunden war, hatte er nicht mehr an die Bilder gedacht.

»Du hast sie auf dem Gewissen«, sagte Mal dumpf.

»Ich? Nein, Mal. Du warst ihrer nicht würdig. Niemand sollte sie haben ... Was habt ihr vor?« fragte er dann. »Wir fahren doch zu dir?«

»Ja. Die anderen werden auch kommen. Sie wollen es auch wissen, verstehst du?«

»Und dann?«

»Du willst doch sicher nicht vor Gericht, oder?«

»Nein . . .«

»Du sollst eine Chance haben, Neil. Allerdings haben wir noch einem anderen eine Chance gegeben. Vielleicht ist er schneller als wir.«

»Wer?« fragte Neil Andrews beunruhigt.

»Cotton, der G-man. Es ist ein Spiel, Neil. Ein Wettkampf.«

»Für euch ist alles ein Spiel!« sagte der Jet-Set-Killer aufgebracht. »Sogar das Leben.«

»Und der Tod«, ergänzte Mal Donaldson.

»Chris, was ist jetzt, zum Teufel?« rief ich ins Mikrofon.

Ich stand neben meinem Jaguar. Wir hatten die Wohnung im 4. Stock entdeckt. Es gab keine Kampfspuren.

Und vor allen Dingen keine weitere Leiche.

Mal Donaldsons Porsche stand auf dem Parkplatz.

Ich war inzwischen überzeugt, daß Donaldson das Heft in der Hand hielt. Der Killer mußte geahnt haben, daß seine Enttarnung unmittelbar bevorstand. Deshalb hatte er Stephen Kraus getötet, den Mann, der den Jet-Set mit Koks versorgte.

»Jerry, du mußt Geduld haben!« kam Chris Fenwicks Stimme aus dem Lautsprecher. »Powell und die anderen sind auf dem Morsemere Airfield. Sie sind in das Flugzeug gestiegen, mit dem Powell einen weiteren Probeflug angemeldet hat. Er läßt sich Zeit. Er hat einen Flug nach Montauk, Long Island, angemeldet. Voraussichtliche Startzeit 6.30 Uhr nachmittags.«

Jetzt war es 5.30 Uhr. Bald würde es zu dämmern beginnen.

»Jerry, wir überwachen die Tunnel nach New Jersey

und die Brücke. Zur Zeit werden Fotos von Donaldson und Andrews an die City Police verteilt. Und dann vergiß nicht – sie kommen nicht auf den Flugplatz bei Morsemere, ohne erkannt zu werden!«

Das war es eben, was mich störte. Dort wimmelte es jetzt schon von Detectives. Sechs Kollegen von unserem Büro waren unterwegs nach Morsemere, New Jersey, weil es für sie näher lag als für die Kollegen aus Trenton.

Sie hatten irgendeine Teufelei vor. Das Flugzeug spielte eine Rolle dabei.

Aber wie wollten sie den Killer an Bord der Maschine schmuggeln?

Phil trat neben mich.

»Wir können in einer halben Stunde drüben sein, wenn wir am Police Heliport einen Hubschrauber bekommen«, sagte er.

Ich nickte. Aber verdammt noch mal, was hatten die Kerle vor? Sie wollten, daß wir nach Morsemere kamen. Sie wollten uns nach Westen locken.

Ich hatte jetzt eine ungefähre Vorstellung davon, wie Donaldson und Andrews an den Kollegen vorbeigeschlüpft waren. Unsere Kollegen hatten ihr Hauptaugenmerk auf den Haupteingang und Donaldsons Porsche gerichtet. Und auf die Gesichter derjenigen, die das Gebäude verließen.

Nicht aber auf den Cadillac, der einige Zeit in der Gasse einen halben Block weiter südlich gestanden hatte und dann scheinbar leer – nur den Chauffeur hatten sie gesehen – davongefahren war.

»Chris«, sagte ich ins Mikro. »Frag den Tower in Morsemere oder sonstwo, wo du schnell durchkommst und einen Experten erreichst, was das für eine Maschine ist, die Bobby Powell da fliegen will.«

Eine Ryan-Delta. Ein Prototyp. Mehr wußte ich nicht.

»Augenblick, ich habe einen von unseren Jungs im Tower. Er hört sich um.«

Ich wartete, Phil trat ungeduldig von einem Fuß auf den anderen.

Auch ich wäre jetzt lieber in Bewegung gewesen. Aber wohin?

»Jerry, hörst du? Es handelt sich um ein VTOL-Vertical Take-off and Landing.«

»Ein Hubschrauber?«

»Nein, ein Flugzeug mit VTOL-Eigenschaften. Es fliegt wie ein Flugzeug, kann aber auf der Stelle starten und landen. Und natürlich auf dem Wasser. Die Ryan-Delta ist nämlich ein Amphibienflugzeug.«

Ich warf Phil das Mikro zu und rannte schon um den Jaguar herum. »Bestell den Hubschrauber! Aber zum Eastside Heliport!«

»Sie treffen sich bei Donaldson!« sagte Phil überrascht.

»Dort in der Nähe«, sagte ich. Deshalb wollten sie uns nach Westen locken. Damit sie im Osten ihr eigenes Spiel treiben konnten.

Das Wetter wurde schlechter, was wir am Rütteln und Schwanken des kleinen Polizeihubschraubers spürten, und es wurde früh dunkel.

In niedriger Höhe strich die Maschine über die Upper New York Bay und nahm dann östlichen Kurs. Ich spähte in den grauen Dunst unter mir, sah die Lichterketten der Scheinwerfer auf den Schnellstraßen und das Dunkel des Wassers im Süden.

Natürlich war dort nichts zu sehen außer hier und da den Lichtern eines Frachters, der eine helle, schaumige Spur durch die Wellen zog.

Phil besorgte den Funkverkehr. Die Ryan-Delta war

etwas früher als im Flugplan vorgesehen gestartet und befand sich genau auf der Route, die ihr von der Kontrollstelle der Port of New York Authority zugeteilt worden war. Alle Flugbewegungen im Großraum New York wurden zentral von der PNYA erfaßt und geleitet.

Die Flugkontrollstelle der PNYA würde Alarm schlagen, sowie die Ryan-Delta die ihr zugewiesene Luftstraße verließe. Die Kabine rüttelte wieder stärker. »Das sind die Wirbel bei Bay Ridge«, erklärte der Pilot, ohne sich umzuwenden. »Das warme Flußwasser trifft auf das kältere Atlantikwasser. Ich kann auf 600 Fuß gehen, da ist es wahrscheinlich ruhiger.«

»Wie weit ist es noch?« fragte ich.

»In fünf Minuten sind wir über Coney Island. Bis Sheepshead noch mal drei oder vier.«

»Bleiben Sie auf dieser Höhe, wenn Sie es verantworten können! Unsere Mägen sind einiges gewöhnt!« rief ich gegen das Knattern der Rotoren.

»Sind Sie sicher, daß man dort landen kann, Sir?« vergewisserte sich der Pilot. »Sie sagten, es handle sich um ein Privatgrundstück!«

»Machen Sie sich keine Gedanken«, sagte ich. »Es ist kein Reihenhausgrundstück!«

Das Rütteln ließ nach.

Der Pilot ging tiefer hinab. Die Lichter von Coney Island, dem Vergnügungsstrip, schimmerten durch den Dunst. Zum Ostende der Halbinsel hin wurde die Sicht etwas besser.

»Ich habe jetzt 250 Fuß«, berichtete der Pilot.

»Folgen Sie der südlichen Küstenlinie!« sagte ich. Ich beugte mich vor. »Langsamer, bitte.« Ich suchte nach bekannten Merkmalen.

»Da, links! Das ist der Oriental Boulevard!« sagte der Pilot.

Ich sah die Straße auch. Ihr westlicher Teil war erleuchtet. Nach Osten hin verlor sie sich im Dunkelnund endete in den.

Dort hatte uns der Killer zum ersten Mal zum Narren gehalten.

»Rechts! Halten Sie sich weiter rechts«, sagte ich.

»Das muß es sein. Ein Haus auf einem Hügel, dahinter Wald, ein anderes Gebäude ...«

Ich konnte jetzt auch die beleuchteten Wege und den Umriß des Bootshauses erkennen.

Unten am Bootshaus gab es nichts zu sehen. Keinen Menschen, keine Fahrzeuge. Sollte ich mich geirrt haben? Sollten die Kerle aus Yale uns doch ausgetrickst haben?

»Jerry«, sagte Phil, »die Ryan-Delta meldet eine Kursänderung. Sie haben angeblich Probleme mit der Seitensteuerung und wollen deshalb nach Süden ausweichen.«

Über die Bucht! Unwillkürlich blickte ich zurück in den schwarzgrauen Himmel, als könnte ich das Flugzeug dort irgendwo schon sehen.

»Landen Sie da unten!« sagte ich. »Mitten auf dem Rasen!«

Die Hummel stieß hinab. Sträucher und Büsche wurden vom peitschenden Luftstrom der Rotoren niedergedrückt.

Am Haus wurde es lebendig. Am großen Garagengebäude fuhr ein offener Jeep an und raste um das Haus herum.

Der Helikopter setzte auf. Ich zog die Kabinentür auf. William Donaldson war noch in Manhattan. Das war vielleicht besser so. Der Jeep blieb in Rufweite auf dem befestigten Weg stehen. O'Hara, der Chef der Wachtruppe, sprang aus dem Wagen und rannte auf uns zu. Er hielt seine Mütze fest. Aus zusammengekniffenen Augen starrte er mich an.

»Sie?« fragte er.

»Haben Sie Mal gesehen?«

»Er kam vor einiger Zeit an, mit einem Freund.«

»Wann genau?«

»Vor vierzig Minuten«, antwortete O'Hara nach einem Blick auf die Uhr. »Der Caddy, der sie gebracht hat, ist wieder weg. Mal und der Freund haben eins von Mals Rennbooten zu Wasser gelassen und sind weg. Bei dem Wetter!«

»Wie schnell ist das Boot?«

»Vierzig Meilen, schätze ich.«

Ich sah den Piloten an, der sich aus der Kanzel herausbeugte. Er hatte die Kopfhörer abgenommen und gehört, was O'Hara sagte.

»Glauben Sie, daß Sie ihn noch finden können?« fragte ich.

»Sagen wir, sie sind seit zwanzig Minuten auf dem Wasser. Wenn sie aus der Bucht raus wollen, müssen sie um Rockaway Island herum. Ich kann es versuchen.«

Ich knallte die Kabinentür wieder zu. Der Hubschrauber hob ab und jagte den Hang hinunter, streifte mit seinen Kufen fast das Dach des Bootshauses und flog auf die östliche Landspitze von Rockaway Island zu.

Als die schmale Spitze der Halbinsel hinter uns zurückblieb, dehnte sich vor uns die offene See. Die Wellen unter dem winzigen Hubschrauber trugen deutlich erkennbar weiße Schaumkämme.

»Die Ryan-Delta geht tiefer«, berichtete Phil. »Der Pilot meldet, daß er auf dem Wasser notlanden muß.«

»Der Tower soll dem Piloten die Flugdaten geben!« sagte ich.

Mir brannten bereits die Augen. Durch einige Ritzen in der Verglasung pfiff der Wind. Der Pilot flog dicht über die Schaumkämme hinweg.

Er bekam jetzt den Kurs der Ryan-Delta übermittelt. Wo sie aufs Wasser setzen würde, würde auch das Speedboat mit Donaldson und dem Jet-Set-Killer sein!

Phil stieß mich an und deutete nach rechts oben.

Ein großer dunkler Schatten fiel aus dem Himmel herab. Der Pilot bemerkte ihn ebenfalls.

»Ich glaube, ich habe das Boot«, sagte er. »Es hat Schwierigkeiten!«

Ich starrte mir die Augen aus, sah aber nichts als Schaum und schwarze Wogen, die sich zu Bergen türmten.

Der Pilot deutete mit ausgestrecktem Arm nach vorn.

Da sah ich es! Ein flacher weißer Rumpf, der über die Wellen sprang!

Und die Ryan-Delta, die zur Wasserung ansetzte.

Phil versuchte, mit dem Cockpit der Maschine Verbindung aufzunehmen, aber der Pilot antwortete nicht.

»Powell!« schrie er wütend. »Verdammt, Powell, wenn Sie jetzt nicht auf unsere Anweisungen hören, lassen wir Zwangsmittel anwenden!«

Wir hatten vorsorglich die Marineflieger aus dem Floyd Bennet Field alarmiert.

Für den Notfall standen Rettungshubschrauber in Bereitschaft.

Vielleicht konnten die Marineflieger noch mehr tun. Wenn man die Ryan-Delta schon nicht zwingen konnte, auf der zugewiesenen Flugroute zu bleiben, so konnte man sie möglicherweise daran hindern, wieder zu starten, wenn sie einmal auf dem Wasser aufgesetzt hatte.

Ich rief Phil zu, was ich mir vorstellte, und er gab die Idee weiter.

»Das Flugzeug wassert!« schrie der Pilot.

Es schien in eine Welle zu tauchen und im Tal zu verschwinden. Doch dann stiegen helle, glitzernde Wasserkaskaden auf, die das Flugzeug einhüllten. Es war konventionell gewassert. Der Start würde einfach sein, weil es nur die Tragflächen zu schwenken brauchte und dann wie ein Hubschrauber aufsteigen konnte.

»Verdammt, was haben die vor?« fragte der Pilot.

Ich antwortete nicht. Ich wußte es nicht. Vielleicht wollten sie den Killer ersäufen oder aus dem Flugzeug stürzen und es dann als Unfall hinstellen.

»Wir müssen raus«, sagte Phil.

»Sie sind verrückt!« rief der Pilot.

Die Schwimmwesten lagen unter der Sitzbank. Phil und ich zogen unsere Jacketts aus und streiften die Westen über.

Das Boot hatte Fahrt verloren und dümpelte jetzt in der rauhen See. Der Pilot ließ die Hummel wenige Fuß über dem Boot schweben und drückte es mit dem Winddruck der Rotoren tiefer ins Wasser. Undeutlich sah ich die beiden Männer darin. Sie blickten der Ryan-Delta entgegen, die langsam durch die rauhe See pflügte – auf das Boot zu.

»Lange kann ich hier nicht mehr bleiben«, sagte der Pilot.

Ich hatte meine Schwimmweste bereits zugebunden. Phil war auch fertig.

»Sagen Sie Bescheid, wann ich den Weihnachtsbaum anmachen soll!« sagte der Pilot.

»Augenblick noch!«

Der Mann im Heck mußte Donaldson sein. Ich sah, wie er die Hand nach hinten streckte, um das Gas zu erreichen. Und ich sah, wie der andere Mann, der sich vorn unter den Spritzschutz kauerte, plötzlich eine Pistole in der Faust hielt.

Neil Andrews hatte Mal Donaldson erwartet, und er hatte vorgesorgt. Wahrscheinlich hatte er ihn die einschüssige Wettkampfpistole finden lassen, um ihn von der zweiten Waffe abzulenken.

»Jetzt!« sagte ich laut und riß die Kabinentür auf.

Das grelle Licht aus dem Scheinwerfer unter der Hubschrauberkabine mußte die beiden Männer im schwankenden Boot wie ein Schock treffen.

Ich sprang als erster. Ich schlug hart aufs Wasser. Es war eiskalt, und mein Herzschlag setzte aus. Die Schwimmweste trug mich sofort zur Wasseroberfläche zurück.

Der Pilot hatte die Kabine in schwingende Bewegungen versetzt, damit Phil fast gleichzeitig abspringen konnte, ohne auf meinem Kopf zu landen.

Das grelle Licht hatte die Männer im Boot unvorbereitet getroffen. Sie waren geblendet, und das Knattern der Rotoren hatte unseren Absprung übertönt.

Ich kraulte an die Steuerbordseite heran und klammerte mich an einer flachen Mulde in der glatten Bootshaut fest.

Andrews öffnete ein Auge. Er sah meinen Kopf über der Bordwand und zuckte zusammen.

Ich schwang mich über die Kante der Bordwand. Die plötzliche Bewegung veranlaßte auch Donaldson, die Augen aufzureißen. Er stieß einen Schrei aus, als er mich sah. Seine Hand wollte das Gas aufdrehen.

Die Beschleunigung hätte Phil und mich abgestreift wie Wassertropfen.

Wie ein Delphin schnellte Phil auf der anderen Seite aus dem Wasser. Mit demselben Schwung warf er sich auf Donaldson und riß ihn vom Gas und vom Ruder weg.

Der Killer hatte es nicht auf mich abgesehen.

Er wollte Donaldson töten.

Er streckte den Arm. Er war ein Meisterschütze.

Jetzt war ich dran. Ich hing noch draußen. Ich fand nicht genügend Halt für meine Hände, um mich mit einem ähnlichen Schwung wie Phil ins Boot zu schleudern.

Es war eine Eingebung. Mit der rechten Hand schlug ich aufs Wasser, wie es die Kinder im Freibad tun, wenn sie andere naßspritzen wollen.

Das Salzwasser klatschte ins Gesicht des Killers. Er schloß die Augen.

Diese winzige Frist genügte mir, um mich an Bord zu ziehen. Ich landete am Boden. Wasser schwappte zwischen den Latten.

Ich kam hoch, als der Killer erneut anlegen wollte.

Ich schmetterte ihm die geballte Rechte unter das Kinn.

Der Schuß krachte. Ich hörte die Kugel über meinen Kopf hinwegpfeifen.

Ich fing den Killer auf, bevor er über Bord stürzen konnte.

Der Hubschrauber stieg plötzlich höher. Ich hob den Kopf.

Ich war selbst geblendet und sah außerhalb des Lichtkegels nur Schwärze.

Die Hummel stieg höher und drehte ab, bis ihr Scheinwerfer den gewölbten Bug des Flugzeugs erfaßte. Die hoch schäumende Bugwelle war schon bedrohlich nahe.

Mich packte eine unvernünftige Wut auf diese verwöhnten Kerle, die sich einbildeten, mit anderen Menschen spielen zu können.

»Phil!« schrie ich.

Phil hatte Donaldson gerade Handschellen angelegt. Er sah das Flugzeug, erkannte die Gefahr und packte das Ruder. Zuerst gab er zuviel Gas. Die Schraube drehte durch. Als er das Gas zurücknahm und dann langsamer aufdrehte, gewann das Boot an Fahrt. Der Bug hob sich. Der flache Rumpf schlug auf die Wellen. Und dann, als die Geschwindigkeit zunahm, schien es über die Wellenkämme hinwegzuspringen.

Phil hielt auf die dünne Lichterkette zu, die über den Wellen funkelte und Sicherheit verhieß.

Der Umriß der Ryan-Delta blieb zurück und verschmolz mit der Dunkelheit.

Der Polizeihubschrauber blieb die ganze Zeit über uns.

Wir gingen nicht auf Donaldsons Besitz an Land. Eine Meile weiter westlich, am öffentlichen Strand von Brighton Beach, flackerte Rotlicht. Dort erwarteten uns Polizeifahrzeuge. Zwei Krankenwagen standen bereit, die gleich unverrichteter Dinge wieder abfahren konnten.

Cops halfen den gefesselten Männern an Land. Neil Andrews wurde sofort in einen Polizeiwagen verfrachtet.

Ich baute mich vor Donaldson auf. Jetzt erst fiel die Anspannung der letzten Stunden von mir ab.

»Können Sie mir erklären, was Sie sich dabei gedacht haben?« fuhr ich ihn an.

Donaldson hob die gefesselten Hände. »Das hier soll doch wohl ein Witz sein!« sagte er. »Wenn wir Ihnen nicht auf die Sprünge geholfen hätten, hätten Sie ihn nicht erwischt!«

»Dann hätten Sie ihn umgebracht!«

»Das, Cotton, werden Sie nie beweisen können! Ich habe mit einem alten Freund eine Bootsfahrt unternommen. Zufällig mußte ein anderer Freund in der Nähe mit seinem Flugzeug notlanden!« Donaldson grinste. »Na los, Cotton, es war ein faires Spiel. Sie haben doch gewonnen! Schließen Sie endlich die Dinger auf!«

»Noch ein Wort, Donaldson«, sagte ich nah vor seinem Gesicht, »und ich vergesse mich! Im übrigen sind Sie festgenommen wegen Freiheitsberaubung ...«

»Das wird Neil niemals bezeugen!«

»Das werde ich bezeugen, Sie Blödmann, denn Andrews ist nicht zurechnungsfähig!« Jetzt grinste ich, als ich die Bestürzung in den blassen Augen des jungen Mannes bemerkte. »Und Ihre Freunde – oder sollte ich sagen Komplizen? – werden von Beamten der Bundesluftfahrtbehörde bei der Landung, ganz gleich wo, festgenommen. Powell hat gegen eine Menge Bundesgesetze verstoßen.«

Ich drehte mich um und ließ ihn stehen. Zusammen mit Phil ging ich zu einem der Polizeiwagen. Die Cops gaben uns Decken und boten uns an, uns nach Hause zu fahren.

Mir fiel ein, daß bei mir zu Hause noch die Sachen lagen, die der alte Donaldson mir vor einigen Tagen nach meinem Bad in der Bucht überlassen hatte. Ich hatte sie noch nicht zurückgegeben.

Ich würde sie wahrscheinlich in den Müllschlucker stopfen.

Nichts sollte mich nach Möglichkeit mehr an Donaldson und seine Clique erinnern. Und an den Jet-Set-Killer.

ENDE

Jerry Cotton ist die erfolgreichste Kriminalroman-serie der Welt. Die Gesamtauflage liegt bei über 750 Millionen Exemplaren. Jerry Cotton wird in über fünfzig Ländern der Erde gelesen.
BASTEI-LÜBBE präsentiert für alle Freunde des Kriminalromans die lange vergriffenen Ausgaben der Jerry-Cotton-Taschenbücher in einer Sonder-ausgabe.

Des Satans schwache Stunde
Heroin im Weißen Haus
Meine Stunde wird kommen
Ich, der Reporter

ISBN 3-404-31921-4

BASTEI
LÜBBE

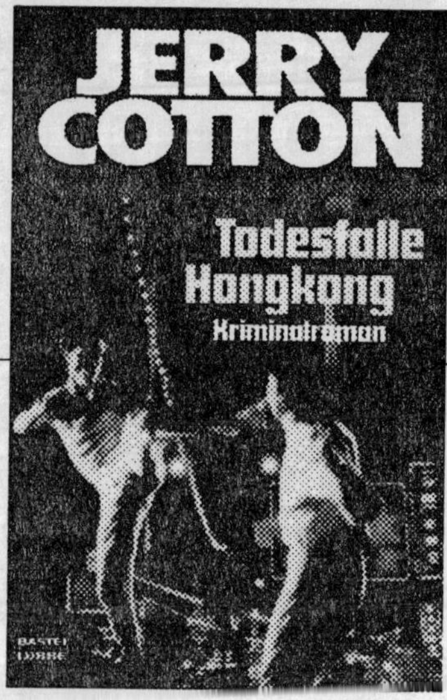

Hongkong – kurz vor der Übergabe der britischen Kolonialregierung an die Chinesen. Der amerikanische Bundesagent Steve Dillaggio in geheimer Mission, um zwei seiner Mittelsmänner vor Ablauf des Countdowns außer Landes zu schaffen. Doch Steve Dillaggio gerät in eine Falle und in die Fänge eines skrupellosen Syndikatsbosses, der mit den zukünftigen Machthabern paktiert. Die Special Agents Jerry Cotton und Phil Decker werden nach Hongkong geschickt, um ihren Kollegen zu befreien – und sie müssen antreten gegen die Killer des organisierten Verbrechens und der chinesischen Diktatur ...

ISBN 3-404-31458-1

BASTEI
LÜBBE

Während einer Besprechung erfährt die Wirtschaftsanwältin Sidney Archer, daß ihr Mann bei einem Flugzeugabsturz ums Leben gekommen sein soll. An Bord der Maschine waren der Präsident des amerikanischen Zentralbankrates – und anscheinend auch Sidneys Mann Jason, ein aufstrebender Computer-Experte. Noch während Sidney versucht, das Unfaßbare zu verarbeiten, teilt ihr Jasons Chef seinen Verdacht mit, ihr Mann habe sich mit firmeninternen Informationen zur Konkurrenz abgesetzt. Sidney will die Wahrheit wissen – und findet Unterstützung bei Lee Sawyer, einem FBI-Agenten, der den Flugzeugabsturz untersucht. War die Ursache des Unglücks Sabotage? Und wenn ja, wer sollte das Opfer sein: der Bankenchef – oder Jason, dessen Leben ein einziges Geheimnis zu sein scheint ...

ISBN 3-404-12976-8

BASTEI LÜBBE

TRUE CRIME Der wahre Kriminalfall

BASTEI LÜBBE

Ann Rule

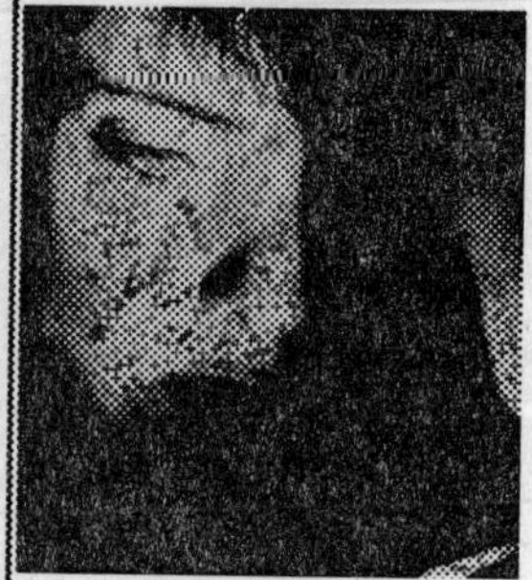

Tödliches Verlangen

Eine Frau
zwischen zwei Männern –
plötzlich sind beide tot ...

Morris Blankenbaker ist ein erfolgreicher Footballspieler, dem die Frauen zu Füßen liegen. Doch er selbst hat nur Augen für seine eigene Frau Jerilee. Außerdem verbindet den Sportler eine tiefe Männerfreundschaft zu seinem Trainer und Mentor, Glynn Moore.

Das Unglück nimmt seinen Lauf, als sich Moore eines Tages scheiden läßt und bei den Blankenbakers einzieht. Er und Jerilee kommen sich allmählich näher, und es entwickelt sich eine innige Liebesbeziehung, die die Ehe zwischen Jerilee und Morris ruiniert. Jerilee verläßt die gemeinsame Wohnung und zieht mit ihrem Liebhaber, den sie schließlich sogar heiratet, in eine andere Stadt. Doch das ist erst der Beginn eines Dramas, dessen Ende von zwei ominösen Todesfällen markiert wird...

ISBN 3-404-14211-X

BASTEI LÜBBE